Prolog

Zwei Tage, nachdem man den größten Prozeß, der jemals gegen die Mafia geführt worden war, vertagt hatte, erhielt Giuliano Emanuel, einer der Hauptankläger, abends um zehn in seinem Büro einen Telefonanruf. Es war Mario Domino, ein alter Freund und Prozeßgegner aus Emanuels frühen Tagen bei Gericht.

Domino verschwendete keine Zeit mit Höflichkeitsfloskeln. Er teilte ihm mit, daß er sich mit Emanuel unter vier Augen unterhalten wolle und daß es für Emanuel von Vorteil sei, wenn das Treffen sofort stattfinden könnte.

»Ich parke vor deinem Büro. Sag bitte deinen Wachleuten Bescheid.« Die Verbindung zum Autotelefon brach ab.

Noch bevor er richtig begonnen hatte, war der Prozeß, der Sizilien endgültig aus dem Würgegriff der Mafia befreien sollte, auch schon wieder vertagt worden. Der schaurige Grund dafür war in der aufgeschlagenen Akte auf Emanuels Schreibtisch zu sehen. Ganz oben lag ein Schwarzweißfoto des Hauptbelastungszeugen Lenny Cavataio. Er war ermordet worden, und seine verstümmelte Leiche hatte die erwünschte Wirkung gezeigt. Ein Zeuge nach dem anderen hatte seine Aussage gegen den Hauptangeklagten, Don Paul Carolla, zurückgezogen. Dem Staatsanwalt war nur zu klar, daß möglicherweise noch mehr Menschen sterben würden, bevor Carolla vor Gericht gestellt werden konnte.

Wenige Minuten nach seinem Anruf trat Domino ein, und die beiden alten Freunde umarmten einander.

Domino wollte nichts trinken und setzte sich. Er öffnete seinen Aktenkoffer. »Es ist von allergrößter Bedeutung, daß niemand unser Gespräch abhört.«

»Mario, ich versichere dir, daß du ohne Bedenken sprechen kannst. Mein Büro wird jeden Tag überprüft.« Er sah zu, wie Domino einen großen Umschlag aus seinem Aktenkoffer zog, ihn öffnete und ein Foto herausnahm.

»Wenn du diesen Mann erkennst, dann nicke einfach mit dem Kopf. Ich möchte nicht, daß sein Name fällt. Man kann nie wissen.«

Als Emanuel das Schwarzweißfoto betrachtete, spürte er ein Kribbeln im Nacken. Es war Don Roberto Luciano, *il Papa* – der wahre »Boß der Bosse«, ein Führer aus vergangenen Zeiten, als die Mafia noch als Organisation galt, die den Armen im Kampf um ihre Rechte beistand. *Il Papa* gehörte der Organisation seit über fünfzig Jahren an, und niemand wußte, ob er noch aktiv war. Aber er wurde in Palermo noch immer geachtet, ja verehrt.

Emanuel reichte Domino das Foto zurück. »Ich weiß, wer das ist.«

»Er ist ein guter Freund von mir, und ich habe bei zahlreichen Gelegenheiten seine Interessen vertreten. Er möchte sich mit dir treffen, aber er weiß, in welche Gefahr er seine Familie bringt, wenn das bekannt würde.«

Emanuel mußte schlucken. »Warum möchte dein Mandant mich denn sprechen?«

»Das wird er dir selbst sagen. Ich denke, daß es von Nutzen für dich wäre, wenn du strengste Sicherheitsvorkehrungen für ihn und seine Familie veranlassen könntest.«

Zur Bekräftigung ihrer Vereinbarung schüttelten die beiden Männer sich die Hände. Dominos Mandant würde den Treffpunkt bestimmen. Emanuel sollte einen Anruf abwarten und sich strikt an die Anweisungen halten. Wenn er davon abwich, würde das Treffen nicht stattfinden.

Der Anruf kam zwei Abende später. Emanuel sollte seine Wohnung sofort verlassen und zu einem Lagerschuppen am Hafen fahren. Dort sollte er seinen Wagen abstellen und bis ans Ende von Pier 3 gehen, wo jemand ihn holen würde. Alleine.

Emanuel gehorchte. Er hatte ein flaues Gefühl im Magen,

während er fast eine halbe Stunde lang auf dem Pier wartete, bis zwei Männer auftauchten und ihm wortlos bedeuteten, ihm zu folgen.

Das San Lorenzo, ein kleines Restaurant, sah aus, als wäre es geschlossen. Emanuels Nerven waren zum Zerreißen gespannt, als er seinen beiden Begleitern zwischen den ordentlich gedeckten Tischen im dunklen Erdgeschoß hindurch zu einem Bogengang folgte. Die beiden Männer traten zur Seite und forderten ihn stumm auf, die schmale, mit Linoleum ausgelegte Treppe hinaufzugehen.

Oben wartete ein grauhaariger Mann in den Sechzigern. Mit einem kurzen Nicken wies er Emanuel an, die Hände zu heben, und durchsuchte ihn. Schließlich winkte er Emanuel, ihm die Treppe hinauf ins nächste Stockwerk zu folgen, in ein kleines, elegantes Speisezimmer, das an einer Seite mit roten Vorhängen verhängt war.

Niemand sonst befand sich im Raum, aber der einzige Tisch war für drei Personen gedeckt. Der grauhaarige Mann lud Emanuel ein, Platz zu nehmen, schenkte ihm ein Glas Wein ein und verschwand dann.

Nach einer Viertelstunde hörte Emanuel Schritte auf der Treppe. Die Tür öffnete sich, und Mario Domino trat ein, verbeugte sich vor Emanuel und setzte sich ebenfalls. Wortlos griff er nach der Weinflasche, prüfte das Etikett und schenkte sich ein Glas ein.

Emanuel blickte auf seine Uhr, dann zu Domino, und setzte gerade zum Sprechen an, als die Vorhänge sich wieder öffneten und Don Roberto Luciano den Raum betrat.

Das Foto hatte nichts von der Ausstrahlung des Mannes vermittelt. Selbst mit Siebzig war er noch eine beeindruckende Persönlichkeit. Er war über einsachtzig groß, hielt sich gerade, und das weiße Haar rahmte ein Gesicht mit dunklen Augen, schweren Augenlidern und einer leicht gebogenen Nase ein.

Ein Ober beeilte sich, ihm den kamelfarbenen Kaschmirmantel abzunehmen, den er achtlos über die Schultern geworfen hatte. Darunter trug Luciano einen blaßbraunen Leinenanzug, ein cremeweißes Seidenhemd und eine dunkelblaue Seidenkrawatte, an der eine mit Diamanten besetzte Nadel funkelte.

Luciano trat zuerst auf Domino zu, legte dem Freund beide Hände auf die Schultern und küßte ihn auf die Wangen. Dann drückte er Emanuel kräftig die Hand.

Während des Essens machten sie höflich Konversation. Luciano gratulierte Emanuel zu einigen Fällen, die er gewonnen hatte, und sprach dann mit Domino über einen gemeinsamen Freund. Währenddessen betrachtete Emanuel *il Papa* genauer.

Die Gesten seiner großen, kräftigen Hände wirkten beinahe hypnotisierend. Seine Hände waren gepflegt und sahen nicht aus wie die eines alten Mannes. Am kleinen Finger der linken Hand trug er einen Ring mit einem blauen Stein, in den ein Kreis und ein Mond aus Gold eingelegt waren.

Der Kognak wurde serviert. Luciano zog eine Taschenuhr heraus, überprüfte die Uhrzeit und steckte sie wieder in die Tasche. Dann erhob er sich vom Tisch und setzte sich in einen tiefen Sessel mit hoher, geschwungener Rückenlehne. Er schlug die Beine übereinander und lehnte sich in die roten Samtkissen zurück.

»Sie werden bereits ahnen, warum ich Sie um diese Zusammenkunft gebeten habe. Ich bin bereit, als Zeuge auszusagen, aber nur unter der Bedingung, daß Sie meine Familie schützen. Die Häuser meiner Kinder müssen sicher sein, und sie brauchen bewaffnete Wachtposten. Darauf möchte ich Ihr Wort, bevor ich Ihnen die Beweise liefere, die für Paul Carolla das sichere Todesurteil bedeuten.«

Luciano sprach mit dem Selbstbewußtsein eines Mannes, der gewohnt war, daß seinen Anweisungen Folge geleistet wurde.

Domino streifte die Asche von seiner Zigarre ab. »Wäre es dir möglich, diese Sicherheitsvorkehrungen zu treffen, ohne den Namen meines Mandanten preiszugeben? Niemand darf seine wahre Identität erfahren, bevor er den Zeugenstand betritt. Das dient nicht nur seinem, sondern auch deinem Schutz. Kannst du in deiner Position solche Maßnahmen ergreifen?«

Emanuel war klar, daß er das nicht versprechen konnte, aber

er schwor, daß er das Gespräch, welches sie an diesem Abend geführt hatten, geheimhalten würde. Er mußte sich räuspern, bevor er weitersprechen konnte.

»Signor Luciano, um Sicherheit für Sie und Ihre Familie zu gewährleisten, werde ich mit Richtern und Polizeichefs verhandeln müssen, und die Zeit ist von ausschlaggebender Bedeutung. Wann werde ich die Beweise begutachten können, die Sie preisgeben wollen?«

Luciano lachte ein tiefes Lachen und schüttelte den Kopf. »Sie meinen, ich hätte Dokumente? Papiere, die ich Ihnen vorlegen könnte? Nein, nein. Ich selbst bin das Beweismaterial. Zurück bis ins Jahr 1928, alles aufgezeichnet, aber nicht auf Papier, sondern hier, in meinem Kopf.«

Er tippte sich mit dem Finger gegen die Schläfe und beugte sich dann zu Emanuel. Seine Stimme wurde frostig. »Kommen Sie, mein Freund, glauben Sie wirklich, daß ich irgend etwas zu Papier bringen würde, um mein Angebot zu untermauern? Für wen halten Sie mich? Sie haben einen siebzigjährigen Mann vor sich, der längst nicht mehr am Leben wäre, wenn er sich Aufzeichnungen gemacht hätte.«

Doch Emanuel blieb hartnäckig. »Sie müssen meinen Standpunkt verstehen. Die Regierung wird einen greifbaren Beweis verlangen, bevor sie die Mittel für eine lückenlose Überwachung für die Bewachung der Häuser und Leibwächter rund um die Uhr bewilligt, und das für einen Mann, dessen Namen ich nicht preisgeben kann.«

Die dunklen Augen blitzten, und mit einem kleinen Lächeln sagte Luciano: »Ich habe Ihnen Lenny Cavataio gebracht. Wenn ich den gleichen Schutz zu erwarten habe, den er erhalten hat, dann kommen wir nicht miteinander ins Geschäft, mein Freund.«

»Das war ein unglücklicher Zufall.«

Luciano schnaubte und beugte sich vor. »Zu meiner Villa wird sich niemand Zugang verschaffen, aber vor Gericht bin ich gefährdet. Bei Treffen mit Ihnen bin ich gefährdet. Lenny Cavataio war der wertvollste Zeuge, den Sie gegen Carolla hatten, und Sie haben ihn umkommen lassen wie ein Tier. Aber meine Familie ist mein Leben. Meine Söhne sind mein Blut. Sie werden Ihren Schutz nötiger brauchen als ich.« Er machte eine Pause. »Ich werde an Cavataios Stelle aussagen.« Wieder folgte eine Pause. »Lenny Cavataio hat Ihnen gegenüber eine Aussage zum Tod eines sizilianischen Jungen gemacht. Cavataio war bereit, vor Gericht zu bezeugen, daß Paul Carolla für diesen Mord verantwortlich war.« Ohne mit der Wimper zu zucken, setzte Luciano hinzu: »Der tote Junge war mein ältester Sohn.«

In der sanften, gelassenen Stimme war keinerlei Gefühlsregung zu erkennen. Er fuhr fort: »Und jetzt habe ich Ihnen genug gesagt, mein Freund. Jetzt liegt es an Ihnen. Sie haben zwei Wochen Zeit. Ich erwarte über Domino Nachricht von Ihnen. Ich habe die Hochzeit meiner Enkelin auf den 14. Februar festgesetzt, das ist heute in zwei Wochen. Zum erstenmal seit vielen Jahren wird die gesamte Familie zusammenkommen. Die erforderlichen Sicherheitsmaßnahmen werden leichter durchzuführen sein, wenn die ganze Familie unter einem Dach versammelt ist. Daß meine Lieben in Gefahr sind, liegt auf der Hand, und die Gefahr wird noch größer, wenn ich als Zeuge auftreten sollte. Meine Söhne werden meine Entscheidung nicht gutheißen, aber ich bin fest entschlossen und werde mein Angebot nicht zurückziehen. Ich danke Ihnen, daß Sie sich hierherbemüht haben. Es war ein schöner Abend.«

Ohne daß er ein sichtbares Zeichen gegeben hätte, öffnete sich die Tür, und er war fort.

Domino leerte sein Glas. »Du solltest sein Angebot nicht unterschätzen. Damit wirst du Karriere machen. Entweder wirst du eine Berühmtheit oder ein toter Mann.«

»Er will Schutz für seine Familie«, fuhr Emanuel ihn an.

»Du lieber Gott, und was ist mit meiner? Sie haben sich sogar gesträubt, mir zwei ständige Leibwächter zu geben. Man hätte meinen können, ich hätte eine Privatarmee angefordert. Und genau das wird Luciano brauchen – eine ganze Armee!«

»Dann beschaffe eine. Und sorge dafür, daß auch du besser bewacht wirst, denn ich warne dich, wenn herauskommen sollte, daß Luciano für dich aussagen will, würden sie ihn umbringen, bevor er den Zeugenstand überhaupt betreten könnte.«

Emanuel schwirrte der Kopf, und er fragte: »Aber warum? Kannst du mir einen einzigen Grund nennen, warum er das tut?«

»Das hat er dir doch gesagt – für seinen Sohn, für Michele Luciano.«

»Ist das alles?«

Emanuel war nicht auf den Zornesausbruch gefaßt, der Domino die Röte ins Gesicht trieb. »Carolla hat dafür gesorgt, daß Michele Luciano heroinsüchtig wurde, als er in den Vereinigten Staaten studierte. Anschließend haben sie ihn dann seinem Vater zurückgebracht. Carolla hat Luciano das angetan, weil dieser sich geweigert hatte, ins Drogengeschäft einzusteigen. Doch der Don hat nicht nachgegeben. Der Mann, der heute abend hier mit uns gesessen hat, ist einer der am meisten geachteten Exporteure Siziliens, und dafür hat er mit dem Leben seines Sohnes bezahlt.«

Domino wischte sich mit einem seidenen Taschentuch den Mund, bevor er fortfuhr: »Michele war der Sohn seines Vaters und hat sich entsprechend gewehrt. Als er starb, war er von seiner Sucht bereits geheilt. Sie haben ihn gequält und geschlagen, bis nicht einmal der Leichenbestatter sein Gesicht wiederherstellen konnte. Das alles trägt Don Roberto im Herzen mit sich herum. Er gibt sich selbst die Schuld für das, was sie seinem Sohn angetan haben.«

Der alte Mann sprach, als hätte die Tragödie sich gerade erst ereignet.

»Aber warum hat Luciano so lange gewartet, wenn er das alles wußte? Sein Sohn ist seit mehr als zwanzig Jahren tot.«

»Weil er noch zwei andere Söhne hat.«

»Aber jetzt, viele Jahre später, bringt er sich und seine ganze Familie in Lebensgefahr. Das verstehe ich nicht.«

Domino steckte sein Taschentuch fort und lächelte, doch seine Augen blieben kalt.

»Du bist eben keiner von uns. Nenne es Rache, nenne es das Ende einer Vendetta, aber ich garantiere dir, daß Carolla erledigt ist, wenn du Luciano in den Zeugenstand bekommst.«

Domino entschuldigte sich, und wieder öffnete sich auf ein unsichtbares Zeichen die Tür. Die beiden Männer, die Emanuel zum Restaurant gebracht hatten, erwarteten ihn.

1. Kapitel

Sophia Luciano saß neben ihrem Mann Constantino auf dem Beifahrersitz und betrachtete die Straße. Sie wußte, daß sie in wenigen Augenblicken den Hügelkamm erreichen würden, von dem aus die Villa Rivera zu sehen war.

Constantino, der ältere Sohn Don Roberto Lucianos, hatte ein hübsches Gesicht und blauschwarzes Haar, das an seinen Vater als jungen Mann erinnerte. Im Gegensatz zu seinem Vater war er schüchtern und sanft, was durch ein leichtes Stottern beim Sprechen noch betont wurde. Sophia wartete darauf, daß er den Kindern sagen würde, nun wären sie gleich »zu Hause«. Sie ärgerte sich, daß er immer noch sein Elternhaus als *Zuhause* bezeichnete, obwohl sie schon seit acht Jahren in Rom lebten, aber sie sagte nichts.

Graziella Luciano wartete auf der Veranda. Ihr graues Haar trug sie im Nacken zu einem Knoten aufgesteckt, ihr maßgeschneidertes Kleid verbarg ihr Übergewicht. Trotz ihrer fünfundsechzig Jahre hatte sie kaum Falten im Gesicht. Sie zeigte ihre Aufregung nicht, wirkte beinahe streng, und ihre blaßblauen Augen blickten scharf und aufmerksam.

Nun öffneten die Wachtposten die hohen, schmiedeeisernen Torflügel. Als Constantinos Wagen die lange Auffahrt entlangrollte, winkte Graziella, gab aber gleichzeitig dem Floristen Anweisung, die Gestecke etwas weiter auseinanderzurücken.

Die Jungen sprangen aus dem Wagen und liefen ihrer Großmutter entgegen. Lächelnd und mit Tränen in den Augen drückte sie ihre Enkel an sich. Dann kam mit ausgestreckten Armen Constantino auf sie zu und küßte sie. Liebevoll streichelte sie sein Gesicht.

»Geht es dir gut, mein Junge?«

Sophia warf ihr eine Kußhand zu und wies das Mädchen an, vorsichtig mit dem Hochzeitskleid umzugehen, das in Bettlaken gehüllt worden war, damit es sauber blieb. Als Sophia bei ihr war, strich Graziella ihr über die Wange.

»Du bist zu lange fortgewesen. Ich habe dich vermißt.«

Constantino fragte nach seinem Vater. Graziella antwortete, er sei in der Stadt, würde aber bis fünf Uhr zurück sein. Dann wandte sie sich ihren geliebten Enkeln zu und sagte, wenn sie schnell in ihr Zimmer liefen, würden sie vielleicht etwas unter ihren Kopfkissen finden.

Sophia konnte die Jungen im Schlafzimmer unter sich hören. Lieber hätte sie die Kinder im gleichen Stockwerk gehabt, aber es war nicht ratsam, Graziellas Anordnungen in Frage zu stellen. Sie begann die Koffer auszupacken.

Das Zimmer war perfekt eingerichtet, und überall standen frische Blumen. Allerdings fand Sophia den Geschmack ihrer Schwiegermutter etwas altmodisch. Viele der reichgeschnitzten Möbel stammten aus Graziellas Elternhaus. Man munkelte, daß ihre Vorfahren Aristokraten mit Adelstitel gewesen waren. Im ganzen Haus gab es keine einzige Fotografie von diesen geheimnisvollen Verwandten, und Graziella selbst sah nicht wie eine Sizilianerin aus. In ihrer Jugend war sie hellblond gewesen und hatte strahlend blaue Augen gehabt. Nur ihr erstes Kind hatte dieses Aussehen geerbt.

Sophia ließ die Schlösser ihres Koffers aufschnappen. Sie ärgerte sich über sich selbst, denn jedesmal, wenn sie in dieses Haus kam, wurde sie an Michele Luciano erinnert. Wenn es auch kein einziges Foto von Graziellas geheimnisumwobener Familie gab, das Gesicht ihres toten Sohnes war überall. Mit den Jahren hatte Sophia sich gemerkt, wo sich die Fotos in den Silberrahmen befanden, so daß sie nicht mehr davon überrascht wurde und nicht mehr erschrak, wenn ihr Blick darauf fiel.

Constantino kam herein. Er schloß die Tür und beobachtete seine Frau lächelnd. Normalerweise verbarg sie ihren üppigen

Körper unter tadellos geschnittener Kleidung, jetzt aber war sie barfuß und trug nur einen seidenen Slip. Es erregte ihn jedesmal, sie so zu sehen.

»Brauchst du Hilfe?«

»Nein, sieh nur zu, daß die Jungen nicht zu wild werden.«

»Mama ist bei ihnen, sie hat ihnen neue Spielsachen gekauft.«

»Sie verwöhnt sie.« Sophia begutachtete ein Kleid, das sie zur Hochzeit tragen wollte.

»Sie liebt ihre Enkel.«

Sophia lächelte. »Und ich liebe dich.«

Er machte einen Schritt auf sie zu, aber sie wich ihm lachend aus. »Nein, laß mich auspacken. Dein Papa kommt gleich nach Hause.«

Constantino nahm sie in die Arme und küßte ihren Nacken. »Komm, mach dein Haar auf.«

»Nein – laß mich hier weitermachen.«

Er gab sie frei und ließ sich auf das Bett fallen. »Das Haus wird voll werden, und weißt du was? Micheles Zimmer wird tatsächlich auch benutzt werden.«

Sophia fiel beinahe der Kleiderbügel aus der Hand. »Was?«

Constantino verschränkte die Arme hinter dem Kopf und lächelte. »Ja, der Bräutigam soll in Micheles Zimmer schlafen.«

»Ich hoffe, sie haben es gut gelüftet. Es ist jahrelang verschlossen gewesen.«

»Ich habe einen Blick hineingeworfen, als ich heraufkam. Micheles Sachen sind fast alle weggeräumt worden. Sie konnten das Zimmer einfach nicht verschlossen lassen, wo das Haus so voll ist. Weißt du, dies ist das erste Mal seit Gott weiß wie vielen Jahren, daß wir alle zusammen sind. Vielleicht werden dadurch ein paar Geister zur Ruhe kommen.«

»Du meinst Michele?« Sophia hätte sich auf die Zunge beißen können.

»Michele? Nein, an Michele habe ich gar nicht gedacht. Aber ich weiß, daß Filippo und seine Frau gekränkt sind, daß sie im Geschäft keine wichtigere Rolle spielen. Die Hochzeit wird nun wenigstens Teresa glücklich machen.«

»Das glaube ich auch. Aber es ging alles so schnell – gibt es dafür einen Grund?«

»Papa wollte es so.«

»Ich verstehe. Und alle richten sich nach seinem Willen. Manchmal tut Teresa mir leid.«

»Warum?«

»Filippo sieht vielleicht gut aus, aber er ist immer noch ein Kind und benimmt sich auch so.«

Sie sah das Gesicht ihres Mannes im Spiegel am Kleiderschrank. Er war ärgerlich. So war es immer, wenn sie auch nur ein Wort gegen seine geschätzte Familie sagte. »Wo ist Don Roberto?« fragte sie.

Constantino stand vom Bett auf. »Mama hat gesagt, er hätte noch in der Stadt zu tun. Um f-f-fünf müßte er zu Hause sein.« Er steckte die Hände in die Taschen und runzelte die Stirn. »Irgend etwas geht hier vor. Ich habe v-v-versucht, Papa zu erreichen. Er ist dabei, einige F-Firmen zu verkaufen – es ergibt keinen Sinn.«

Sophia bemerkte sein Stottern und betrachtete ihn. Geschäftliche Angelegenheiten besprach er nur selten mit ihr, aber sie wußte, daß er sich in letzter Zeit Sorgen machte.

»Nun, jetzt wirst du Gelegenheit haben, mit deinem Vater darüber zu sprechen.«

Constantino nickte und wechselte das Thema. »Wie findest du Mama?«

»Sie sieht gut aus. Warum fragst du?«

Bevor er antworten konnte, hörten sie ein Auto hupen. Sophia trat ans Fenster.

»Das sind Filippo und Teresa! Sie sind beinahe in Mamas Blumen hineingefahren.«

Constantino sagte: »Ich gehe wohl b-besser nach unten.« Aber er blieb stehen, die Hände immer noch tief in den Hosentaschen vergraben.

Sophia ging zu ihm hinüber und umarmte ihn. »Deiner Mama geht es gut. Vielleicht ist sie etwas nervös. Die Hochzeit ist eine große Sache, und sie muß an alles mögliche denken.«

Constantino legte die Stirn auf ihren Nacken. »Du riechst immer so gut, weißt du das? Manchmal sehe ich dich an, wenn du es nicht merkst, und kann immer noch nicht glauben, daß du wirklich meine Frau bist.«

Sie ließ ihre Finger durch sein Haar gleiten. »Wenn du möchtest, werde ich hier oben auf dich warten und mache meine Haare auf...«

Wieder ertönte die Hupe, und Constantino riß sich los.

»Nein, zieh dich lieber an. Mama wird dich unten brauchen.«

Er eilte aus dem Zimmer, und Sophia hörte, wie er den Namen seines Bruders rief. Vom Fenster aus beobachtete sie, wie ihre Schwägerin, Teresa Luciano, aus dem Rolls-Royce stieg. Der Fahrer war bereits dabei, die bunt zusammengewürfelten Gepäckstücke auszuladen.

Teresa rief nach ihrem Mann, aber Filippo beachtete sie nicht. Er lief auf Graziella zu, um sie zu begrüßen.

Filippo hatte jahrelang in New York gelebt und war während dieser Zeit selten nach Hause gekommen. Graziella war so außer sich vor Freude, ihn endlich wiederzusehen, daß sie Teresa und Rosa, die Enkelin und zukünftige Braut, völlig übersah. Rosa hatte die dunklen Augen und das schwarze, lockige Haar ihres Vaters geerbt, und Sophia war überrascht, wie hübsch das Mädchen geworden war.

Teresa war älter als Filippo, und auf Sophia wirkte sie mehr denn je wie eine altjüngferliche Lehrerin. Ihr verkniffenes Gesicht mit der schmalen Nase und dem zusammengepreßten Mund spiegelte ihre schlechte Laune wider, während sie darauf wartete, von Graziella begrüßt zu werden.

»Tante Sophia! Tante Sophia!« Rosa Luciano stürzte ins Zimmer. »Kann ich mein Kleid sehen? Wo ist es?«

Sophia wandte sich schnell vom Fenster ab. »Mama hat gesagt, daß wir Frauen morgen abend allein zu Hause bleiben, weil die Männer zum Essen ausgehen. Dann können wir uns das Kleid ansehen.«

Rosa nahm sie fest in die Arme. »Oh, Tante Sophia, ich bin so glücklich. Hier, hast du meinen Ring schon gesehen?«

Sophia bewunderte den Ring mit den Smaragden und dem Diamanten. Ihre Nichte sollte Don Robertos Neffen heiraten, einen Jungen, der gerade zwanzig geworden war, genauso alt wie Rosa selbst. Sophia wußte, daß er sich einen so kostbaren Ring nicht leisten konnte. *Il Papa*, Don Roberto, hatte ihn gekauft, ebenso wie damals Sophias Verlobungsring.

Rosa warf sich auf das Bett. »Weißt du, Tante Sophia, manchmal muß ich mich kneifen, damit ich weiß, daß ich nicht träume.«

In diesem Moment kam Teresa herein. »Sophia! Du siehst richtig durchtrainiert aus, und so schlank wie eh und je. Wie geht es den Jungen? Ich habe gehört, daß sie oft hier sind. Und was macht Constantino?«

»Er hat viel zu tun... Und wie geht es dir?«

Teresa überhörte die Frage und fuhr fort: »Ich finde es merkwürdig, daß Don Roberto nicht da war, um uns zu begrüßen. Normalerweise ist er doch hier. War er bei eurer Ankunft hier?«

»Nein, nur Mama war da.«

»Sie sieht wirklich gut aus.«

»Ja, das habe ich auch gedacht.«

Teresa ließ ihre kurzsichtigen Augen im Raum umherschweifen. Nichts entging ihr, von den Kleidern auf ihren Bügeln bis zu den ordentlich aufgestellten Schuhen. Sie war nie sicher gewesen, wie viele Familienmitglieder die Vorgeschichte zu ihrer eigenen Hochzeit kannten. Aber nach der Hochzeit ihrer Tochter würden Filippo und sie sich jedenfalls nicht mehr wie arme Verwandte vorkommen.

Der nächste Ankömmling war Emilio Luciano, der Bräutigam. Sein junges Gesicht war vor Aufregung gerötet. Filippo sprang die Treppenstufen hinunter und schloß seinen zukünftigen Schwiegersohn in die Arme. Constantino erschien mit bloßem Oberkörper und Rasierschaum im Gesicht oben auf dem Treppenabsatz und rutschte zum allgemeinen Erstaunen das Treppengeländer hinunter. Die Kinder taten es ihm gleich und glitten bäuchlings auf dem glattpolierten hölzernen Geländer bis in die Eingangshalle hinunter.

Mitten in dem allgemeinen Rufen und Scherzen, dem Schulterklopfen und dem Glückwünschen stand glückstrahlend Graziella. Das war ihre Familie, ihre Söhne und ihre Enkel.

Rosa warf sich Emilio in die Arme, und sie küßten sich unter allgemeinem Applaus. Schließlich nahm Graziella mit gespielter Verzweiflung den Gong zur Hand, wie sie es immer getan hatte, als die Jungen noch klein waren, und rief damit zum Kaffeetrinken. Einer nach dem anderen begaben sie sich ins Wohnzimmer.

Graziella schenkte Kaffee ein, und als alle saßen und die anfängliche Unruhe sich gelegt hatte, entschuldigte sie sich, um mehr heißes Wasser zu holen.

»Ich mache das schon, Großmama.«

»Nein, nein, Rosa, ich muß mich sowieso um das Abendessen kümmern.«

Graziella durchquerte die Eingangshalle, aber statt in die Küche zu gehen, betrat sie das Eßzimmer. Sie stieß einen tiefen Seufzer aus. Die Anstrengung, ihre Gefühle zu verbergen, hatte sie erschöpft. Sie schob die Läden ein wenig auseinander und sah auf die Uhr. Roberto hätte längst zu Hause sein müssen. Nicht später als fünf, hatte er gesagt, und nun war es bereits nach fünf. Die Blumenhändler, die Handwerker und die Dekorateure waren alle fort, und die Familie war vollzählig versammelt, nur er ließ sich nicht blicken. Er rief sonst immer an, selbst wenn er sich nur eine Viertelstunde verspätete. Warum hatte er ausgerechnet heute nichts von sich hören lassen?

Das Telefon schrillte, und Graziella hielt vor Schreck den Atem an. Sie lief in die Halle, wo Adina gerade den Hörer auflegte.

»Es war eine Nachricht für Sie, Signora. Don Roberto müßte in wenigen Minuten hier sein.«

Graziella bekreuzigte sich. »Danke, Adina. Machen Sie bitte noch einmal frischen Kaffee.«

Adina nickte. Schon seit Tagen merkte sie ihrer Herrin an, daß irgend etwas nicht stimmte, aber sie wagte nicht zu fragen.

Graziella ging wieder zu ihrer Familie hinein. Lächelnd reichte sie Kuchen und Gebäck herum.

»Dies ist das erste Mal, daß wir alle zusammen zu Hause sind, und das wollen wir heute abend feiern – unsere Familie.«

Constantino fiel auf, wie häufig seine Mutter auf die goldene Stutzuhr auf dem Kaminsims blickte. Sie hatte immer noch ein Lächeln auf den Lippen, aber ihre Augen verrieten, wie nervös sie war.

»Machst du dir Sorgen um irgend etwas?« flüsterte er und küßte ihr die Hand.

»Euer Papa verspätet sich. Das Essen wird noch anbrennen.«

Filippo fragte laut: »Mama, was sollen die vielen Wachtposten auf dem Grundstück?«

Graziella schien die Frage zu überhören. »Wenn ihr alle vor dem Umkleiden baden wollt, müssen wir uns überlegen, wie wir es mit dem heißen Wasser machen. Sophia, gehst du mit den Jungen als erste?«

Die beiden Söhne Don Roberto Lucianos sahen einander an. Irgend etwas stimmte ganz entschieden nicht. Constantino forderte Sophia mit einem Kopfnicken auf, mit den Jungen hinauszugehen. Sie stellte ihre halbvolle Kaffeetasse ab, rief die Kinder zu sich und verließ den Raum.

Filippo sah Teresa scharf an. Sie verstand nicht und runzelte fragend die Stirn.

»Nimmst du Rosa mit nach oben, damit ihr fertig auspacken könnt?«

Das war keine Bitte. Teresa stellte ebenfalls ihre Tasse ab und winkte Rosa, ihr zu folgen. Filippo schloß die Tür hinter ihnen.

»Macht Papa sich S-S-Sorgen wegen diesem Prozeß, Mama?«

Graziella nickte.

»Die Zeitungen in New York sind voll davon«, sagte Filippo. »Mama, ist dir nicht gut?«

Graziella war den Tränen nahe. Am liebsten hätte sie ihren Söhnen auf der Stelle alles erzählt, aber sie brachte es nicht fertig, den Wünschen ihres Mannes zuwiderzuhandeln. Constantino legte seinem Bruder die Hand auf die Schulter, zum Zeichen dafür, daß er nicht weiter fragen sollte.

»Vielleicht sollten wir darüber mit Papa sprechen. Mama hat bestimmt noch viel zu tun vor dem Essen.«

Mit einem dankbaren Blick entschuldigte Graziella sich und verließ den Raum. Constantino schlenderte langsam zu dem großen, gemauerten Kamin hinüber und lehnte sich gegen das Sims.

Filippo zuckte die Achseln. »Und was sollte das jetzt eben? So, wie sie sich benommen hat, dachte ich, sie wollte mit uns sprechen...«

Contantino warf seinem Bruder einen warnenden Blick zu. »Emilio, tust du mir einen Gefallen? Ich habe meine Zigarren oben in meinem Zimmer gelassen. Würdest du sie mir bitte holen?«

Der junge Bräutigam wußte, daß er die beiden Brüder allein lassen sollte, und gehorchte.

Constantino stand auf, zog die Vorhänge zur Seite und sah auf die Auffahrt hinaus. Am Tor standen Wachtposten. »Was ist hier los? Glaubst du, daß diese Sache mit dem Prozeß zuviel für den Alten ist? Hier stehen mehr Wachleute als vor der Nationalbank.«

»Haben sie von unseren Jungs welche geschnappt?« fragte Filippo.

Constantino schnaubte. »Den Abfall haben sie gekriegt, nur kleine Leute. Die Zellen sind zum Bersten voll mit allen Herumtreibern aus ganz Sizilien. Gute Methode, mal aufzuräumen.«

»Paul Carolla ist aber kein kleiner Fisch.«

Constantino gab seine unbekümmerte Haltung auf. »Glaubst du etwa, ich wüßte das nicht? Es heißt, das Schwein habe den neunjährigen Sohn eines Gefängnisputzmannes umbringen lassen. Der Mann sollte für Carolla Nachrichten nach draußen schmuggeln. Als er sich weigerte, haben sie seinem Jungen den Kopf weggeschossen. Hast du das nicht gelesen?«

Filippo schüttelte den Kopf.

Constantino sah ihn gedankenverloren an. »Papa hat die

Hochzeit verdammt schnell organisiert. Hat das einen bestimmten Grund? Rosa kriegt doch kein Kind, oder?«

Filippo sprang wütend auf, aber Constantino beruhigte ihn gleich. »Komm, so habe ich es doch nicht gemeint. Aber du mußt zugeben, daß der Zeitpunkt für eine Hochzeit nicht besonders günstig gewählt ist – es sei denn, gerade das ist der Sinn der Sache. Wir sind alle hier, alle unter einem Dach. Hast du mal hinausgeschaut? Papa hat anscheinend eine ganze Armee angeheuert, um uns zu bewachen. Vielleicht macht er sich Sorgen. Ich weiß, daß er wegen Lenny Cavataio vor Wut gekocht hat. Das ganze Verfahren ist zum Stillstand gekommen.«

Filippo zündete sich eine Zigarette an. »Wer ist das?«

»Cavataio hat früher für Carolla mit Heroin gehandelt.«

Filippo zuckte die Achseln. Den Namen Cavataio hatte er noch nie gehört. Constantino erkannte, daß an den Geschichten über seinen Bruder wohl etwas Wahres dran sein mußte. Es ging das Gerücht, daß er in New York nur noch ein Strohmann war. Anscheinend hatte ihr Vater ihn aus der Firma hinausgedrängt. Ob die Hochzeit stattfand, weil Don Roberto seinen Neffen Emilio in New York an Filippos Stelle setzen wollte? Aber warum war das plötzlich so eilig?

Constantino trat gegen den Feuerrost. Seine Hände waren tief in den Hosentaschen vergraben. »Papa hat zwei Firmen verkauft, ohne auch nur mit mir darüber zu sprechen . . . Es muß etwas mit dieser Geschichte mit Cavataio zu tun haben.«

Filippo verstand überhaupt nichts mehr. »Du hast mir immer noch nicht gesagt, wer Cavataio eigentlich ist.«

»Lebst du denn hinter dem Mond? Lenny Cavataio war einer der Typen, die Michele umgebracht haben. Nach seinem Tod ließ Papa Cavataio suchen. Er war spurlos verschwunden, bis er in Atlantic City aufgetaucht ist. Papa hat mich rübergeschickt, um ihn zu schnappen. Lenny hat versucht, Carolla zu erpressen. Aber Carolla ließ sich nicht bescheißen. Da hat Lenny Angst gekriegt und ist zu uns gekommen. Lenny hat ausgepackt, verstehst du? Und damit hatten wir endlich den Beweis, daß Carolla für den Mord an Michele verantwortlich ist. Cavataio war der einzige Zeuge, der noch am Leben war. Und wir brauchten ihn lebend, weil Papa wußte, daß er mit seiner Aussage Carolla wirklich festnageln konnte, nicht nur wegen Drogenhandel, sondern auch wegen dem Mord an Michele.«

Filippo sah immer noch verwirrt aus. Irritiert machte Constantino eine Pause. »Kannst du mir folgen? Kommst du mit?«

Filippo verstand immer noch nicht ganz. »Warum haben sie dann die Anklage wegen Mord fallenlassen?«

Constantino schüttelte den Kopf über diese Frage. »Gibt es bei euch in New York keine Zeitungen? Lenny Cavataio ist vor vier Monaten umgebracht worden. Sie haben ihn mit abgeschnittenen Eiern in seinem Hotel hier in Palermo gefunden.«

Filippo bohrte die Spitze seines Cowboystiefels in den dicken Teppich.

»Herrgott noch mal, warum hast du mir nicht Bescheid gegeben? Warum nicht? Warum hat Papa mich nicht benachrichtigt? Ich hatte ein Recht darauf, Bescheid zu wissen. Das hier ist eine Familienangelegenheit!«

Constantino seufzte. »Ich g-g-glaube, du weißt, warum. Du hast die Zügel schleifen lassen. Deine Frau ist immer wieder in der Firma erschienen und hat sich um bestimmte Verträge gekümmert. Das hat Papa nicht gern gesehen.«

»Aber sie ist doch *Rechtsanwältin*! Teresa kennt sich mit Importlizenzen besser aus als ich!« Er seufzte. »Ach, zum Teufel, eigentlich wollte ich nie nach New York. – Ich erinnere mich ... Ich erinnere mich noch an den Abend, als Papa uns von Michele erzählt hat.«

Filippo meinte den Abend sechs Wochen nach Micheles Tod. Michele war ihr Vorbild gewesen, ihr Held, ihr leuchtendes Beispiel. Er war nicht nur sehr sportlich, sondern auch ein brillanter Kopf gewesen, und ihr Vater war sehr stolz gewesen, als Michele einen der begehrten Plätze in Harvard errungen hatte. Aber dann, nach der ersten Hälfte seines zweiten Studienjahres, war er plötzlich nach Hause gekommen. Sie hatten geglaubt, er litte an einer Viruskrankheit. Am Abend seiner Heimkehr war er zusammengebrochen und wurde mit Blaulicht ins Krankenhaus gebracht. Einige Wochen später war er zur Erholung in die Berge geschickt worden, doch er war nicht mehr zurückgekehrt. Man hatte ihnen gesagt, er sei an dem Virus gestorben.

An jenem Abend aber hatte ihr Vater ihnen endlich gesagt, daß Michele ermordet worden war. Er hatte nicht unter einer Viruskrankheit gelitten, sondern war heroinsüchtig gewesen. Hinter den Leuten, die Michele abhängig gemacht hatten, steckte Paul Carolla. Er hatte sich an Don Roberto Luciano rächen wollen, weil dieser sich geweigert hatte, mit ihm zusammenzuarbeiten, weil er sich geweigert hatte, seine Exportfirma als Deckmantel für den Heroinhandel herzugeben. Luciano hatte Constantino und Filippo gesagt, sie seien genauso gefährdet wie ihr Bruder. Michele war eine Warnung

Filippos Schultern zuckten noch immer. Constantino versuchte, ihn zu trösten.

»Sieh mal, Carolla ist wegen so vieler Sachen angeklagt, daß er kaum eine Chance hat, selbst wenn sie die Anklage wegen Mord jetzt fallenlassen. Wenn er bestraft wird, kommt Micheles Geist vielleicht endlich zur Ruhe. Um ehrlich zu sein, ich habe ihn lange genug mit mir herumgeschleppt.«

»Und ich hatte gedacht, ich wäre allein damit – mit diesem Gefühl, daß ich es ihm gleichtun müßte, und nie gut genug dazu war ... Weißt du, es wurde so schlimm, daß ich anfing, ihn zu hassen.«

Constantino öffnete die Hausbar und schenkte sich einen Whiskey ein. Er stürzte ihn mit einem Schluck hinunter. »Wahrscheinlich haben wir beide mit ihm gewetteifert. Sieh dir doch nur mal die Familienfotos auf dem Klavier an. Da siehst du mich, Sophia, die Kinder; da bist du, Teresa, Rosa ... und da ist Michele, immer Michele, im größten Rahmen, das größte Foto.«

Filippo kicherte. Dann grinste er. »Ich habe sein Foto immer nach hinten gestellt, jeden Tag. Und jedesmal stand es am nächsten Tag wieder vorn, und er lächelte mich an, als ob er sagen wollte: ›Leck mich doch am Arsch, so leicht vertreibst du mich nicht aus deinem Leben.‹«

Lachend schenkte Constantino zwei Whiskey ein, und sie stießen miteinander an. »Auf Michele, möge er in Frieden ruhen und auch uns in Frieden lassen.«

Paul Carolla wurde in den kleinen Besuchsraum geführt. Er ging zur Trennwand und legte seine Hand gegen die kugelsichere Scheibe. Auf der anderen Seite lächelte sein Sohn ihm zögernd entgegen. Luca wirkte jünger als fünfundzwanzig. Auch er legte seine Hand flach gegen das Glas. Seine langen, feingliedrigen Finger mit den perfekt manikürten Nägeln waren goldbraun. Nur die Scheibe trennte sie nun von Carollas dicken, kurzen Fingern und seiner breiten Handfläche. Gleichzeitig griffen beide nach den Hörern der Wechselsprechanlage.

Carolla wurde Tag und Nacht bewacht, weil es nach dem Mord an dem kleinen Luzio Paluso, dem Sohn des Gefängnisreinigers, Morddrohungen gegen ihn gegeben hatte. Luca hatte den Mord auf Geheiß seines Vaters arrangiert, und Carolla hatte ihm befohlen, Sizilien zu verlassen, damit niemand sie miteinander in Verbindung bringen konnte. Als er Luca nun gegenüberstand, zitterte er vor Wut.

Er blickte auf die beiden Gefängniswärter, die ihn begleitet hatten, und sah dann wieder seinen Sohn an. Heiser flüsterte er in die Sprechmuschel: »Ich habe dir doch gesagt, daß du aus Palermo verschwinden sollst.«

»Aber ich habe etwas für dich.«

Schweißtropfen rannen Carolla über das Gesicht. »Du verschwindest und läßt dich hier nie wieder blicken, Luca, hast du mich verstanden?«

Luca hielt den Hörer locker in der Hand. Das einzige Zeichen dafür, daß er seinen Vater überhaupt gehört hatte, war ein leichtes Hochziehen seiner feinen, beinahe unsichtbaren blonden Augenbrauen.

Als er sprach, klang seine leise Stimme wie ein seltsames,

flüsterndes Echo. »Ich weiß den Namen. Ich habe seinen Namen. Alles wird gut.«

Erstaunt sah Carolla zu, wie Luca einen Bleistift aus der Tasche zog und etwas auf ein Stück Papier schrieb. Er sah auf und lächelte, dann sprach er wieder in die Sprechmuschel. »Ich habe ihn für dich herausgefunden. Zehn Millionen Lire habe ich dafür bezahlt.«

Er schwenkte den Papierfetzen und sagte in eintönigem Singsang: »Ich habe hier, was du brauchst, aber du mußt deinen Leuten sagen, daß sie mich bezahlen sollen.« Sorgfältig glättete Luca das Stück Papier und legte es flach gegen das Glas.

Carollas Magen krampfte sich zusammen, und die Galle kam ihm hoch. Er schmeckte sie, als er unwillkürlich würgen mußte, aber seine Augen starrten auf die drei Worte. Es war der Name seines Erzfeindes, Don Roberto Luciano.

Die Villa war strahlend hell erleuchtet. Als der Wagen vor dem Haus hielt, blieb Don Roberto noch einen Moment lang sitzen. Dann stieg er aus, und einer der Leibwächter zog ihm den Kaschmirmantel zurecht, damit er perfekt saß, und reichte ihm seine Glacéhandschuhe und seinen Hut. Seit zehn Uhr morgens war Roberto mit Emanuel zusammengewesen und hatte seine Aussagen auf Band gesprochen. Es war ein anstrengender, aufreibender Tag gewesen, ein Tag, an dem Erinnerungen hochgekommen und alte Wunden aufgerissen worden waren. Aber nun stand er aufrecht zwischen seinen Leibwächtern, die er beinahe um einen halben Kopf überragte, und lächelte. Als er die weißen Stufen hinaufstieg, öffnete sich die Haustür.

In der weitläufigen Villa gab es niemanden, der nicht von seinem Kommen wußte, der seine Gegenwart nicht spürte. Don Roberto Luciano war zu Hause.

2. Kapitel

Nichts in Don Robertos Verhalten deutete auf seine Pläne hin. Am kommenden Abend würden die Männer unter sich sein, und dann wollte er seine Söhne einweihen. Dann sollten sie erfahren, daß er als Hauptbelastungszeuge aussagen würde. Den heutigen Abend aber wollte er im Kreise seiner Familie genießen. Graziella hob ihr Glas: »Auf Papa . . .« Sie stießen auf ihren Papa an und bemerkten überrascht die Tränen in seinen Augen.

»Ihr macht mich glücklich. Es ist so schön, euch alle hier zu haben.«

Die beiden kleinen Jungen wichen ihrem Großvater nicht von der Seite. Obwohl sie allmählich müde wurden, wetteiferten sie miteinander um seine Aufmerksamkeit und baten ihn darum, ihnen Geschichten zu erzählen.

Während er seine Zigarre rauchte, erzählte Don Roberto ihnen aus seiner Kindheit, als er genauso alt war wie Nunzio. Einmal war er in einen Obstgarten geklettert und hatte zwei große, rotbackige Äpfel gestohlen. Weil er seine Hände brauchte, um über die Mauer zurückzuklettern, hatte er die Äpfel hinten in die Hose gestopft.

»Und als ich halb über die Mauer war, hat der Bauer mich erwischt. Er hat an meinem Stiefel gezogen . . .«

Don Roberto schnitt eine Grimasse, schob die Unterlippe vor und krächzte: »Hab' ich dich, du diebische kleine Elster!«

Dann sagte er mit unschuldigem Augenaufschlag und kindlicher Stimme: »Meinen Sie mich? Ich habe nichts genommen. Ich habe nur über die Mauer in Ihren herrlichen Obstgarten geschaut und gedacht, wie schön es doch wäre, wenn ich einen von Ihren großen, rotbackigen Äpfeln haben könnte.«

Constantino legte seiner Mutter den Arm um die Schultern. Alle lauschten nun, als Don Roberto seine leeren Handflächen vorzeigte und fortfuhr: »Sehen Sie, ich habe nichts gestohlen. Ich bin unschuldig.«

Er zwinkerte und grinste wie ein Clown. Constantino flüsterte Graziella zu: »So entspannt habe ich ihn noch nie gesehen. Uns hat er nie Geschichten erzählt.«

»Nun«, ahmte der Don den Bauern nach, »das tut mir leid. Aber jetzt mach, daß du fortkommst. Du kannst von Glück sagen, daß ich dir nicht die Ohren langgezogen habe. Los, verschwinde.«

Und Don Roberto erzählte weiter: »Ich bin langsam rückwärts weggegangen, denn wenn ich mich umgedreht hätte, hätte er gesehen, wo ich die Äpfel versteckt hatte. Da rief er: ›Warte mal, warte mal!‹ griff in seinen Korb und gab mir einen riesengroßen Apfel. Ich wollte ihn eben nehmen, da, könnt ihr euch vorstellen, was da passierte?«

Zwei kleine Gesichter waren zu ihm emporgewandt, und zwei kleine Köpfe drehten sich von einer Seite zur anderen.

»Die beiden Äpfel, die ich gestohlen hatte, fielen auf den Boden und rollten ihm genau vor die Füße. Er jagte mich den Weg entlang und drohte mir mit den Fäusten, und wißt ihr, was er dann getan hat? Nein? Er war so wütend, daß er mit den Äpfeln nach mir geworfen hat. Und ratet mal, was ich gemacht habe? Na? Am Abend bin ich zurückgekommen und habe die Äpfel aufgesammelt. Ich war so zufrieden mit meiner Heldentat, daß ich sie alle auf einmal gegessen habe. Und wißt ihr, was dann passiert ist? Nein?« Er brüllte vor Lachen. *»Ich habe Bauchschmerzen bekommen!«*

Alle schüttelten sich vor Lachen. Den Kindern kullerten Tränen die Wangen hinunter. Als sie sich schließlich beruhigt hatten, warf Don Roberto seiner Frau heimlich einen innigen Blick zu. Ihr Haus war voller Leben und Lachen, und er fühlte sich sicher. Er wußte, daß es richtig gewesen war, den Kindern nichts zu sagen, nicht an diesem Abend.

Am nächsten Morgen war die Villa Rivera vom Tun und Treiben der Familie erfüllt. Geschenke für das Hochzeitspaar wurden abgegeben und im Wohnzimmer aufgestapelt, doch nur der Don und seine Frau wußten, daß jedes einzelne sorgfältig untersucht und erneut verpackt worden war, bevor man es ins Haus gebracht hatte. Und nur sie beide wußten, warum alle Türen bewacht waren, als die Familie sich zum Frühstück versammelte. Auf dem Dach patrouillierten Männer, in den Obstplantagen und in den Ställen waren Wächter, und weitere Leute kontrollierten jeden, der das Gelände betrat oder verließ, und verglichen seine Personalien mit den Angaben auf der Liste der Dienstboten, die für die Hochzeitsvorbereitungen angestellt worden waren.

Ähnlich strenge Schutzmaßnahmen erlaubten es dem Staatsanwalt Giuliano Emanuel, sich in seinem Haus sicher zu fühlen. Es war bereits nach zehn, als er in sein Büro fuhr, und er war müde, denn er hatte noch bis spät in die Nacht zu Hause in seinem Arbeitszimmer an den Luciano-Bändern gearbeitet. Es dauerte eine ganze Weile, bis er sein Büro betreten konnte, aber er beklagte sich nicht darüber, daß das Wachpersonal seine Ausweise überprüfte, denn schließlich hatte er selbst diese Maßnahme veranlaßt. Am Tag nach ihrem Treffen hatte Mario Domino mitgeteilt, daß den Lucianos fünfzehn Wachtposten zugeteilt werden würden. Der Don und seine Familie würden den geforderten Schutz erhalten.

Emanuel schloß die Tür hinter sich und warf den Aktenkoffer auf den Schreibtisch. Eine Woche lang hatte er nun mit Roberto Luciano zusammengearbeitet und seine Aussagen auf Band aufgenommen. Luciano hatte um eine Unterbrechung am Wochenende gebeten, weil er mit seiner Familie zusammensein wollte, und Emanuel hatte eingewilligt, denn er brauchte die Zeit zur Überarbeitung seiner Notizen.

Die acht Tage waren anstrengend gewesen. Jeder Treffpunkt wurde bewacht, Autos wurden gewechselt und Treffen im letzten Augenblick an andere Orte verlegt. Schon das bloße Finden sicherer Häuser hatte sich als Alptraum erwiesen. Und alle Bänder mußten abgeschrieben werden, bevor sie dem Gericht vorgelegt werden konnten.

Emanuel hatte eine Liste der Probleme aufgestellt, die sich aus den Aussagen ergaben. Sobald das Verfahren wiederaufgenommen wurde, wollte Don Roberto vor Gericht aussagen. Emanuel hatte zwar durchsickern lassen, daß er einen wichtigen neuen Belastungszeugen hatte, aber er war zuversichtlich, daß niemand seine Identität herausfinden würde.

Er zog das Tonbandgerät zu sich heran und legte Band vier der letzten Sitzung ein. Dann schlug er sein Notizbuch auf und schaltete den Computer ein.

Die Aussagen reichten zwanzig Jahre zurück, bis zum Tod Michele Lucianos. Obwohl er Don Roberto nun tagelang ununterbrochen zugehört hatte, war Emanuel jedesmal wieder beeindruckt. Luciano schweifte nie vom Thema ab. Knapp und peinlich genau nannte er Daten und Fakten, und wenn er einen Namen erwähnte, buchstabierte er ihn sorgfältig, um jede Verwechslung zu vermeiden. Unterbrechungen gab es nur, wenn Luciano einen Punkt umging, weil er merkte, daß das Material gegen ihn selbst verwendet werden konnte, oder weil er im Zuammenhang damit Namen nennen mußte, die er nicht preisgeben wollte.

Emanuel tippte in den Computer: »Roberto Luciano, Aussage drei, Band vier, 12. Februar 1987.« Er arbeitete bis kurz nach zwölf, ließ das Band zurücklaufen, wenn er Lucianos Worte überprüfen wollte, machte ständig Querverweise und verglich mit Aussagen, die er an den vorhergegangenen Tagen aufgenommen hatte. Er drückte die Speichertaste, drückte sie noch einmal, aber nichts geschah. Er konnte nicht speichern und schaffte es auch nicht, aus dem Programm herauszugehen.

Plötzlich erschien auf dem Bildschirm das Wort »Stromausfall«. Emanuel saß in stummer Wut vor dem Gerät, denn entgegen allen Anweisungen hatte er weder Sicherheitskopien gemacht noch die vorgenommenen Veränderungen abgespeichert. Ihm blieb nichts anderes übrig, als das Gerät auszuschalten. Die Arbeit des ganzen Vormittags war verloren.

Fluchend über seine eigene Dummheit griff er nach dem Schalter. In diesem Moment klingelte das Telefon. Er schreckte hoch, nahm den Hörer ab und stieß dabei eine Tasse mit kaltem Kaffee vom vorhergehenden Abend um. Er versuchte, die Tasse vor ihrem Sturz auf den Boden zu bewahren, und ließ dabei den Telefonhörer aus der Hand fallen, der an der Seitenwand des Schreibtisches aufprallte.

Aus dem baumelnden Hörer hörte er die Stimme seiner Frau, die fragte, ob alles in Ordnung sei. Er rief ihr zu, sie solle am Apparat bleiben, hob die Tasse auf und griff dann nach der Telefonschnur, um den Hörer daran hochzuziehen. Die geringelte Schnur verhakte sich an der Schreibtischkante, und er fluchte erneut, während er mit einer Hand unter der Kante entlangfuhr, um das Kabel zu befreien. Plötzlich zuckte er zusammen wie von einem elektrischen Schlag getroffen und riß seine Hand zurück.

Seine Frau rief: »Hallo? Bist du da? Hallo?«

Emanuel nahm schnell den Hörer auf: »Ich rufe dich zurück ... Nein, es geht mir gut, alles in Ordnung. Ich rufe dich später wieder an.«

Alles in Ordnung? Herr im Himmel ... Er knallte den Hörer auf die Gabel und tastete mit klopfendem Herzen noch einmal unter der Schreibtischkante entlang. Er wußte genau, was es war. Seine Hände zitterten, als er es wieder berührte. Er stürzte zur Tür und riß sie auf.

»Hierher! Beeilen Sie sich!« Emanuel brüllte.

Sein Büro war verwanzt. Wie das passiert war, war unerheblich. Wichtig war nur, wann. Wieviel von den Lucianobändern, wie viele seiner eigenen Telefongespräche waren abgehört worden? Sein Gesicht war weiß vor Wut. Er starrte auf den Computer. Hatte jemand sich daran zu schaffen gemacht? Oder, noch schlimmer, hatte jemand sich Zugang zu den Disketten verschafft?

Sophia und Teresa warteten in der Eingangshalle der Villa Rivera auf Graziella. Sie wollten zusammen die letzten Einkäufe erledigen. Rosa hatte nicht mitkommen wollen und saß nun mit Emilio im Garten.

Als der Wagen aus dem Tor fuhr, war Teresa den Tränen nahe. Da stand das geschmückte Zelt, und auch die Auffahrt war mit Blumen geschmückt. Der strahlende Sonnenschein gab der Szene ein märchenhaftes, beinahe unwirkliches Aussehen.

Auch Sophia fühlte das und drückte Teresa die Hand, während sie sich umwandte, um Rosa zum Abschied zuzulächeln. Erst jetzt bemerkte sie den Wagen, der ihnen folgte. Graziella antwortete auf ihre Frage nur, daß das Papas Wunsch sei und daß die zusätzlichen Hände ihnen beim Tragen ihrer Einkäufe helfen könnten.

Um halb fünf kehrten die Frauen aus der Stadt zurück. Constantino saß auf der Veranda, und Filippo spielte mit den beiden kleinen Jungen und ihrem Großvater Tennis.

Don Roberto führte den Jungen einen Aufschlag vor. Es herrschte eine so entspannte Atmosphäre, daß man einen der Posten gebeten hatte, den Balljungen zu spielen. Don Roberto tippte Filippo mit seinem Schläger auf den Kopf und rief Graziella zu: »Der Junge hier ist ein ausgezeichneter Mechaniker. Er hat das alte Motorrad repariert! Wir sind zusammen eine Runde durch den Garten gefahren.« Dann legte er Filippo den Arm um die Schultern.

»Du sagst Mama nichts von diesen Motorradrennen, abgemacht? Aber für das nächste Rennen besorgst du mir eine Eintrittskarte, ja?« Er sah Filippo in die Augen. »Abgemacht?«

Sie schüttelten sich die Hände. Dann nahm Don Roberto seinen Sohn in die Arme. »Ich liebe dich ... Vielleicht bin ich zu streng mit dir gewesen, aber wir bringen das ins reine. Du bist mein Sohn.«

Filippo konnte sich nicht erinnern, jemals so glücklich gewesen zu sein.

Es war fast sechs Uhr. Die Männer kleideten sich um, weil sie auswärts essen wollten. Die Frauen blieben zu Hause, um die

Hochzeitsgeschenke zu sichten und auf dem großen Eßtisch aufzubauen.

Je länger die Brüder zusammen waren, desto lauter und prahlerischer wurden sie, bis sie sich wieder wie Jugendliche verhielten, sich Spitznamen zuriefen und Scherze machten.

Graziella lächelte ihren tadellos gekleideten Mann an, während sie ihm die Krawatte band. »Heute abend sagst du es ihnen?«

»Ja, heute abend.«

Sie umarmte ihn. »Ich fühle, wie das Haus sich öffnet, weil jetzt alle hier versammelt sind, weil sogar Micheles Zimmer benutzt wird. Wir hätten das schon früher tun sollen . . . Jetzt ist es überstanden, ich weiß es. Fühlst du es auch?«

Er küßte sie aufs Haar, das nach dem Veilchenparfüm duftete, welches er ihr immer mitbrachte. »Ich fühle es auch, Mama.«

Sie zupfte an seinem Smoking herum, obwohl er perfekt saß. »Du warst so gut zu den Jungen, besonders zu Filippo. Sie lieben dich beide so sehr. Vielleicht liegt es an deinem großen Entschluß, daß du deine Gefühle jetzt leichter zeigen kannst.«

»Es ist an der Zeit, Michele in Frieden ruhen zu lassen. Vielleicht lieben sie mich nicht so sehr, wenn ich ihnen meinen Entschluß mitgeteilt habe.«

Robertos Gesicht war hart.

Graziella mußte die Tränen zurückhalten. »Er war ihr Bruder. Sie werden es verstehen. Und sie werden hinter dir und deiner Entscheidung stehen, ebenso wie ich.«

»Sie haben keine andere Wahl.« Er nahm sanft ihr Gesicht in die Hände. »Du brauchst keine Angst zu haben, Mama. Und sag den Frauen noch nichts. Das sollen ihre Männer tun – wie es sich gehört.«

Schwatzend und lachend verabschiedeten die Frauen ihre Männer. Sie konnten es kaum erwarten, daß sie das Haus verließen, damit sie endlich das Hochzeitskleid auspacken konnten.

Rosa warf Emilio von der Treppe her einen Handkuß zu. Sie war im Morgenrock, und Filippo hielt Emilio, der zu ihr hinlaufen wollte, fest und sagte: »Weißt du nicht, daß es Unglück bringt, wenn man die Braut schon vor der Trauung halb nackt sieht?«

»Das bin ich ja gar nicht!« schrie Rosa, rannte auf Emilio zu und schlang die Arme um ihn. Barfuß, mit offenen Haaren und vor Freude gerötetem Gesicht, küßte sie seine hochroten Wangen.

Don Roberto hatte einen Arm um Filippo gelegt und rief seinen Enkeln, die von oben durch das Treppengeländer lugten, zu: »Träumt schön, meine Kleinen! So, seid ihr alle fertig? Kommt, damit die Frauen endlich ihre Ruhe haben.«

Aber als Constantino seine Söhne in gleichen Schlafanzügen und mit frischgewaschenen Gesichtern oben an der Treppe stehen sah, konnte er nicht widerstehen. Er sprang noch einmal die Treppe hinauf und schloß sie in die Arme, gab ihnen Gutenachtküsse und ließ sie versprechen, brav zu sein.

Von draußen rief Filippo, daß der Wagen warte, und Constantino eilte hinaus. Er verließ die Villa als letzter.

Sophia nahm Rosa zur Anprobe des Hochzeitskleides mit in ihr Schlafzimmer. Teresa packte währenddessen die Geschenke aus, und Graziella legte die beiden Jungen in dem großen Doppelbett schlafen, schlug die Laken um sie herum ein und ließ sie ihre Abendgebete aufsagen.

Der Abend war warm, und sie öffnete die Fensterläden ein wenig. Dabei bemerkte sie, daß das Wachpersonal sich am Tor versammelte. Sie sah auf die Uhr. Es war Viertel nach acht; die Ablösung würde erst um zehn Uhr stattfinden.

In Emanuels Büro versuchte ein Schwarm von Polizeibeamten herauszubekommen, wie es trotz der scharfen Überwachung möglich gewesen war, die Wanzen anzubringen. Sorgfältig überprüften sie jeden Beamten, der in den letzten Wochen Dienst getan hatte. Es war bereits nach neun Uhr abends, als Emanuel eine Liste der Männer erhielt, die zum Schutz Don Robertos abgestellt worden waren. Sie waren ohne Ausnahme vertrauenswürdig, nur für die zusätzlichen Wachtposten, die der Don angestellt hatte, konnte sich niemand verbürgen. Emanuel wollte mit Luciano persönlich besprechen, wie er und seine Familie von nun an am besten zu schützen wären.

Dreimal hatte Emanuel bereits in der Villa angerufen. Obwohl sie wußte, wer er war, hatte Graziella sich zuerst geweigert, ihm das Restaurant zu nennen, in dem die Männer aßen. Er versuchte, ganz ruhig zu bleiben, und erklärte ihr eindringlich, es sei von größter Wichtigkeit, daß er Don Roberto persönlich spreche.

Als er die Telefonnummer des San Lorenzo endlich herausbekommen hatte, war ununterbrochen besetzt. Schließlich entschloß sich Emanuel, selbst zum Restaurant zu fahren, um mit dem Don zu sprechen. Inzwischen war es Viertel nach zehn.

Don Roberto hatte das San Lorenzo aus zwei Gründen gewählt. Einmal war er selbst der Besitzer und kannte das Personal, zum anderen wußte er, daß das Speisezimmer im ersten Stock leicht zu überwachen war. Das Restaurant unten war für diesen Abend geschlossen worden, und nach ihrer Ankunft wurden die Türen verriegelt.

Nur das allernötigste Personal war für diesen Abend einbestellt. Die Leibwächter sollten unten essen, und um Viertel nach zwölf sollten die Fahrer kommen, um die Männer wieder abzuholen. Sie sollten nicht vor dem Gebäude warten, denn Don Robertos Wagen kannte jedes Kind.

Die Männer betraten das kleine Speisezimmer erst, nachdem die Leibwächter es sorgfältig durchsucht hatten. Um neun Uhr setzten sie sich zum Essen.

Emanuel hatte eine lange Fahrt vor sich, doch schon nach zehn Kilometern platzte ein Hinterreifen. Der Wagen schleuderte, aber er schaffte es, ihn unter Kontrolle zu bringen und auf dem Seitenstreifen zu halten. Seine Hände zitterten, und er mußte sich erst einmal beruhigen. Er war überzeugt, daß jemand auf ihn geschossen hatte. Vorsichtig öffnete er die Fahrertür. Sein

Mund war trocken, und er hatte Herzklopfen. Aber dann atmete er erleichtert auf. Es war nur ein Reifen geplatzt.

Graziella brachte das Tablett mit dem Kaffee ins Wohnzimmer und sagte, sie wolle einmal nach den Kindern sehen. Sophia meinte, das sei nicht nötig. Wenn sie noch wach wären, hätten die Frauen sie bestimmt gehört.

Graziella setzte sich und nippte an ihrem Kaffee, aber es gelang ihr nicht, am Geplauder der anderen teilzunehmen. Immer wieder ging ihr das Gespräch mit Emanuel durch den Kopf. Warum hatte er so gedrängt? Sie versuchte, nicht mehr daran zu denken. Sie war müde. Es war ein langer Tag gewesen, der morgige würde noch anstrengender werden. Um sieben Uhr früh sollten die Speisen und Getränke angeliefert werden, und sie wollte dabeisein und dafür sorgen, daß alles klappte.

Es war nach elf. Adina nahm Graziella das Tablett ab und teilte ihr mit, daß die Fahrer das Haus verlassen hatten. Die Männer würden also bald zurück sein. Graziella sagte zu Adina, sie könne zu Bett gehen, wenn sie mit der Küche fertig sei, dann lächelte sie ihr zu und legte den Finger an die Lippen. Sie wollte nur eben zu den Kindern hineinschauen.

Um Viertel nach elf hielt ein Lastwagenfahrer, um Emanuel zu helfen. Sie montierten den zerfetzten Reifen ab, und im Schein einer Taschenlampe besahen sie sich den Ersatzreifen genauer. Er war ebenfalls platt.

Leise öffnete Graziella die Tür zum Schlafzimmer der Kinder. Die beiden Jungen lagen mit den Gesichtern zueinander, und Nunzio hatte wie zum Schutz den Arm um seinen Bruder gelegt. In dem großen Doppelbett sahen sie so winzig aus, so unschuldig und friedlich, daß Graziella lächeln mußte.

Sie wollte gerade die Tür wieder schließen, als sie ein Geräusch wie von einem herabfallenden Dachziegel hörte. Sie schlich zum Fenster und stellte fest, daß die Fensterläden weiter offen standen als vorher. Sie spähte über den Rasen zum Tor hinüber.

In der Dunkelheit erkannte Graziella kleine, glühende Pünktchen, die Zigaretten der Wachtposten. Als sie die Läden schloß, schlug der Riegel gegen das Holz, und sie hielt den Atem an, weil sie fürchtete, die Jungen aufgeweckt zu haben. Sie wandte sich zum Bett um.

Keins der Kinder hatte sich bewegt. Beide lagen noch in der gleichen Stellung wie vorher. In dem schwachen Licht, das vom Flur hereinfiel, sah Graziella zwischen ihren Köpfen auf dem Kissen eine dunkle Stelle. Verwundert ging sie näher heran und beugte sich über die beiden Jungen.

Der dunkle Fleck sickerte zwischen ihren Gesichtern in das Kissen hinein. Graziellas Mund formte einen Schrei, aber sie brachte keinen Ton heraus. Wie in Zeitlupe streckte sie die Hand aus.

Rosa war im Wohnzimmer, als der furchtbare Schrei durchs Haus gellte. Sie war die erste, die Graziella mit verzerrtem, vor Grauen entstelltem Gesicht oben auf dem Treppenabsatz stehen sah.

Sophia drängte sich an Rosa vorbei und stürzte die Treppe hinauf. »Mama, *Mama, was ist*?«

Schluchzend versuchte Graziella, Sophia am Arm festzuhalten und sie daran zu hindern, das Schlafzimmer zu betreten. Nun kam Teresa aus dem Wohnzimmer und lief die Treppe hinauf. Sophia schob Graziella zur Seite und betrat das Schlafzimmer.

»Was ist, Mama? Was ist?« Teresa versuchte, Sophia zu folgen, als sich das leise Stöhnen in einen schrillen, furchtbaren Schrei verwandelte: *»Meine Kinder!«*

Sophia hatte sich über die Leichen ihrer beiden Söhne geworfen. Beide waren durch einen Schuß in die Schläfe getötet worden, und der Mörder hatte die kleinen Gesichter einander zugewandt, um die Einschüsse zu verdecken, und hatte sogar Nunzios Arm um sein Brüderchen gelegt.

Ihre Haare waren blutverklebt, aber Sophia achtete nicht darauf. Sie stieß Graziella fort und schüttelte die beiden erschlafften kleinen Körper, als könne sie sie durch reine Willenskraft wieder zum Leben erwecken.

Die Wachtposten hatten die Schreie gehört und liefen die Auffahrt hinauf. Einer der Männer auf dem Dach rutschte über die Ziegel hinunter. Sie hämmerten mit den Fäusten gegen die Haustür, und die Männer am Tor schalteten ihre starken Taschenlampen ein.

Der Mechaniker an der Tankstelle beobachtete das Luftdruckmeßgerät und bückte sich, um den Reifen zu betasten. Schließlich war er zufrieden und löste den Schlauch vom Ventil. Emanuel ging währenddessen ungeduldig auf und ab und sah immer wieder auf die Uhr. Es war beinahe halb zwölf.

Diego Caruso, Don Robertos Fahrer, pochte an die Tür des Restaurants. Von drinnen hörte er eine Aufnahme von Puccinis *Turandot*, gesungen von Pavarotti. Er trat zurück und sah zu den hellerleuchteten Fenstern im zweiten Stock empor.

Der zweite Fahrer kam an und wartete, während Caruso erneut klopfte. Sie wußten, daß etwas nicht stimmte. Einer der Leibwächter hätte inzwischen längst die Tür öffnen müssen.

Auch der Hintereingang des Restaurants war abgeschlossen. Aus den Küchenfenstern fiel Licht, und Pavarotti sang immer noch. Panik erfaßte die beiden Männer. Sie versuchten, die Tür einzutreten, und schossen dann auf das Schloß, bis es nachgab.

Mit gezogenen Waffen traten sie in eine Tür mit der Aufschrift »Küche«. Pfannen mit Soßen standen neben den brennenden Gasflammen, als wäre der Küchenchef nur für einen Moment fortgegangen. In dem großen Spülbecken stapelte sich schmutziges Geschirr, und an der Wand standen zur Hälfte gefüllte schwarze Müllsäcke, als hätte gerade jemand begonnen, den Abfall fortzuschaffen. Es hatte den Anschein, als könnte der Küchenchef jeden Augenblick wieder hereinkommen, seinen Kochlöffel schwingen und Pavarottis Arie mitsingen. Die Panik der beiden Männer wuchs. Im Restaurant war niemand. In der Vorratskammer und im Keller auch nicht.

Emanuel warf eine Münze ein. Endlich ertönte der Summton. Seine Finger trommelten an die Glasscheibe der Telefonzelle, als wollte er mit seiner Ungeduld jemand zwingen, ans Telefon zu gehen. Er wartete.

Als die beiden Fahrer wieder aus dem Keller kamen, klingelte das Telefon, doch bevor sie es erreicht hatten, hörte es auf. Hintereinander stiegen sie nun die schmale Treppe ins obere Stockwerk hinauf. Der Perlenvorhang klirrte leise, als sie ihn zur Seite zogen.

Emanuel schlug mit der Faust gegen den Apparat. Als im Restaurant niemand abgenommen hatte, hatte er noch einmal versucht, die Villa Rivera zu erreichen, doch dort war besetzt. Frustriert lief er zu seinem Auto zurück und machte sich auf den Weg zum San Lorenzo.

Als die beiden Fahrer die Tür zu dem kleinen Speisezimmer erreichten, war die Oper gerade zu Ende. Die Tür war von außen mit einem alten Eisenriegel verschlossen. Schulter an Schulter schoben die Männer vorsichtig den Riegel zurück. Sie warteten einen Augenblick, dann nickten sie sich zu.

Mit gezogenen Pistolen traten sie gegen die schwere Eichentür. Sie öffnete sich knarrend, und als sie wieder zufallen wollte, stemmte der Fahrer sich mit der Schulter dagegen und trat in den Raum. Dann flüsterte er: »Oh, mein Gott . . .«

Das Speisezimmer wurde von zwei Kandelabern auf dem Tisch und von schwachen elektrischen Kerzen an den Wänden beleuchtet. Die roten Samtgardinen waren auf den dunkelroten Teppich abgestimmt. Im ganzen Raum hing ein durchdringender Geruch nach Knoblauch und Mandeln. Die schweren, hochlehnigen Eichenstühle warfen Schatten auf die weißgetünchten Wände und auf die Männer, die darauf saßen.

Am Kopfende des Tisches war Don Roberto Luciano leicht zur Seite gesunken. Sein Körper wurde von der Armlehne gehalten, eine Hand umklammerte ein Weinglas auf dem Tisch.

Seine Lippen waren zu einer Grimasse nach hinten gezogen. Zu seiner Rechten saß Constantino, bequem zurückgelehnt, den Kopf zur Seite gedreht, als würde er mit seinem Vater sprechen, aber beide Hände waren wie Klauen um die Tischkante gekrallt. Auf seinem Kinn und auf dem seidenen Revers seines Smokings glänzte Erbrochenes.

Zur Linken Don Robertos war Filippo mit dem Oberkörper auf den Tisch gefallen. Der verschüttete Rotwein hatte sich mit seinem Erbrochenen vermischt und tränkte das Tischtuch.

Emilio, der junge Bräutigam, hatte es noch geschafft, vom Tisch aufzustehen, bevor er gestorben war. Mit schmerzverzerrtem Gesicht war er vornüber auf die Knie gefallen. Sein Weinglas lag in Scherben vor ihm. Mit einer Hand umklammerte er das Tischtuch.

Diego Caruso untersuchte die Leichen. Er wußte, daß die Männer tot waren, aber er zwang sich dazu, bevor er schluchzend zusammenbrach.

Mario Domino traf gleichzeitig mit der Polizei im Restaurant ein. Davor stand mit geöffneter Fahrertür Giuliano Emanuels Wagen. Er selbst saß mit aschfahlem Gesicht darin. Er hatte Domino zu sich gerufen, aber als dieser sich jetzt näherte, mußte Emanuel die Lippen anfeuchten, bevor er ein Wort herausbringen konnte.

Die beiden Männer stiegen die schmale Treppe hinauf. Die Toten lagen unverändert, vor dem Eintreffen der Gerichtsmediziner durfte an der entsetzlichen Szene nichts verändert werden. Domino neigte den Kopf und sank auf die Knie. Später erinnerte er sich, daß alle es ihm gleichgetan hatten. Alle waren auf die Knie gesunken und hatten gebetet.

Luciano bot auch im Tode einen beeindruckenden Anblick. Seine weitgeöffneten Augen schienen vor Wut zu sprühen, als wollte der verzerrte Mund den Namen seines Mörders herausschreien. Dominos Blick wanderte von seinem geliebten Freund zu den Gesichtern seiner Söhne. Der Gestank ihres Erbrochenen, der sich mit dem strengen Knoblauchdunst und dem scharfsüßen Mandelgeruch mischte, zwang ihn, sich das

Gesicht mit einem Taschentuch zu bedecken. Er drehte sich um und eilte weg. Er wußte, daß er derjenige war, der es Graziella sagen mußte.

Als Domino sich der Villa näherte, sah er, daß sie von Streifenwagen eingekreist war. Alle Fenster waren hell erleuchtet. Er fuhr schneller, er wollte nicht, daß jemand vor ihm Graziella die tragische Nachricht überbrachte.

Als Domino von der Polizei erfuhr, daß Lucianos Enkel ermordet waren, brach er zusammen. Wie sollte er Graziella sagen, daß es noch mehr Tote gab? Die Türen des Krankenwagens standen offen, und auf zwei Bahren wurden zwei winzige, mit Laken bedeckte Gestalten aus dem Haus getragen.

Domino betrat die Villa, ohne daß jemand ihn aufgehalten hätte. Er stand in der hellerleuchteten Eingangshalle. Das ganze Haus schien voller Leute zu sein, und alle Türen standen offen. Ratlos sah er sich nach einem bekannten Gesicht um und war erleichtert, als er den Hausarzt der Familie langsam die Treppe herunterkommen sah.

Das Gesicht des Mannes war grau. Als er Domino sah, schüttelte er traurig den Kopf. »Warum nur?« fragte er leise. »Wer konnte so etwas tun?«

Domino nahm seinen Arm und zog ihn zur Seite. »Bleiben Sie bitte. Wir brauchen Sie noch. Wo ist Graziella?«

»Mario!« Das war ihre Stimme.

Domino drückte den Arm des Arztes, bevor er Graziella entgegenging. »Ich muß dich allein sprechen.«

Er streckte ihr die Hand entgegen, und sie ergriff sie mit einem so traurigen Lächeln, daß es ihm fast das Herz brach.

»Danke, daß du gekommen bist. Ich brauche dich hier. Aber ich möchte, daß alle anderen das Haus verlassen, bevor Roberto heimkommt. Im Restaurant nimmt niemand ab. Ich habe es schon so oft versucht.«

Sie betraten Don Robertos Arbeitszimmer, und Graziella schloß die Tür. Domino wußte nicht, wie er beginnen sollte.

Graziella sprach weiter. »Die Männer sind zum Essen ausgegangen, weißt du. Roberto wollte ihnen von seinem Entschluß berichten. O Gott, Mario... die beiden Kleinen sind tot.« Aus ihren Augen war jedes Leben gewichen.

»Graziella...« Dominos Flüstern war kaum zu hören. »Es ist noch mehr... Gott helfe mir, ich weiß nicht, wie ich es dir sagen soll.«

Sie blickte ihn an, und erst jetzt schien sie ihn in ihrer Verzweiflung richtig wahrzunehmen. Sie spürte seine Angst.

»Noch mehr?« fragte sie.

Er nickte, und sein Gesicht zuckte, als er versuchte, die Tränen zurückzuhalten, die ihm über die Wangen strömten.

Graziellas Stimme war hart und laut. »Sieh mich an... Sag es mir!«

Er umfaßte eine Stuhllehne, und mit gesenktem Kopf und geschlossenen Augen erzählte er es Graziella. Er versuchte, seine Gefühle zu bezwingen, um sie trösten zu können, aber schließlich war es Graziella, die sanft seinen Arm drückte. Ihre Hand fühlte sich federleicht an. Sie stieß einen seltsamen Seufzer aus und klopfte sich dann auf die Brust, als wollte sie sich ihres Herzschlags vergewissern. Er fand keine tröstenden Worte. Es gab keine Worte.

Langsam trat Graziella hinter Robertos Schreibtisch und betrachtete die Fotografien. Dann setzte sie sich zu Marios Verblüffung hin, nahm einen Federhalter und begann zu schreiben. Sie schrieb eine ganze Seite voll, las das Geschriebene durch und reichte ihm das Blatt.

»Würdest du bitte alle auf dieser Liste benachrichtigen? Das Zelt muß abgebaut werden.«

»Graziella...«

»Nein, bitte hör zu. Ich möchte, daß die Blumen entfernt werden und daß die Lieferanen und die Gäste benachrichtigt werden. Niemand darf ins Haus kommen. Sag das den Wachtposten. Und dann sollen alle die Villa verlassen. Wir wollen alleine sein, verstehst du? Wir müssen alleine sein.«

Graziellas Selbstbeherrschung flößte Domino höchste Achtung ein. Sie wollte es jeder Frau einzeln sagen. Nur der Arzt sollte sie begleiten.

Zuerst ging sie zu Rosa. Sie hielt ihre Hand, während der Arzt dem geschockten, hysterischen Mädchen eine Beruhigungsspritze gab. An der Schranktür hing noch das Hochzeitskleid, Graziella nahm es mit. Doch den Schleier wollte Rosa nicht hergeben. Auch als sie schließlich eingeschlafen war, hielt sie ihn noch fest umklammert.

Teresa wiederholte immer wieder den Namen ihres Mannes. Es ging über ihre Kräfte zu begreifen, daß nicht nur die Kinder, sondern auch alle Männer tot waren. Sie strich sich ständig über den Rock, kaute an ihrer Unterlippe und flüsterte: »Ich verstehe das nicht, ich verstehe das nicht . . .«

Dann sah sie Graziella an. »Und es wird keine Hochzeit geben, keine Hochzeit?«

Graziella wartete. Die Augen hinter den dicken Brillengläsern, wie die einer Porzellanpuppe vergrößert, begannen im allmählichen Begreifen zu flackern. Ihr Atem stockte, dann begann sie zu keuchen. Ihre Augenlider flatterten, und schließlich weinte sie.

Der Arzt mahnte Graziella, sich zu schonen und ein wenig auszuruhen, doch sie ging anschließend in Sophias Zimmer. Sophia schlief mit dem Gesicht auf den Armen. Graziella schloß leise die Tür.

»Bitte lassen Sie uns Beruhigungsmittel hier, Herr Doktor, falls meine Töchter noch mehr brauchen. Ich werde sie an mich nehmen und sie notfalls verabreichen. Gute Nacht, und vielen Dank für Ihre Unterstützung. Dir auch, Mario. Gute Nacht.«

Domino zog langsam seinen Mantel an. Heute abend konnte er nichts mehr für Graziella tun. Verloren stand er einige Minuten lang in der Haustür und blickte dem Arzt nach, dann trat auch er hinaus. Aber er konnte nicht weggehen. Er setzte sich auf die Steintreppe, stützte den Kopf in die Hände und weinte.

Sophia saß vor dem Frisiertisch. Das lange schwarze Haar reichte ihr fast bis zur Taille, die Hände hatte sie im Schoß gefaltet. Sie war noch von dem Beruhigungsmittel benommen. Ihr Gesicht war vom Weinen geschwollen, und sie bewegte tonlos die Lippen, so als ob sie mit sich selbst sprechen oder beten würde. Als Graziella den Raum betrat, rührte sie sich nicht. Sie reagierte nicht einmal, als ihre Schwiegermutter hinter sie trat und ihr die Hände auf die Schultern legte.

Ihre dunklen Augen, die für das schmale Gesicht viel zu groß schienen, starrten ausdruckslos in den Spiegel. Graziella beugte sich vor, nahm die Haarbürste und begann, das dichte, seidige Haar zu bürsten. Sophia schloß die Augen.

»Mama, sag, daß es nur ein Alptraum ist. Sag, daß ich gleich aufwache und alles vorbei ist.«

Graziella bürstete ihr mit langen, sanften Strichen das Haar. Plötzlich fuhr Sophia herum und packte ihr Handgelenk.

»Wo sind sie? Warum sind sie nicht hier? Wo ist Constantino?«

Als sie es erfuhr, begann sie zu schreien. Ihr Wehklagen hallte durch das ganze Haus.

Die Läden wurden geschlossen und die Vorhänge vorgezogen. Arbeiter kamen und gingen, bis von den Hochzeitsvorbereitungen nichts mehr zu sehen war. Die Geschenke wurden wieder in ihre Kartons verpackt. Karten und Telegramme, die noch ankamen, wurden am Tor abgefangen, und die prächtigen bunten Blumengebinde wurden auf den Abfallhaufen geworfen. Journalisten versammelten sich vor den schmiedeeisernen Toren, aber sie blieben verschlossen. Die Villa Rivera hatte sich in ein Leichentuch gehüllt.

Graziella wollte die Toten allein identifizieren. In Trauerkleidung und mit verschleiertem Gesicht klammerte sie sich an den Arm Mario Dominos, der sie durch die Blitzlichter der Pressefotografen führte. Carabinieri drängten die Fotografen schließlich fort.

Sobald sie das Leichenschauhaus betreten hatten, nahm Graziella ihre Hand von Dominos Arm. Schweigend ließ sie ihn vorangehen, hinter den Polizisten in den weißen Kitteln her in den kalten, weißgekachelten Raum.

Der Leichenbestatter trug dünne, gelbliche Gummihandschuhe. Langsam hob er die Tücher über den Toten an, gerade genug, damit Graziella ihre Gesichter sehen konnte. Sie ging von einem zum anderen, bekreuzigte sich und nannte jeden beim Namen. Es waren die einzigen Worte, die sie sprach. Sie machte keinen Versuch, die Leichen zu berühren.

»Roberto Luciano... Constantino Luciano... Filippo Luciano... Emilio Luciano... Carlo Luciano... Nunzio Luciano.«

Dann nahm sie wieder Dominos Arm und ließ sich zurück zu dem wartenden Mercedes führen. Doch sein Angebot, sie bis in die Villa zu begleiten, lehnte sie ab. Als er die Wagentür schloß, überkam ihn wieder das Gefühl hilfloser Unfähigkeit.

Langsam glitt das Wagenfenster hinab. Hinter dem Schleier war Graziellas Gesicht nur als Schatten zu erkennen.

»Ich werde meine Toten begraben. Kein Luciano ist mehr am Leben, und ich will, daß jeder in ganz Sizilien das weiß und Gerechtigkeit fordert. Bitte arrangiere ein Treffen mit Giuliano Emanuel für mich. Sage ihm, daß er einen neuen Belastungszeugen hat, eine Zeugin, verstehst du? *Grazie*, Mario, *grazie*...« Sie gab das Zeichen zur Abfahrt, und bevor Domino etwas erwidern konnte, war der Wagen verschwunden.

3. Kapitel

Wenige Stunden, nachdem der Mord an den Lucianos entdeckt worden war, wurden auch die Leichen des Küchenchefs und eines Kellners gefunden. Sie waren gefesselt und mit einer Heckler & Koch erschossen worden. Das ließ auf einen professionellen Killer schließen. Die Leichen der Leibwächter wurden erst eine Woche später entdeckt. Der Verwesungsgestank führte die Carabinieri zu einer Mauer etwa zwanzig Meter vom Restaurant entfernt. Sie waren mit der gleichen Pistole erschossen worden. Der zweite Kellner war spurlos verschwunden.

Die Lucianos waren mit Zyanid vergiftet worden. Spuren davon fanden sich in allen Gerichten, die sie verzehrt hatten, sogar im Wein.

Man nahm an, daß drei oder möglicherweise vier Männer in den Mord verwickelt waren. Aber obwohl alle Fußabdrücke und Hunderte von Fingerabdrücken untersucht worden waren, gab es eine Woche später noch keine Verdächtigen.

Luca Carolla fuhr mit dem Zug an die Nordwestspitze Siziliens, knapp hundert Kilometer westlich von Palermo. Sein Ziel war die kleine Festungsstadt Erice, achthundert Meter über dem Meeresspiegel, von der aus man über die Ägadischen Inseln einen guten Blick auf Tunesien und die Küste Nordafrikas hatte.

Der Fußweg vom Bahnhof her war weit und die steile, kurvenreiche Straße menschenleer. Luca hatte die Ankunftszeit so gewählt, daß er den Anstieg in der Abendkühle machen konnte. Er hatte eine kleine Reisetasche und einen länglichen Lederkasten bei sich. Seine Schuhe waren abgetreten und weiß vor Staub. Die Jacke hatte er ausgezogen, dennoch war das weißblonde Haar unter dem Strohhut völlig verschwitzt.

Der Himmel wurde allmählich dunkler. Ein leichter, kühler Wind vom Meer vertrieb die Hitze. Luca zog sein Taschentuch hervor und wischte sich die Schuhe ab, dann zog er seine Jacke wieder an. Bald konnte er die dicken, von Hand aufgetürmten Mauern des Klosters sehen.

Luca wurde nicht erwartet, aber er wußte, daß man ihn nicht abweisen würde. Der schwere Eisenring und das alte, ausgefranste Glockenseil hingen noch genauso wie früher an dem hölzernen Tor, und er hörte, wie im Hof die Glocke läutete. Luca wußte, daß es eine Weile dauern würde, bis jemand ans Tor kommen und das kleine, geschnitzte Guckloch öffnen würde.

Pater Angelo litt an schwerer Arthritis, doch als er hörte, daß Luca Carolla vor dem Tor stand, hatte er es so eilig, den Jungen zu begrüßen, daß er vergaß, seinen Laufwagen zu benutzen.

Der alte Mann schloß Luca in die Arme und weinte vor Freude, so daß Luca selbst den Tränen nahe war. Bruder Guido, ein jüngerer Mönch, den Luca nicht kannte, eilte herbei, um dem Pater zu helfen. Er bückte sich nach Lucas Tasche und wich erschrocken zurück, als dieser sie ihm aus der Hand riß. Luca entschuldigte sich hastig und erklärte, die Tasche sei leicht, er könne sie selbst tragen. Den länglichen, schmalen Kasten gab er überhaupt nicht aus der Hand.

Bruder Guido nahm Pater Angelos Arm, und die drei gingen langsam über den Hof in den kühlen Flur.

Dort blieb der Pater stehen und tätschelte Lucas Arm. »Du sollst dein altes Zimmer haben, erinnerst du dich daran?«

»Ja, Pater. Ich erinnere mich.« Luca antwortete auf englisch.

»Das Waisenhaus ist geschlossen worden, wußtest du das? Habe ich dir davon geschrieben?«

»Ja, Pater Angelo. Ist es okay, wenn ich ein paar Tage hierbleibe?«

»Aber Luca, du bist ja ein richtiger Amerikaner geworden.«

Pater Angelos Sandalen erzeugten ein vertrautes, schabendes Geräusch auf den Steinplatten, als er sich nun schwer auf Bruder

Guido stützte. Er erschien Luca zerbrechlich. Seine Haut war faltig und runzlig geworden, und kleine Büschel daunenweichen weißen Haares wuchsen auf seinem ansonsten kahlen Schädel. Über den Hof hinweg rief der Pater zwei anderen Mönchen zu: »Luca ist da ... *Luca!* Du erinnerst dich doch an Bruder Thomas, Luca?«

Thomas war beinahe nicht wiederzuerkennen. Seine frühere Leibesfülle war fast auf nichts zusammengeschrumpft, und das Haar, das früher einmal dicht und schwarz gewesen war, umrahmte nun weiß sein verhutzeltes Gesicht. Er lächelte, winkte und schlurfte herbei. »Luca? Willkommen bei uns. Was für ein hübscher junger Mann du geworden bist. Und wohlhabend siehst du aus. Durch und durch ein Amerikaner.«

Luca, Pater Angelo und Bruder Guido gingen um die Ecke, und Bruder Guido öffnete die Tür zu einem zellenähnlichen kleinen Raum. Darin befanden sich ein eisernes Bettgestell mit einer Matratze und einem Kissen, eine kleine Kommode und ein Kleiderschrank.

Luca setzte seine Tasche ab und legte den länglichen Koffer auf die Kommode. Er drehte sich um, und Pater Angelo lächelte ihn zärtlich und liebevoll an. Lucas Lippen zitterten, und seine Augen füllten sich mit Tränen. Sanft nahm er den alten Mann in die Arme.

»Oh, mein Sohn, mein geliebter Junge, wie glücklich machst du mich alten Mann. Ich dachte schon, ich würde dich nicht mehr sehen, bevor ich sterbe.«

»Guido«, sagte Pater Angelo. »Würdest du mir bitte wieder in mein Zimmer helfen? Ich werde den Jungen hier jetzt sich selbst überlassen. Da ist eine Kutte, und da sind auch Sandalen, Luca, falls du dich umziehen möchtest. Die Messe beginnt in einer Stunde. Und beim Abendbrot wirst du uns dann von dir berichten.«

Luca flüsterte ein Danke, als die beiden gingen, und wartete, bis ihre Schritte verhallt waren. Er schloß die Augen und seufzte. Er war zu Hause.

Der hölzerne Fensterladen knarrte, als Luca ihn aufstieß. Da lag sein altes Gemüsebeet, nun völlig verwildert. Er erinnerte sich daran, was er alles dort gezogen hatte und wie er und Bruder Luis dort geschuftet hatten. Hinter dem Beet befand sich ein kleiner, ummauerter Garten, und dahinter kamen weite Felder. Jenseits davon lag das Meer... Früher hatte er geglaubt, sie lebten am Rande der Welt.

Nachdem er sich Kutte und Sandalen angezogen hatte, packte er die Reisetasche aus und verstaute seine wenigen Habseligkeiten sorgfältig in den Kommodenschubladen. Den länglichen Kasten legte er unter die Matratze.

Luca aß mit den Brüdern zusammen am langen Tisch in dem gewölbeähnlichen Refektorium. Früher waren es fünfzehn oder sechzehn Mönche gewesen, aber nun waren es weniger geworden. Bruder Guido war der jüngste unter ihnen. Das Abendbrot wurde immer schweigend verzehrt, nur das Kratzen der Löffel in den weißen Schalen war zu hören. Ein Korb mit dicken Scheiben selbstgebackenen Brotes wurde herumgereicht. Das Brot schmeckte alt, und die eingedickte Suppe war nicht gewürzt. Trotzdem aß Luca mit Heißhunger. Seine letzte Mahlzeit lag viele Stunden zurück.

Bruder Guido räumte die Teller ab und stellte eine Schüssel mit fleckigen Äpfeln und Birnen auf den Tisch, zum Zeichen dafür, daß das Mahl beendet war und die Unterhaltung beginnen konnte.

»Nun, Luca, wie war es in Amerika?«

Luca hatte unter dem Tisch die Fäuste geballt, aber er antwortete mit schüchternem Lächeln: »Amerika ist ganz anders.«

»Hast du ein College besucht?«

»Ja, aber Sie erinnern sich bestimmt noch, daß ich eigentlich nie studieren wollte. Ich habe Englisch gelernt. Manchmal muß ich jetzt überlegen, bevor ich sizilianisch spreche. Höre ich mich wie ein Amerikaner an?«

Pater Angelo nickte mit glänzenden Augen.

»Ich habe bei meinem Vater in New York gelebt«, sagte Luca.

Ihre Aufmerksamkeit machte ihn nervös. Ihm fiel nichts ein, was er den Brüdern hätte erzählen können, keine Anekdoten, keine amüsanten Ereignisse. Er errötete so stark, daß Pater Angelo ihm über die Wange strich.

»Du bist müde, das sehe ich wohl. Vielleicht möchtest du uns lieber ein andermal mehr von New York erzählen?«

Luca nickte ihm dankbar zu, während er unter dem Tisch ruhelos seine Finger knetete. Bruder Guido betrachtete den Gast aufmerksam.

»Ich habe einen Bruder in New York. In welchem Stadtviertel habt ihr dort gelebt?« fragte er auf englich.

Luca bebte am ganzen Körper, während er ruhig auf englisch antwortete: »Wir sind oft umgezogen, mein Vater und ich, aber ich glaube, Manhattan hat mir am besten gefallen. Bist du jemals in New York gewesen, Bruder Guido?«

Seine blauen Augen hielten Guidos Blick stand. Nun war es an Guido, zu erröten. Luca hatte ihm auf englisch geantwortet, und er hatte nicht alles verstanden. »In Amerika bin ich nie gewesen. Einmal in London ...«

Guido hatte nicht neugierig erscheinen wollen, aber er war begierig, mehr über die Welt jenseits der Klostermauern zu erfahren. Er war der einzige hier, der studiert hatte. Er wußte auch von dem Prozeß in Palermo, obwohl es verpönt war, im Kloster Zeitung zu lesen. Radio und Fernsehen gab es nicht.

Guido wollte gerade eine weitere Frage stellen, als Pater Angelo sagte: »Ich schlage vor, daß wir uns zurückziehen. Unser junger Gast ist müde. Er hat die lange Reise von Amerika hinter sich.«

Sie erhoben sich. Luca stützte Pater Angelo, aber Guido eilte mit dem Gehwagen herbei. Als der Pater sicher auf den Beinen stand, wandte Guido sich an Luca.

»Paul Carolla ist doch dein Vater, oder?«

Luca drehte sich so plötzlich zu ihm um, daß Guido erschrokken einen Schritt zurücktrat. »Tut mir leid, es geht mich eigentlich nichts an. Ich interessiere mich nur für die Sache. Ich habe von dem Prozeß gelesen.«

»Gelesen, Bruder Guido?«

Guido errötete und blickte schnell nach links und rechts, bevor er fortfuhr: »Im Lebensmittelgeschäft liegen oft Zeitungen aus.«

Luca zögerte, dann setzte er ein gewinnendes Lächeln auf.

»Mein Vater ist unglücklicherweise im Gefängnis, aber er ist unschuldig, Bruder Guido. Ich bin hergekommen, um für seine Freilassung zu beten.«

Er bekam Herzklopfen, denn er hatte nicht damit gerechnet, daß hier im Kloster jemand von dem Prozeß wußte. »Guido, ich bin ein guter Gärtner. Ob ich wohl die Erlaubnis bekomme, im Gemüsegarten zu arbeiten?«

Guido nickte und sagte, er würde ihm mit Freuden helfen.

»Das wird nicht nötig sein. Ich brauche keine Hilfe, und ich weiß noch, wo die Gartengeräte stehen.«

Guido blieb im dunklen Flur stehen, bis er hörte, wie Luca die Tür hinter sich schloß.

In der Sicherheit seiner Zelle angelangt, streifte Luca die Kutte ab. Er schaute nach, ob der Kasten noch unter der Matratze lag, dann legte er sich nackt auf das schmale Bett. Sein Körper fühlte sich jetzt leicht und kühl an. Er mußte lächeln, als er sich vorstellte, wie die Brüder reagieren würden, wenn sie von seinem Geheimnis unter der Matratze erfahren würden. Es war eine Spezialanfertigung einer .44er Magnum.

Er stand noch einmal auf und nahm sie aus dem Kasten. Zärtlich strich er über das kühle Metall und die Kugeln, in die er kleine Löcher gebohrt hatte, so daß sie beim Aufprall in winzige Splitter zersprangen. Er seufzte zufrieden und deponierte die Pistole wieder in ihrem mit Samt ausgeschlagenen Kasten. Dann legte er sich bäuchlings auf sein Bett.

Die Läden standen halb offen, und die kühle Brise ließ ihn in einen traumlosen Schlaf fallen. Im Mondschein war seine Haut weiß wie Marmor, doch sein ganzer Rücken war von langen Narben überzogen. Manche waren fast einen Zentimeter tief.

Um sechs Uhr morgens, zur ersten Messe, begann die Menge sich vor dem Dom und in den Straßen zu versammeln. Männer, Frauen und Kinder kamen aus den Dörfern und aus den Bergen, sie kamen mit dem Zug, mit Booten, mit dem Bus und in Pferdewagen, um Abschied von *il Papa* zu nehmen, um ihrem geliebten Don Roberto die letzte Ehre zu erweisen.

Um Viertel nach zehn wurde das Tor zur Villa geöffnet, und die sechzehn Carabinieri auf ihren Motorrädern, die zum Zeichen der Ehrerbietung aufgestellt worden waren, um den Leichenzug anzuführen, setzten sich langsam in Bewegung.

Ihnen folgte ein schwarzer Hengst, der mit rotem Tuch behängt war und einen schwarzen Federschmuck auf dem Kopf trug.

Als der erste Leichenwagen erschien, ging ein Murmeln durch die Menge. Er war über hundert Jahre alt und nach sizilianischer Tradition mit reichem Schnitzwerk verziert. Sechs Männer in Trauerkleidung zogen ihn. An den Seiten waren in großen Buchstaben aus weißen Rosen die Worte »Il Papa« angebracht. Der Sarg war mit weißen Blüten bedeckt, auf denen eine einzelne rote Rose lag.

Dem Leichenwagen Don Roberto Lucianos folgte der Wagen mit seinem ältesten Sohn, Constantino. Dann kam Filippo, gefolgt von Emilio. Auch ihre Särge waren, ebenso wie die beiden Kindersärge, ganz mit weißen Blumen übersät, auf denen eine einzelne rote Blüte lag.

Ganz langsam bewegte sich der Zug, der inzwischen von einer Menschenmenge gesäumt war. Trotzdem herrschte tiefe Stille.

Die Witwen gingen zu Fuß. Graziella schritt voran, in einem Abstand von vier Schritten folgten ihr Sophia und Teresa und vier Schritte hinter ihnen ging Rosa. Aufrecht und mit erhobenen Köpfen schritten sie in ihrer schwarzen Trauerkleidung und wehenden, schwarzen Schleiern hinter den Särgen her. Die Hände in den schwarzen Handschuhen hielten sie zum Gebet gefaltet.

Als sie die prächtig mit weißen Lilien und Kerzen geschmückte Kirche betraten, erhob sich im Chor ein Knabensopran. Während die Witwen ihre Plätze in der ersten Bank einnahmen, sang er das »Ave Maria«.

Während der Messe, als die Trauergemeinde aufstand, um die Kommunion zu empfangen, schob sich ein verhutzeltes altes Weiblein in Schwarz mühsam an den Särgen der Kinder vorbei und legte ein kleines, abgegriffenes Kruzifix auf Don Robertos Sarg. Sie schluchzte laut, und niemand versuchte, ihr Einhalt zu gebieten. Es war, als weinte sie stellvertretend für alle Anwesenden um ihren geliebten Don, seine Söhne und seine beiden unschuldigen kleinen Enkel.

Im Wohnzimmer, wo die Toten aufgebahrt gewesen waren, stand nun eine Reihe mit rotem Samt bezogener Stühle. Fünf Stunden lang saßen die Frauen dort, immer noch verschleiert, und nahmen die Beileidsbezeugungen der geladenen Trauergäste entgegen. Als der letzte schließlich die Villa verlassen hatte, lag sie da wie ausgestorben. Weder Stimmen noch Geräusche waren mehr zu hören. Erschöpft und wie betäubt von den Ereignissen des Tages zogen sich die Frauen in ihre Zimmer zurück. Um neun Uhr sollten sie mit Graziella zu Abend essen. Als sie hintereinander das Eßzimmer betraten, saß Graziella bereits auf dem Platz ihres Mannes. Die Frauen sahen, daß sie auch seinen Ring trug.

»Mario Domino ist der Testamentsvollstrecker meines Mannes und meiner Söhne. Er wird uns Bescheid geben, wann er das Testament verlesen will. Bis dahin steht es euch frei, nach Hause zurückzukehren, aber ihr seid auch hier weiterhin willkommen. Im Moment können wir wenig tun. Ich werde jeden Tag die Gerichtsverhandlungen besuchen, wir werden Gerechtigkeit finden. Der Mann, der für den Tod unserer geliebten Männer verantwortlich ist, wird bestraft werden.«

Graziella zögerte. Sie war nervös geworden und wischte sich mit einem schwarzen Spitzentüchlein die Augen, obwohl sie nicht weinte. Die Frauen sahen sie mit ausdruckslosen Gesichtern an.

Schließlich sagte sie: »Da ist etwas, das ihr alle wissen solltet, etwas, das ich euch noch nicht gesagt habe. Papa hatte begonnen, Aussagen vor dem Staatsanwalt zu machen.«

Sie sah sich erwartungsvoll um, doch keine der Frauen reagierte. Es war, als hätten sie ihre Worte nicht gehört. Graziella fuhr fort: »Papa glaubte an die Richtigkeit seines Entschlusses und vertraute darauf, daß wir alle gut bewacht würden.«

Plötzlich fuhr Teresa hoch. In ihrem Schock zitterte sie vor Wut: »Bewachen! Er muß verrückt gewesen sein! Also war es seine Schuld!«

»Glaub mir, ich habe seitdem ununterbrochen darüber nachgedacht. Wenn du Papa die Schuld gibst, mußt du mich auch verurteilen. Ich wußte von seinem Entschluß und habe ihn gutgeheißen.«

Teresas Gesicht war verbissen, ihr Mund zu einer schmalen Linie zusammengepreßt. »Du hast davon gewußt? Und hast uns mit offenen Armen hier empfangen? Ihr habt uns hierhergelockt – und wir haben die Wächter gesehen. Sophia hat dich sogar gefragt, warum der Wagen uns folgte, als wir zum Einkaufen fuhren. Und du hast nur gesagt, *Papa wollte es so!* Spätestens da hättest du es uns sagen müssen! Glaubst du denn, Sophia hätte die Jungen auch nur einen Augenblick allein gelassen, wenn sie das gewußt hätte?«

Rosas Stuhl kippte um, als sie plötzlich aufsprang. »Sollte ich deswegen heiraten? Um uns alle hierherzulotsen?« Sie schrie ihre Großmutter an: »Ihr habt Emilio getötet! Ihr seid schuld! Ich hasse dich! Hier, den hat Papa für mich gekauft, du kannst ihn auf seinen Sarg legen . . . *Da hast du ihn!*« Sie riß sich den Ring vom Finger, warf ihn über den Tisch und lief aus dem Zimmer.

Sophia legte die Hand auf den Verlobungsring. »Rosa! Rosa, komm wieder her!«

Rosa blieb stehen. Sie hatte nicht die Absicht gehabt, zu den anderen zurückzukehren, aber etwas in Sophias Stimme zwang sie dazu. Als ihre Tante nun leise und beschwörend wiederholte: »Rosa, komm her und setz dich«, gehorchte sie.

Graziella zerknüllte ihr Taschentuch in den Händen und wandte sich an Teresa. »Er wollte es euch sagen, wollte euch alle hierhaben. Ihr solltet keine Angst haben.«

»Dann habt ihr die Hochzeit meiner Tochter nur organisiert, um einen Vorwand zu haben?« Teresa mußte sich anstrengen, um Graziellas Antwort zu verstehen.

»Ich will mich nicht herausreden. Ja, Papa wollte die Hochzeit, weil sie uns alle zusammenbringen würde. Er wollte, daß wir alle zusammen wären, falls ihm etwas passierte. Er hat getan, was er für richtig hielt. Paul Carolla hat Michele ermordet...«

Sophias dunkle Stimme war ganz ruhig, als sie Graziella unterbrach. »Mama, Michele ist seit zwanzig Jahren tot. Heißt das, daß Papa seinetwegen die ganze Familie in Gefahr gebracht hat? Daß ich meinen Mann und meine Kinder wegen Michele verloren habe?«

Alle blickten gespannt auf Graziella, die weiter ihr Taschentuch in den Händen zerknüllte.

»Papa hat das getan, was er für richtig hielt. Wir haben nicht das Recht, ihm etwas vorzuwerfen.«

Mit zornrotem Gesicht schrie Teresa: »Aber ich werfe es ihm vor! Es ist mir egal, was die anderen sagen! Ich werfe ihm vor, daß mein Mann tot ist!«

Graziella sah ihre Schwiegertochter verachtungsvoll an.

»Die Männer, die ihn ermordet haben, solltest du hassen, aber nicht Papa. Ihr alle habt, ohne zu zögern, genommen, was er euch gegeben hat. Ihr alle tragt den Namen Luciano, und es war nicht zu eurem Schaden.«

Graziella erhob sich. »Ihr habt kein Recht, ihn in seinem Haus zu beschimpfen. Für jede von euch ist gesorgt, so daß ihr weiterhin als Lucianos leben könnt, in einem Luxus, wie keine von euch ihn kannte, bevor sie in diese Familie aufgenommen wurde.«

Teresa schlug mit der Faust auf den Tisch. »Die Familie existiert nicht mehr! Seinetwegen ist sie ausgelöscht worden! Er allein ist schuld, das weißt du genau!« Ihr Kopf wurde nach hinten gerissen, als Graziella ihr plötzlich eine Ohrfeige versetzte.

»Ich möchte, daß ihr das Haus verlaßt. Wenn der Rechtsanwalt bereit ist, könnt ihr zurückkommen, vorher nicht.« Die Frauen sahen ihr nach, wie sie das Eßzimmer verließ, sie hörten ihre langsamen Schritte auf dem Marmorfußboden der Halle.

Teresa rieb sich die Wange. Sie konnte kaum glauben, was soeben geschehen war. »Michele?« fragte sie in den Raum hinein. »Er hat es für Michele getan? Um Michele zu rächen? Mein Leben und das Leben meiner Tochter hat er zerstört für einen Jungen, den wir nicht einmal gekannt haben. Ich spucke auf seinen Namen, denn wenn Michele Luciano nicht gewesen wäre, würden unsere Männer noch leben. Ich gehe mit Freuden und überlasse sie ihrer Gerechtigkeit!«

Als Adina kam, um den Tisch abzuräumen, war der Raum leer. Sophia ging langam die Treppe hinunter. Sie schob die Tür zum Wohnzimmer auf, schlich sich zur Hausbar und goß sich fast ein ganzes Glas Whiskey ein.

Irgendwo klapperte ein Laden. Plötzlich stand Graziella in der Tür. Ihr langes Haar war zu einem Zopf geflochten, und sie trug eine Stola um die Schultern. Sie kam still ins Zimmer und nahm Sophia das Glas aus der Hand.

»Du solltest keinen Alkohol trinken, wenn du Schlaftabletten genommen hast. Das ist gefährlich.«

»Meinst du, daß ich dann einschlafen und nie wieder aufwachen würde? Dann gib mir das Glas.«

»Ich bringe dich ins Bett.«

»Faß mich nicht an. Laß mich in Ruhe.«

»Also gut, wenn du es so willst.«

»Ich möchte fort aus diesem Haus.«

So geräuschlos, wie sie gekommen war, wandte Graziella sich ab, um das Zimmer zu verlassen, aber Sophia stieß hervor:

»Warum hast du mich nicht gewarnt! Du hast es doch gewußt, du hast es immer gewußt.«

Sophia packte Graziella am Arm und wurde zu Boden gerissen. Die alte Dame hatte erstaunliche Kräfte.

Sie beugte sich über Sophia. Ihre Augen funkelten vor Zorn. »Und *du* willst es nicht gewußt haben? Spiel hier nicht die Unschuldige. Das steht dir nicht. Ja, ich habe es gewußt, genauso wie du, aber vielleicht habe ich andere Gründe gehabt, es zu akzeptieren. Was hast du für Gründe gehabt, Sophia? Warum bist du in dieses Haus zurückgekommen? Wegen meines Sohnes? War es wegen Constantino, oder war es wegen dem, was du hier gesehen hast?«

Sophia kauerte noch auf dem Fußboden. »Ich habe ihn geliebt. Das weißt du. Er war ein guter Ehemann und ein guter Vater, aber ...«

»Aber er war ein Luciano.«

Sophia hielt sich die Ohren zu. Am liebsten hätte sie geschrien, hätte den Namen verflucht.

Graziellas Anspannung löste sich. »Weißt du, als ich meinen Mann zum erstenmal gesehen habe, war ich ungefähr so alt wie du, als du das erste Mal hier warst. Ich wußte, wer er war, und Mario Domino wußte es auch, aber keiner von uns beiden konnte ihm etwas abschlagen. Nie konnte ich ihm einen Wunsch abschlagen, während unseres ganzen Zusammenlebens nicht. Meine Familie war wohlhabend, und mein Leben war bereits vorgezeichnet... Wußtest du, daß ich beinahe Mario Domino geheiratet hätte?«

»Nein.« Sophia erhob sich langsam, nahm eine Zigarette aus der Dose und zündete sie an.

Graziella stieß die Läden ein wenig auf, um die kühle Nachtluft hereinzulassen. »Wie anders wäre mein Leben dann verlaufen. Ein netter, angesehener Rechtsanwalt in einer gutgehenden, angesehenen Kanzlei... Das hätte mein Vater gerne gesehen. Er würde sich im Grab umdrehen, wenn er wüßte, daß ich Roberto geheiratet habe. Aber siehst du, ich hatte keine andere Wahl, denn ohne ihn, ohne ihn...« Sie verstummte.

»Dir wird kalt, Mama.«

»Eine Weile habe ich versucht, nicht hinzusehen. Er hat alles vor mir geheimgehalten. Ich konnte so tun, als ginge mich das, was draußen geschah, nichts an. Ich habe mich für die Unwissenheit entschieden, und dann ist Michele gestorben. Ich gab Roberto die Schuld an seinem Tod. Ich quälte ihn mit meinem Kummer, und ich haßte ihn für das, was er war. Weißt du, Roberto versuchte, ein doppeltes Spiel zu spielen. Er wollte ein ehrbarer Mann sein, aber das war unmöglich. Als mir klarwurde, daß er eine Seite hatte, die ich nicht kannte, wollte ich diese Seite kennenlernen. Mario Domino wäre erschossen worden, wenn es jemals herausgekommen wäre, aber ich habe ihn soweit gebracht, mich über alles, was er wußte, auf dem laufenden zu halten. Ja, ich habe vieles gewußt, weit mehr gewußt, als mein geliebter Mann ahnen konnte. Wenn er schuldig war, dann bin ich es auch ...«

Sophia blickte auf. Graziellas Stimme war wieder eisig geworden. »Ich wollte, daß er Paul Carolla vernichtete.«

»Hat er nie herausbekommen, wieviel du über ihn wußtest?«

Graziella schüttelte den Kopf und schloß die Läden wieder. »Nein, dazu war ich zu klug. Er hat es nie herausgefunden. Über euch wußte er fast alles. Weißt du noch, wie er in deiner Vergangenheit herumgestöbert hat, als du Constantino heiraten wolltest?«

Sophia stockte der Atem. Sie brachte keinen Ton mehr hervor. Plötzlich hatte sie Angst vor Graziella. Wußte sie alles? War das möglich? Sophia drückte ihre Zigarette aus. Sie wollte nichts als weg aus diesem Raum, fort von Graziella.

Aber die ruhige Stimme fuhr fort: »Du warst immer sein Liebling. Du mußt ihm verzeihen, Sophia. Du bist anders als Teresa. Sie zählt nicht.«

»Und was ist mit Rosa, Mama? Zählt sie auch nicht? Hat Papa die Hochzeit arrangiert, oder hat Emilio sie wirklich geliebt?«

Graziellas Augen waren hart wie Stein.

Sophia seufzte. Nun wußte sie, daß Don Roberto Rosas Ehe ebenso geplant hatte wie Teresas. In diesem Moment haßte sie Graziella. »Morgen früh fahre ich nach Rom zurück.«

»Tu, was du für richtig hältst. Es tut mir leid, daß wir so uneins sind. Zusammen wären wir stärker.«

»Stärker wozu? Wir haben doch nichts mehr, Mama.«

Graziella wollte Sophia umarmen, doch Sophia eilte hinaus. Sie wollte nicht berührt werden.

Graziella nahm Sophias Glas und den schmutzigen Aschenbecher, hielt dann inne und betrachtete die Familienfotos auf dem Kaminsims. Micheles Foto stand nicht in der Reihe. Als sie es an seinen Platz zurückschob, sprach sie ruhig in den leeren Raum, in die Gesichter ihrer Toten hinein: »Jetzt ist es an mir.«

4. Kapitel

Die Witwen waren abgereist, und Graziella war wieder allein in der Villa. Die Räume wurden verdunkelt und nicht mehr gelüftet. Fensterläden und Türen blieben geschlossen.

Graziellas ganzes Leben war von der Sorge für ihre Familie erfüllt gewesen. Jetzt hatte sie nur noch Paul Carollas Ende im Sinn.

Mario Domino hatte versucht, Graziella ihren Plan, den Gerichtsverhandlungen beizuwohnen, auszureden. Er fürchtete, sie wäre dieser Anstrengung nicht gewachsen, und gab vor, daß im Zuschauerraum kein Platz mehr frei wäre. Graziella jedoch hatte ihm knapp mitgeteilt, sie würde sich selbst darum kümmern.

Als sie Paul Carolla zum erstenmal sah, war sie von seinem arroganten, unverfrorenen Gehabe schockiert. Sie konnte die Augen nicht von ihm abwenden. Carolla spürte ihren Blick auf sich ruhen, rief einen Aufsichtsbeamten zu sich und zeigte auf sie. Als Graziella ihren Schleier hob, machte er eine leichte, beinahe spöttische Verbeugung zum Zeichen, daß er sie erkannt hatte, aber dann wandte er sich ab, als würde sie ihm nicht mehr bedeuten als ein x-beliebiger Zuschauer.

Dieser kurze Augenkontakt ließ Graziella zusammenfahren, als sei sie geschlagen worden. Selbst als sie wieder zu Hause war, stand sie noch unter Schock.

Von da an verhärtete Graziella sich innerlich und war bei allen Verhandlungen zugegen. Sie war wie besessen und hatte nur noch Augen für Paul Carolla, die anderen Angeklagten interessierten sie nicht. Tag für Tag saß sie da, in ihre Witwentracht gehüllt, im Zuschauerraum und wartete darauf, daß Carolla den

Zeugenstand betrat. Er riß mit seinen Aufsehern Witze über sie und meinte, sie sähe aus wie eine Gottesanbeterin, aber ihr Anblick machte ihm zu schaffen. Er drehte seinen Stuhl so, daß er sie nicht sehen mußte.

Emanuel hatte immer wieder Gründe gefunden, um das Treffen mit Graziella vor sich herzuschieben, aber schließlich konnte er es nicht länger hinauszögern. Als sie in sein Büro trat, war er von ihrer Ruhe beeindruckt. Er versicherte ihr, daß Carolla verurteilt werden würde.

»Wird er auch des Mordes an meiner Familie angeklagt?«

»Signora, bis jetzt gibt es keinen Beweis dafür, daß er an dieser Tragödie beteiligt war. Schließlich war er zu jenem Zeitpunkt im Gefängnis.«

»Er war auch schon im Gefängnis, als der Sohn des Gefängnisputzmannes umgebracht wurde, trotzdem steht er im Verdacht, den Mord angeordnet zu haben. Ist es nicht so?«

»Soweit ich weiß, hat man ihn deswegen verhört.«

»Man wird ihn also auch wegen der Ermordung meiner Familie anklagen?«

»Wenn Beweise dafür vorgebracht werden, muß man ein gesondertes Verfahren einleiten. Als bekannt wurde, daß Don Roberto aussagen würde, gab es sicher viele, die ihn daran hindern wollten.«

»Hat mein Mann in seinen Aussagen andere belastet?«

Emanuel schraubte die Kappe seines Füllfederhalters auf und wieder ab und sagte dann vorsichtig: »Er hat niemanden sonst namentlich genannt. Er hat mir nur das Belastungsmaterial im Zusammenhang mit dem Tod Ihres Sohnes mitgeteilt.

»Können Sie die Aussagen vor Gericht verwenden?«

Emanuel spielte mit dem Füllfederhalter. »Ohne Don Robertos Gegenwart könnten die Aussagen als Indizienbeweise abgetan werden. Das gilt auch für die Aussage, die Lenny Cavataio gemacht hat. Alle Beweise, die in Cavataios Aussage enthalten waren, wurden von der Verteidigung angefochten, weil sie angeblich auf Hörensagen beruhten. Don Roberto wußte das.

Es war der einzige Grund, warum er sich selbst als Zeuge zur Verfügung stellte.«

Graziella beugte sich vor. »Ich möchte gern die Bänder haben, die mein Mann besprochen hat. Wäre das möglich?«

Emanuel nickte. Inzwischen waren die Bänder abgeschrieben. Auf Graziellas folgende Worte war er jedoch nicht gefaßt.

»Ich möchte anstelle meines Mannes aussagen. Ich bin bereit, als Hauptbelastungszeugin aufzutreten.«

Emanuel erhob sich und ging zum Fenster hinüber. Er schob die Stäbe der Jalousie ein wenig auseinander und spähte hinaus. Dann wandte er sich um.

»Haben Sie die Aussagen mit Ihrem Mann abgesprochen, Signora Luciano?

»Das war nicht nötig. Ich bin ganz und gar vertraut mit den Tatsachen. Ich bin bereit, als Zeugin auszusagen und vor Gericht alles zu wiederholen, was mein Mann Ihnen gesagt hat.«

»Sie würden seine Aussagen wiederholen?«

»Nein, ich würde die Tatsachen so darstellen, wie sie mir bekannt sind.«

Emanuel betrachtete sie prüfend. Er fragte sich, wieviel sie wirklich wußte. »Signora, wären Sie bereit, jetzt mit mir über diese Tatsachen zu sprechen? Oder würden Sie erst Zugang zu den Tonbändern Ihres Mannes verlangen?«

»Unterstellen Sie mir, daß ich einen Meineid leisten würde?«

Er errötete und kehrte hinter seinen Schreibtisch zurück. »Ich stecke mitten drin in dem Fall. Alles mit Ihnen durchzusprechen, würde so viel Zeit kosten, daß ich für mindestens eine Woche unterbrechen müßte. Wenn der Richter diese Verzögerung genehmigen würde und wir dann feststellen müßten, daß Ihre Aussagen nicht – nicht gegen Paul Carolla verwendet werden können –, verstehen Sie, Signora, ich kann Sie nur als Zeugin benennen, wenn Ihre Aussagen Paul Carolla wirklich belasten, und zwar ganz unabhängig von den Aufnahmen, die ich mit Ihrem Mann gemacht habe. Wären Sie bereit, mir hier und jetzt einige Fragen zu beantworten? Dann kann ich gleich entscheiden, ob ich Sie als Zeugin aufstellen kann oder nicht.«

Graziella stimmte zögernd zu. Während sie auf die Stenographin warteten, brachte eine Sekretärin Kaffee. Emanuel ging seine Notizen durch und bereitete die Fragen vor. Langsam trat Graziella an seinen Schreibtisch.

»Wäre es denn so falsch, wenn ich mir vorher die Aussagen meines Mannes anhören würde? Wenn ich die Worte sagen würde, für die er gestorben ist? Schließlich wollen wir beide, Sie und ich, letztlich doch das gleiche: Gerechtigkeit.«

»Das ist unmöglich, Signora. Ich kann unter keinen Umständen, sosehr ich es auch vielleicht möchte und sosehr ich von Paul Carollas Schuld überzeugt bin, gegen das Gesetz verstoßen. Auch für Sie kann ich das nicht tun. Es ist ausgeschlossen.«

Etwa eine Stunde lang beantwortete Graziella Emanuels Fragen. Er nahm sie so in die Zange, wie die Verteidigung vor Gericht es später tun würde.

»In welcher Beziehung standen Sie zu Paul Carolla?«

»Ich stehe in keiner Beziehung zu ihm.«

»Wie gut kennen Sie den Angeklagten?«

»Er ist zu uns nach Hause gekommen, um meinen Mann zu besuchen.«

An das genaue Datum konnte sie sich nicht mehr erinnern, aber sie wußte noch, daß sie Carolla zum erstenmal Ende der fünfziger Jahre gesehen hatte. Sie erklärte, daß es zwischen Carolla und ihrem verstorbenen Gatten immer Spannungen gegeben habe.

»Was meinen Sie mit Spannungen?«

»Paul Carollas Vater hat in seinem Testament nicht seinen Sohn, sondern meinen Mann zum Oberhaupt der Familie ernannt. Das hat Paul meinem Mann immer übelgenommen.«

Emanuel klopfte mit dem Fuß gegen seinen Schreibtisch. »Sie haben also bereits Anfang der fünfziger Jahre Unstimmigkeiten zwischen Ihrem Mann und Paul Carolla beobachten können?«

»Ja. Paul Carolla hat meinen Mann zu Hause aufgesucht, weil er nicht mehr für ihn arbeiten wollte. Er wollte eine eigene Firma gründen.«

»Können Sie mir sagen, was für eine Firma er gründen wollte?«

»Ich glaube, es hatte etwas mit Drogen zu tun.«

»Sie glauben das? Können Sie Ihre Aussage belegen?«

»Nein.«

»Ich verstehe. Lassen Sie uns noch einmal auf die Unstimmigkeiten zwischen Ihrem Gatten und dem Angeklagten zurückkommen.«

»Als Paul Carolla zum zweitenmal zu uns nach Hause kam, sollte mein Mann ihm helfen. Er wollte die Exportfirmen der Lucianos als Deckmantel für seinen Drogenhandel benutzen. Er war sehr reich geworden und hat meinen Mann bedroht.«

»Waren Sie Zeugin dieser Drohungen?«

Graziella zögerte, und bevor sie zu sprechen begann, spürte Emanuel, daß sie log. »Ich habe gehört, wie sie sich angeschrien haben. Ich habe gehört, wie Paul Carolla gesagt hat, daß mein Mann für den Mißbrauch seiner Freundschaft teuer bezahlen würde. Mein Mann hat ihm jegliche Unterstützung verweigert. Er hat seine Firmen immer auf der Grundlage von Recht und Gesetz geführt und sich einen guten Namen gemacht. Mein Mann war ein Ehrenmann, und Drogen jeder Art hat er verabscheut.«

»Signora Luciano, Sie sagen, Ihr Mann war ein Ehrenmann. Wie stehen sie zu der Tatsache, daß Ihr Mann bis zu seinem Tod Mitglied der Mafia . . .«

Graziella unterbrach ärgerlich: »Mein Man war ein Ehrenmann, ein Mann, der im Krieg für seine Tapferkeit ausgezeichnet worden ist, ein Mann, der den Drogenhandel abgelehnt, der Paul Carolla verachtet hat.«

Emanuel war sich bereits sicher, daß es keinen Sinn hatte, aber er fuhr fort. Er wechselte das Thema: »Erzählen Sie mir von Michele Luciano.«

Graziella lächelte ihn dankbar an. »Michele war mein erster Sohn.«

Der Hauptankläger hörte geduldig zu, wie Graziella Micheles Schulzeit schilderte und beschrieb, wie er zu seinem Studienplatz in Harvard gekommen war. Nach einer Weile unterbrach er sie: »Würden Sie mir berichten, was diesem so vielversprechenden jungen Mann zugestoßen ist?««

»Im Sommer 1963, nach der ersten Hälfte seines zweiten Jahres in Harvard, ist er nach Hause gekommen. Er war sehr krank. Constantino, mein zweitältester Sohn, hat ihn vom Flughafen abgeholt. Michele konnte kaum gehen. Sein Haar war verfilzt, und seine Kleidung...« Graziellas Augen füllten sich mit Tränen.

»Sie sagen, er war schwer krank?«

»Ja. Kurz nachdem er zu Hause angekommen war, ist er zusammengebrochen, und mein Mann hat ihn ins Krankenhaus gebracht. Dort ist er mehrere Wochen geblieben, dann hat mein Mann ihn zur Erholung in die Berge geschickt. Einmal ist er nach Hause gekommen, da ging es ihm schon viel besser. Er war ein hübscher Junge, sein blondes Haar war von der Sonne gebleicht, es schimmerte wie Silber. Aber mein Mann meinte, er sollte noch eine Weile in den Bergen bleiben, bis er völlig wiederhergestellt sei.«

»Was ist mit Ihrem Sohn geschehen, Signora Luciano?«

Sie versuchte, einen nüchternen Ton anzuschlagen, aber es gelang ihr nicht. »Mein Sohn ist... ermordet worden.«

»Waren sie Zeugin dieses Mordes?«

»Nein. Mein Sohn wurde erschossen. Sein Tod sollte eine Warnung für meinen Mann sein, sich Paul Carollas Wünschen nicht entgegenzustellen. Die Rückkehr meines Sohnes fiel mit erneuten Drohungen zusammen, und mein Mann hat Michele in die Berge geschickt, weil er ihn dort in Sicherheit glaubte.«

Emanuel tippte gegen den Schreibtisch. »Signora, haben Sie selbst gehört, daß Carolla Drohungen ausgesprochen hat?«

Er wußte, daß Michele Luciano nicht erschossen worden war, und wählte seine Worte mit Bedacht. Die Stenographin wartete, und das leise Geräusch ihres Stiftes verstummte für einen Moment.

»Was geschah nach dieser Tragödie? Ist jemand wegen dieses brutalen Mordes vor Gericht gestellt worden?«

Graziella schüttelte langsam den Kopf. »Nein, aber es war Paul Carolla.«

»Ist er festgenommen worden? Ist Klage gegen ihn erhoben worden? Konnte jemand den Beweis erbringen, daß Paul Carolla etwas mit diesem Mord zu tun hatte?«

Graziella wirkte hilflos. Wieder schüttelte sie den Kopf. »Nein. Aber es gab einen Zeugen.«

»Kennen Sie den Namen dieses Zeugen?«

Ihre Augen füllten sich mit Tränen. Schließlich senkte sie den Kopf und flüsterte: »Nein, Signor, ich kenne ihn nicht.«

Sophia hatte versucht zu beten, aber sie konnte sich nicht konzentrieren. Sie konnte nur den Geräuschen lauschen, die durch das kühle Kirchenschiff hallten, den Schritten, die kamen und gingen, dem leisen Flüstern aus dem Beichtstuhl. Ihre Hände umklammerten den Rosenkranz, sie trug einen schwarzen Spitzenschleier. Seit fast zwei Stunden kniete sie schon in der Nähe des Beichtstuhls, und zweimal hatte sie sich bereits erhoben, aber jedesmal war sie wieder auf die Knie gesunken.

Sie hatte das Mädchen gebeten, die Kinderkleidung und das Spielzeug in ein Kinderheim zu bringen. Auch Constantinos Kleider waren weggeschafft worden. Die große Wohnung wirkte nun leer und verlassen, und sie selbst verbrachte die meiste Zeit im Bett. Die gelben Pillen, die Graziella ihr gegeben hatte, verhalfen ihr zu einem tiefen, traumlosen Schlaf.

Der einzige Ort, den sie aufsuchte, war die Kirche, und nun war sie schon drei Tage hintereinander gekommen, weil sie das Bedürfnis hatte zu beichten, das Bedürfnis, jemandem alles zu erzählen, aber sie hatte nicht den Mut gefunden, den Beichtstuhl zu betreten.

Die drei Kerzen zu Füßen der Jungfrau Maria, die Sophia für ihre Söhne und ihren Mann angezündet hatte, flackerten. Sie waren beinahe heruntergebrannt, und Sophia holte ruhig neue Kerzen und zündete sie an. Der Beichtstuhl war leer. Sie starrte einen Augenblick lang in die Flammen, dann gab sie sich einen Ruck.

Sie schob die Vorhänge auseinander und kniete nieder. In dem engen, dunklen Raum zwang sie sich zum Sprechen.

»Ich habe gesündigt.«

Ihre Stimme war so leise, daß der Priester sie kaum verstehen konnte. Er beugte sich näher zu ihr und faltete die Hände. »Erleichtere dein Herz, meine Tochter. Sage, was es dich zu sagen drängt. Nimm dir Zeit. Ich bin hier, um dich zu trösten und mit dir zu beten.«

»Ich hatte ein Kind, einen Sohn. Ich war damals sehr jung. Ich habe das Baby in einem Waisenhaus gelassen. Ich ... wollte wiederkommen, aber erst mußte ich es seinem Vater sagen.«

Der Priester wartete. Er sah ihre Hand, eine zarte, weiße Hand, mit blutroten Fingernägeln, die verzweifelt das Gitter umklammerte. Sanft berührte er ihre Finger. Seine Hand fühlte sich warm und weich an. Sophia zog ihre Hand zurück.

»Hast du es dem Vater gesagt? Hast du ihm von seinem Sohn erzählt?«

»Ich konnte nicht. Ich konnte nicht.«

»Hattest du Angst? Angst, daß er dich fortschicken würde?«

»Nein. Nein, Sie verstehen mich nicht, Hochwürden.«

»Ich kann dich nur verstehen, meine Tochter, ich kann dir nur helfen, wenn du mir alles erzählst.«

»Er ist gestorben. Ich konnte es ihm nicht sagen. Ich konnte es niemandem sagen.«

»Der Vater deines Babys war also tot? Und was hast du daraufhin getan?«

Sophia lachte kurz auf, dann schwieg sie lange Zeit. Verstohlen versuchte der Priester, im Dunkeln seine Uhr zu erkennen.

»Ich habe seinen Bruder geheiratet.«

»Und was ist aus dem Kind geworden?«

»Ich weiß es nicht. Ich bin nie zurückgegangen. Ich habe mein Baby im Waisenhaus gelassen. Ich habe niemandem von ihm erzählt. Ich habe meinen Sohn verlassen ...«

Der Priester hörte die Messingringe an der Vorhangstange klappern und spähte durch das Sprechgitter. Sophia rannte aus der Kirche.

Vom Fenster aus beobachtete Emanuel, wie Graziellas Wagen davonfuhr. Die Stenographin fragte, ob er sie noch brauche, und er schüttelte den Kopf.

Er hatte getan, was er tun mußte, selbst wenn es grausam erschien. Im Zeugenstand wäre Graziella noch härter angefaßt worden. Er hatte von Anfang an gewußt, daß ihre Aussagen wertlos sein würden. Es war reine Zeitverschwendung gewesen.

Sophia streifte die Schuhe ab, goß sich einen Wodka ein, nahm zwei Valium und warf sich auf ihr Bett. Sie trank das Glas in einem Zug aus. Aber sie konnte nicht vergessen. Sie durchlebte wieder die Gefühle, die sie gehabt hatte, als sie in ihren abgetretenen Schuhen und ihrem selbstgenähten Kleid draußen vor dem hohen, schmiedeeisernen Tor der Villa Rivera gewartet hatte und man ihr gesagt hatte, Michele Luciano, der Mann, den sie geliebt hatte, sei tot und bereits unter der Erde.

Die Schuldgefühle, die sie immer verdrängt hatte, überkamen sie plötzlich, sie fühlte sich, als müsse sie im Strudel ihrer Gefühle ertrinken, und versuchte, dagegen anzukämpfen. Michele Luciano, der Vater ihres unehelichen Kindes, war an allem schuld. Wenn er nicht gewesen wäre, würden ihr Mann und ihre Söhne noch leben.

Sie schleuderte das Glas gegen die Wand und begann zu weinen. Unter heftigem Schluchzen wiederholte sie immer wieder: »Ich konnte nichts dafür. Niemand kann mir die Schuld dafür geben. Es war nicht meine Schuld.«

Sophia kehrte in den Beichtstuhl zurück. *»Verstehen Sie denn nicht, was ich getan habe?«*

Der Priester versuchte, sie zu beruhigen. »Nun, mein Kind, erkläre es mir, damit ich es verstehe.«

Die schmale weiße Hand griff wieder durch das Sprechgitter.

»Ich wünschte mir so sehr, zu einer Familie zu gehören. Ich wollte alles haben, was sie hatten. Ich wollte auch eine...« Sophia hielt inne, bei all ihrer Verwirrung war ihr klar, daß sie den Namen nicht aussprechen durfte.

»Ich war so arm. Meine Mutter ging putzen, und mich erwartete das gleiche Schicksal, für andere Leute Fußböden zu schrubben und ihre Wäsche zu waschen. Als ich das Kind bekam, war ich ganz sicher, daß sie mich in die Familie aufnehmen würden. Ich war sicher, daß er mich liebte.«

»Weißt du, was aus dem Kind geworden ist?«

»Nein. Ich mußte meinen Sohn vergessen, um weiterleben zu können... Und als ich dann verheiratet war, konnte ich es ihnen nicht mehr sagen.«

»Und jetzt? Möchtest du dein Kind wiederfinden?«

Sophia holte tief Luft.

Dann antwortete sie mit einem schweren Seufzer: »Ja... ja, das möchte ich.«

»Dann mußt du es tun. Suche dieses Kind, dessentwegen du dich so schuldig fühlst. Deine Schuldgefühle sind natürlich. Du weißt, was du getan hast, und du weißt auch, warum. Suche deinen Sohn und bitte ihn um Vergebung. Gott wird dir die Kraft dazu schenken. Und jetzt wollen wir gemeinsam für seine wie auch für deine Seele beten, meine Tochter, und Gott darum bitten, daß er dir deine Sünden vergibt.«

Graziella hörte Stimmen aus dem Arbeitszimmer ihres Mannes. Sie reichte Adina den Schleier und die schwarzen Handschuhe.

»Das ist Signor Domino mit drei anderen Herren, Signora. Er sagte, es hätte schon seine Richtigkeit so.«

»In Zukunft lassen Sie niemanden mehr herein, Adina, ganz gleich, wer es ist. Und schon gar nicht in Don Robertos Arbeitszimmer, es sei denn, ich habe es ausdrücklich erlaubt. Sie können gehen.«

Graziella öffnete die Tür zum Arbeitszimmer, und Domino erstarrte mitten im Satz.

»Graziella, ich hatte dich nicht so schnell zurückerwartet. Bitte entschuldige unser Eindringen, aber... Darf ich dir diese Herren vorstellen? Sie sind aus Amerika, sie kümmern sich drüben um Don Robertos Rechtsangelegenheiten.«

Graziella blieb in der offenen Tür stehen, während Domino

die Männer vorstellte. Zuerst deutete er auf einen großen, gutgekleideten Herrn mit einer dicken Hornbrille.

»Das hier ist Eduardo Lorenzi aus New York.«

Lorenzi machte eine knappe Verbeugung. »Signora.«

Der nächste war ein kleiner, stämmiger Mann. Sein Gesicht glänzte vor Schweiß, und seine plumpen Hände umklammerten ein großes, weißes Taschentuch. »Ich glaube, Signor Niccolò kennst du von früher, er ist ein alter Vertrauter Don Robertos und nimmt seine Interessen in Atlantic City wahr. Und das hier ist Giulio Carboni. Er ist mir hier zur Hand gegangen.«

Graziella blickte sich im Arbeitszimmer um. Mehrere Schubladen und sogar die Tür des Safes standen weit offen. Um den Schreibtisch herum waren, fein säuberlich mit Bindfaden zusammengebunden, Bündel von Papieren aufgestapelt, die offensichtlich darauf warteten, abtransportiert zu werden.

»Ich bin im Eßzimmer. Wenn Sie eine Erfrischung wünschen, bevor Sie gehen, rufen Sie bitte nach Adina.«

Graziella verließ das Zimmer, ohne die Tür hinter sich zu schließen. Sie gab deutlich zu verstehen, daß die Männer das Haus verlassen sollten.

Sie setzte sich in das kühle, dämmrige Eßzimmer. Die leisen Stimmen der Männer, die sich zum Gehen fertigmachten, klangen verschwörerisch. Endlich erschien Mario selbst.

»Es tut mir leid, Graziella. Ich hatte gehofft, daß wir vor deiner Rückkehr fertig werden würden. Don Roberto hatte internationale Geschäftsverbindungen, und ich bin nicht der einzige Anwalt, der damit zu tun hat. Die drei kümmern sich um die Transaktionen in Amerika.«

Noch nie hatte Graziella Mario so verlegen gesehen. Er wischte sich die Stirn. »Sie haben nur die Akten mitgenommen, die sie brauchen...«

Graziella blickte auf ihre gefalteten Hände. »Vielleicht würdest du mir in Zukunft freundlicherweise Bescheid sagen, wenn du etwas aus dem Arbeitszimmer meines Mannes brauchst.«

»Selbstverständlich. Ich glaube allerdings, daß wir dich nicht wieder belästigen müssen. Bitte verzeih mir.« Er beugte sich zu ihr herunter, um sie auf die Wange zu küssen, aber sie wandte das Gesicht ab.

In aller Eile holte Domino seine Aktentasche aus dem Arbeitszimmer und ließ seine Augen prüfend im Raum umherwandern, um sicherzugehen, daß keine belastenden Dokumente zurückgeblieben waren. Es gab kein einziges Zimmer in der ganzen Villa, das nicht gründlich durchsucht worden wäre. Jetzt war es an ihm, den Besitz der Lucianos einzuschätzen. Das war eine ungeheure Aufgabe, zumal er wußte, daß viele Domänen bereits von einem Unbekannten übernommen worden waren, daß jemand bereits in Roberto Lucianos Fußstapfen getreten war. Das war ihm in dem Augenblick klargeworden, als die drei Männer, die Graziella soeben kennengelernt hatte, auf ihn zugetreten waren.

Graziella beobachtete, wie Dominos Wagen aus dem Tor fuhr, bevor sie das Paket mit den Tonbändern auf den Schreibtisch im Arbeitszimmer legte. Es roch nach Zigarrenrauch und verbranntem Papier. Sie sah sich um. Im Kamin lagen verräterische, angekohlte Papierfetzen.

Adina kam mit einem Tablett herein. Sie hatte Suppe und etwas Pasta zubereitet. »Sie müssen etwas essen, Signora, wenigstens ein bißchen.«

Graziella nahm ihr das Tablett ab und stellte es auf den Schreibtisch. »Danke, Adina. Sie können jetzt gehen.«

Leise schloß Adina die Tür hinter sich.

Graziella stand im Arbeitszimmer ihres Mannes. Sie hatte die Augen geschlossen und spürte, wie die kühle Abendluft über ihre tränennassen Wangen strich. Sie lauschte Robertos tiefer, warmer Stimme.

»Mein Name ist Don Roberto Luciano. Ich mache diese Aussage am 8. Februar 1987. Ich bin nachweislich im Vollbesitz meiner geistigen Kräfte, und ich habe einen Zeugen dafür, daß ich diese Aussagen freiwillig und ohne äußeren Zwang mache...«

Seine Stimme quälte sie. Aber sie mußte zuhören, mußte hören, was ihr Mann wußte und was sie nicht gewußt hatte. Sie würde erfahren, wie genau ihr Sohn umgebracht worden war. Die warme Stimme würde ihr eine andere Seite des Mannes offenbaren, den sie zu kennen und zu lieben geglaubt hatte.

5. Kapitel

Teresa blickte in New York auf die Straße hinunter. Dann drehte sie sich um und ging durch die Wohnung zu Rosas Zimmer.

»Rosa! *Rosa!*«

Rosa hatte ihr Radio auf volle Lautstärke gedreht. Der Lärm war ohrenbetäubend.

»Rosa! Komm da raus!« Teresa schlug mit der flachen Hand gegen die Tür, bis die Musik abgestellt wurde und Rosa ihr öffnete.

»Kannst du nicht endlich aufhören, die Musik so laut zu drehen, daß kein Mensch arbeiten kann? Ich versuche, die unbezahlten Rechnungen und die Papiere deines Vaters zu ordnen. Und du kümmerst dich um nichts, interessierst dich noch nicht mal für die Schwierigkeiten, die sich da ergeben. Seit wir wieder zu Hause sind, benimmst du dich wie eine Verrückte. Ich weiß nicht, was mit dir los ist.« Teresa suchte nach einem Taschentuch und putzte sich die Nase.

»Hör doch auf zu weinen, Mama. Das macht mich ganz krank.«

»Weil du überhaupt nicht weinst.«

»Und warum sollte ich? Wegen Emilio etwa? Er hat mich nicht geliebt. Don Roberto hat alles in die Wege geleitet. Ich bin froh, daß er tot ist. Sie haben mich nur benutzt.«

»Gott möge dir vergeben, Rosa. Du weißt, daß das nicht wahr ist.«

»Doch, es ist wahr, und Papa hat dich auch nie geliebt. Sie haben dich genauso benutzt wie mich.«

Teresa brach in Tränen aus. »Wie kannst du so etwas nur sagen, Rosa!«

»Warum denn? Ich hatte doch recht, oder? Glaubst du, ich bin taub? Ich hab' doch gehört, wie ihr beiden euch gezankt habt. Ich hab' gehört, wie ihr euch angeschrien habt. Er hat dich nie geliebt. Er hat andere Frauen gehabt. Ich habe es gewußt, alle haben es gewußt!«

Teresa zögerte. Sie wandte sich um und ging in ihr Schlafzimmer. Kurz darauf kam sie mit einem Foto in der Hand wieder zurück. »Ich möchte dir etwas zeigen. Ein Foto von mir, als ich in deinem Alter war, in Barett und Talar, bei einer Feier an der Universität.«

»Das Foto kenne ich. Oma hatte es auf dem Kaminsims stehen.«

»Sieh doch mal, das bin ich, mit diesem spitzen, ernsten Gesichtchen und der dicken Brille.«

Rosa sah flüchtig auf das Foto, und Teresa fuhr fort: »Erinnerst du dich an Oma und Opa und ihre Bäckerei? Ich bin in der Bäckerei aufgewachsen. Papa hat immer davon geträumt, eines Tages wieder nach Hause zurückzukehren, aber Mama wollte hier in Amerika bleiben. Sie meinte, es ginge uns hier viel besser. Papa war so stolz, als ich den Platz am College bekam. Er dachte, ich wäre schon fertige Rechtsanwältin, nur weil sie mich angenommen hatten. Er hat es allen erzählt, und sie kamen in Scharen in die Bäckerei, mit Glückwünschen und Geschenken.«

Rosa hörte nur mit halbem Ohr hin. Sie erinnerte sich kaum an ihre Großeltern mütterlicherseits.

»Mein Vater hat damals in der Bäckerei nur gearbeitet, Rosa, sie gehörte ihm nicht. Und er hatte die Kellerwohnung für uns gemietet. Sie war düster und modrig, und wir haben ständig gegen die Küchenschaben gekämpft. Der Mann, der meinem Vater die Bäckerei gekauft hat und die Wohnung darüber, in der es keine Küchenschaben gab, war Don Roberto.«

»Und was wollte Don Roberto für mich herausrücken? Was war ich ihm wert, Mama? Eine neue Wohnung oder weitere Anteile an einer Firma? Du hast dich immer beklagt, daß sie Tante Sophia als Familienmitglied behandeln, aber dich nicht. Jetzt wirst du endlich reich werden.«

Teresa konnte nicht mehr verhindern, daß Rosa das Foto in zwei Stücke riß und die beiden Hälften auf den Fußboden warf. Sie sammelte die Fetzen auf, dann packte sie ihre Tochter an den Schultern, schüttelte sie und schrie sie an: »Du hast ja keine Ahnung, du hast überhaupt keine Ahnung. Hör mir zu, Rosa. Hör mir einfach nur zu.«

Teresa setzte sich und begann zu sprechen, ohne aufzusehen. »Ich habe nie einen Freund gehabt, weißt du. Während meiner ganzen Collegezeit nicht. Meine Mutter hat mich immer gefragt, ob ich einen ›jungen Mann‹ kennengelernt hätte. Ich hatte solche Angst, daß ich eine alte Jungfer würde. Manchmal hatte sie Besuch von alten Damen, die mich ihren Söhnen oder Enkeln oder Onkeln vorstellen wollten. Die ganze Nachbarschaft war bemüht, einen Mann für mich zu finden, aber aus allen diesen Vermittlungsversuchen ist nie etwas geworden. Mein Vater war immer noch stolz auf mich und erzählte jedem Kunden, seine Tochter sei Rechtsanwältin. Aber das stimmte gar nicht. Ich habe das Studium nie ganz abgeschlossen.«

Rosa unterbrach sie. »Ich dachte, du wärst Rechtsanwältin?«

»Nein. Ich hatte mir immer vorgenommen, eines Tages zurück aufs College zu gehen und mein Abschlußexamen zu machen, aber dann warst du da, und Filippo brauchte mich auch. Manche Verträge waren so kompliziert, und das Import- und Exportgeschäft war für ihn ein Buch mit sieben Siegeln.«

Teresa nahm ihre Brille ab und putzte sie mit einem Handtuchzipfel. Rosa betrachtete die rote Druckstelle auf ihrer Nase und die dunklen Ringe unter den kleinen, wäßrigen Augen. Das Gesicht mit der scharfen Nase und dem schmalen Mund ähnelte dem ihren so überhaupt nicht. Die Häßlichkeit ihrer Mutter rührte sie, und sie errötete, als Teresa plötzlich aufblickte und ihr zulächelte.

»Du siehst ihm so ähnlich. Jedesmal, wenn ich dich ansehe, sehe ich sein Gesicht vor mir. Du bist auf unserer Hochzeitsreise gezeugt worden, wußtest du das?«

Rosa nickte. Teresa erzählte weiter: »Als ich eines Tages nach Hause kam, wartete Mama wieder auf mich. Sie hatte ihr bestes

Kleid an. ›O Gott‹, dachte ich, ›nicht schon wieder ein Bewerber. Nicht schon wieder abgelehnt werden.‹ Papa stürzte auf mich zu, sein Gesicht war ganz rot vor Aufregung. Er flüsterte, ich sollte mir schnell die Haare zurechtmachen, das Gesicht waschen, mein bestes Kleid anziehen, als wäre ich ein Kind. ›Wir haben Besuch‹, sagte er immer wieder, ›wir haben Besuch.‹«

»Und hast du dich umgezogen?« fragte Rosa mit echtem Interesse. Diese Geschichte aus dem Leben ihrer Mutter kannte sie noch nicht.

Teresa lachte kurz auf. »Nein. In mancher Beziehung hast du Ähnlichkeit mit mir. Ich bin so, wie ich war, in die gute Stube gegangen. Das war ein Zimmer, das immer geputzt und gewienert wurde, obwohl wir es kaum jemals benutzt haben. Da habe ich Don Roberto Luciano zum erstenmal gesehen. Er war so groß, daß er mit dem Kopf fast an die Decke stieß. Er hatte damals schon graues Haar und trug einen dunklen Nadelstreifenanzug und eine Nelke im Knopfloch. Er war sehr charmant, elegant und liebenswürdig – ja, das ist das richtige Wort, er war liebenswürdig. Als er ging, hat er mir die Hand geküßt. Ich hatte nicht die leiseste Ahnung, was eigentlich los war. Papa hat es mir erst gesagt, als er sicher war, daß Don Roberto es sich nicht noch anders überlegen würde. Ich glaube, meine Eltern haben nie erfahren, warum – aber Don Roberto Luciano hatte uns besucht, um mich kennenzulernen. Er wollte, daß ich seinen Sohn Filippo heiratete.«

Gespannt beugte Rosa sich vor. »Erzähl weiter.«

»Ich war wütend, ich fühlte mich so gedemütigt. Mein Vater war etwas kleinlaut, aber meine Mutter war außer sich. Sie meinte, sie hätten auf so vieles verzichtet, damit ich studieren konnte. Aber ich wollte Filippo nicht einmal sehen. Wir haben uns gestritten und angeschrien, und Mama hat geweint. Mein Vater sagte, er könne Don Roberto nicht beleidigen. Aber ich habe gesagt, mir wäre es ganz egal, wer Don Roberto sei. Ich warf ihnen vor, daß sie sich verhielten wie im Mittelalter. Mein Vater brüllte mich an, ich wäre schließlich seine einzige Tochter, und leider habe der Himmel ihm keinen Sohn geschenkt, der im Alter für ihn sorgen könnte, nur eine egoistische, eigensinnige Tochter, und er drohte mir an, mich zu enterben.«

»Und warum hast du nachgegeben?« fragte Rosa.

»Aus Angst. Mein Vater verging beinahe vor Angst. Er war ein einfacher Mann, und er konnte sich nicht erklären, warum Don Roberto gerade zu ihm gekommen war. Wo sie sich schon damit abgefunden hatten, daß sie keinen Mann für mich finden würden. Ich habe mich davon anstecken lassen. Am nächsten Tag kam Filippo selbst, allein. Er saß schon in der guten Stube und wartete, als ich vom College nach Hause kam. Mama saß bei ihm, und Papa stellte uns einander vor. Ich weiß nicht, was ich erwartet hatte, vielleicht irgendeinen Halbidioten...«

»Und dann war er der hübscheste Junge, den ich je gesehen hatte. Die Situation war ihm mindestens ebenso peinlich wie mir, und ich schlug vor, irgendwo einen Kaffee zu trinken, um aus dem Haus zu kommen. Er willigte ein. Er nahm meine Hand, als wäre es das Selbstverständlichste von der Welt, und Hand in Hand gingen wir hinaus. Ich habe ihn vom ersten Moment an geliebt, Rosa. Und ich hatte solche Angst, daß er mir einen Korb geben würde, daß ich auf alles eingegangen bin. Ich habe zugestimmt, daß die Hochzeit einen Monat später stattfinden sollte, daß die Lucianos die Gästeliste aufstellen und den Empfang organisieren würden, alles. Als ich dann Graziella Luciano kennenlernte, hatte ich erst recht Angst, daß sie die Hochzeit im letzten Moment absagen würden. Ich wußte, daß ich ihr nicht gut genug war. Sie hat mit Filippo sizilianisch gesprochen und nicht gemerkt, daß ich jedes Wort verstand. Unter Tränen hat sie ihn gebeten, doch noch zu warten, er sei noch so jung.«

»Und außerdem ein Luciano...«

»Das hat mir damals nichts bedeutet. Ich habe mich nur für Filippo selbst interessiert. Ich hatte noch nie einen Freund gehabt, und jetzt hatte ich plötzlich den schönsten Mann, der mir je begegnet war.«

»Und er hat dich auch geliebt?« Aus Rosas Stimme war der Zweifel deutlich herauszuhören.

»Ja, er hat mich geliebt. Ich habe ihn mehrmals gefragt, ob er es sich anders überlegt hätte, aber er schien selbst Angst zu haben, daß ich meine Meinung ändern könnte. Also haben wir geheiratet.«

»Warum haben sie gerade dich ausgewählt?«

Teresa starrte auf die Fußbodenfliesen. »Don Roberto wollte etwas Festes für Filippo. Bevor er mich kennenlernte, war er nie aus Sizilien herausgekommen, und Don Roberto hatte beschlossen, daß er nun in Amerika arbeiten sollte...«

Plötzlich mochte Teresa nicht mehr weitersprechen. »Meine Eltern bekamen die Bäckerei und die Wohnung geschenkt. Meine Mutter hat ihr Leben lang jeden Tag ein *Gegrüßet seist du Maria* für Don Roberto gebetet. Noch auf dem Sterbebett hat sie ihm gedankt.«

»Hast du Papa nie gefragt, warum seine Wahl auf dich gefallen ist?«

Teresas Augen füllten sich mit Tränen. Jahre später, als Filippo längst andere Frauen hatte und sie nicht mehr liebte, hatte sie ihn gefragt. Er hatte nur geantwortet, daß er sie geheiratet hatte, weil sein Vater es so gewollt hatte. Er hatte es mit solcher Grausamkeit gesagt, daß sie es selbst jetzt nicht über sich brachte, ihrer Tochter davon zu erzählen.

»Nein.«

»Vielleicht hat er dich irgendwo gesehen...«

»Ja, das könnte sein...«

In Teresas Kopf pochte und hämmerte es. Sie drückte die Handflächen gegen die Schläfen.

»Mama, Emilio hat gesagt, er hätte sich auf den ersten Blick in mich verliebt. Erinnerst du dich noch an den letzten Sommer in der Villa Rivera? Glaubst du, er hätte mich auch geheiratet, wenn Großvater es nicht gewollt hätte? Und was solltet ihr für mich bekommen?«

»Ich habe Kopfschmerzen, Rosa. Und außerdem spielt es jetzt doch keine Rolle mehr. Der Junge ist tot.«

»Ich weiß, daß sie Papa aus der Firma herausgedrängt haben. Sollte Emilio seinen Posten übernehmen? Sollte er mich vielleicht deswegen heiraten?«

Teresa war verblüfft, daß Rosa so viel erraten hatte. Sie fuhr ihre Tochter an: »Du sprichst über Dinge, von denen du nichts verstehst.«

»Dann rufe ich Großmama an und frage sie.«

»Das tust du nicht.«

»Und warum nicht? Hast du Angst, daß ich etwas sagen könnte, was sie aufregt? Und daß sie dich dann aus dem Testament streicht? Hast du davor Angst?«

Teresa hatte genug. »Ja. Graziella hat die Zügel in der Hand, und solange ich nicht bekommen habe, was mir zusteht, so lange sprichst du nicht mit ihr. Du bist zwar ihre Enkelin, aber sie würde auch dich ohne mit der Wimper zu zucken streichen. Du mußt erwachsen werden, Rosa. Wenn du sie aufregst, gehen wir leer aus. Dir ist das im Moment vielleicht nicht so wichtig, aber mir. Es ist alles, was mir geblieben ist.«

Rosa schlich sich in ihr Zimmer und blätterte ihr Fotoalbum durch. Alle Fotos von Emilio zerriß sie in kleine Fetzen. Dann stieß sie auf ein altes Foto, das sie längst vergessen hatte. Sie lief damit zu Teresa, die im Arbeitszimmer vor Stapeln von Papieren und Akten saß und etwas in Filippos Schreibtisch suchte.

»Mama, wer ist das?« unterbrach Rosa ihre Mutter.

Auf dem Foto waren die drei Söhne Don Robertos zu sehen, Micheles Gesicht jedoch war mit einigen Kugelschreiberstrichen unkenntlich gemacht worden. Teresa zeigte darauf: »Das muß Michele Luciano gewesen sein, der Älteste.«

»Und wer hat so darauf herumgekritzelt?«

»Vermutlich dein Vater. Das Foto muß über zwanzig Jahre alt sein. Weißt du, es ist merkwürdig, ich habe alle alten Akten der Firma mit allen Importlizenzen hiergehabt. *Ich weiß genau, daß sie hier im Schreibtisch lagen.*«

Teresa riß eine Schublade nach der anderen auf und schob sie unsanft wieder zu. Plötzlich lehnte sie sich zurück.

»Es muß jemand hiergewesen sein. Alle Akten und Briefe, auf denen der Name Luciano stand, sind verschwunden. Filippos Terminkalender und sein Adreßbuch auch. Ich bin mir ganz sicher, denn ich habe sie selbst auf den Schreibtisch gelegt.«

»Willst du die Polizei rufen?« fragte Rosa.

Teresa schüttelte den Kopf. »Warum? Es sind schließlich keine Wertsachen entwendet worden.«

»Für irgend jemanden müssen die Sachen einen Wert gehabt haben, sonst hätten sie sich nicht die Mühe gemacht, hier einzubrechen, oder?«

»Möglicherweise haben sie gedacht, sie würden hier etwas finden... Ich muß sofort Sophia anrufen.«

Sophia hörte das Telefon klingeln, als sei es ein Teil ihres Traumes. Nur mühsam wurde sie wach.

»Sophia? Hier ist Teresa. Habe ich dich geweckt? Ich weiß gar nicht, wie spät es ist.«

»Macht nichts, Teresa. Wie geht's dir?«

»Ich bin pleite und warte. Bist du bei Graziella gewesen?«

»Nein... ich hatte soviel zu tun. Die neue Saison steht vor der Tür, und die Ware für die Boutiquen muß bis dahin fertig sein, und ich bin noch gar nicht im Lager gewesen...«

Sophia merkte, wie sie Ausreden dafür erfand, daß sie noch keinen Kontakt zu Graziella aufgenommen hatte. Sie war einfach zu nichts fähig gewesen.

»Bei uns ist eingebrochen worden! Hallo? Bist du noch da? Hörst du mich?«

Sophia schloß die Augen. »Ja, ich höre.«

»Wir haben Einbrecher in der Wohnung gehabt. Sie haben Filippos sämtliche Papiere mitgenommen... und Fotos und Akten...«

»Constantinos Schreibtisch haben sie schon vor Wochen ausgeräumt«, fiel Sophia ihrer Schwägerin ins Wort. »Genau das gleiche. Nur Unterlagen.«

»Warum? Glaubst du, daß Graziella dahintersteckt? Oder dieser Anwalt?«

Sophia gähnte. »Graziella bestimmt nicht. Vielleicht die Polizei. Oder sonst jemand. Wahrscheinlich jemand, der für Don Roberto gearbeitet hat. Es ist nur eine Vorsichtsmaßnahme, mach dir keine Sorgen deswegen.«

»Keine Sorgen? Jemand ist hier in der Wohnung gewesen!«

Sophia hielt den Hörer nur lose in der Hand. »Don Roberto hat viele Verbindungen gehabt, Teresa. Zu Leuten, die es nicht gern sehen, wenn jemand, der nicht zu ihren Kreisen gehört, etwas über ihre geschäftlichen Beziehungen erfährt. Wahrscheinlich haben sie nur nach belastendem Material gesucht, nach Namen und Unterlagen über laufende Geschäfte.«

Teresa ließ den Hörer auf die Gabel fallen. »Sophia hat sich angehört, als wäre sie betrunken. Im Gegensatz zu uns hat sie keine finanziellen Probleme. Aber die hatte sie ja nie.«

»Was hast du denn gegen Sophia?« fragte Rosa.

Teresa seufzte. »Sie hat gesagt, ihre Wohnung hätten sie auch durchsucht. Anscheinend war es ihr egal. Aber mir ist es nicht egal. Ich werde neue Schlösser einbauen lassen.«

Rosa hockte sich auf die Schreibtischkante. »Ich würde mir darüber keine Gedanken machen. Sobald wir das Geld haben, ziehen wir hier aus. Ich würde am liebsten am Central Park wohnen.«

»Du wirst soviel Geld haben, meine Liebe, daß du es dir aussuchen kannst.«

Teresa starrte auf das alte Foto. Die drei Jungen sahen so fröhlich aus, aber die tiefen Kratzer, die Michele Lucianos Gesicht zerstört hatten, ließen den Schnappschuß unheimlich wirken. »Seltsam, wenn man so darüber nachdenkt – wenn Michele Luciano nicht gewesen wäre, hätte Don Roberto sich nicht als Belastungszeuge zur Verfügung gestellt, und sie wären alle noch am Leben.«

Rosa sah, wie Teresa das Foto zerriß und die Fetzen einen nach dem anderen in den Papierkorb fallen ließ.

»Wenn wir bis Ende des Monats nichts von Graziella gehört haben, fliegen wir nach Palermo, ganz egal, ob es ihr nun paßt oder nicht. Wir haben lange genug gewartet.«

6. Kapitel

Graziella spulte das Band zurück. Sie hatte die gleiche Stelle wieder und wieder gehört und kannte sie fast auswendig. Aber heute hatte sie sich Notizbuch und Stift zurechtgelegt, weil sie die Namen aufschreiben wollte, die ihr Mann vor wenigen Wochen diktiert hatte. Sie drückte auf die Starttaste.

»Mein ältester Sohn, Michele, kehrte im Sommer 1963 aus Amerika zurück.«

Graziella ließ das Band ein wenig vorlaufen, und die tiefe Stimme ihres Mannes fuhr fort: ». . . und Lenny Cavataio war es, der Michele auf Paul Carollas Anweisung hin erwartete, als er nach Sizilien zurückkehrte. Lenny Cavataio wußte, daß das Heroin, das er meinem Sohn verkaufen sollte, ihn mit Sicherheit töten würde.«

Don Roberto schilderte, wie er dem Ursprung des Heroins nachgegangen war und den Beweis erhalten hatte, daß es in Carollas Labors hergestellt worden war.

Nun war Emanuels Stimme zu hören. Er fragte, warum Luciano nie die Polizei informiert habe, obwohl er doch Beweise für Paul Carollas Verwicklung ins Drogengeschäft gehabt habe. Graziella hörte nur mit halbem Ohr hin, als ihr Mann daraufhin erklärte, Lenny Cavataio habe zu jener Zeit nicht ausfindig gemacht werden können.

»Außerdem«, fügte Don Roberto hinzu, »bin ich ein Mann, der seine Angelegenheiten selbst regelt. Das ist mein Gesetz, ein Gesetz innerhalb des Gesetzes.«

Nach einer kurzen Pause fuhr er fort: »Trotzdem hatte ich vor, so viel Beweismaterial zu sammeln, daß Paul Carolla verurteilt werden könnte. Das gestaltete sich jedoch äußerst schwierig. Die Zeugen waren plötzlich wie vom Erdboden verschwunden, und ich mußte eine ganze Weile warten, bis Michele so weit wiederhergestellt war, daß ich ihn befragen konnte. Er war heroinabhängig geworden, verstehen Sie. Er war sehr krank.«

Graziella stöhnte leise. Erst als sie das Band zum erstenmal gehört hatte, war ihr klargeworden, daß ihr Sohn heroinsüchtig gewesen war. Robertos Stimme fuhr fort: »Zwei Monate später hatte mein Sohn sich recht gut erholt. Es ging ihm so gut, daß ich ihn zu einem Besuch mit nach Hause nehmen konnte. Aber er brauchte noch Zeit, um sein Selbstvertrauen wiederzugewinnen und psychisch und physisch völlig zu genesen.«

Graziella mußte wieder an Michele denken, wie er mit einem Arm voll Blumen unter ihrem Schlafzimmerfenster gestanden und zu ihr hochgerufen hatte: »Mama, Mama, ich bin wieder zu Hause! Ich bin wieder gesund!«

Die Stimme ihres Mannes klang völlig emotionslos, als er fortfuhr: »Michele wurde wieder in die Berge zurückgebracht, wo er in einer kleinen Schäferhütte lebte. Vier meiner Leute bewachten ihn Tag und Nacht. Nur mein Fahrer, der absolut vertrauenswürdig war, wußte um seinen Zustand. Das war Ettore Callea, der am 2. August 1963 ermordet wurde. Ich glaube, darüber existiert eine Polizeiakte. Der 2. August 1963 war der Tag, an dem ich die Leiche meines Sohnes fand. Drei seiner Leibwächter starben ebenfalls. Es waren Marco Baranza, Giulio Nevarro und Silvio Braganza. Sie waren mit einer Beretta erschossen worden, meinen Sohn jedoch hatten die Mörder totgeschlagen. Er hat mit bloßen Händen um sein Leben gekämpft. Sie haben ihm mit Gewalt eine Spritze subkutan in den Arm gestochen, die genug Heroin enthielt, um vier Männer umzubringen. Gennaro Baranza war der einzige Leibwächer, der überlebte, allerdings mit Schußwunden in der Brust und in der Leistengegend. Er konnte die Mörder meines Sohnes beschreiben. Es waren keine Sizilianer, sondern Amerikaner. Ihre Identität fand ich erst viele Jahre später heraus, als Lenny Cavataio seine Aussage machte. Er kannte die Mörder. Sie hatten für Paul Carolla gearbeitet.«

Papierrascheln war zu hören, dann Emanuels Stimme: »Ich brauche die Namen dieser Amerikaner. Ich werde sie verhören müssen.«

Don Roberto entgegnete: »Das ist leider nicht möglich. Paul Carolla hat dafür gesorgt, daß sie spurlos verschwanden. Ihre Leichen hat man nie gefunden.«

Ob es möglich sei, Gennaro Baranza zu verhören, wollte Emanuel wissen. Luciano antwortete, Baranza habe vor kurzem einen Schlaganfall erlitten und könne kaum noch sprechen. Seit dem Mord an Michele sei er an den Rollstuhl gefesselt.

Graziella schaltete das Gerät ab. Ihre Hände waren feucht. Wie viele Lügen hatte ihr Mann ihr aufgetischt? Jetzt wußte sie, warum der Junge in dem mit Samt ausgeschlagenen Sarg das Gesicht eines Fremden gehabt hatte. Er war nicht erschossen worden, wie man ihr erzählt hatte, er war nicht schnell gestorben, sondern hatte bis zum letzten gegen seine Mörder gekämpft. Graziellas Gesicht verzog sich zu einer Grimasse. Ihr war klar, daß sie alle Bänder würde abhören müssen.

Zu Beginn des zweiten Bandes gab Emanuel Tag und Uhrzeit der Aufnahme an. Dann ertönte wieder Don Robertos Stimme. Er sagte, er sei sich über die Konsequenzen der folgenden Informationen im klaren und übernehme die volle Verantwortung. Niemand sonst sei beteiligt gewesen. Er entschuldigte sich nicht für seine Mitgliedschaft in der Mafia, sondern beschrieb, wie ihm vom Rat das Recht verweigert worden war, den Tod seines Sohnes zu rächen. Der Rat hatte behauptet, Michele sei selbst für seine Heroinsucht verantwortlich gewesen. Mit den näheren Umständen seines Todes hatte man sich nicht auseinandergesetzt. Zu jener Zeit verschaffte Paul Carollas Einfluß innerhalb der Organisation den Mitgliedern große finanzielle Vorteile, und niemand wollte sich gegen ihn stellen. Und außerdem wollte niemand eine Vendetta, einen Krieg vor der eigenen Haustür.

Dann erzählte Don Roberto von Antonio Robello, einem jungen Don, der den Spitznamen »der Adler« getragen hatte.

Dieser junge Mann hatte ihm die Hilfe und Unterstützung seiner Familie angeboten.

»Ich beschloß, die Gerechtigkeit in meine eigenen Hände zu nehmen. Ich mußte sehr sorgfältig vorgehen, denn wenn jemand in der Organisation von meinen Absichten erfahren hätte, hätte das Auswirkungen auf meine Geschäfte und auf meine Familie gehabt.

Ich richtete es so ein, daß an einem einzigen Tag, am 4. November 1963, beginnend in den frühen Morgenstunden, Paul Carollas Labors, seine Fabriken, Lagerhäuser und zwei Fischkutter zerstört wurden. Ich war im Krieg Sprengstoffexperte gewesen, und ich wußte genau, welche Sprengstoffe und welche Zündvorrichtungen notwendig waren. Robello war ein eifriger und gelehriger Schüler, denn ich hatte ihm als Belohnung Carollas gesamtes Territorium und zwei Jahre lang freie Verfügung über meine Handelsgesellschaften und Zugang zu meinen Frachtschiffen, Liegeplätzen und Speichern versprochen.

Die Explosionen sollten über den ganzen Tag verteilt stattfinden. Ich wußte, daß Carolla sich mit seiner Geliebten in Palermo aufhielt, und ich wußte, daß er sich gerade einen neuen Alfa Romeo gekauft hatte. Ihm sollte klarwerden, daß er mit Ablauf dieses Tages vernichtet werden würde, noch vor der letzten Explosion, vor der Explosion der Bombe an seinem Wagen. Die Explosionen sollten zeitlich genau aufeinander abgestimmt werden. Ich hatte Robello zwei Monate lang geschult.«

Graziella schaltete das Band ab. Das Datum, der 4. November, erinnerte sie an irgend etwas, und plötzlich fiel ihr ein, daß es Filippos Hochzeitstag war. Am 4. November 1963 hatten Filippo und Teresa geheiratet.

Nun verstand Graziella, warum Filippo so schnell hatte heiraten sollen und warum Roberto ausgerechnet diese graue Maus Teresa Scorpio ausgewählt hatte. Teresas Eltern waren Habenichtse, sie lebten von einer kleinen Bäckerei und hatten keinerlei Verbindungen zu den angeseheneren Familien. Plötzlich war

Graziella auch klar, warum Roberto selbst den Empfang organisiert und die wenigen Gäste eingeladen hatte. Sie hatte versucht, Filippo von einer übereilten Eheschließung mit diesem häßlichen Mädchen, das so viel älter war als er, abzuhalten, und hatte nicht verstehen können, wie er überhaupt auf sie verfallen war. Nun wußte sie es. Don Roberto hatte Filippos Hochzeit arrangiert, um für seinen Versuch, Paul Carolla zu vernichten, ein Alibi zu haben. Er hatte Filippo benutzt, um Michele zu rächen.

Graziella preßte die Hände an die Schläfen. Sie erinnerte sich daran, daß das Ehepaar, das Roberto angestellt hatte, um während ihrer Abwesenheit die Villa zu hüten, ihnen beiden zum Verwechseln ähnlich gesehen hatte – so sehr, daß niemand auch nur ahnen konnte, daß sie nach New York gereist waren. Er hatte darüber gelacht. Sie stellte das Tonbandgerät wieder an und bekam eine Gänsehaut. Da war Robertos Lachen wieder, diesmal erklang es aus dem Lautsprecher.

Das Lachen hörte auf. Mit bedrohlich leiser Stimme sprach er weiter: »Mein Alibi war perfekt. Ich war in New York, und das Ehepaar, das ich angestellt hatte, um die Villa zu hüten, mußte unsere Kleider tragen und immer Hüte dazu, die sie tief ins Gesicht ziehen mußten. Ich wußte, daß Robello mir nicht traute. Er war zu gierig. Er war so dumm gewesen, schon Kontakt mit Carollas Leuten aufzunehmen, so daß Carolla Argwohn geschöpft hatte. Das wußte ich, und ich hatte die Absicht, diese Information zu nutzen, falls es nötig werden sollte. Daher durfte Robello auf keinen Fall wissen, daß ich Palermo verlassen wollte. Aus naheliegenden Gründen hatten wir bereits vereinbart, daß wir erst einen Monat nach den Bombenanschlägen, einen Monat nach Paul Carollas Tod, wieder Kontakt miteinander aufnehmen würden.«

Luciano verstummte. Erst nach einiger Zeit fuhr er fort.

»Mein Freund Paul Carolla hat an einem einzigen Tag Millionen verloren, und mehr als fünfzehn seiner Leute sind festgenommen worden.«

»Wie viele Männer sind ums Leben gekommen?« fragte Emanuel.

Luciano antwortete nicht. Als hätte er die Frage nicht gehört, fuhr er fort: »Carolla verlor alles, nur sein Leben nicht. Mein Plan ging nach hinten los, und ich befand mich in einer äußerst prekären Lage. Verständlicherweise war ich der Hauptverdächtige, doch ich war nicht einmal in Palermo. Ich hatte ein perfektes Alibi. Ich war auf der Hochzeit meines Sohnes in New York.«

Wieder entstand eine längere Pause. Graziella hörte Papierrascheln, und dann sprach Emanuel: »Bitte fahren Sie fort. Ich habe mir die Daten notiert und werde überprüfen, ob sie mit den Polizeiberichten über die Explosionen übereinstimmen.«

Don Robertos Stimme war hart. »Mein lieber Freund, ich sage hier nicht als Angeklagter aus, *capiche*? Sie können sicher sein, daß ich sehr wohl weiß, wann ich mich durch meine Aussagen selbst belaste. Ich bin nur aus einem Grund hier, und der heißt Paul Carolla. Es gibt viele, die Angst bekommen werden, wenn sie erfahren, daß ich ausgesagt habe, aber das interessiert mich nicht. Ich habe über zwanzig Jahre lang gewartet.«

Emanuel unterbrach ihn vorsichtig. »Aber Sie müssen meine Lage verstehen. Wenn Sie sich selbst belasten, muß ich . . .«

»Mein lieber Freund, Sie sorgen dafür, daß meine Aussagen keine Auswirkungen auf mich oder meine Familie haben, ist das klar? Möchten Sie nun, daß ich fortfahre?«

Auf dem Band war ein Klicken zu hören. Sie hatten das Gerät abgeschaltet, um zu einer Übereinkunft zu kommen.

Als Don Roberto weitersprach, war seine Stimme ruhig und beherrscht. »Robello hat versagt. Der Anschlag auf Carolla mißglückte. Ich war der Hauptverdächtige, und Carolla klagte mich an. Das Ergebnis war, daß wir beide vor den Rat geladen wurden. Ich kann keine Namen nennen, aber der Rat besteht aus Männern, die in der Organisation ganz oben stehen und von den Mitgliedern gewählt werden. Sie fungieren als Richter und Geschworene . . .«

Emanuel unterbrach wieder. »Aus den gleichen Männern, die Ihnen nach dem Tod Ihres Sohnes das Recht verweigert haben, ihn zu rächen?«

»Ja, es waren die gleichen Männer. Ich habe ihnen meine

Informationen über Robello gegeben, über seine Absicht, Carollas Firmen zu übernehmen, und ich habe ihnen erzählt, daß Robello zur Vorbereitung dieser Übernahme bereits vor den Bombenanschlägen mit Carollas Leuten Kontakt aufgenommen hatte. Robello wurde nun der Hauptverdächtige. Bei meiner Rückkehr nach Sizilien versuchte er, aus der Geschichte herauszukommen, indem er einen verzweifelten Versuch machte, mich umzubringen.«

Wieder hörte Graziella das kalte, harte Lachen. »Daraufhin bot Carolla mir sozusagen einen Waffenstillstand an. Nun aber möchte ich Ihnen erzählen, warum ich diese Sache überhaupt erwähnt habe. Dies hier habe ich von niemand anderem als Carolla bekommen, als Geschenk, mit dem er seine ehrlichen Absichten unter Beweis stellen wollte. Das Kistchen wurde mit diesem Zettel hier bei mir zu Hause abgegeben.«

Graziella hörte, wie etwas auf Emanuels Schreibtisch gestellt wurde.

»Das ist keine Bombe, mein Freund, sondern die abgeschnittene Hand von Antonio Robello. Am Ringfinger sehen Sie noch den Familienring. Die Hand sieht aus wie eine Vogelklaue, finden Sie nicht auch? Sein Spitzname ›Adler‹ paßte ausgezeichnet. Die sterblichen Überreste von Antonio Robello sind nie aufgefunden worden, aber dieser kurze Brief hier, in Paul Carollas Handschrift, wird Ihnen als Beweis genügen.«

Das Tonbandgerät wurde abgestellt und wieder angestellt. Emanuel fragte: »Welche Beziehung hatten Sie zu Paul Carolla? Er hat Ihnen einen Waffenstillstand angeboten – haben Sie sein Angebot angenommen?«

»Ich habe natürlich so getan, als ob. Mir blieb nichts anderes übrig. Meine Lage war jedoch besser als je zuvor. Er hatte Millionen verloren und weitere Millionen Schulden gemacht, doch das reichte mir nicht. Ich wartete weiter auf meine Gelegenheit. Ich schwor mir, meinen Sohn zu rächen, ganz gleich, wie viele Jahre es dauern würde. Sehen Sie, mein Freund, in meinem Herzen ist mein Sohn immer lebendig geblieben.«

Graziella konnte nicht mehr zuhören. Sie ließ ihren Wagen kommen und fuhr nach Palermo in die Bibliothek.

Dort saß sie drei Stunden lang und las Zeitungen aus der Zeit um Filippos und Teresas Hochzeit. Sie las über die Zerstörung der Labors Paul Carollas. Die Schlagzeilen sprachen von einer Vendetta innerhalb der Mafia und dem größten Schlag aller Zeiten gegen die Heroinhändler. Zwölf Männer waren bei den Bombenanschlägen ums Leben gekommen.

Graziella fand auch Artikel über den Anschlag auf ihren Mann. In allen Zeitungen wurde Don Roberto als Held gepriesen und seine Zusammenarbeit mit der Polizei lobend erwähnt. Immer wieder hatte er jede Kenntnis einer Vendetta geleugnet. Wieder stellte Graziella fest, wie gut ihr Mann es verstanden hatte, andere zu manipulieren. Allein die Tatsache, daß Luciano mit eigenen Händen versucht hatte, die Bombe, die Robello in seinen Mercedes gelegt hatte, zu entschärfen, hätte nach Graziellas Ansicht ausreichen sollen, um ihn mit der Serie von Bombenanschlägen in Verbindung zu bringen. Statt dessen wurde seine Aussage zitiert, daß er zum Zeitpunkt der Anschläge gar nicht in Palermo, sondern auf der Hochzeit seines Sohnes in Amerika gewesen sei. Die Witwen der Polizeibeamten, die bei dem Anschlag auf Roberto ums Leben gekommen waren, hatten dankbar seine Geldgeschenke angenommen. Nur in einem einzigen Absatz wurde der Tod zweier kleiner Schwestern erwähnt, die eben in dem Moment auf ihren Fahrrädern an Lucianos Mercedes vorbeigefahren waren, als die Bombe explodierte. Auch die trauernden Eltern hatten Don Roberto für seine Großzügigkeit gedankt.

Als Graziella in die Villa Rivera zurückfuhr, fühlte sie sich beschmutzt. Hinter der Maske des Ehemanns und Vaters hatte ein Mann gesteckt, den sie nicht gekannt hatte. Ohne es zu wissen, war sie von Tod und Morden umgeben gewesen.

Graziella beugte sich vor und tippte ihrem Fahrer, der lange Jahre für ihren Mann gearbeitet hatte, auf die Schulter.

»Diego, wie lange sind Sie für Don Roberto gefahren?«

»Fünfundzwanzig Jahre, Signora.« Er verstellte den Rückspiegel, um sie besser sehen zu können.

»Haben Sie jemals einen Mann namens Gennaro Baranza kennengelernt?«

»Ich kann mich nicht erinnern, Signora.«

»Er war einer der Leibwächter meines Sohnes Michele. Erinnern Sie sich an meinen Sohn?«

»Ja, Signora, ich erinnere mich gut . . .«

»Und Eduardo Lorenzi, Niccolò Percorelli und Giulio Carboni. Haben Sie diese Männer je gefahren. Oder mit meinem Mann zusammen gesehen?«

Der Fahrer warf einen schnellen Blick in den Rückspiegel. Ihre Augen begegneten sich kurz, dann sagte er: »Tut mir leid, Signora, ich war nur Fahrer.«

Sie sprachen erst wieder, als er ihr vor der Villa die Tür zum Aussteigen öffnete. Graziella blickte auf sein knorriges, durchfurchtes Gesicht und sagte: »Sie haben fünfundzwanzig Jahre für Don Roberto gearbeitet. Sehen Sie sich um. Alle sind weg. Sie brauchen keine Angst zu haben.«

»Signora, ich war nur einer von den Fahrern.«

»Aber Sie haben ihn an dem Abend gefahren, als er ermordet wurde. Sie waren derjenige, der ihn gefunden hat.«

Diego bekreuzigte sich und machte eine Verbeugung. Graziella bat ihn, sie ins Haus zu begleiten, und als er sich weigerte, konnte sie ihren Ärger darüber kaum verbergen.

»Ich muß mit jemandem sprechen, ich habe Fragen, verstehen Sie das denn nicht? Ich zahle Ihnen, was immer Sie wollen.«

Er wich zurück. »Ich habe eine Familie, Signora.«

Während Graziella die weißen Stufen zur Veranda hinaufstieg, wandte sie sich noch einmal um und sah ihm in die Augen. »Ich hatte auch eine Familie, Diego.«

Mario Domino war sehr erleichtert, als er Graziellas Stimme am Telefon hörte. Seit Wochen hatte er versucht, sie zu erreichen, aber sie hatte sich geweigert, seine Anrufe entgegenzunehmen. Sie hatte weder die Stapel von Unterlagen durchgesehen, die er sorgfältig vorbereitet hatte, noch hatte sie auf seine per Boten überbrachten Briefe reagiert.

»Wie geht es dir?«

»Danke, Mario. Würdest du bitte einen Mann namens Gennaro Baranza ausfindig machen? Ich muß ihn so schnell wie möglich sprechen.«

Die Kälte in ihrer Stimme erschreckte ihn. »Graziella? Wir müssen uns unbedingt treffen. Die Steuersachen habe ich weitgehend erledigt, aber wir müssen über den Verkauf der Firmen sprechen.«

»Nicht jetzt, Mario, ich muß ins Gericht. Und denke daran, er heißt Gennaro Baranza und hat für Roberto gearbeitet. Es ist sehr wichtig.«

»Aber Graziella, die Firmen gehen vor. Du mußt bedenken...«

»Mario, ich überlasse das alles dir.«

»Das ist unmöglich, Graziella! Die Verantwortung kann ich nicht übernehmen. Du solltest vielleicht deine Schwiegertochter anrufen... Graziella? Bist du noch da? Bitte, hör mir zu. Ich habe deinen Anweisungen entsprechend alle Leute beurlaubt. Aber ist dir klar, was du da tust? Alles, was Roberto aufgebaut hat...«

Ihre Stimme war scharf. »Ich möchte Gennaro Baranza sprechen, Mario. Ich rufe dich heute abend wieder an.« Bevor Domino noch etwas sagen konnte, hatte sie aufgelegt.

Ohne Graziellas Einverständnis konnte Domino die Verhandlungen über die Firmenverkäufe nicht zu Ende führen. Sie hatte nur zu ihm gesagt: »Sieh zu, daß du alles loswirst. Verkaufe alles.« Sie wollte alles zu Geld machen und für ihre Schwiegertöchter und ihre Enkelin anlegen. Domino hatte sie angefleht, noch zu warten und sich beraten zu lassen, aber sie war eisern geblieben. Sie hatte ihn sogar angewiesen, auch die Villa Rivera zu verkaufen.

Als Adina das Arbeitszimmer betrat, sagte Graziella: »Du kannst gehen, Adina. Ich mache mir später etwas zu essen.«

»Diego hat mich gebeten, Ihnen das hier zu geben. Er wartet in der Küche.«

Graziella riß den billigen, weißen Umschlag auf. Der kurze Brief lautete:

Liebe Signora Luciano,

ich bin vierundsechzig Jahre alt. Ich möchte mich zur Ruhe setzen und zu meinem Sohn und meiner Tochter ziehen. Ich bitte Sie daher um meine Entlassung.

Hochachtungsvoll

D. Caruso

Graziella nahm ihr Scheckbuch zur Hand, schrieb einen Scheck aus und steckte ihn in einen Umschlag, den sie Adina gab.

»Sagen Sie Signor Caruso, daß er nichts zu befürchten hat. Er ist frei, und ich wünsche ihm einen glücklichen und friedlichen Ruhestand.«

Am nächsten Morgen machte Mario Domino sich in aller Frühe auf den Weg zur Villa Rivera, denn er hoffte, Graziella anzutreffen, bevor sie zum Gericht aufbrach. An dem hohen, schmiedeeisernen Tor stand nur ein einziger Wachtposten. Er öffnete Domino, ohne ihn auch nur nach dem Namen zu fragen.

Die Gartenanlagen sahen vernachlässigt aus. In der Hitze waren viele Pflanzen schnell vertrocknet. Das Wasser im Schwimmbecken hatte eine dunkle, schmutziggrüne Farbe angenommen, und auf dem Tennisplatz wuchs bereits Unkraut.

Alle Fensterläden der Villa waren geschlossen. Domino parkte seinen Wagen hinter dem Mercedes, der noch in der Auffahrt stand, und ging um das Haus herum zum Kücheneingang. Adina hängte gerade Wäsche auf. Sie setzten sich in die Küche, und Adina erzählte Mario, daß Graziella kaum aß und in den meisten Nächten überhaupt nicht schlief.

»Sie spielt immer wieder die Bänder ab. Ich höre seine Stimme, es klingt, als wäre ein Geist im Haus. Sie macht sich krank, sie ist schon so abgemagert.«

»Ist der Arzt in letzter Zeit bei ihr gewesen?«

»Nein, Signor, es ist überhaupt niemand hiergewesen. Sie hat mir sogar verboten, ans Telefon zu gehen. Und sehen Sie hier diese Briefe und Telegramme? Sie öffnet sie nicht einmal. Sie hört nur die Bänder. Gestern hat Diego Caruso gekündigt. Jetzt hat sie keinen Fahrer mehr. Sie mußte mit dem Taxi in die Stadt fahren.«

Schluchzend wischte Adina sich mit dem Handrücken über die Augen. »Es kommt mir vor, als würde sie Don Roberto jetzt richtig hassen. Ich mußte seine Kleider und alles, was ihm gehörte, weggeben. Was ist auf diesen Bändern, Signor? Was bringt sie dazu, sich so sonderbar zu verhalten?«

Domino seufzte. »Vielleicht die Wahrheit, Adina.«

Domino mußte an den Tag denken, an dem Don Roberto entdeckt hatte, daß Graziella ihn in seinem Büro besuchte. Zuerst hatte Domino abgestritten, daß sie regelmäßig kam, aber Don Roberto hatte ihn angefahren, es gäbe nichts, wovon er nicht erführe. Domino hatte Angst bekommen.

»Roberto, deine Frau hat das Gefühl, daß sie mitschuldig an Micheles Tod ist. Du hast ihr nicht erlaubt, ihn zu pflegen. Wenn sie mehr wüßte...«

»Bitte, verstehe mich richtig, Mario. Graziella ist meine Frau und die Mutter meiner Söhne. Du wirst ihr nichts sagen, es sei denn, ich gebe dir die Erlaubnis dazu. Meinetwegen kann sie einmal im Monat zu dir kommen. Ich werde dir jeweils bestimmte Informationen geben, die du an sie weitergeben kannst, nicht mehr und nicht weniger.«

Adina führte Mario ins Eßzimmer. Das Arbeitszimmer war jetzt immer abgeschlossen, und Adina durfte es nicht einmal mehr saubermachen. Überall lagen Papiere und Tonbänder, und auf dem Tisch stapelten sich Notizbücher. Graziella hatte Angst, daß jemand herausfinden könnte, wieviel sie inzwischen über die Lucianos wußte.

»Hast du Gennaro Baranza für mich ausfindig gemacht?«

»Ja, er lebt mit seinem Sohn in Mondello. Sie führen dort ein kleines Hotel. Hier sind Adresse und Telefonnummer. Er ist sehr gebrechlich. Darf ich fragen, warum du ihn sprechen willst?«

Graziella überhörte seine Frage und bot ihm einen Sherry an. Als sie ihm das Glas reichte, war ihr Gesicht so bleich wie noch nie.

»Weißt du, jeden Tage sehe ich im Gericht die Männer in den Käfigen vor mir, und ich weiß, daß viele von ihnen für Don Roberto gearbeitet oder ihn gekannt haben müssen. Ich höre über Prostitution, Bestechung und Mord, und dann denke ich an dieses Haus hier und an mein Leben. Ich höre seine Stimme auf den Tonbändern, und er erscheint mir wie ein Fremder. Ich habe drei Söhne verloren, Mario, aber noch schlimmer ist, daß ich jede Achtung vor ihm verloren habe.«

»Damit tust du ihm unrecht.«

»Ja? Möchtest du hören, was ich mir angehört habe? Willst du hören, wie er lachend erzählte, daß er die Hochzeit seines Sohnes arrangiert hat, um ein Alibi für den Mord zu haben? Willst du hören, was er alles verbrochen hat und wie er mich und seine Söhne benutzt hat?«

»Wirf die Bänder weg. Hör sie dir nicht mehr an.«

»Ich werde mir jedes einzelne anhören. Bis zum Ende hat er mich belogen. Er sagte, er könne nicht ruhen, er könne nicht in Frieden sterben, solange der Gerechtigkeit nicht Genüge getan wäre. Das war eine *Lüge*! Er konnte nicht in Frieden sterben, solange er Paul Carolla nicht vernichtet hatte! Es reichte ihm nicht, daß Carolla im Gefängnis war. Carolla sollte wissen, daß Don Roberto Luciano ihn hineingebracht hatte. Michele hatte nichts mit seinem Entschluß zu tun, Mario. Roberto hat es um seiner selbst willen getan. Er wollte Carolla zeigen, daß er ihn besiegt hatte.«

»Das ist nicht wahr, Graziella.«

»Nein? Und was meinst du, wer dafür bezahlt hätte, wenn er wirklich seine Aussagen vor Gericht gemacht hätte? Paul Carolla etwa? Nein! Meine Familie, meine Söhne! Er hätte uns in jedem Fall zerstört. Nun, es ist ihm gelungen, und ich möchte, daß nichts, gar nichts von ihm übrigbleibt. Meine Schwiegertöchter und meine Enkelin dürfen die Wahrheit nie erfahren. Ich möchte, daß sie ohne Angst leben. Mario, ich möchte, daß sie frei sind.«

»Wie du willst. Ich lasse von mir hören, sobald die Geschäfte abgewickelt sind. Aber du mußt dir darüber im klaren sein, daß du den Leuten, die du so verachtest, Zugang zu den legalen Unternehmen deines Mannes, zum Erbe deiner Söhne, verschaffst.«

»Mario, auch meine Söhne haben mitgespielt. Ich weiß Bescheid. Und deine Rolle kenne ich ebenfalls. Nein, keine Lügen mehr. Und jetzt entschuldige mich bitte. Es war ein langer Tag.«

Mario blickte sie traurig an. »Ich habe dich immer geliebt, Graziella. Das sollst du wissen. Ich würde dir mein Leben opfern, aber ich konnte mich seinen Wünschen nicht widersetzen.«

»Weil du Angst hattest, Mario? Hast auch du Angst vor ihm gehabt?«

»Wie meinst du das?«

»Ich habe Diego Caruso angesprochen. Er hatte solche Angst, daß er nicht einmal mit mir reden wollte.«

Graziellas Bemerkung machte Domino nervös. Er bekam Herzklopfen, und seine Hände zitterten. »Graziella, bitte höre mir zu. Du darfst niemals, *niemals* an irgend jemanden Fragen stellen. Wenn du etwas wissen willst, dann frage mich.«

»Wer waren diese drei Männer ? Warum hast du das Haus durchsucht?«

»Zu deinem Schutz. Ich mußte sichergehen, daß sich hier nichts mehr befindet, was für irgend jemanden von Nutzen sein könnte, kein belastendes Material, verstehst du?«

»Aber du hattest Angst vor den Männern.«

»Nein, nein. Vielleicht war ich übermüdet.«

»Mario, es ist genug gelogen worden, findest du nicht?«

Domino spürte Stiche in der Herzgegend. »Einerseits sagst

du, ich sollte alle Verbindungen zur Organisation abbrechen. Aber wenn ich es dann tue, machst du mir Vorwürfe.«

»Ich mache dir keine Vorwürfe.«

»Graziella, es geht um Milliardenbeträge! Siehst du nicht, wie schwer du mir die Sache gemacht hast? Ich habe mit den wichtigsten Familien über eine Übernahme der amerikanischen Territorien verhandelt. Aber die sizilianischen Familien wollen auch mitreden. Deine Forderung, alles zu verkaufen, gleichgültig, ob mit Gewinn oder nicht, hat nur Verdacht erweckt. Ich versuche doch nur, in deinem Interesse zu handeln. Außerdem versuche ich, das ganze Geld auf ein Schweizer Konto zu transferieren. Du würdest sonst Millionen von Dollar an Erbschaftssteuer zahlen müssen... Und dann hat heute einer meiner Angestellten...«

Domino mußte eine Pause machen. Er bekam kaum noch Luft. Mühsam sprach er weiter: »Alle meine Angestellten arbeiten im Moment daran, die Verträge für euch auszuarbeiten. Heute sind wir dabei auf gewisse Widersprüche gestoßen... Einer der Käufer handelt anscheinend im Auftrag eines Dritten. Ich bin noch nicht ganz sicher, aber ich vermute, daß Paul Carolla unter einem falschen Namen versucht, die Exportfirmen in Palermo aufzukaufen. Dazu gehören die Lagerhäuser, die Kaianlagen...«

Graziella schlug mit der Faust auf den Tisch. »Wie um alles in der Welt ist das möglich? Der Mann sitzt doch im Gefängnis!«

»Er hat Leute in seinen Diensten, die die Käufe für ihn abwickeln. Aber solange ich nicht überprüft habe, wer wirklich hinter diesen Käufen steht... Hier, sieh selbst, wie viele Verträge es sind, wieviel Arbeit darin steckt. Morgen fahre ich nach Rom, um soviel wie möglich herauszufinden.«

Dominos Gesicht war grau geworden, und Graziella brachte ihm ein Glas Wasser. Sie sah zu, wie er das Wasser trank, und legte ihm dann die Arme um die Schultern.

»Verzeih mir. Du hast so viel für mich getan, dich so aufgeopfert, und ich habe dir nie dafür gedankt.«

Er tätschelte ihr die Hand. »Du weißt, daß ich mein Bestes tue. Aber ich bin müde, und diese letzte Entdeckung...«

Graziella unterbrach ihn. »Wenn du feststellst, daß Carolla auch nur einen einzigen Orangenbaum kaufen will, dann stoppe den Verkauf. Wir haben keine Eile. Eher sollen die Schiffe verrosten und die Lagerhäuser einstürzen, als daß ich an Paul Carolla verkaufe.«

Arm in Arm gingen sie zu Dominos Wagen hinaus und betrachteten die einst so prächtigen Gartenanlagen. Mario Domino seufzte. »Wenn das alles vorüber ist, setze ich mich zur Ruhe. Ich habe mir immer einen Garten gewünscht, wußtest du das? Und in all meinen Wohnungen habe ich nicht einmal einen Blumenkasten besessen.« Lachend fuhr er fort: »Vielleicht kannst du mich ja anstellen. Ich würde mich dann um deinen Rasen kümmern. Er ist schon ganz braun.«

Graziella lächelte. »Du vergißt, daß die Villa verkauft werden soll.«

»Ach ja. Du erinnerst dich wohl nicht mehr daran, es ist schon lange her – du hast da drüben vor der Baumgruppe gestanden, mit einem breitkrempigen Hut und Gärtnerhandschuhen. ›Das hier ist meine Welt‹, hast du zu mir gesagt. Du sahst so glücklich aus und warst so schön«.

Graziella faßte seinen Arm fester. »Ich war wirklich glücklich, Mario, aber unwissend glücklich. Meine drei Söhne, mein Mann, diese herrliche Villa – mehr konnte eine Frau sich nicht wünschen.«

Sie öffnete ihm die Wagentür und wartete, während er seinen Aktenkoffer verstaute. Dann stieg er zögernd ein. Er wollte fahren und gleichzeitig bleiben.

»Das hier ist meine Welt gewesen, Mario. Und ich habe sie für sicher gehalten.«

Domino nickte. Er dachte immer noch an jenen Tag, den Tag, bevor Michele ermordet worden war.

Als hätte sie seine Gedanken gelesen, sagte Graziella sanft: »Ich weiß alles über Micheles Tod, Mario. Ihr hättet es mir sagen müssen.«

Sie beugte sich zu ihm herunter und nahm sein Gesicht in die Hände. »Ich weiß jetzt, daß Michele der einzige Unschuldige war. Roberto hat die anderen benutzt, nicht wahr? Constantino und Filippo?«

Traurig stimmte Mario ihr zu. »Es war so schwer, ihm etwas abzuschlagen, aber so leicht, ihn zu lieben. Ich habe ihn wie einen Bruder geliebt, und doch hast du recht. Ich hatte Angst vor ihm. Allerdings nicht immer. Erinnerst du dich, wie er aus dem Krieg zurückkam? Er hatte sich verändert, er war verletzlich geworden.«

Domino sah zu Graziella auf. Selbst jetzt zögerte er noch, ihr die Wahrheit zu sagen. Doch wovor sollte er jetzt noch Angst haben? »Er hat damals versucht, aus der Organisation auszusteigen, Graziella, aber sie haben ihn nicht freigegeben. Er wußte zuviel.«

Graziella trat zurück und schloß die Wagentür. Durch das heruntergelassene Fenster sprach Mario weiter: »Ich werde ein paar Tage in Rom zu tun haben. Wenn du mich brauchen solltest – im Büro weiß man, wo ich bin. Paß gut auf dich auf, und schone dich.«

Graziella stand in der Eingangshalle mit den antiken Möbeln und den Gemälden, den Statuen und den feinen Teppichen. Wie anders es damals gewesen war. Sie schloß die Augen und sah Roberto als jungen Mann vor sich, wie er im Garten arbeitete, Zäune flickte und Holz hackte. Der Winter war sehr kalt gewesen, aber sein Gesundheitszustand besserte sich sichtlich, und sein Appetit erwachte wieder. Die Lebensmittelpakete von den Freunden ihres Mannes waren jedoch ausgeblieben.

Graziella erinnerte sich, wie sie ihn angeschrien hatte, sie hörte ihre Worte wieder und sah wieder, wie die Kinder sich um sie drängten. Sie hatte Roberto aufgefordert, etwas zu essen zu besorgen, seine Kinder seien hungrig. Es war das erstemal, daß es den Lucianos an Nahrungsmitteln fehlte. Woher waren die Vorräte gekommen? Graziella hatte nie gefragt, sie hatte nur gewußt, daß sie vom Schwarzmarkt waren, genauso wie sie, als sie Robertos weißes Hemd und seinen besten Anzug gebügelt hatte, gewußt hatte, daß er nicht versuchen würde, Arbeit in der Stadt zu finden. Es gab keine Arbeit. In Sizilien herrschte nach dem Krieg bittere Armut.

Graziella stand in der leeren, marmornen Eingangshalle und flüsterte: »Ich habe es immer gewußt.«

Als sie das Eßzimmer betrat, hielt sie einen Augenblick an den geschnitzten Türen inne. Dann durchquerte sie den Raum, ging um den polierten Tisch herum, an den Barockstühlen mit der pflaumenfarbenen Satinpolsterung und den unbezahlbaren Gemälden vorbei. Sie betrachtete den silbernen Kandelaber, den Kronleuchter aus Kristall und Gold und die mit Intarsien verzierten Vitrinenschränke, die mit wahren Schätzen gefüllt waren. Wohin sie auch blickte, überall herrschte Luxus und Fülle.

Graziella setzte sich in den geschnitzten Lehnstuhl ihres Mannes. Ihre Hände umklammerten die Armlehnen, und mit den Fingern betastete sie die offenen Löwenmäuler. »Ich habe es immer gewußt«, flüsterte sie wieder. Vor ihr auf dem Tisch lag das Blatt Papier, auf dem in Marios Handschrift eine einzige Zeile stand: »Gennaro Baranza. Hotel Majestic, Mondello.«

Adina traute ihren Ohren nicht, als Graziella in die Küche stürzte und sagte: »Ich brauche dich. Wir fahren nach Mondello.«

»Mondello?« Adina lächelte. Sie war in Mondello geboren, aber seit vielen Jahren nicht mehr dort gewesen. »Aber Signora, Sie haben doch keinen Chauffeur.«

»Deswegen brauche ich dich. Du nimmst die Karte und sagst mir den Weg, während ich fahre.«

»Nein, Signora, bitte nicht! Ich bitte Sie, fahren Sie nicht selbst!«

Graziellas Fahrkünste waren der Familie jahrelang Anlaß zu gutmütigem Spott gewesen. Nachdem sie dann einmal rückwärts durch den Zaun in den Gemüsegarten gefahren war und Adina, die gerade dort arbeitete, sich nur mit einem Satz zur Seite hatte retten können, hatte sie schließlich dem Druck der

Familie nachgegeben. Eigentlich war sie auch ganz zufrieden gewesen, daß sie von nun an wieder gefahren wurde.

Der Wachtposten hatte gerade noch Zeit, den rechten Torflügel zu öffnen, bevor der Mercedes mit quietschenden Reifen an ihm vorbeifuhr. Mit einem Satz kam der Wagen zum Stehen, und Graziella lehnte sich aus dem Fenster. »Niemand betritt die Villa, bevor ich zurückkomme.«

»Ja, Signora Luciano, ich habe verstanden.«

7. Kapitel

Sophia haßte den Geruch im Taxi. Er verursachte ihr Übelkeit, und der ruckhafte, schlingernde Fahrstil warf sie von einer Seite zur anderen.

Endlich erreichten sie das hohe Tor zu den Lagerhäusern, die jetzt als Fabriken dienten. Sie sah ihre Zuschneiderinnen aus den Fenstern lehnen und sich mit den Männern, die im Gebäude gegenüber an den schweren Maschinen arbeiteten, unterhalten. Ihren Mercedes hätten die Frauen erkannt, aber das Taxi bemerkten sie gar nicht.

Sophia bezahlte. Ihr war schwindlig, und sie hatte einen trockenen Mund. Sie setzte eine dunkle Brille auf und betrat das Gebäude durch eine schmale Seitentür mit der Aufschrift »S & N Design«. Als sie die schmale Treppe hochstieg, mußte sie sich an dem hölzernen Geländer festhalten, um nicht auf den unregelmäßigen, ausgetretenen Stufen zu stolpern.

Im ersten Stock drückte Sophia sich gegen die Wand, um zwei Arbeiter mit Aktenordnern und Zeichnungen vorbeizulassen. Ihnen folgten zwei weitere Männer mit Kleidern. Durch das Treppenhausfenster konnte Sophia beobachten, wie alles in einen Lieferwagen von S & N geladen wurde. Im Innern des Wagens konnte sie zwei Aktenschränke erkennen.

Der Empfangsbereich im Ausstellungsraum war mit frischen Blumen geschmückt, und die junge Angestellte begrüßte Sophia:

»*Buon giorno*, Signora Luciano.«

»*Buon giorno*, Celeste. *Come sta*?«

Die junge Frau wirkte verlegen. »*Molto bene.*«

»Ist Nino da?« fragte Sophia.

»*Si*, Signora, soll ich ihn holen?«

»Nein, danke.«

Als Sophia an ihrem Büro vorbei auf das Büro ihres Partners zuging, öffnete sich die Tür, und zwei Männer kamen mit Zimmerpflanzen und Karteikästen heraus. Nino Fabio errötete, als Sophia eintrat.

»Was geht hier vor?« fragte sie.

»Ich versuche schon seit Wochen, dich zu erreichen.«

Sophia stand vor seinem leeren Schreibtisch, öffnete ihre Handtasche und nahm eine Zigarette heraus. Nino gab ihr Feuer und schloß die Tür. »Geht es dir gut?«

Sophia nickte. »Was ist hier los?«

»Sieht man das nicht? Ich ziehe aus.«

Sie machte einen Lungenzug und blies den Rauch durch die Nase wieder aus. »Doch, das sehe ich. Wohin willst du?«

»Möchtest du Kaffee?«

»Ja, bitte.«

Nino öffnete die Tür wieder und rief nach Kaffee. Er wirkte nervös. »Ich habe versucht, dich zu erreichen, um es dir zu sagen. Ich habe ein sehr gutes Angebot bekommen, und ich habe es angenommen. Ich wollte schon seit einiger Zeit weg.«

»Davon hast du mir nie etwas gesagt.«

»Jetzt liegen die Dinge anders.«

»Wie meinst du das?«

Nino ging unruhig im Raum auf und ab. »Das brauche ich dir doch nicht zu erklären, oder?«

»Doch, das mußt du mir erklären. Ich komme her und finde das Büro halb leer, und du sagst mir, du gehst, einfach so. Ich dachte, wir wären Partner.«

»Ich habe versucht, dich zu erreichen.«

Allmählich wurde Sophia ärgerlich. »Du weißt genau, warum ich nicht zu erreichen war.«

»Ja natürlich, das weiß ich. Hast du meinen Brief und die Blumen bekommen?«

»Ja.«

Celeste brachte zwei Tassen Kaffee und verließ den Raum wieder. »Offenbar sind alle über deine Pläne informiert, nur deine Partnerin nicht. Was hattest du vor? Wolltest du alles ausräumen und mir dann schreiben? Gerade jetzt, wo ich dich am nötigsten brauche? Wen willst du mitnehmen?«

»Die, die ich mitgebracht habe.«

»Verstehe.« Sophia griff nach ihrer Kaffeetasse. Sie zitterte so, daß sie beide Hände brauchte, um die Tasse zu halten. »Ganz schön schäbig, findest du nicht? Sich einfach so durch die Hintertür davonzuschleichen?«

»Ich schleiche mich nicht davon, Sophia, und wenn du etwas mehr Zeit hier verbracht hättest, hättest du gemerkt, daß wir sowieso finanzielle Probleme haben. Und seit – seit dein Mann und...«

»Mein Mann hatte nichts mit dieser Firma zu tun«, erwiderte Sophia scharf.

Nino zog eine Augenbraue hoch, während er seinen Kaffee umrührte. »Vielleicht hatte er mehr damit zu tun, als dir klar war. Bitte, Sophia, ich möchte hier keine Einzelheiten...«

»Was meinst du mit ›mehr als mir klar war‹? Das hier ist *meine* Firma, mein Mann hatte nichts damit zu tun.«

Ninos Hände zitterten nun ebenfalls, als er seine Tasse abstellte.

»Also gut, vielleicht solltest du ein paar Dinge erfahren. Dein Ehemann hatte sehr wohl etwas mit dieser Firma zu tun, du hast es nur nicht gewußt.«

Plötzlich wurden Sophia die Knie weich. Sie ließ sich in Ninos Schreibtischsessel fallen. Nino betrachtete sich kurz im Spiegel und zupfte seine Krawatte zurecht, dann wandte er sich wieder Sophia zu.

»Er hat mir die Bedingung gestellt, dafür zu sorgen, daß du niemals davon erfahren würdest.«

»Wovon sprichst du? Was für eine Bedingung meinst du?«

Nino hob eine manikürte Hand, um ihr Einhalt zu gebieten. »Gut, du kannst ebensogut alles erfahren. Du warst naiv, meine Liebe, du warst eine verheiratete Frau, die zuviel Zeit hatte...«

»Mein Leben geht dich nichts an, Nino.«

»Und du wolltest eine Boutique aufmachen, um dir selbst

etwas zu beweisen, stimmt's? Dazu brauchtest du einen guten Designer, einen mit Beziehungen und einem ordentlichen Kundenstamm. Weißt du noch, wie du zu Vittorio gekommen bist und versucht hast, mich abzuwerben? Wie ich mich geweigert habe? Aber du wolltest unbedingt Nino Fabio als Modeschöpfer für deine Boutique haben. Denk doch mal nach, Sophia. Warum sollte ein junger Designer ein großes Modehaus verlassen und mit einem ganz unbekannten Partner zusammenarbeiten?«

»Sag es mir, Nino.«

Er zuckte die Achseln. »Geld. Dein Mann hat mir einen Besuch abgestattet und mir Geld geboten, viel Geld, so daß ich schließlich zugesagt habe. Und von da an hätte ich dich nur noch verlassen können, indem ich mir selbst die Kehle durchgeschnitten hätte.«

Sophia konnte es nicht fassen. Constantino, der liebe, nette Constantino?

Nino fuhr fort: »Versteh mich bitte nicht falsch, wir haben viel Spaß zusammen gehabt. Aber zwei Boutiquen und ein paar halbseidene Modeschauen im Jahr waren meiner Karriere nicht gerade förderlich. Deine beiden Läden haben sich nie selbst getragen, obwohl wir einen guten Kundenkreis und gute Ware hatten.«

Sophias Kehle war wie zugeschnürt. »Dann – dann hat mein Mann dir zu deinem Einkommen aus den Boutiquen noch Geld dazugegeben? Er hat dir zusätzlich zu unserem Vertrag noch ein Gehalt bezahlt?«

Nino seufzte. »Und außerdem habe ich noch ein ziemlich lukratives Versandgeschäft geführt. Willst du mal sehen?«

Sie verließen das Gebäude und gingen über den Hof. Im übernächsten Lagerhaus öffnete Nino eine Tür, die kein Firmenschild trug, und ließ Sophia vorangehen. Beim Betreten der Werkstatt wurden sie vom ohrenbetäubenden Rattern von Nähmaschinen empfangen. Zweiunddreißig Frauen blickten auf und wandten sich dann wieder ihrer Arbeit zu. Verblüfft folgte Sophia Nino durch den schmalen Mittelgang. Ab und zu blieb er stehen, um Sophia durchsichtige Slips und Negligés und scheußliche Büstenhalter und Strumpfhalter zu zeigen.

»Das hier hat die Unkosten für dein Unternehmen gedeckt, Sophia. Komm mit ins Büro.«

In dem Glaskasten am Ende der Werkstatt erhob sich in einer Wolke von billigem Zigarrenrauch ein kleiner Mann mit Glatze. Er sah erst Nino an, dann Sophia.

»Silvio, das ist Sophia Luciano.«

Den Rest des Vormittags verbrachte Sophia damit, zwei verschiedene Buchhaltungen durchzusehen, die ihrer Boutiquen und die des Versandgeschäfts für Reizwäsche. Nino deutete auf eine Reihe von Zahlen.

»Die wichtigsten Abnehmer sind Nutten und Bordelle. Aber wir beliefern auch die Straßenhändler auf den Märkten.«

Irgendwie gelang es Sophia, die Haltung zu bewahren und nicht zu zeigen, was in ihr vorging. Sie war so stolz darauf gewesen, ihre eigenen Läden zu besitzen und von den Lucianos unabhängig zu sein. In Wirklichkeit jedoch hatten in der ganzen Zeit die Lucianos das Geschäft geführt, und sie hatte nicht die geringste Ahnung davon gehabt.

Signor Silvios Körpergeruch war kaum zu ertragen. »Die Situation ist die, daß wir nicht wissen, ob wir hier weitermachen sollen, Signora Luciano. Seit sechs Monaten haben wir keine Anweisungen erhalten. Nino Fabio hat dafür gesorgt, daß der Betrieb weiterlief, aber jetzt verläßt er die Firma, und wir wissen nicht, wer sich zum Beispiel um die Löhne und die anderen Ausgaben kümmern soll. Wir haben immer noch Aufträge, aber wir müssen einen neuen Katalog herausbringen. Wir könnten noch bessere Geschäfte machen, wenn . . .«

Sophia erhob sich. »Die Fabrik wird geschlossen. Bitte zahlen Sie allen einen Monatslohn aus.«

Silvio wurde blaß. »Aber Signora, das Geschäft ist sehr lukrativ. Sie haben selbst gesehen, wie groß der Markt für diese Wäsche ist. Wir inserieren in Pornoheften . . .«

»Die Fabrik ist geschlossen.«

Sophia nahm den doppelten Wodka, den Nino ihr eingeschenkt hatte. »Warum hast du mir nichts davon gesagt? Warum nicht?«

»Vielleicht war mir mein Leben zu lieb.«

Der Wodka brannte ihr in der Kehle. »Und jetzt?«

»Jetzt liegen die Dinge anders. Du könntest leicht einen Käufer finden, Sophia, aber ich will weg. Meinst du, es hätte mir Spaß gemacht, diesen billigen Mist da unten zu entwerfen? Mit deinen Boutiquen will ich auch nichts mehr zu tun haben. Am besten verkaufst du sie sofort, sonst ruinieren sie dich noch.«

Sophia leerte ihr Glas und schenkte sich noch einen doppelten Wodka ein. »Und was ist mit den Kreationen, die wir zusammen entworfen haben?«

»Wir?« Nino verzog das Gesicht. »Stoffe aussuchen heißt noch lange nicht entwerfen, meine Liebe. Du hast ein bißchen Geschäftsfrau spielen dürfen. Werde doch endlich mal erwachsen und sieh den Tatsachen ins Auge. Ich nehme jetzt meine Entwürfe und gehe.«

»Ich kann dich nicht halten.«

Sophia fühlte, wie die Tränen in ihr aufstiegen, und setzte ihre dunkle Brille wieder auf. »Bitte geh jetzt.«

Das ließ Nino sich nicht zweimal sagen. Sophia hörte, wie er draußen mit Celeste scherzte und lachte. Sie schrieb eine kurze Notiz und klingelte dann nach Celeste. »Bitte, tippen Sie das hier und hängen Sie es ans Schwarze Brett.«

Sophie ließ allen Angestellten mitteilen, daß sie zum Monatsersten entlassen waren und daß die Fabrik dann geschlossen werden würde. Sie würden noch für sechs Wochen Lohn ausgezahlt bekommen.

Kurze Zeit später fand Sophia heraus, daß Nino Fabio alles Bargeld von ihrem Geschäftskonto abgehoben und ballenweise Seidenstoffe sowie Kleiderständer voller Abendgarderobe aus der Fabrik mitgenommen hatte. Sie entdeckte außerdem, daß er den Großteil der Ware aus den Boutiquen entfernt hatte, so daß sie gezwungen war, den Angestellten dort ebenfalls zu kündigen. Den Lohn zahlte sie von ihrem Privatkonto.

Als die Bank dringend um ein Gespräch mit ihr bat, hatte sie nicht einmal ihre Wohnung als Sicherheit anzubieten, da diese Constantino gehört hatte. Innerhalb von zwei Wochen steckte Sophia tief in den roten Zahlen.

Sophia flog nach Sizilien und fuhr mit dem Zug von Palermo in das kleine Dorf Cefalù, wo sie damals ihr Kind in der Obhut des Waisenhauses zurückgelassen hatte.

Sie saß in dem kleinen Hotelzimmer und versuchte verzweifelt, eine Strategie zu entwerfen, wie sie ihr Kind wiederfinden könnte. Im Gästebuch hatte sie sich nicht unter dem Namen Luciano, sondern unter ihrem Mädchennamen Visconti eingetragen.

Von dem winzigen Balkon aus konnte sie den Hafen sehen. Sie sah die gepflasterte Straße, in der sie mit ihrer Mutter zusammen gewohnt hatte, und das Hotel, in dem sie als Zimmermädchen gearbeitet hatte. An der Stelle jedoch, wo das Waisenhaus gestanden hatte, ragte jetzt ein neues Hotel aus Glas und Beton auf.

Als sie durch die schmalen Straßen zum Hotel ging, fühlte sie sich ebenso fremd wie damals, als sie ihre Mutter nach Cefalù gebracht hatte, in der Hoffnung, daß diese dort wieder gesund werden würde.

Anfänglich hatte man über die Schönheit der jungen Sophia Visconti gemunkelt, aber bald wurde deutlich, daß sie schwanger war. Ihre Mutter erlebte die Schande ihrer Tochter nicht mehr, wenn sie auch von Sophias Liebe zu Don Roberto Lucianos ältestem Sohn gewußt hatte. Sie hatte ihre Tochter gewarnt, daß ein Junge aus einer so angesehenen Familie niemals auch nur daran denken würde, sie zu heiraten. Signora Visconti war erleichtert gewesen, als der Arzt in Palermo den Umzug nach Cefalù empfohlen hatte, sie hatte geglaubt, daß Sophia Michele dort vergessen würde.

Der Umzug hatte fast ihre gesamten Ersparnisse aufgebraucht, und die Beerdigung verschlang den Rest. Als der Geburtstermin näher rückte, wurde Sophia die Arbeit im Hotel zu schwer. Die letzten Wochen ihrer Schwangerschaft verbrachte sie daher im Kloster zum Blutenden Herzen. Dort arbeitete sie mit anderen jungen Frauen, die sich in der gleichen Situation befanden wie sie, in der Wäscherei und in der Bäckerei, bis das Baby geboren wurde.

Die wenigen Gäste in dem kleinen Speisesaal des Hotels begannen zu flüstern, als die schöne, elegant gekleidete Frau eintrat.

Sophia rührte die Suppe und den frischen Fisch kaum an. Sie hatte die Hände im Schoß gefaltet und starrte in die Luft. Sie erinnerte sich daran, wie sie Michele Luciano kennengelernt hatte, in dem kleinen Café, in dem sie mit fünfzehn als Kellnerin gearbeitet hatte. Natürlich hatte sie gewußt, wer er war. Jeder kannte den gutaussehenden jungen Mann mit dem bezaubernden Lächeln. Vor ihr erschien Micheles Gesicht, und sie erinnerte sich wieder an die Nacht, als sie sich unter den Obstbäumen geliebt hatten, die Nacht, bevor er nach Amerika abgereist war. Er hatte versprochen, zu ihr zurückzukommen, er hatte versprochen zu schreiben, aber sie hatte nie wieder etwas von ihm gehört. Er war ihr erster Mann gewesen, und in jener einen, einzigen, traumhaften Nacht hatte sie das Kind von ihm empfangen. Diese Nacht hatte ihre Träume ausgefüllt und ihr die Kraft gegeben, den Tod ihrer Mutter, die Schwangerschaft und die Geburt ihres Sohnes zu überstehen.

Sie lächelte. Michele hatte ihr ein herzförmiges goldenes Medaillon an einer goldenen Kette geschenkt.

»Kaffee, Signora? Signora, möchten Sie Kaffee?«

Sophia erwachte aus ihren Träumereien und schenkte der Kellnerin ein reizendes Lächeln.

»Nein, vielen Dank.«

Die Kühle rief alte Erinnerungen in Sophia wach. Die Mauern, die Flure, die schweren Eichentüren hatten sich nicht verändert. Flüsternd hatte die Schwester sie gebeten, auf dem Flur zu warten. Nach einer kleinen Weile war sie zurückgekommen.

Sophia folgte ihr ins Zimmer der Oberin, die hinter einem großen, reich mit Schnitzwerk verzierten Schreibtisch saß.

»Bitte nehmen Sie Platz, Signora Visconti.« Aufmerksam beobachtete sie, wie Sophia ihren feinen Spitzenschleier hob.

»Schwester Matilda? Erinnern Sie sich? Ich bin es, Sophia.«

Sie sprachen über die Zeit, als die Mutter Oberin noch Schwester Matilda gewesen war. Seitdem hatte sich vieles geändert. Das Waisenhaus existierte bedauerlicherweise nicht mehr, aber dafür gab es eine neue Schule und einen neuen Flügel für arme, bedürftige Mädchen. Als Sophia nach ihrem Sohn fragte, dem Kind, das im Kloster geboren worden war, erhielt sie zur Antwort, daß alle Unterlagen über die Adoptionen vor dreizehn Jahren durch einen großen Brand vernichtet worden seien. Mit Bedauern sagte die Oberin, daß es unmöglich sein würde, das Kind zu finden. Um Sophia abzulenken, bot sie ihr an, ihr die neuen Räume zu zeigen.

Sophia folgte ihr wie in Trance. Sie lächelte, als sie die Kinder auf den neuen Schulbänken sah. Sie mußte immerzu an ihr Baby denken und an das herzförmige kleine Medaillon. Während der Geburt hatte sie es in den Mund genommen und so fest darauf gebissen, daß die Spuren ihrer Zähne in dem Gold einen Abdruck hinterließen. Als sie ihren Sohn verließ, hatte sie ihm das Kettchen mit dem Medaillon um den Hals gelegt.

Sie faßte die Mutter Oberin am Ärmel. »Er hatte ein Medaillon, ein kleines, goldenes Medaillon. Es gefiel ihm, wenn ich es hin und her pendeln ließ. Er versuchte dann, mit den Händchen danach zu greifen. Ich habe es immer hin und her schwingen lassen, bis er einschlief...«

»Es tut mir leid, Sophia. Bitte denken Sie daran, daß Sie das Kind im Waisenhaus gelassen haben, um arbeiten gehen zu können.« Die Stimme der Oberin klang kalt. »Wir hatten viele Kinder im Waisenhaus, und ihre Mütter haben alle versprochen wiederzukommen. Als Sie Cefalù verließen, haben Sie sicherlich unterschrieben, daß wir das Kind zur Adoption freigeben dürften, wenn Sie innerhalb von sechs Monaten nicht wiederkämen. Ist das richtig?«

Sophia nickte. Sie zwang sich, der schwarzgekleideten Gestalt zu folgen, die ihr nun voller Stolz die Turnhalle zeigte.

»Unser Wohltäter war sehr großzügig. Dies alles und die neue Kapelle haben wir seinen Spenden zu verdanken. Sie wissen ja, daß wir auf Spenden angewiesen sind.«

Sie überquerten den kleinen Hof und gingen zurück ins Hauptgebäude, wo die Oberin Sophia eine Tasse Kaffee anbot. Als sie fragte, ob sie Milch und Zucker dazu nehmen würde, sprang Sophia plötzlich auf.

»Schwester Flavia, die Schwester im Waisenhaus. Sie muß sich doch an die Adoption erinnern. Ich muß mit Schwester Flavia sprechen!«

Die Oberin tupfte Sophias verschütteten Kaffee mit einer Serviette auf. »Warum jetzt, Sophia? Sie haben Ihren Sohn zur Adoption freigegeben. Gott möge Ihnen verzeihen, Sie waren selbst fast noch ein Kind damals, aber glauben Sie, Sie tun ihm etwas Gutes, wenn Sie jetzt nach ihm suchen?«

»Bitte, Mutter Oberin, ich flehe Sie an, mir zu helfen. Wenn ich mit Schwester Flavia sprechen dürfte...«

»Das ist leider nicht möglich. Schwester Flavia hat vor fünf Jahren das Schweigegelübde abgelegt. Sie lebt jetzt bei den Schwestern des Heiligen Geistes.«

Sophia konnte die kühle, unbeteiligte Stimme der frommen Frau keine Sekunde länger ertragen. »Vielen Dank, daß Sie sich Zeit für mich genommen haben«, sagte sie, während sie in ihrer Handtasche nach dem Scheckbuch wühlte. Sie schrieb einen Scheck aus und reichte ihn über den Schreibtisch. »Bitte nehmen Sie diese Spende von mir an.«

Lächelnd nahm die Oberin den Scheck entgegen. Während sie ihn überflog, fiel ihr Blick plötzlich auf die Unterschrift.

»Luciano? Sophia Luciano?«

Sophia verfluchte sich innerlich für ihre Dummheit.

»Ach, ich glaube zu verstehen.«

Sophia war verwirrt. Die Oberin mochte von den Morden gehört haben, aber...

»Don Roberto Luciano war unser großer Wohltäter.«

Sophia versuchte zu sprechen, aber der Schrei in ihrem Kopf ließ sich durch Worte nicht zum Schweigen bringen.

Die Oberin reichte ihr ein Glas Wasser, doch Sophia konnte nicht schlucken. Der Schrei wollte nicht verstummen, und das kalte Wasser rann ihr das Kinn hinunter.

Sie hörte, wie die Tür geöffnet wurde und die Oberin sich flüsternd mit einer Schwester unterhielt. Die Angst, daß sie keine Möglichkeit mehr haben würde, ihre Frage zu stellen, ließ sie ihre Stimme wiederfinden.

»Bitte bleiben Sie hier. Es geht mir wieder besser.«

Die Oberin kehrte zu ihrem Stuhl zurück, die Tür wurde wieder geschlossen.

»Ist Don Roberto persönlich gekommen?«

»Nein. Er hat einen Vertreter geschickt.«

»Erinnern Sie sich daran, wen er geschickt hat?«

Die Oberin vermied ihren Blick.

Sophia sah auf die weißen Hände, die sich abwechselnd verkrampften und entspannten. »Ich glaube, es war sein Sohn.«

Von draußen wurde leise an die Tür geklopft. Die Oberin erhob sich, öffnete die Tür und nahm ein Buch entgegen. Sie setzte sich wieder an den Schreibtisch und blätterte darin. Es war ein Tagebuch.

»Zuerst kam ein Herr namens Mario Domino, um mit der damaligen Mutter Oberin zu sprechen. Ein Sohn Don Robertos begleitete ihn. Sie wollten alle Aufzeichnungen des Waisenhauses sehen.«

Sophias Kräfte kehrten zurück, und sie fragte ungeduldig: »Und wer hat mein Kind mitgenommen?«

»Bitte, Sophia, wir hatten so viele Kinder hier. Und wir haben kein Kind ohne die schriftliche Zustimmung der Mutter zur Adoption freigegeben. Bis zu diesem Augenblick hatte ich keine Ahnung von der Verbindung zwischen Ihnen und unserem Wohltäter.«

»Hat Mario Domino mein Baby mitgenommen?«

»Ihr Kind ist adoptiert worden, aber sämtliche Aufzeichnungen darüber sind, wie ich Ihnen bereits gesagt habe, verbrannt.«

Sophia lehnte sich über den Schreibtisch und riß der Mutter Oberin das Buch aus den Händen. Die aufgeschlagene Seite war fast leer. Sie enthielt nur eine kurze Notiz über eine großzügige Spende Don Roberto Lucianos an das Kloster. Als Sophia auf das Datum sah, verschlug es ihr den Atem. Die Eintragung war zwei Wochen vor ihrer Hochzeit mit Constantino Luciano gemacht worden.

Sophia rannte über den Hof. Als das Tor zum Kloster sich hinter ihr geschlossen hatte, lehnte sie sich gegen die rauhe Steinmauer, legte die Stirn auf die Arme und schluchzte: »Er hat es gewußt. O Gott, er hat es immer gewußt.«

Sophia wanderte ruhelos in ihrem Hotelzimmer auf und ab und ließ sich immer wieder durch den Kopf gehen, was geschehen war, als sie nach der Geburt ihres Sohnes nach Palermo gefahren war. Sie hatte diese Reise seit Monaten geplant gehabt und sich jede Lira dafür vom Mund abgespart.

Als sie in ihrem selbstgenähten Kleid und den billigen Schuhen in Palermo angekommen war, war sie fest entschlossen gewesen, mit Michele zu sprechen. Wenn er sich geweigert hätte, sie zu sehen, hätte sie Don Roberto selbst zu sprechen verlangt. Selbst wenn Michele sie nicht hätte heiraten wollen, hätte er sie und das Kind doch finanziell unterstützen müssen.

Der Wachtposten an der Villa Rivera hatte sie abgewiesen. Sie hatte sich an dem schmiedeeisernen Tor festgeklammert und durch die Stäbe gerufen, daß sie mit Michele Luciano sprechen wollte. Da hatte der Wachtposten sie mit Gewalt zurückgerissen und ihr gesagt, daß Michele Luciano tot und begraben sei.

Stundenlang hatte Sophia daraufhin am Straßenrand gesessen, ohne sich zu rühren. Sie war so benommen gewesen, daß sie nicht mehr wußte, was dann geschah. Später hatte man ihr erzählt, daß Filippo Luciano die Kurve zu schnell genommen und sie angefahren hatte.

Völlig verwirrt und mit einer Gehirnerschütterung war sie in einem Bett in der Villa Rivera wieder zu sich gekommen. Michele Lucianos Mutter selbst hatte sie gepflegt. Sophia war so durcheinander und so verängstigt gewesen, daß sie kein Wort gesagt hatte. Einmal hatte sie sogar geglaubt, die Familie wolle sie töten.

Sophia ließ sich kaltes Wasser über die Hände laufen. Später dann war ihr alles klargeworden. Die Lucianos hatten sich um sie gekümmert. Sie war nie in Gefahr gewesen. Statt dessen hatte sie, ohne es zu wissen, Graziella von ihrem schweren Kummer abgelenkt.

Graziella hatte die junge Fremde so liebevoll umsorgt, als wäre sie ihre eigene Tochter. Als es Sophia besserging, hatten die Lucianos sie in ein billiges Hotel gebracht, das Zimmer für sie bezahlt und ihr Geld gegeben, bis sie wieder arbeiten konnte. Das hätte das Ende des Traums sein können, aber während ihres Aufenthalts in der Villa hatte sie Constantino Luciano kennengelernt.

Sophia preßte sich die Hände gegen die Wangen. Constantino hatte die ganze Zeit von ihrem Baby gewußt. Er hatte es aus dem Waisenhaus geholt. Sie konnte es nicht glauben, wollte es nicht glauben.

Während sie in ihrem Hotelzimmer auf und ab ging, erinnerte sie sich an den Tag, als Constantino sie im Hotel besucht hatte. »Ich wollte dich fragen, ob du vielleicht einmal abends mit mir essen gehen möchtest.«

Sie hatte immer vorgehabt, ihm von dem Baby zu erzählen. Aber der richtige Zeitpunkt dazu war nie gekommen. Hatte es daran gelegen, daß sie wußte, daß Constantino im Begriff war, sich in sie zu verlieben? Sophia blieb stehen und starrte über die Dächer des kleinen Ortes auf den Hafen.

Graziella schien die Freundschaft zwischen ihrem Sohn und dem »kleinen Findelkind«, wie sie Sophia nannte, zu ermutigen. Doch als Don Roberto schließlich entdeckte, daß sein Sohn Sophia den Hof machte, war der Teufel los.

Sophia trat auf den Balkon hinaus. Sie dachte daran, wie sehr sie Constantino gewollt hatte, mehr gewollt als geliebt. Sie hatte die herrlichen Dinge gewollt, die sie in der Villa gesehen hatte. Michele war tot, aber sein Bruder, der schüchterne, stotternde Constantino, war bis über beide Ohren in sie verliebt. Sie hatte am Lebensstil der Lucianos Geschmack gefunden und wünschte sich nichts mehr, als eine Luciano zu werden.

Um dieses Ziel zu erreichen, hatte sie ihren Sohn im Stich gelassen. Sie war überzeugt, daß der Don sie niemals akzeptieren würde, wenn herauskäme, daß sie ein Kind hatte. Sie wußte zwar, daß er Erkundigungen über sie eingezogen hatte, aber sie hatte geglaubt, daß er ihr Geheimnis nicht entdecken würde.

Dann hatte sie eines Tages entdeckt, daß ihr Zimmer im Hotel durchsucht worden war, und am gleichen Tag hatte Don Roberto ihr unangekündigt einen Besuch abgestattet. Er hatte ihr Fragen über ihre Familie und vor allem über ihre Mutter gestellt und durchblicken lassen, daß er alles über ihre Vergangenheit wußte. Offensichtlich hatte er auch von ihrem Baby erfahren. Sophia hatte alle Vorsicht vergessen und ihn mit funkelnden Augen angesehen. Sie hatte ihm erzählen wollen, daß das Kind sein eigenes, uneheliches Enkelkind war, aber sie war nicht dazu gekommen.

Don Roberto hatte ihr Gesicht in die Hände genommen und gesagt, sie habe Feuer, und das möge er an ihr. Er hatte gesagt, selbst wenn ihre Mutter nie verheiratet gewesen war, so hätte sie doch auf ihre Tochter stolz sein können. Er war von Sophia ebenso bezaubert gewesen wie sein Sohn. Sie erinnerte sich noch genau an die Worte, die er dann gesagt hatte: »Sophia, ich stelle dir diese Fragen, weil ich für meinen Sohn sorgen muß. Du liebst ihn doch?«

Sophia hatte nur genickt. Sie hatte Angst gehabt, ein falsches Wort zu sagen und seine gute Laune zu verderben. Und er hatte den Segen zu ihrer Hochzeit gegeben. Er hatte in die Hochzeit eines unehelich geborenen siebzehnjährigen Mädchens mit seinem Sohn eingewilligt.

Sophias Finger umklammerten das Balkongeländer. In den darauffolgenden Jahren war sie sein Liebling geworden. Sie war Constantino eine gute Frau gewesen, hatte den introvertierten Jungen aus seinem Schneckenhaus hervorgelockt. Und die beiden Enkelsöhne, die sie geboren hatte, hatten *Papas* Wohlwollen ihr gegenüber noch vermehrt.

Nun war sie sicher, daß Don Roberto von dem Kind gewußt hatte. Nur daß sein geliebter Sohn Michele der Vater des Kindes gewesen war, hatte er nicht wissen können. Warum hatte er trotzdem seine Zustimmung zur Hochzeit gegeben? Oder war es doch Constantino gewesen, der die Wahrheit herausgefunden und mit Mario Dominos Hilfe dafür gesorgt hatte, daß Don Roberto nie etwas davon erfuhr? Aber warum war Don Roberto dann selbst als Wohltäter aufgetreten?

Sophia stieß ein kurzes, hartes Lachen aus. Ihre Trauer um die Toten wurde überdeckt vom Gefühl, betrogen worden zu sein. Sie kam sich vor wie eine Marionette. Aber wer hatte die Fäden in der Hand gehabt? Graziella vielleicht? Nein, Sophia war überzeugt, daß Graziella, die aufrechte und tiefgläubige Graziella, unschuldig war. Es konnte nur Don Roberto selbst gewesen sein. Aber hatte Constantino nicht auch in ihre Geschäfte eingegriffen, ohne daß sie davon gewußt hatte? Das war eine Seite ihres Mannes, die ihr verborgen geblieben war.

Sie hatte alles verloren, weil sie eine Luciano war, aber sie gab sich nicht geschlagen. Ihr Sohn war der einzige Luciano, der noch am Leben war. Graziella würde ihn anerkennen müssen. Es war widersinnig und tragisch, aber Michele Lucianos unehelicher Sohn war der einzige männliche Nachkomme der Familie, der übriggeblieben war. Und ein einziger Mensch kannte die Wahrheit und würde ihr helfen. Falls nötig, würde sie ihn dazu zwingen: Mario Domino.

8. Kapitel

Mario Dominos Wohnung im Zentrum Palermos war leer. Er war in Rom, ganz in der Nähe von Sophias Wohnung.

In dieser frühen Morgenstunde saß er bereits an dem Louisquatorze-Schreibtisch in seinem Zimmer im Hotel Raphael. Auf dem Schreibtisch und darum herum auf dem Boden stapelten sich die Akten. Er arbeitete konzentriert und war so vertieft in seine Unterlagen, daß er mit vor Schreck klopfendem Herzen aufsprang, als das Frühstück gebracht wurde.

Während der Arbeit trank er eine Tasse Kaffee nach der anderen. Auf viele Blätter schrieb er mit rotem Filzstift die Initialen »P.C.«. Die Spuren von mehr als zehn Interessenten an Lucianos Tochtergesellschaften hatten zu einer Bank in Rom geführt, genauer gesagt zu einem Bankfach, und Domino hatte zwei Leute angestellt, die darauf warteten, daß jemand dort Post abholte. Dieser Mann war, wie sich später herausstellen sollte, Enrico Dante, Paul Carollas Teilhaber in einem Nachtklub. Der Name auf den Verträgen lautete jedoch Vittorio Rosales. Domino hielt ihn für erfunden.

Die Bank hatte ihm nur mitteilen können, daß auf dem Konto genügend Geld vorhanden war, um alle Kaufsummen zu dekken.

Domino betrachtete die Fotos von Dante, der etwas aus dem Schließfach holte und große Mengen Bargeld auf das Konto von Vittorio Rosales einzahlte. Er war sich sicher, daß Dante im Auftrag von Carolla handelte. Das bedeutete, daß die Verkäufe gestoppt werden mußten. Mario seufzte. Er wollte nach Palermo zurückkehren, aber er hatte noch einen Besuch zu machen. Er wußte, daß es ein langes, ermüdendes Gespräch werden würde.

Die Anwälte, die Lucianos Geschäfte in Rom abwickelten, arbeiteten sehr langsam, und Domino wollte Druck auf sie ausüben. Sie kümmerten sich unter anderem um Sophias Versandgeschäft für Damenwäsche. Das Gebäude, in dem es sich befand, gehörte der Familie und stand nun zum Verkauf. Außerdem waren da noch zwei Wohnblocks und drei Tankstellen.

Domino spritzte sich kaltes Wasser ins Gesicht und tupfte sich mit dem Handtuch trocken. Der Schmerz in Dominos Brust war nun zu einem ständigen Begleiter geworden, und die Tabletten vermochten ihn kaum noch zu lindern. Domino machte sich eine Notiz in seinem Terminkalender, daß er sich gleich nach seiner Rückkehr in Palermo untersuchen lassen wollte.

Der Mercedes schlingerte und hüpfte über den Marktplatz des kleinen Städtchens Mondello und entlockte den alten Männern, die dort im Schatten bei ihrem Wein saßen, ein glucksendes Kichern.

Adina hatte zwar behauptet, sie kenne niemanden mehr in Mondello, aber nun lehnte sie sich aus dem Fenster und sprach, so schien es Graziella wenigstens, alle und jeden an. Sie schlug vor, den Wagen auf dem Marktplatz zu parken. Sie würde schnell zu ihrem Vetter hinübergehen, ihn nach dem Hotel Majestic fragen und ein paar Worte mit ihm wechseln.

Nach einer halben Stunde kam sie endlich wieder, und Graziella war wütend. Doch Adina schenkte dem keine Beachtung. Als sie in eine schmalere Straße an der Nordseite des Platzes einbogen, schien sie nervös zu werden.

»Das Majestic ist ein Café, Signora, aber sie vermieten auch Zimmer. Vorne haben sie ein paar Tische und eine kleine Bar, die vor allem von den Hausgästen besucht wird. Kaum Touristen.«

Sie bat Graziella, einen Moment anzuhalten. »Verzeihung, Signora, aber ich bitte Sie, seien Sie vorsichtig.«

»Ich habe den Wagen gut unter Kontrolle, Adina.«

»Nein, nein, Signora, ich meine die Familie Baranza.« Adina senkte ihre Stimme zu einem verschwörerischen Flüstern.

»Mein Vetter kennt sie. Sie werden wohl kaum mit Ihnen sprechen wollen und Ihnen auch nicht erlauben, den alten Mann aufzusuchen. Sein Sohn erzählt jedem, daß er senil ist, aber mein Vetter kennt auch die Frau in der Küche. Manchmal geht sie mit dem alten Mann spazieren. Sie schiebt ihn dann im Rollstuhl am Hafen entlang. Da gibt es eine kleine Bar mit ein paar Tischen davor. Heute nachmittag will sie mit dem alten Mann dorthingehen, und wenn Sie dort warten, werde ich mit ihr . . .«

»Sie kennen diese Frau, Adina?«

»Ja, Signora, wir sind zusammen zur Schule gegangen. Warten Sie in der Bar. Die ganze Familie weiß, wer Sie sind.«

Gennaro Baranza hockte zusammengekrümmt in seinem Rollstuhl. Eine Seite seines Gesichtes unter dem großen Strohhut sah aus, als hätte ein Hund sie zerfetzt. Auf seiner knolligen Nase saß eine pinkfarbene Damensonnenbrille.

Die einfache Frau, die den Rollstuhl schob, winkte Adina zu, und Adina lief ihr entgegen. Gemeinsam schoben sie den alten Mann zu Graziella in den Schatten und entfernten sich dann lachend und plaudernd.

Als Graziella den zitternden alten Mann ansah, fürchtete sie schon, die Fahrt umsonst gemacht zu haben. Dann hörte sie ganz schwach seine Stimme.

»Ich habe um ihre Familie geweint, Signora.«

Graziella flüsterte: »Sie wissen also, wer ich bin?«

»Ja, Signora, das weiß ich. Wir sind uns oft begegnet. Aber damals war ich noch ein junger Mann.«

»Verzeihen Sie bitte, ich erinnere mich nicht an Sie.«

Eine Hand war verkrüppelt, aber mit der anderen zupfte er jetzt an der gestrickten Decke, die auf seinen Beinen lag. »Mein Sohn sagt allen Leuten, ich wäre senil, aber ich vergesse nichts. Vielleicht nur das, was ich vergessen muß.«

»Haben Sie meinen Sohn Michele gekannt?« fragte Graziella.

»Ja, ich habe ihn gut gekannt. Er hat mir Lesen und Schreiben beigebracht. Wir haben sechs Wochen zusammen in den Bergen gelebt. Ich habe ihren Sohn geliebt.« Baranza legte die gesunde Hand auf sein Herz. »Er hatte die Seele eines Engels.«

Sie schwiegen einen Augenblick. Dann seufzte Graziella. »Ich habe nicht gewußt, daß er heroinsüchtig war. Ich habe es erst kürzlich erfahren.«

»Don Roberto hat gesagt, er würde jedem die Zunge abschneiden lassen, der es Ihnen sagt. Sie könnten sich nie von solchen Erinnerungen befreien. Sie würden sie immerzu verfolgen.«

»Mir sind nur noch Erinnerungen geblieben. Ich habe drei Söhne verloren.«

»Ich weiß, wie das ist. Ich habe zwei Söhne, aber es waren einmal vier. Und meine Brüder sind alle tot.«

Graziella beugte sich vor. »Erzählen Sie mir, wie Michele gestorben ist. Sagen Sie mir alles, was Sie wissen.«

Hinter der pinkfarbenen Sonnenbrille konnte sie seine Augen nicht erkennen, aber er wandte sein Gesicht ab, als könne er nicht ertragen, sie beim Sprechen anzusehen. »Ich kann mich nicht daran erinnern. Manchmal ist mein Gedächtnis so tot wie mein Körper.«

»Das glaube ich Ihnen nicht.«

»Signora, ich hatte allen Grund, den Tag, an dem Ihr Sohn ermordet worden ist, zu vergessen. Man hat mich für tot gehalten. Vielleicht wäre es besser gewesen, wenn ich wirklich gestorben wäre.«

Selbst im Schatten war die Hitze beinahe unerträglich. Graziella bot Baranza an, ihn ein bißchen am Hafen entlangzufahren.

Trotz seiner Gebrechlichkeit war der alte Mann schwer, und Graziella hatte Mühe, den Rollstuhl zu schieben. Aber schließlich gelangten sie ans Ende der Kaimauer. Graziella drehte den Rollstuhl so, daß der alte Mann auf das Meer sah.

Baranza blickte über die bunten Fischerboote im Hafen und lächelte. »Wer war König Lear?«

Graziella sah auf den Alten hinunter. »König Lear? Das ist die

Hauptperson aus einem Drama von Shakespeare. Warum fragen Sie?«

Er zögerte. »Kennen Sie Diego Caruso?«

»Ja.«

Sie schwiegen. Dann begann Baranza, mit krächzender Stimme zu sprechen. »Er ist an dem Abend bei Don Roberto gewesen. Er hat mir erzählt, daß der Don seinen Sohn auf den Armen getragen hat wie ein kleines Baby. Er hat mit seinem Sohn in der Tür gestanden und geschrien. So hat Caruso es mir erzählt. Er hat gesagt, es wäre der furchtbarste Schrei gewesen, den er je gehört hat, nur ein einziger Schrei, und er hätte ihn an König Lear erinnert. Aber ich wußte nicht, was er meinte. Ich weiß es immer noch nicht.«

»König Lear war ein mächtiger Herrscher. Als seine Lieblingstochter starb, trug er sie auf den Armen. Ich glaube, der Vers heißt: ›Heult, heult, heult!‹...«

Graziella drehte den Rollstuhl so, daß Baranza sie ansehen mußte. »Die Männer, die meinen Sohn ermordet haben, waren Amerikaner, nicht wahr? Ich möchte nur, daß Sie mir sagen, was Sie wissen. Ich würde nie von Ihnen verlangen, vor Gericht als Zeuge auszusagen. Ich bitte Sie nur darum, mit mir zu sprechen, mir, Micheles Mama...«

Baranza stieß einen Seufzer aus. »Ja, es waren Amerikaner.«

»Wissen Sie, wie sie hießen?«

»Nein. Don Roberto hat mir viele Fotos gezeigt, und ich habe ihre Gesichter wiedererkannt, aber die Namen weiß ich nicht. Aber er hat sie gefunden. Einen nach dem anderen hat er sie gefunden. Kein einziger ist entkommen.«

»Haben diese Amerikaner in Paul Carollas Auftrag gehandelt?«

Der Alte wandte den Kopf ab, damit Graziella sein Gesicht nicht sehen konnte. Sie riß ihm die Sonnenbrille herunter und fuhr erschrocken zurück. Die linke Augenhöhle war leer, und das Augenlid bestand nur aus Narben.

Mit klagender Stimme sagte der alte Mann: »Meine Brille, Signora, bitte.«

Sie hielt die Brille gerade so weit von ihm fort, daß er sie nicht erreichen konnte. »Lenny Cavataio hat überlebt. Erinnern Sie sich an ihn?«

»Er war der letzte, er wußte alles, aber jetzt ist er auch tot. Bitte, geben Sie mir meine Brille wieder, Signora.«

Graziella gab ihm die Brille zurück, aber er schaffte es nicht allein, sie wieder aufzusetzen. Sie half ihm und legte ihm dann sanft die Hand auf die Schulter. »Verzeihen Sie bitte – ich bin Ihnen eine Erklärung schuldig. Ich versuche zu verstehen, warum mein Mann so lange gewartet hat, obwohl er gewußt hat, daß Paul Carolla hinter dem Tod meines Sohnes stand. Warum hat er gewartet?«

Baranza blickte starr vor sich hin, und Graziella mußte sich bücken, um ihn zu verstehen. »Don Roberto hatte noch zwei Söhne. Erst als er Lenny Cavataio fand, hatte er wirklich einen Beweis. Erst da hatte er das Recht, Vergeltung zu verlangen. Aber es war zu spät. Carolla war schon im Gefängnis.«

Graziella beugte sich noch tiefer zu dem alten Mann herunter. »Wenn das stimmt, was Sie sagen, warum hat er sich dann an Lenny Cavataios Stelle als Belastungszeuge angeboten?«

»Ich weiß es nicht, Signora. Aber damit hat er sein Todesurteil unterschrieben. Man hätte ihn höher geachtet, wenn er seine Pistole genommen und Carolla erschossen hätte. Vielleicht hat er zu lange gewartet.«

Sie faßte die Armlehne des Rollstuhls und rüttelte daran. »Wer steckt hinter dem Mord an meinen Söhnen und meinen Enkeln? *Sagen Sie es mir!*«

Baranzas Stimme wurde noch leiser, und Graziella spürte seine Panik. »Ich weiß nichts, Signora, ich weiß nichts.«

Auf der Kaimauer kam winkend und rufend ein kleiner Junge auf sie zugerannt. »Großvater! Großvater!«

Der Alte sah das Kind an, als es von der Mauer heruntersprang, und der Junge spürte die Angst seines Großvaters und begann zu schreien. Er versuchte, Graziellas Hand vom Rollstuhl fortzuziehen, aber Graziella stieß ihn grob zur Seite und wandte sich wieder an Baranza. »Mein Mann hätte Sie zwingen können, vor Gericht auszusagen. Sie waren Zeuge, als mein Sohn ermordet wurde. War es Paul Carolla?«

Von weitem hatte Adina Graziellas erhobene Stimme und das Schreien des Kindes gehört. Erschrocken kam sie gelaufen.

»Signora! Signora!«

Der gebrechliche alte Mann richtete sich im Rollstuhl auf, so gut er konnte, und schrie Graziella mit schnarrender Stimme ins Gesicht: »Ich weiß nicht! Ich bin ein Niemand! Bitte halten Sie sich von meiner Familie fern!«

Als sie durch das Städtchen zurückfuhren, schoß aus einer Seitenstraße ein kleiner Citroën hervor und stellte sich ihnen in den Weg. Der Fahrer stieg aus, hob die Fäuste, als wollte er auf ihre Windschutzscheibe einschlagen und zerrte schimpfend und fluchend am Türgriff. Sein Gesicht war rot vor Wut.

Graziella gab Gas, und der Mercedes machte einen Satz nach vorn und versetzte dem Citroën dabei einen Stoß. Der Mann schrie dem Wagen nach: »Lassen Sie uns in Ruhe! Lassen Sie sich hier nie wieder blicken!«

Als der Wagen verschwunden war, war auch seine Wut verraucht. Zitternd vor Angst drehte er sich zu seinem Vater um, der gerade zu ihm geschoben wurde.

»Du verdammter, alter Idiot! Was wollte sie? Was wollte sie von dir?«

»Was spielt das für eine Rolle? Sie ist nur eine Frau. Was kann sie schon ausrichten?«

Baranzas Sohn nahm seine Mütze ab und rieb sich den Kopf. Der Alte hatte recht. Was konnte eine alte Frau ausrichten?

»Und was wollte sie?«

»Sag mal, weißt du, wer König Lear war?«

Der Sohn spuckte auf den Boden und schob den alten Mann ins Haus.

Baranzas Körper schmerzte nach der Fahrt über das holprige Kopfsteinpflaster, und seine leere Augenhöhle brannte, aber er rief: »Du hast das Hotel, du hast Geld zum Trinken, und das alles von den Lucianos.«

»Und dich haben sie der Lucianos wegen zum Krüppel geschossen!«

Er hatte immer noch eine Kugel im Schädel stecken und eine weitere im Rückgrat. Oft genug hatte er sich gewünscht, er wäre in jener Nacht gestorben. Als der Wagen damals die steile, gewundene Straße heraufgefahren war, hatte der Posten oben auf dem Weg mit der Taschenlampe geblinkt, weil er angenommen hatte, Don Roberto käme selbst, um seinen Sohn zu besuchen. Der Fahrer war Ettore Callea, Don Robertos Leibwächter, gewesen, und der Beifahrer hatte Don Robertos Filzhut getragen. Als der Wagen jedoch vor der Hütte vorgefahren war, hatten sich auf dem Rücksitz zwei Männer aufgerichtet, und zwei Maschinenpistolen hatten zu knattern begonnen. Zwei der Leibwächter waren auf der Stelle tot gewesen. Baranza war schreiend in die Hütte gelaufen, um Michele zu warnen. Er hatte gerade seine Schlafzimmertür erreicht, als ihn die Kugeln trafen.

Er wußte nicht, wie lange er bewußtlos gewesen war, ob es Sekunden oder Minuten gewesen waren, aber die Männer hatten ihn für tot gehalten. Als er wieder zu sich gekommen war, hatte er gesehen, wie sie den Jungen gequält und geschlagen hatten. Er hatte nichts tun können. Er hatte nicht einmal rufen können. Er hatte in seinem Blut gelegen und Micheles furchtbare Schreie gehört.

Als sie weg waren, hatte Gennaro sich irgendwie zu dem Jungen hingeschleppt. Er fand seinen Engel verrenkt wie eine Puppe, und sein Gesicht war nur noch eine blutige Masse aus Haut und Knochen.

Stunden waren vergangen, das Blut war aus seinem Körper gesickert, und er hatte so furchtbare Schmerzen ausgestanden, daß er geglaubt hatte, er wäre in der Hölle. Und dann die Autoscheinwerfer, Stimmen – Don Roberto hatte seinen Sohn in das blutige Laken gehüllt und ihn wie ein Baby auf den Arm genommen. Die Berge hatten seinen entsetzlichen Schrei zurückgeworfen. Er, Gennaro Baranza, war es gewesen, der das gehört hatte, und nicht Caruso. Warum hatte er Graziella belogen?

Domino trug das Hähnchen und die Suppe, die seine Haushälterin für ihn kalt gestellt hatte, in sein Schlafzimmer. Aber er war zu müde zum Essen, und das Brennen in der Herzgegend wurde immer schlimmer. Er setzte sich auf den Bettrand und trank ein Glas Milch.

Er hatte nicht nur die Verbindung zu Carolla entdeckt, sondern auch Betrügereien der Bank, die sich Millionenbeträge unrechtmäßig angeeignet hatte. Außerdem waren Unregelmäßigkeiten in seiner eigenen Kanzlei an den Tag gekommen. Mitarbeiter, denen er vertraut hatte, hatten systematisch große Geldbeträge abgezweigt, die für das Schweizer Bankkonto der Lucianos bestimmt gewesen waren. Alles war außer Kontrolle geraten. Domino fühlte sich der Situation nicht mehr gewachsen.

An seinem Bett standen Fotos der Familie Luciano. Mit den Jahren hatte er sie so liebgewonnen, als wäre sie seine eigene Familie. Oft hatte er mit den Fingerspitzen zärtlich über Graziellas Hochzeitsfoto gestrichen und sich gefragt, ob sie wohl auch so gestrahlt hätte, wenn er an jenem Tag anstelle von Roberto Luciano an ihrer Seite gestanden hätte.

Domino war reich. Seine preisgekrönte Kunstsammlung und die ausgesuchten Antiquitäten waren der Ersatz für eigene Kinder. Er nahm seinen Taschenrechner zur Hand und überschlug, wieviel von dem entstandenen Schaden er mit seinem eigenen Vermögen wiedergutmachen könnte. Er hatte versagt, hatte Graziella und ihre Schwiegertöchter und ihre Enkelin im Stich gelassen. Seine Finger flogen über die Tasten. Plötzlich erstarrten sie, als sein rechter Arm sich vor Schmerzen versteifte. Er bekam keine Luft mehr, und die Schmerzen wurden immer schlimmer. Domino versuchte, nach dem Telefon zu greifen. Als es plötzlich zu klingeln begann, berührte er es gerade mit den Fingerspitzen. Es klingelte schrill und ausdauernd, aber er konnte sich nicht mehr bewegen.

Sowie Sophia in Rom angekommen war, versuchte sie, Mario Domino zu erreichen. Sie ließ das Telefon lange klingeln. Dann legte sie auf und wählte die Nummer der Villa Rivera, aber auch dort meldete sich niemand. Schließlich rief sie den Portier an und bat ihn, ihr die Post und die Zeitungen heraufzubringen.

Die meisten Briefe enthielten Rechnungen, die sie in den Papierkorb warf. Dann faltete sie eine Zeitung auseinander. Auf der ersten Seite war ein großes Foto von Don Roberto Luciano. Es war alt, sein Haar war noch schwarz, und die Ähnlichkeit mit Constantino war auffallend.

ERMORDETER MAFIABOSS KLAGT AN lautete die Schlagzeile. Sophia las den Leitartikel. Im Prozeß gegen Paul Carolla hatte der Staatsanwalt im Gerichtssaal einen Aufruhr verursacht. Er hatte dem hohen Gericht die abgetrennte Hand des ermordeten Antonio Robello vorgelegt und behauptet, Carolla habe ihn getötet.

Sophia warf die Zeitung beiseite und griff nach der nächsten. Auch die anderen Zeitungen enthielten groß aufgemachte Artikel, in denen Luciano als Boß der Bosse dargestellt wurde. Seit den Morden waren mehr als fünf Monate vergangen, aber die Presse griff die Geschichte bei jeder Gelegenheit wieder auf. Angewidert warf Sophia die Zeitungen in den Papierkorb. In der Villa ging noch immer niemand ans Telefon, und auch in Mario Dominos Wohnung nahm keiner ab.

Kaum aus Mondello zurückgekehrt, hatte Graziella einen Anruf von Mario Dominos Haushälterin erhalten. Nun stand sie an seinem Totenbett.

Domino war mit auf der Brust gefalteten Händen und einem Rosenkranz um die Finger aufgebahrt. Graziella wartete auf die Ankunft seiner Nichte, der einzigen Verwandten. Mit Adinas Hilfe hatte sie alle Fotos von den Lucianos entfernt, denn sie wußte, daß die Presse versuchen würde, die Haushälterin zu bestechen. Die Lucianos boten immer noch Stoff für die Titelseite. Graziella war fotografiert worden, als sie das Gerichtsgebäude betrat, und am nächsten Tag war unter der Überschrift MAFIAWITWE WARTET AUF GERECHTIGKEIT ihr Bild erschienen.

Dominos Arbeitszimmer war bis unter die Decke mit Akten vollgestopft. Es waren so viele, daß Graziella sie nicht an Ort und Stelle sortieren konnte. Sie wies Dominos Kanzlei an, die Akten alle in die Villa Rivera zu bringen.

Das Vermögen der Lucianos schrumpfte schnell zusammen. Domino hatte um das Ausmaß der Betrügereien gewußt, doch nach seinem Tod wuchsen sie ins Unermeßliche.

Graziella gab seiner Kanzlei eine neue Vollmacht, unter der Bedingung, daß innerhalb eines Monats alles bereinigt werden müßte. Sie hatte lange genug gewartet und wollte die Erbschaftsangelegenheiten ohne weitere Verzögerungen geregelt wissen.

Unter den Papieren aus Dominos Arbeitszimmer befand sich auch ein Terminkalender für das Jahr 1963. Dort stand in Dominos gestochen klarer Handschrift: »Kind aus Cefalù geholt und in das Waisenhaus vom Heiligen Herzen, Catania, gebracht.«

Domino hatte die nach Palermo zweitgrößte Stadt Siziliens gewählt, um sicherzugehen, daß die Identität des Kindes niemals aufgedeckt werden würde.

9. Kapitel

Luca Carolla bummelte durch das Städtchen Erice. Er trug eine Mönchskutte und lederne Sandalen, und über seiner Schulter hing eine aus Stroh geflochtene Tasche, in der sich in Sackleinen verpackte Samen befanden.

Er blieb einen Augenblick vor einem kleinen Laden stehen und betrachtete die reifen, dunklen Pflaumen in der Auslage. Dann ging er hinein. Er bat um ein Pfund Pflaumen, und während er wartete, überflog er die Zeitungen auf dem Zeitungsständer. Eine Schlagzeile fesselte seine Aufmerksamkeit: MAFIAPROZESS WIRD FORTGESETZT. Nach kurzem Zögern entschloß er sich, zwei Zeitungen zu kaufen. Er faltete sie zusammen und steckte sie in seine Tasche unter die Tüte mit den Pflaumen.

Die alte Frau lächelte ihn zahnlos an. »*Americano?*« fragte sie.

»*Si, Americano. Grazie.*«

Guido hatte versucht, Luca näherzukommen, aber Luca hatte ihm auf seine Fragen nie geantwortet und nur geradeaus ins Leere gestarrt. Daher hatte Guido den jungen Mann nur beobachtet. Er hatte gesehen, wie er Tag und Nacht gearbeitet hatte, wie er mit bloßem Oberkörper umgegraben und Erde durchgesiebt hatte, bis kein einziges Steinchen mehr zu finden war, und wie er die Beete zur Einsaat vorbereitet hatte, obwohl es beinahe August war. In der Sonne hatten sich die Narben auf seinem Rücken in glänzende, blaßrosa Linien verwandelt. In manchen Nächten hatte Luca im Freien unter der Eiche geschlafen, und manchmal hatte Guido ihn auch wie einen schwarzen Schatten vor dem Horizont auf und ab gehen sehen.

In den Wochen seit seiner Ankunft hatte Luca erst ein einziges

Mal die Messe besucht. Doch als Guido das Thema Pater Angelo gegenüber zur Sprache brachte, erhielt er zur Antwort, das sei Lucas Sache.

»Er wird in die Kirche gehen, wenn er es für richtig hält. Das hier ist sein Zuhause, Guido, und er steht unter meiner Obhut, als wäre er mein eigener Sohn. Ich liebe ihn so, wie ein Vater sein Kind liebt. Aber Luca hat dunkle Seiten, über die wir nicht sprechen wollen. Wir wollen dankbar sein, daß er zu uns gekommen ist, und zu Gott beten, daß er ihm Trost schenken möge, denn deswegen ist er hier.«

Luca blätterte die Zeitungen so vorsichtig durch, als habe er Angst, die Wände könnten das Rascheln der Seiten hören. Er las von den Angriffen des Staatsanwaltes auf seinen Vater, der unverändert behauptet hatte, er sei unschuldig. Er las auch einen Teil des Artikels über den sogenannten Boß der Bosse, Don Roberto Luciano, und studierte das alte Foto, das gleiche, das Sophia in den Papierkorb geworfen hatte. Die Habichtsnase und die schwarzen Augen erkannte er wieder, aber sonst sah der Mann anders aus, als er ihn in Erinnerung hatte. Auf dem Foto hatte er schwarzes Haar. Der Mann, den Luca mit seinen Söhnen gesehen hatte, war weißhaarig gewesen.

Luca zitterte am ganzen Körper. Der Anblick von Lucianos Gesicht verursachte ihm Übelkeit. Er schwitzte, und seine Wangen waren gerötet. Er konnte nicht weiterlesen, riß die Artikel heraus, faltete sie zusammen und versteckte sie in dem Beutel mit der schmutzigen Wäsche. Sein Vater hatte ihn für verrückt erklärt. Nach allem, was Luca für ihn getan hatte, hatte er ihn einen Verrückten genannt. Dabei hatte er doch bewiesen, daß er ein echter Profi war.

Ein Klopfen an der Tür ließ ihn auffahren. »Ja?«

»Ich bin es, Luca, Pater Angelo. Kann ich dich sprechen?«

Luca schob die Zeitungen mit dem Fuß unter das Bett und öffnete die Tür. Langsam schob sich der Gehwagen in den Raum. Pater Angelo streckte die Hand aus, so daß Luca ihm helfen konnte, sich auf das Bett zu setzen.

»Gibt es etwas Besonderes?«

»Muß es denn etwas Besonderes geben, damit ich dich besuchen darf?«

»Nein, natürlich nicht, Pater. Aber ich wollte gerade mit meiner Arbeit anfangen.«

»Ich besuche dich, weil du nie zu mir kommst und weil du nicht in die Kirche gehst. Luca, du bist erst einmal in der Messe gewesen, seit du hier bist.«

»Es tut mir leid, Pater, aber ich muß den Garten fertig machen. Sie wissen selbst, daß er im April hätte eingesät werden müssen. Jetzt ist es beinahe August.«

»Wann hast du zum letztenmal gebeichtet?«

»Ich habe mir selbst eine Buße auferlegt, Pater.«

»Ja? Seit wann bist du dein eigener Beichtvater? Ich werde heute abend deine Beichte hören. Vielleicht kannst du dann heute nacht ruhig schlafen. Du hast hart gearbeitet. Zu hart. Als Junge warst du genauso, Luca. Wenn du gelogen oder gestohlen hattest, hast du immer versucht, es durch Arbeit wiedergutzumachen. Komm heute abend zu mir.«

»Das werde ich tun, Pater.«

Luca half Angelo, sich zu erheben, und begleitete ihn zur Tür. Dort blieb der alte Mann stehen.

»Ich komme allein zurecht, Luca. Gott segne dich. Und wirf die Zeitungen weg. Du weißt, daß ich es nie gutgeheißen habe, wenn jemand sie in diese heilige Stätte mitbrachte. Wenn du Zeitung lesen willst, tu es außerhalb unserer Mauern. Das Kloster ist kein Hotel, auch wenn es dir beliebt, es als solches zu benutzen.«

Luca folgte ihm auf den Flur hinaus. »Möchten Sie, daß ich gehe?«

»Nein, keineswegs. Ich glaube, du bist zu uns gekommen, um Frieden zu finden. Vielleicht solltest du dir überlegen hierzubleiben. Nichts würde mir in den wenigen Jahren, die mir noch verbleiben, größere Freude machen, als dich zum Priester geweiht zu sehen.«

Luca lachte. Er lachte selten,und sein Lachen wirkte so ansteckend, daß Pater Angelo schmunzeln mußte. »Ich sehe, daß der Gedanke dich belustigt. Ich habe immer geglaubt, daß du zum Priester berufen bist, aber ich muß zugeben, daß ich der einzige war.«

»Stimmt das wirklich, Pater?«

»Daß ich der einzige war, der daran geglaubt hat? Ja, als kleiner Junge warst du, wie der alte Thomas immer sagt, ein Teufel.«

»Sie haben geglaubt, daß ich zum Priester berufen bin?«

»Ja, so seltsam das auch klingen mag. Eines Tages, wenn du die dunklen Seiten in dir besiegt hast, wirst du es vielleicht selbst erkennen.«

Während Pater Angelo mit schlurfenden Schritten seinen Gehwagen weiterschob, hallte seine Stimme durch den Flur: »Sie sind noch immer lebendig in dir, Luca. Ich fühle es.«

Als er sich umdrehte, war der Flur leer. Lucas Tür schloß sich geräuschlos hinter ihm.

Luca lehnte sich mit dem Rücken gegen die Tür. So lieb ihm Pater Angelo auch war, er konnte nichts wissen und ihn nicht verstehen. Tränen traten ihm in die Augen, als er den Namen des armen, mißgebildeten Jungen flüsterte, der damals sein einziger Freund gewesen war.

Giorgio war eines späten Abends im Kloster angekommen, und Antonio, der einzige, der seine Ankunft beobachtet hatte, hatte behauptet, er habe den Teufel gesehen, mit Hörnern auf dem unförmigen Kopf und einem abscheulichen Gesicht.

Als diese Gerüchte Pater Angelo zu Ohren gekommen waren, hatte er die Jungen zusammengerufen und ihnen zornig erklärt, daß ein sehr kranker Junge im Kloster aufgenommen worden sei. Giorgio sei mit einem Wasserkopf, einer mißgebildeten Wirbelsäule und einem Herzfehler geboren worden und immer ans Bett gefesselt gewesen. Seine Mutter sei bei seiner Geburt gestorben, und sein Vater sei mit der Krankheit seines Sohnes nicht fertig geworden und hätte fremde Leute angestellt, die sich um ihn kümmern sollten. Niemand hätte erwartet, daß das Baby das Säuglingsalter überleben würde, aber Giorgio hatte zwölf schmerzerfüllte und einsame Jahre in einer Wohnung versteckt überlebt. Nun sollte er seine letzten Tage bei ihnen im Kloster verbringen.

Der unbelehrbare Luca hatte es gewagt, sich unter das Fenster im Erdgeschoß zu schleichen und einen Blick in das Krankenzimmer zu werfen. Luca war es auch gewesen, der damit angefangen hatte, »Fettkloß, Fettkloß« vor Giorgios Fenster zu singen, und die anderen Jungen zum Mitmachen aufgefordert hatte. Doch er war dabei erwischt worden, zur Strafe und um sich in Demut zu üben, war er gezwungen worden, den Mönchen beim Saubermachen von Giorgios Zelle zu helfen. Trotz seiner Prahlerei hatte Luca große Angst, dem »Teufel« gegenüberzutreten.

Die beiden Jungen wurden allein gelassen, und Luca konzentrierte sich ganz auf den Wischlappen, mit dem er den Steinfußboden bearbeitete. Er sah erst auf, als er das Summen einer Biene hörte. Beide Jungen sahen zu, wie die große Biene auf dem Fußende des Bettes landete und auf Giorgio zukrabbelte.

»Schlag das Biest endlich tot, bevor es mich sticht, du Idiot.«

Luca starrte auf die Biene. »Die sticht nicht. Ich kenne mich mit Bienen aus. Es gibt Arbeiterinnen und Drohnen. Das hier ist eine Drohne. Sie sind nur dazu da, um die Königin zu begatten, sie haben keinen Stachel. Warum hast du solche Angst? Sie kann dir nicht weh tun.«

Luca hatte die Biene vorsichtig in die Hände genommen und zum Fenster getragen. Plötzlich hatte er aufgeschrien.

»Es ist doch eine Arbeiterin! Das Mistvieh hat mich gestochen!«

Er war in der Zelle herumgerannt und hatte mit der gestochenen Hand in der Luft herumgewedelt und sie schließlich in den Putzeimer getaucht. Giorgio hatte laut gelacht. Er hatte selbst über seine Ausgelassenheit gestaunt.

Das war ihre erste Begegnung gewesen. In Lucas jungem Leben hatte sie einen Wendepunkt bedeutet. Mit Giorgio hatte sich die Dunkelheit in ihm gelichtet. Denn trotz seiner verkrüppelten Körpers besaß Giorgio einen bissigen Humor und einen scharfen Verstand. Seine Intelligenz übertraf die der anderen Jungen im Kloster bei weitem, und die Kenntnisse, die er als unersättlicher Leser gesammelt hatte, reichten von klassischen Tragödien bis zur Pornographie. In dem naiven Luca hatte sein Wissen Ehrfurcht und Entzücken hervorgerufen.

Jetzt saß Luca im dunklen Garten, unter demselben Baum, unter dem immer der Rollstuhl, den er für seinen Freund gebaut hatte, gestanden hatte. Den Brüdern war es wie ein Wunder erschienen, daß Giorgio sich überhaupt im Freien hatte aufhalten können. Luca hatte dem kranken Jungen neuen Lebenswillen eingeflößt. Man sah das seltsame Paar nur noch zusammen. Luca erinnerte sich noch daran, wie er Giorgio den Garten gezeigt hatte.

»Also, diese Reihe hier, das wird Salat. Daneben sind Bohnen und Kartoffeln. Im Winter kommt da der Kohl für Bruder Thomas hin, damit er besser furzen kann. Du mußt Gemüse essen, Giorgio, du brauchst Vitamine, damit du zu Kräften kommst. Man ist, was man ißt. Bis jetzt steckt deine ganze Kraft in deinem dusseligen Kopf.«

Auf dem Weg zurück zu Giorgios Zelle hatten sie einander Beleidigungen an den Kopf geworfen. Luca hatte den Kranken von seinem Rollstuhl auf das Bett gehoben.

»Ach, halt die Klappe. Wenn du mir noch mehr Grünzeug eintrichterst, fange ich an zu kotzen, oder ich kriege Durchfall, und du mußt mich saubermachen. Also verpiß dich, du Scheißer.«

»Verpiß dich doch selber!«

»Arsch!«

»Arsch mit Ohren!«

»Wenigstens habe ich ein Hirn im Kopf. Bei dir ist da nichts als Kacke.«

Luca kicherte bei der Erinnerung an diesen Wortwechsel und umfaßte in der Dunkelheit seine Knie. Bruder Louis hatte ihnen zugehört, und Luca hatte nicht gesehen, wie er ins Zimmer gekommen war, sondern Giorgio weiter aus vollem Halse beschimpft.

»Wenigstens ist meine Scheiße auf dem Lokus und nicht im Bett, du Arschloch!«

Plötzlich hatte Giorgio die Stimme erhoben. »Guten Morgen, Bruder Louis. Wir haben gerade über Herkunft und Bedeutungswandel einiger Wörter aus der Umgangssprache diskutiert. Das ist hochinteressant, finden Sie nicht? Das Verb ›scheißen‹ bedeutet ursprünglich nichts anderes als ›ausscheiden‹. Die indogermanische Wurzel davon ist ›skei-‹, was soviel bedeutet wie ›trennen‹ oder ›absondern‹. Die gleiche Grundbedeutung finden Sie in dem lateinischen Verb ›scire‹, ›wissen‹, das bedeutet, ein Ding vom anderen unterscheiden, also trennen zu können. Um aber auf das Scheißen zurückzukommen, eine ähnliche Begriffsbildung finden wir auch im Lateinischen, ›excrementum‹, ›der Kot‹ bedeutet nichts weiter als Ausscheidung. Und das Wort ›Arsch‹ leitet sich ab von . . .«

»Giorgio, möge Gott dir verzeihen, diese Ausdrücke sind abscheulich. Und Luca, daß du solche Wörter in den Mund nimmst! Das ist die Sprache von Gassenjungen!«

Giorgio unterbrach: »Entschuldigen Sie bitte, Bruder Louis, habe ich etwas getan, das Sie verletzt hat?«

»Das hast du allerdings, und ich werde diese Angelegenheit mit Pater Angelo besprechen. Ich bin sicher, daß er euch für euer ungehöriges Benehmen bestrafen wird.«

Es entspann sich ein gelehrter Wortwechsel zwischen Giorgio und Bruder Louis.

Luca stand vor Verblüffung der Mund offen, als er hörte, wie Giorgio Bruder Louis dazu brachte, sich zu entschuldigen. Er hoffte, Giorgios Vater würde nicht erfahren, daß die Mönche ihrem Gast Unannehmlichkeiten bereitet hätten, sagte er zum Abschluß.

»Du warst großartig! So was hab' ich noch nie gehört. Du hast ihn total durcheinandergebracht! Giorgio, du bist umwerfend. Als du von deinem Vater gesprochen hast, hab' ich gedacht, gleich macht Louis sich in die Hose.«

»Genau das habe ich gerade getan, also rufst du ihn besser zurück. Weißt du, wenn ich meinem Vater etwas sagen würde, würden sie ihren monatlichen Scheck nicht kriegen. Einer der Gründe, warum sie sich solche Mühe geben, mich am Leben zu halten, ist, daß ich so wertvoll für sie bin. Wenn ich tot bin, gibt's keine Schecks mehr.«

»Du bist der beste Lügner, den ich kenne. Ich glaube, du bist sogar noch besser als ich.«

»Die besten Lügen sind die mit einem Körnchen Wahrheit, mein Lieber. Und jetzt hol den Bruder zurück, ich fühle mich überhaupt nicht wohl in diesem Zustand.«

Luca nahm die Waschschüssel und sagte, er würde ihn lieber selbst waschen, als den schwulen Bruder zurückzurufen. Er zog Giorgio das Hemd aus, und zum erstenmal sah er ihn nackt.

Seine runzligen Beinchen waren nicht länger als die eines Dreijährigen, und die verkrümmte Wirbelsäule ließ die linke Schulter buckelartig hervortreten. Vergeblich versuchte Giorgio sich zu bedecken, aber sein Kopf rollte von dem Kissen herunter, das ihn gestützt hatte. Er zitterte am ganzen Körper und konnte Luca nicht in die Augen sehen. »Tut mir leid, ich stinke.«

Die einzigen Menschen, die Giorgio jemals berührt oder nackt gesehen hatten, waren Krankenschwestern und Ärzte. Er schämte sich.

Lucas Augen funkelten vor Zorn. Giorgio war wundgelegen, und selbst er konnte sehen, daß Giorgio nicht richtig versorgt worden war. Er kramte in dem Kasten mit den Medikamenten und suchte Salbe und Puder heraus.

»Ich tupfe das nur auf, und ich bin ganz vorsichtig, damit es nicht weh tut. Kannst du dich auf mich stützen? Ja so, stütz dich auf mich, während ich dir den Hintern wasche.«

Der Geruch der Karbolseife auf Lucas Nacken und der Anblick des Schmutzrandes an seinem Hals riefen nie gekannte Gefühle in Giorgio hervor. Sein Gesicht lag auf Lucas Schulter, und bevor er wußte, was er tat, küßte er den Nacken seines

Freundes. Zum erstenmal in seinem Leben küßte er einen Menschen. Leise sagte er: »Ich liebe dich, Luca.«

Luca hielt Giorgio in den Armen und küßte sein großes, flaches Gesicht. »So was habe ich bis jetzt für niemanden getan, also liebe ich dich wahrscheinlich auch, du häßliches dickes Stinktier«, grinste er. Dann zog er vorsichtig ein sauberes Nachthemd über den großen Kopf und knöpfte es zu.

Aber jetzt, allein in der Dunkelheit, lachte Luca nicht. Er schluchzte laut. »Warum hast du mich verlassen, du häßliches dickes Stinktier?«

Giorgio hatte dem Tod jahrelang ein Schnippchen geschlagen und sich irgendwie ans Leben geklammert. Doch seine Herzbeschwerden verschlimmerten sich ausgerechnet damals, als er mit Lucas Hilfe zu Kräften zu kommen schien. Er war kaum widerstandsfähig genug, um sich der notwendigen Operation zu unterziehen, aber die Ärzte meinten, daß er sonst innerhalb weniger Wochen sterben müsse. Sein Herz hatte ein Loch. Giorgio hatte Luca versprochen, ihn mit nach Rom zu nehmen, wenn er operiert werden sollte, aber als der Operationstermin näher rückte, verschlechterte sich sein Zustand so schnell, daß die Ärzte ihn nicht mehr für reisefähig hielten. Nach der letzten Untersuchung sah Giorgio dem Arzt an, daß es keine Operation mehr für ihn geben würde.

Als Luca nach dem Unterricht zu Giorgio kam, schleuderte er fluchend seine Schulhefte durch den Raum. Er war immer der schwächste Schüler in der Klasse, und an diesem Nachmittag ermahnte Giorgio ihn: »Wenn du nicht liest, erfährst du nichts über die Welt außerhalb dieses Klosters. Sie ist immens, Luca, und wenn du nichts weißt, gehst du darin unter.«

Luca antwortete ihm lachend, daß er nichts lernen brauche, schließlich könne er immer Giorgio fragen.

Vor diesem Augenblick hatte Giorgio sich gefürchtet. »Nein, Luca, ich werde nicht immer dasein.«

»Quatsch! Nach Rom machen wir Wettrennen zusammen.«

Giorgio klopfte auf sein Bett. »Setz dich. Setz dich, du fauler Hund. Ich will dir etwas vorlesen.«

Luca hatte viele Stunden an Giorgios Bett verbracht und zugehört, wie er aus Byrons *Die Braut von Abydos, Der Korsar* und *Lara* vorgelesen hatte. Doch Luca hatte kein Verständnis für die Schönheit und Leichtigkeit der Verse, und er jammerte, Giorgio würde Lord Byron nur deswegen vorlesen, weil dieser auch ein Krüppel gewesen sei.

Giorgio öffnete ein dünnes, in Leder gebundenes Buch, aber bevor er mit Byrons *Don Juan* beginnen konnte, klopfte Bruder Louis an die Tür und führte Giorgios Vater in die Zelle.

Luca wurde gebeten, den Raum zu verlassen, aber das kümmerte ihn wenig. Er nahm an, daß Giorgio jetzt mit seinem Vater die sehnsüchtig erwartete Romreise besprechen würde.

Am späten Nachmittag schaute Luca erwartungsvoll wieder bei Giorgio vorbei und erschrak über den Zustand seines Freundes. Allein die Anstrengung, Luca die Hand zu reichen, schien ihm schon zu groß zu sein.

Luca hielt die kleine, weiche Hand sanft in der seinen und flüsterte: »Was ist los?«

»Ich sterbe, Luca.«

Die beiden Jungen, die über die Jungfrau Maria gelästert und sich einen Spaß daraus gemacht hatten, dem gekreuzigten Christus in der Klosterkirche den Finger zu zeigen, beteten. Sie beteten nicht auf den Knien, sondern lagen einander in den Armen. Lucas Kopf lag so dicht an dem verwachsenen Körper seines Freundes, daß er das kranke Herz mit dem Loch schlagen hören konnte. Er schwor, daß niemand sie jemals trennen würde, und er war ganz sicher, daß Gott ein Einsehen haben müßte, weil sie ihn so inbrünstig anflehten. Gott würde ihnen Zeit schenken, und sie würden für immer zusammenbleiben. Am nächsten Morgen war Giorgio tot.

Einen Monat nach Giorgios Tod hatte Carolla Luca mit nach Amerika genommen, um ihn dort zur Schule zu schicken. Luca hatte Giorgios gesammelte Werke von Lord Byron mitgenommen, aber er las nie wieder eine einzige Zeile daraus.

Jahre später war Luca nach Sizilien zurückgekehrt und hatte dafür gesorgt, daß Carlo und Nunzio Luciano einander im Tod in den Armen hielten. Die beiden schlafenden Brüder würden niemals erfahren, wie entsetzlich es war, in gebrochene, leere Augen zu blicken und kalte, leblose Finger zu fühlen. Sie würden für immer zusammenbleiben.

Um fünf Uhr morgens ging Bruder Guido über den Hof in die Küche. Als er an den Mülltonnen vorbeikam, sah er, daß der Deckel einer Tonne nur lose obenauf lag und nicht festgehakt war. In der zu erwartenden Tageshitze würden sich ganze Wolken von Fliegen darum versammeln. Guido hob den Deckel ab und entdeckte darunter zerrissene Zeitungen. Er nahm sie mit in seine Zelle.

Die fehlenden Artikel ärgerten ihn, aber er vertiefte sich in den Rest und brachte die Zeitungen dann in die Mülltonne zurück. Er sah, daß Luca schon im Garten arbeitete, und unter dem Vorwand, dessen Bett frisch beziehen zu wollen, begab er sich in Lucas Zelle.

Es gab nur wenige Möglichkeiten, etwas zu verstecken, und Guido fand schnell die herausgerissenen Artikel. Er verschlang sie hastig und steckte sie wieder in den Wäschebeutel zurück. Als Luca eintraf, war er gerade dabei, das Bett abzuziehen. Trotzdem errötete er. »Ach, du bist doch da... ich habe dir frische Bettwäsche gebracht.«

»Danke. Aber ich kann die Bettwäsche selbst wechseln. Ich weiß, wo die Wäscherei ist. Du brauchst dir nicht die Mühe...«

»Aber du bist doch unser Gast. Ich bestehe darauf.«

Guido hob die Matratze an, um das Laken abzuziehen. Noch bevor er den Pistolenkasten sehen konnte, packte Luca ihn blitzschnell am Handgelenk. Sein Griff war schmerzhaft. »Bitte, verlaß mein Zimmer.«

Zitternd sah Guido in Lucas klare blaue Augen. Es gelang ihm nicht, sich loszureißen. Langsam lockerte Luca seinen Griff.

Guido rieb sich das Handgelenk. »Ich wollte mich nicht aufdrängen. Verzeih mir.«

Luca wandte den Blick nicht von Guido ab, bis dieser die Tür hinter sich geschlossen hatte. Dann war er mit zwei Schritten am Bett und riß die Matratze hoch. Er mußte ein neues Versteck finden, und zwar schnell.

Luca schlich am Altar vorbei in die Krypta. Das Kreuz dort war drei Meter hoch und fast einen halben Meter dick. Zwei schwere Holzlatten hielten es an der Wand fest. Luca blickte sich noch einmal in der düsteren Kapelle um, dann kletterte er entschlossen hinauf und klemmte den Pistolenkasten hinter die rechte, hochgezogene Schulter des Gekreuzigten. Er war gerade dabei, hinabzurutschen, als die Tür knarrte. Luca hörte einen erstickten Schrei und dann hastige Schritte.

Bruder Louis rannte hin und her, stieß an die Wände und schlug um sich vor Panik. Er rief nach Pater Angelo. »Christus ist auferstanden ...«

Zwischen hysterischen Schluchzern und Gebetsbrocken behauptete er, er hätte an der Rückseite der Krypta den auferstandenen Christus gesehen. Niemand schenkte seinen Schilderungen große Beachtung, denn solche Zustände waren nichts Ungewöhnliches bei ihm. Das letzte Mal wollte er einen Zirkus im Hof gesehen haben.

Doch Louis' Zustand verschaffte Luca eine ausgezeichnete Ausrede, nicht zur Beichte zu gehen. Bis jetzt hatte er Glück gehabt, doch er fürchtete, sein Glück könnte ihn bald verlassen. Als er in seine Zelle zurückgekehrt war, zog er die Zeitungsartikel aus dem Wäschebeutel, und augenblicklich wurde ihm klar, daß jemand sie in der Hand gehabt haben mußte.

Sein Ärger über diese Entdeckung verwandelte sich in schieren Unglauben, nachdem er einen der Artikel gelesen hatte. Die Überschrift lautete: GESETZESLÜCKE SORGT FÜR TUMULT IM GERICHTSSAAL.

Emanuel zog seinen Schlips zurecht und strich sich über das Haar, dann fuhr er die Auffahrt zur Villa Rivera hinauf. Ihm war übel.

Graziella war gerade von Mario Dominos Beerdigung zurückgekehrt. Sie hatte an diesem Tag weder dem Prozeß beigewohnt noch die Zeitung gelesen.

Sie bot Emanuel Wein an, aber er lehnte ab. Er schien kaum stillsitzen zu können. »Signora Luciano, ich wollte Sie sprechen, ich wollte es Ihnen persönlich mitteilen. Es hat heute eine neue Entwicklung im Prozeß gegeben.«

Er rückte erneut seinen Schlips zurecht und holte tief Luft. »Ich weiß nicht, ob Sie darüber informiert sind, aber hier in Italien gibt es ein Gesetz, welches besagt, daß niemand länger als achtzehn Monate im Gefängnis verbringen darf, ohne daß die Hauptverhandlung eröffnet worden wäre. Wie Sie wissen, hat das Verfahren sich in die Länge gezogen. Hunderte von Männern sind angeklagt worden, einige einzeln, einige gruppenweise. Nun gibt es auch ein Gesetz, demzufolge jeder Gefangene ein Recht darauf hat, daß alle Aussagen, die er gemacht hat, und alle Klagen, die gegen ihn vorliegen, laut vor Gericht verlesen werden, bevor das Urteil gesprochen werden kann. Heute hat die Verteidigung gefordert, daß diesem Gesetz Genüge getan wird. Verstehen Sie, was das bedeutet?«

»Ja, ich verstehe. Haben Sie schon gehört, daß Mario Domino ganz plötzlich gestorben ist?«

»Bitte, Signora Luciano, lassen Sie mich weitersprechen. Meine Zeit ist knapp, ich muß schnell wieder zurück. Die Mehrzahl der Gefangenen wird bereits seit geraumer Zeit festgehalten. Paul Carolla zum Beispiel ist seit über sechzehn Monaten in Haft.«

Graziellas Stimme klang heiser, als sie unterbrach: »Wie lange wird es dauern, alle Aussagen vorzulesen?«

Emanuel fuhr sich mit der Zunge über die Lippen. »Mindestens anderthalb Jahre. Wenn dieses Gesetz zur Anwendung kommt, muß die Mehrzahl der Männer freigelassen werden. Paul Carolla wird auch dazugehören.«

Graziella lehnte sich in ihrem Stuhl zurück und hob ungläubig die Hände. Emanuel fuhr fort: »Und aus diesem Grunde bin ich hier. Ich wollte Ihnen versichern, daß wir alles tun, was in unserer Macht steht. Die Richter sind allerdings nicht befugt, den Antrag der Verteidigung abzulehnen, über die Angelegenheit muß nun die Regierung befinden. Es liegt an ihr, eine endgültige Entscheidung zu treffen. Ich bin ganz sicher, daß sie sich weigern wird, der Forderung nachzugeben. Der Prozeß wird weitergeführt wie bisher, bis der Richter uns die Entscheidung mitteilt.«

Mit bewunderungswürdiger Selbstbeherrschung erhob sich Graziella. »Über die Arbeitsweise unserer Regierung bin ich zur Genüge unterrichtet. Vielen Dank, Signor, daß Sie sich hierherbemüht haben, um persönlich mit mir zu sprechen. Aber ich darf Sie nicht länger aufhalten, Sie sagten, Sie hätten viel zu tun...«

Paul Carolla saß seinem Besucher vor der Trennscheibe gegenüber und sprach über die Wechselsprechanlage mit ihm.

»Ich komm' hier raus. Sie haben überhaupt keine andere Chance, ist alles ganz legal. Noch zwei Monate, und meine Zeit ist um. Sind meine Leute ihre verdammte Knete wert? Du hättest im Gericht sein sollen, Mensch, war das ein Aufstand!«

Enrico Dantes Lächeln erstarrte zu einer Maske. Er hatte Carollas Geschäfte geführt, die Verträge abgewickelt, für die Überweisungen gesorgt und dabei große Summen in seine eigene Tasche fließen lassen, weil er davon ausgegangen war, daß Paul Carolla den Rest seines Lebens hinter Gittern verbringen müßte.

»He, was hast du denn plötzlich? Was ist los?«

Dantes Stimme klang eine Oktave höher als gewöhnlich.

»Nichts, Paul, das sind ja prima Nachrichten. Vielleicht als Ausgleich für ein paar schlechte...«

Carollas Gesicht veränderte sich. Sein Blick wurde hart. »Geht draußen alles klar? Hast du irgendwelche Probleme?«

»Nein, nein, es läuft alles, nur mit ein bißchen Verzögerung. Dieser Anwalt, der Testamentsvollstrecker der Lucianos, ist tot.«

»Wer zum Teufel hat denn den umgelegt?«

»Herzinfarkt. Aber bis sie einen Ersatz für ihn haben, können wir nicht weitermachen. Die Verträge sind fertig, aber wir haben die Unterschriften noch nicht. Wir sind zwar zuerst dagewesen, aber jetzt haben die anderen Familien Zeit, sich auch einzumischen.«

»Ich war zuerst da, meinst du wohl. Seit Jahren kaufe ich schon Lucianos Besitz auf, aber er hat es nie gemerkt. Also, sieh zu, daß das vorangeht. Wenn's sein muß, kannst du mit den Preisen hochgehen. Sonst alles klar?«

»Keine Probleme.«

»Gut. Jetzt hör mal zu. Kennst du einen Polizisten, der Pirelli heißt?«

Dante blinzelte und tupfte sich den Hals mit einem Taschentuch ab. »Pirelli? Nie gehört.«

»Er will mich sprechen. Will mich über den kleinen Paluso ausfragen – du weißt doch, das Kind von diesem Gefängnisputzmann, das umgelegt worden ist. Wie kommt es eigentlich, daß ich in diesem Loch hier mehr Informationen kriege als ihr da draußen?«

»Ich war in Rom.«

Carolla sah Dantes Unbehagen. »Na, solange du nicht mit meinem Geld um dich wirfst, passiert dir nichts.«

Dante schob seinen Stuhl zurück, aber Carolla fuhr ihn an: »Halt, ich bin noch nicht fertig! Mein Sohn, Luca, ist er wieder in Amerika?«

»Ich hab' nichts von ihm gehört«, gab Dante zu.

Carolla schlug mit der Faust gegen die Trennscheibe. »Das mußt du feststellen. Ich will ihn hier nicht in der Nähe haben. Ich komm' hier raus, hörst du? Ich will wissen, wo er ist, und zwar schnell!«

Kommissar Giovanni Pirelli hatte jeden Verdächtigen noch einmal verhört und jede Aussage überprüft, aber alles, was er herausgefunden hatte, war, daß der Fahrer des nicht identifizierten Wagens wahrscheinlich jung war, vielleicht auch blond und vermutlich eine verspiegelte Sonnenbrille trug. Deswegen hatte der einzige Zeuge des Mordes an dem kleinen Luzio Paluso das Gesicht des Täters nicht sehen können.

Mit einigem Druck hatte Pirelli erreicht, daß er Carolla in Gegenwart seines Anwalts sprechen konnte.

Das Treffen fand in einem bewachten Raum statt. Als Pirelli eintrat, saß Carolla bereits. Sein Rechtsanwalt, Dr. Ulliano, betonte in einer kurzen Rede die Hilfsbereitschaft, die sein Klient dankenswerterweise bei der Aufklärung eines Falles gezeigt hatte, der ganz offensichtlich nicht das geringste mit ihm zu tun hatte, da er zur Tatzeit in seiner Zelle eingesperrt gewesen war.

Pirelli zündete sich eine Zigarette an. »Trotzdem verfügen wir nun über neue Hinweise, die darauf hindeuten, daß Signor Carolla an dem Mord beteiligt war. Wir haben jetzt eine gute Beschreibung des Mörders.«

Pirelli sah, wie Carolla seinem Anwalt einen schnellen Blick zuwarf. Er fuhr fort: »Sie haben ausgesagt, daß Giuseppe Paluso Ihre Zelle reinigte und Sie ihn fragten, ob er eine Nachricht für Sie hinausschmuggeln würde. Stimmt das?«

Carolla beugte sich vor. »Sie haben meine Aussage gelesen. Da steht alles drin. Ich wollte meinem Geschäftspartner eine Nachricht zukommen lassen, das war alles.«

»Und als Paluso sich weigerte?«

Carolla lachte und spreizte seine fetten Hände. »Da bin ich sauer geworden, das gebe ich zu. Ich habe ihm ein paar Sachen an den Kopf geworfen, vielleicht habe ich ihm auch ein bißchen gedroht – hier drinnen wird man so.«

»Sie haben ihm also gedroht?« Pirelli blätterte in Carollas Aussage und nahm dann einen Notizblock zur Hand. »›Sie haben Familie. Sie haben eine Frau. Sie haben . . .‹ Muß ich fortfahren? Geben Sie zu, daß Sie diese Drohungen ausgesprochen haben?«

Carolla zuckte die Achseln. Wieder warf er Ulliano einen Blick zu. »Wie ich bereits sagte, in der Hitze des Gefechts sind mir vielleicht bestimmte Dinge herausgerutscht, aber ich kann mich nicht mehr daran erinnern.«

»Signor Carolla, Sie haben diese Drohungen ausgestoßen, und zwei Tage später ...«

»Ich hatte mit dem Kind nichts zu tun! Wissen Sie, wie es mir hier in diesem Schweinestall geht? Seit das passiert ist, kann ich nicht mal duschen, ohne daß irgendein Arschloch mir die Kehle durchschneiden will. Ich kann nicht essen ...«

»Aber Sie geben zu, daß es ein merkwürdiges Zusammentreffen ist? Nun, wir haben die Gespräche, die Sie mit Ihren Besuchern geführt haben, alle aufgenommen. Haben Sie dieses, sagen wir mal ›Problem‹ mit dem Mann vom Reinigungspersonal einem Ihrer Besucher gegenüber erwähnt?«

Carolla stand auf. »Jetzt reicht es aber. Das ist doch Schwachsinn. Sie sagen, Sie hätten einen Zeugen und einen Verdächtigen. Dann wissen Sie doch, daß ich unschuldig bin. Ich habe ein Alibi, und das können weder Sie noch irgend jemand anders anfechten. Bringen Sie Ihren Zeugen doch her und lecken Sie mich am Arsch.«

Sorgfältig packte Pirelli seine Unterlagen zusammen. »Vielen Dank, Signor Carolla. Ich werde Sie noch einmal verhören müssen.«

Während Carolla in seine Zelle zurückgebracht wurde, blieb Pirelli noch einen Augenblick. Sein Gefühl sagte ihm, daß Carolla den Tod des Jungen angeordnet hatte. Er hatte keine Tonbandaufnahmen von den Besuchen, denn es gab keine. Aber er würde jetzt jeden einzelnen, der Carolla während seiner Haftzeit besucht hatte, gründlichst überprüfen.

Teresa hielt die schwere Einkaufstüte mit beiden Armen und drückte mit dem Ellbogen auf die Klingel.

Sie klingelte lange, schließlich setzte sie die Tüte ab und suchte in ihrer Handtasche nach dem Schlüssel. Die Tür öffnete sich, und Rosa stand auf der Schwelle. Sie hatte ein Handtuch um den Kopf gewickelt.

»Hast du die Klingel nicht gehört?«

»Ich habe mir gerade die Haare gewaschen.« Rosa verschwand wieder im Bad.

Teresa stieß die Wohnungstür mit dem Fuß hinter sich zu. Beinahe hätte sie das Telegramm übersehen. Sie ließ die Tüte fallen und riß den Umschlag auf. »Rosa! Rosa! Hier ist es! Ein Telegramm von Graziella... Wir müssen nach Palermo. Mit dem nächsten Flug. Ach, du lieber Gott!«

Mit offenem Mund starrte sie ihre Tochter an. »Was hast du denn gemacht?«

Rosa wich zurück. »Das siehst du doch. Ich habe mir die Haare geschnitten.« Sie hatte sich die Haare abgeschnitten, hatte Zacken und Stufen hineingeschnitten, und auf dem Oberkopf standen ihre Haare jetzt bürstenähnlich empor. Noch schlimmer aber war, daß das Haar leuchtend orange gefärbt war.

»Wie konntest du nur? Wie konntest du mir das antun?«

»Mama, es sind *meine* Haare.«

»Und du bist *meine* Tochter. Und Graziellas Enkelin. Was soll sie nur denken? Geh jetzt sofort packen!«

Rosa blickte auf das Telegramm. Es waren nur wenige Worte: SOFORT RÜCKKEHR NACH PALERMO. ERSTER FLUG. GRAZIELLA LUCIANO.

Sophia erhielt in Rom einen Telefonanruf. Graziella befahl ihr nur, sie solle am nächsten Tag in der Villa Rivera sein. Am Telefon könne sie nicht mehr sagen.

Pirelli wohnte vorübergehend in einer Mietwohnung im Zentrum Palermos.

Er machte sich einen Becher Kaffee und ein Sandwich und trug beides zu dem riesigen ovalen Tisch im Eßzimmer hinüber. Er war müde, und die Augen taten ihm weh, aber er war fest entschlossen, vor dem Schlafengehen die Liste von Carollas Besuchern durchzugehen. Je schneller er mit dem Fall Paluso vorwärtskam, desto eher konnte er nach Mailand zurückkehren. Seine Frau sprach kaum noch mit ihm, seit er ihren gemeinsamen Urlaub verschoben hatte. Er hatte ihr zwar vorgeschlagen, allein mit ihrem Sohn wegzufahren, aber daraufhin hatte sie ihn angeschrien, der Sinn dieses verdammten Urlaubs sei ja gerade, daß sie endlich einmal Zeit füreinander hätten. Pirelli blickte auf die Uhr. Es war nach Mitternacht, und er hatte vergessen, sie anzurufen, wie immer. Er würde es morgen früh als erstes tun.

Er fing von hinten an. Die Besucher, die Carolla kurz vor dem Mord empfangen hatte, waren am wichtigsten. Und er würde schnell herausfinden, ob dieselben Namen später wieder auftauchten.

Luca Carolla betrachtete seinen Garten. Die Arbeit war getan, aber das Gefühl der Erleichterung, das er sich erhofft hatte, wollte sich nicht einstellen.

Er kehrte in seine Zelle zurück und packte seine wenigen Habseligkeiten in die Reisetasche. Im letzten Moment legte er noch die Kutte und die Sandalen dazu. Nun mußte er nur noch in die Kapelle.

Sein Herz klopfte, als er durch den Mittelgang nach vorn schlich. Auf das mächtige Kreuz fiel dünn das Mondlicht. Die Christusfigur glänzte, und die Wunden bildeten tiefe Schatten. Schritt für Schritt kam Luca näher. Die Angst überwältigte ihn. Wie angewurzelt blieb er stehen. Er brachte es nicht über sich, an das Kreuz heranzutreten. Er konnte sich nicht mehr bewegen.

Bruder Guido kniete hinter dem Wandschirm auf der rechten Seite des Kreuzes. Er hatte gebetet, als Luca die Kapelle betrat. Mit angehaltenem Atem betrachtete er den jungen Mann nun durch das geschnitzte Gitterwerk. In der Dunkelheit leuchtete sein helles Haar wie ein Heiligenschein, und seine feingliedrige Gestalt war von überirdischer Schönheit. Er stand gerade, mit leicht zur Seite geneigtem Kopf, wie eine Statue.

Das Geräusch war ganz leise, wie ein Klagelaut oder ein leises Atemholen. Guido erkannte, daß es ein Wort war. Luca wiederholte dasselbe Wort immer wieder: »Nein.« Es klang, als habe er furchtbare Schmerzen. Guido konnte es nicht mehr ertragen und stand auf.

Später konnte er sich nicht daran erinnern, ob er Lucas Namen ausgesprochen hatte, jedenfalls war der Junge wie elektrisiert herumgefahren. Er hatte die Zähne gebleckt und geknurrt, gefaucht und gespuckt. Dann hatte er zu sprechen begonnen, und Guido hatte es eiskalt überlaufen.

»Ich weiß, wer du bist, und ich weiß auch, was du willst«, hatte Luca gesagt, »aber ich bücke mich nicht für dich, du stinkender Arschficker.«

Die Tür wurde geöffnet und wieder geschlossen. Guido liefen die Tränen übers Gesicht. Weinend warf er sich vor dem Kreuz zu Boden.

Enrico Dante grübelte gerade darüber nach, wie er Luca ausfindig machen könnte, als der junge Mann in sein Büro schlenderte. Er trug eine verspiegelte Sonnenbrille und lächelte, als würde er erwartet.

»Verdammt noch mal, was machst du hier in Palermo?«

»Ich habe die Zeitungen gelesen. Er kommt raus!«

»Wenn sie dich finden, werden sie ihn nicht freilassen. Du verschwindest mit dem nächsten Flug, klar? Sie haben einen neuen Bullen auf den Mord an dem kleinen Paluso angesetzt, und es heißt, sie hätten einen Zeugen.«

»Ich brauche Geld. Ich hab' nichts mehr.«

Dante fummelte an seinem Schlüsselbund und ging zum Safe.

»Du verschwindest, verstanden? Wenn dein Vater herauskriegt, daß du immer noch hier bist, dreht er durch. Hier, das ist für dein Flugticket und was du sonst noch brauchst.«

»Das reicht nicht.«

»Sei froh, daß du überhaupt was kriegst.«

Luca ging auf Dante zu. »Glaubst du eigentlich, ich bin irgendein hergelaufener Hund? Ich bin sein Sohn, kapiert? Ich bin sein Sohn!«

Dante hätte am liebsten in das höhnische Gesicht geschlagen, statt dessen legte er weitere zweihundert Dollar auf den Schreibtisch. »Jetzt wach mal auf, du Idiot. Wir wissen schon, wer du bist, aber über eines mußt du dir im klaren sein: Wenn sie damit nicht durchkommen und Carolla nicht rauskommt, braucht er jemanden, der den Kopf für ihn hinhält. Zum Beispiel den, der den kleinen Paluso umgelegt hat. Also, nimm deine Moneten und verschwinde, klar? Du hast hier nichts mehr zu suchen.«

Luca machte plötzlich ein Gesicht wie ein Zehnjähriger. Er blinzelte, um die Tränen zurückzuhalten.

Dante drückte auf einen Knopf und rief über die Sprechanlage einen seiner Männer zu sich. Mit einer Kopfbewegung deutete er auf Luca und sagte: »Setzen Sie den Jungen ins nächste Flugzeug nach New York.«

Pirelli platzte in höchster Aufregung in sein Büro, und Bruno di Mazzo, sein Assistent, schoß vom Stuhl hoch.

»Wir haben einen Verdächtigen gefunden, auf den die Beschreibung des Zeugen genau paßt. Er hat Carolla zweimal besucht, und er trug eine verspiegelte Sonnenbrille. Blond, Mitte Zwanzig. Er mußte seinen Ausweis vorzeigen, bevor man ihn zu Carolla ließ.«

Pirelli sagte grinsend: »Unser Verdächtiger ist Paul Carollas Sohn.«

10. Kapitel

Luca saß in der Abflughalle und wartete. In zwanzig Minuten sollte sein Flug gehen. Die Stewardeß stand bereits am Ausgang und nahm die Bordkarten entgegen. Er stellte sich in die Schlange.

Was sollte er überhaupt in New York? Wo sollte er hin? Er wußte nicht einmal, ob er noch in seine alte Wohnung konnte. Er besaß noch ein paar Reiseschecks und das Geld, das Dante ihm gegeben hatte, aber das würde nicht lange reichen.

Er mußte an den Safe in Dantes Büro denken. Er war voller Bargeld gewesen, und er war sicher, daß das meiste davon seinem Vater gehörte. Trotzdem hatte Dante ihm nur diese lumpigen paar hundert Dollar gegeben. Wenn sein Vater ihn nun loswerden wollte? Wenn er ihn nie wiedersehen wollte?

Der Aufpasser, den Dante mitgeschickt hatte, war nirgends zu sehen. Luca zögerte noch einen Augenblick, dann verließ er seinen Platz in der Warteschlange und ging davon.

Vor dem Flughafengebäude nahm er ein Taxi. Auf dem Rückweg nach Palermo machte er zuerst in einer Drogerie halt, dann ließ er sich zu einer kleinen Werkstatt fahren, wo er einen klapprigen Fiat mietete. Er fuhr in ein billiges Hotel und trug sich als Johnny Moreno in die Gästeliste ein.

Er hängte seine Kleider auf die verbogenen Drahtbügel und legte die Mönchskutte in eine Schublade. Dann nahm er aus seiner Einkaufstüte zwei Päckchen Haarfarbe, las die Gebrauchsanleitung durch und mischte die Farbe in einem Zahnputzbecher an. Er zog die Gummihandschuhe an, die er ebenfalls in der Drogerie erstanden hatte, beugte sich über das gesprungene Waschbecken und massierte die Mischung sorgfältig in die Haare. Anschließend setzte er sich aufs Bett und ließ die Farbe einwirken.

Johnny Moreno war Fahrer bei seinem Vater gewesen und nur wenige Jahre älter als Luca. Er war bei einer Messerstecherei in einer Bar ums Leben gekommen. Aber Johnny war einer der wenigen Angestellten seines Vaters gewesen, die er gemocht hatte. Er hatte Luca gezeigt, wie man mit einer Pistole umgeht, und hatte ihn auf Schießstände und zu Büchsenmachern mitgenommen. Waffen wurden Lucas Obsession, er kaufte alle Waffenmagazine, die ihm in die Hände fielen. Dann begann er, sich Pistolen anzuschaffen, und baute eine regelrechte Waffensammlung auf. Außerdem kaufte er einen Zahnarztbohrer, um sich seine Kugeln selbst zu präparieren.

Er war von der Idee besessen, für seinen Vater als Leibwächter zu arbeiten, Tag und Nacht um ihn zu sein. Carolla hatte darüber gelacht, bis er Lucas Waffenarsenal fand. Dann jedoch war er explodiert, denn Luca hatte keinen Waffenschein, und alle Waffen konnten zurückverfolgt werden. Carolla hatte einem seiner Leute befohlen, sie wegzuschaffen.

Luca hatte daraufhin zunehmend Interesse für asiatische Kampfsportarten bekundet. Er kaufte sich ein Schmetterlingsmesser mit hauchdünner Klinge und übte stundenlang damit. Er nähte sich ein Stückchen Stoff in den Hemdsärmel, das den Griff des Messers hielt. Wenn er den Arm mit einem Ruck hob und wieder senkte, glitt das Messer in seine Hand.

Er heftete eine Schautafel aus der Anatomie an eine Wand in seinem Zimmer und dachte sich kleine Dramen aus, in denen er das lebensgroße Poster angriff. Das brachte Paul Carolla in Rage, und er drohte Luca, ihm das Messer wegzunehmen. Daraus entwickelte sich die erste ihrer erbitterten Auseinandersetzungen.

Viele weitere waren gefolgt. Erfolglos hatte Carolla versucht, seinen Sohn zu verstehen. Der Junge hatte keine Freunde, war offensichtlich auch nicht an Freundschaften interessiert, und er zeigte keinerlei Interesse für das andere Geschlecht. Doch Carolla hatte weder die Zeit noch die Geduld, sich intensiv mit den

Problemen seines Sohnes zu beschäftigen. Er war zu jenem Zeitpunkt zwar sehr reich und auf seine Weise erfolgreich, aber er hatte große Sorgen.

Sowohl das FBI als auch die Rauschgiftfahnder setzten ihm zu, der neue Bezirksstaatsanwalt war hinter ihm her, und das Beweismaterial gegen ihn häufte sich. Hinzu kam, daß Lenny Cavataio aufgespürt und nach Sizilien gebracht worden war.

Luca hatte seinen Vater überredet, ihn mitzunehmen, als er sechs Monate später untertauchen mußte. Zusammen waren sie mit falschen Pässen über London und Amsterdam nach Sizilien gereist. Als sie dort ankamen, war in den Vereinigten Staaten gegen Carolla ein Haftbefehl wegen Drogenhandels erlassen worden.

Carolla, der mit der Absicht nach Sizilien gekommen war, Cavataio zum Schweigen zu bringen, mußte feststellen, daß dieser streng bewacht wurde und daß er dem größten Schlag gegen die Mafia in der Geschichte der Organisation ins Messer lief.

Als das Netz sich immer enger um ihn schloß, floh er mit Luca und zwei Leibwächtern in ein Versteck in den Bergen. Von dort bereitete er die Reise nach Brasilien vor.

In jenen Wochen änderte sich Carollas Einstellung zu seinem Sohn radikal. Der Junge war ruhig und besonnen, dachte mit und wich nicht von seiner Seite. Besonders beeindruckt war Carolla von Lucas Kaltblütigkeit. Gefahren schienen ihn erst richtig aufleben zu lassen. Luca seinerseits hatte sich noch nie so wichtig gefühlt. Seine neue Rolle war wie für ihn geschaffen. Nichts entging seiner Aufmerksamkeit. Er lauschte und beobachtete und merkte sich Namen und Gesichter, besonders die hochstehender Mafiamitglieder. Jahrelang hatte er in aller Heimlichkeit trainiert, so daß er nun ohne jede Gefühlsregung seinen ersten Mord begehen konnte. Er mußte seinem Vater beweisen, was er wert war und wieviel er konnte.

Als Luca daran dachte, wie viele Beweise er seinem Vater geliefert hatte, begann er unwillkürlich, sich auf dem Bett hin und her zu wiegen. Er hatte schneller gelernt, als sein Vater ihm zugetraut hatte, und die Idioten, die ihn zuerst verspottet hatten, hatte er lächerlich gemacht. Sie waren geschnappt worden, er nicht. Sie waren Amateure, aber er hatte bewiesen, daß er ein professioneller Killer war. Nun sollte sein Vater einmal sehen, wie schwer es sein würde, ihn loszuwerden.

Die Haarfarbe tropfte langsam an Lucas Hals herunter. Luca blickte auf die Uhr, noch fünf Minuten. Er wischte sich die Farbe vom Hals ab und betrachtete die dunkelbraunen Flecken auf dem Handtuch und auf seinen Fingern. Sie hatten die Farbe getrockneten Blutes. Nach allem, was er geleistet hatte, hatte man ihn mit ein paar hundert Dollar abgespeist. Sein Gesicht wurde starr, und sein ganzer Körper verspannte sich.

Er wusch sich unter dem Wasserhahn die Haare, spülte das Shampoo aus und sah zu, wie der rote Schaum im Becken einen Strudel bildete. Dann setzte er sich wieder auf das Bett und rieb sich mit dem Handtuch den Kopf trocken. Dabei beruhigte er sich langsam. Schließlich ließ er das nasse Handtuch fallen und inspizierte seine Hände. Sie waren sauber. Er glitt vom Bett und näherte sich zögernd dem Spiegel. Verstohlen warf er einen Blick auf sein Spiegelbild. Er drehte den Kopf von einer Seite zur andern, neigte ihn ein wenig und beglückwünschte sich dann. Sein Haar hatte die Farbe gut angenommen. Er fühlte sich wie neugeboren. Aus Luca Carolla war Johnny Moreno geworden.

Für heute war die Gerichtsverhandlung beendet. Carollas Anwälte hatten alle Hände voll zu tun, denn das Beweismaterial, das Giuliano Emanuel vorlegte, wurde von Tag zu Tag umfangreicher. Zu Steuerhinterziehung, Veruntreuung von Bankgeldern und Bestechung kam nun noch die Anklage wegen Mordes an Michele Luciano und Antonio Robello.

Doch das alles schien Carollas guter Laune keinen Abbruch zu tun, wenn er auch müde wirkte, als er abends in die Besuchszelle gebracht wurde.

Dante fragte nach seinem Befinden, und er antwortete achselzuckend: »Ich habe die besten Leute auf meiner Seite. Die würden es schaffen, Mussolini als Papst hinzustellen. Ist das Paket gut weggekommen?«

Dante nickte und sagte, es sei um vier mit der Maschine nach New York abgegangen. Die Hand, in der er den Hörer hielt, war schweißnaß. »Haben Sie schon was gehört?«

Carolla verneinte. »Das dauert ein paar Tage. Aber nach dem Gesetz müssen sie mich entlassen. Paß auf, was du sagst. Dieser Neue, Pirelli, hat gesagt, sie würden alle Gespräche aufnehmen.«

Carolla wußte sofort, daß seine Zelle durchsucht worden war. Er stolperte im Halbdunkel herum und griff nach seiner Lampe, einem Privileg, aber die Glühbirne und die Batterie waren entfernt worden. Er schleuderte sie durch die Zelle. Auch die Batterien aus seinem Radio waren weg, und das Fernsehgerät war verschwunden. Papier, Schreibzeug und Kleidungsstücke fehlten. Er brüllte, bis er heiser war, hörte aber nur das ferne Echo der anderen Gefangenen und das Klappern ihrer Blechschüsseln.

Zum erstenmal seit seiner Festnahme beschäftigte Paul Carolla sich mit dem Gedanken, daß er vielleicht nie wieder auf freien Fuß gesetzt werden würde.

Graziella wußte, daß Paul Carolla nach geltendem Recht nur noch einen Monat in Haft gehalten werden konnte. Sie rechnete fest mit seiner Entlassung. Den ganzen Tag hatte sie ihn im Gerichtssaal beobachtet, und nun zitterte sie am ganzen Körper vor Wut. Aber ihr Kopf war klar.

Sie hatte daran gedacht, daß man sie durchsuchen könnte. Da sie aber jeden Tag kam, kannten die Aufsichtsbeamten sie inzwischen und nickten ihr höflich zu. In den ersten Wochen hatte sie ihnen ihre Handtasche zur Durchsuchung gereicht, aber seit einigen Tagen winkte man sie einfach durch.

Die Luger lag in einem kleinen Samttäschchen ganz hinten im Safe, die Patronen befanden sich im Schreibtisch. Graziella kalkulierte, daß sie nur eine Chance hatte. Sie mußte Paul Carolla treffen, wenn die Gefangenen in die Käfige gebracht wurden. Graziella würde den Platz ihm gegenüber einnehmen. Sie würde ihn nicht verfehlen.

Graziella maß fünfzehn Schritte von dem Baum im Küchengarten ab. Sie hielt die Pistole mit ausgestreckten Armen, wie ihr Mann es ihr gezeigt hatte.

Sie übte lange. Das Gewächshaus wurde stark in Mitleidenschaft gezogen, der Zaun und das Tor wurden durchlöchert, doch der Baum, den Graziella als Ziel gewählt hatte, blieb nahezu unversehrt. Mit zusammengepreßten Lippen schritt sie noch einmal die Entfernung ab und zielte erneut.

»Halte die Arme ruhig. Denke daran, daß die Kugel aus der Mündung der Pistole kommt. Halte sie ruhig auf dein Ziel gerichtet. Deine Augen sind die Pistole.«

Robertos Stimme in ihrem Kopf half ihr. Dann hörte sie einen dumpfen Aufprall. Die Kugel hatte ihr Ziel erreicht. Befriedigt suchte Graziella in ihrer Tasche nach der nächsten Patrone.

Enrico Dante war im Begriff, sich auszukleiden. Als er die Hosen halb heruntergezogen hatte, erstarrte er plötzlich. Er hatte das deutliche Gefühl, daß jemand in seinem Schlafzimmer war.

Die Gardinen bewegten sich. Er riß sie beiseite. Das Fenster stand offen. Er schlug es zu und versuchte, sich zu erinnern, ob er es offengelassen hatte. Er hörte ein Geräusch, horchte angestrengt, dann entspannte er sich. Beruhigt zog er seine Hosen ganz aus, klemmte sie unter dem Kinn fest und strich die Bügelfalten glatt. Er öffnete den Kleiderschrank und stieß einen Schrei aus.

Lucas Hand schoß hervor und packte Dante an der Kehle. Er hielt ihn auf Armeslänge von sich und schob ihn zum Bett. Die Matratze bohrte sich in Dantes Kniekehlen, und röchelnd fiel er auf den Rücken.

Luca lockerte seinen Griff, bewegte ruckartig den Arm und hielt sein Messer in der Hand. Mit einem Griff hatte er es geöffnet und hielt Dante die rasiermesserscharfe Klinge an die Kehle. Nun erst erkannte Dante ihn.

»Ich habe mein Flugzeug verpaßt.« Luca sprang zurück und klappte grinsend das Messer zusammen. »Ich hätte dir die Kehle durchschneiden können.«

Dante stützte sich vorsichtig auf die Ellbogen. »Wenn Carolla wüßte, daß du hier bist . . . Du bist wahnsinnig!«

Luca öffnete das Messer wieder. »Willst du es ihm sagen?«

Dante schüttelte den Kopf und betrachtete Luca. Mit den gefärbten Haaren sah der Junge noch verrückter aus als vorher. »Was willst du?«

»Weiß ich noch nicht genau. Vielleicht Geld.«

Dante richtete sich langsam weiter auf. »Ich bin nur seinen Anweisungen gefolgt, verstehst du? Du kannst hier nicht bleiben. Sie werden deine Verbindung zu Carolla entdecken.«

»Ich habe nichts getan.«

»Na schön, wie du willst. Wenn du Knete willst, hole ich dir welche. Hier habe ich nichts.«

Dante saß nun aufrecht auf dem Bett. Ohne Luca aus den Augen zu lassen, schob er sich zentimeterweise an den Nachttisch heran. »Wir fahren in den Klub, und ich gebe dir dein Geld, okay?«

Luca nickte und steckte das Messer ein.

Erleichtert sagte Dante: »Gib mir mal meine Hose, damit ich mich anziehen kann.«

Als Luca sich umdrehte, um nach der Hose zu greifen, stürzte Dante sich auf den Nachttisch und zerrte verzweifelt an der Schublade. Luca schien durch die Luft zu fliegen, landete auf Dante, setzte sich auf ihn und schlug ihm mehrmals mit der Faust ins Gesicht. Dann machte er wieder die ruckartige Armbewegung und hatte sein Messer in der Hand. Er drückte Dante die scharfe Klinge an den Hals. Dante blutete sofort. Luca öffnete die Schublade, nahm Dantes Pistole heraus und steckte sie in seinen Hosenbund.

Dante schluchzte vor Angst. »Das war ein Fehler, okay? Ich mache so was nicht wieder. Bitte drück nicht zu, bitte . . .«

Er berührte seinen Hals und sah seine blutverschmierten Finger an. »Du machst einen Fehler, glaub mir. Wenn er nicht rauskommt, verpfeift er dich, daß du den Kleinen umgelegt hast, ob du nun sein Sohn bist oder nicht. Du wirst mich noch brauchen, sonst kommst du nicht aus Sizilien heraus. Ich kann dir Pässe und Tickets besorgen. Du brauchst mich!«

Dante fuhr in den Armadillo-Klub. Hinter ihm saß Luca und drückte ihm die Pistole in den blutbefleckten Kragen. Sie betraten das Gebäude durch den Hintereingang. Die Musik war so laut, daß niemand Dante gehört hätte, selbst wenn er geschrien hätte.

Im Büro schloß Luca die Tür von innen ab und steckte den Schlüssel in die Tasche. Dante öffnete den Safe und nahm einige Bündel Banknoten heraus. Luca sah ihm zu.

»Wo ist der Rest?«

Dante erklärte, daß er an diesem Abend den Angestellten ihre Löhne ausgezahlt habe und daß nicht mehr übriggeblieben sei.

Luca setzte sich auf die Schreibtischkante. »Wenn er jetzt nicht freigelassen wird, was meinst du, wie lange sie ihm geben? Glaubst du, daß er lebenslänglich kriegt?«

»Wer weiß? Ich könnte dir übrigens noch Geld aus der Kasse holen.«

»Setz dich hin. Hast du gedacht, ich würde dich jetzt in die Bar gehen lassen?«

Dante griff nach dem Telefon. »Ich kann in der Bar anrufen, dann bringen sie mir was rüber. Hier habe ich nicht mehr, das schwöre ich dir.«

Plötzlich steckte Luca die Pistole ein. »Es wäre gar nicht schlecht für dich, wenn mein Vater tot wäre, was? Für mich übrigens auch nicht.«

Dante sah ihn an, und Luca lächelte. »Ich bin sein Sohn. Alles, was er hat, gehört dann mir. Und alles, was du hast, gehört dann dir.«

Dante beobachtete Luca aufmerksam, sagte aber nichts.

Luca trommelte mit den Absätzen gegen den Schreibtisch. »Er ist jetzt seit siebzehn Monaten im Knast, und du hast dich die ganze Zeit um die Geschäfte gekümmert, stimmt's? Er hat dir nie getraut, das weißt du genau. Er war sich immer sicher, daß du ihn ausnimmst. Also, was wird aus dir, wenn er rauskommt?«

Dante sagte immer noch nichts.

Luca fuhr fort: »Wir sitzen also im selben Boot. Du hast doch gesagt, er wollte mich aus dem Weg haben, oder?«

Dante nickte.

»Wenn er tot wäre, hätten wir beide was davon, stimmt's?«

Endlich fand Dante seine Stimme wieder. »Damit wirst du nie durchkommen, niemals...« Er verschluckte den Rest. Was kümmerte es ihn, ob Luca ungestraft davonkommen würde oder nicht? Wenn sie ihn schnappen würden und Carolla tot wäre, wäre das sogar noch besser für ihn. Dante änderte seine Taktik. »Und wie willst du das machen?«

»Vielleicht im Gerichtssaal, aber ich brauche deine Hilfe.«

»Die wissen doch, daß ich für ihn arbeite. Glaubst du, die würden mich überhaupt in den Saal lassen? Es dauert schon lange genug, bis ich eine Besuchserlaubnis bekomme.«

Luca sprang vom Schreibtisch. »Das meine ich nicht. Ich arbeite allein. Ich bin ein professioneller Killer, und wir arbeiten immer allein, kapiert.«

Dante nickte. »Klar, Luca.«

»Nein! Ich bin nicht mehr Luca! Ich heiße jetzt Johnny Moreno.«

»Okay, Johnny. Ich werd's mir merken.«

Dante sah zu, wie Luca die Geldbündel einsteckte. Die Dollars ließ er liegen, er nahm nur Lire. »Ich komme morgen wieder vorbei und sage dir, was ich brauche.«

Selbst als Luca den Raum längst verlassen hatte, saß Dante noch wie gelähmt hinter seinem Schreibtisch. »Er hätte mich fast umgebracht.« Der Beweis dafür, das Blut auf seinem Kragen, war inzwischen angetrocknet. Der Junge war offensichtlich verrückt. Aber warum sollte er Carolla etwas von seinen

Mordplänen sagen? Er war lange genug für Carolla gesprungen. Wenn er tot wäre, könnte er, Dante, die Zügel in die Hand nehmen. Und den Jungen würden sie entweder festnehmen oder umlegen. Bis dahin würde er Carolla nicht mehr besuchen und tun, was Luca von ihm verlangte.

Sophia Luciano fuhr am Tor der Villa Rivera vor. Da kein Wachtposten in Sicht war, öffnete sie das Tor selbst. Da hörte sie die Schüsse.

Sie lief zum Wagen zurück und fuhr bis zum Haus. Als sie die Treppe zur Haustür hinaufeilte, knallten zwei weitere Schüsse. Sie rief nach Graziella und klopfte an die Haustür, aber nichts rührte sich. Während sie zur Rückseite des Hauses lief, fiel ein weiterer Schuß.

Über dem durchlöcherten Zaun des Küchengartens tauchte Graziellas Kopf auf. Sie winkte Sophia zu. Keuchend vor Angst blieb Sophia stehen. »Ich habe Schüsse gehört.«

Graziella hatte die Pistole schnell in die Rocktasche gesteckt. »Ach, das ist nur der Wachtposten. Wir haben hier so viele wilde Katzen. Ich hatte dich erst heute nachmittag erwartet.«

Sophia folgte Graziella in die Küche. Auf dem Herd stand eine Kanne mit Kaffee, und Graziella schenkte zwei Tassen ein.

»Adina wird bald zurück sein. Sie ist einkaufen gegangen. Ich werde dich gleich allein lassen, denn ich muß ins Gericht. Teresa und Rosa treffen irgendwann heute nachmittag ein.«

Während Sophia ihren Kaffee trank, blickte Graziella immer wieder auf die Küchenuhr an der Wand. Sie wirkte nervös. »Heute abend essen wir zusammen. Macht es dir auch wirklich nichts aus, daß ich dich jetzt allein lasse?«

Sophia schüttelte den Kopf und entschuldigte sich dafür, daß sie sich nicht telefonisch angemeldet hatte. Sie sah, daß Graziella schlanker geworden war, und wollte gerade eine Bemerkung darüber machen, als Graziella aufstand und sie in die Wange kniff. »Du bist mager geworden, Sophia. Adina wird dich wieder aufpäppeln.«

»Ist das Testament gültig, Mama?«

»Ich glaube ja, aber es hat Probleme gegeben. Der arme Mario hat...«

Sophia fiel ihr ins Wort. »Ich muß ihn unbedingt sprechen. Ich fahre mit dir nach Palermo.«

»Ach, du weißt es noch gar nicht? Ich hätte dich anrufen sollen, aber ich hatte soviel um die Ohren. Mario ist tot, Sophia.«

Sophia ließ ihre Tasse fallen. »Nein... Nein.«

»Sophia, was ist? Was hast du?«

Sophia zitterte. »Das kann nicht sein, Mama, das darf nicht sein, er darf nicht tot sein.«

»Er hatte einen Herzinfarkt.«

Sophia stürzte aus dem Zimmer. Graziella war im Begriff, ihr zu folgen, als Adina hereinkam. Sie war mit Einkäufen beladen, und der Taxifahrer mußte viermal hin- und hergehen, um alle Tüten ins Haus zu bringen. Sie stellten alles auf den Küchentisch.

»Fahren Sie heute morgen ins Gericht, Signora? Dann sage ich dem Taxifahrer, daß er warten soll.«

»Nein, danke, ich fahre selbst. Sophia ist schon da, bringen Sie ihr Kaffee. Sie hat sich sehr aufgeregt, es geht ihr gar nicht gut. Ich habe ihr gerade von Mario Domino erzählt. Ich hatte ja keine Ahnung, daß er ihr soviel bedeutete.«

»Vielleicht waren es einfach zu viele Tote.«

Graziella nickte. »Das mag sein.«

»Bitte nehmen Sie das Taxi, Signora, mir zuliebe.«

»Nein, ich werde mit dem anderen Wagen fahren.«

»Mit dem Rolls-Royce? Ich bitte Sie, Signora, warum nehmen Sie nicht wenigstens den Mercedes?«

»Der Tank ist leer.«

Adina klopfte an Sophias Tür und betrat leise den Raum. Sophia saß auf dem Bett, den Kopf in die Hände gestützt.

»Kann ich Sie sprechen, Signora Sophia? Ich habe solche Angst. Signora Luciano fährt mit dem Rolls-Royce. Dabei darf sie gar nicht fahren, sie hat keinen Führerschein und weiß nicht, wie man rückwärts fährt. Wir sind zusammen nach Mondello gefahren, das sind nur fünfzehn Kilometer, und es war ganz entsetzlich. Sie müssen ihr das Autofahren verbieten, Signora, bitte.«

Sophia hatte kein einziges Wort aufgenommen. »Wissen Sie, was mit Mario Dominos persönlichen Papieren geschehen ist? Ob sie noch in seiner Wohnung sind?«

»Das kann ich nicht sagen, Signora. Unten im Arbeitszimmer stehen kistenweise Unterlagen aus seiner Firma. Wir haben nur einen Angestellten, und er kommt und geht, wann er will. Wir haben keinen Fahrer, keine Gärtner – aber Signora Luciano braucht jemanden hier. Sie hätte nicht allein bleiben dürfen. Sie geht jeden Tag ins Gericht und denkt nur noch an den Prozeß.«

»Jetzt sind wir bald alle wieder hier, Adina. Die anderen kommen heute im Laufe des Tages.«

Sophia erhob sich und ging hinunter. Die Tür zum Arbeitszimmer war abgeschlossen. Sie ging ins Wohnzimmer und sah sich um.

Adina war ihr gefolgt. »Sehen Sie nur, sie hat alle Fotos weggenommen.«

»Öffne die Fensterläden, Adina. Und nimm die Schonbezüge ab. Man fühlt sich hier ja wie in einem Mausoleum.«

Adina begann, die weißen Bezüge abzunehmen. Dabei sprach sie unentwegt. Sie erklärte Sophia, sie schaffe einfach nicht alles, es sei zuviel für sie.

Sophia sagte gedankenverloren: »Ich mußte unbedingt mit Mario Domino sprechen.«

»Es tut mir leid, Signora.«

Sophia lachte leise, es klang fast wie ein Schluchzen. »Mir auch. Niemand wird je erfahren, wie leid es mir tut.«

Dante überreichte Luca einen Studentenausweis, der auf den Namen Johnny Moreno ausgestellt war. Luca betrachtete ihn, dann schlug er sich leicht damit gegen die Wange. »Damit komme ich in den Gerichtssaal. Aber ich brauche noch einen Paß auf den gleichen Namen. Kannst du mir einen besorgen?«

Dante versprach es, allerdings würde es etwas länger dauern.

In der Tür wandte Luca sich noch einmal um. »Und ich brauche eine Waffe. Genaues kann ich dir aber erst sagen, wenn ich im Gericht war.«

Kaum hatte Luca das Haus verlassen, da rief Dante einen seiner Leute, Dario, zu sich und befahl ihm, sich an Lucas Fersen zu heften. Aber Luca durfte keinesfalls Verdacht schöpfen.

Luca stand in der Schlange vor dem Gerichtssaal und wartete darauf, durchsucht zu werden. Beim nächstenmal würde er viel früher kommen müssen, um einen guten Platz in der Nähe der Käfige zu ergattern. Doch dieses Mal war es nur gut, wenn er weit entfernt von Carolla saß. Trotz der gefärbten Haare würde sein Vater ihn womöglich erkennen.

Paul Carolla wurde als letzter Gefangener hereingeführt. Er sah sich im Saal um. Er wirkte selbstsicher, winkte Bekannten zu und sprach mit den anderen Gefangenen.

Die Gefängniswärter öffneten die Käfigtür und traten einen Schritt zurück, damit Carolla den Käfig betreten konnte. Einen Augenblick lang stand niemand neben ihm.

Luca fragte den Mann auf dem Platz neben ihm, ob er schon bei vielen Sitzungen zugehört habe. Der Mann nickte. Luca fragte weiter, ob der Ablauf immer der gleiche wäre, und wieder nickte der Mann. Dann fügte er hinzu: »Carolla ist ein ganz arroganter Hund. Benimmt sich, als wäre er im Theater. Im Zeugenstand zieht er eine richtige Schau ab.«

Graziella saß seit Prozeßbeginn immer auf demselben Platz. Für dieses Privileg zahlte sie viel Geld. Sie hielt ein Kruzifix in der Hand. Der Beamte am Eingang hatte sie nicht durchsucht.

Während ihre Finger mit dem Kruzifix spielten, ließ sie ihre Augen immer wieder zu Carolla hinüberwandern. Der Gedanke, daß ihm nur noch so wenig Zeit vergönnt war, verschaffte ihr eine seltsame Genugtuung. Morgen würde sie ihn töten.

Pirelli hatte ein Telefax aus den Vereinigten Staaten erhalten. Paul Carolla hatte Ende April 1955 in New York eine Frau namens Eva Gamberno geheiratet, von einem Kind war jedoch nicht die Rede. Eva Carolla war im Mai 1959 gestorben. In der Besucherliste des Gefängnisses stand aber, daß Carollas Sohn Giorgio Carolla ihn im Januar und Februar 1987 besucht hatte. Dort stand auch, daß er sich mit einem Paß ausgewiesen hatte, die Paßnummer war jedoch nicht angegeben.

Das zweite Telefax war eine Niete. Es gab keinerlei Hinweise auf die Existenz eines Giorgio Carolla, jedenfalls war er nicht amerikanischer Staatsbürger. Das dritte brachte etwas Licht in das Dunkel: Eva Carolla war in Sizilien beerdigt worden.

Carollas Frau hatte also tatsächlich existiert. Doch ein Kind hatte es anscheinend nie gegeben. Wer also hatte dann Paul Carolla mit einem falschen Paß besucht? Wer hatte von ihm den Auftrag bekommen, Luzio Paluso zu ermorden?

Pirelli beantragte ein weiteres Gespräch mit Carolla. Er erfuhr von seinem Chef, daß Carolla an den nächsten beiden Tagen vernommen werden sollte und daß er die Abende, wie es sein Recht sei, mit seinen Anwälten verbringen würde. Falls Pirelli nicht neue Hinweise vorlegen könnte, die Carolla persönlich beträfen, würde er keine Erlaubnis für ein weiteres Verhör bekommen.

Aufgebracht entgegnete Pirelli, er könne beweisen, daß jemand sich zwei Tage vor dem Mord an dem kleinen Paluso mit einem falschen Paß Zugang zu Carolla verschafft habe, und er müsse herausfinden, wer das gewesen sei. Pirelli legte das Fax vor, demzufolge ein Giorgio Carolla nicht existierte. Schließlich erhielt er die Erlaubnis, am nächsten Morgen vor Prozeßbeginn mit Carolla zu sprechen.

Verärgert kehrte Pirelli in sein Büro zurück. Sein Assistent hielt ihm ein Stück Papier entgegen.

»Sieh dir das hier mal an. Es ist unglaublich. Das ist das Ergebnis der ballistischen Untersuchung. Du weißt schon, wegen der Erschießung der Luciano-Enkel. Lies dir mal die Beschreibung der Kugeln durch.«

Pirelli überflog das Blatt. Der Mörder der kleinen Lucianos hatte offensichtlich die gleiche Waffe verwendet, mit der Luzio Paluso erschossen worden war, und die Kugelsplitter, die man in den Leichen gefunden hatte, stammten von Kugeln, in die kleine Löcher gebohrt worden waren, möglicherweise mit einem Zahnarztbohrer.

Dante hatte Herzklopfen. Er hatte nicht gehört, daß Luca sein Büro betreten hatte. »Du bewegst dich wie eine Katze.«

Luca lächelte geschmeichelt. Der Vergleich gefiel ihm. Er setzte sich auf seinen gewohnten Platz auf der Schreibtischkante.

»Morgen schlage ich zu. Das größte Problem ist, die Waffe in den Gerichtssaal zu schmuggeln, aber ich glaube, ich habe eine Idee. Das heißt, wenn du mir das hier besorgen kannst ...«

Dante spreizte die fetten Hände. »Sag mir nur, was du brauchst. Ich habe Kontakte.«

Luca strahlte und hielt ihm ein Blatt Papier hin. »Hier habe ich es dir aufgezeichnet.«

Dante starrte auf die Zeichnung, dann blickte er auf. »Verdammt, wie soll ich da denn drankommen?«

Luca grinste. »Einer ist im Museum, und einer liegt in einem Schaukasten in der Villa Palagonia. Ich habe ihn dort gesehen. Wir müssen eine Menge dran ändern, aber wir haben die ganze Nacht Zeit.«

11. Kapitel

Teresa ließ den Vorhang fallen. »Da kommt Mama.«

Sophia zündete sich eine Zigarette an. Ihre Gesten waren ruhig und gelassen, aber sie war zur Kettenraucherin geworden und drückte jede Zigarette nach der Hälfte aus.

»Kann ich euch etwas zu trinken holen?«

Teresa sah auf die Uhr. Es war erst fünf. »Für mich ist es noch zu früh«, murmelte sie.

»Möchtest du etwas, Rosa?«

Rosa schüttelte den Kopf und wandte sich wieder dem Kreuzworträtsel in der *New York Times* zu. Sie trug Jeans, ein T-Shirt und Turnschuhe.

Von draußen hörte man einen dumpfen Schlag und das Scheuern von Metall auf Metall. Teresa hob den Vorhang wieder an. »Mein Gott, der Wagen ist gegen den Torpfosten gefahren. Graziella fährt selbst!«

Sophia mußte lachen. »Laß dich bloß nie von ihr mitnehmen. Du solltest mal sehen, wie sie den gepanzerten Mercedes zugerichtet hat.«

»Warum hat sie keinen Chauffeur mehr? Und am Tor steht niemand, und um den Garten hat sich offensichtlich auch schon lange niemand mehr gekümmert. Wie kann sie die Anlagen so verkommen lassen?«

Sie hörten, wie Adina die Haustür öffnete, dann ertönte Graziellas Stimme.

Sophia ging hinaus, um mit ihr zu sprechen. Als sie wiederkam, zündete sie sich eine neue Zigarette an.

»Mama ist müde. Wir sehen uns alle um acht beim Abendessen. Und sie möchte, daß wir uns umziehen.«

»Wer kommt denn noch? Mario Domino?«

»Nein, Teresa. Mario Domino ist tot. Er ist vor einer Woche gestorben.«

Teresa nahm die Brille ab. »Warum habe ich das nicht früher erfahren? Warum hat Mama es mir nicht gesagt?«

In Sophias Schläfen begann es zu pochen. »Mir hat sie es auch nicht gesagt. Ist es denn so wichtig?«

»Nun, er sollte sich schließlich um Papas Testament kümmern. Und ich bin der Ansicht, sie hätte mich informieren müssen.«

»Jetzt weißt du es. Entschuldigt mich bitte, ich werde hochgehen und duschen.«

Teresa sah Sophia nach, als sie den Raum verließ.

Das Licht in Carollas Zelle war bereits erloschen. Er hatte weitere Vergünstigungen verloren, und das konnte nichts Gutes bedeuten. Wieviel Geld er ihnen jetzt auch bieten mochte, sie lehnten ab. Wußten sie irgend etwas, das er nicht wußte?

Jemand klopfte laut an seine Zellentür und schob die Klappe über dem Guckloch zur Seite. »Sie haben morgen früh vor der Sitzung ein Gespräch mit Kommissar Pirelli. Seien Sie um sieben fertig.« Der Wärter ließ die Klappe wieder zurückfallen.

Carolla schlug mit der flachen Hand gegen die Tür. »Ich will meinen Anwalt sprechen! Ich rede kein Wort mit dem Schwein, wenn mein Anwalt nicht dabei ist! He, hörst du nicht, komm zurück, du Dreckskerl!«

Er lehnte sich gegen die Tür und dachte nach. Bevor er wieder mit Pirelli sprach, würde er eine Aussage machen müssen. Er hatte keine andere Wahl.

Der Tisch bot Platz für vierzehn Personen, und die vier Gedecke am Kopfende wirkten verloren.

Die drei Frauen warteten auf Graziella. Sophia trug ein langes, schwarzes Seidenkleid mit langen Ärmeln. Der enge Rock und das enganliegende Oberteil waren raffiniert geschnitten. Als Schmuck trug sie nur diamantene Ohrringe und einen Diamantring. Das Haar hatte sie wie immer in einem strengen

Knoten zusammengefaßt. Das schwarze Kleid betonte ihren cremeweißen Teint und ihre dunklen, mandelförmigen Augen.

Teresa hatte sich große Mühe gegeben, aber ihr schwarzes Crêpe-Kleid saß schlecht und war nicht mehr modern. Die langen Ärmel waren für ihre dünnen Arme zu weit, und das ganze Kleid schien einige Nummern zu groß zu sein. Sie trug eine dreireihige Perlenkette und Perlen an den Ohren, und ihr Haar hatte sie an den Seiten mit Kämmen aufgesteckt.

Rosa trug ein einfaches, schwarzes Kleid aus glänzendem Satin. Es war billig, aber Rosas jugendliche Anmut machte es akzeptabel. Sie hatte keinen Schmuck angelegt, und ihr Haar, das ihr in ungleichmäßigen Büscheln vom Kopf abstand, ließ sie viel jünger wirken als zwanzig.

Graziella trat ein wie eine Fürstin. Der Gewichtsverlust ließ sie größer erscheinen, und die drei Frauen bekamen eine Ahnung davon, wie schön sie als junge Frau gewesen sein mußte. Der Wein wurde serviert, und Graziella erhob ihr Glas.

»Auf euch alle. Ich danke euch, daß ihr gekommen seid. Möge Gott euch seinen Segen schenken.«

Graziella nippte nur an ihrem Wein, die anderen prosteten ihr zu und tranken. Die Unterhaltung wollte nicht recht in Gang kommen, und die Frauen machten sich gegenseitig Komplimente über ihre Kleidung. Dann servierte Adina die Hummercremesuppe mit Toast,und sie begannen zu essen.

In der Werkstatt herrschte glühende Hitze. Die lauten Schläge des Schmiedehammers, der dem eingeschmolzenen Patronenlager eine neue Form gab, ließen die Männer zusammenzukken. Luca beobachtete jeden Handgriff des alten Mannes und stellte eifrig Fragen. Als der Schmied zu feilen begann, setzte er sogar eine Schutzmaske auf, um die Arbeit ganz aus der Nähe verfolgen zu können.

Der alte Büchsenmacher war ein Meister seines Fachs. Er arbeitete langsam und gewissenhaft und war stolz auf seine Kunstfertigkeit. Die Kugeln würde er natürlich gießen müssen, denn die Waffe war so alt, daß er keine geeignete Munition dafür vorrätig hatte.

Luca begutachtete die Bohrer und wandte sich an Dante. »Willst du deine Zähne machen lassen, während wir warten?«

Dante sah auf die Uhr. »Wie lange noch?«

»Vier bis fünf Stunden«, sagte der Alte, und Dante fluchte. »Ich muß den Schlagbolzen erneuern und dann verschiedene Dinge anpassen. Das Problem ist die Länge des Laufes.«

»Lassen Sie sich Zeit, Signor.«

Luca klopfte dem alten Mann auf die Schulter, dann schlenderte er zu Dante hinüber. »Am besten ist, wir lassen ihn verschwinden, wenn er fertig ist.«

Dante schüttelte ungehalten den Kopf. »Er ist achtzig Jahre alt, und er wird kein Wort sagen, das kannst du mir glauben.«

Lucas Augen funkelten. »Ich habe mein Handwerk auch gelernt. Er ist ein Zeuge, verdammt noch mal.«

Er wandte sich wieder der Arbeit des Alten zu und stieß einen bewundernden Pfiff aus.

Graziella wartete, bis Adina das Tablett mit dem Kaffee abgestellt und den Raum verlassen hatte. Nachdem sie eigenhändig aus der silbernen Kanne Kaffee eingeschenkt hatte, begann sie zu sprechen. »Vor zwei Tagen hat es im Prozeß eine neue Wendung gegeben. Die Verteidiger haben den Antrag gestellt, daß sämtliche Aussagen der Angeklagten den Gefangenen laut verlesen werden. Wenn die Regierung den Richter nicht ermächtigt, den Gefangenen dieses Recht zu verweigern, dann werden sie freigelassen.«

Sophia gab den Zucker an Rosa weiter. »Du meinst, dann wird Carolla entlassen?«

»Ja, Sophia, genau das wollte ich damit sagen. Die Gerechtigkeit, auf die wir gehofft haben, wird es nicht geben. Paul Carolla wird wieder frei sein.«

Teresa sagte scharf: »Aber wird er nicht auch in Amerika gesucht? Wegen Drogenhandels? Dieser Prozeß geht um die ganze Welt.«

»Der Richter muß die Regierung dazu bewegen, das Gesetz außer Kraft zu setzen, und wir alle wissen, daß die meisten Leute in unserer lieben Regierung zuviel Angst davor haben. Aber das wird sich zeigen. Zuerst muß ich mich bei euch für diese lange Vorrede entschuldigen. Ihr werdet sehen, daß schon viel Arbeit geleistet worden ist. Ich habe Mario eine Vollmacht erteilt.«

Graziella öffnete einen Ordner und nahm einzelne Seiten heraus. »Auf seinen Vorschlag hin haben wir begonnen, alle Sachwerte zu Geld zu machen. Mario Domino ging davon aus, daß ihr lieber das Geld hättet, als die Firmen selbst zu leiten. Ihr wißt, daß ich Alleinerbin bin, weil meine Söhne tot sind. Der Grund für die Verzögerung war, daß wir die drei Testamente...«

Teresa unterbrach ihre Schwiegermutter. »Augenblick, Mama, ihr wolltet alle Sachwerte zu Geld machen? Ist das dein Ernst? Es war doch gar nicht genug Zeit, um Verkäufe in die Wege zu leiten und Versteigerungen zu organisieren...«

Graziella überhörte Teresas Einwurf und wandte sich an Sophia. »Wie du weißt, hat Constantino die Exportfirmen geleitet. Mario steckte mitten in den Verhandlungen, als er starb, und er hat ein Angebot angenommen, das zwar unter dem ursprünglich geforderten Preis liegt, aber von einem vertrauenswürdigen Käufer stammt. Ich habe beschlossen, dir diese Angelegenheit zu übergeben, Sophia, weil du Constantinos Frau warst. Ich habe alle Verträge zusammengestellt, damit du sie überprüfen kannst, solange du hier bist.«

Teresa unterbrach wieder: »Gehört Filippos Firma in New York auch dazu, Mama?«

Sie bekam keine Antwort. Graziella blätterte weiter in ihrem Ordner und reichte Sophia einige Blätter.

Sophia überflog die Seiten und sah auf. »Mama, das ergibt überhaupt keinen Sinn. Sind das Lagerhäuser?«

Teresa beugte sich vor. »Aber Mama, Domino konnte doch nicht in Verhandlungen eintreten, ohne sich vorher mit uns abgesprochen zu haben! Filippos Firma lebte vom Frachtgeschäft, und die Geschäfte in New York sind zum Stillstand gekommen. Wer war in den vergangenen Monaten dafür zuständig? Ich habe versucht, in die Büros hineinzukommen, aber die Schlösser sind ausgewechselt worden. Wer hat das veranlaßt? Domino?«

»Ich habe alles Domino überlassen. Er hatte große Schwierigkeiten mit den Leuten von der Steuer. Sie haben gesagt, wir müßten Erbschaftssteuern in Höhe von ...«

Nervös ging Graziella wieder ihren Ordner durch.

»Mama, ist das Dominos Ordner?«

Teresa wurde heiß, als ihr klarwurde, daß Graziella nicht das geringste von den geschäftlichen Vorgängen verstand. »Mama, warum läßt du mich nicht die Unterlagen durchsehen? Ich kann das heute abend machen. Ich habe es immer gemacht. Ich könnte wenigstens ...«

Graziella schrie beinahe: »*Nein!* Ich will nicht, daß eine von euch etwas damit zu tun hat. Ich will, daß alles verkauft wird und ihr keinen Ärger mehr damit habt!«

Sophia nahm ihre Hand. »Mama, Domino ist tot. Teresa kann sich die Sachen doch ansehen. Dann können wir morgen alles in Ruhe besprechen.«

Teresa schaltete sich ein: »Mama, ich weiß nicht, wie es Sophia geht, aber für Rosa und mich waren die letzten sechs Monate sehr hart. Filippo hat uns nichts als Schulden hinterlassen ...«

Graziella antwortete stolz: »Nein, das ist nicht wahr. Ein Luciano hat nie Schulden.«

»Du konntest es nicht wissen, Mama, aber jetzt sage ich es dir. Ich habe zurückbezahlt, soviel ich konnte, aber wahrscheinlich werden sie uns jetzt auch noch die Wohnung wegnehmen. Ich muß wissen, mit wieviel Geld ich rechnen kann. Außerdem weiß ich besser als jeder andere, wie groß unser Umsatz in New York war.«

»Du weißt gar nichts, Teresa, überhaupt nichts weißt du!«

»Doch, ich weiß es!« Teresa schrie jetzt. »Ich war es, die alle Verträge und Lizenzen überprüft hat! Ich sehe mir heute abend deine Unterlagen an. Und wenn ich dann einen Überblick über die Sache habe, sprechen wir darüber. Hat jemand etwas dagegen?«

Sophia legte die Hand auf den Ordner und warf Teresa einen warnenden Blick zu. »Was meinst du, Mama, soll Teresa das tun?«

Graziella nickte, aber Sophia sah, wie ihr Mundwinkel zuckte. Die Atmosphäre im Raum war zum Zerreißen gespannt.

Teresa las das oberste Blatt im Ordner. Dort war ein Teil von Robertos Barvermögen aufgeführt. »Das ist nicht zu glauben... Rosa, hier steht etwas von vierzig Millionen Dollar!«

Sophia bemerkte Graziellas Gesichtsausdruck, und während Teresa die Unterlagen zu studieren begann, verließen die beiden den Raum.

Graziella schloß die Tür zum Arbeitszimmer auf. Überall standen Kisten und Kartons mit Aktenordnern, und der Schreibtisch war mit einzelnen Akten und losen Blättern übersät. Entsetzt blickte Sophia auf die Kisten.

»Mama, was ist das denn alles?«

Graziella zuckte hilflos mit den Schultern. »Nach Marios Tod hat seine Kanzlei alles übernommen. Sobald klar war, daß ihr alle kommen würdet, habe ich sie gebeten, alle Papiere herzubringen. In manchen dieser Kisten befinden sich Marios persönliche Papiere aus seinem Schreibtisch. Ich konnte einfach nicht alles durchsehen.«

Sie wühlte in den Papieren auf dem Schreibtisch und reichte Sophia dann einen Stapel Telexe. »Die hier verstehe ich nicht...«

Sophia zündete sich eine Zigarette an und inhalierte tief, bevor sie zu lesen begann. Schließlich blickte sie auf.

»Mama, ich verstehe sie auch nicht.«

»Und da ist noch mehr.« Graziella gab Sophia eine Mappe, aus der lose Blätter herausquollen.

Es dauerte fast eine halbe Stunde, bis Sophia und Graziella ins Eßzimmer zurückkamen, aber Teresa schien weder ihr langes Ausbleiben bemerkt zu haben, noch fiel ihr auf, daß Sophia einen Kognak brauchte, bevor sie sich wieder an den Tisch setzte.

Teresa blinzelte sie an und schob ihre Brille zurecht. »Da sind vierzig Millionen Dollar auf einem Schweizer Konto. Mama, hast du die Kontonummer? Soweit ich das übersehen kann, müßte sogar noch mehr dasein. Es ist nicht zu fassen.«

Sophia seufzte und stellte das Kognakglas ab. »Teresa, bitte beruhige dich. Soweit ich sehe, ist genug da, damit wir alle gut, wenn nicht sogar luxuriös leben können.«

Rosa erschien mit einer Tasse Kaffee in der Tür. »Wie wär's mit Champagner?«

Sophia deutete auf einen Stuhl. »Setz dich, Rosa. Es gibt nichts zu feiern. Den größten Teil des flüssigen Kapitals haben die Steuern verschlungen, und Domino hat entdeckt, daß Mitarbeiter seiner Kanzlei große Summen unterschlagen haben.«

Sie zündete sich mit zitternden Händen eine Zigarette an. »Von dem Schweizer Konto fehlt jede Spur. Statt dessen liegen da stapelweise Telexe. Domino hat versucht...«

Teresa unterbrach sie benommen. »Warte mal, Sophia. Gehört die Firma noch uns? Ich versuche, das alles zu verstehen – hast du gesagt – nein, es ist nicht zu fassen. Sag es noch mal.«

Graziella mischte sich ein. »Der wichtigste Teil der Gesellschaft, die Export-Import-Firma, ist stillgelegt worden, als Don Roberto starb. Die Arbeiter sind alle ausgezahlt worden.«

Teresa schlug sich die Hände vor das Gesicht. »Mein Gott, ich kann es einfach nicht glauben!«

Graziella fuhr fort: »Alles steht zum Verkauf. Die Lagerhäuser, die Fabriken, die Docks und die Schiffe.«

»Wo sind die Schiffe? Soll das heißen, daß die Waren einfach in den Lagerhäusern herumliegen und verfaulen? Wer hat bestimmt, daß die Leute entlassen werden?«

»Ich habe das veranlaßt«, gab Graziella zurück. »Bitte, unterbrich mich nicht, Teresa. Wir haben hohe Geldstrafen und Zölle bezahlt für Schiffsladungen, die nie angekommen sind. Es ist jede Menge gestohlen worden, die Leute haben geklaut wie die Raben, wir mußten...«

»Aber was erwartest du denn, wenn niemand dafür zuständig ist? Wir hätten schon vor Monaten herkommen müssen. Wo sind die Aufstellungen über die Erbschaftssteuern? Ich meine, um welche Summen geht es da? Tausende? Millionen?«

Graziella schlug mit der Hand auf den Tisch. »Mario Domino hat alles Menschenmögliche unternommen. Er und seine Kanzlei haben mit den Anwälten in Amerika zusammengearbeitet.«

Teresa sprang auf. »Er war ein alter Mann. Was hat er überhaupt gewußt? Mama, auf dem Blatt hier steht, daß wir vierzig Millionen Dollar Bares auf der Bank haben! Wo zum Teufel ist das ganze Geld hingekommen? Meint ihr, ich glaube diesen Quatsch? Von wegen Unterschlagung! Das ist Diebstahl! Ich will wissen, wer in Dominos Kanzlei jetzt für unsere Angelegenheiten zuständig ist. Seit wann ist er überhaupt tot?«

Sophia sah Graziella fragend an. »Wie lange ist es her? Eine Woche? Zehn Tage?«

»Acht Tage. Als ich aus Mondello zurückkam, war er tot.«

Teresa blickte von einer zur anderen. »Soll das etwa heißen, daß das alles innerhalb von acht Tagen passiert ist? Wer hat Zugang zu unserem Geld gehabt? O Gott, ich kann es einfach nicht fassen! Geld, das von Rechts wegen mir und meiner Tochter, deiner Enkelin...«

Sophia hielt Graziellas Hand. »Mama erinnert sich daran, daß Domino vor einigen Monaten drei Männer zu Besuch hatte. Sie kamen aus Amerika. Domino hat ihnen einen großen Teil des Vermögens drüben anvertraut.«

»Wer war das, Mama? Wie hießen sie?« Teresas Stimme klang beinahe hysterisch.

»Tut mir leid, aber im Moment kann ich mich nicht an die Namen erinnern. Das wichtigste ist, daß wir Gerechtigkeit finden. Don Roberto war ein Ehrenmann, und wir werden Gerechtigkeit erlangen, wie er es sich gewünscht hat. Es ist noch nicht vorbei. Ich habe euch hergebeten, weil...«

Teresa fegte mit einer Handbewegung die Papiere vom Tisch. »Es ist noch nicht vorbei, da hast du verdammt recht, Mama. Aber auf seine Ehre pfeife ich! Er hätte nie tun dürfen, was er getan hat, und du hättest es nie zulassen dürfen! Deine Gerechtigkeit kümmert mich einen Dreck, hörst du? Das einzige, was mich interessiert, sind ich und meine Tochter! Und die Jahre, in denen ich im Hintergrund für die Lucianos geschuftet habe. Und jetzt soll ich gar nichts bekommen? Meine Erbschaft war alles, was mir geblieben ist, und du hast sie weggeworfen! Ich scheiße auf deine verdammte Gerechtigkeit!«

Die Ohrfeige ließ Teresa gegen die Wand taumeln, aber sie sprang gleich wieder vor und packte Graziella am Handgelenk. »Das ist das zweite Mal! Schlag mich nie, nie wieder, hörst du? Woher nimmst du das Recht, mir ins Gesicht zu schlagen?«

Graziella riß sich los. »Weil ich jetzt das Oberhaupt der Familie bin. Du wirst nie wieder wie ein Marktweib mit mir reden, und du wirst nie wieder in diesem Haus fluchen, ist das klar, Teresa? Das hier ist mein Haus. Du entwürdigst das Andenken meines Mannes, du entwürdigst dich selbst – du solltest dich schämen, du hast keinen Stolz, keine Ehre ...«

Es wurde still im Raum. Graziella sah von einer Schwiegertochter zur anderen. Sophia war es, die ihr schließlich antwortete. Ihre dunklen Augen funkelten, aber ihrer leisen, tiefen Stimme war keine Erregung anzuhören.

»Mama, ich glaube nicht, daß es jetzt um Ehre geht. Papas Tod hatte nichts mit Ehre zu tun. Es war ein tragischer, schrecklicher Mord. Aber er hatte sein Leben gelebt, anders als meine beiden Jungen. Ich habe zuviel verloren, weil ich eine Luciano bin. Wenn ich die Möglichkeit hätte, mein Leben noch einmal zu leben, würde ich mich anders entscheiden. Ich würde den Lucianos aus dem Weg gehen. Ich lege keinen Wert darauf, eine Luciano-Witwe zu sein. Unsere Männer sind tot, daher kann es keine Vergeltung geben. Ohne die Männer sind wir nichts ... Dir genügen vielleicht die Krumen, die man dir hinwirft, aber verlange bitte nicht von mir, daß ich auch damit zufrieden bin. Dazu habe ich zuviel Stolz, vielleicht auch zuviel Ehre. Gute Nacht.«

Sie verließ den Raum, und Teresa folgte ihr. Graziella senkte den Kopf. Sie hatte Rosas Anwesenheit ganz vergessen, so still war die junge Frau gewesen. Als Graziella nun ihre Stimme hörte, blickte sie überrascht auf.

»Großmama, kann ich dich etwas fragen?«

Graziella nickte.

»Großmama, habt ihr meine Hochzeit auch arrangiert, genauso wie Mamas Ehe?«

Plötzlich fühlte Graziella sich so erschöpft, daß sie Rosa die Hand hinstreckte.

»Hilf mir hinauf in mein Zimmer, Rosa.«

Aber Rosa wich zurück, und Graziella ließ ihre Hand fallen. Seufzend erhob sie sich und machte sich auf den Weg in ihr Schlafzimmer. Sie wußte, daß Rosa ihr folgen würde.

Müde setzte sie sich auf ihr Bett. »Eins will ich dir sagen, Rosa. Filippo hat deine Mama geliebt, das weiß ich. Er hat es mir selbst gesagt. Und genauso hat dein Emilio dich auch geliebt, und er hat Papa um die Erlaubnis gebeten, dich zu heiraten. Niemand hat ihn dazu aufgefordert. Er hat dich geliebt, Rosa.«

Graziella hätte weinen mögen. Sie wurde zu einer meisterhaften Lügnerin, aber wem schadete sie damit?

Rosa warf den Kopf zurück. »Du hättest Mama nicht schlagen dürfen. Du hast keine Ahnung. Sie hatte es sehr schwer, als Papa noch lebte. Er hatte andere Frauen. Sie ist nie glücklich gewesen...«

»Wir haben es alle schwer gehabt, mein Kind.«

»Aber bei dir ist es etwas anderes. Du bist alt.«

»Ja, aber es ist noch nicht vorbei. Und jetzt gute Nacht, Rosa, ich bin müde.«

Rosa verließ das Zimmer, ohne ihr einen Gutenachtkuß zu geben, und Graziella fühlte sich einsam. Sie war nicht auf die Wut und Verzweiflung ihrer Schwiegertöchter gefaßt gewesen. Die Frauen hatten keine Vorstellung von dem, was sie durchgemacht hatte und was ihr noch bevorstand, um die Morde zu rächen.

Sie schrieb einen kurzen Brief, in dem sie Sophia mit der Führung aller Geschäfte betraute.

Graziella holte die Familienfotos, die sie in der ganzen Villa zusammengesucht hatte, aus ihrem Nachttisch und stellte sie um sich auf. Umgeben von ihrer toten Familie betete sie zu Gott, er möge ihr Kraft schenken.

Teresa wartete, bis Rosa eingeschlafen war, dann schlich sie sich ins Arbeitszimmer hinunter. Sie wollte selbst sehen, wie es um ihr Erbe stand. Die Tür war nicht abgeschlossen.

Als Sophia zwei Stunden später die Treppe herunterkam, weil sie nicht schlafen konnte, sah sie Licht durch den Türspalt schimmern. Leise schob sie die Tür auf.

Teresa steckte bis zum Hals in Papieren, und das ganze Arbeitszimmer war mit Schriftstücken und Akten übersät. »Ich könnte etwas Hilfe gebrauchen«, sagte sie. »Es wird Tage dauern, bis das alles sortiert ist. Sie haben Rechnungen und Zahlungsbelege vermischt. Ich kann nicht einmal herausbekommen, wie viele Leute noch auf der Lohnliste stehen.«

»Hilfe ist wohl vorsichtig ausgedrückt. Ich vermute, wir bräuchten ein Heer von Sekretärinnen.«

Teresa legte die Hand auf einen bereits geordneten Stapel Papier. »Ich glaube, je weniger Leute Zugang zu unserem sogenannten Erbe haben, desto besser. Ich werde mich um alles selbst kümmern. Das hier sind Papas Aktien. Sie allein sind mindestens zehn Millionen Dollar wert. Aber die Börsenmakler meinen, im Moment sei es nicht günstig, sie zu verkaufen. Domino hat es immerhin noch geschafft, sie alle auf Graziella überschreiben zu lassen. Sie braucht sie nur zum richtigen Zeitpunkt zu verkaufen. Gegen Ende wollte Don Roberto offensichtlich aus der Organisation aussteigen. Er hat den größten Teil seines flüssigen Kapitals in Aktien angelegt, damit niemand mehr seinen Ursprung ausfindig machen konnte. Vielleicht hat er so versucht, die Familie von der Mafia zu befreien. Beinahe wäre es ihm gelungen. Soweit ich das beurteilen kann, wollte er alles zu Geld machen. Er war nur nicht schnell genug.«

Sie blätterte einen weiteren Ordner durch. »Das hier ist ein Angebot für die Fliesenfabrik vom Mai 1985. Und hier« – Teresa nahm einen engbeschriebenen Brief mit Briefkopf vom Schreibtisch –, »hier hat die gleiche Firma Mario Domino zwei Jahre später erneut ein Angebot gemacht. Es ist niedriger als das vorherige. Neben dir liegen die Bücher der Firma – sie hat sich in den zwei Jahren vergrößert. Kannst du dir erklären, warum trotzdem weniger dafür geboten wurde? Domino hat den Verkauf hinausgezögert. Hier, das ist seine Handschrift. Zwei weitere Angebote kamen noch vor Papas Tod, als Papa alles verkaufen wollte, verstehst du? Aber Domino hat sie abgelehnt. Nach Dominos Tod haben seine Leute weitergemacht, aber sieh mal hier... Das hier sind alles Angebote von einem Mann namens Vittorio Rosales. Die einzige Adresse ist ein Bankfach in Rom.«

Teresa zeigte Sophia den Vertrag. »Kannst du das hier oben in der Ecke lesen? Die unterstrichenen Wörter?«

Sophia nahm die Blätter und hielt sie unter die Schreibtischlampe. »Das sieht aus wie Parolla...«

»Ich glaube, es soll ›P. Carolla‹ heißen. Rosales könnte ein Strohmann von Carolla sein.«

»Was? Glaubst du wirklich?«

Teresa zitterte vor Aufregung. »Wenn das stimmt, hatte Carolla allen Grund, unsere Männer ermorden zu lassen. Wenn wir beweisen können, daß er hinter Vittorio Rosales steht...«

»Wie könnten wir das machen?«

Teresa deutete auf einen der Verträge. »Wir gehen der Adresse nach, die wir haben, die Nummer des Bankfachs in Rom. Aber wir müssen uns beeilen, denn die Verträge sind fertig ausgearbeitet, sie brauchen nur noch unterschrieben zu werden. Morgen widerrufen wir die Vollmacht, dadurch gewinnen wir Zeit.«

Sophia nickte. »Was glaubst du, wieviel das alles zusammen wert ist?«

Teresa zuckte die Achseln. »Ohne die Aktien ist die Firma vielleicht zehn Millionen Dollar wert, vielleicht auch fünfzehn Millionen. Aber wenn diese Verträge hier abgeschlossen werden, kriegen wir nur einen Bruchteil davon. Wir müssen sie zurückbekommen. Aber ich habe jetzt ein besseres Gefühl.«

Sophia wühlte in einer von Dominos Kisten. »Teresa, sind da noch mehr Kisten mit Dominos persönlichen Papieren?«

»Da in der Ecke ist noch eine mit Terminkalendern und alten Tagebüchern, und hinter mir stehen auch noch vier.«

Der Stapel mit den Kalendern lag gleich obenauf. 1980, 1979, 1976. Sophia bekam Herzklopfen.

»Ich habe dir die Nummer von Rosales' Bankfach aufgeschrieben«, sagte Teresa.

Sophias Hände zitterten. Sie hatte ihn gefunden, einen kleinen, in schwarzes Leder eingebundenen Kalender aus dem Jahr 1963. Sie stand auf und steckte ihn in die Tasche. »Gut – ich fahre gleich heute nacht los.«

»So eilig ist es nun auch wieder nicht.«

Aber Sophia war schon an der Tür. »Je eher, desto besser. Am besten schreibst du alles auf, was ich herausfinden soll. Ich mache mich inzwischen fertig.«

»Sei vorsichtig. Wir wissen nichts über diesen Kerl, und wenn er wirklich für Carolla arbeitet...«

Sophia wandte sich noch einmal um. »Wenn ich herausbekomme, daß meine Kinder in Paul Carollas Auftrag erschossen worden sind, dann hoffe ich, daß sie ihn freilassen, denn dann bringe ich ihn persönlich um.«

In Dominos Terminkalender fanden sich nur Zahlenkolonnen und gelegentlich Initialen. An ihrem Hochzeitstag entdeckte Sophia eine einzige Zeile: »S & C Hochzeit«. Sie blätterte weiter. Sie zuckte zusammen, als Teresa klopfte und hereinkam.

»Hier habe ich dir alles aufgeschrieben, Sophia. Hab' ich dich erschreckt? Tut mir leid.«

»Ja, das hast du allerdings. Danke, und gute Nacht. Sobald ich mehr weiß, komme ich zurück.«

Sie drängte Teresa fast aus dem Zimmer. Dann schloß sie die Tür ab und griff wieder zu dem Kalender. Als sie die Eintragung fand, stöhnte sie auf.

•

Graziella hörte, wie die Haustür ins Schloß fiel. Als sie das Fenster erreicht hatte, sah sie Sophia wegfahren. Sophia hatte sie also verlassen. Sie zerriß den Brief, den sie an ihre Lieblingsschwiegertochter geschrieben hatte, in kleine Fetzen.

Am nächsten Morgen um acht verließ Graziella die Villa. Sie trug ihr schwarzes Kleid aus Crêpe de Chine, einen leichten schwarzen Mantel und ihren Witwenschleier, und am Arm hatte sie eine große, schwarze Handtasche.

Luca Carolla verließ sein Hotelzimmer um Viertel nach acht mit einem kleinen Bündel unter dem Arm. Er suchte eine öffentliche Toilette auf und zog dort die Mönchskutte an. Seine eigenen Kleider wickelte er in Packpapier und versteckte sie oben auf dem Spülkasten. Dann sprang er wieder vom Toilettensitz herunter und nahm seinen Stock.

Als er auf die Straße kam, begann er zu hinken. Er bog in eine Seitengasse ein, und humpelnd gelangte er durch einen Torbogen auf den Platz vor dem Unigaro-Gefängnis und dem Gericht. Inzwischen war es neun Uhr. Um zehn sollte die Sitzung beginnen.

Um halb zehn erhielt Dante einen Telefonanruf.

»Was? Er hat sich als Mönch verkleidet? Willst du mich verarschen?«

Von seiner Telefonzelle aus konnte Dario das Gerichtsgebäude und den Platz davor überblicken. Er erklärte Dante, Luca habe sich in der Besucherschlange angestellt. Dante befahl Dario, Luca weiter zu beobachten und ihn auf dem laufenden zu halten.

Dante legte auf. Luca und er hatten den größten Teil der Nacht damit zugebracht, die Waffe zu bearbeiten, und dann hatte Luca zwei Stunden im Wald geübt. Immer wieder hatte er auf ein kleines Zeichen in einem Baum geschossen. Als der Baum schließlich voller Kugeln steckte, hatte Luca eine seiner angebohrten Kugeln geladen. Er drückte ab, und der Baumstamm schien förmlich zu explodieren. Dante war verblüfft gewesen, aber Luca hatte nur gelacht.

Pirelli wurde von seinem Chef erwartet.

»Sie müssen das Verhör mit Carolla bis nach der Verhandlung verschieben. Die Regierung hat den Antrag der Verteidigung, alle Aussagen zu verlesen, abgelehnt. Das heißt, daß niemand freigelassen wird. Carolla muß heute morgen wieder aussagen. Aber sein Anwalt will nicht, daß er davon erfährt.«

Pirelli nickte und versuchte, seinen Ärger hinunterzuschlukken. Der Chef klopfte ihm auf die Schulter. »Vielleicht bringt ihn das endlich zum Sprechen. Sie können ihn heute gleich nach der Sitzung verhören. Die Leute brauchen etwas zum Verhandeln. Emanuel will alle in Frage kommenden Straftatbestände aufführen.«

Luca lehnte seinen Stock gegen die Wand, während die Sicherheitsbeamten ihn abtasteten. Sie wichen seinem Blick aus, denn es war ihnen peinlich, einen Pater der Heiligen Mission zu durchsuchen. Während er wieder nach seinem Stock griff, lehnte er sich gegen einen der Beamten und fragte mit dünner Stimme, ob er vielleicht einen Platz am Gang bekommen könnte, weil sein Bein schmerzte, wenn er es nicht ausstrecken könnte.

Er bekam einen Platz am Gang genau vier Reihen vor Graziella angewiesen. Sie hielt das verschleierte Gesicht starr geradeaus gerichtet. Luca lehnte seinen Stock gegen die Rückenlehne vor ihm und ließ sich vorsichtig auf seinen Sitz gleiten.

Paul Carolla war etwas über einssiebzig groß, und Luca wußte, daß er die Stockspitze, die jetzt auf den leeren Käfig am Ende der Reihe zeigte, würde anheben müssen.

Graziella öffnete ihre Handtasche und ließ gleichzeitig absichtlich ihren Rosenkranz fallen. Sie hatte nicht viel Zeit. Noch war der Platz neben ihr leer, aber der Saal füllte sich rasch. Sie beugte sich hinunter, um den Rosenkranz aufzuheben, und nahm gleichzeitig die Pistole aus der Handtasche. Während sie sich wieder aufrichtete, schob sie die kühle Waffe unter die Handtasche auf ihren Schoß. Sie tastete nach dem Abzug. Wenn es so weit war, würde sie auf den Gang treten und von dort aus schießen.

Nach fast anderthalb Jahren hatten sich die Gefangenen in den Zellen unter dem Gerichtssaal an den täglichen Ablauf gewöhnt. Die Namen wurde nacheinander aufgerufen, dann öffneten die Wärter die jeweilige Zelle, und der Gefangene wurde in Handschellen hinausgeführt und mit Beinschellen an seinen Vordermann angeschlossen.

Dr. Ullianos Bürogehilfe stritt sich mit den Aufsichtsbeamten herum, weil er unbedingt mit seinem Klienten sprechen wollte. Das war gegen die Vorschriften, aber schließlich bekam er die Erlaubnis, die Zelle ganz am Ende des schmalen Flurs aufzusuchen. Der Lärm der Gefangenen war ohrenbetäubend. Endlich hatte er Carollas Zellentür erreicht.

»Haben Sie irgendwelche Neuigkeiten für mich?« fragte Carolla. »Hier sind verschiedene Gerüchte im Umlauf.«

Der junge Mann schüttelte den Kopf. Er hatte strikte Anweisung, Carolla nichts zu sagen.

»Sie würden es als erster erfahren, Signor Carolla. Sie wissen, daß ich eine Sondergenehmigung brauche, um mit Ihnen zu sprechen. Wenn Sie nicht etwas außerordentlich Wichtiges . . .«

Er wurde zur Seite geschoben, weil zwei Gefangene begonnen hatten, sich mit einem Aufsichtsbeamten zu streiten. Carolla griff zwischen den Gitterstäben hindurch und packte ihn am Ärmel. »Warten Sie, warten Sie doch. Kommen Sie näher heran.«

Carolla zog ihn dichter an die Gitterstäbe. »Ich habe einen Namen für Sie, aber ich brauche Ihr Versprechen, daß Sie ihn nur verwenden, wenn wir mit der einstweiligen Verfügung nicht durchkommen.«

Er sprach so leise, daß der junge Mann das Ohr an die Gitterstäbe halten mußte, um ihn zu verstehen.

»Sie haben einen Namen?«

»Ulliano hat gestern abend gesagt, wenn ich ihm einen Namen nennen könnte, den Namen desjenigen, der den kleinen Paluso umgebracht hat...« Carolla packte durch die Gitterstäbe die Hand des jungen Mannes. »Suchen Sie nach meinem Sohn, suchen Sie nach Luca Carolla.«

Der Bürogehilfe traute seinen Ohren nicht. Sollte das heißen, daß Carolla seinen eigenen Sohn verriet? Aber zum Nachfragen war es zu spät. Schon forderten die Beamten ihn zum Verlassen auf. Sie öffneten bereits die Nachbarzelle.

Paul Carolla weinte.

In der Anwaltsgarderobe nahm der Bürogehilfe Dr. Ulliano zur Seite. »Er ist mit dem Namen herausgerückt. Mit dem Namen für den kleinen Paluso. Luca Carolla.«

»Was? Wen hat er genannt?«

»Luca Carolla, seinen eigenen Sohn.«

»Gehen Sie zur Polizeizentrale hinüber und sagen Sie Komissar Pirelli, daß ich ihn in der Mittagspause sprechen muß. Aber sagen Sie ihm nicht, warum.«

Luca drehte am Griff seines Stockes. Nun war die Waffe entsichert, und er hatte seinen Finger am Abzug. Die Gefangenen wurden bereits in den vorletzten Käfig gebracht. Lucas Hand war ganz ruhig.

Graziellas Hände waren feucht, als sie die Luger entsicherte. Die Aufsichtsbeamten schlossen eben den vorletzten Käfig ab, und sie drehte den Kopf gerade rechtzeitig, um zu sehen, wie Carolla in den Saal geführt wurde. Wie immer war er von Gefängnisaufsehern umgeben. Als er auf seinen Käfig zuschlurfte, pfiffen die anderen Gefangenen, und einige versuchten, durch die Gitterstäbe nach ihm zu greifen.

Carolla blickte weder nach rechts noch nach links. Aber als er die Käfigtür erreichte, trat er zur Seite, damit sie geöffnet werden konnte. Und das war der Moment.

Die Tür wurde zurückgeschoben, und die Wärter wichen beiseite. Carolla war ungedeckt. Er wandte den Kopf und sah sich im Gerichtssaal um.

Graziella sprang auf, und ihre Handtasche fiel zu Boden.

Lucas Hand bebte nicht.

Beide Pistolen feuerten gleichzeitig, als hätten sie es vorher abgesprochen. Carolla wurde im Gesicht getroffen. Die Wucht des Aufpralls riß ihm den Schädel auseinander.

Graziellas Kugel streifte nur einige Gitterstäbe und fegte Splitter aus der Wand, doch sie war es, die die allgemeine Aufmerksamkeit auf sich zog. Einige Zuschauer begannen hysterisch zu schreien und versuchten den Ausgang zu erreichen, während die Beamten Graziella überwältigten und ihr die Pistole entrissen. Auch die Gefangenen schrien und rasselten mit ihren Ketten.

In dem allgemeinen Durcheinander bewegte Luca sich vorsichtig, Schritt für Schritt, auf den Ausgang zu. Die Aufsichtsbeamten forderten die Zuschauer auf, sich zu beruhigen und auf den Plätzen zu bleiben, alles sei vorüber.

Dante erkannte die hysterische Stimme am Telefon zuerst nicht wieder. Doch dann mußte er sich hinsetzen. Dario Biaze hatte Luca in dem Höllenspektakel aus den Augen verloren, aber die Polizei hatte eine alte Frau festgenommen. *Sie* hatte Paul Carolla erschossen.

Dante fragte, ob Carolla wirklich tot sei, und Dario erklärte, daß die Frau ihm den halben Kopf weggepustet hätte.

»Gehen Sie in Lucas Hotel und sehen Sie nach, ob er dort ist. Dann kommen Sie wieder zu mir. Ich bin im Klub.«

Luca ging zur öffentlichen Toilette zurück und zog sich um. Als er in sein Hotelzimmer zurückkehrte, war er zwar schweißgebadet, aber er zitterte vor Freude. Er zog sich aus, ließ das Waschbecken vollaufen und hielt den Kopf unter den Wasserhahn. Als er den Kopf wieder hob, hatte sich das Wasser dunkelrot gefärbt.

Langsam trocknete er sich das Gesicht ab und betrachtete seine Haarwurzeln im Spiegel. Er würde eine dauerhaftere Haarfarbe nehmen müssen.

Und er mußte mit Dante Kontakt aufnehmen. Einen Augenblick lang stand er ganz still, wie gebannt vor seinem Spiegelbild. Sein Gehirn funktionierte nicht mehr. Dante würde warten müssen. Er war zu müde, er mußte erst einmal schlafen.

Luca nahm die Kette mit dem kleinen, goldenen Herzen aus der Tasche und ließ es über seinem Gesicht hin und her pendeln, bis ihm die Augen zufielen und er in tiefen, traumlosen Schlaf sank.

12. Kapitel

Sophia mußte eine Stunde warten, bis der Pater, der das Waisenhaus in Catania leitete, Zeit für sie hatte. Als sie ihm den Grund ihres Besuches auseinandergesetzt hatte, erklärte er, er selbst könne ihr nicht helfen, da er erst seit zehn Jahren im Waisenhaus tätig sei. Er entschuldigte sich und kehrte mit einer schon älteren Schwester zurück, die einen Aktenordner mitbrachte.

Gespannt sah Sophia zu, wie sie den Ordner durchblätterte. Die Nonne zeigte dem Priester einige Seiten, und er las mit gerunzelter Stirn. Ohne Sophia anzusehen, fragte er, ob es noch weitere Informationen gäbe. Die Schwester schüttelte den Kopf.

»Ist mein Sohn hier bei Ihnen gewesen? Bitte, sagen Sie es mir.«

Der Priester setzte sich neben Sophia. Sein mitleidiger Tonfall erschreckte sie. Irgend etwas Furchtbares mußte geschehen sein.

»Wir haben hier Aufzeichnungen über die ersten fünf Lebensjahre Ihres Sohnes, die fünf Jahre, die er bei uns verbracht hat.«

Sophia beugte sich vor. »Ist er adoptiert worden? Können Sie mir den Namen geben? Ich bitte Sie darum.«

Der Priester nickte der Schwester zu. Sie preßte beide Handflächen fest auf die Schreibtischplatte, als brauche sie den Kontakt, um sprechen zu können.

»Ich erinnere mich an Ihr Kind, obwohl es schon so lange her ist. Es war vier, fast schon fünf, als ich hier anfing. Nach der Sonntagsschule haben wir immer Ausflüge mit den Kindern gemacht. Einmal sind wir mit ihnen auf den Jahrmarkt gegangen. Die Karussells gehörten Zigeunern, und manche waren sehr nett zu den Kindern und haben sie umsonst fahren lassen.

Ihr Junge war wild, er war kaum zu bändigen, und als wir nach Hause mußten, ist er wieder zum Jahrmarkt zurückgelaufen. Wir haben ihn geholt, und er bekam einen Verweis, aber irgendwann auf dem Weg zurück ins Waisenhaus muß er wieder fortgelaufen sein. Zuerst haben wir es nicht gemerkt, wir hatten ja fünfzehn Kinder zu beaufsichtigen. Dann sind wir umgekehrt, um ihn zu suchen, und als es dunkel wurde, haben wir die Polizei verständigt. Wir haben getan, was wir konnten. Die Schausteller mußten noch eine ganze Woche länger hierbleiben, bis die Polizei ihre Untersuchungen abgeschlossen hatte...«

Sophia brachte keinen Ton heraus. Der Pater schob ihr die Akte hin, so daß sie die vielen Briefe und die Zeitungsausschnitte sehen konnte. Schließlich fragte sie mit tonloser Stimme: »Ist er tot?«

»Wir wissen es nicht. Er ist einfach verschwunden. Eine Leiche ist nie gefunden worden. Die Polizei hat monatelang nach ihm gesucht.«

»Haben die Zigeuner ihn mitgenommen?«

»Höchstwahrscheinlich. Aber der Junge war blond und blauäugig, er wäre unter den dunklen Zigeunern schnell aufgefallen. Die Polizei hat sie noch lange beobachtet, auch als sie schon weitergezogen waren, aber man hat ihn nicht gefunden.«

Sophia versuchte aufzustehen, aber ihre Beine gaben nach, und sie fiel in Ohnmacht. Der Priester und die Nonne legten sie auf ein kleines Sofa. Als sie wieder zu sich kam, gaben sie ihr starken, süßen Tee zu trinken.

Sie zitterte vor Kälte, aber weinen konnte sie nicht. Die Nonne saß bei ihr und hielt ihre Hand.

»Sie waren sehr freundlich. Ich danke Ihnen«, sagte Sophia nach einer Weile. Da sie nur wenig Bargeld bei sich hatte und nicht wagte, einen Scheck auszuschreiben, zog sie ihren Diamantring vom Finger. »Als ich meinen kleinen Sohn verlassen habe, trug er ein goldenes Herz um den Hals. Wissen Sie, ob er es noch hatte, als er herkam?«

Die Schwester besann sich einen Augenblick. Dann nahm sie das Kreuz, das sie um den Hals trug, zwischen zwei Finger und ließ es hin- und herschwingen. »Ja, ich erinnere mich. Er hat es immer so hin- und herpendeln lassen, bevor er einschlief.«

Sophia brach in herzzerreißendes Schluchzen aus. Die Nonne kniete mit gefalteten Händen auf dem Boden nieder und betete. Doch Sophia konnte sich nicht dazu durchringen, es ihr gleichzutun. Kein Gebet konnte ihr helfen. Statt dessen flüsterte sie der Nonne zu, sie müsse nun gehen, und wartete, bis diese sich wieder erhob.

»Bitte, nehmen Sie den Ring. Er ist alles, was ich bei mir habe.«

Sophia fuhr nach Palermo zurück. Sie hatte nicht einmal versucht, den Inhaber des Bankfaches ausfindig zu machen. Der Kummer machte sie so benommen, daß sie beinahe vergessen hätte zu tanken.

Im letzten Augenblick erreichte sie eine Tankstelle, und während sie bezahlte, hörte sie unwillkürlich die Nachrichten, die aus dem kleinen Radio des Tankwarts ertönten. Paul Carolla war während der Gerichtsverhandlung erschossen worden. Als Tatverdächtige hatte man eine ältere Frau festgenommen.

Im Fernsehen wurden Nachrichten gebracht. Als der Name Paul Carolla fiel, drehte Teresa den Ton lauter. Einen Augenblick später kam Rosa herein. Fassungslos wandte Teresa sich an ihre Tochter: »Ich glaube, Mama hat Paul Carolla erschossen.«

Kommissar Pirelli schaufelte sich Zucker in seinen kalten Kaffee, während er versuchte, die Ereignisse des Vormittags zu verdauen. Ein leises Klopfen riß ihn aus seinen Gedanken.

Zögernd trat Sophia Luciano ein. Pirelli fuhr sich mit der Hand durch das dichte, lockige Haar. »Kann ich Ihnen behilflich sein?«

»Ich weiß nicht, ob ich bei Ihnen richtig bin. Mein Name ist Sophia Luciano.«

Ihre dunkle, rauchige Stimme jagte ihm eine Gänsehaut über den Rücken. Sie war die schönste Frau, die er je gesehen hatte.

Er schluckte und deutete auf einen Stuhl, den er ihr dann hinschob. »Sie sind sicher wegen Signora Luciano hier, aber es tut mir leid, ich bin für diesen Fall nicht – bitte setzen Sie sich doch, Signora. Ich werde mich erkundigen, wo sie ist, und dann bringe ich Sie zu ihr.«

Pirelli bot Sophia Kaffee an, aber sie lehnte ab. »Ich habe es in den Nachrichten gehört. Ich bin sofort hergekommen. Ich wußte nicht, an wen ich mich wenden sollte.«

Sophia sah so verloren aus, daß er sie am liebsten in die Arme genommen hätte. Er versuchte, sich zu erinnern, welche der Lucianos sie war. War sie die Mutter der beiden kleinen Jungen? Pirelli entschuldigte sich und verließ das Büro.

Er atmete auf, als hätte er die ganze Zeit, die er mit ihr zusammengewesen war, die Luft angehalten. Als er den Flur entlangeilte, lief er geradewegs in den schwitzenden Ancora hinein.

»Kommissar, Luca Carolla hat vor zwei Tagen einen Flug gebucht, aber er ist nicht mitgeflogen.«

»Auf den Namen Luca? Nicht auf den Namen Giorgio?«

»Ja, auf den Namen Luca. Er muß also hier in Sizilien sein, es sei denn, er hat einen falschen Paß oder einen Flug aus Rom genommen. Ich überprüfe das gerade.«

Pirelli nickte, dann legte er Ancora die Hand auf den Arm. »Welche Luciano-Witwe ist die Mutter der beiden kleinen Jungen?«

Ancora überlegte. »Das muß Sophia Luciano sein, die Witwe von Constantino.«

»Sie sitzt bei mir im Büro. Ich will sie zu der alten Dame bringen. Weißt du, wer sie übernommen hat?«

»Mincelli, soweit ich weiß.« Ancora setzte den Weg in sein Büro fort.

Sophia hatte sich nicht gerührt. Leise schloß Pirelli die Tür. »Sie können gleich mit ihr sprechen. Außerdem glaube ich auch nicht, daß man sie festhalten wird.«

»Hat sie wirklich Paul Carolla getötet?«

»Nein. Sie hat es versucht, aber genau im selben Augenblick ist noch aus einer anderen Pistole geschossen worden.«

»Dann hat jemand anders ihn erschossen?«

Er liebte Sophias tiefe Stimme. »Es sieht ganz so aus. Tut mir leid, mehr weiß ich auch noch nicht.«

»Ist denn noch jemand verhaftet worden?«

Pirelli schüttelte den Kopf. »Soweit ich weiß, nicht.«

Sophia stand auf. Jetzt erst bemerkte er, wie groß sie war, fast so groß wie er selbst. Er ließ seinen Blick kurz zu ihren hohen Absätzen hinuntergleiten, und dabei fiel ihm auf, wie schön ihre Beine waren.

»Sie waren sehr freundlich zu mir. Würden Sie mich jetzt zu meiner Schwiegermutter bringen?«

Nach einem kurzen Telefongespräch öffnete Pirelli Sophia die Tür. Während sie an ihm vorbeiging, schien sie leicht zu schwanken, und er griff nach ihrem Ellbogen, um sie zu stützen. Einen Moment lang lehnte sie sich gegen ihn.

»Ist Ihnen nicht gut? Möchten Sie ein Glas Wasser?«

»Nein, danke, es geht schon.«

Sie folgte ihm ins nächste Stockwerk, und er stellte sie Mincelli vor. Er hörte noch, wie Mincelli sagte: »Signora Luciano wird wegen versuchtem Mord und unerlaubtem Waffenbesitz angeklagt werden, aber man wird ihr mildernde Umstände zubilligen. Sie wird vor Gericht gestellt werden, aber ich glaube kaum, daß man sie inhaftieren wird. Wenn Sie etwas Zeit haben, können wir die Sache sofort klären. Dann können Sie Ihre Schwiegermutter gleich wieder mit nach Hause nehmen.«

Als Pirelli sein Büro betrat, saß Ancora an seinem Schreibtisch und legte gerade den Telefonhörer auf. Er deutete auf den Notizblock. »Eva Carolla hatte einen Sohn. Er ist in Rom geboren und heißt Giorgio Carolla. Älter als wir dachten, achtundzwanzig. 1959 geboren. Sie ist bei der Geburt gestorben. Ich habe gesagt, sie sollen uns die Einzelheiten schicken. Giovanni, hörst du überhaupt zu?«

Pirelli nickte. Allmählich kamen sie der Sache auf den Grund, das spürte er, aber er konnte nur an Sophia Luciano denken. Wieder klingelte das Telefon auf seinem Schreibtisch. Ancora nahm den Hörer ab und hielt ihn dann Pirelli hin. »Deine Frau.«

Pirelli schnitt eine Grimasse und nahm ihm den Hörer ab. Er versuchte, Lisa zu erklären, warum der Fall sich so in die Länge zog, und ja, er hoffte, daß er ihn bald abschließen könnte. Dann fragte er nach seinem Sohn, doch während seine Frau sprach, stand ihm immer das Bild von Sophia und ihren beiden kleinen Jungen vor Augen. Er versuchte, sich darauf zu konzentrieren, ob sein Sohn zusätzliche Violinstunden nehmen sollte oder nicht.

Er legte auf und streckte sich. Dann trat er ans Fenster und spähte durch die Jalousie auf die Straße hinunter, wo Sophia Luciano gerade ihrer Schwiegermutter beim Einsteigen in den Mercedes 280 SL behilflich war.

Ancora sprach ihn an. »Giovanni?«

Pirelli wandte sich um. »Ein Wahnsinnsweib!«

Ancora zuckte die Achseln. »Na, ich weiß nicht. Wenn meine Großmutter anfangen würde, herumzuballern und Leute abzuknallen, würde ich sie einsperren lassen, damit sie keinen Schaden mehr anrichten kann.«

Pirelli beließ es bei dem Mißverständnis. Schweigend sah er zu, wie Ancora einen Fahrplan wälzte.

»Bist du schon mal in Erice gewesen, da gibt es ein Kloster. Ich habe eben mit Ulliano gesprochen, und er meint, Giorgio alias Luca, oder wie auch immer er heißt, hätte sich dort aufgehalten. Willst du dem nachgehen?«

»In einem Kloster? Bist du sicher?«

Ancora nickte. »Ich glaube, es gibt diesen Sohn wirklich. Als Carolla Ullianos Gehilfen den Namen genannt hat, hat er jedenfalls geheult wie ein Schloßhund.«

Pirelli steckte die Hände in die Taschen und begann, in seinem Büro auf und ab zu gehen. »Haben sie schon einen Verdacht, wer ihn nun erschossen haben könnte?«

»Nein. Sie sind immer noch dabei, sein Gehirn vom Fußboden zu kratzen. Das wird noch eine Weile dauern. Sie müssen jede Person überprüfen, die zur Tatzeit im Gerichtssaal war. Und Mincelli, das arme Schwein, hat alles am Hals, jetzt zusätzlich zu dem Fall Luciano auch noch den Mord an Carolla.

Giovanni, wenn ich dir einen Rat geben darf: Laß die Finger von dieser Geschichte mit den Lucianos, wenn du eines Tages nach Mailand zurück willst. Du würdest sonst ewig hier festsitzen – Giovanni?« Aber Pirelli hatte den Raum bereits verlassen.

Sophia fuhr Graziella nach Hause, blieb bei ihr, während der Arzt ihr eine Beruhigungsspritze gab und wartete, bis sie eingeschlafen war. Wie ein Kind hielt Graziella ihre Hand. Sie weinte vor Erleichterung, daß es Sophia war, die sie abgeholt hatte. Sie hatte schon gefürchtet, ihre geliebte Schwiegertochter hätte sie verlassen.

Graziellas Wahnsinnstat rührte ihre Schwiegertöchter, gleichzeitig hatten sie ein schlechtes Gewissen, weil sie beide nicht auf die Idee gekommen waren, sie zur Gerichtsverhandlung zu begleiten. Teresa übernahm es, einen Rechtsanwalt für ihre Schwiegermutter zu beauftragen.

Schweigend und noch halb benommen von den Aufregungen des Tages saßen sie beim Abendessen. Schließlich ergriff Teresa das Wort. Da für Graziella jetzt gesorgt sei, meinte sie, müßten sie sich nun weiter um die geschäftlichen Angelegenheiten kümmern. Sophia erklärte, sie habe in Rom nichts in Erfahrung gebracht, da sie sofort umgekehrt sei, als sie die Nachricht von Carollas Tod im Radio gehört habe.

Teresa schlug ihr Notizbuch auf. »Nun, es hat sich gezeigt, daß die Mühe sowieso umsonst gewesen wäre. Mario Domino hatte bereits Nachforschungen angestellt. Ich habe dieses Foto hier gefunden. Auf der Rückseite steht ›Enrico Dante, alias Vittorio Rosales‹. Dante arbeitet für Paul Carolla und hat die Verhandlungen für ihn geführt. Er wartet nun auf den Abschluß der Kaufverträge. Offensichtlich hat Domino Verdacht geschöpft und sich geweigert, die Sache perfekt zu machen. Wir müssen jetzt sehen, daß wir die Verträge zurückbekommen.«

Sophia hob ungeduldig die Hände. »Papa wollte, daß wir das Geld bekommen, damit wir frei sind. Und genau das will

Mama auch, und Mario Domino hat versucht, das für uns durchzusetzen. Ich will nichts mehr damit zu tun haben, Teresa. Wir werden alles verkaufen.«

»Du verstehst mich nicht. Die Firmen sind dreimal so viel wert, wie Dante beziehungsweise Paul Carolla uns geboten hat. Er wollte uns übers Ohr hauen. Ich bin auch dafür zu verkaufen, aber nicht an Dante, und nicht zu dem Preis, den er geboten hat. Wenn er uns einen angemessenen Preis zahlen will, läßt sich darüber reden, aber bis wir genau wissen, was uns gehört und was die Sachen wert sind, hat es gar keinen Sinn, weiter zu diskutieren, klar?«

Sophia war zu müde, um sich mit Teresa zu streiten, und zuckte schweigend die Achseln.

»Was meinst du, Rosa?« fragte Teresa.

Rosa hatte gelangweilt den Kopf in die Hände gestützt und träumte vor sich hin. »Ich mache mit. Je eher wir hier wegkommen, desto besser.«

Teresa nahm ihr Notizbuch in die Hand. »Dann ist das klar. Ich glaube, es ist nicht nötig, daß wir Graziella etwas davon sagen. Sie muß sich ausruhen. Setzt du dich zu ihr, Rosa.«

»Wo willst du hin, Mama?«

»Zu Dante, in seinen Klub. Am besten erledigen wir das gleich. Sophia, du kommst mit.«

Sophia erhob sich seufzend. »Mir bleibt wohl nichts anderes übrig«, murmelte sie vor sich hin.

Dante hatte den Klub geschlossen und die Angestellten ausbezahlt. Nun regelte er in aller Schnelle die letzten Angelegenheiten.

Als Dario Biaze zurückkam, wußte Dante, daß er sich wegen des Büchsenmachers keine Gedanken mehr zu machen brauchte. Blieb nur noch Luca, dann hatte er nichts mehr zu befürchten.

»Ich haue ab«, sagte er zu Dario, »und dir würde ich das auch empfehlen. Nimm deine Frau und deine Kinder mit. Ich kenne einen Klub oben in Trápani.« Er legte die Päckchen mit den

Banknoten auf den Schreibtisch, und die großen Hände des Exboxers griffen danach. Doch Dante war schneller.

»Warte. Du kriegst zehnmal soviel, aber ich will, daß du mir Luca abnimmst. Ihm ist nicht zu trauen, er ist verrückt. Hast du schon mal gehört, daß ein Sohn seinen eigenen Vater umbringt?«

Die großen Hände regten sich nicht, und die wäßrigen Augen blinzelten. Dann nickte Dario.

Dante hob langsam seine Hände von den Geldscheinen. Als er sah, daß Dario immer noch zögerte, legte er noch ein Bündel Banknoten dazu. »Zehnmal soviel, denk dran...«

Dante wartete, bis er die schweren Schritte an der Vordertür hörte, wartete, bis sie zuschlug, dann nahm er eine schwarze Aktentasche und füllte sie mit Geld. Zum Schluß legte er die Pistole dazu. Dario Biaze würde nie in Trápani ankommen. Er wußte zuviel. Wenn er zurückkam, um seine Bezahlung zu kassieren, würde Dante ihn erschießen. Diesen einen müßte er selbst erledigen.

Er trug die Tasche in die düstere Bar und stellte sie hinter die Kasse. Dann kehrte er in sein Büro zurück und arbeitete eine Stunde lang.

Gerade als Dante wieder in die Bar ging, um Inventur zu machen, hörte er, wie jemand an der Tür des Notausgangs rüttelte. Wie erstarrt blieb er stehen. Kein Kunde würde versuchen, durch diesen Hintereingang einzutreten. Schließlich ging er zur Hintertür und rief: »Der Klub ist geschlossen!«

Als er nichts hörte, nahm er seinen Schlüsselbund aus der Tasche und schloß das Vorhängeschloß auf. Er öffnete die Tür einen Spalt und blickte die schmale Gasse entlang. Niemand war zu sehen. Gerade als er die Tür wieder abschließen wollte, hörte er ein Geräusch, diesmal aus der Bar.

»Dario? Bist du's?«

Dante spähte in das Halbdunkel des Raumes. Nur hinter der Theke brannte ein schwaches Notlicht.

»Dario?« Er kniff die Augen zusammen, um besser sehen zu

können. Da standen die Tische und die aufeinandergestapelten Stühle. Vorsichtig schob er sich weiter in den Raum hinein, bis an den Rand der Tanzfläche.

»Hei! Ist es okay, wenn ich mich selbst bediene?«

Hinter der Theke kam Luca hervor. Er hielt ein Glas Orangensaft in der Hand und hob es, als wollte er Dante zuprosten. »Hast du schon die Nachrichten gesehen?«

Dantes Herzschlag setzte einen Moment lang aus. »Wie bist du hier reingekommen? Ist Dario auch da?«

Luca setzte sich auf einen Barhocker und trank mit Genuß seinen Orangensaft. Er trug kein Jackett, nur ein Hemd und hatte offensichtlich keine Waffe bei sich. »Nein. Ich bin vorne durch den Eingang gekommen. War offen.«

Dante fluchte leise. Dario, der Idiot, hatte die Eingangstür nicht abgeschlossen. Er verzog das Gesicht zu einem krampfhaften Lächeln.

Luca griff in seine Hosentasche und holte eine Kugel hervor. Zwischen Daumen und Zeigefinger hielt er sie Dante hin. »Hier, willst du ein Andenken. Wir haben ein paar mehr davon gemacht. Seid ihr mit ihm klargekommen? Mit dem Büchsenmacher, meine ich?«

Dante ging hinter die Theke und schenkte sich einen Kognak ein. »Ja, Dario hat das erledigt.«

Er trank einen Schluck. »Ich habe die Bar geschlossen, werde untertauchen, bis das hier vorbei ist. Ich habe Geld für dich in die Tasche da gepackt.«

Während sie sprachen, hatte Dante sich unauffällig näher an die Kasse herangeschoben. Er mußte an die Tasche herankommen, an die Pistole.

Luca sah mit großen Augen erst auf Dante, dann auf die Tasche. »Wieviel hast du mir eingepackt?«

Dante stellte sein Glas ab. »Ein paar tausend Dollar, kann auch mehr sein. Das müßte dir eine Weile reichen. Später können wir uns dann um den Rest kümmern.«

Er kehrte Luca den Rücken zu, um sich nach der Tasche zu bücken. »Willst du es zählen?« Er schob eine Hand in die Tasche und tastete nach der Pistole. Das kalte Metall beruhigte ihn. Lächelnd hob er den Kopf und erstarrte. Im Spiegel hatte Luca jede seiner Bewegungen sehen können.

Luca nahm sein Glas in die linke Hand, hob blitzschnell den rechten Unterarm und senkte ihn wieder. Er fühlte, wie das Messer in seine Hand glitt. Lächelnd sagte er zu Dante: »Ich denke, ich kann dir vertrauen. Was sind schon ein paar tausend Dollar unter Freunden.«

Genau bei dem Wort »Freunden« drückte Dante ab. Die Kugel drang durch die Tasche, durch eine Schicht Banknoten. Luca fiel das Glas aus der Hand. Es rollte auf den Boden, blieb aber heil. Luca spürte nicht einmal, wie die Kugel in seine Schulter eintrat, so schnell bewegte er sich. Das Messer fuhr Dante in den Magen und schlitzte ihm den Bauch auf.

In der durchschossenen Tasche hielt Dante die Pistole noch in der Hand. Er versuchte, Luca mit der Tasche zu schlagen, aber Luca entriß sie ihm. Dante begann zu heulen und zu keuchen und drückte beide Hände gegen den Bauch. Zwischen seinen Fingern strömte das Blut hervor.

Luca riß die Tasche auf, nahm die Pistole heraus und schwang sich mit einem Satz über die Theke. Er feuerte zweimal, zuerst schoß er Dante in den Hals, dann ins Herz. Der massige Mann hielt sich immer noch auf den Beinen, doch die Wucht der Kugeln warf ihn rücklings gegen das Regal mit den Gläsern. Luca wollte gerade ein drittes Mal abdrücken, als Dante zu röcheln begann. Blut quoll ihm aus dem Mund, und er stürzte krachend zu Boden und blieb still liegen.

Luca betrachtete sich in dem zersplitterten Spiegel. Fasziniert sah er zu, wie das Blut aus seiner Schulter sickerte, sein Hemd durchtränkte und an seinem Arm hinunterlief. Erst jetzt spürte er den Schmerz.

Die Kugel steckte tief in seiner linken Schulter, sein Hemd war teilweise mit Fetzen von Geldscheinen bedeckt. Ihm war klar, daß er die Bar verlassen mußte, und das möglichst schnell. Drei Schüsse waren gefallen, und irgend jemand hatte sie mit Sicherheit gehört. Die Schmerzen waren jetzt so stark, daß ihm schwindlig wurde. Es hatte keinen Sinn, das Geld aus Dantes Tasche mitzunehmen. Statt dessen nahm er seine eigene Tasche und betrat das Büro. Der Safe stand weit offen.

Luca wollte eben beginnen, seine Tasche mit Geld zu füllen, als er die Kette an der Hintertür rasseln hörte. Leise ging er wieder in die Bar. Eine Frauenstimme rief: »Ist da jemand?«

Luca schaltete die Notbeleuchtung aus und nahm die Pistole in die Hand. Er hörte eine andere Frauenstimme: »Die Tür ist offen, Teresa, sie ist offen! Und drinnen ist Licht, da muß jemand sein.«

Sophia drückte die Hintertür auf und sah in den dämmrigen Flur. »Ist da jemand? Hallo?«

Luca schlüpfte in die Garderobe. Die Tür ließ er einen Spalt offen. Zögernd trat Sophia in die Bar. Teresa folgte ihr. Sie versuchten, sich in dem düsteren Raum zurechtzufinden. Teresa flüsterte: »Wo ist hier das Büro? Vielleicht ist jemand im Büro. Hallo?«

Sie ging wieder auf den Flur und klopfte an der Tür mit der Aufschrift »Privat«. Sie horchte einen Augenblick und trat ein.

Von seinem Platz hinter der Tür sah Luca Sophia wie einen dunklen Schatten auf der Tanzfläche stehen. Er biß die Zähne zusammen. Wenn die Frauen bloß bald verschwinden würden. Die Wunde brannte inzwischen wie Feuer, und er verlor viel Blut.

Sophia wunderte sich, daß die Türen nicht abgeschlossen waren. Allem Anschein nach mußte sich jemand im Gebäude aufhalten, und doch war niemand zu sehen. Ein schwaches Glitzern auf der Theke zog ihre Aufmerksamkeit auf sich. Es war Lucas Kugel. Sie wollte gerade danach greifen, als Teresa aus dem Büro nach ihr rief.

»Sophia, ich habe sie gefunden! Der Safe war offen. Hier sind die Unterlagen über die Firmen, über die Lagerhäuser ... Es ist alles da. Ohne diese Papiere hat er nichts mehr in der Hand und kann nichts beweisen!«

Sophia trat von der Theke zurück und stieß mit dem Fuß gegen Dantes Tasche. Sie griff danach, richtete sich jedoch schnell wieder auf. Sie hatte in etwas Klebriges gegriffen, konnte aber in dem Dämmerlicht nicht erkennen, was es war.

»Sophia, komm her!«

Wieder rief Teresa aus dem Büro. Sophia ging zu ihr. Teresa war dabei, einen Stapel Papiere nach dem anderen in Lucas Tasche zu packen. »Heilige Mutter Gottes, sieh dir das bloß an!«

Sophia sagte schnell: »Nimm nur unsere Verträge mit, Teresa, sonst nichts. Und beeil dich!!«

Sie ging zurück in die Bar. Erst jetzt bemerkte sie die Glasscherben hinter der Theke. Vorsichtig stieg sie darüber hinweg, dann schrie sie auf. Teresa kam aus dem Büro gestürzt. »Er ist tot! Er ist tot!« Voller Entsetzen zeigte Sophia auf die Leiche. Teresa beugte sich über die Theke und wandte sich wieder ab. Der Anblick des Toten verursachte ihr Übelkeit. »Wer ist das? Kennst du ihn?«

»Nein – laß uns gehen, komm, schnell weg hier!« Sophia weinte fast vor Angst.

»Nimm dich doch zusammen!« fauchte Teresa sie an und ging nun selbst hinter die Theke, um die Leiche besser sehen zu können. »Ist das vielleicht Dante? Sophia?«

»Woher soll ich das wissen? Ich habe ihn doch noch nie gesehen.«

Teresa zögerte einen Moment, dann wälzte sie den Toten auf die Seite und zog ihm die Brieftasche aus der Hosentasche. »Er ist noch warm«, sagte sie, »es muß gerade erst passiert sein. Aber es ist zu dunkel, ich kann nichts erkennen. Was sollen wir tun? Meinst du, daß wir die Polizei rufen sollten? Jedenfalls müssen wir hier raus!«

Noch auf dem Flur blätterte Teresa die Papiere in der Brieftasche durch. »Es ist Dante«, sagte sie.

Teresa trug Lucas mit Papieren vollgestopfte Tasche und glitt auf dem blutbesudelten Boden aus. Sie schrie auf, und in Panik machten die beiden Frauen kehrt und rannten davon.

Zu Hause schlossen sie sich sofort im Arbeitszimmer ein. Teresa begann, Lucas Tasche zu leeren. Stapelweise packte sie Unterlagen auf den Schreibtisch und dazu auch einige Bündel Geldscheine.

Sophia war wütend. »Ich hab' dir doch gesagt, daß du nur die Verträge mitnehmen sollst!«

»Ich habe einfach alles in die Tasche gestopft. Ich schwöre dir, Sophia, ich wollte eigentlich kein Geld mitnehmen. Es war nicht Absicht. Außerdem ist es nicht viel.«

Sie stülpte die Tasche um, und klappernd fielen die einzelnen Bestandteile von Lucas Pistole auf den Schreibtisch.

Sophia drehte den merkwürdigen Pferdekopf auf dem Stockende herum. Dann betrachtete sie die Griffe der Tasche. Sie waren mit angetrocknetem Blut bedeckt.

Auch Teresa sah das Blut. »Sieh dir die Tasche an, Sophia. An den Griffen klebt Blut. Ob das seine Tasche ist?«

»Woher soll ich das wissen, wessen Tasche das ist?« Sophias Stimme war scharf.

Teresa ging unruhig auf und ab. »Und wenn die Tasche nun demjenigen gehört, der Dante erschossen hat? Er war noch warm. Vielleicht war es gerade erst passiert, als wir kamen? Vielleicht haben wir den Mörder gestört?«

Sophia stockte der Atem. »Wir hätten die Polizei holen müssen«, keuchte sie.

Doch Teresa schrie sie an: »Kapierst du denn nicht? Wenn wir den Mörder gestört haben, war er vielleicht noch da! Vielleicht hat er uns sogar gesehen! Vielleicht hat er gesehen, wie wir die Papiere aus dem Safe geräumt haben!«

»Schrei doch nicht so! Willst du Mama aufwecken?« Sophias Nerven waren zum Zerreißen gespannt.

Plötzlich stand Teresa wie erstarrt. Dann drehte sie sich langsam um sich selbst und blickte im Raum umher. »Wo ist meine Handtasche? Hast du sie mit zurückgebracht?«

»Aus dem Klub, meinst du? Ich habe sie nicht einmal gesehen. Hast du sie überhaupt mitgenommen?«

»Sag bloß, ich habe sie da vergessen! Oh, lieber Gott, nein, bitte nicht!«

In wachsender Panik durchsuchten sie das Arbeitszimmer

und den Wagen. Als Sophia versuchte, Teresa zu beruhigen, wurde sie hysterisch.

»Kapierst du denn nicht? Wenn Dantes Mörder noch da war und meine Handtasche findet, dann weiß er, wer wir sind!«

Sophia schrie zurück: »Ich kann nichts dafür! Es ist deine Handtasche, nicht meine! *Du* hast sie vergessen!«

»Ist ja schon gut, tut mir leid. Aber wir müssen noch einmal in den Klub. Und die Tasche, die wir mitgenommen haben, bringen wir wieder zurück.«

»Laß uns doch die Polizei holen, Teresa, bitte.«

Auf dem Weg zurück in den Armadillo-Klub versuchte Sophia, Teresa dazu zu bewegen, die Polizei zu verständigen, doch Teresa wollte nichts davon wisen. Sie parkten den Wagen in einiger Entfernung und schalteten das Licht aus.

»Ich gehe hinein. Du bleibst hier, und wenn jemand so aussieht, als wollte er in den Klub, hupst du dreimal.«

Luca Carolla hatte es irgendwie fertiggebracht, sich in sein Hotelzimmer zu schleppen, aber er schaffte es nicht, das Blut zu stillen. Er hatte ein Bettlaken in Streifen gerissen und sich damit die Schulter verbunden, aber das Blut sickerte durch den Verband hindurch. Die Kugel mußte entfernt und die Wunde gereinigt werden. Doch ins Krankenhaus konnte er damit nicht gehen, dort würde man ihm Fragen stellen. Die Pistole, mit der er seinen Vater erschossen hatte, befand sich in der Tasche, die die Frauen mitgenommen hatten. Aber neben ihm auf dem Bett lag Teresa Lucianos Handtasche.

Sophia beobachtete, wie Teresa eilig die Straße überquerte und in dem Seitengäßchen neben dem Klub verschwand. Sie drehte das Radio an und drehte es wieder ab. Sie wartete.

Plötzlich bog ein Streifenwagen mit Blaulicht in die Straße ein. Ihm folgte mit heulender Sirene ein Krankenwagen. Sie hielten vor dem Haupteingang des Klubs. Sophia drückte auf die Hupe, einmal, zweimal, dreimal. Aus dem Krankenwagen sprangen zwei Männer mit einer Trage. Sophia hupte wieder, einmal, zweimal, dann ließ sie den Motor an und hupte ein drittes Mal. Teresa stürzte mit einer Tasche in der Hand aus der kleinen Seitenstraße. Sophia setzte sich zurück, und Teresa stieg in den Wagen. »Fahr, schnell!«

»Hast du deine Tasche?«

»Nein. Steig aufs Gas, verdammt noch mal.«

»Warum hast du die Tasche da wieder mitgebracht?«

Teresa hielt Lucas Tasche fest umklammert. »Zur Sicherheit. Da sind überall meine Fingerabdrücke drauf.«

Zu Hause wurden sie von Rosa erwartet. Sie deutete auf die geschlossene Eßzimmertür und legte den Finger auf den Mund. »Im Eßzimmer ist ein Mann. Ich wußte nicht, was ich machen sollte. Er hat sich ganz komisch benommen. Und er hat gesagt, Mama wüßte schon, warum er hier ist.«

Teresa wurde kreidebleich. »Geh hinauf in unser Zimmer. Hörst du nicht? Sofort!« zischte sie Rosa zu.

Die beiden Frauen warteten, bis Rosa verschwunden war, dann flüsterte Teresa: »Also los, gehen wir hinein und fragen ihn, was er will.«

Luca saß auf Don Robertos Platz. Vor sich hatte er einen Kognakschwenker stehen. Er war sehr blaß, und das Blut sikkerte immer noch durch den provisorischen Verband. In der rechten Hand hielt er Dantes Pistole, und neben ihm auf dem Tisch lag Teresas Handtasche.

Zur Begrüßung erhob er sich ein wenig, aber die Schmerzen waren so stark, daß er sich gleich wieder setzte. »Erlauben Sie, daß ich mich vorstelle. Mein Name ist Johnny Moreno. Wer von Ihnen ist Teresa Luciano?«

»Das bin ich.«

»Ich glaube, das hier gehört Ihnen.«

Teresa starrte ihn an. »Was wollen Sie von mir?«

»Ich habe eine Kugel in der linken Schulter. Die Wunde muß behandelt werden. Sie verstehen sicher, daß ich damit nicht ins Krankenhaus gehen kann. Sie müssen sich um mich kümmern.«

»Wie kommen Sie darauf?« fragte Teresa.

»Sie sind im Klub gewesen. Lassen Sie uns ein Abkommen

treffen. Ich bekomme das Bargeld, das Sie gestohlen haben, und verschwinde aus Ihrem Leben, sobald es mir wieder besser geht. Die Papiere können Sie behalten.«

»Und wenn wir die Polizei holen?«

»Wenn Ihnen daran gelegen wäre, daß die Polizei von der Sache erfährt, hätten Sie sie längst verständigt.«

»Haben Sie ihn getötet?«

»Es war Notwehr.«

Luca sah Teresa in die Augen. »Das Geld, das Sie Dante gestohlen haben, war er mir schuldig, aber er wollte nicht zahlen. Also, meine Damen, was halten Sie von meinem Vorschlag?«

Sophia schüttelte den Kopf. »Wir wollten das Geld eigentlich gar nicht mitnehmen. Sie können alles haben, aber hier können Sie nicht bleiben.«

Luca sah Teresa scharf an. Sie zögerte, dann öffnete sie langsam die Tür. In der Halle und im Treppenhaus war niemand zu sehen. »Bring ihn in das kleine Zimmer, ganz oben, weißt du? Mama darf nicht erfahren, daß er hier ist. Ich hole Desinfektionsmittel und heißes Wasser.«

Sophia fuhr auf. »Willst du ihn etwa hierbehalten?«

»Warum denn nicht? Mir scheint, im Moment brauchen wir uns gegenseitig, es sei denn, du willst der Polizei erklären, was heute abend passiert ist. Ich glaube, sie hätten nicht viel Verständnis dafür, und erst recht nicht nach dieser Geschichte mit Graziella. Er kriegt das Geld, wir kriegen die Papiere. Abgemacht, Herr?«

»Moreno, Johnny Moreno.«

Luca entspannte sich. Seine Entscheidung war richtig gewesen.

Die Polizei fand auf dem Parkplatz hinter dem Armadillo-Klub einen Toten. Man identifizierte ihn als Dario Biaze, Exboxer, Leibwächter und Türsteher von Enrico Dante. Die blutigen Fußspuren führten vom Parkplatz zum Hintereingang des Klubs. Die Tür war nicht abgeschlossen.

Offensichtlich war Dario in der Nähe des Hintereingangs die Kehle durchgeschnitten worden, und obwohl er stark blutete, war er irgendwie noch bis zum Parkplatz gelangt.

Im Klub sah es aus wie nach einer Plünderung, daher wurde als Tatmotiv Raub angenommen. Der Doppelmord fiel in Mincellis Bereich, und der vielgeplagte Mann wurde aus dem Bett geholt, um sich darum zu kümmern.

Drei Straßen weiter hatte Kommissar Pirelli mit Ancora ein Bier getrunken. Als sie an den Streifenwagen, die vor dem Armadillo-Klub standen, vorbeifuhren, sagte Ancora: »Der Armadillo-Klub gehört zum Teil Paul Carolla.«

Sie parkten den Wagen und stiegen aus. Als die beiden Männer die Bar betraten, rief Mincelli Pirelli gleich zu sich. Gemeinsam sahen sie sich Dantes Leiche an. Mincelli legte Pirelli einen Arm um die Schultern. »Sie sind doch hinter Paul Carollas Sohn her, oder? Ich will Ihnen einen Gefallen tun. Ich weiß zwar, daß das hier mein Bereich ist, aber der Kerl hier hat für Carolla gearbeitet, und der Typ da draußen auf dem Parkplatz war sein Leibwächter. Vielleicht gibt es da eine Verbindung.« Er hob scherzhaft die Augenbrauen und grinste. Ihm war ebensowenig an den Ermittlungen gelegen wie Pirelli.

Pirelli sah ihn an. »Danke für den Tip. Vielleicht komme ich morgen früh mal in Ihr Büro und höre mir an, was Sie herausgefunden haben. Aber ich will Sie nicht aufhalten. Sieht so aus, als würden Sie hier die Nacht verbringen.«

Pirelli fragte sich tatsächlich, ob es vielleicht eine Verbindung gab, aber er konnte sich nicht vorstellen, welcher Art sie wohl sein mochte. Er klopfte sein Kissen zurecht und versuchte abzuschalten, indem er Sophia Lucianos Bild vor seinem inneren Auge heraufbeschwor. Wieder sah er sie zögernd in seiner Bürotür stehen. Er drehte sich auf den Rücken und mußte laut lachen. Er kam sich wie ein verliebter Schuljunge vor und sagte sich, daß es wohl am besten sei, den Fall so bald wie möglich abzuschließen und zurück nach Mailand zu seiner Frau zu fahren, zumindest für ein Wochenende.

13. Kapitel

Sie brachten Luca in das kleine Zimmer im obersten Stockwerk. Es hatte früher als Mädchenzimmer gedient, und die Einrichtung bestand nur aus einem Bett, einem Kleiderschrank und einer Kommode. Vor dem Bett lag eine kleine, handgewebte Matte.

Sophia holte einen Schlafanzug aus Micheles Zimmer und gab ihn Luca. Als sie merkte, daß er darauf wartete, daß sie das Zimmer verließ, damit er sich ausziehen konnte, ging sie hinaus, um Bettwäsche zu holen. Teresa setzte währenddessen Wasser auf und suchte Verbandszeug und Desinfektionsmittel zusammen.

Sobald Luca allein war, streifte er die Schuhe ab und zog die Hose aus. Der Schmerz war so stark, daß er sich aufs Bett setzen mußte, um sein Hemd aufzuknöpfen. Es war an dem blutverkrusteten Verband festgeklebt, und er mußte die Zähne zusammenbeißen, als er es auszog.

Sophia fand ihn auf dem Bett ausgestreckt, aber er hielt immer noch die Pistole in der Hand.

»Ich möchte das Bett beziehen. Können Sie stehen?«

Luca lehnte sich gegen den Schrank, während Sophia das Bett machte. Teresa kam mit einer dampfenden Schüssel herein. »In der Küche ist noch mehr heißes Wasser«, sagte sie zu Sophia. »Würdest du es bitte holen?« Wortlos verließ Sophia den Raum.

Luca legte sich wieder hin, und Teresa tauchte ein Tuch in das heiße Wasser. »Nehmen Sie lieber die Kette ab, ich muß die ganze Schulter desinfizieren.«

Luca legte die Kette mit dem goldenen Herzen unter das Kopfkissen. Er ließ Teresa nicht aus den Augen.

Sie untersuchte seinen provisorischen Verband. »Ich muß das

hier einweichen, damit es sich leichter entfernen läßt. Ich will die Wunde nicht wieder aufreißen.«

Sophia kam mit einer Flasche Kognak und einem Kognakschwenker die Treppe herauf und drückte beides Rosa in die Hand. »Ich will damit nichts zu tun haben«, sagte sie. »Ich bin nach wie vor dafür, die Polizei zu holen.«

Sie hörten Luca wimmern. Teresa öffnete die Tür. »Ich brauche Hilfe. Die Kugel steckt noch in der Schulter, und ich weiß nicht, ob ich es richtig mache. Er hat viel Blut verloren, und er hat starke Schmerzen.«

Sophia fuhr sie an: »Laß uns doch mit diesem Unsinn aufhören und den Arzt holen. Wenn er noch mehr Blut verliert, stirbt er womöglich. Und was machen wir dann?«

»Er stirbt nicht«, erwiderte Teresa scharf. »Ich will nichts, als daß er wieder auf die Beine kommt und so schnell wie möglich hier verschwindet. Also, hilfst du mir? Wir brauchen eine Pinzette, um die Kugel herauszuholen.«

Luca hatte die Augen geschlossen. Aus der Wunde strömte das Blut. Die Luft war schwer vom Geruch des Desinfektionsmittels und dem heißen Wasserdampf aus den Schüsseln auf der Kommode.

Sophia beugte sich über das Bett. »Herr Moreno? Ich habe Kognak mitgebracht. Vielleicht wäre es besser, wenn Sie ein bißchen davon trinken würden. Es wird sehr weh tun, und wir haben keine Schmerzmittel.«

Doch Luca schüttelte den Kopf, und Teresa richtete die Nachttischlampe auf die Wunde. »Kannst du die Kugel sehen, Sophia?«

Sophia nickte und nahm die Pinzette zur Hand. Um die Wunde herum war die Haut gerötet und angeschwollen. Sie beugte sich tiefer über Luca. »Kann ich anfangen?«

Luca nickte und biß die Zähne zusammen. Sie goß das Desinfektionsmittel über seine Schulter und versuchte, mit der Pinzette die Kugel zu packen. Luca wimmerte, und Tränen rollten ihm über das Gesicht.

Sie bekam die Kugel nicht zu fassen, weil die Enden der Pinzette nicht weit genug zu öffnen waren. Nach zwei Versuchen gab Sophia auf. Luca seufzte tief.

Sophia wusch die Pinzette und bog sie weiter auseinander. »Ich versuche es noch einmal. Wenigstens spürt er es jetzt nicht mehr. Er ist ohnmächtig.«

Luca rührte sich nicht, als Teresa unter seinem Kopfkissen die Pistole hervorzog.

Sophia arbeitete eine Viertelstunde, und schließlich zog sie die Kugel heraus und ließ sie in eine Schüssel fallen. Teresa versuchte, das Blut zu stillen, während Sophia nach dem Puls tastete. Er war kaum fühlbar.

»Wir müssen die Wunde nähen, sonst heilt sie nie. Hol mir Nadel und Faden, irgendwas. Mach schnell!«

Eine Stunde später war die Blutung gestillt. Sophia hatte die Wunde mit weißer Baumwolle genäht. Sie desinfizierte sie noch einmal und verband sie dann. Zum Schluß band sie Luca den Arm so fest auf die Brust, daß er ihn nicht bewegen und die Naht nicht wieder aufreißen konnte. Sie strich ihm das schweißnasse Haar aus dem Gesicht. »Ich glaube, er hat Fieber bekommen. Wir setzen uns abwechselnd zu ihm. Ich fange an. Du schläfst ein paar Stunden und löst mich dann ab. Wo ist Rosa?«

»Ich habe sie ins Bett geschickt. Wenn sie an der Reihe ist, wecke ich sie.«

Teresa öffnete leise die Tür und flüsterte: »Ich habe noch ein paar Schlaftabletten. Wenn er überhaupt etwas ißt, können wir sie zerreiben und ihm ins Essen mischen.«

Während Sophia bei ihm saß, machte sie Luca abwechselnd heiße und kalte Kompressen. Manchmal jammerte er leise, aber er war noch nicht wieder bei Bewußtsein. Als Teresa sie nach drei Stunden ablöste, war das Fieber gestiegen, und sein Puls war noch schwächer. Sophia verließ Luca nur ungern, aber sie war so müde, daß sie eine Pause brauchte. »Wie spät ist es?«

»Fast fünf.«

Sophia seufzte. »Wenn sein Zustand sich verschlechtert, weckst du mich am besten.«

Trotz ihrer Müdigkeit konnte Sophia nicht einschlafen. Ihre Gedanken ließen ihr keine Ruhe, so daß sie schließlich zwei Valium nahm. Teresa mußte sie wachrütteln. Der junge Mann habe Schüttelfrost, sagte sie. Abwechselnd Schüttelfrost und Schweißausbrüche. Sie hatte Angst.

Sophia eilte nach oben. Luca schien im Fieber zu glühen, und gleichzeitig rann ihm kalter Schweiß über den Körper. Sie holte ihr Federbett und stopfte es um ihn herum fest. Endlich ließ das Zittern nach, und er wurde ruhiger. Sophia setzte sich wieder zu ihm.

»Vater... Vater... Vater...« Lucas Stimme war kaum zu hören, und die Worte konnte Sophia nur erahnen. Sie wusch ihm den Kopf, und er verzog das Gesicht vor Schmerzen. Dann öffnete er plötzlich weit die Augen. Er erschrak, als er Sophia sah, wußte nicht, wer sie war, und schob ihre Hand fort.

Sophia drückte ein Tuch in Eiswasser aus und betupfte ihm damit den Hals, die Brust und die rechte Schulter. Der Verband war noch sauber. Die Wunde blutete nicht mehr. Endlich entspannte Luca sich und schlief ein.

Rosa kam leise herein. »Mama hat gesagt, ich sollte dich ablösen. Wie geht es ihm?«

»Ganz gut, glaube ich. Das Fieber hat nachgelassen, und jetzt schläft er. Wenn er aufwacht, müssen wir den Verband nachsehen. Die Wunde muß sauber bleiben. Die Wundränder sahen schon leicht entzündet aus. Wenn wir nur Antibiotika hätten.«

Rosa näherte sich dem Bett und betrachtete Luca. »Er hat ein sehr schönes Gesicht, nicht? Was glaubst du, wie alt er ist, Tante Sophia?«

»Das kann ich dir nicht sagen. Und ehrlich gesagt, ich glaube, je weniger wir über ihn erfahren, desto besser.«

»Wie heißt er? Er ist Amerikaner, oder?«

Sophia hob Lucas Kleider auf. »Moreno, Johnny Moreno. Hört sich an wie ein Balladenheld, findest du nicht?«

Sie durchsuchte seine Taschen, fand aber nichts. »Seine Kleidung ist gut, teure Marken und alles aus Amerika. Vielleicht ist er wirklich Amerikaner.«

»Aber er trägt italienische Schuhe«, sagte Rosa und hielt einen Slipper von Gucci hoch. »Sehr teuer.«

Sophia nahm die goldene Uhr von Gucci in die Hand und legte sie wieder auf die Kommode. Es war erst halb neun. »Ruf mich, wenn das Fieber wieder steigen sollte. Ich werde ein Bad nehmen.«

Obwohl er in der Nacht kaum geschlafen hatte, war Pirelli um acht wieder im Büro. Er ließ Ancora nicht einmal die Zeit, seinen Mantel auszuziehen.

»Der Hauptverdächtige für den Mord an Carolla ist – du wirst es nicht glauben. Sie haben alle Leute überprüft, die im Gerichtssaal waren. Ein paar sind noch nicht verhört worden.« Pirelli lächelte. »Und einer davon ist der hier.«

Er schwenkte ein Blatt Papier. »Bruder Guido. Die letzte Adresse, die wir von unserem lieben Jungen haben, war doch ein Kloster, oder?«

Ancora hob die Hände. »Also, worauf warten wir dann noch?«

Während der Zugfahrt gingen die beiden Männer noch einmal durch, was sie über den Fall wußten. Paul Carolla hatte seinen Sohn offensichtlich illegal in die Vereinigten Staaten eingeschleust. Dort hatte der Junge sich Luca genannt. Er war jetzt der Hauptverdächtige für den Mord an Luzio Paluso, und da die beiden kleinen Lucianos mit der gleichen Waffe erschossen waren, wahrscheinlich auch für diesen Doppelmord. Seine letzte Adresse war das Kloster der Heiligen Mission. Bis auf weiteres war der Hauptverdächtige für den Mord an Paul Carolla ein Mönch, nämlich Bruder Guido.

Der lange Weg den Berg hinauf forderte seinen Tribut von dem übergewichtigen Ancora. Pirelli mußte immer wieder stehenbleiben und auf seinen schwitzenden Kollegen warten.

Sie wurden in einen kleinen Raum geführt, in dem nur eine Bank, ein Tisch und ein Bücherregal standen. Pirellis Mund war trocken, und Ancora atmete noch schwer. Sein Hemd war durchgeschwitzt. Sie warteten über eine Viertelstunde, bis schließlich ein Mönch kam und sich als Bruder Guido vorstellte. Er bat sie, sich auf die Bank zu setzen, und zog sich den einzigen Stuhl an den Tisch.

Sie zeigten ihm ihre Ausweise und fragten, ob er in den letzten Tagen in Palermo gewesen sei. Er verneinte. Er wirkte sehr nervös, wickelte sich den Rosenkranz um die Finger und errötete, als sie ihn fragten, ob er das beweisen könne. Er versicherte ihnen, er habe das Kloster überhaupt nicht verlassen, und mehrere Brüder könnten das bezeugen.

Pirelli beobachtete ihn scharf. Als er ihm erklärte, daß sie Ermittlungen über den Verbleib von Luca Carolla anstellten, errötete Guido. Pirelli setzte hinzu, daß Paul Carolla, der Vater des besagten Luca, erschossen worden sei.

Mit zitternden Händen flüsterte Guido, er wisse von Carollas Tod. Er sagte ihnen auch, daß Luca Carolla sich bis eine Woche vor dem Mord im Kloster aufgehalten hatte, doch über seinen derzeitigen Aufenthalt konnte er keine Angaben machen.

»Haben Sie jemals gehört, daß er nicht Luca, sondern Giorgio genannt wurde?«

»Er wurde immer nur Luca gerufen. Den Namen Giorgio habe ich nie gehört.«

»Gibt es hier vielleicht jemanden, der mehr über ihn weiß?«

Guido nickte. Allerdings mußte er ihnen sagen, daß sie im Moment nicht mit Pater Angelo sprechen konnten, da er Bruder Louis, der im Sterben lag, die letzte Ölung gab. Er wußte nur noch, daß Luca im Kloster aufgewachsen war, bis sein Vater ihn mit nach Amerika genommen hatte. Vor einiger Zeit war er zurückgekommen und hatte fast sechs Monate im Kloster verbracht. Guido beschrieb Luca genau und fügte hinzu, er sei außergewöhnlich kräftig und habe sehr viel im Garten gearbeitet.

Auf seine Frage, wann er Pater Angelo sprechen könne, bekam Pirelli zur Antwort, das läge in Gottes Hand. Es könne zwei oder drei Tage dauern. Außer Pater Angelo könne ihm vielleicht noch Bruder Thomas helfen, doch auch er sei im Moment nicht zu sprechen. Pirelli bat darum, eine Mönchskutte ausleihen zu dürfen. Er würde sie bei seinem nächsten Besuch wieder mitbringen.

Bevor sie gingen, wollte Pirelli noch wissen, ob Luca viel Gepäck bei sich gehabt hätte. Guido beschrieb Lucas lederne Reisetasche, dann zögerte er einen Moment. »Als er ankam, hatte er noch einen kleinen Kasten bei sich, einen flachen, ledernen Kasten.

»Wie groß war der Kasten?«

»Etwa so lang.« Guido zeigte mit den Händen ungefähr dreißig Zentimeter an.

»Waren Sie dabei, als er das Kloster wieder verließ.«

Wieder errötete Guido. »Leider nicht. Wenn Sie wollen, kann ich Ihnen seine Zelle zeigen.«

Sie inspizierten den kleinen Raum, und Pirelli fragte, ob er kürzlich gereinigt worden sei. Guido sagte, er habe die Zelle gleich nach Lucas Abreise selbst ausgefegt und aufgewischt. Dann führte er sie in den Garten, in dem die frisch ausgesäten Samen bereits keimten. »Er hat das ganze Gelände allein umgegraben. Noch nie habe ich jemanden so arbeiten sehen. Wollen Sie ihn im Zusammenhang mit dem Mord an seinem Vater sprechen? Vielleicht weiß er noch nichts davon?«

»Das bezweifle ich«, meinte Pirelli, »die Zeitungen sind schließlich voll davon.«

Er blickte sich um. Das Kloster wirkte wie ausgestorben. Kein Mensch war zu sehen. »Ich werde mit Pater Angelo sprechen müssen. Es ist sehr wichtig. Und bitte sagen Sie auch den anderen, daß ich in zwei Tagen wiederkomme, für den Fall, daß mir sonst noch jemand helfen kann. Ein Foto von Luca Carolla haben Sie wohl nicht?«

Guido verneinte. Seines Wissens gab es im Kloster kein Foto von Luca.

Auf der Rückfahrt nach Palermo schwiegen die beiden Männer eine ganze Weile. Schließlich sagte Pirelli: »Ich glaube, er hat uns etwas verheimlicht, aber solange wir nicht mit dem alten Pater gesprochen haben, hat es wenig Sinn, weiter nachzubohren.«

Als der Posten, der Luca durchsucht hatte, die Mönchskutte sah, war er sofort sicher, daß der Mann im Gerichtssaal die gleiche Kutte getragen hatte. Er erinnerte sich auch noch an seine Ledersandalen. Den Stock beschrieb er, so gut er konnte. Er habe einen Knauf aus Messing gehabt, in der Form eines Tieres, aber genau wußte er es nicht mehr.

Pirelli überlegte, ob der Täter eine speziell angefertigte Waffe verwendet hatte. Guidos Beschreibung nach hatte Luca anscheinend einen Pistolenkoffer bei sich gehabt. Pirelli ordnete an, alle Büchsenmacher zu überprüfen. Allerdings hatte Luca die Waffe möglicherweise in Erice besorgt, denn er hatte sich bis kurz vor dem Mord dort aufgehalten.

Pirelli suchte Mincelli in seinem Büro auf, um zu sehen, ob er etwas Neues hatte. Er wurde mit einer wahren Flut von Schimpfwörtern begrüßt.

»Wenn Sie mit mir zusammenarbeiten wollen, dann sagen Sie es doch gleich. Ich habe drei Leute für nichts und wieder nichts zu diesem verdammten Kloster hochgeschickt! Und dabei waren Sie schon da und wußten, daß einer von den alten Jungs im Sterben liegt und sie deswegen für niemanden zu sprechen sind. Sie haben meine Zeit vergeudet, Pirelli, und im Moment habe ich keine Zeit zu verschenken!«

»Ich etwa? Ich will nur hier raus und nach Mailand zurück!«

Mincelli seufzte. »So einfach ist das nicht, das wissen Sie genau. Was meinen Sie? Ist dieser Carolla unser Mann?«

»Ich weiß es nicht. Könnte schon sein.«

»Es gibt noch eine andere Möglichkeit. Vielleicht haben die Frauen den Mörder angeheuert. Die nötigen Verbindungen hätten sie.«

»Ist das Ihr Ernst?« fragte Pirelli ungläubig.

»Die sind doch alle gleich. Erst machen sie die Augen zu und sehen nur, was sie sehen wollen. Und wenn dann einer von ihnen umgebracht wird, schreien sie Zeter und Mordio.«

»Die ganze Familie ist ausgelöscht worden.«

Mincelli zuckte die Achseln. »Lesen Sie doch Zeitung. Der

alte Luciano hat bestimmt ein paar Familien auf dem Gewissen. Jedenfalls versuche ich, der Waffe auf die Spur zu kommen, ich ermittle wegen der Toten im Armadillo-Klub ...«

»Okay. Ich überprüfe die Büchsenmacher, und alles, was ich in Erfahrung bringe, gebe ich gleich an Sie weiter. Und den Weg zu den Lucianos können Sie sich sparen, denn ich werde selbst hingehen.«

Mincelli legte den Kopf schief. »Gut. Die alte Dame weiß vielleicht etwas über Carollas Sohn. Der alte Luciano und Carolla haben sich schließlich vierzig Jahre lang gekannt.«

Kaum hatte Pirelli den Raum verlassen, da hastete Mincelli zum Chef und schlug ihm vor, Pirelli den gesamten Fall Luciano zu übertragen, da sie bei ihren Ermittlungen auf den gleichen Tatverdächtigen gestoßen seien. Mincelli blieb dann noch der Fall Carolla und die Morde im Nachtklub.

Der Chef telefonierte mit Mailand. Er setzte durch, daß sie Pirelli so lange behalten konnten, wie sie ihn brauchten. Mincelli war erleichtert. Die Jagd auf Luca Carolla war eröffnet, und er war sicher, daß er jetzt, da sein Schreibtisch leer war, das Rennen gewinnen würde. Dann konnte er in Skiurlaub fahren und Pirelli den Rest überlassen.

Es war beinahe halb zehn. Teresa war im Arbeitszimmer. Sophia, die gebadet und sich umgezogen hatte, steckte den Kopf durch die Tür.

»Hast du schon gefrühstückt?«

Es läutet an der Tür, und Teresa spähte durch die Jalousie. Das sind Carabinieri.«

Während Teresa versuchte, Sophia zu beruhigen, führte Adina Kommissar Pirelli ins Eßzimmer.

»Wahrscheinlich kommt er wegen Mama. Geh zu ihm und biete ihm Kaffee oder sonstwas an, damit ich Zeit habe, Rosa zu warnen. Und sag nichts über die letzte Nacht, versprichst du mir das, Sophia?«

Sophia betrat das Eßzimmer und begrüßte Pirelli. Sie entschuldigte sich für die Dunkelheit und öffnete die Läden ein wenig. Das einfallende Licht blendete sie. Sie blinzelte und hielt sich die Hand vor die Augen.

»Ist es kalt draußen?«

»Nein, es ist frisch, sehr angenehm. Ich mag diese kühlen, klaren Septembertage sehr.«

Sie sah ihn an, als hätte sie ihn nicht verstanden.

»Wie geht es Signora Luciano?«

Sophia setzte sich möglichst weit von ihm entfernt hin. »Es geht ihr gut, aber sie ist sehr müde. Nur gut, daß wir alle hier sind und uns um sie kümmern können.«

Sie trug ein kastanienbraunes Kaschmirkleid, das ihrer Figur schmeichelte, und Pirelli fiel auf, daß sie keinen Schmuck trug. Sie war sehr blaß.

Sophia wartete verzweifelt auf die anderen. Sie haßte die Art, wie er sie musterte.

Als Teresa und Rosa hereinkamen, stand Pirelli auf und schüttelte ihnen die Hände.

Wie Schulkinder saßen die drei Frauen an dem langen Tisch. Die Hände hatten sie ordentlich vor sich gefaltet. Pirelli versuchte, ihnen die Befangenheit zu nehmen, lächelte und versicherte, daß er nicht gekommen sei, um Signora Luciano festzunehmen. Doch sie schwiegen. Er fragte, ob er rauchen dürfe, und Sophia nahm eine Zigarette von ihm. Als er ihr Feuer gab, bemerkten Teresa und Rosa, daß ihre Hand zitterte.

Pirelli öffnete seinen Aktenkoffer und nahm ein kleines Notizbuch heraus. Dann durchwühlte er seine Taschen und zog schließlich einen Füllfederhalter hervor. »Entschuldigen Sie bitte, daß ich Sie so überfalle, aber ich wäre Ihnen sehr dankbar, wenn Sie mir einige Fragen beantworten könnten.«

Er sah sich suchend um, und Teresa stellte einen schweren Kristallaschenbecher vor ihn auf den Tisch. Er bedankte sich und fuhr fort: »Ich werde Sie nicht lange aufhalten. Zuerst einmal habe ich eine gute Nachricht für Sie.«

Pirelli berichtete, daß der Antrag der Verteidigung, die Aussagen der Angeklagten vor Gericht zu verlesen, abgelehnt worden sei und daß in der nächsten Woche die Urteilsverkündung stattfinden würde.

»Dann hätte man Paul Carolla also nicht freigelassen?« fragte Teresa

»Nein. Die Angelegenheit, in der ich hier bin, betrifft Paul Carolla übrigens auch. Wir sind auf der Suche nach einem gewissen Luca Carolla.«

Pirelli sah die Frauen der Reihe nach an, konnte aber keine Reaktion feststellen. »Haben Sie jemals von ihm gehört? Oder kennen Sie ihn vielleicht sogar? Er ist Paul Carollas Sohn.«

Sophia warf Teresa einen Blick zu, als wollte sie um ihre Erlaubnis zu sprechen bitten. »Ich habe Paul Carolla nie kennengelernt. Dieser Mann, von dem Sie sprachen – wird er auch des Mordes an meinen Kindern verdächtigt?«

Pirelli warf ihr einen betroffenen Blick zu und wählte seine Worte sorgfältig. »Ich bin nicht wegen des Mordes an ihren Kindern hier. Im Augenblick versuchen wir nur herauszufinden, wo Luca Carolla sich aufhält.«

Graziella betrat den Raum, und Pirelli erhob sich. Er küßte ihr die Hand und rückte ihr einen Stuhl neben dem seinen zurecht.

»Wollen Sie mich festnehmen?«

»Nein, Signora, ich mache einen ganz informellen Besuch. Wir haben einen Tatverdächtigen im Mordfall Luzio Paluso.«

Er berichtete Graziella von der Suche nach Luca Carolla und fragte sie, ob sie ihn jemals gesehen hätte oder wüßte, wo er sich aufhalten könnte. Graziella entgegnete, sie habe gar nicht gewußt, daß Paul Carolla einen Sohn gehabt hätte. Dann fragte sie, ob Pirelli etwas über Carollas Mörder wisse.

»Mit den Ermittlungen in diesem Fall bin ich nicht befaßt, Signora, aber ich glaube, sie machen gute Fortschritte.«

»So, so, sie machen gute Fortschritte, den Mann zu finden, der den Mörder meiner Kinder umgebracht hat. Nur um unseren Fall scheint sich niemand zu kümmern. Sie haben nichts damit zu tun – wer ist denn überhaupt zuständig? Ich glaube nicht, daß die Polizei irgend etwas weiß! Der Prozeß wird zu

Ende gehen, und die Mörder werden weiter frei herumlaufen, genauso, wie es immer gewesen ist.«

Pirelli sah den Haß in ihren eiskalten Augen. Er blickte auf die versteinerten Gesichter der anderen Frauen und senkte den Kopf. »Ich glaube, der Mann, der Carolla erschossen hat, war ein professioneller Killer. Die ballistischen Untersuchungen haben ergeben, daß die Pistole wahrscheinlich eine Spezialanfertigung ist. Möglicherweise ist sie in einem Spazierstock versteckt gewesen. Der Mörder hat es jedenfalls irgendwie geschafft, sie in den Gerichtssaal zu schmuggeln. Es kann sein, daß eine Familie ihn angeheuert hat, die befürchtet hat, daß Carolla dem psychischen Druck nicht standhalten würde. Es wurde sogar in Erwägung gezogen, ob nicht vielleicht die Familie Luciano . . .«

»Aha, daher weht der Wind. Sie sind nicht hier, um uns im Mordfall Paluso Fragen zu stellen, sondern weil Sie glauben, daß wir etwas mit dem Mann zu tun haben, der Paul Carolla ermordet hat.«

Graziella schob ihren Stuhl zurück und stand auf. Sie zitterte vor Wut. Auch die anderen Frauen erhoben sich. Teresa legte ihr beruhigend die Hand auf den Arm. Einen Augenblick lang war die alte Dame unfähig zu sprechen. Dann wandte sie sich an Pirelli, der nun auch langsam aufstand.

»Meine Töchter haben von meinem Versuch, Paul Carolla zu töten, nichts gewußt. Das habe ich bereits zu Protokoll gegeben. Niemand hat mir geholfen, und niemand hat etwas von meinem Plan gewußt . . .«

Pirelli unterbrach sie. »Bitte, Signora Luciano, ich hatte nicht die Absicht . . .«

Teresa konnte nicht mehr an sich halten. »Welche Absicht, Herr Kommissar? Fragen Sie uns doch, ob wir einen Killer beauftragt haben, Paul Carolla umzubringen! Glauben Sie wirklich, daß wir Mama in dem Fall in den Sitzungssaal gelassen hätten? Für wen halten Sie uns eigentlich?«

Pirelli griff nach seinem Mantel. »Sie müssen sich darüber im klaren sein, daß solche Fragen unvermeidlich sind. Paul Carollas Mörder konnte nur entkommen, weil um Signora Luciano ein solcher Tumult ausbrach. Ich hatte bestimmt nicht die Absicht, Sie zu beleidigen, und ich möchte mich hiermit entschuldigen. Aber bitte bedenken Sie, daß ich den Mord an einem neunjährigen Kind aufzuklären habe.«

Nun trat Sophia vor. »Und meine Kinder? Meine Kinder sind Ihnen gleichgültig, nicht wahr?«

»Ich tue mein Bestes – und ich danke Ihnen, daß Sie sich Zeit für mich genommen haben.«

Pirelli wollte Graziella die Hand schütteln, doch sie sagte nur: »Meine Töchter werden Sie hinausbegleiten, Herr Kommissar.«

Dann drehte sie sich um und ging zur Tür.

»Da ist noch etwas, das ich Sie gerne fragen möchte«, sagte Pirelli.

Die Frauen standen wartend in einer Reihe nebeneinander. Pirelli schlug sein Notizbuch auf, blätterte ein paar Seiten weiter und schloß es dann wieder. »Sagt Ihnen der Name Enrico Dante etwas?«

Teresa bohrte Sophia eine Faust ins Kreuz.

Pirelli fuhr fort: »Er war ein Geschäftspartner von Paul Carolla. Kennen Sie ihn vielleicht?«

Teresa schüttelte den Kopf. »Ich habe den Namen nie gehört.«

Pirelli blickte die Frauen der Reihe nach an, dann ging er. Teresa öffnete ihm die Tür, und ohne ein weiteres Wort verließ er das Haus.

Langsam ging er die Eingangsstufen hinab und die Auffahrt entlang. Er hatte seinen Wagen draußen vor dem Tor geparkt. Plötzlich blieb er stehen und drehte sich um, um noch einen Blick auf die Villa inmitten der Gärten und Baumgruppen zu werfen. Aus dem Gebüsch an der Auffahrt lugte die Haube eines alten, dunkelblauen Fiats hervor, doch Pirelli schenkte dem Wagen weiter keine Beachtung, sondern setzte seinen Weg fort. Er war mit seinen Gedanken anderswo.

Zurück im Polizeipräsidium suchte Pirelli die Akte mit dem Foto von Sophia Lucianos Kindern heraus. Nachdem er alles andere von seinem Schwarzen Brett entfernt hatte, hängte er das Foto dort auf.

»Es stimmt also, daß du die Lucianos übernimmst?«

Pirelli sah Ancora erstaunt an. »Wie kommst du darauf? Ich denke gerade erst darüber nach.«

»Ich habe gehört, daß Mincelli den Fall abgibt und daß du ihn übernimmst. Mailand hat zugesagt, daß du hierbleiben kannst. Aber ich habe es für ein Gerücht gehalten. Ich meine, ich weiß doch, daß du nach Hause willst.«

Pirelli lächelte. »Der blöde Hund. Wahrscheinlich hat er Überstunden machen müssen. Aber eines sage ich dir, er wird es noch bereuen, daß er hinter meinem Rücken intrigiert hat.«

Ancora legte Pirelli zwei Schriftstücke vor. »Bruno hat gute Arbeit geleistet. Wir sind jetzt ziemlich sicher, daß die Mordwaffe aus dem frühen achtzehnten Jahrhundert stammt. Sie ist als Spazierstock getarnt und läßt sich in drei Teile zerlegen. Der obere Teil ist ein Pferdekopf.«

Pirelli griff nach dem Papier. »Von was redest du?«

»Von der Waffe, mit der Paul Carolla erschossen wurde.«

»Habt ihr sie gefunden?«

Ancora schüttelte den Kopf. »Nein, aber aus der Villa Palagonia ist ein Einbruch gemeldet worden. Das hier ist das Protokoll. Außer der alten Waffe ist nichts gestohlen worden.«

Pirelli las das Protokoll durch. »Das Ding ist sechzig oder siebzig Jahre lang nicht benutzt worden. Wenn Carolla wirklich damit erschossen wurde, muß jemand noch schwer daran gearbeitet haben.«

»Der Einbruch fand in der Nacht vor dem Mord an Carolla statt. Bruno ist schon dabei, alle Büchsenmacher zu überprüfen, die solche Arbeiten durchführen können.«

Pirelli stürzte aus dem Zimmer. An der Tür drehte er sich noch einmal um. »Gib das zu Mincelli rüber. Seine Leute sollen den Kleinkram machen. Du fährst in die Villa Palagonia und nimmst das Phantombild von Luca Carolla mit. Vielleicht war er da. Außerdem sieh zu, daß du Informationen über die beiden Toten im Armadillo-Klub bekommst. Und nimm ihre Fotos auch mit. Vielleicht erkennt sie jemand. Und fang schon einmal damit an, alle Autoverleiher und Werkstätten zu überprüfen. Wir wollen mal sehen, ob unser guter Junge sich ein Auto gemietet hat.«

Ancora seufzte und fragte sich, was Pirelli selbst wohl vorhatte.

Er schickte ein Telefax an seine Kollegen in den Vereinigten Staaten mit der Bitte, Schulen und Universitäten in der Nähe von Paul Carollas letztem Wohnsitz zu überprüfen. Vielleicht ließ sich ein aktuelles Foto von seinem Sohn auftreiben.

Sophia lag auf dem Bett, als Graziella ihr Zimmer betrat. Sie hatte offensichtlich geweint, und Graziella küßte sie sanft. »Ich fahre zum Mausoleum. Kommst du mit?«

»Nein, Mama. Ich habe Kopfschmerzen. Vielleicht fährt Rosa mit.«

»Ich würde mich freuen, wenn du mich begleiten würdest.«

Die Tränen rannen Sophia die Wangen herab, aber sie gab keinen Laut von sich. Graziella trat ans Fenster und öffnete die Läden einen Spalt. Sonnenlicht strömte herein, und Sophia hielt sich die Hände vor das Gesicht.

Mit fester Stimme sagte Graziella: »Deine Kinder sind ihnen gleichgültig, Sophia. Dieser Pirelli interessiert sich nur für Carolla. Nun, ich danke Gott für seinen Mörder. Wenigstens haben wir so Gerechtigkeit gefunden. Gott möge mir verzeihen. Ich möchte gerne, daß du mitkommst. Ich warte unten auf dich.«

Graziella blieb einen Augenblick neben dem Nachttisch stehen und betrachtete das Fläschchen mit den Tabletten. Es war offen, und einige der kleinen gelben Pillen lagen auf der Tischplatte. Sie sagte nichts.

Pirelli saß über den Luciano-Akten. Als das Telefon klingelte, rieb er sich die müden, rotgeränderten Augen und nahm den Hörer ab. Bruno kam mit einem Blatt Papier herein. Pirelli streckte die Hand danach aus, während er weiter dem Anrufer zuhörte, der ihm mitteilte, es gäbe keinerlei Hinweise darauf, daß innerhalb der letzten drei Monate ein Luca Carolla Sizilien oder Rom verlassen habe.

»Was ist das?«

»Aus Dantes Bar. Der Zettel lag im Büro auf dem Fußboden. Derjenige, der den Safe ausgeräumt hat, hat es anscheinend verloren. Sieht aus wie eine Aufstellung von Firmen und Vermögenswerten. Die unterstrichenen gehören alle den Lucianos. Das hier haben sie auch gefunden. Es lag neben der Theke.«

Pirelli nahm die Kugel in die Hand und drehte sie hin und her. »Sieht aus, als hätte jemand sie angebohrt.«

»Ja, und die Kugelsplitter, die sie aus Paul Carolla herausgeholt haben, stammen von einer Kugel derselben Art. Diese hier ist nicht abgeschossen worden.«

Pirelli hielt den Atem an. »Und die Fingerabdrücke auf dem Glas, das auf dem Boden lag?«

»Sind nicht bekannt. Sie könnten von einem Kunden stammen. Und dann war da noch etwas. Ich weiß nicht, ob es Sie interessiert. In der Blutlache hinter der Theke befand sich der Abdruck eines Frauenschuhs mit hohem Absatz.«

Pirelli ließ seine Finger über die winzigen Bohrlöcher in der Kugel gleiten, dann sprang er auf. »Bring sie ins Labor zurück. Sie sollen sie mit den Splittern der Kugel vergleichen, mit denen die beiden Kinder, die Lucianos, erschossen worden sind. Ich will wissen, ob die Löcher die gleichen sind und ob der gleiche Bohrer verwendet worden ist.«

»Mann, glauben Sie, daß es vielleicht ein und derselbe Mörder war?«

»Es wäre immerhin eine Möglichkeit.«

Luca sah Sophia mit trüben Augen an, während sie versuchte, ihn zu füttern. Er aß drei Löffel Suppe, dann fiel er wieder zurück in die Kissen.

Teresa öffnete die Tür und flüsterte: »Komm mit ins Arbeitszimmer, Sophia, ich muß dir etwas zeigen. Schnell!«

Sophia legte den Finger an die Lippen. »Leise. Er schläft.« Sie folgte Teresa und schloß die Tür hinter sich ab.

Luca wartete einen Moment, dann richtete er sich mit zusammengebissenen Zähnen langsam auf. Er schob die Bettdecke beiseite, stützte sich auf und setzte sich auf den Bettrand. Er schaffte es nicht aufzustehen. Langsam sank er wieder zurück.

»Er hat nur drei Löffel hinuntergebracht«, sagte Sophia, als sie sich im Arbeitszimmer eingeschlossen hatten. »Rosa hat zwei Schlaftabletten zerdrückt und sie in seine Suppe gestreut... Hörst du mir überhaupt zu?«

Teresa zog eine Schublade im Schreibtisch auf. »Ja, ja... Das hier war doch unter den Papieren in Morenos Tasche, erinnerst du dich? Sieh mal hier.«

Sie nahm das obere Ende des Stockes, das Stück mit dem Pferdekopf, und steckte es auf ein zweites Teil. »Das ist eine einschüssige Pistole, siehst du? Die Kugel kommt in den Pferdekopf hinein, das Ohr hier ist der Sicherungsflügel, und man feuert, indem man den Kopf zurückzieht – das ist der Abzug. Moreno ist der Mörder, Sophia. Er muß es sein. Das ist genau die Waffe, die Kommissar Pirelli beschrieben hat, oder?«

Sophia mußte sich hinsetzen. »Und was machen wir jetzt?«

»Wir behalten sie. Sobald es ihm bessergeht, verschwindet er. Wir geben ihm das Geld, genau wie abgemacht.«

»Was? Bist du verrückt? Wenn das tatsächlich seine Pistole ist, hat er zwei Menschen umgebracht, Teresa. Wir müssen Pirelli holen. Wenn du es nicht tust, mache ich es.«

»Das kannst du nicht.«

»Es geht doch nicht nur um mich. Es geht um uns alle. Wir halten einen Mörder versteckt!«

»Also gut, dann hol deinen Pirelli. Erklär ihm doch, warum du ihm nichts von Moreno erzählt hast, als er bei uns war. Du warst im Klub. Du wußtest, daß Moreno Dante erschossen hat. Wenn er Carolla erschossen hat, dann sollten wir ihm einen Orden verleihen! Na los, ruf Pirelli an. Mich kann er dann auch gleich festnehmen.«

Teresas Blick machte Sophia angst. Sie spürte, daß sich hinter ihrer Forschheit noch etwas anderes verbarg.

»Warum soll er dich festnehmen?«

Plötzlich war Teresa den Tränen nahe. »Ich habe es für uns getan, Sophia.« Sie nahm die Brille ab und stützte den Kopf in die Hände. »Ich habe es doch für uns getan.«

»Aber was hast du getan?«

Teresa drehte am Zahlenschloß des Safes und öffnete die Tür. Er war mit Bündeln von Banknoten gefüllt.

»Ich habe das ganze Geld aus Dantes Safe mitgenommen, als ich nach meiner Handtasche suchte. Deswegen habe ich Morenos Tasche wieder mitgebracht.«

Sophia fand keine Worte. Sie sah erst auf das Geld, dann auf Teresas angsterfülltes Gesicht.

»Wir hatten kein Bargeld, Sophia. Wir brauchen das Geld, und wer sagt, daß es nicht sowieso uns gehört? Moreno kann uns nicht erpressen, denn wir könnten ihn anzeigen.«

»Wieviel ist es?«

»Es reicht, um die Instandsetzung der Docks und der Warenlager in Angriff zu nehmen. Es ist alles so heruntergekommen, daß wir im Moment keinen guten Preis dafür erzielen können. Wir müssen die Gebäude in Ordnung bringen lassen, wir müssen Arbeiter bezahlen, die das verdorbene Frachtgut entfernen. Ich habe aufgeschrieben, was alles getan werden muß. Ich habe die anfallenden Kosten überschlagen, und . . .«

Sophia unterbrach sie. »Ich will nichts damit zu tun haben, Teresa. Ich kann es kaum glauben – was glaubst du eigentlich, was Mama und Rosa davon halten werden?«

»Sie brauchen nichts davon zu wissen. Ich werde mich um alles kümmern, und ich sorge dann auch dafür, daß jede von uns ihren Anteil bekommt. Das ist eine Familienangelegenheit.«

Sophia fauchte sie an: »Die Familie liegt auf dem Friedhof. Laß mich da heraus, Teresa, und sieh zu, daß du den Jungen oben loswirst, sonst rufe ich die Polizei, so wahr mir Gott helfe.«

Es war Mitternacht, und Rosa saß lesend an Lucas Bett. Sie blickte auf die Uhr, dann befühlte sie seine Stirn. Die Temperatur war zurückgegangen.

Ihr Lesezeichen war aus dem Buch gerutscht, und sie bückte sich, um es aufzuheben. Unter dem Bett sah sie etwas glitzern.

Sie blies den Staub von dem kleinen goldenen Herzen, das an einem dünnen Goldkettchen hing, und legte es in eine Glasschale auf der Kommode.

14. Kapitel

Luca war nun seit zwei Tagen in der Villa. Meistens schlief er, und er aß nur wenig, aber allmählich erholte er sich. Rosa hatte gerade seine Bettwäsche gewechselt, als Teresa hereinkam. Sie deutete auf die schmutzige Wäsche. »Bring sie nach unten und steck sie in die Maschine. Paß aber auf, daß Adina sie nicht sieht.«

Luca saß auf dem frischbezogenen Bett. Er hob das Kissen an und schien etwas darunter zu suchen. »Die Pistole haben wir, Signor Moreno.«

Er sah Teresa erstaunt an, dann griff er an seinen Hals. »Meine Kette. Meine goldene Kette.«

Rosa drehte sich in der Tür um. »Ich habe sie in die Schale auf der Kommode gelegt. Sie lag unter dem Bett. Ich wußte nicht, wem sie gehörte.«

Teresa nahm sie aus der Schale. »Nun geh schon, ich gebe sie ihm.«

Sie sah zu, wie Luca sich nervös die Kette um die Finger wickelte. »Wie fühlen Sie sich?«

»Viel besser. Meine Schulter tut nicht mehr so weh.«

»Und was glauben Sie, wie lange Sie hier bei uns bleiben müssen?«

»Bis es mir wieder so gutgeht, daß ich gehen kann...«

»Kommissar Pirelli war hier und hat uns Fragen gestellt. Er weiß nichts, aber wir wissen, daß Sie Dante getötet haben. Haben Sie auch Paul Carolla erschossen?«

Luca lehnte sich zurück und schloß die Augen. Er spürte Teresas Blick auf sich. Nun kam sie näher ans Bett heran. »Die Polizei vermutet, daß es eine Verbindung zwischen den beiden Morden gibt. Wenn Sie tatsächlich Paul Carolla erschossen hätten, würden wir Sie auf keinen Fall verraten. Wir hätten allen Grund, Ihnen zu Ihrer Tat zu gratulieren.«

Luca öffnete die Augen und blickte Teresa an. Leise sagte er: »Ich habe diesen Mann nicht getötet. Ich habe nie von ihm gehört.«

Teresa verzog den Mund zu einem ironischen Lächeln. »Ich glaube aber doch, daß sie ihn erschossen haben. Wir haben nicht nur die Pistole, die unter Ihrem Kopfkissen lag, sondern auch die andere, die wie ein Spazierstock aussieht. Sie war in der Tasche, die wir aus Dantes Klub mitgenommen haben.«

Mit seinen seltsamen, eisblauen Augen sah er Teresa unverwandt an. »Welche Tasche? Ich besitze keine Tasche. Das muß ein Irrtum sein.«

Teresa hob die Augenbrauen und lächelte wieder. »Nein? Sie brauchen uns nichts vorzulügen, Mr. Moreno.« Sie verließ das Zimmer und schloß die Tür hinter sich.

Als Luca hörte, wie sie den Schlüssel im Schloß umdrehte, krümmte er sich zusammen wie ein Embryo. Die goldene Kette hatte er sich so fest um die Knöchel geschlungen, daß sie in die Haut schnitt. »Bitte nicht einschließen. Bitte nicht.«

Teresa stand mit dem Schlüssel in der Hand auf der Treppe und lauschte auf sein ersticktes Schluchzen. Langsam ging sie hinunter. Ob sie sich doch geirrt hatten?

Sie klopfte an Sophias Zimmertür. Sophia bat sie herein. Im Zimmer war es dunkel. Ihre Schwägerin lag auf dem Bett.

»Ich möchte dich und Rosa unten sprechen«, flüsterte Teresa.

Sophia antwortete nicht. Sie horchte auf das leise Weinen. »Was ist das? Hörst du? Ist das Moreno?«

»Ja. O Gott, glaubst du, daß Mama es hören könnte?«

Teresa trat auf den Flur hinaus und lauschte. Es klang, als ob ein Kind weinte. Sie wollte gerade wieder hinaufgehen, als das Weinen aufhörte. Sie horchte noch einen Augenblick, dann ging sie zu Sophia zurück.

»Ist schon gut, er hat aufgehört. Weißt du, ich glaube, ich habe mich geirrt. Er hat Dante vielleicht in Notwehr erschossen, aber ich bezweifle, daß er genug Mumm hätte, um jemanden wie Carolla umzubringen. Er wirkt eher wie ein Schwächling. Ich vermute, wir haben Dantes Tasche mitgenommen. Sie gehörte gar nicht Moreno. Jedenfalls hat er das gesagt. Wenn es stimmt, brauchen wir kein schlechtes Gewissen mehr zu haben, weil wir einen Massenmörder verstecken. Sophia? Hast du zugehört?«

Sophia nickte seufzend. »Ja. Ich wasche mich eben ein bißchen, dann komme ich nach unten.«

Teresa saß hinter dem Schreibtisch. Vor ihr lag ein Stapel gedruckter Poster. Sophia und Rosa zogen sich Stühle heran, um die Poster besser sehen zu können.

»Sie kommen an jede Wand«, sagte Teresa. »Alle Leute, die jemals für Don Roberto gearbeitet haben, sollen sie lesen. Ich werde tun, was ich kann, damit diese Männer wieder für uns arbeiten. Ich werde an ihr schlechtes Gewissen appellieren ...«

Sie wurde von Graziella unterbrochen, die gemessenen Schrittes mit einer Vase voll frischer Blumen eintrat. Sie stellte die Vase auf den Schreibtisch und nahm ein Poster in die Hand. Langsam las sie vor:

Ihr seid zu Hunderten gekommen, um den Mann zu beerdigen, dem ihr zu Recht den Namen *Il Papa* gegeben habt. Ihr habt mit seinen Frauen geweint, ihr habt um seine Söhne getrauert und für seine Enkel gebetet. Signora Luciano bittet alle diejenigen, die Don Roberto Luciano gekannt haben, ihm eine letzte Ehre zu erweisen. Sie bittet die Männer darum, denen er Arbeit gegeben hat, die Frauen, für die er gesorgt hat, und die Kinder, die unter seinem Schutz sicher aufgewachsen sind.

Graziella Luciano
Sophia Luciano
Teresa Luciano
Rosa Luciano

Graziella verzog den Mund. »Diese Leute arbeiten inzwischen alle für andere Familien. Das gibt Ärger, nicht nur für sie, sondern auch für euch, für uns alle. Hat es denn nicht schon genug Tote in der Familie gegeben?«

Teresa wurde ungeduldig. »Sie sind es uns schuldig, Mama. Don Roberto hat ihnen jahrelang Arbeit gegeben.«

Die Kälte in Graziellas Stimme überraschte sie. »Aber jetzt ist er tot, Teresa. Nicht du bist das Oberhaupt der Familie, sondern ich bin es. Und ich lasse nicht zu, daß diese Versammlung stattfindet.«

»Mama, wir möchten gern, daß du mitmachst. Wir brauchen dich. Wenn du dich weigerst, ist das dein gutes Recht, aber wir machen trotzdem weiter, ob es dir paßt oder nicht.«

In den Lagerhäusern stank es wie an einem Abwasserkanal. Überall standen Transportkisten mit faulenden Apfelsinen, und über die feuchten Böden huschten Scharen von Ratten. In den Trockendocks rosteten die Frachtschiffe, und in den Höfen standen reihenweise Lastwagen mit aufgeschlitzten Reifen und zerrissenen Verdecks. Teilweise waren die Motoren gestohlen worden, und alles, was nicht niet- und nagelfest war, war abmontiert worden und verschwunden.

Die einstmals florierende Fliesenfabrik lag verlassen da, die Läden waren geschlossen, in den Büros lag fingerdick Staub, und es war so oft eingebrochen worden, daß kaum noch ein Raum zu benutzen war.

Die Frauen wurden immer stiller, aber ihre Rundfahrt war noch nicht zu Ende. Sie fuhren zur Konservenfabrik hinaus und weiter durch die Plantagen. Kilometerweit fuhren sie an sterbenden Bäumen vorbei. Apfelsinen, Zitronen und Oliven lagen faulend auf dem Boden oder hingen noch an den Zweigen. Die Beregnungsanlagen waren verrostet, die Bewässerungskanäle von faulenden Früchten verstopft. Von den Mauern leuchtete ihnen Graffiti entgegen: *Mafioso finito. Bastardo Luciano.*

Als sie in die Villa zurückkehrten, lief Rosa gleich nach oben, um nach Luca zu sehen. Die anderen saßen schweigend im Büro. Teresa schlug ihr Notizbuch auf.

»Als erstes brauchen wir Leute, die saubermachen, den Müll wegschaffen und nachsehen, was von den Lastwagen noch zu gebrauchen ist.«

Sophia klopfte sich den Staub vom Rock. »Die Lagerhäuser und Fabriken sind keine Wohnhäuser, Teresa. Du kannst nicht einfach ein paar Leute mit Besen und Eimern hineinschicken.«

Ohne den Einwand zu beachten sprach Teresa weiter: »Dann müssen die Bäume zurückgeschnitten werden, und die Bewässerungsanlage muß wieder instand gesetzt werden. Die nächsten Ernten können wir sowieso vergessen.«

Sophia hob die Hände. »Die nächsten Ernten? Und was machen wir, wenn wir keine Ernten haben? Wenn wir die Docks, die Speicher und die Schiffe saubergemacht haben, was machen wir dann? Ohne Ernte haben wir keine Ware. Mama hat recht, es ist Wahnsinn. Wir werden niemals neu anfangen können.«

»Nein! Das wollen wir auch gar nicht. Wir bereiten nur alles zum Verkauf vor. Ich habe eine Liste aller Exportfirmen in Palermo. Wir werden auf sie zugehen und uns Angebote machen lassen. Und dann entscheiden wir, ob wir verkaufen oder lieber verpachten wollen. Das hängt von den Preisen ab, die sie zu zahlen bereit sind. Wir haben Exportlizenzen, wir haben Lagerraum in New York, wir haben die Lastwagen der Transportfirma, und wir haben den guten Namen Luciano. Das alles ist eine Menge mehr wert, als man uns bis jetzt geboten hat. Versteht ihr, was ich meine?«

Alle schwiegen. Teresa saß selbstzufrieden hinter dem Schreibtisch. »Ihr braucht nur zu tun, was ich euch sage.«

Die große Versammlung war für zwei Uhr nachmittags angesetzt. Alle Frauen trugen Trauerkleidung, so wie Teresa es angeordnet hatte, aber nur Graziella hatte einen feinen schwarzen Schleier angelegt. Teresa steuerte den Rolls-Royce. Der schimmernde weiße Wagen mit den schwarzgekleideten Frauen darin bot einen eindrucksvollen Anblick.

Die vier Frauen standen in einer Reihe auf dem kleinen Podest. Sie strahlten die gleiche Ruhe aus wie bei der Beerdigung.

Als Teresa nun einen Schritt vortrat, wurde sie von der Menge mit ehrerbietigem Schweigen begrüßt. Sie dankte allen für ihr Kommen und sprach ein kurzes Gebet. Dann erhob sie die Stimme.

»Sie stehen in einem Lagerhaus der Lucianos. Ich brauche Ihnen nicht zu sagen, in welch einem desolaten Zustand das Gebäude sich befindet. Und in den anderen Speichern und Fabriken meines Vaters sieht es ähnlich traurig aus. Noch vor nicht allzu langer Zeit ist Ihnen allen hier Don Robertos Großzügigkeit zugute gekommen, seine Freundlichkeit und sein Verständnis. Er hat Ihnen Arbeit gegeben. Er hat Sie beschützt. Nie hat er jemanden abgewiesen, der seine Hilfe brauchte.«

Während Teresa eine Pause machte, um ihre Worte auf die Menge wirken zu lassen, blitzten die Kameras. Die Pressefotografen waren vollzählig erschienen.

Teresa fuhr fort. »Und nun brauchen wir Ihre Hilfe. Wir bitten Sie nicht um Ihre schwerverdienten Lire. Nein, wir bitten Sie um Ihre Zeit. Wir bitten jeden von Ihnen darum, uns ein paar Stunden seiner Zeit zu schenken.«

Sie erklärte, daß Arbeiter zum Aufräumen und zum Saubermachen gebraucht würden, daß die Lastwagen repariert und neue Fensterscheiben eingesetzt werden müßten. Sie sagte, daß die Gebäude in brauchbarem Zustand sein müßten, damit die Frauen einen angemessenen Preis dafür erzielen könnten. Sie erzählte, daß Don Robertos Vermögen verloren sei und daß die Frauen völlig mittellos dastünden.

Teresa kündigte an, daß von nun an die Fliesenfabrik ihr Hauptquartier sein würde und daß diejenigen, die ihre Zeit und ihre Fähigkeit zur Verfügung stellen wollten, Namen und Beruf auf einen Zettel schreiben und diesen am Ausgang des Lagerhauses in einen Kasten werfen sollten.

Pirelli saß im Zug nach Erice. Er hatte das Abteil für sich allein und studierte die Berichte, die Ancora ihm gegeben hatte.

Der Büchsenmacher, der im Verdacht stand, die alte Waffe wieder funktionsfähig gemacht zu haben, war tot aufgefunden worden. Er war in seiner Werkstatt unter einem Haufen Strohballen erstickt, wie man sie sonst bei Schießübungen verwendete. In der Werkstatt waren zahlreiche Bohrer zur Bearbeitung von Munition gefunden worden, und auch bei der Suche nach der Waffe selbst hatte man Fortschritte erzielt. Der Fremdenführer in der Villa Palagonia hatte Dario Biaze und Enrico Dante auf den Fotos erkannt. Er hatte ausgesagt, daß er an dem Tag, als die Pistole gestohlen wurde, mit ihnen gesprochen hatte. Den dritten Mann jedoch hätte er nicht erkennen können, da dieser die ganze Zeit hinten im Wagen gesessen hatte.

Pirelli griff in seinen Aktenkoffer und holte sein Notizbuch hervor. Er suchte die Seite mit den Aufzeichnungen über das Verhör des Wachtpostens, der den verdächtigen Mönch durchsucht hatte. Der Posten hatte angegeben, daß der Mann dichtes, dunkles, rötlich schimmerndes Haar gehabt hatte. Auf dem Phantombild der Polizei hatte er ihn nicht eindeutig identifizieren können.

Pirelli packte sein Notizbuch und die Akte wieder in den Aktenkoffer, hob eine alte Zeitung vom Boden auf, breitete sie auf dem gegenüberliegenden Sitz aus und legte seine Füße darauf. Sein rechter Absatz verdeckte das Schwarzweißfoto auf der Titelseite, aber die Schlagzeile daneben fiel ihm ins Auge. Der Artikel erstaunte ihn. Die Luciano-Witwen hatten tatsächlich die früheren Arbeiter Don Robertos um Hilfe gebeten.

Sophia holte Lucas Bettwäsche aus dem Trockner. Beim Falten des Kopfkissenbezugs fielen ihr die dunkelbraunen Flecken in dem weißen Stoff auf. In der Annahme, es sei Blut, warf sie den Bezug in den Mülleimer. Als sie später am Abend nach dem schlafenden Luca sah, schien es ihr, als sei sein Haar heller geworden. Sie beugte sich über ihn, um besser sehen zu können, und fuhr erschrocken zusammen, als Rosa eintrat.

Rosa blickte sie mißtrauisch an. »Was machst du denn da?«

Sophia legte den Finger an die Lippen. Luca schlief weiter. »Sieh mal hier, seine Haare. Sie sind gefärbt. Eigentlich ist er blond, siehst du das?«

Rosa beugte sich über Luca. Sie flüsterte: »Warum hat er sich wohl die Haare gefärbt?«

Sophia antwortete nicht. Als sie den Raum verlassen und die Tür hinter sich abgeschlossen hatte, öffnete Luca die Augen. Er konnte inzwischen mühelos aufstehen und begann, im Zimmer auf und ab zu gehen. Er hatte das Gespräch der beiden Frauen mit angehört und fluchte leise vor sich hin. Seine Tage hier waren gezählt. Er streckte die Finger der linken Hand aus. Diese Bewegung bereitete ihm immer noch Schmerzen, aber er nahm vorsichtig den Verband ab und begann mit seinen Übungen.

Pirelli schwitzte nach dem langen Aufstieg zum Kloster, obwohl ein frischer Wind blies. Bruder Guido empfing ihn und führte ihn wieder in den kleinen Vorraum. Pater Angelo würde gleich kommen, sagte er, und Bruder Thomas wollte sich auch einfinden.

Ein alter Mönch schlurfte herein. Er hielt einen braunen Umschlag in der Hand. »Ich habe Sie schon erwartet, Herr Kommissar. Beim letztenmal konnte ich leider nicht mit Ihnen sprechen. Wollen wir uns nicht setzen? Ich bin Bruder Thomas. Sie möchten etwas über Luca wissen?«

Pirelli setzte sich. Die Kutte des alten Mannes verströmte einen schweren, muffigen Geruch, und auch er selbst machte den Eindruck, als könnte ein Bad ihm nicht schaden. Er legte den Umschlag vor sich auf den Tisch, legte eine Hand darauf und lächelte Pirelli an. Seine Augen sahen aus wie Erbsen, klein und schmutziggrün, und sein ganzes Benehmen hatte etwas Hinterhältiges, Verschlagenes. Er blickte ständig auf die geschlossene Tür und senkte geheimnistuerisch die Stimme, als er zu sprechen begann. Dabei sog er zwischen seinen zahnlosen Kiefern geräuschvoll die Luft ein. »Ich weiß, daß er schlecht war. Er war ein Lügner. Er hat einmal ein Hühnerbein gestohlen, wissen Sie . . .«

Pirelli hörte geduldig zu, wie der Alte von einem Diebstahl erzählte, den Luca einmal verübt hatte. Schließlich hörten sie draußen auf dem Flur langsame Schritte näher kommen. Bruder

Thomas drückte Pirelli den abgegriffenen Umschlag in die Hand und verschwand.

Pater Angelo konnte sich vor Schmerzen nur langsam bewegen, und Guido half ihm, sich auf den Stuhl zu setzen. Pirelli wurde immer niedergeschlagener. Bruder Thomas' Erzählung war zusammenhanglos und wenig brauchbar gewesen, und von dem alten Mann, der ihm jetzt gegenübersaß, erwartete er noch weniger.

»Bitte, laß uns jetzt allein, Guido.«

Pirelli lehnte sich zurück. Die Stimme war zittrig, aber die Augen des alten Mannes waren klar. Als die schwere Eichentür sich hinter Guido geschlossen hatte, faltete er die Hände.

»Sie möchten also etwas über unseren Sohn Luca wissen, ist das richtig?«

»Ja, Pater. Es ist sehr wichtig.«

Pater Angelo hob leicht die Hand. »Vielleicht sollte ich ganz von vorn beginnen? Mit dem Tag, als er hier ankam?«

»Wenn es Ihnen nichts ausmacht, Pater – je mehr ich über ihn erfahre, desto besser.«

Der Pater lächelte. »Ich glaube, niemand weiß alles über Luca. Er hatte immer eine dunkle Seite, eine schreckliche dunkle Seite. In all den Jahren, die er bei uns verbrachte, konnte ich ihn nicht davon befreien. Ich habe ihn aus dem Nazareth-Krankenhaus geholt. Das Jugendgericht hatte ihn dorthin geschickt. Das war 1968 . . . im Juli.«

»Tut mir leid, daß ich Sie unterbrechen muß, aber hat nicht Paul Carolla ihn zu Ihnen gebracht?«

»Nein, nein, den Brief von Signor Carolla habe ich erst viele Jahre später bekommen. Er glaubte, sein Sohn Giorgio habe nicht mehr lange zu leben und bat uns, ihm hier Zuflucht zu gewähren. Giorgio war ein hochintelligentes Kind, aber von Geburt an ans Bett gefesselt. Er war stark mißgebildet und hatte außerdem einen Herzfehler.«

Pirelli unterbrach wieder: »Dann war Luca gar nicht Carollas leiblicher Sohn?«

Pater Angelo schüttelte den Kopf. »Nein. Als Luca zu uns

kam, war er fünf, vielleicht auch schon sechs. Er war mit einer Bande von Straßenjungen aufgegriffen worden, die versucht hatten, in ein Kaufhaus einzubrechen. Luca war Waisenkind, und weil er für eine Anstalt noch zu jung war, wurde er ins Kloster geschickt. Er hatte lange Zeit im Krankenhaus verbracht. Er muß furchtbare Verletzungen erlitten haben. Er hatte tiefe Wunden auf dem Rücken, ein Arm war gebrochen, sein Becken war gebrochen gewesen, und er hatte einen Schädelbruch. Wir werden nie erfahren, welche Qualen dieses Kind durchgemacht hat. Sein Elend rührte mich tief. Wir haben unser Bestes getan, um ihm Frieden zu geben. Allerdings war es nicht leicht. Er hat gestohlen und gelogen und die anderen Kinder gegen sich aufgebracht, weil er immer Streit gesucht hat. Dabei hatte er ein Gesicht wie ein Engel . . . Nach einigen Jahren kamen mir Zweifel, ob wir ihn überhaupt jemals würden bändigen können, aber Gottes Wege sind unerforschlich. In Lucas Fall kam die Rettung in Gestalt des kranken Giorgio Carolla.«

Pirelli hörte gespannt zu.

Mit leiser Stimme fuhr der Pater fort. »Luca hatte sich etwas zuschulden kommen lassen und sollte zur Strafe Giorgios Zelle reinigen. Was dann geschah, erscheint mir immer noch wie ein Wunder, Herr Kommissar. Luca hat den armen, mißgestalteten Jungen unter seine Fittiche genommen und wie eine Mutter für ihn gesorgt. Die beiden wurden unzertrennlich. Luca hat ihn gewaschen, gefüttert und angezogen, er hat ihm sogar eine Art Rollstuhl gebaut, damit er draußen sitzen konnte. Zwei Jahre, nachdem Giorgio zu uns gekommen war, ging es ihm so gut, daß er an den normalen Unterrichtsstunden teilnehmen konne. Und Luca bereitete uns keine Schwierigkeiten mehr. Er hatte eine Familie gefunden. Der kranke Junge war sein ein und alles.«

Angelo zog ein Taschentuch aus seiner Kutte und wischte sich die Augen. Pirelli schwieg.

»Aber Giorgios Herz hielt den Belastungen nicht stand. Im Januar 1974 rieten die Ärzte zu einer Notoperation. Es war von

Anfang an ungewiß, ob die Operation Erfolg haben würde, aber ohne Operation gab es überhaupt keine Hoffnung mehr für den Jungen.«

Mit zitternden Händen versuchte Pater Angelo, sich ein Glas Wasser einzuschenken. Pirelli erhob sich und half ihm.

»Giorgio erklärte, er würde sich nur operieren lassen, wenn Luca ihn nach Rom begleiten durfte. Die Reisevorbereitungen wurden getroffen. Das alles dauerte höchstens eine Woche, aber während dieser Zeit verschlimmerte sich Giorgios Zustand so sehr, daß die Operation nicht mehr durchgeführt werden konnte. Paul Carolla war angereist, um seinen Sohn mit nach Rom zu nehmen, und nun wartete er auf seinen Tod.«

Pater Angelo legte die Fingerspitzen zusammen. »In der Zeit, die Giorgio bei uns verbrachte, die er mit Luca verbrachte, veränderte er sich von Grund auf. Sein Lebenswille erwachte. Er hatte jemanden, für den er lebte. Und Lucas Wandlung grenzte an ein Wunder. Er hatte immer ein engelgleiches Gesicht gehabt, und nun wurde er wirklich zu einem Engel. Nein, ich kann es nicht anders ausdrücken. Ich glaube, er hätte sein Leben für Giorgio hingegeben. Als Giorgios Vater kam, schien es dem armen Jungen etwas besserzugehen. Verstehen Sie, wenn wir auch nur geahnt hätten, daß er dem Tod schon so nahe war, hätten wir ihn nie allein gelassen.«

Pater Angelo starrte auf die kahle Wand. Oftmals hatte er sich den schrecklichen Wintermorgen ins Gedächtnis zurückgerufen und den furchtbaren Schrei wieder gehört, der im ganzen Kloster widerhallte. Er konnte die Tränen nicht zurückhalten.

»Es war verboten ... Es war den Jungen verboten, nach neun Uhr abends die Schlafräume zu verlassen, aber Luca hatte es irgendwie geschafft, sich an dem Mönch, der Aufsicht hatte, vorbeizustehlen. Giorgio ist in Lucas Armen gestorben, Herr Kommissar. Wie oft habe ich trauernden Menschen Trost gespendet, aber solchen Kummer hatte ich noch nie mit angesehen. Luca stand an Giorgios Fenster. Er klammerte sich ans Fensterbrett, sein Körper war ganz steif. Die Tränen strömten ihm über die Wangen, sein ganzes Hemd war naßgeweint.

Ich habe versucht, seine kalten Hände vom Fensterbrett zu lösen. Seine Knöchel waren ganz weiß, so sehr hat er sich festgehalten. Er hat nach mir getreten und gespuckt. Es hat mir das Herz gebrochen, Herr Kommissar. Er ließ nicht zu, daß wir ihn berührten. Vor jedem Kontakt ist er zurückgeschreckt.

Der Kummer des Jungen hat Signor Carolla tief gerührt, und er bat uns, mit ihm sprechen zu dürfen. Als er wieder aus Giorgios Zimmer kam, hielt er Luca an der Hand. Kurz darauf hat Signor Carolla Luca adoptiert und ihn mit nach Amerika genommen.«

Pirelli sah auf Pater Angelos gesenkten Kopf und wartete. Schließlich sagte er: »Bitte fahren Sie fort, Pater.«

»Ich habe einige Briefe von ihm bekommen. Sie können sie lesen, wenn Sie möchten. Ich habe die Adoptionspapiere unterschrieben und ihn aus unserer Obhut entlassen. Ich dachte, es wäre zu seinem Besten.«

Tränen rannen ihm über die Wangen. »Ich habe ihn nicht wiedergesehen, bis er in diesem Frühjahr zu uns zurückkehrte.«

Der alte Mann griff nach seinem Wasserglas und trank in kleinen Schlückchen. »Könnten Sie mir sagen, warum Sie so an meinem Sohn Luca interessiert sind? Glauben Sie, daß er ein Verbrechen begangen hat?«

Pirelli hüstelte und fuhr sich mit der Zunge über die Lippen. »Ja, Pater Angelo, das vermuten wir.«

»Dann ist es meine Schuld. Ich hätte ihn damals nicht gehen lassen dürfen. Aber ich wußte nichts über Paul Carolla. Ich dachte, es wäre eine große Chance für Luca. Bitte entschuldigen Sie, ich . . .«

Sein zerbrechlicher Körper wurde von Schluchzen geschüttelt. Pirelli wußte nicht, wie er ihn trösten sollte. Wie konnte er diesem liebenswürdigen alten Mann sagen, was aus Luca Carolla geworden war? Er stand auf.

»Ich glaube, mehr brauche ich nicht zu wissen. Ich möchte Sie nicht weiter . . .«

»Er ist zu mir zurückgekommen. Er ist zurückgekommen, weil er Hilfe brauchte. Das weiß ich jetzt. Wissen Sie, als Junge hat er immer versucht, seine Verfehlungen durch Arbeit wiedergutzumachen. Er hat getüncht, umgegraben, alles. Er ist zurückgekommen und hat hier sechs Monate lang geschuftet. Ich wußte, daß etwas Furchtbares geschehen sein mußte.«

Pirelli läutete die Glocke an der Tür, um jemanden herbeizurufen, der Pater Angelo beim Aufstehen helfen konnte. Aber der Pater war noch nicht fertig.

»Ich muß Ihnen noch etwas sagen. Lucas dunkle Seite... Er ist als Kind sexuell mißbraucht worden. Verstehen Sie, was ich meine?«

Guido war eingetreten und hatte die letzten Worte mit angehört. Der alte Pater nahm seine Gegenwart zur Kenntnis, sprach aber weiter. »Was immer man ihm auch angetan hat, er hatte entsetzliche Angst vor kleinen Räumen, er hatte Angst, eingesperrt zu werden. Er konnte vor Angst hysterisch werden, gewalttätig. Die ersten Jahre konnten wir ihn nicht dazu bewegen, die Kapelle zu betreten. Er erbrach sich, wenn wir versuchten, ihn zum Gebet in die Kapelle mitzunehmen. Allmählich ließ seine Phobie nach, und er besuchte die Messe, wenn auch nur gelegentlich. Ich glaube, daß die Verbrechen an Luca an einem geweihten Ort begangen worden sind, Gott möge mir verzeihen.«

Guido errötete tief und wich Pirellis Blick aus.

Pirelli kam noch ein Gedanke: »Haben Sie mit Luca gesprochen, bevor er das Kloster verließ, Pater?«

Der alte Mann schüttelte den Kopf. »Nein. Nein, Luca hat sich nicht einmal von mir verabschiedet. Bruder Guido hat ihn als letzter gesehen. Ich wünsche Ihnen eine gute Heimfahrt, Herr Kommissar.« Er bewegte sich mit dem Laufwagen langsam auf die Tür zu. Guido begleitete ihn hinaus.

»Bruder Guido, einen Moment bitte – kann ich Sie noch einmal sprechen?«

Pirelli fühlte sich ausgelaugt, und ihm war kalt. Er verspürte das Bedürfnis nach frischer Luft – oder wenigstens nach einer Zigarette. Aber er hörte, wie Bruder Guido zurückkam.

Der junge Mönch zupfte nervös an seiner Kutte herum.

»Sie haben Luca als letzter gesehen. Warum haben Sie mir das nicht eher gesagt?«

»Ich habe es nicht für wichtig gehalten.«

»Doch, es könnte wichtig sein. Bruder Guido, Luca Carolla ist ein äußerst gefährlicher Mann. Er hat mindestens ein Kind getötet und möglicherweise auch seinen Vater, Paul Carolla.«

Guido ließ sich auf einen Stuhl fallen und rang nach Luft. Beim Sprechen hielt er eine Hand vor das Gesicht. »An dem Abend, als Luca wegging, war ich in der Kapelle, in der Nähe der Krypta. Ich kniete und betete, und er hat mich nicht gesehen. Er kam mit der kleinen Tasche herein, von der ich Ihnen erzählt habe. Ich wollte mich bemerkbar machen...«

»Aber Sie haben es nicht getan?«

»Nein. Er stand da und blickte das Kreuz an. Er sah aus wie eine Statue. Ich habe noch nie so eine Ruhe gesehen, so eine Schönheit.«

Guidos Schultern zitterten, und er sprach im Flüsterton weiter. »Sein Gesicht sah aus wie in Marmor gemeißelt, wie Christus selbst.« Er bekreuzigte sich schnell.

»Und dann?«

»Ich bin aufgestanden, und er ist zurückgeschreckt wie ein wildes Tier. Er hat gezischt und gefaucht, es war ein entsetzliches Geräusch. Dann hat er etwas Gotteslästerliches gesagt – ich bitte Sie, lassen Sie es mich nicht wiederholen. Ich hörte noch, wie die Tür geöffnet wurde, und dann war er verschwunden.«

»Und er hat nur die Ledertasche mitgenommen, den Kasten haben Sie nicht gesehen?«

»Nein.«

Pirelli bekreuzigte sich, als er hinter Guido die Kapelle betrat. Er blickte an dem wuchtigen Holzkreuz hinauf. Zuerst sah er nichts, aber dann schaltete Guido die Taschenlampe ein.

Pirelli brachte den Pistolenkoffer in die ballistische Abteilung der Spurensicherung. Dort erfuhr er, daß die Kugel, die im Armadillo-Klub auf dem Fußboden gefunden worden war, tatsächlich von der gleichen Art war wie diejenige, mit der Carolla erschossen worden war. Die Splitter, die man in Carollas Leiche gefunden hatte, wiesen die gleichen Bohrlöcher auf wie die nicht abgeschossene Kugel. Sie waren mit einem Bohrer hergestellt worden, den man bei dem ermordeten Büchsenmacher gefunden hatte. Ähnliche Kerben waren auch in den Kugelsplittern gefunden worden, die man aus den Leichen der kleinen Lucianos und aus Luzio Paluso herausgeholt hatte. Letztere waren allerdings nicht mit dem gleichen Bohrer fabriziert worden.

Als Pirelli in sein Büro kam, fand er zu seinem Erstaunen Ancora an seiner Schreibmaschine. »Hast du kein eigenes Büro?«

Ancora grinste. »Nein. Nur einen Schuhkarton am Ende des Flurs. Hast du einen guten Tag gehabt?«

»Ja, und er ist noch nicht zu Ende. Sieh dir das hier mal an! Das hat mir ein alter Mönch im Kloster heimlich zugesteckt. Ein Foto von Luca, als er zwölf oder dreizehn war. Laß es vergrößern. Er hat wirklich hellblondes Haar, blaue Augen und ist einsechsundsiebzig groß. Bruder Guido meinte, er sei sehr stark.«

Ancora betrachtete das Foto und rümpfte die Nase. »Ist das ein Kind da im Rollstuhl?«

»Das ist Paul Carollas leiblicher Sohn, Giorgio. Als er starb, hat Carolla Luca adoptiert und ihn mit nach Amerika genommen. Da war er zwölf oder dreizehn. Es gibt keine Geburtsurkunde von Luca, deswegen weiß man sein genaues Alter nicht.«

Unvermittelt nahm Pirelli den Telefonhörer ab und wählte eine Nummer. »Hier ist Pirelli. Können Sie etwas über einen kleinen Jungen herausbekommen, der im Juli 1968 aufgegriffen worden ist? – Doch, doch, ich meine es ernst. Ich weiß nur, daß er blond war und Luca hieß. Den Nachnamen weiß ich nicht. Er wurde mit einer Bande von Jungen am Hafen festgenommen. Er mußte zur Behandlung ins Krankenhaus. Muß damals fünf oder sechs Jahre alt gewesen sein.«

»Wer hat ihn aufgegriffen?«

»Das weiß ich nicht, aber er ist im Nazareth-Krankenhaus behandelt worden.«

»Hören Sie, Kommissar Pirelli, das ist vor zehn Jahren abgebrannt.«

»Das ist mir bekannt, aber tun Sie, was Sie können.« Als Pirelli den Hörer auflegte, fiel sein Blick auf die Papiere im Postkorb. Er las.

»Mein Gott.«

Ancora sah zu ihm hinüber. »Das ist heute morgen hereingekommen. Aus der Akte Luciano. War anscheinend herausgefallen.«

Pirelli schüttelte den Kopf. »Ich kann es kaum glauben. Hier steht, daß der Küchenchef aus dem San Lorenzo, du weißt schon, aus dem Restaurant, in dem die Lucianos vergiftet wurden, mit einer Heckler & Koch erschossen worden ist. Wie alt ist der Bericht?«

»Der muß acht oder neun Monate alt sein.«

Pirelli blätterte um. »Und der zweite Kellner ist mit einer 44er Magnum erschossen worden. Du wirst es nicht glauben ... aber ich habe aus dem Kloster eine Waffe mitgebracht, und es ist eine 44er Magnum!«

Ancora starrte ihn an. »Soll das ein Witz sein?«

»Verdammt noch mal, nein. Setz dich mit dem Labor in Verbindung. Hier stehen keine Einzelheiten über die Kugeln. Ich will wissen, ob sie auch angebohrt waren.«

Während Ancora telefonierte, schritt Pirelli im Büro auf und ab. Ihm war heiß geworden. Luzio Paluso, Carlo und Nunzio Luciano, Paul Carolla, die Angestellten aus dem Restaurant – hatte der Mörder in allen Fällen seine Visitenkarte hinterlassen? Die verräterischen Bohrlöcher und Kerben in den Kugeln? Und hatte derselbe Mann vielleicht auch Don Roberto und seine Söhne vergiftet?

Ancora erhielt keine Verbindung. Pirelli deutete auf die Fotowand. »Ich will hier die Fotos aller Lucianos haben und von allen anderen, die im Restaurant ermordet wurden. Und ein Foto von Paul Carolla ... Ich möchte ihre Gesichter sehen. Ich glaube, es war ein und derselbe Mann, der sie alle umgebracht hat.«

»Was? Bist du verrückt?«

»Nein, aber ich habe den Eindruck, daß der Mörder verrückt ist.«

Die beiden Männer betrachteten das Foto von Carlo und Nunzio. Dann sahen sie Luzio Paluso an, der neben seinem Fahrrad am Straßenrand lag. Sein Gesicht war nur noch eine blutige Masse, ein Teil seines Hinterkopfes war weggeschossen. Neben ihm auf den Pflastersteinen lag noch die Eiswaffel, die er in der Hand gehabt hatte, das geschmolzene Eis hatte sich mit seinem Blut vermischt.

Pirelli kaute auf seiner Unterlippe. »Wann sind die Luciano-Kinder ermordet worden?«

»Die Kinder wurden gegen elf entdeckt, glaube ich. Laß mich mal nachsehen.«

Pirelli fuhr sich durch das Haar. »Die Leichen der Männer wurden erst nach elf gefunden, aber da waren sie noch warm. Und der Küchenchef und die Angestellten? Haben wir für die eine Zeitangabe?«

Ungeduldig riß Pirelli Ancora die Akte aus der Hand. »Gib mal her. Nein, hier steht keine Zeit. Der Bericht ist gar nicht abgeschlossen. Was zum Teufel haben die Kerle eigentlich gemacht? Verbinde mich mit Mincelli – nein, warte, ich gehe gleich selbst hoch. Hast du übrigens in der Zeitung von den Witwen der Lucianos gelesen. Was meinst du, was da vor sich geht?«

»Die Docks wimmeln von Menschen. Sie räumen die Speicher auf. Da muß irgendein größeres Tier dahinterstecken. Sieht so aus, als würden wir damit noch Ärger kriegen.«

Pirelli nickte. »Ja, das habe ich auch gedacht.«

»Das ist überhaupt das Problem in dieser Stadt. Wir können die Schwierigkeiten voraussehen, aber wir haben zuviel zu tun, um rechtzeitig etwas dagegen zu unternehmen. Diese Frauen sollten sich in acht nehmen. Und wenn ich dir einen Rat geben darf, Pirelli: Laß die Finger von der Sache. Wir haben schon genug am Hals.«

Aber Pirelli hatte das Büro bereits verlassen.

15. Kapitel

Die Konservenfabrik und die Fliesenfabrik, Büros und Speicher wurden aufgeräumt und gereinigt, die Maschinen wurden instand gesetzt und die Lastwagen repariert. Acht Wochen lang wurde rund um die Uhr gearbeitet.

Teresa schuftete bis zum Umfallen. Sie beaufsichtigte die Arbeiter und zahlte die Löhne aus, immer in bar, bestellte das Material, stellte Anstreicher und Glaser ein und fuhr mit einem Lastwagen zwischen den verschiedenen Einsatzorten hin und her.

Rosa und Sophia bildeten ein gutes Team. Sie waren für die zwanzig Putzfrauen zuständig und für die Männer, die die schweren Aufräumarbeiten verrichteten.

Rosa trug einen alten Overall und eine Schirmmütze und fuhr mit Begeisterung einen Lieferwagen, während Sophia Reinigungsmaschinen auslieh und Geräte, mit denen die abgestorbenen Bäume gerodet wurden. Tonnen von faulem Obst wurden aus den Plantagen abtransportiert. Auch die Beregnungsanlage wurde repariert.

Die drei Frauen arbeiteten von fünf Uhr morgens bis zum letzten Tageslicht. Als die Generatoren in den Fabriken wieder funktionierten, blieben sie manchmal sogar bis nach zehn Uhr abends. Sie kamen nur nach Hause, um zu essen, zu baden und dann erschöpft in die Betten zu fallen. Abwechselnd kümmerten sie sich um Luca. Sie hatten ihm eingeschärft, in seinem Zimmer zu bleiben, denn Graziella durfte nichts von seiner Anwesenheit wissen.

Graziella kaufte ein und kochte, half Adina beim Waschen der Arbeitskleidung und brachte den Frauen das Mittagessen in die Fabriken. Eines Tages kehrte sie früher als gewöhnlich nach

Hause zurück. Adina war auf den Markt gegangen, und Graziella nahm an, das Haus sei leer. Sie entschloß sich zu einem Mittagsschläfchen und wollte sich gerade hinlegen, als sie ein Knarren hörte. Sie lauschte, dann öffnete sie leise ihre Tür. Jemand stieg langsam aus dem obersten Stockwerk die Treppe hinab.

Luca hatte nicht gehört, daß Graziella nach Hause gekommen war. Er war im Begriff, sich mit der Lage der Räume im Haus vertraut zu machen. Als Graziella in ihr Schlafzimmer ging, wäre er beinahe in sie hineingelaufen. Schnell war er in das nächstbeste Zimmer gehuscht, erschrocken, daß die Tür so laut knarrte. Das Zimmer war offensichtlich unbewohnt. Er ließ die Tür angelehnt und spähte durch den Türspalt. Alles blieb still. Gerade wollte er es wieder verlassen, als er Graziella nach Adina rufen hörte. Sie trat aus ihrem Zimmer und beugte sich über das Treppengeländer. »Adina? Sind Sie schon zurück?«

Graziella drehte sich um und starrte auf den Türspalt, hinter dem Luca lauschte. Er konnte nicht wissen, daß die Tür sonst immer geschlossen war, weil es die Tür zu Micheles Zimmer war.

Langsam näherte sich Graziella und drückte die Tür weiter auf. Es gab kein Versteck. Luca saß in der Falle. Ertappt stand er mitten im Raum. Aber der Schrei, den er erwartet hatte, blieb aus. Statt dessen sah Graziella ihn an und trat in das Zimmer.

»Wer sind Sie?« fragte sie flüsternd. »Wer sind Sie?«

»Sie brauchen keine Angst zu haben«, stotterte er. »Die anderen wissen Bescheid, ich arbeite für sie. Sie haben gesagt, ich könne hier wohnen, verstehen Sie mich?« Luca sprach Englisch.

»Teresa? Hat sie gesagt, daß Sie in diesem Zimmer wohnen können?«

»Nein, nein ... ganz oben. Ich bin gestürzt, sehen Sie, ich habe mir die Schulter verletzt.«

»Sind Sie Amerikaner?«

»Haben die anderen nichts von mir erzählt?«

Graziella starrte ihn an und kam immer näher. »Nein, niemand hat mir etwas gesagt. Ich habe mich sehr erschrocken. Wie heißen Sie?«

»Johnny.«

»Das hier ist das Zimmer meines Sohnes.«

Sie trat noch näher und sah Luca ins Gesicht, dann betrachtete sie seine Schulter. »Haben Sie sich das Schlüsselbein gebrochen?«

Luca legte eine Hand auf die Brust. »Scheint so, ich habe mir wohl etwas verrenkt, als ich gestürzt bin. Ich – ich bin auf einen rostigen Nagel gefallen.«

»Soll ich einen Blick auf Ihre Schulter werfen?«

»Nein, die anderen haben sie schon verbunden. Aber ich habe Hunger.«

Graziella nickte und bedeutete ihm, das Zimmer zu verlassen. Sie schloß die Tür hinter ihm. »Aus welchem Teil Amerikas kommen Sie?«

»Aus New York.«

Als Adina nach Hause kam, war sie höchst erstaunt, Graziella mit einem fremden jungen Mann am Küchentisch vorzufinden. Beide taten sich an großen Portionen Pasta gütlich. Als allerdings Teresa einige Stunden später zurückkehrte, traf sie auf eine erboste Schwiegermutter, die ihr nicht einmal Zeit ließ, den Mantel auszuziehen.

»Ich muß mit dir sprechen, Teresa. Ich habe nichts dagegen, daß du Papas Arbeitszimmer benutzt, als wäre es dein eigenes, aber wenn jemand hier im Haus wohnen soll, mußt du mich vorher fragen. Ohne meine Erlaubnis läßt du keinen Fremden mehr ins Haus, hast du mich verstanden? Du weißt schließlich weder, wo er herkommt, noch, wen er kennt.«

Teresa war so verblüfft, daß sie Graziella nicht so schnell folgen konnte. »Warte mal, Mama, langsam. Wovon sprichst du eigentlich?«

»Das weißt du ganz genau, Teresa. Von diesem Jungen, dem

amerikanischen Studenten. Ich habe ihn in Micheles Zimmer gefunden. Niemand hat dort etwas zu suchen.«

»Scheiße. Und wo ist er jetzt?«

»In der Küche, er hilft Adina beim Abwaschen. Ich wollte zuerst mit dir darüber sprechen.«

»Es – es tut mir leid, Mama. Ich werde mit ihm reden.«

»Ja, tu das. Und wenn du meinst, daß er hier wohnen soll, bis er wieder gesund ist, können wir darüber sprechen. Aber er bekommt auf keinen Fall einen Schlüssel für dieses Haus.«

An diesem Abend verkündete Teresa den anderen, Johnny Moreno, ein amerikanischer Student, habe sich bei einem Arbeitsunfall in der Fabrik verletzt und werde in der Villa wohnen, bis er wieder in Ordnung sei.

Sophia sah Teresa scharf an, während sie ihre Zigarette ausdrückte.

»Er braucht nur noch ein paar Tage.«

Zum erstenmal gab Sophia nicht nach. »Aber nicht länger, Teresa.«

Die Arbeiter applaudierten begeistert, als das neue Firmenschild LUCIANO EXPORTGESELLSCHAFT auf das Dach eines der Lagerhäuser gezogen und oben befestigt wurde. Ganz in der Nähe parkte ein marineblauer Alfa Romeo. Die beiden Insassen beobachteten die Geschehnisse mit der gleichen Aufmerksamkeit wie Sophia. Einer der Männer hantierte mit einer Kamera mit Teleobjektiv.

Am gleichen Nachmittag fotografierten die Männer auch die Olivenplantage, die Weingärten und die Fliesenfabrik. Anschließend fuhren sie in die Berge zum Hauptquartier der Familie Corleone, wo sie die Filme entwickelten. Die Fotos bewiesen eindeutig, daß die Familie Luciano wieder im Geschäft war. Die Frage war nur, wessen Geld hinter diesem Neuanfang steckte.

Über dem Hemd, das Rosa ihm herausgelegt hatte, trug Luca einen Bademantel. Er sah zu, wie Graziella mit einem Tablett hereinkam. Sie lächelte.

»Ich habe frisches Brot gebacken, frisches Brot. Riechen Sie es?«

Sie stellte das Tablett ab und zog ihm einen Stuhl heran. »Jetzt sind Sie *mein* Gast. Also essen Sie, damit Sie wieder zu Kräften kommen.«

Luca war es zuerst unangenehm, daß Graziella ihm beim Essen zusah. Aber ihre Herzlichkeit und ihr Lächeln bewirkten schließlich, daß er sich entspannte. »Teresa hat gesagt, sie würden sich um Ihre Mahlzeiten kümmern, aber sie sind den ganzen Tag fort.« Graziella deutete auf den Apfelkuchen. »Den hat mein Sohn immer so gern gegessen«, sagte sie.

Luca sagte auf sizilianisch: »Er ist sehr gut, köstlich.«

»Aber Sie sind doch nicht Sizilianer?«

»Nein, ich bin Amerikaner, aber ich bin oft in Sizilien gewesen.«

»Sie sprechen unsere Sprache gut. Das Hemd, das Sie tragen, ist übrigens von meinem Sohn.«

»Haben Sie etwas dagegen, Signora Luciano?«

»Nein, nein, es gefällt mir. Es steht Ihnen gut. Und Sie können mich ruhig Graziella nennen. Oder Mama, wenn du möchtest.«

Als Teresa die Haustür öffnete, hörte sie Graziella oben auf der Treppe. Sie sah hinauf. Beunruhigt rief sie: »Mama, was machst du da?«

Graziella lächelte Luca verschmitzt zu und eilte die Treppe hinunter. »Ich habe mich etwas ausgeruht, und jetzt komme ich herunter. Darf ich das nicht?«

Teresa warf ihren Mantel auf einen Stuhl in der Diele. »Das Schild ist wieder oben. Sieht wunderbar aus.«

Rosa stürzte herein und umarmte ihre Großmutter. »Du wärst bestimmt stolz darauf, Großmama. Die Buchstaben leuchten richtig, rot und gold.«

Während des Essens besprachen Teresa und Sophia, wie sie sich für die »Verkaufsgespräche« kleiden sollten. Teresa war der Ansicht, sie sollten elegante und teure Kleider tragen. Sophia schlug vor, die Kleider aus ihren Lagerbeständen zu besorgen. Ein kleiner Ausflug nach Rom würde ihnen sicherlich guttun.

Teresa verzog das Gesicht. »Ich glaube nicht, daß wir alle mitfahren können, aber du kannst doch bei uns Maß nehmen und die Sachen mitbringen. Ich verlasse mich ganz auf deinen Geschmack.«

Rosa schmollte. »Ach, Mama, laß uns doch alle zusammen fahren, nur für einen Tag.«

Sophia zog mit ihrer Gabel Spuren auf dem Tischtuch. Sie hatte ihr Essen kaum angerührt. »Und was ist mit den Accessoires? Haben wir dafür auch genug Geld, Teresa? Für Schuhe und Handtaschen? Woher sollen wir das Geld dafür nehmen?«

Teresa hörte die Gereiztheit in ihrer Stimme. »Ach komm, Sophia, du willst uns doch nicht weismachen, daß du so pleite bist. Kannst du nicht deine Beziehungen spielen lassen, damit wir die Sachen umsonst bekommen?«

»Mein Konto ist um zwanzigtausend Dollar überzogen, Teresa. Und auf meinem Geschäftskonto bin ich mit fast dreihunderttausend Dollar im Minus. Klar, ich kann natürlich noch ein paar Tausender mehr abheben, damit wir alle etwas anzuziehen haben. Aber ich dachte, du hättest Bargeld im Haus und könntest uns etwas geben.«

Teresa wartete, bis Graziella, die den Tisch abräumte, mit dem Geschirr in der Küche verschwunden war. Dann stieß sie ihren Stuhl zurück und warf die Serviette auf den Tisch. »Überleg dir in Zukunft besser, was du in Mamas Gegenwart sagst, und hör um Gottes willen auf, mit der Gabel auf dem Tischtuch herumzukratzen! Das geht mir auf die Nerven!«

Sophia legte die Gabel hin. Rosa blickte ihre Mutter fragend an. »Wo kommt das Geld her, mit dem wir die Arbeiter bezahlen?«

Teresa fuhr sie an: »Wir zahlen ihnen nichts. Sie arbeiten umsonst, sie schenken uns ihre Zeit.«

Sophia mischte sich ein. »Teresa, sag ihr, wo das Geld wirklich herkommt. Rosa ist schließlich nicht dumm. Sie hat gesehen, wie du die Arbeiter und das ganze Material bezahlt hast.«

Teresa zuckte die Achseln. »Also gut. Ich habe das Geld aus dem Safe im Klub mitgenommen. Damit wir hier wieder anfangen konnten.«

Rosa blickte ihre Mutter verständnislos an. »Aus welchem Safe?«

Sophia wartete, aber Teresa schwieg. »Sag es ihr doch! Sonst tue ich es. Rosa, das Geld stammt aus Enrico Dantes Safe in seinem Klub. An dem Abend, als wir in den Klub gefahren sind, um unsere Verträge zu holen, stand der Safe offen, und er war voller Bargeld.«

Rosa sah von einer zur anderen. »Wieviel war es?«

Teresa seufzte. »Sagen wir mal, es war eine ganze Menge. Du hast gesehen, wofür wir es gebraucht haben. Ich habe es nicht für mich mitgenommen, sondern für uns alle.«

»Gut, und heute abend zahlen wir Moreno aus, damit wir ihn endlich los sind«, sagte Sophia. »Seid ihr einverstanden?«

»Ich habe nicht die Absicht, Moreno Geld zu geben. Er kann von Glück sagen, daß wir ihm das Leben gerettet haben.«

Sophia nahm die Gabel wieder zur Hand. »Was hast du denn sonst mit ihm vor?«

»Bis jetzt weiß niemand, daß er hier ist. Er hat einen Mord begangen, und er wird wohl kaum von sich aus die Polizei holen, oder?«

Sophia knallte die Gabel auf den Tisch. »Teresa, verdammt noch mal, erzähl Rosa von der Waffe!«

»Von welcher Waffe?« wollte Rosa wissen. »Meinst du die Pistole, die er unter dem Kopfkissen hatte?«

Sophia sah aus, als würde sie gleich explodieren. »Teresa, Rosa hat ein Recht darauf, es zu wissen! Sie arbeitet genauso hart wie wir. Sie gehört dazu. Sag es ihr! Sonst tue ich es nämlich.«

Ohne Rosa anzusehen, sagte Teresa schnell: »In der Tasche, die ich aus Dantes Klub mitgebracht habe, befand sich auch eine Waffe. Sie sieht aus wie ein Spazierstock.«

Inzwischen war Sophia aufgestanden und ins Arbeitszimmer gegangen, und nun kam sie mit den drei Teilen des Spazierstocks zurück. »Pirelli hat gesagt, sie nehmen an, daß Paul

Carolla mit einer ganz speziellen Pistole getötet wurde, die möglicherweise als Spazierstock getarnt war. Na, und was ist das hier?« Sophia setzte die Teile zusammen.

»Warum habt ihr mir das nicht eher gesagt?« Rosa war wütend und erschrocken.

»Weil deine Mutter das nicht wollte. Aber jetzt geht es Moreno wieder gut, und ich will ihm das Geld geben, damit wir ihn loswerden.«

»Das geht nicht. Ich habe heute das letzte Geld ausgegeben.«

Sophia wurde heiß. »Dann bleibt uns keine andere Wahl, oder? Moreno hat zwar gesagt, daß die Waffe ihm nicht gehört und daß er Dante in Notwehr erschossen hat, aber wenn wir mit Pirelli sprechen und ihm alles erklären ...«

Teresa unterbrach sie. »Sophia, bitte überlasse Moreno mir. Fahr du nach Rom.«

Sophia ging zur Tür. »Gut, ich fahre, aber erwarte bloß nicht, daß ich wiederkomme.«

Teresas Augen wurden schmal. »Das ist es eigentlich, oder? Du willst raus aus der Sache, stimmt's? Das ist deine freie Entscheidung, Sophia. Aber wir müssen dir vertrauen können.«

»Mir kannst du vertrauen, Teresa. Ich hoffe nur, daß du Moreno auch vertrauen kannst.«

Als Sophia den Raum verlassen hatte, wandte Teresa sich ihrer Tochter zu. Rosa starrte sie ungläubig an. Teresa nahm ihre Hand und drückte sie fest. »Ich tue das alles für euch, Rosa.«

»Ja, Mama? Manchmal sieht es nicht so aus.«

»Was meinst du damit?«

»Du hast dich verändert.«

»Geh schlafen, Rosa. Das Leben muß weitergehen, und ich werde dafür sorgen, daß es möglichst gut weitergeht.«

»Und *wie* du das machst, ist dir egal, stimmt's?«

»Wenn du auf Sophias Seite bist, laß uns lieber gleich Klarheit schaffen. Also, was willst du? Willst du auch zur Polizei gehen?«

»Ich weiß nicht ... Gute Nacht, Mama.«

Teresa blieb noch einen Augenblick auf Don Robertos Stuhl

am Kopfende der Tafel sitzen. Ihre Hände streichelten die geschnitzten Löwenköpfe an den Armlehnen. Dann stand sie auf.

In der Halle begegnete sie Graziella, die gerade in ihr Schlafzimmer gehen wollte.

»Kann ich dich sprechen, Mama?«

Sie gingen ins Arbeitszimmer. Teresa wählte ihre Worte sorgfältig. »Du hast gesagt, wir könnten etwas von deinem Schmuck bekommen, wenn es nötig ist. Und ich fürchte, das ist jetzt der Fall. Wir sind fast fertig und haben kein Bargeld mehr. Ich möchte die Sache ordentlich zu Ende bringen, und...«

Graziella öffnete den Safe und nahm ihren Schmuckkasten heraus. Gemeinsam betrachteten sie die diamantene Schlipsnadel, die Roberto getragen hatte, die Broschen und die Ringe. Teresa wählte die lange Perlenkette und nahm sie heraus. Graziella sagte nichts dazu und schloß den Schmuckkasten im Safe ein.

Teresa hielt die Perlen unter die Schreibtischlampe. »Sind sie echt, Mama? Was glaubst du, wieviel sie wert sind?«

Graziella errötete. Es tat ihr weh zu sehen, wie Teresa mit ihren Perlen umging. »Mein Mann hat 1950 fünfundzwanzigtausend Dollar dafür bezahlt. Inzwischen sind sie sicher viel mehr wert.«

Ihre Schwiegertochter hörte die Bitterkeit in der sonst so ruhigen Stimme und errötete. »Ich danke dir, Mama. Sie sind für eine gute Sache. Es tut mir leid, daß ich dich darum bitten mußte.«

Teresa empfing einen flüchtigen Kuß auf die Wange. Doch sie konnte das Gefühl nicht loswerden, das sie immer beherrscht hatte – daß sie den Lucianos nicht gut genug war.

Teresa klopfte leise und wartete. Luca öffnete die Tür und trat beiseite.

Das war die Frau, die er nicht mochte. Er fühlte sich immer unwohl in ihrer Gegenwart. Sie hatte einen kalten, harten Blick.

»Sophia glaubt, daß Sie Paul Carolla getötet haben. Sie möchte, daß wir Sie den Carabinieri übergeben.«

»Ich kenne diesen Paul Carolla nicht. Sie sagen, Sie hätten meine Tasche und meine Pistole, aber da steht meine Aussage gegen Ihre. Ich bin zu Dante gekommen, und er hat versucht, mich zu töten. Da habe ich ihn erschossen, in Notwehr. Ich sollte Dante ein Päckchen Heroin bringen. Er hat das Heroin bekommen, aber als er mich bezahlen sollte, hat er versucht, mich umzubringen.«

Teresa nahm ein schmales Kästchen aus der Tasche. »Diese Perlen sind fünfzigtausend Dollar wert, das ist weit mehr, als ich aus dem Safe mitgenommen habe.«

Luca hatte keine Ahnung, wieviel die Perlen wert waren. Er erwiderte: »Geben Sie mir das Geld, dann veschwinde ich.«

»Wenn Sie dieses Haus verlassen haben, will ich nie wieder etwas von Ihnen hören. Morgen abend haben Sie Ihr Geld.«

Sophia konnte nicht schlafen. Sie wälzte sich unruhig hin und her und stand schließlich auf und suchte nach ihren Schlaftabletten. Das Fläschchen war leer. Auch Valium war nur noch wenig da. Sie zog sich an und schlich die Treppe hinunter. Die große Standuhr schlug halb elf. Sophia überlegte, ob es wohl schon zu spät sei, den Hausarzt anzurufen. Aber dann nahm sie den Hörer ab und ließ sich von der Auskunft seine Nummer geben.

Der Arzt öffnete selbst die Tür. Er machte ein so besorgtes Gesicht, daß Sophia sofort sagte: »Es tut mir leid, daß ich Sie so spät noch aufsuche, ich hätte bis morgen warten sollen.«

»Sind Sie krank?«

»Nein, nein, es geht um meine Schwiegermutter. Sie schläft sehr schlecht, und heute abend ist sie so unruhig wie noch nie. Vielleicht könnten Sie ihr Schlaftabletten aufschreiben?«

Der Arzt schrieb das Rezept aus, dann sah er Sophia an. »Und wie geht es Ihnen?«

»Oh, danke, mir geht es gut. Würden Sie bitte auch noch ein Rezept für meine Schwägerin ausstellen? Sie braucht wieder Valium, sie ist so angespannt. Haben Sie von dem Zwischenfall im Gericht gehört? Ich glaube, normalerweise nimmt sie Valium 10.«

Der Arzt nickte und war im Begriff, etwas zu sagen, schrieb dann aber weiter. Es schien ewig zu dauern, aber schließlich riß er das Rezept vom Block und reichte es Sophia. »Sagen Sie ihr, daß das nicht zur Gewohnheit werden darf. Valium kann abhängig machen. Aber ich verstehe, unter welcher Anspannung Sie alle stehen müssen, vor allem seit...«

Sophia hatte es eilig hinauszukommen. »Ja, es war eine schwere Zeit für uns alle, und ich danke Ihnen für Ihr Verständnis und Ihre Mühe. Graziella läßt Sie ganz herzlich grüßen.«

Sophia nahm zwei Valium und lehnte sich im Fahrersitz zurück. Sie schloß die Augen. Allein das Gefühl, nun genug Valium zu haben, beruhigte sie. Da klopfte jemand ans Fenster, und ihr Herz begann zu klopfen, als wollte es zerspringen.

»Signora Luciano? Ich bin es. Tut mir leid, daß ich Sie so erschreckt habe. Ich saß in der Bar auf der anderen Straßenseite.«

Sophia kurbelte die Scheibe herunter. »Guten Abend, Herr Kommissar. Tut mir leid, daß ich Sie nicht sofort erkannt habe. Ich war gerade in der Apotheke, um Schlaftabletten für meine Schwiegermutter zu holen.«

»Darf ich Sie zu einem Drink einladen?«

»Vielen Dank, aber ich muß die Tabletten nach Hause bringen.«

»Bitte, nur einen kleinen Drink, oder möchten Sie lieber eine Tasse Kaffee? Es hat einige neue Entwicklungen gegeben, über die ich Sie gerne informieren würde. Ich wäre sonst morgen in die Villa Rivera gekommen.«

Sophia zögerte. Morgen würde sie in Rom sein, und sie wollte nicht, daß Pirelli Graziella und Moreno allein zu Hause antraf.

Pirelli lächelte. »Es dauert nur ein paar Minuten, und ich trinke nicht gern allein.«

Sie bestellten zwei Tassen Kaffee und einen Kognak für Pirelli. Sophia öffnete ihr Zigarettenetui und nahm eine Zigarette heraus. Pirelli gab ihr Feuer und hielt das brennende Streichholz zwischen den Fingern, während er eine Marlboro aus seinem Päckchen nahm. Er verbrannte sich. Sophia lachte leise und gab ihm mit ihrem Feuerzeug Feuer. Pirelli grinste und stützte die Ellbogen in eine Kaffeepfütze. Er versuchte, den Kaffee mit einer Papierserviette von seinem Ärmel abzuwischen.

»Tut mir leid, wahrscheinlich ist das eine ziemlich ungewohnte Umgebung für Sie.«

Wieder ihr leises Lachen.

»Das macht nichts, Herr Kommissar, wirklich nicht.«

Der Kellner brachte den Kaffee. Allmählich spürte Sophia die Wirkung des Valiums. Sie rief den Kellner noch einmal zurück.

»Ich möchte auch einen Kognak.«

Pirelli gab ihr sofort sein Glas. Sie trank den Kognak in kleinen Schlückchen und fühlte, wie er sie von innen her wärmte.

»Sie sagten, es hätte neue Entwicklungen gegeben, Herr Kommissar?«

»Giovanni – würden Sie mich bitte Giovanni nennen?« Er hatte eigentlich nicht vorgehabt, Sophia von seinen Ermittlungsergebnissen zu berichten. Er hatte auch nicht die Absicht gehabt, die Frauen in der Villa zu besuchen. Er wollte einfach nur mit ihr zusammensein. Er hüstelte und fingerte an seiner Krawatte herum.

»Ja. Ja, es hat etwas mit Ihrem Fall zu tun, vor allem mit dem Mord an Ihren Kindern.«

Als er die plötzliche Traurigkeit in ihrem Gesicht sah, hätte er am liebsten ihre Hand genommen. Sophia wandte sich ab. Ihr schönes Profil war unbewegt.

»Ich glaube, wir haben heute die Waffe gefunden.«

»Wissen Sie, wem sie gehört?«

»Wir sind noch nicht ganz sicher. Es ist eine 44er Magnum, und wir haben einen Hinweis auf den Täter. Wir glauben, daß der gleiche Mann auch Paul Carolla erschossen hat.«

Pirelli hatte schon mehr gesagt, als er eigentlich wollte, aber er fuhr fort: »Wir nehmen an, daß es sich um Luca Carolla handelt, den Sohn von Paul Carolla. Wir werden ihn in den nächsten Tagen festnehmen.«

Sophia sah ihn an. Das bedeutete, daß der junge Amerikaner, den sie in der Villa versteckt hielten, Carolla nicht getötet haben konnte. Moreno hatte also doch die Wahrheit gesagt. Sie entspannte sich und trank noch ein Schlückchen Kognak.

»Dann sind Sie ihm jetzt also auf der Spur? Bei Ihrem Besuch in der Villa hatten Sie noch keine Anhaltspunkte, wo er sein könnte.«

Pirelli wurde vorsichtig. »Wir kommen jedem auf die Spur. Mit Hilfe der Computer läßt sich heutzutage jeder finden. Die Daten gelangen viel schneller von Ort zu Ort, und Fingerabdrücke können wir in Sekundenschnelle faxen.«

Er hatte mit Absicht das Thema gewechselt und fragte sich, ob Sophia weiter nach Luca Carolla fragen würde. Sie runzelte die Stirn. »Meinen Sie, daß man, nur einmal als Beispiel, ein Kind wiederfinden könnte, das schon seit Jahren verschwunden ist? Kann diese ganze Computertechnik dabei helfen?«

Pirelli überlegte einen Augenblick, dann nickte er. »Ich denke schon. Die Computer verhelfen einer größeren Zahl von Menschen zu den notwendigen Informationen. Man gibt die Daten ein, alles, was man über Ihr verschwundenes Kind zum Beispiel weiß, schickt sie nach Rom, und von dort aus werden sie über Italien und bei Bedarf über den ganzen Erdteil verbreitet. Früher hätte man dazu Jahre gebraucht, aber jetzt dauert so ein Vorgang nur noch ein paar Stunden.«

Sophia nickte, dann sah sie ihn an. »Sie haben Tabakkrümel auf der Lippe.«

Er hob die Augenbrauen und wischte sich mit dem Handrücken über den Mund.

»Sauber?«

Sie nickte und drückte gedankenverloren ihre Zigarette aus. »Das ist immerhin nicht so schlimm, wie Spinat zwischen den Zähnen. Kennen Sie das Gefühl, wenn man nach Hause kommt und entdeckt, daß ein Zahn ganz schwarz ist, weil ein Stückchen Spinatblatt daran klebt? Und jeder hat es gesehen, und niemand hat einen Ton gesagt?«

Sophia kicherte, und er beugte sich über den Tisch zu ihr hinüber. »Ich höre Ihr Lachen so gern. Es ist so ansteckend. Möchten Sie noch einen Kognak?«

»Ja, gern, aber dann muß ich wirklich nach Hause.«

Sie bestellten noch zwei Kognaks. Pirelli zermarterte sich das Hirn, aber ihm wollte einfach nichts Witziges oder Originelles mehr einfallen. Sophia spürte jetzt, wie Valium und Kognak zusammenwirkten. Sie genoß das Gefühl der Sorglosigkeit und Unbeschwertheit. Sie merkte, daß Pirelli sie etwas gefragt hatte.

»Entschuldigen Sie bitte, was haben Sie eben gesagt?«

»Es war nicht der Rede wert. Sie waren weit, weit fort.«

Sophia neigte den Kopf zur Seite. Ihre Augen glänzten. Sie stützte die Ellbogen auf den Tisch und legte den Kopf in die Hände. »Wissen Sie, als ich fünfzehn war, habe ich auch in einem Café wie diesem hier gearbeitet. Ich habe die Tische abgeräumt und gespült.«

»Tatsächlich?«

Sie lachte wieder. Ihr Gesicht hatte Farbe bekommen, und ihr Parfüm duftete nach frischen Blumen.

»Eine meiner frühesten Kindheitserinnerungen ist, wie meine Mutter gleich nach dem Krieg eine Dauerwelle haben wollte.«

Pirelli nickte, aber er hörte kaum zu. Er liebte ihre dunkle, warme Stimme. Er hatte ebenfalls beide Ellbogen auf den Tisch gestützt und sah jetzt ganz aus der Nähe ihre makellose Haut, die weißen Zähne. Er dachte nur daran, wie er es fertigbringen könnte, sie zu küssen. Noch nie im Leben hatte er sich so sehr danach gesehnt, eine Frau in den Armen zu halten.

Sie sagte gerade: »Meine Mama hatte langes, dunkles, glattes Haar, so wie ich.«

»Wie lang ist Ihr Haar?«

»Oh, etwa bis hier.« Sophia hielt eine Hand an die Hüfte, um die Länge anzudeuten. Aber Pirelli sah sie nackt vor sich, das lange schwarze Haar über ein Kissen gebreitet. Sie trug es immer streng aus dem Gesicht gekämmt. Es wirkte ernst, aber es gefiel ihm so. Er seufzte. Alles an dieser Frau gefiel ihm. Sie sprach immer noch.

»Das hat sie also mit dem Frisiersalon vereinbart, und dann saß sie stundenlang unter der Haube. Ich muß damals sechs oder sieben Jahre alt gewesen sein. Schließlich kam meine Mutter mit einem Lockenkopf wieder heraus. Sie sah so hübsch aus und war so glücklich, aber dann hat sie sich ein Plakat vorne vor den Bauch und eins auf den Rücken gebunden. Sie hat Reklame für den Frisiersalon gemacht. Ich mußte Handzettel an die Passanten verteilen, während sie die Straße vor dem Frisiersalon auf und ab ging.«

Pirelli lächelte. »Ihre Mutter muß sich diese Dauerwelle wirklich sehr gewünscht haben.«

Sein Herz klopfte, als er sah, daß Sophia zwei Tränen die Wangen herunterliefen. »Ja, das hat sie wohl. Und sie hat die Erniedrigung nicht gespürt. Aber ich habe sie gespürt. Obwohl ich noch so jung war, habe ich mich für sie geschämt, können Sie das verstehen?«

Sophia lehnte sich zurück und wandte das Gesicht ab. »Ich weiß gar nicht, warum ich Ihnen das erzählt habe. Vielleicht damit Sie sehen, daß ich nicht immer reich gewesen bin und nicht immer in den besten Restaurants gegessen habe. Wir sind sehr arm gewesen. Meine Mutter hatte nichts, nicht einmal einen Mann.«

»Und Sie haben als Kellnerin gearbeitet?«

»Ja, in einem Straßencafé.« Sophia holte tief Luft, dann blickte sie Pirelli wieder an. »Ich langweile Sie bestimmt, und außerdem muß ich jetzt gehen.«

Pirelli sprang auf und ging an die Theke, um zu bezahlen. In einer plötzlichen Anwandlung von Übermut deutete er auf den Blumenstrauß auf der Theke und griff in seine Tasche. »Wieviel kosten die Blumen?«

In höchster Verlegenheit überreichte er Sophia den Strauß,

denn erst in diesem Augenblick merkte er, daß die Blumen aus Plastik waren. »Jetzt habe ich mich aber blamiert.«

Sophia hielt den Strauß in den Armen und lächelte. »Nein, im Gegenteil, ich bin ganz gerührt. Sie werden ewig halten. Ich danke Ihnen.«

Er begleitete Sophia zu ihrem Wagen.

»Würden Sie mit mir essen gehen, Sophia? Darf ich Sie Sophia nennen?«

»Ich fahre nach Rom...«

»Für immer?«

»Nein, aber ich weiß noch nicht, wie lange ich weg sein werde.«

»Sind Sie über Weihnachten dort?«

Sie war schon im Begriff einzusteigen, aber nun richtete sie sich wieder auf. »Weihnachten?« Sie schloß ihre dunklen Augen für einen Moment, und Pirelli sah ihre langen Wimpern. Er hörte sie flüstern: »Ach Gott, bald ist Weihnachten...«

Zuerst verstand Pirelli nicht, woher der plötzliche Kummer in ihren Augen rührte. Dann sagte sie leise, mit klagender Stimme: »Meine Kinder... meine Kinder«, und nun begriff er. Weihnachten mußte ein Alptraum für sie sein. Es war ein Fest für Kinder, und Sophias Kinder lebten nicht mehr. Pirelli wußte nicht, wie es gekommen war, aber plötzlich hielt er sie in den Armen. Er hielt sie fest und sagte immer wieder, daß alles gut werden würde, daß er bei ihr war. Sophia klammerte sich an ihn.

Ohne daß es ihm bewußt wurde, suchte er ihre Lippen und küßte sie, um sie zu trösten. Sophia wandte ihr Gesicht ab und legte die Wange an seinen Mantel. Sein ganzer Körper glühte. Er hatte noch nie solche Leidenschaft und gleichzeitig so tiefe Zärtlichkeit für eine Frau empfunden. Er hielt sie eine Ewigkeit lang, dann entzog sie sich langsam seiner Umarmung.

Pirelli half Sophia in den Wagen. »Gehen Sie mit mir essen?«

Ohne zu antworten, suchte Sophia nach dem Autoschlüssel.

»Ich komme nach Rom oder in die Türkei, wohin immer Sie wollen.«

Sophia steckte den Schlüssel ins Zündschloß und ließ den Motor an. Sie sah zu ihm auf, als wäre er ein Fremder. Er versuchte verzweifelt, sie noch ein paar Augenblicke länger festzuhalten.

»Ich habe heute in der Zeitung gelesen, daß Sie und Ihre Schwägerin wieder ins Geschäft einsteigen wollen. Sie müssen mir versprechen, daß Sie auf sich aufpassen, und wenn Sie mich brauchen sollten ... Hier, ich gebe Ihnen meine Karte. Das ist meine Durchwahl, und unter dieser Nummer hier erreichen Sie mich zu Hause.«

Er sprach schnell und kritzelte währenddessen seine Privatnummer auf die Visitenkarte. Als er sie Sophia reichte, fühlte ihre Hand sich eiskalt an. Sie steckte die Karte in die Tasche, ohne auch nur einen Blick darauf zu werfen.

»Sie waren sehr freundlich, aber es ist am besten, wir vergessen, was heute abend geschehen ist. Gute Nacht.«

Sie fuhr schnell davon, und er blieb wie verloren am Straßenrand stehen. Um seine Füße verstreut lagen die Plastikblumen.

Sophia versuchte, das Haus geräuschlos zu betreten. Sie hatte sich bis zur Treppe geschlichen, als Teresa aus dem Arbeitszimmer kam.

»Wo bist du denn gewesen?«

»Draußen. Ich habe frische Luft gebraucht.«

»Du warst stundenlang weg. Es ist halb drei, mitten in der Nacht.«

Sophia sah Teresa an. »Du bist hier nicht die Gefängnisaufseherin. Wenn ich draußen Luft schnappen will, dann tue ich das.«

»Nein, das tust du nicht.«

Sophia zischte: »Ich will mich jetzt nicht hier auf der Treppe mit dir streiten. Wir würden das ganze Haus aufwecken. Aber du hast kein Recht, mit mir zu sprechen, als ob ich ein Kind wäre.«

»Ich habe jedes Recht dazu. Wo warst du?«

»Ich bin mit dem Auto weggefahren, und es freut dich sicher, wenn ich dir sage, daß ich einen Kognak – nein, warte mal, zwei

Kognaks – mit Kommissar Pirelli getrunken habe. Na, wie findest du das?«

»Hast du ihm etwas gesagt?«

Sophia zog den Mantel aus. »Für wen hältst du mich eigentlich? Nein, ich saß im Auto, und er kam zufällig vorbei und fragte mich, ob ich etwas mit ihm trinken würde, er hätte neue Informationen für uns. Er wollte uns morgen besuchen, deswegen bin ich mit ihm in ein Café gegangen. Ich hatte Angst, daß er vielleicht unseren guten Moreno entdecken würde. Sie haben die Pistole gefunden, mit der meine Söhne erschossen worden sind. Außerdem glauben sie, daß der gleiche Mörder auch Paul Carolla umgebracht hat. Wahrscheinlich war es Paul Carollas Sohn Luca, der Mann, nach dem Pirelli gefragt hat, als er das erste Mal hier war. Und sie stehen kurz vor der Festnahme. Das bedeutet, daß der Junge oben nichts damit zu tun hat.«

Teresa stieß einen Seufzer der Erleichterung aus. »Glaubst du, daß er dir die Wahrheit gesagt hat?«

»Warum sollte er lügen? Da, er hat mir seine Karte gegeben, du kannst ihn ja selbst fragen. Mir jedenfalls ist jetzt weitaus wohler bei dem Gedanken, nach Rom zu fahren und Moreno hierzulassen.«

»Und du hast Moreno ihm gegenüber nicht erwähnt?«

»Nein. Und die Waffe auch nicht. Kann ich jetzt vielleicht ins Bett gehen? Ich bin müde.«

»Ich fahre morgen übrigens mit nach Rom.«

Sophia stieg bereits die Treppe hinauf. Sie drehte sich nicht einmal um. »Wie schön. Gute Nacht.«

Sie machte sich keine Gedanken über Teresas plötzlichen Sinneswandel.

Teresa aber lag noch lange wach und grübelte. Es fiel ihr zunehmend schwerer, mit den ständigen Streitereien und Unstimmigkeiten fertig zu werden. Vielleicht würde die gemeinsame Fahrt eine Besserung ihrer Beziehungen bewirken. Sie wollte in Rom die Perlenkette verkaufen. Wenigstens hatte Johnny Moreno sie nicht belogen, und das hieß, daß sie ihn problemlos loswerden würde. Sie würde Moreno auszahlen, und in ein paar Tagen könnten sie dann alles verkaufen. Nur noch ein paar Tage, sagte Teresa sich, dann würde der ganze Spuk ein Ende haben.

16. Kapitel

Die Morgenzeitung brachte wieder einmal einen Artikel, in dem der Kriminalpolizei ihre Tatenlosigkeit bei der Suche nach dem Mörder des kleinen Luzio Paluso vorgeworfen wurde.

Pirelli kümmerte diese Unterstellung nicht weiter. Wohl aber den Polizeichef von Palermo. Unangemeldet erschien er in Pirellis Büro, die Zeitung in der Hand.

»Haben Sie das gelesen?« Er warf die Zeitung auf den Tisch, nahm seine Hornbrille aus dem Etui und betrachtete die vielen Fotos an der Wand. »Ist das hier die berühmte Totenwand, von der im ganzen Haus die Rede ist?«

Die Gestalt in dem abgetragenen Anzug blieb vor dem Schwarzen Brett stehen. »Ein paar Beamte sind stocksauer, weil die Spurensicherung und die ballistische Abteilung nur noch für Sie arbeiten und für nichts anderes mehr Zeit haben. Sie haben Ancora, Sie haben den jungen Bruno di Mazzo, und jetzt arbeiten auch noch Mincelli und sein Team mit Ihnen zusammen. Das sind mehr als zehn Leute, Pirelli! Sie wissen doch, wer Ihr Tatverdächtiger ist, also sehen Sie zu, daß Sie ihn endlich erwischen.«

»Ich tue, was ich kann, das können Sie mir glauben. Wir finden nur einfach keine Spur von ihm.«

»Das habe ich mir gedacht, und aus diesem Grund habe ich für heute nachmittag eine Pressekonferenz einberufen. Wir müssen ihnen irgend etwas anbieten, und Sie haben doch sicher . . .«

»Wir haben seinen Steckbrief, aber wir kommen dem Hurensohn nicht auf die Schliche.«

»Sie müssen den Jungen so schnell wie möglich finden. Und dazu werden wir jede nur denkbare Hilfe in Anspruch nehmen.«

Pirelli wurde ärgerlich. »Jeder Mann in Uniform, jedes Hotel, jedes Krankenhaus, alle haben das Phantombild, und unsere Leute ...«

»Ich weiß, ich weiß, und trotzdem haben Sie keine Spur von ihm. Aber jetzt werden wir mit Hilfe der Presse die Öffentlichkeit auf ihn ansetzen. Wir werden die Gefängnisse durchforsten und sehen, ob wir nicht mit einem Häftling ins Geschäft kommen. Pirelli, ich kann Ihnen nicht viel mehr Zeit geben. Tut mir leid, aber ich brauche meine Leute so bald wie möglich wieder.«

Pirelli hatte gewußt, daß er früher oder später einige seiner Mitarbeiter verlieren würde, aber so schnell hatte er nicht damit gerechnet.

»Sie haben allen den Urlaub gestrichen?«

»Ja, und das ist nicht besonders gut angekommen. Wollten Sie übers Wochenende nach Mailand fahren? Können Sie Ihre Frau nicht nach Palermo kommen lassen? Wir haben keine Zeit zu verlieren.«

»Okay«, sagte Pirelli, »aber was die Presse angeht, bin ich mir nicht sicher.«

»Sie sind sich nicht einmal sicher, ob er noch in Sizilien ist, oder? Wir wenden uns jetzt an die Presse.«

Pirelli war kaum wieder allein, als sein Telefon klingelte. Er nahm den Hörer ab und lehnte sich zurück.

Nach wochenlangen Nachforschungen hatte man eine Röntgenologin aus dem früheren Nazareth-Krankenhaus ausfindig machen können, die sich an die Untersuchung eines Kindes erinnerte, auf das die Beschreibung des Jungen paßte, der jetzt Luca Carolla genannt wurde.

Pirelli verließ das Büro früher, um sich mit Signora Brunelli zu treffen. Als er in der kleinen, geschmackvoll eingerichteten Wohnung auf die alte Dame wartete, fragte er sich, ob dieser Besuch nicht Zeitverschwendung war. Was auch immer er nun erfahren mochte, was konnte es ihm in der gegenwärtigen Situation nützen?

Signora Brunelli trat ein. Sie fragte ihn, wie es käme, daß er sich für einen Patienten interessierte, der vor so vielen Jahren in ihrer Behandlung gewesen sei. Er antwortete ihr offen, er wisse es selbst nicht genau, er habe nur das Gefühl, daß alles, was er über den gesuchten jungen Mann herausfand, die weiteren Ermittlungen beschleunigen könnte.

Signora Brunelli sah auf das verblaßte Foto einer Gruppe von Waisenkindern, das Pirelli von Bruder Thomas erhalten hatte. Mit zitternden Fingern griff sie nach ihrer Lupe und studierte es eine ganze Weile, indem sie ein Kindergesicht nach dem anderen betrachtete.

»Der Junge mit dem roten Kreuzchen, der Blonde dort, ist mit Sicherheit das Kind, das ich geröntgt habe.«

Pirelli nickte und nahm das Foto wieder entgegen. »Es ist wirklich sehr lange her. Sie müssen Hunderte, wenn nicht sogar Tausende von Patienten gehabt haben. Können Sie sich an alle erinnern?«

»Nein, natürlich nicht, aber manchmal erinnert man sich an ein Kind länger, vor allem, wenn es in einem so furchtbaren Zustand eingeliefert wird wie der kleine Kerl. Außerdem, und das ist vielleicht überhaupt der Grund, warum ich mich an ihn erinnere, hatte er etwas verschluckt...«

Sie überlegte. »Ja, es war eine Art Medaillon. Als man versuchte, es ihm wegzunehmen, hat er es verschluckt. Es war auf den Röntgenaufnahmen deutlich zu sehen, und wir hatten Angst, daß es zu einem Darmverschluß führen könnte.«

»In was für einem Zustand befand sich das Kind?«

Wieder überlegte sie. »Es ist schon so lange her... Ich mußte eine Reihe von Aufnahmen machen... Er hatte einen Schädelbruch, als wäre er ständig auf den Kopf geschlagen worden. Und ich erinnere mich, daß sein linker Arm ausgekugelt war. Es gab Komplikationen, weil seine Verletzungen lange nicht behandelt worden waren.«

»Sie haben ein außergewöhnlich gutes Gedächtnis, Signora.«

»Vielen Dank. Aber dieser Junge war in einem beklagenswerten Zustand. Er war sexuell mißbraucht worden, regelrecht mißhandelt, würde ich sagen. Es war entsetzlich, er war erst fünf oder sechs Jahre alt, abgemagert bis auf die Knochen und voller Narben und Wunden.«

Sie schüttelte den Kopf. Selbst jetzt, nach all den Jahren, wurde sie noch von Abscheu und Erschütterung ergriffen, wenn sie an das Leiden dieses Kindes dachte.

Pirelli schwieg einen Augenblick, dann fragte er sie, ob sie mit dem Jungen gesprochen hätte. Sie sah ihn erstaunt an.

»Nein. Das Kind war stumm. Ich kann mich natürlich irren, aber ich bin mir ziemlich sicher, daß der Kleine taubstumm war.«

Auf der Rückfahrt zum Polizeipräsidium begann der Motor von Pirellis Fiat plötzlich seltsame Geräusche von sich zu geben. Pirelli fuhr weiter, blieb aber vorsichtshalber auf den Nebenstraßen. Der Motor stotterte und knallte, und dann stieg aus der Motorhaube Qualm hoch.

Pirelli hielt an und öffnete die Haube. Er stellte fest, daß er genau vor einer kleinen Werkstatt stand, die auch Autos vermietete.

Er ging zu einem Mechaniker, der unter einem alten Fiat lag, und zeigte ihm seinen Dienstausweis. Der Mann entpuppte sich als der Besitzer der Werkstatt und fragte Pirelli, ob es etwas Neues über seinen Wagen gäbe.

Erstaunt sah Pirelli ihn an. Der Besitzer hakte nach: »Er ist jetzt fünf Tage weg. Haben Sie immer noch keine Spur? Sie sind doch von der Polizei?«

»Ja, aber mit Verkehr habe ich nichts zu tun. Worum geht es denn? Ist Ihnen ein Wagen gestohlen worden?«

»Ja, er hätte vor fünf Tagen zurückkommen müssen. Ich habe Anzeige erstattet, aber bis jetzt noch nichts gehört. Der Mann ist Amerikaner und hat anscheinend eine falsche Adresse angegeben.«

Die Angaben aus dem Führerschein waren in deutlichen Druckbuchstaben geschrieben. Luca Carolla hatte den Wagen gemietet.

Aus dem Küchenfenster sah Adina, wie der Wagen wieder anhielt. Dreimal war er an dem Tor zur Villa vorbeigefahren. Diesmal bog er in die Auffahrt ein.

Ein junger Mann in marineblauem Anzug und mit dunkler Sonnenbrille stieg aus. Lässig schlenderte er die Eingangsstufen hinauf und klingelte.

»Wer ist da, Adina?«

Graziella stieg die Treppen hinab.

»Soll ich öffnen, Signora?«

»Ja, ja, schnell.«

Der Mann lehnte im Türrahmen und lächelte Graziella an. »Signora Luciano, erlauben Sie, daß ich mich vorstelle. Mein Name ist Giuseppe Rocco. Mein Vater war ein guter Freund von Don Roberto. Darf ich eintreten? Vielen Dank...«

Graziella konnte sich an den Vater des jungen Mannes nicht erinnern, aber sie bedeutete ihm, ihr ins Wohnzimmer zu folgen. Sie bot ihm Sherry, Kaffee und Tee an, doch er lehnte dankend ab. Er saß mitten auf dem Sofa und legte seinen teuren, ledernen Aktenkoffer auf den Boden neben seine blankpolierten schwarzen Schuhe. Seine Augen hinter den dunklen Brillengläsern huschten unruhig im Zimmer hin und her und registrierten jede Einzelheit, während sein Mund weiter lächelte und er mit angenehmer Stimme über das Wetter und andere Banalitäten sprach.

»Leider ist mein Vater vor zwei Jahren gestorben. Ich arbeite jetzt für die Corleones. Ich wickle ihre Immobiliengeschäfte ab. Darf ich Ihnen meine Karte übereichen, Signora Luciano?«

Graziella sah auf das weiße Kärtchen in ihrer Hand. »Wenn Sie etwas Geschäftliches besprechen wollen, müssen Sie mit meiner Schwiegertochter sprechen. Wollen Sie die Fabrik pachten? Sind Sie deswegen hier?«

»Wie bitte? Was meinen Sie damit?«

Graziella fuhr fort: »Teresa ist in der Fliesenfabrik. Sie können ihr gern eine Nachricht hinterlassen.«

»Würden Sie ihr dann bitte mitteilen, daß ich hiergewesen bin und sie sprechen möchte? Meine Klienten sind die Käufer der

Villa und möchten sie so bald wie möglich beziehen. Es hat einige Verzögerungen beim Vertragsabschluß gegeben, und ich möchte die Angelegenheit bald abschließen. Vielen Dank, daß Sie sich Zeit für mich genommen haben.«

Er verabschiedete sich mit einer knappen Verbeugung.

Hinter einem Fenster im obersten Stockwerk stand Luca und beobachtete, wie Rocco langsam die Auffahrt entlang und durch das Tor fuhr. Einen Moment lang hatte er befürchtet, ein Carabiniere wäre gekommen, aber dann hatte er Rocco erkannt und war erleichtert gewesen. Rocco war, wie Paul Carolla es ausgedrückt hätte, ein professioneller Killer.

Nach ihrer Ankunft in Rom gingen die Frauen als erstes Sophias Post durch. Danach war Teresa davon überzeugt, daß Sophias finanzielle Schwierigkeiten noch größer waren, als sie geschildert hatte.

Sie machten einen Rundgang durch die Werkstätten, die jetzt ebenso still und verlassen dalagen wie die Fabriken in Palermo. Die Stoffballen standen noch genau an der Stelle, wo die Lieferanten sie abgesetzt hatten, und die Maschinen waren verstaubt.

Teresa hatte die Unterlagen über den Verkauf der Firma bei sich und fragte Sophia nach dem Versandgeschäft, das Mario Domino erwähnt hatte. Nach kurzem Zögern holte Sophia die Schlüssel aus dem Schreibtisch. Warum sollten sie es nicht sehen?

»Na schön. Ich hatte keine Ahnung von der Existenz dieses Geschäftes. Es war offensichtlich sehr lukrativ.«

»Dann hatte es mit deinen Boutiquen gar nichts zu tun?«

»Doch, indirekt schon. Sie haben meine Firma als Deckmantel benutzt. Das andere ist ein Versandgeschäft für billige . . . Ihr werdet es gleich sehen.«

»Aber ich verstehe nicht, daß du gar nichts davon gewußt hast.«

Sophia blieb stehen und sah Teresa an. »Sie wollten eben nicht, daß ich etwas davon erfuhr. Ich habe geglaubt, ich würde mein eigenes Geschäft führen, ganz unabhängig von den Lucianos, und mein Geld selbst verdienen, aber in Wirklichkeit habe ich nichts dergleichen getan. Don Roberto hat mich finanziert, über Constantino. Ich habe mit meinen Boutiquen nur Minus gemacht, aber sie haben sie als Deckmantel benutzt. Sie haben mich benutzt.«

Sophia schloß die Tür auf. Sie war überrascht, als Teresa sie plötzlich in den Arm nahm. »Diese Schweine. Das muß ein ekelhaftes Gefühl für dich gewesen sein.«

»Ich habe mich vor allem betrogen gefühlt. Mein Mann hat mich benutzt. Papa auch. Aber was soll's. Ich habe eben versagt. Sie haben mich behandelt, als wäre ich ein kleines Kind und die Boutiquen mein Spielzeug.«

Sie führte Teresa und Rosa in einen riesigen, leeren Raum. Alle Maschinen waren verschwunden, und Sophia lachte bitter. »Hier haben ungefähr dreißig Mädchen an den Nähmaschinen gearbeitet. Wie du siehst, haben sie anscheinend alles mitgenommen, nachdem ich sie ausbezahlt hatte. Entweder die Mächen oder dieser widerliche Manager.«

»Dein sogenannter Partner wird wohl auch seine Hand im Spiel gehabt haben«, meinte Teresa. »Die Maschinen müssen ein Vermögen wert gewesen sein.«

Sophia stimmte zu. »Wahrscheinlich hat er gedacht, er könnte nun tun und treiben, was er wollte. Es war ja niemand mehr da, vor dem er hätte Angst haben müssen.«

Ein paar Kartons mit Ware standen noch in einer Ecke, und Rosa griff hinein und zog ein rüschenbesetztes Höschen heraus. »Das gefällt mir, Sophia. Und das Nachthemd hier, das ist einfach toll!«

Sophia warf Teresa einen Blick zu, und beide mußten lachen. »Rosa, die Sachen sind scheußlich, billiger Mist. Sieh dir die Farben an, und alles ist aus Nylon ... Aber nimm mit, was du haben willst.«

Anschließend durchstöberten sie die Lagerräume von S & N und inspizierten Hunderte von Kleidungsstücken, die Nino ausrangiert hatte. Da die Ware ohnehin zur Konkursmasse gehören würde, nahmen die Frauen mit, was ihnen gefiel. Sie brauchten zwei Taxis, um ihre neue Garderobe in die Wohnung zu schaffen, wo sie eine Art private Modenschau abhielten. Dann gingen sie alle zusammen in einen Kosmetiksalon und anschließend zum Friseur.

Die Zeit wurde knapp, und sie beschlossen, noch einen Tag länger in Rom zu bleiben. Während Rosa sich die Stadt ansah, verbrachten Teresa und Sophia den Nachmittag mit Buchhaltern und Anwälten. Sophia meldete Konkurs an. Es wurde beschlossen, daß sie nach Abwicklung des Konkursverfahrens unter dem Namen Luciano neu anfangen sollte. Da sie noch einen großen Teil von Ninos Entwürfen aus den letzten Jahren besaß, würde sie das Geld für einen Designer vorläufig sparen können. Mit dem Erlös aus dem Verkauf ihrer luxuriösen Wohnung könnte sie die Firma wieder in Schwung bringen.

Am Abend standen die Frauen in Sophias Wohnung und bewunderten sich gegenseitig in ihrer neuen Pracht. Sie wollten den ereignisreichen Tag mit einem festlichen Mahl im Sanssouci beenden.

Der uniformierte Chauffeur des geliehenen Mercedes zog bewundernd die Augenbrauen hoch und half ihnen mit einer Verbeugung in den Wagen. Rosa trug ein kurzes, mit Rüschen besetztes Organzakleid und Teresa ein strenges, hochgeschlossenes Kleid aus Crêpe de Chine mit enganliegenden Ärmeln. Auf Sophias Rat hin hatte sie sich das Haar aufhellen lassen, so daß es nun fast blond war, und die diamantenen Ohrringe und das Diamantarmband von Sophia brachten es vorteilhaft zur Geltung. Sophia selbst trug ein schwingendes Taftkleid mit einem weiten Umhang. Jede der drei Frauen hatte ihren eigenen Stil, aber eines war gemeinsam: Sie trugen Schwarz.

Das Sanssouci lag in einer Seitenstraße der Via Veneto. Im gedämpften Licht der Bar schimmerten Spiegel und wunderschöne Wandteppiche. Der Maître d'Hotel begrüßte Sophia mit einem Handkuß.

»Signora Luciano, wir haben Sie sehr vermißt. Wir haben Ihren Tisch für Sie reserviert...«

Sie wurden zum Tisch in der Mitte des Restaurants geleitet, als wären sie königliche Hoheiten. Kellner eilten herbei, um ihnen die Stühle zurechtzurücken, und die anderen Gäste drehten sich nach ihnen um und gafften sie an. Man flüsterte sich zu, daß sie die Witwen der Lucianos seien.

Selbst die Frauen konnten nicht umhin, Sophias Schönheit zu bewundern. Ihr blauschwarzes Haar lag wie eine Schlange in ihrem Nacken zusammengerollt, und als ein Kellner ihr das schwarze Seidencape abnahm, kamen ihre schlanken, perlweißen Schultern zum Vorschein. Ihre zarte Figur bildete einen herben Kontrast zu den ausdrucksvollen dunklen Augen und den hohen Wangenknochen.

Während sie so tat, als würde sie die Speisekarte studieren, sah sie sich im Raum um. Viele der Gäste kannte sie. Mehrere von den Frauen hatten bei ihr Kleider gekauft, aber keine einzige begrüßte sie, keine einzige lächelte ihr zu.

Lachend und scherzend erschien eine Gruppe neuer Gäste, und einen Moment lang wandte sich die allgemeine Aufmerksamkeit ihnen zu. Dann setzte das Gemurmel und Geflüster wieder ein.

Sophia beugte sich zu Teresa hinüber. »Der kleine Mann da vorne ist Nino, mein früherer Designer. Aber dreh dich nicht nach ihm um . . .«

Nino blickte wie gebannt zu ihnen hinüber, doch als er seine Freunde zu einem Tisch an der Wand führte, ignorierte er Sophia, obwohl er dicht an ihr vorbeiging. Er wußte, daß sie bankrott war, jeder in der Modewelt wußte das, und er hatte angenommen, daß sie aus dem Geschäft ausgestiegen war. Noch immer lebte er in der Angst, daß sie sich in irgendeiner Weise für seinen Verrat rächen würde. Er war so in Gedanken versunken, daß eine seiner Begleiterinnen nach seiner Hand griff, um ihn auf sich aufmerksam zu machen. Sie wollte wissen, wer die Frauen am Mitteltisch seien.

Nino fuhr herum und sah die Frauen direkt an. Er schlug mit der Serviette auf den Tisch. »Sophia Luciano . . . und weiß Gott, wer die anderen sind, vielleicht eine Lehrerin und eine Jungfrau.«

Das allgemeine Gelächter, das auf seine Bemerkung folgte, galt offensichtlich den Lucianos, aber die Witwen unterhielten sich weiter, als seien sie über jedes Geschwätz erhaben, und setzten scheinbar ungerührt ihre Mahlzeit fort. Dennoch waren sie sich der allgemeinen Aufmerksamkeit nur allzu bewußt. Schließlich konnte Sophia es nicht mehr ertragen und stand auf. Teresa streckte eine Hand aus, um sie zurückzuhalten, aber es war zu spät.

Wie hypnotisiert bewegte Sophia sich zwischen den Tischen hindurch. An Nino Fabios Tisch blieb sie stehen. Verlegen stellte Nino sie seinen Freunden vor. Sophia beugte sich zu ihm und legte ihm eine Hand auf den Nacken, so als wollte sie seinen Puls fühlen.

Nino lehnte sich zurück. Sein Gesicht war weiß, er faßte nach seiner Kehle. Er spürte ihre eiskalten Finger im Nacken, und noch lange sollte er ihr leises Flüstern im Ohr haben: »Du lebst also noch, Nino . . .«

Als Sophia an ihren Tisch zurückkehrte, sah Nino ihr entsetzt nach. Sein Gesicht war verkrampft, und mit der rechten Hand drückte er noch immer auf seine Halsschlagader.

Rosa beugte sich über den Tisch und fragte Sophia, was sie zu Nino gesagt habe. Doch Sophia lächelte nur und hob ihr Champagnerglas. »Auf unsere Zukunft.«

Am nächsten Morgen erschien in *Il Giorno* ein Foto der drei eleganten Frauen. Es trug die Unterschrift: *»Bella Mafia* – was von der einst so mächtigen Familie Luciano übrigblieb.« Teresa zerriß die Zeitung und warf sie in den Müll. Sie mußte immer noch einen Käufer für die Perlen finden, daher verließ sie Sophia und Rosa unter dem Vorwand, sie wolle einige der Tochterfirmen der Lucianos aufsuchen.

Gegen Abend flogen Teresa und Rosa nach Palermo zurück. Sophia wollte noch in Rom bleiben, weil sich ein Interessent für ihre Wohnung angekündigt hatte. Außerdem wollte sie Nino Fabio einen Besuch abstatten.

Zurück in der Villa Rivera eilte Teresa sofort nach dem Aufstehen in Lucas Zimmer. Die Tür stand offen, es war leer. Sie war überrascht, Luca am Frühstückstisch vorzufinden, ließ sich aber nichts anmerken. Jemand hatte ihm die Haare kurz geschnitten, so daß er wieder ganz blond war.

Er zeichnete gerade einen Plan für einen Küchengarten für Graziella. Ihm gegenüber saß Rosa und bestrich eine Scheibe Toast.

Teresa setzte sich, und Graziella deutete sofort auf ihren Kopf. »Dein Haar, was hast du mit deinem Haar gemacht?«

»Es ist gefärbt, Mama«, sagte Teresa kühl.

»Das sehe ich wohl. Ich verstehe nicht, warum ihr nicht mit dem zufrieden seid, was die Natur euch geschenkt hat.«

»Wir sind eben nicht alle mit deiner natürlichen Schönheit gesegnet worden, Mama. Einige von uns müssen ein wenig nachhelfen, und ich mehr als andere.«

Luca legte den Kopf schräg und lächelte. »Es steht Ihnen gut.«

Teresa fiel auf, daß Luca Graziellas Hand tätschelte, während sie sagte: »Na schön, wenn du meinst, aber Rosas Haar sieht ungefärbt besser aus. Hast du gesehen, was wir mit Johnnys Haar gemacht haben? Adina hat es geschnitten.«

Teresa nickte. »Ja, ich hab' es gesehen.«

Graziella schnitt ein Gesicht und sah Luca an. Dann fragte sie: »Und Sophia? Hat sie sich auch die Haare färben lassen?«

»Nein, Mama. Ihr Haar ist immer noch schwarz. Sobald sie ihre Wohnung verkauft hat, kommt sie zurück.«

»Oh, wir haben übrigens Besuch gehabt, und er hat etwas für dich zurückgelassen.«

Graziella gab Teresa Roccos Visitenkarte. »Er wollte dich in einer geschäftlichen Angelegenheit sprechen. Ich habe gesagt, du wärst in der Fliesenfabrik. Ich wollte ihm nicht sagen, daß ihr verreist seid. Papa hat nie zugelassen, daß Außenstehende unseren Aufenthaltsort kannten. Außerdem gefiel mir der Mann nicht. Vielleicht sollten wir wieder einen Mann als Wachtposten ans Tor stellen, damit wir wissen, wer hier ein und aus geht. Was hältst du davon?«

Teresa murmelte etwas Zustimmendes und las die Karte. »Es geht wohl um den Verkauf der Villa. Ich habe euch schon gesagt, daß das ungefähr das einzige war, was Domino noch geregelt hat. Ich glaube nicht, daß wir die Sache rückgängig machen können, es sei denn, daß du unbedingt hierbleiben möchtest. Das Haus ist für dich allein viel zu groß.«

Graziella blinzelte und starrte in ihre Kaffeetasse. Der Gedanke, allein hier zurückzubleiben, tat ihr weh.

Teresa forderte Luca auf, ihr ins Arbeitszimmer zu folgen, und die beiden verließen den Raum.

Rosa begann, den Tisch abzuräumen. Graziella, die sitzen geblieben war, sagte: »Ich werde euch vermissen.«

»Warum, Großmama? Du kommst mit. Wenn hier alles geregelt ist und wir das Geld haben, kaufen wir eine große Wohnung. Du brauchst keine Angst zu haben, wir lassen dich nicht allein.«

»Hier ist Ihr Geld, Mr. Moreno. Wollen Sie es zählen?«

Teresa warf den Umschlag auf den Schreibtisch. Luca steckte ihn in seine Gesäßtasche. Er zögerte einen Moment, dann sagte er ruhig: »Giuseppe Rocco arbeitet für die Corleones.«

»Vielen Dank, Mr. Moreno. Wann verlassen Sie das Haus?«

Luca sagte leise und beschwörend: »Signora Luciano, bitte seien Sie vorsichtig. Geben Sie acht, mit wem Sie es zu tun haben, bevor Sie sich auf ein Geschäft mit Rocco einlassen. An einem Kilo Heroin verdient man eine Million Dollar. Die Leute, die hinter Ihren Lagerräumen und Ihrem guten Namen her sind, sind Drogenhändler. Wenn sie merken, daß Sie sich nach einem besseren Angebot umsehen, sind Sie und Ihre Verwandten in Lebensgefahr. Die Corleones haben Giuseppe Rocco hergeschickt, damit er sich mit Ihnen persönlich unterhält. Sie haben die Villa bereits gekauft, und niemand wird es wagen, ihnen den Besitz streitig zu machen. Sie können Ihnen daher jeden beliebigen Preis bieten, Signora Luciano, und Sie täten gut daran, ihr Angebot anzunehmen.«

Es brachte Teresa aus der Fassung, daß er alle ihre Pläne

kannte. »Haben Sie *alle* unsere persönlichen Unterlagen durchgesehen, Mr. Moreno?«

Luca blickte auf und sah sie an. Seine Augen, die noch vor einem Moment blaßblau gewesen waren, strahlten nun in leuchtendem Blau, waren aber völlig ausdruckslos. Sie konnte nicht erraten, was er dachte. Dann lächelte er, engelhaft und unwiderstehlich.

Das Läuten der Türglocke unterbrach sie. Teresa ging schnell hinüber zum Fenster, aber Luca war noch vor ihr dort. Er hob die Jalousie ein wenig und ließ sie wieder fallen.

Während Giuseppe Rocco ins Arbeitszimmer geführt wurde, schlüpfte Luca über die Diele und durch die Küche hinaus in den Garten. Rosa stand neben seinem frisch umgegrabenen Gemüsebeet. Sie lächelte ihn an. »Sie haben wirklich viel geschafft, während wir in Rom waren.«

Er steckte die Hände tief in die Taschen und blieb in einiger Entfernung von ihr stehen. Er beobachtete Roccos Wagen und seinen Leibwächter, der gelangweilt daneben stand und sich die Fingernägel reinigte.

Rosa kam näher heran. »Wann fahren Sie ab?« fragte sie.

»Heute noch, vielleicht heute nachmittag.«

Einen Augenblick sah sie enttäuscht aus, doch Luca bemerkte es nicht. Er hatte die blaue Schnauze seines Mietwagens entdeckt, die aus dem Gebüsch an der Auffahrt hervorlugte. Er verfluchte sich, weil er vergessen hatte, daß er den Wagen dort stehengelassen hatte.

Luca wußte, daß er den Wagen loswerden mußte, und zwar schnell. Als Rosa eine Hand nach dem goldenen Herzen an seinem Hals ausstreckte, war er so in Gedanken versunken, daß er instinktiv ihren Arm packte und sie von sich wegdrehte. Sie fiel gegen den Zaun.

Luca schalt sich selbst wegen seiner Dummheit, aber Rosa lächelte und sagte, es sei nichts passiert. Er nahm besorgt ihre Hände, und plötzlich bemerkte er fasziniert, wie frisch und weich ihre Haut war. Sie legte ihm die Arme um die Hüften und zog ihn zu sich heran. Er leistete keinen Widerstand, neigte nur den Kopf und küßte sie. Es war ein kindlicher Kuß, ohne jede Leidenschaft.

Graziella erschien in der Tür zur Küche. Sie war im Mantel und hielt eine Pflanzschaufel in der Hand. Luca winkte, als hätte die Umarmung nie stattgefunden. Dann wandte er sich wieder Rosa zu.

»Ich will den Küchengarten wieder in Ordnung bringen.« Er blinzelte in die Wintersonne.

Rosa staunte über das leuchtende Blau seiner Augen und lächelte ihn an. »Du hast die blauesten Augen, die ich je gesehen habe.«

Er hörte Giorgios Stimme: »Du hast so blaue Augen, Luca. Komm her, laß mich mal sehen ... Schau nicht weg!«

Er flüsterte: »Deine Augen sind wie kleine blaue Blumen ...«

Rosa lachte. »Meine? Nein, meine sind braun. Was sind das für Blumen?«

Sie konnte nicht wissen, daß Luca immer noch Giorgios Stimme hörte. »Vergißmeinnicht.«

»Vergißmeinnicht?«

Für Luca war dieses Wortgeplänkel etwas ganz Neues. Er trat näher an Rosa heran und berührte ihre Wange, wie Giorgio es bei ihm getan hatte. »Weißt du, warum sie Vergißmeinnicht heißen, Rosa?«

Sie schüttelte den Kopf.

»Vor langer Zeit hat sich einmal ein junger Mann in eine schöne Dame verliebt. Bei einem Spaziergang entdeckten sie an einem Flußufer kleine blaue Blumen. Die Dame fand sie hübsch, und sie hatten genau die Farbe ihrer Augen, also kletterte der junge Mann hinunter an den Fluß, um eine Blume für sie zu pflücken. Das Ufer wurde immer steiler, und gerade als er die Hand ausstreckte und eine Blume pflückte« – Luca beugte sich vornüber –, »da stürzte er in das schäumende Wasser. Während er davongetragen wurde, hob er die Hand mit der kleinen blauen Blume und rief: ›Vergiß mein nicht!‹« Luca ließ sich vornüberfallen und kam ins Stolpern. Dann fing er sich wieder und lächelte Rosa an.

»Ist die Geschichte wirklich wahr?«

Luca nickte.

»Und wie ging es weiter? Was ist aus ihm geworden?«

»Der Fluß hat ihn mitgerissen. Er ist ertrunken.«

»Du willst mich auf den Arm nehmen.«

Luca lächelte. »Nein die Geschichte ist wirklich so passiert. Giorgio hat sie mir erzählt.« Er erschrak. Jetzt hatte er einen Fehler gemacht.

»Wer ist Giorgio?«

»Mein Bruder.« Aus seiner leisen Antwort hörte Rosa seine Traurigkeit heraus. Er wandte sich ab und ging in die Küche. Sie folgte ihm langsam.

Teresa sah die beiden kommen. »Rosa, bitte begleite deine Großmutter zum Einkaufen in die Stadt. Ich habe einige Büroarbeiten zu erledigen. Heute nachmittag fahren wir dann in die Fabrik.«

Nachdem Rosa und Graziella abgefahren waren, nahm Teresa Luca mit ins Arbeitszimmer. Sie wirkte angespannt.

»Rocco hat über meinen Vorschlag nur gelacht. Die Corleones wollen, daß wir den Vertrag über den Verkauf der Villa sofort abschließen. Sie wollen für unsere Schulden aufkommen und uns mit einer Summe abfinden, die uns einen angemessenen Lebensstil ermöglichen soll. Angemessen, aber nicht luxuriös. Aber ich halte ihr Angebot für eine Beleidigung. Heute abend kommt Rocco wieder, bis dahin muß ich mich entscheiden. Der Kaufpreis soll mit jedem Tag, den ich die Corleones warten lasse, kleiner werden.«

Nervös drehte Teresa an ihrem Ehering. Schließlich sah sie Luca an. »Er hat gesagt, keine der anderen Familien würde es wagen, sich einzumischen, und mir bliebe nichts anderes übrig, als ihr Angebot anzunehmen. Aber ich will gegen sie kämpfen, Mr. Moreno. Wenn es sein muß, gehe ich bis zur Regierung.«

»Diese Leute *sind* die Regierung. Nehmen Sie das Angebot an, und wenn es noch so ungünstig ist.«

Teresas Hände zitterten, sie war den Tränen nahe.

»Mario Domino hatte ein Angebot von einem Mann namens Michele Barzini erhalten. Das ist zehnmal so hoch wie das der Corleones. Haben Sie schon von Barzini gehört?«

Luca nickte. »Barzini ist ein Mittelsmann, wissen Sie, ein Unterhändler. Er arbeitet von New York aus, aber ich weiß nicht, für welche Familie.«

»Und wenn wir alle nach New York fahren und mit ihm sprechen? Vielleicht können wir ihn auch um Schutz bitten? Und wenn er uns dann aufkauft, ganz gleich in wessen Auftrag, kann er die Angelegenheit in seine Hände nehmen. Ich will ja nur, daß wir unser rechtmäßiges Erbe bekommen. Wir haben schließlich nicht soviel unternommen, nur um uns jetzt betrügen und ausrauben zu lassen.«

Luca schwieg. Händeringend fuhr Teresa fort: »Wir brauchen jemanden, der uns beschützt, jemanden, dem wir vertrauen können. Sie wissen alles über unsere gegenwärtige Situation, Mr. Moreno, und wir wissen genug über Sie, um Sie wegen Mordes vor Gericht bringen zu können. Wenn wir in New York sind und der Vertrag abgeschlossen ist, bekommen Sie fünf Prozent von allem, was wir einnehmen. Danach können Sie tun und lassen, was Sie wollen.«

Luca antwortete nicht. Teresa öffnete eine Schublade, nahm die Pistole, die er aus Dantes Klub entwendet hatte, hervor und legte sie auf den Schreibtisch.

»Abgemacht, Mr. Moreno?« Ihre Augen blitzten, und voller Spannung erwartete sie Lucas Antwort.

Teresa war erstaunt über Lucas unvermittelte Sanftheit, und noch mehr überraschte sie der leichte, kindliche Kuß, den er ihr auf ihre Wange drückte.

»Abgemacht, Signora Luciano. Sie werden es nicht bereuen, darauf gebe ich Ihnen mein Wort. Ich werde alles tun, um Ihnen allen zu vergelten, was Sie hier für mich getan haben. Sie können sich auf mich verlassen.«

Auf dem Weg in seine Dachkammer summte Luca leise vor sich hin. Er legte sich auf sein Bett, richtet sich aber schnell wieder auf, als ihm die Zeitung einfiel. Er zog sie unter der Matratze hervor.

Die Schlagzeile auf der Titelseite lautete: POLIZEI VERSTÄRKT SUCHE NACH TATVERDÄCHTIGEM LUCA CAROLLA. Der Bericht schilderte noch einmal die Morde an Luzio Paluso, den Lucianos und Paul Carolla.

Luca überflog den Artikel, aber er konnte keinen Hinweis darauf entdecken, daß irgend jemand auch nur die geringste Ahnung von seinem Aufenthalt hatte. Was ihm allerdings Sorgen bereitete, war sein Bild und die Personenbeschreibung dazu. Er hielt das Bild neben sein Gesicht und betrachtete beide im Spiegel. Das Gesicht auf dem Bild hatte langes blondes Haar, und er sagte sich, daß ihn mit seinem neuen Haarschnitt niemand erkennen würde. Abgesehen davon war die Personenbeschreibung jedoch gut, sogar die Größe war richtig angegeben. Das Alter stimmte zwar nicht, man hielt ihn für viel älter, aber der Hinweis, daß er einem Amerikaner ähnelte, gefiel ihm überhaupt nicht.

Er zerriß die Zeitung in kleine Fetzen und fragte sich, wie sicher er wohl in der Villa war. Ob die anderen den Artikel wohl auch gelesen hatten? Unruhig ging er in seinem Zimmer auf und ab. Er dachte an das Auto in den Büschen an der Auffahrt. Er hatte es nicht gut genug versteckt und mußte es so schnell wie möglich loswerden. Wenn sie wirklich wieder einen Wachtposten einstellen wollten, wie Graziella vorgeschlagen hatte, würde er den Wagen sofort entdecken. Luca öffnete das Fenster und kletterte hinaus.

17. Kapitel

Kommissar Pirelli hatte nun die Angaben aus Luca Carollas Führerschein samt der Beschreibung seines Leihwagens, und zudem hatte die Pressekonferenz sich schneller ausgezahlt, als sie angenommen hatten. Immer noch kamen Telefonanrufe, und unter den Anrufern war auch der Besitzer des Hotels gewesen, in dem Luca gewohnt hatte. Außerdem hatte die Spurensicherung ergeben, daß die Fingerabdrücke auf dem Saftglas und auf der Kugel aus dem Armadillo-Klub von derselben Person stammten wie diejenigen auf der Pistole, die Pirelli aus dem Kloster mitgebracht hatte.

Ancora mußte sich setzen. »Wenn wir so weitermachen, können wir bald alle ungelösten Mordfälle der letzten zehn Jahre abschließen. Das heißt ja, daß dieser Luca Carolla an dem Abend in Dantes Klub war und ihn vielleicht sogar umgebracht hat.«

Das Telefon klingelte. Es war für Pirelli.

»Ja, wir schicken jemanden. Sorgen Sie dafür, daß niemand ihn anfaßt.« Pirelli legte auf. »Sie haben den Mietwagen gefunden. Jemand hat ihn am Stadtrand von Palermo in ein Feld gefahren. Gestern abend war er noch nicht da, es muß also in den letzten Stunden passiert sein. Das heißt, daß unser Mann noch hier in der Nähe ist.«

Pirelli boxte vor Freude in die Luft. »Jetzt geht's los! Laß das Auto so schnell wie möglich herschleppen. Ich gehe inzwischen in sein Hotel.«

Als Pirelli mit seinen Leuten ankam, war das kleine Hotelzimmer schon ausgeräumt worden. Alle beweglichen Gegenstände waren ins Labor gebracht worden. Der Besitzer des Hotels wurde ins Polizeipräsidium gebracht und dort mehr als drei Stunden ziemlich ergebnislos verhört. Doch Pirelli entdeckte einen weiteren Hinweis, nämlich die Unterschrift »J. Moreno« im Gästebuch.

Eine andere Information allerdings stiftete Verwirrung. Der Hotelbesitzer behauptete, Luca sei nicht blond gewesen, sondern habe dunkles Haar gehabt.

Pirelli stöhnte. »Sind Sie ganz sicher?«

Der Mann nickte. »Ja, er hatte dunkles Haar. Als er sich ins Gästebuch eintrug, konnte ich sein Gesicht nicht richtig sehen, weil er einen Strohhut und eine Sonnenbrille trug.«

»Können Sie die Brille beschreiben?«

»Es war eine Sonnenbrille, wissen Sie, so eine verspiegelte.«

»Und das zweite Mal, als Sie ihn sahen?«

Der Mann dachte nach. »Das war an dem Tag, als sie den Burschen da im Gericht erschossen haben. Ich ging die Treppe hinauf, ungefähr um halb acht morgens, kann auch etwas später gewesen sein. Er kam mir entgegen. Er hatte weder den Hut noch die Sonnenbrille auf, aber er trug etwas, es sah aus wie ein Paket. Als ich guten Morgen sagte, hat er nicht geantwortet. Er ist einfach weitergegangen. *Blöder Hund* habe ich gedacht... Sein Haar war ganz dunkel, fast schwarz.«

»Aber Sie haben das Phantombild gesehen, und darauf ist der Mann doch offensichtlich blond. Warum haben Sie uns trotzdem angerufen?«

»Es war sein Gesicht... und die Augen, vor allem die Augen. Sie waren blau, wissen Sie, er hatte richtig hellblaue Augen, ich erinnere mich genau daran.«

Pirelli blickte dem Hotelbesitzer nach, als Bruno ihn hinausbegleitete. Er mußte abwarten, was die Spurensicherung über das Hotelzimmer herausfand.

Ancora stürzte ins Zimmer. »Wollen Sie den Fiat sehen? Er ist ausgebrannt, aber die Jungs arbeiten schon dran. Wir haben Glück gehabt, vom Feuer betroffen sind vor allem der Motor und die Sitze. An der Fahrertür scheinen Blutflecken zu sein.«

Aus den USA kam ein Telefax. Luca Carollas Führerschein war eine Fälschung.

Pirelli suchte Mincelli in seinem Büro auf, setzte sich und spielte mit Mincellis Stiften. »Haben Sie herausbekommen, wann die Lucianos gestorben sind und ob jemand an dem Abend hintereinander an beiden Tatorten sein konnte?«

»Ja. Bei den beiden Kindern ist der Tod zwischen neun und halb zehn eingetreten, bei den Männern nicht vor halb elf. Wenn der Mann ein Auto hatte, war es kein Problem für ihn. Und hier, hier habe ich die Nachricht des Tages für Sie.«

Der Bericht der Ballistik bestätigte, daß der Kellner des Restaurants mit einer Magnum erschossen worden war. Der Küchenchef war mit einer anderen Pistole getötet worden.

Pirelli pfiff leise durch die Zähne. »Der Kerl hat mehr Leute umgebracht als Jack the Ripper. Es ist nicht zu fassen.«

Auf dem Hof hinter dem Polizeipräsidium nahmen Ancora und Pirelli den Fiat in Augenschein. »Sie haben am Handschuhfach Fingerabdrücke gefunden, Daumen und Zeigefinger«, sagte Ancora. »Alle anderen sind wohl verbrannt. Und die Blutgruppe haben sie auch. Der Mann muß stark geblutet haben, er war wohl ziemlich schwer verletzt.«

Anschließend stellten sie im Labor fest, daß die Fingerabdrücke mit denen auf dem Saftglas und auf der Kugel in Dantes Klub identisch waren.

»Jetzt brauchen wir nur noch eins«, meinte Pirelli, »nämlich den Besitzer dieser kleinen Schätzchen.«

Sophia Luciano kehrte früher als erwartet aus Rom zurück. Sie fand Teresa mit Luca im Arbeitszimmer.

»Würden Sie uns bitte allein lassen?« sagte sie zu Luca. »Ich muß mit Teresa sprechen.«

Aber als Luca an ihr vorbeiging, faßte Sophia ihn am Arm. »Ihre Haare . . .«

Er fuhr sich mit der Hand über seinen Bürstenschnitt. »Graziella und Adina haben mir die Haare geschnitten.«

Sophia hob die Augenbrauen. »Graziella?«

Sie wandte sich an Teresa. »Er fühlt sich hier schon wie zu Hause, was? Anscheinend steht er mit Mama auf du und du.«

Dann sagte sie zu Luca: »Bitte schließen Sie die Tür hinter sich.«

Sie setzte sich. »Was ist hier los?«

Teresa wirkte leicht gereizt. »Allerhand ist hier los. Ist in Rom alles gutgegangen? Ich hatte dich nicht so bald zurückerwartet.«

»Das sehe ich.«

»Was soll das heißen.«

»Ich dachte, wir wollten ihn auszahlen? Und hier sitzt er und plaudert mit dir, und Graziella schneidet ihm die Haare. Nächstens ißt er noch mit uns. Wir müssen ihn loswerden.«

»Hast du den Verkauf deiner Wohnung in die Wege geleitet?«

»Ja, wenigstens das war kein Problem. Aber Nino Fabio wollte sich nicht mit mir treffen. Und ungefähr eine Stunde, nachdem ich mit ihm telefoniert hatte, erhielt ich ein Schreiben seines Rechtsanwalts. Er will, daß ich ihm seine Entwürfe zurückgebe.«

Teresa las den Brief des Anwalts. »Nicht genug damit, daß er dich jahrelang ausgenommen hat, jetzt versucht er auch noch zu verhindern, daß du neu anfängst. Hast du herausgefunden, ob er die Maschinen gestohlen hat?«

»Wie konnte ich denn? Er wollte sich ja nicht einmal mit mir treffen. Wenn Constantino noch am Leben wäre, hätte er es niemals gewagt, mich so zu behandeln.«

Teresa stand auf und trat ans Fenster. »Hör mal zu, Sophia, wir haben jetzt etwas Wichtigeres zu besprechen.« Sie rückte ihre Brille zurecht. »Das einzige, was Domino vor seinem Tod noch geregelt hat, war der Verkauf der Villa und der dazugehörigen Ländereien. Wir haben ein gutes Angebot bekommen, Graziella hat unterschrieben, und Domino hat die Kaution eingezahlt. Ich habe keine Ahnung, wo die Sachen hingekommen sind. Sie sind genauso spurlos verschwunden wie das Geld, das angeblich auf dem Schweizer Konto liegen soll.«

Sie ging wieder zum Schreibtisch und gab Sophia Roccos Karte. »Das ist Giuseppe Rocco. Auf der Karte steht Makler, aber das ist blanker Unsinn. Er ist ein Strohmann. Er ist Unterhändler für die Corleones, und die haben die Villa Rivera gekauft.«

Sophia musterte die Visitenkarte. »Na und, spielt es denn eine Rolle, an wen wir verkaufen? Du hast gesagt, daß sie einen guten Preis zahlen. Und wenn wir dann noch für die einzelnen Firmen Geld bekommen ... Ich dachte, wir versuchen alles auf einmal an den Mann zu bringen?«

»Das hatte ich auch vor. Ebenso wie sie vorhaben, alles aufzukaufen.«

Teresa setzte sich und nahm die Brille ab. »Nur sind sie der Ansicht, daß in ihrem Angebot für die Villa auch alles enthalten ist, die Speicher, die Ländereien, die Fabriken, die Docks und die Schiffe. Und mit jedem Tag, den wir ihr Angebot nicht annehmen, geht der Preis herunter. In fünf Tagen wollen sie alles übernehmen.«

Sophia stand auf. »Das können sie uns nicht antun.«

»Doch, das können sie, Sophia. Sie haben alle anderen möglichen Käufer ausgeschaltet, sie haben dafür gesorgt, daß niemand ihnen in die Quere kommt.«

Sophia sah ihre Schwägerin verständnislos an.

»Ja, Sophia, das heißt, daß die ganze Arbeit Zeitverschwendung war und daß wir das Geld umsonst aus Dantes Klub mitgenommen haben.«

»Das können sie einfach nicht machen. Weißt du was? Ich rufe Pirelli an und bitte ihn um Hilfe.«

»Willst du Mama und Rosa in Gefahr bringen? Wir brauchen jemanden, der uns beschützt, jemanden, der weiß, wie es in den Familien zugeht. Deswegen habe ich Johnny angestellt.«

»Nein, das kommt nicht in Frage!«

»Bitte, hör mir zu! Wir können ihm vertrauen, weil er von uns abhängig ist. Wir brauchen nur Pirelli anzurufen, dann kommt er her und verhaftet Johnny wegen des Mordes an Dante.«

Sophia verschränkte die Arme. »Du hast also bereits eine Entscheidung getroffen, ohne mich zu fragen.«

»Du brauchst nicht mitzumachen. Ich habe die Sache auch mit den anderen nicht besprochen, weil es wirklich gefährlich ist. Wenn wir uns gegen die Corleones wehren wollen, müssen wir im Ausland sein, bevor das bekannt wird.«

»Hat Moreno das vorgeschlagen?«

»Nein, es war meine Idee, und ich habe ihn gefragt, was er davon hält. Irgendwie müssen wir sie so lange hinhalten, bis wir alles vorbereitet haben, daß wir Palermo verlassen können. Wir nehmen alles mit, was wir an Unterlagen, Dokumenten und Verträgen über das Vermögen der Lucianos haben. Wir fliegen nach New York und verkaufen an einen Menschen namens Michele Barzini. Er hat Mario Domino vor dessen Tod noch ein vernünftiges Angebot gemacht. Auf diese Weise sind wir aus Sizilien heraus, und sie werden es nicht auf einen Machtkampf mit den Vereinigten Staaten ankommen lassen. Und selbst wenn – wir hätten dann nichts mehr damit zu tun.«

Sophia war blaß geworden. »Aber Teresa, wenn sie das herausbekämen – würden sie dann nicht jemanden in die Staaten schicken? Sie würden uns erwischen, egal, wo wir sind.«

»Ich weiß, ich habe darüber auch schon nachgedacht. Wir stimmen dem Verkauf nur zu, wenn Barzini uns Schutz verspricht. Und wenn Barzini dann Interesse an dem Geschäft zeigt, sagen wir den Corleones, uns wäre nichts anderes übriggeblieben, er hätte uns bedroht. Wir müssen die unschuldigen Witwen spielen, die die Situation überhaupt nicht durchschauen. Dafür halten sie uns sowieso. Johnny meint, unsere einzige Chance wäre, den Corleones weiszumachen, daß wir ganz auf uns selbst gestellt und völlig ahnungslos sind.«

»Teresa, wir *sind* ganz und gar auf uns selbst gestellt.«

»Abgesehen von Johnny. Er paßt auf uns auf, bis wir hier wegkommen.«

Sophia lachte bitter. »Dieses Kind soll uns vier beschützen?«

Teresa fuhr sie an: »Und was schlägst du vor? Hast du eine bessere Idee? Oder sollen wir das Angebot einfach annehmen?

Bist du denn noch nicht genug betrogen worden? Ich schon, und ich habe es satt, ebenso wie Rosa.«

»Und Graziella?«

»Ohne sie geht es natürlich nicht. Sollen wir die beiden holen und die Angelegenheit mit ihnen durchsprechen?«

Sophia nickte. »Das wird das beste sein.«

Nachdem Graziella und Rosa eingetreten waren, erklärte Teresa: »Wir haben ein Angebot für den gesamten Besitz der Lucianos erhalten. Es stammt von einem Amerikaner, der anscheinend im Auftrag mehrerer amerikanischer Familien verhandelt. Michele Barzini – kennst du ihn, Mama? Hast du den Namen schon einmal gehört?«

Graziella schüttelte den Kopf. »Vielleicht habe ich ihn irgendwann einmal gesehen, aber ich habe so viele von Papas Geschäftsfreunden kennengelernt, daß ich mich nicht an alle erinnern kann.«

»Nun, jedenfalls hat er uns ein gutes Angebot gemacht. Er hat uns zwanzigmal soviel geboten wie die Corleones. Der Preis, den sie uns bieten, bezieht sich nicht nur auf die Villa, sondern auch auf alle Firmen. Sie wollen alles zusammen aufkaufen, obwohl im Kaufvertrag nur von der Villa die Rede ist. Außerdem haben sie uns ein Ultimatum gestellt. Wenn wir nicht sofort alles verkaufen, ziehen sie uns für jeden Tag, den wir zögern, etwas vom Kaufpreis ab. Und sie werden alle anderen Familien daran hindern, auch nur zu versuchen, eine der Firmen zu kaufen. In Sizilien wird sich ihnen niemand in den Weg stellen. Uns bleibt nur die Möglichkeit, nach Amerika zu verkaufen, eben an diesen Barzini.«

Graziella beugte sich vor. »Wenn wir beschließen, die Villa nicht zu verkaufen, geben wir den Corleones das Geld zurück, das sie schon an uns bezahlt haben, nicht wahr?«

»Nein, Mama, das geht nicht. Wir können nicht mehr zurück. Wir müssen ihnen die Villa verkaufen, aber wir müssen sie so lange hinhalten, bis wir aus Italien heraus sind. Wir haben fünf Tage Zeit. Sie dürfen keinen Verdacht schöpfen. Wir fliegen nach New York und wenden uns an Barzini. Wir bitten die

Familien, die hinter ihm stehen, um Schutz, und dann verkaufen wir an die Amerikaner.«

Graziella verzog den Mund. »Können wir ihm vertrauen?«

»Sein Angebot ist gut, und ich habe ihn angerufen, um herauszufinden, ob es noch gilt. Ich habe mit ihm ein Treffen vereinbart. Ja, ich glaube, daß wir ihm vertrauen können.

Graziella faltete die Hände. »Wieviel würden wir von diesem Barzini bekommen?«

Teresa holte tief Luft. »Ich würde zwanzig Millionen verlangen, aber ich wäre auch mit achtzehn oder noch etwas weniger zufrieden. Das würde für uns alle reichen. Aber wir haben nicht viel Zeit. Wir müssen noch alles organisieren, die Flüge buchen.«

Graziella unterbrach sie. »Ich weiß. Aber wir wollen nichts überstürzen. Wie hoch war Barzinis ursprüngliches Angebot?«

»Vierundzwanzig Millionen – Dollar.«

»Und warum sollen wir jetzt weniger verlangen? Wir müssen mehr von ihm fordern. Es darf nicht so aussehen, als ob wir in Not wären oder es eilig hätten. Wenn wir in New York sind, verhandeln wir mit ihm.«

Sophia blickte Graziella ungläubig an. Teresa erkannte blitzartig, daß ihre Schwiegermutter keine Einwände gegen ihren Plan hatte.

»Gut, sollen wir darüber abstimmen? Je mehr Zeit wir vergeuden, desto weniger bleibt uns. Seid ihr alle dafür?«

Rosa sah erst Graziella an, dann ihre Mutter. »Okay. Ich bin dafür.«

Graziella öffnete den Safe. »Ja, ich auch. Und ich glaube, daß ich hier etwas habe, das uns helfen wird.« Sie entnahm einen braunen Umschlag. »Hier sind Pässe für jede von uns. Alle auf verschiedene Namen ausgestellt. Papa und ich haben sie benutzt, wenn wir nach Amerika geflogen sind.«

Teresa lächelte und streckte die Hand nach dem Umschlag aus. »Danke, Mama.«

»Wir halten zusammen. Die Hauptsache ist, daß wir zusammenhalten.«

Sophia seufzte. »Ja, Mama, wir halten zusammen. Aber das hier ist kein Spiel. Es ist lebensgefährlich. Wir haben es mit einer sehr einflußreichen Familie zu tun.«

Graziellas Augen blitzten. »Ich kenne die Gefahren, Sophia. Ich habe mein ganzes Leben damit gelebt, auch wenn ich immer nur zugesehen habe. Aber jetzt sind unsere Männer, Rosas Bräutigam und meine Enkel tot, und keine dieser sogenannten einflußreichen Familien hat auch nur daran gedacht, uns Gerechtigkeit zu verschaffen. Statt dessen hat man uns betrogen und belogen, und jetzt versuchen sie, uns mit ein paar Krumen abzuspeisen. Haben wir denn gar keine Rechte? Wir werden um das kämpfen, was uns zusteht, und wenn es gefährlich wird, werden wir uns gegenseitig schützen.«

Sophia wandte sich an Teresa. »Ruf Giuseppe Rocco an. Halte ihn hin, bitte ihn um etwas mehr Zeit. Sag ihm, wir hätten noch soviel zu erledigen.«

Graziella nickte zustimmend. »Und sag auch, daß sie hierherkommen sollen, in die Villa. Sag ihnen, sie möchten Graziella Luciano die Ehre erweisen, ihr einen Besuch abzustatten.«

Rosa sprang auf. »Mama, sag ihnen doch, daß wir noch Zeit brauchen, um eine Wohnung in Palermo zu finden. Dann schöpfen sie keinen Verdacht.«

Teresa mußte lachen. »Gut, aber tragt nicht so dick auf. Mal hören, was sie sagen.«

Rocco rief Teresa unverzüglich zurück. Er sagte, Don Camilla, das Oberhaupt der Corleones, hätte eingewilligt, in drei Tagen in Begleitung seiner Berater mit den Witwen in der Villa Rivera zusammenzutreffen.

Drei Tage hatten die Frauen also Zeit, um ihre Flucht zu organisieren. Sie zogen jetzt an einem Strang, es gab keine Streitereien und keine Sticheleien mehr. Sie packten ein, was Graziella behalten wollte. Vertrauenswürdige Arbeiter sollten die Kisten mit Lastwagen abholen und in ein Lager bringen. Abends saßen sie mit Luca zusammen und sprachen die Einzelheiten ihrer Reise durch.

Luca war mit dem Paß, den Enrico Dante ihm beschafft hatte, zufrieden, denn der Name Johnny Moreno war bis jetzt in keiner Zeitung erwähnt worden. Er war überzeugt, daß er kein Risiko einging, wenn er die Frauen unter diesem Namen begleitete. Er konnte nicht wissen, daß die Polizei an jedem Flughafen auf Sizilien und auf dem Festland eine ausführliche Personenbeschreibung und das Phantombild von Johnny Moreno hatte und nur darauf wartete, ihn festzunehmen.

Im letzten Moment tauchte noch ein größeres Problem auf. Graziella erhielt eine Vorladung wegen versuchten Mordes an Paul Carolla. Ihr Anwalt hielt ihr persönliches Erscheinen für unumgänglich. Die Frauen beschlossen daher, daß sie alle zusammen die Villa verlassen würden, daß jedoch Graziella und Sophia bis zur Verhandlung in Rom bleiben sollten. Ihre Flugtickets wollten sie am Flughafen verschenken, das wäre unauffälliger, als sie umzutauschen.

Teresa schlug Luca vor, mit Sophia und Graziella in Rom zu bleiben. Nach anfänglichem Zögern willigte er ein.

Als Teresa mit Sophia allein war, sagte sie zu ihrer Schwägerin, sie solle ihren Freund Pirelli um Schutz bitten, bis sie Sizilien verlassen hätten.

Lisa Pirelli ging von einem Zimmer zum anderen und beschwerte sich über den Staub und den muffigen Geruch in der Wohnung in Palermo. Dann legte sie ihrem Mann die Arme um den Hals. »Freust du dich denn überhaupt, daß wir da sind?«

Er küßte sie zärtlich. »Heute abend wirst du merken, wie sehr ich mich freue...« Sie kicherte. »Bist du Weihnachten auch noch hier, Giovanni?«

»Ich hoffe nicht. Bis dahin müßte der Fall gelöst sein.«

»Ich habe von Carollas Sohn gelesen.«

Pirelli seufzte. »Du und noch ein paar Tausend, aber wir können ihn einfach nicht finden. Jemand muß ihn verstecken.«

»Nach allem, was er getan hat, sollte man das nicht für möglich halten.«

»Hier in Palermo ist alles möglich, meine Liebe. Die Stadt ist eine Kloake.«

Sein Sohn kam mit dem Fahrrad ins Eßzimmer gefahren und unterbrach sie. »Siehst du, Papa, ich brauche ein größeres Fahrrad – und bis Weihnachten bin ich noch mehr gewachsen.«

Pirelli gab ihm einen leichten Nasenstüber. »Wir wollen mal sehen, wieviel Zentimeter du in drei Wochen wachsen kannst. Aber versprechen kann ich dir nichts.«

Er sah Sophia vor sich, hörte wieder ihre Stimme: »Meine Kinder, meine Kinder...« Er nahm seinen Sohn fest in die Arme.

Lisa ging in die Küche, und Pirelli folgte ihr. Sie sah ihm in die Augen. »Du siehst müde aus. Warum legst du dich nicht etwas hin? Und ich komm dann zu dir und mache dich noch müder.« Er lachte und lockerte seine Krawatte.

Doch gerade als sie das alte, eiserne Bett erreicht hatten, klingelte das Telefon.

»Laß es einfach klingeln.« Lisa zog ihn auf das Bett, aber Pirelli nahm den Hörer ab.

Es war Ancora. Er bat um Entschuldigung, aber er hätte einen dicken Fisch an der Angel, einen Lebenslänglichen, der Luca Carolla kenne und ein Geschäft machen wolle.

Pirelli stöhnte. »Kannst du das nicht machen?«

»Doch, klar, ich dachte nur, du wärst gern dabei. Der Mann heißt Tony Sidona und hat für Carolla gearbeitet. Er wurde bei dem Mord an Lenny Cavataio als Komplize verhaftet.«

Lisa küßte Pirelli auf den Hals und knöpfte ihm das Hemd auf.

»Ich komme«, sagte er in den Telefonhörer, »warte auf mich.«

Lisa ließ sich mit ausgebreiteten Armen zurückfallen. »Das ist nicht zu fassen. Ich komme für ein Wochenende, und kaum bin ich zwei Minuten hier, da geht er schon wieder.«

Pirelli küßte sie. »Aber ich komme zurück.« An der Tür drehte er sich noch einmal um. »Ich liebe dich. Bis nachher, ja?«

Tony Sidona bestand auf einer schriftlichen Garantie in Gegenwart seines Anwalts, daß sein Fall wiederaufgenommen werden würde. Pirelli war müde und wollte zu seiner Frau zurück. Er ging auf alle Forderungen ein.

»Und keine meiner Aussagen wird gegen mich verwendet?«

»Nein«, knurrte Pirelli. Allmählich wurde er ärgerlich. Ancora sah, wie er die Augenbrauen zusammenzog, und ihm fiel ein, daß Lisa über das Wochenende aus Mailand gekommen war.

Nachdem sein Anwalt ihm kurz zugenickt hatte, begann Sidona endlich.

»Also, Carolla ist mit mir und noch einem nach Palermo gekommen. Wir haben beide in New York für ihn gearbeitet. Sein Junge, dieser Luca, hinter dem Sie her sind, war die reinste Nervensäge, keiner konnte ihn leiden. Er hing immer nur in der Wohnung rum und war dauernd im Weg.«

Pirelli bot Sidona eine Zigarette an. Sidona nahm sie und steckte sie sich hinters Ohr. »Haben Sie jemals gesehen, daß Carolla seinen Sohn schlecht behandelt hat?«

»Meinen Sie das im Ernst? Er hat dem Jungen das Geld nur so in den Arsch gesteckt, nie gefragt, wofür er es ausgab. Kurz bevor wir hierherkamen, hat er ihm einen Porsche gekauft, zweihundertfünfzigtausend Dollar.«

»Wissen Sie die Nummer? Das Nummernschild?«

Sidona schüttelte den Kopf. »Carolla hat alles versucht, um den Jungen irgendwo unterzubringen, ihm irgendeine Arbeit zu besorgen. Aber er hatte nicht viel Grips, ist aus jeder Schule rausgeflogen.«

Sidona versuchte zehn Minuten lang, sich an die Namen der Schulen zu erinnern. Schließlich hatte Pirelli eine, bei der er nachfragen konnte. Noch immer fehlte ihm ein neueres Foto von Luca.

Sidona fuhr fort. »Hat ihn in eine Pizzeria gesteckt, aber das war ein Fiasko. Dann in eine Spielhölle, aber der Kerl hat nur Scheiße gebaut. Aber trotzdem, ich habe nur einmal gesehen, daß er ihn zusammengeschissen hat. Da hatte er einen ganzen

Schrank voll Waffen gefunden, ein ganzes Arsenal. Carolla ist fast durchgedreht. Luca, dieser blöde Hund, hatte die Sachen regulär über den Ladentisch gekauft. Wir mußten alles wegschmeißen, denn sie hätten dem Zeug leicht auf die Spur kommen können.«

Pirelli drückte seine Zigarette aus und zündete sich die nächste an. »Hatte er Bohrer? Zahnarztbohrer?«

»Keine Ahnung, aber Carolla hat ihm deswegen die Gedärme aus dem Leib geprügelt. Und dann hat der Junge sich dieses Messer besorgt, so ein asiatisches Kampfsportmesser, wissen Sie, so ein Schmetterlingsding. Die Klinge war so scharf wie ein Rasiermesser. Damit hat er ununterbrochen geübt. Er hatte überall Pflaster an den Händen, weil er sich dauernd geschnitten hat.«

Sidona bat um ein Glas Wasser und nahm eine weitere Zigarette von Pirelli, die er sich hinter das andere Ohr steckte. »Und dann mußte Carolla aus New York verschwinden. Das FBI war hinter ihm her, und ein paar Familien waren sauer wegen irgendeiner Beute, die nicht ehrlich verteilt worden war. Sie wollten ihn wegen Erpressung und Drogenhandel einsperren lassen. Er steckte bis zum Hals in der Scheiße. Ich und der andere waren bereit, mit ihm zu gehen, aber er wollte den Jungen unbedingt auch noch mitschleppen. Wir konnten ja nichts sagen. Luca hat sich aufgespielt, als würde es ihm einen Heidenspaß machen, so von einem Land zum nächsten zu rasen. Aber Paulie hat mitgemacht, irgendwie hat es ihm gefallen, wie der Junge immer auf ihn aufgepaßt hat.«

Pirelli unterbrach: »Glauben Sie, daß Luca seinen Vater gern gehabt hat?«

»Doch ja, das glaub' ich schon. Jedenfalls wollte er es ihm immer recht machen. Aber Paulie hat niemals danke gesagt. War ein richtiges Schwein. Wir sind von London nach Amsterdam und dann nach Sizilien, und da ging es los. Lenny Cavataio hat gesungen, hat etwas über irgendeinen Kerl erzählt, den Carolla vor mehr als zehn Jahren ins Jenseits befördert hat. Carolla ist fast verrückt geworden, aber er konnte ja nichts machen, sein Steckbrief flog überall rum, wie Konfetti, und er mußte in seinem Versteck in den Bergen bleiben.«

Sidona nahm einen Schluck Wasser und wischte sich mit dem Handrücken über den Mund. »Wir hatten 'ne Menge Unterstützung von den Familien. Ich meine, er hat ihnen Millionen gezahlt, um außer Landes zu kommen. Er wollte nach Brasilien.«

»Hatte er Flugkarten für Brasilien? Und Pässe?« warf Pirelli ein.

»Nein, darauf haben wir gewartet. Inzwischen wurde Carolla von wer weiß wieviel Bullen gejagt, also hatte er beschlossen, daß Lenny zum Schweigen gebracht werden mußte, bevor er nach Brasilien ging, verstehen Sie? Er dachte, daß er auf die Art den Luciano auch los wird. Er hat also mich und den anderen nach Palermo geschickt und seinen Jungen auch, hat gemeint, er könnte uns vielleicht nützen, weil er wie ein Ami aussieht und auch so redet. Ich habe zwanzig Jahre in New York gelebt, aber jeder hört sofort, daß ich Sizilianer bin, verstehen Sie? Aber der Junge hat keinen Akzent, und er hat dieses irre blonde Haar. Weiß Gott, wer seine Mutter war, mit Paulie Carolla hat er jedenfalls keine Ähnlichkeit.«

Pirelli blickte auf die Uhr und bedeutete Sidona weiterzusprechen.

»Also hatten wir Luca auf dem Hals, und das war echt ein Alptraum. Er hat gefragt und gefragt und überhaupt dauernd geredet. Wir haben herausgekriegt, daß Lenny in diesem Hotel total bewacht wurde. Zwei Posten, Tag und Nacht, einer in seinem Zimmer, einer draußen und noch einer unten an der Rezeption. Wir konnten einfach nicht rein.

Sidona sah zu seinem Anwalt. »Sind Sie sicher, daß es okay ist, wenn ich das alles sage?«

»Unsere Abmachung gilt, also sprechen Sie weiter«, sagte Pirelli.

»Also, ich kam nicht in das Hotel rein, keine Chance. Ich war sofort verdächtig. Mein Partner auch.«

»Dieser Partner, hat der auch einen Namen?«

Sidona überlegte kurz. »Ich weiß nicht, wie er heißt, verstehen Sie?«

Pirelli lehnte sich zurück. »Klar, machen Sie weiter. Fragen kostet nichts.«

»Na, und der Junge geht einfach rein, ganz amerikanische Unschuld. Sagt, er wäre Student, und kriegt gleich ein Zimmer. Zweiter Stock, mit Balkon. Also klettern wir auch rein. Jetzt brauchten wir nur noch ins nächste Stockwerk rauf zu Cavataio. Und der Junge bringt das wieder, aus dem Fahrstuhl raus, wir sind hinter ihm und drücken auf Stop, und er läuft auf den Flur, klimpert mit seinem Schlüssel und fragt, ob er im fünften Stock ist. Mein Partner übernimmt den Wachtposten, tritt die Tür ein, nur ein Leibwächter, und wir waren drei. Hat seine Kanone gleich hingeschmissen, als er uns gesehen hat, und gebrüllt, daß er zwei Kinder und ein weißes Karnickel zu Hause hätte – Sie kennen die Leier. Mein Partner hat den Leibwächter umgelegt und dann Lenny Cavataio erschossen. Eine Kugel, hier...« Er deutete auf sein rechtes Ohr. »Er war gleich mausetot. Wir waren eigentlich fertig. Aber Luca zieht ihm die Hosen runter und schneidet ihm die Eier ab mit seinem verdammten Messer. ›Kleines Geschenk für meinen Vater‹, sagt er.«

Pirelli drückte seine Zigarette aus. »Und dann?«

»Das hat ihm noch nicht gereicht. Er mußte vorführen, daß niemand ein Wort über seinen Vater sagen darf. Hat Cavataio die Zunge rausgeschnitten. Mann, das ganze Blut, und mein Partner und ich wollten bloß raus, da haben wir ihn allein gelassen. Am Fahrstuhl sind uns die beiden Kerle von der Wachablösung direkt in die Arme gelaufen. Ich bin noch bis um die nächste Ecke gekommen, dann haben sie mich geschnappt. Vom Streifenwagen aus hab' ich ihn noch einmal gesehen. Irgendwie muß er sich saubere Klamotten besorgt haben, vielleicht von Lenny, keine Ahnung. Jedenfalls stand er zwischen den ganzen Leuten vor dem Hotel und sah hoch, genauso wie die anderen.«

»Und haben Sie danach noch etwas von ihm gehört?«

»Nein. Ich hab' nur gehört, daß sie drei Tage später Carolla geschnappt haben und daß sein Sohn nicht dabei war.«

»Sie waren also schon im Gefängnis, als Carolla gefaßt wurde?«

»Ja. Und Sie hätten ihn mal sehen sollen, er war ja schon sauer, daß Cavataio gesungen hat, aber als er gehört hat, daß der alte Luciano an seiner Stelle aussagen wollte, da ist er fast ausgerastet.«

»Wissen Sie, ob die Lucianos auf Carollas Befehl hin umgebracht worden sind?«

Sidona schnitt eine Grimasse. »Hör'n Sie mal, Carolla war zwar ein großes Tier, aber so mächtig war er nun auch wieder nicht. Das kam vom Allmächtigen selbst.«

»Was meinen Sie, wer die Morde organisiert hat?«

Sidona wurde unruhig. »Keine Ahnung...«

»Zwei kleine Jungen erschossen, eine ganze Familie ausgelöscht...«

»Es war abgemacht, daß ich Ihnen was über Luca Carolla erzähle, das war alles, sonst nichts.«

Pirelli schwieg. Sidona rutschte nervös hin und her und sah erst seinen Anwalt an, dann wieder Pirelli.

»Ich weiß keine Namen, okay? Aber wenn Don Roberto ausgepackt hätte, wäre die ganze Organisation aufgeflogen, verstehen Sie? Er war alt und angesehen und einflußreich. Ich glaube fast, daß die drüben in den USA ihre Finger im Spiel hatten. Die konnten sich einfach nicht leisten, ihn reden zu lassen, er wußte zuviel.«

»Welche Familie in den Vereinigten Staaten könnte Ihrer Meinung nach an dem Mord beteiligt gewesen sein?«

»Ich hab' keine Ahnung, das schwöre ich beim Leben meiner Mutter.«

»Könnte Luca Carolla diese amerikanische Familie kennen? Ich meine, könnte er selbst irgendwie beteiligt gewesen sein?«

Sidona fuhr sich mit den Händen durch das Haar. »Er kannte da drüben viele Familien, er hatte bestimmt Kontakte. Er war ja Carollas Sohn.«

Pirelli beugte sich vor und legte seine Hand auf Sidonas Knie. Er sprach so leise, daß Ancora und der Rechtsanwalt ihn kaum verstehen konnten.

»Ein Name, geben Sie mir nur den Namen eines Mannes, der etwas über den Mord an den Lucianos wissen könnte.«

Sidona hatte Angst, das konnten sie förmlich riechen. Er beugte sich zu Pirelli, als ob er sprechen wollte, dann lehnte er sich wieder zurück. Pirelli drückte sein Knie fester. Sidona fuhr sich mit der Zunge über die Lippen, und dann beugte er sich wieder vor, kam ganz dicht an Pirellis Gesicht heran und flüsterte: »Michele Barzini vielleicht.«

Ancora gähnte zum zehntenmal. Es war drei Uhr morgens, und sie befanden sich im Polizeipräsidium. Pirelli hatte noch ein Telefax in die Vereinigten Staaten geschickt, in dem er die Schulen, an die Sidona sich erinnert hatte, aufgezählt und dringend um ein neueres Foto von Luca gebeten hatte.

»Können wir nicht Schluß machen, Giovanni? Ich weiß nicht, wie es dir geht, aber ich falle gleich um.«

Als sie zum Parkplatz gingen, legte Pirelli Ancora den Arm um die Schultern. »Wir haben jetzt so viel Material, daß wir ihn lebenslänglich einsperren können.«

Ancora öffnete seine Autotür. »Ich finde es nur zum Kotzen, daß jeder Anwalt auf Unzurechnungsfähigkeit plädieren wird, wenn wir ihn einmal haben. Findest du das gerecht? In alten Zeiten war das noch richtig, da haben sie die Leute gehängt, gestreckt und gevierteilt. Bei dieser Kreatur würde ich es eigenhändig machen.«

Pirelli schlug die Wagentür zu. »Ja, aber erst mußt du ihn finden.«

Ancora ließ den Motor an und kurbelte das Fenster herunter. »Sieh mal zu, daß du nach Hause kommst. Bis morgen dann.«

Pirelli ging zu seinem Wagen hinüber. Er war müde. Vielleicht fühlte er sich deswegen so niedergeschlagen.

18. Kapitel

Luca und Teresa warteten auf die Vertreter der Corleones. Luca hatte ein Fernglas in der Hand. Pünktlich um zwei bog ein schwarzer Mercedes, gefolgt von einem Jaguar, in die Auffahrt ein. Luca betrachtete die Männer in den Wagen.

»Der eine ist ein *consigliere*, wer der andere ist, weiß ich nicht. Sie haben zwei Leibwächter bei sich.«

Teresas Nerven waren zum Zerreißen gespannt. »Wer ist dieser *consigliere*? Kennen Sie ihn?«

»Ja. Er heißt Carmine Soundso. Ihre Sache hat nicht soviel Bedeutung, deswegen kommt der große Mann nicht selbst. Der *consigliere* ist sein Berater, wie ein Rechtsanwalt.«

»Können wir ihm vertrauen?«

»Ja, sie haben ihn nur zum Verhandeln hergeschickt. Rocco sitzt im Jaguar, allein. Ich klettere aufs Dach und sehe nach, ob sie noch jemanden zu Fuß bei sich haben. Sie gehen am besten hinunter und begrüßen die Leute.«

Die Wagen hielten vor der Villa. Die Männer blieben sitzen, bis Rocco ausstieg und ihnen die Türen öffnete. Der *consigliere* und sein Begleiter sahen aus wie Bankiers, weißhaarig, in dunklen Anzügen, mit Krawatten und blütenweißen Oberhemden.

Luca öffnete leise das Fenster zum Schlafzimmer über der Veranda und robbte bis an den Rand des Daches.

»Ich soll bei den Wagen bleiben?« fragte unten eine ungläubige Stimme.

Luca spähte über den Dachrand hinunter und sah, wie Rocco sich abwandte, die Hände in die Hüften gestemmt. »Was, bei den Wagen bleiben? Ich?«

»Ja, Sie.«

»Und wie lange soll ich warten? Ich habe Termine. Ich habe ein Immobiliengeschäft abzuwickeln. Lassen Sie doch einen der Jungs bei den Autos bleiben.«

Niemand antwortete, und die vier Männer verschwanden unter dem Verandadach. Wütend rief Rocco ihnen nach: »Ich habe nicht viel Zeit! Ich will nicht, daß mir mein Geschäft durch die Lappen geht . . .«

Luca hörte die Türglocke und rutschte vorsichtig zurück.

Adina führte die Männer ins Eßzimmer. Die beiden Leibwächter blieben in der Eingangshalle und nahmen dort wie Wachtposten mit verschränkten Armen Aufstellung. Adina klopfte an die Tür zum Arbeitszimmer.

»Signora, Ihre Gäste sind da.«

Unter der Führung von Graziella betraten die Frauen hintereinander das Eßzimmer. Graziella nahm den Platz ihres Mannes am Kopfende der Tafel ein. Sie war als einzige verschleiert, die anderen Frauen trugen Schmuck und waren elegant gekleidet. Sie stellten sich neben ihr auf, um die Besucher zu begrüßen. Graziellas Hände zitterten. Angestrengt versuchte sie, sich an die Anweisungen zu erinnern, die ihre Schwiegertöchter ihr gegeben hatten. Dann nickte Teresa ihr zu. Sie sollte anfangen.

»Darf ich Ihnen meine Töchter vorstellen . . . Sophia Luciano, Witwe von Constantino und Mutter von Nunzio und Carlo . . . Teresa Luciano, Witwe von Filippo. Ihre Tochter Rosa, die Emilio Luciano, ihren Verlobten, verloren hat. Und ich bin die Witwe Don Roberto Lucianos, Graziella Rosanna di Carlo Luciano.«

Unerwarteterweise fuhr Graziella fort: »Es tut mir leid, daß Don Camilla nicht erscheinen konnte. Fühlt er sich nicht wohl? Bitte richten Sie ihm unsere besten Wünsche zur Genesung aus. Und darf ich fragen, wer Sie sind?«

Teresa war beeindruckt. Graziella strahlte Ruhe und Würde aus. Als die beiden Männer sich vorstellten, reichte sie ihnen die Hand zum Kuß. Dann wies Teresa ihnen ihre Plätze am Tisch zu und übernahm das Wort. Sie sprach respektvoll, mit leicht gesenktem Kopf.

»Meine Herren, ich danke Ihnen, daß Sie gekommen sind. In unser aller Namen möchte ich sagen, wie sehr wir Don Camillas großzügiges Angebot zu schätzen wissen. Wir werden die Villa bis zum Monatsende räumen, und wir hoffen, daß unsere Bitte um diese drei Wochen Aufschub Don Camilla keine Unannehmlichkeiten bereitet. Wir können leider nicht vorher ausziehen, weil die Wohnung, die wir hier in Palermo erworben haben, noch renoviert wird. Wir wünschen den Corleones alles Gute und ein glückliches und erfülltes Leben hier in der Villa.«

»*Grazie*, Signora, *grazie* ...«

Luca wollte gerade ins Haus zurückklettern, als Roccos Autotelefon summte. Er schob sich wieder zum Dachrand vor, um zu lauschen.

Rocco bellte Anweisungen ins Telefon und sagte, er würde kommen, sobald er könnte. Dann wanderte er zum Zaun des Küchengartens, sah sich um und schlenderte wieder zu seinem Wagen zurück. Er stieg ein, ließ den Motor an und setzte in den Weg zurück, der um das Haus herum führte.

Luca ging ins Haus zurück und wollte gerade die Treppe hinunterhuschen, als er die Leibwächter erblickte. Er zog sich lautlos in Teresas Zimmer zurück, das über den Garagen lag. Aus dem Fenster sah er, wie Rocco aus dem Jaguar ausstieg. Wenn er die Garage betreten würde, könnte er die Kisten und das Gepäck in den Autos sehen. Alles war zur Abreise vorbereitet. Luca wußte nicht, was er tun sollte.

Lächelnd überreichte Teresa den Männern die Dokumente, und beide nickten lächelnd zurück, in der Annahme, daß die Frauen bereit waren, den Kaufvertrag über den gesamten Besitz der Lucianos abzuschließen. Daher fielen ihnen bei Teresas nächsten Worten die Kinnladen herunter. Sie sagte höflich: »Außerdem möchten wir bei dieser Gelegenheit das Angebot unseres lieben Freundes Don Camilla bezüglich der Firmen der Lucianos ablehnen. Was die geschäftliche Seite des Verkaufs der Villa und ihrer Einrichtung angeht, so wollen Sie sich bitte an unsere Anwälte wenden, die uns während dieser schweren Zeit mit Rat und Tat zur Seite gestanden haben. Sie erwarten Ihre Anweisungen.«

»Signora, entschuldigen Sie bitte, aber haben Sie Don Camillas Angebot wirklich verstanden?«

»O ja«, antwortete Teresa. »Signor Rocco hat es in aller Ausführlichkeit dargelegt, aber nachdem wir mit den Anwälten, mit Don Scarpattio und Don Goya, deren Familien die nördlichen Docks betreiben und daher besonders daran interessiert sind, gesprochen haben, haben Don Emilio Dario und Don Bartolli uns davon überzeugt, daß die Anlagen am Hafen einen so großen Wert für sie besitzen, daß allen die Möglichkeit offenstehen sollte, einen Teil davon zu erwerben. Möglicherweise schließen sich die Familien zusammen und kaufen sie gemeinsam auf. Dann hätten alle vier Familien Zugang zum Hafen und zu unseren Kais, und wir würden selbstverständlich die Frachtschiffe, die zur Zeit im Trockendock liegen, und die Kühlhäuser und Speicher mitverkaufen. Da in den Fabriken im Augenblick nicht gearbeitet wird, bieten auch sie wertvolle Lagermöglichkeiten. Und die Weinberge und die Obstplantagen sind zwar im Moment in einem bedauernswerten Zustand, aber man hat uns versichert, daß sie in zwei Jahren wieder Früchte tragen werden.

Unsere Anwälte haben uns erklärt, daß der Kaufvertrag für die Villa die anderen Liegenschaften nicht einschließt. Seien Sie uns bitte nicht böse, wir sind nur vier Frauen und interessieren uns nicht für Geschäfte, daher haben wir alles in die Hände unserer Anwälte gelegt. Und wenn man die Angebote aus Amerika bedenkt, die erst später eingetroffen sind, werden Sie unsere Verwirrung verstehen und die Verzögerungen entschuldigen. Solange unsere Rechtsberater uns nicht empfehlen, Don Camillas Angebot anzunehmen, können wir leider nichts unterschreiben.

Wir möchten Ihnen noch einmal danken, und bitte richten Sie

Don Camilla unsere besten Wünsche aus. Wir hoffen sehr, daß er uns noch einen Besuch abstattet, bevor wir die Villa verlassen. Wenn Sie die Angelegenheit noch einmal besprechen möchten, stehen wir Ihnen zur Verfügung. Ich möchte auch die Gelegenheit wahrnehmen, Ihrem Partner Giuseppe Rocco dafür zu danken, daß er uns den Rat gegeben hat, uns noch an andere Familien zu wenden. Wie gesagt, wir sind auf gute Ratschläge angewiesen, da wir selbst keine Erfahrung in diesen Dingen haben, und wir wissen die Hilfsbereitschaft und die Freundlichkeit, die man uns erwiesen hat, wohl zu schätzen.«

Teresa trat vom Tisch zurück und reichte Graziella den Arm. Die beiden Männer erhoben sich schnell, als die Frauen nun zusammen, wie sie gekommen waren, den Raum verließen.

Rocco blickte verwirrt durch die Windschutzscheibe des Rolls-Royce, dann drängte er sich an den Kisten vorbei, ging um den Wagen herum und öffnete den Kofferraum. Er betrachtete die Koffer und las die Adressen auf den Anhängern. Schließlich ging er in den hinteren Teil der Garage und las auf einer der Kisten den deutlich mit Adresse und Datum beschrifteten Aufkleber.

Er drängte sich wieder an den Kisten vorbei und hob dabei sein Jackett an, damit es nicht hängenblieb. Plötzlich begann das schwere, elektrisch angetriebene Garagentor sich zu senken.

»He, was soll das? Was ist hier los?«

Er hatte keinen Grund zu erschrecken. Er machte auch gar keine Anstalten, noch unter dem sich schließenden Tor hindurch ins Freie zu gelangen. Erst als sich die schwere, stinkende Decke über ihn senkte, begann er zu kämpfen. Er versuchte, sich zu befreien und nach seiner Pistole zu greifen, verlor aber das Gleichgewicht und stürzte gegen eine der Kisten.

Der erste Schlag traf ihn an der Schläfe und betäubte ihn. Trotzdem schaffte er es irgendwie, auf die Füße zu kommen und sich die Decke vom Kopf zu reißen. Der nächste Schlag zertrümmerte ihm die Schädeldecke. Er war immer noch bei Bewußtsein und ging stöhnend in die Knie. Beim dritten Schlag enthauptete das Schaufelblatt ihn beinahe.

Luca keuchte. Der Schmerz in seiner Schulter war fast unerträglich. Er hatte Angst, daß die eben verheilte Wunde wieder aufgeplatzt war. Er stellte die Schaufel ab und beugte sich über Rocco. Ohne nach seinem Puls zu fühlen, wußte er, daß der Mann tot war.

Adina schloß hinter den Beratern der Corleones die Haustür. Die Männer zögerten kurz, als sie sahen, daß Roccos Wagen fehlte, dann fuhren sie in aller Eile ab. Rocco würde ihnen Rede und Antwort stehen müssen, wenn er wieder auftauchte. Vor allem würde er erklären müssen, wie er dazu gekommen war, den Frauen noch andere mögliche Käufer vorzuschlagen.

Die Männer schwiegen. Sie blieben völlig gelassen. Schließlich handelte er sich nur um eine unbedeutende Verzögerung. Nun würde man die Frauen zwingen müssen, das Angebot anzunehmen. Es war nicht mehr verhandelbar. Genaugenommen war es das nie gewesen. Don Camilla hatte nur höflich sein, den Frauen seinen Respekt erweisen wollen. Jetzt aber würden sie sehen, wie unklug es war, seinen guten Willen so auf die Probe zu stellen.

Kurz darauf waren die Frauen mit ihren Reisevorbereitungen fertig und gingen ein letztes Mal durch die Zimmer. Adina weinte und war kaum imstande, die letzten Anweisungen Teresas auszuführen. Schluchzend und mit tränenerstickter Stimme wiederholte sie: Der Rechtsanwalt sollte den dicken weißen Umschlag bekommen, der auf dem Tisch lag, und die Schlüssel sollten in Giuseppe Roccos Maklerbüro abgegeben werden.

Als Teresa den Knopf drückte, um das Garagentor zu öffnen, bemerkte sie, daß Roccos Wagen davorstand. Sie machte sich keine Gedanken darüber.

Sie trat in die Garage und erstarrte. Noch bevor sie schreien konnte, hatte Luca ihr die Hand auf den Mund gelegt. »Ruhig, Teresa, ruhig! Bleiben Sie ruhig, wenn ich die Hand wegnehme?«

Sie nickte, so gut sie konnte.

Luca nahm die Hand von ihrem Mund, und sie wimmerte vor Angst. Er griff nach ihrer Hand, doch sie trat nach ihm und versuchte, sich zu befreien und aus der Garage zu laufen. Luca schob sie zur Seite und schloß mit einem Knopfdruck das Tor.

Teresa klapperte mit den Zähnen vor Entsetzen. Sie drückte sich gegen das Garagentor. »O Gott, lassen Sie mich raus, bitte, bitte, lassen Sie mich raus.«

Lucas Hände, sein Hemd und sogar seine Hose und seine Schuhe waren blutverschmiert. Teresa konnte die Leiche nicht ansehen. Ihr war übel.

»Ich mußte es tun«, erklärte Luca. »Er war schon dabei, die Kisten zu öffnen. Aber die anderen Typen wissen nicht, daß er hier ist, sie sind abgefahren.«

»Was – was haben Sie mit ihm vor?«

»Ich will ihn in die Decke hier einwickeln.« Luca nahm die schmutzige alte Decke, die er Rocco über den Kopf geworfen hatte. »Helfen Sie mir, schnell, ich brauche einen Strick oder eine Schnur, und ich fahre damit irgendwohin und lasse ihn stehen.«

»Es mußte sein«, sagte Luca noch einmal, als sie die Leiche in den Jaguar gelegt hatten. »Die anderen brauchen es nicht zu erfahren, vor allem Graziella nicht. Aber wenn Rocco erzählt hätte, was er gesehen hat, wären Sie nie hier weggekommen.«

Ein Lastwagen holte die Kisten, um sie ins Lager zu fahren, und kurz darauf verließen Teresa und Rosa die Villa. Luca verbrannte seine blutigen Kleider im Garten. Graziella dachte sich nichts weiter dabei, denn alle Briefe und Papiere aus dem Arbeitszimmer und die Kartons mit den Unterlagen aus Dominos Büro mußten ebenfalls verbrannt werden.

Abends um sechs brannte das Feuer immer noch. Sophia wurde unruhig. Sie ging in den Garten hinaus und rief nach Luca.

»Johnny, sind Sie fertig? Wir müssen fahren! Es ist schon nach sechs!«

»Nur noch eine halbe Stunde!« Luca mußte den Jaguar mit Roccos Leiche noch wegfahren, ohne daß sie es bemerkten. Er wartete, bis alle in der Küche saßen und eine letzte Tasse Kaffee tranken.

Er hatte nicht viel Zeit, daher fuhr er in ein Parkhaus am Stadtrand von Palermo. Er warf den Parkschein weg und parkte den Wagen im fünften Stock. Gerade, als er aussteigen wollte, summte das Telefon. Erschrocken zuckte er zusammen, aber dann lächelte er und nahm ab.

In dem Betongebäude hörte er die Stimme zuerst nur verzerrt. »Giuseppe, bist du es?«

»*Si.*«

»Wo steckst du denn, verdammt noch mal? Hallo? Ich verstehe nicht, warum du die Marke genommen hast, damit kriegst du nie eine anständige Verbindung. Ich habe dir gleich gesagt, du solltest das gleiche Telefon nehmen, was ich auch habe... Rocco? Hörst du mich?«

»*Si.* Ich muß für ein paar Tage aus der Stadt verschwinden.«

»Erzähl keine Märchen.«

Luca lachte und wiederholte in eintönigem Singsang: »Ich erzähle Märchen, ich erzähle Märchen...«

Die Stimme aus dem Hörer verstummte. Dann sagte jemand: »Verdammt, wer ist denn da?«

»Laßt die Lucianos in Ruhe. Die Frauen werden beschützt, kapiert? Und sag das weiter. Rocco ist tot.«

Sophia und Graziella saßen bereits im Wagen, als Luca endlich erschien. Adina zerknüllte ihr naßgeweintes Taschentuch. Sie war gut versorgt und würde wieder nach Mondello ziehen und dort ihren Lebensabend verbringen. Aber was würde aus ihrer geliebten Herrin werden?

»*Arrivederci*, Signora Graziella, *arrivederci*!«

Graziella winkte ihr zu. »Leben Sie wohl, Adina, leben Sie wohl.«

Sophia wendete und fuhr langsam die Auffahrt entlang. Adina winkte ihnen nach. »Schreiben Sie mir! Und passen Sie gut auf sich auf... Gott sei mit Ihnen!«

Kommissar Pirelli hatte endlich ein Foto aus den USA erhalten. Es war in der letzten Schule aufgenommen worden, die Luca besucht hatte. Zu jenem Zeitpunkt war er fünfzehn gewesen. Zusammen mit dem Foto kam ein kurzer Brief des Schulleiters. Luca war ein schlechter Schüler gewesen und hatte häufig geschwänzt. Nach den Ferien war er dann überhaupt nicht mehr erschienen. Nach Meinung seiner Lehrer übte er einen schlechten Einfluß auf seine Mitschüler aus und gehörte in psychiatrische Behandlung.

Pirelli setzte in seinem Büro ein Treffen für alle mit dem Fall Beteiligten an. Er stand vor der berüchtigten »Todeswand«, an der die Fotos von Lucas Opfern hingen. Er deutete auf die Fotos und begann: »Ich bin ganz sicher, ja, ich würde meine Karriere darauf verwetten, daß ein und derselbe Mann für alle diese Morde verantwortlich ist. Mein Problem ist nun nicht, das zu beweisen, sondern diesen Mann zu finden. Sie alle wissen nur zu gut, wie wir hier geschuftet haben, und bis jetzt ist nichts dabei herausgekommen. Aber wenn wir Luca Carolla finden, ist der Fall mit einem Schlag abgeschlossen.«

Pirelli zündete sich eine Zigarette an und sah alle der Reihe nach an. »Ich nehme an, daß er allein arbeitet. Seine Visitenkarten sind sozusagen die angebohrten Kugeln. Indizien haben wir genug, aber ich kann mir einfach nicht vorstellen, welches Motiv er haben könnte. Geld? Rache? Oder will er einfach Blut sehen?«

Pirelli leerte seinen überquellenden Aschenbecher in den Papierkorb und wollte gerade weitersprechen, als das Telefon klingelte. Während er zuhörte, hellte sich seine Miene auf. Dann lächelte er und wandte sich an Ancora.

»Das ist der Durchbruch. Die Sicherheitsbeamten am Flughafen in Rom haben einen Mann festgenommen. Sein Ticket ist auf den Namen Moreno ausgestellt, Johnny Moreno.«

Das Flugzeug, in dem Teresa und Rosa saßen, hatte bereits abgehoben. Sie hatten nicht gesehen, daß der Student verhaftet wurde. Die Beamten holten ihn aus der Abflughalle und brachten ihn in die Zollabfertigung, wo er auf Kommissar Pirelli warten sollte.

Die Flugtickets von Sophia und Graziella hatten sie zwei Trampern geschenkt, die ihr Glück kaum fassen konnten. Sie hatten sie gegen Tickets nach Los Angeles eingetauscht.

Sophia, Graziella und Luca waren gut in Rom angekommen und hatten sich bereits in Sophias Wohnung eingerichtet.

Pirelli warf nur einen Blick auf den Studenten und wußte, daß er nicht Luca Carolla war, nicht Johnny Moreno. Er stürzte aus dem Raum, und der arme Junge war so erschrocken, daß er weinend zusammenbrach. Pirelli trat gegen die leichte Trennwand und durchstieß sie mit dem Fuß. Er wurde von einem furchtbaren Hustenanfall geschüttelt und hustete und spuckte in sein Taschentuch.

Graziella war dabei, sich zum Schlafengehen fertigzumachen, als Luca auf dem Weg ins Kinderzimmer, wo er schlief, an ihrer halbgeöffneten Tür vorbeikam. Er blieb stehen und sah zu, wie sie ihr langes Haar, das sie sonst zu einem Knoten aufgesteckt trug, bürstete. Sie legte die Bürste auf die Frisierkommode und nahm eine abgegriffene schwarze Bibel zur Hand. Geräuschlos setzte Luca seinen Weg fort. Als er sich gewaschen und die Zähne geputzt hatte, war das Licht in Graziellas Zimmer verloschen, aber ihre Tür stand immer noch einen Spalt offen.

Sophia schreckte auf. Sie hatte nicht gehört, daß Luca in die Küche gekommen war. »Ich konnte nicht schlafen. Wollen Sie etwas trinken?« fragte sie ihn.

Er lehnte dankend ab und setzte sich ihr gegenüber an den Küchentisch.

»Haben Sie etwas dagegen, wenn ich mich zu Ihnen setze?« fragte er.

Sie schüttelte den Kopf. Der Aschenbecher war mit halbaufgerauchten Zigaretten gefüllt, und Luca beobachtete, wie Sophia ihn ausleerte.

»Rosa hat mir erzählt, daß Sie Ärger mit einem Designer haben. Stimmt das?«

Sophia seufzte und spülte den Aschenbecher unter fließendem Wasser aus. Auch sie hatte ihre Haare gelöst, und sie reichten ihr, wie Graziellas Haare, fast bis zur Hüfte. Sie schimmerten dunkel, und Luca hätte sie gern berührt, aber er bewegte sich nicht. Sophia trocknete den Aschenbecher mit einem Stück Küchenpapier ab und stellte ihn wieder auf den Tisch.

»Vielleicht kann ich jetzt schlafen.«

»Sie haben noch nicht ausgetrunken.«

Sie nahm ihr Whiskeyglas und trank, dann spülte sie es aus. Fasziniert betrachtete Luca ihre schlanken, zarten Finger mit den fast weißen Nägeln.

Sophia trocknete das Glas sorgfältig ab und streckte den Arm aus, um es wieder in den Schrank zu stellen. Dabei fiel ihr Morgenrock etwas auseinander, und Luca bemerkte, daß sie darunter nackt war. Als sie sich wieder zu ihm umdrehte, öffnete sich auch das Oberteil ihres Morgenrocks ein wenig, so daß er das dunkle Tal zwischen ihren Brüsten sehen konnte.

»Was hat Rosa Ihnen von Nino erzählt?« wollte Sophia wissen.

»Nicht viel, nur daß er sie irgendwie ›ausgenommen‹ hat, wie sie sagte.« Luca zitterten die Beine, und er preßte den Hintern zusammen. Er fühlte, wie sein Penis hart wurde, und legte die Hände unter dem Tisch darauf. Er bebte am ganzen Körper und spürte, daß er rot wurde.

»Ja, so könnte man es ausdrücken. Wahrscheinlich bin ich selbst schuld. Mein Mann hat mich davor gewarnt, mich auf Fabio zu verlassen.«

»Wollen Sie« – Luca nahm sein steifes Glied zwischen die Hände –, »wollen Sie mir davon erzählen?«

Sophia strich über den Satin ihres Morgenrocks, so daß sich unter dem glänzenden Stoff ihre Brüste abzeichneten, und zog den Gürtel enger zusammen. Sie war von dem Whiskey und dem Valium, das sie genommen hatte, leicht benebelt, aber sie fühlte sich völlig entspannt. »Jetzt nicht. Ich glaube, ich gehe jetzt schlafen. Machen Sie die Lichter aus, und sehen Sie noch mal nach, ob überall abgeschlossen ist?«

Als sie an ihm vorbei aus der Küche ging, kam er. Er stöhnte leise vor Wonne. Dann stand er auf und löschte die Lichter.

Im Kinderzimmer hatte Luca es so eilig, seine samenverklebte Schlafanzughose auszuziehen, daß er darüber stolperte und auf seine verletzte Schulter fiel. Er wimmerte vor Schmerz. Wütend über seine Ungeschicklichkeit stieß er die Schlafanzughose von sich. Dann zog er die Jacke aus und riß die Pflasterstreifen, die das Stückchen Mull über der Wunde festhielten, ab. Es war sauber, und er warf den Verband in den Papierkorb.

Das goldene Herz auf seiner Brust schimmerte, und er berührte es zärtlich, hob es hoch und küßte es, als wäre es ein Kruzifix.

Am nächsten Morgen verschlief Luca. Als er die Küche betrat, saß Graziella allein am Frühstückstisch, aber bevor er nach Sophia fragen konnte, kam sie herein. Er griff schnell zur Kaffeekanne und schenkte sich ein, sie sollte nicht sehen, daß er rot geworden war. Er roch ihr Parfüm, es war ein süßer, pudriger Duft.

Sie gab Graziella einen Kuß auf die Wange. Ihr schimmerndes Haar hatte sie aus dem Gesicht gekämmt und zu einem straffen Knoten gebunden, der ihr ein strenges Aussehen verlieh. Sie trug ein elegantes, anthrazitfarbenes Kostüm und dunkelgraue Strümpfe dazu, und die obersten Knöpfe ihrer weißen Seidenbluse waren geöffnet, so daß Luca ein winziges Stückchen ihres weißen Spitzenbüstenhalters sehen konnte, als sie sich zu Graziella hinabbeugte.

»Bitte kümmern Sie sich um Mama, Signor Moreno. Es wird nur ein paar Stunden dauern. Haben Sie gut geschlafen?«

Luca nickte.

Sophia ging ins Wohnzimmer und schob einige Papiere in eine flache, schwarze Aktenmappe. Luca folgte ihr. Er sah, wie sie den Koffer schloß und aus einer Schublade ein Fläschchen nahm. Sie schraubte den Deckel auf.

»Soll ich Sie fahren?«

Sie drehte sich mit großen, erschrockenen Augen um, als hätte er sie bei etwas Verbotenem ertappt. Drei kleine, gelbe Pillen fielen auf den Teppich, und Luca war sofort auf den Knien und hob sie auf. Seine Hand streifte beinahe ihre schlanken Fesseln und die feinen Ziegenlederschuhe. Wieder sehnte er sich danach, sie zu berühren.

»Ich habe Kopfschmerzen«, sagte sie wie zur Entschuldigung. Ihre Verwirrung machte ihm Mut.

»Ich fahre den Wagen vor die Haustür.«

Bevor sie etwas erwidern konnte, eilte er in sein Zimmer, kämmte sich und zog ein frisches Hemd und einen der Anzüge an, die er in der Villa Rivera bekommen hatte. Er hatte Filippo gehört. Als er an der Portiersloge vorbeikam, sah er, daß die Tür angelehnt war und eine graue Uniformmütze auf dem Tisch lag. Er nahm sie mit.

Sophia bemerkte sein verändertes Aussehen anscheinend gar nicht. Als er sich zu ihr umdrehte und seine neue Mütze zog, lächelte sie nicht.

»Können wir fahren? Ich möchte Mama nicht allzu lange allein lassen.«

Mit geschlossenen Augen und übereinandergeschlagenen Beinen saß sie hinter dem Beifahrersitz auf dem Rücksitz. Den rechten Ellbogen hatte sie auf die Armlehne gestützt, und mit der Hand bedeckte sie die Augen. So saß sie während der ganzen Fahrt, nur ab und zu nahm sie die Hand vom Gesicht und erteilte ihm Anweisungen.

Sophia verbrachte fast eine Stunde im Büro ihres Rechtsanwalts, und als sie wieder zum Wagen zurückkehrte, wirkte sie noch abwesender als vorher.

»Ich muß nach Mailand. Nino Fabio arbeitet dort. Entweder fahren Sie mich, oder Sie fahren zurück zu Mama, und ich sehe mich nach einer anderen Möglichkeit um.«

»Nein, ich fahre Sie.«

Sophia sagte per Autotelefon Graziella Bescheid, und Luca fuhr aus der Stadt und auf die Autobahn. Im Rückspiegel sah er, wie Sophia sich aus der kleinen Bar hinten im Wagen einen Wodka nahm und dazu eine ihrer kleinen, gelben »Aspirin« schluckte. Dann bemerkte sie, daß er sie beobachtete.

»Würden Sie bitte aufhören, mich ständig anzusehen? Es macht mich nervös. Sie brauchen mir nicht nachzuspionieren. Sie können Teresa ruhig sagen, daß ich ungefähr vier Valium am Tag nehme und ab und zu eine Schlaftablette. Ich nehme an, daß sie deswegen darauf bestanden hat, daß Sie uns nach Rom begleiten, stimmt das?«

»Nicht ganz. Ich beschütze Sie und Graziella, bis wir in New York sind.«

Sophia lachte bitter. »Nun, da fühle ich mich aber wirklich sicher.«

Während der ganzen Fahrt wechselten sie kein Wort mehr. In Mailand dirigierte Sophia Luca durch Seitenstraßen an ehemaligen Lagerhäusern vorbei, die jetzt zu luxuriösen Wohnungen und Büros umgebaut waren. Sie hielten neben einem hohen, frisch gestrichenen Gebäude, und Sophia befahl Luca, zu parken und auf sie zu warten.

Luca sah ihr nach, wie sie das Gebäude betrat. Nach einer halben Stunde stieg er ebenfalls aus und betrat das Gebäude.

Er studierte die Firmennamen im Eingang und fuhr dann mit dem alten Lastenaufzug in den dritten Stock hoch. Er hatte keine Ahnung, welche der vielen Türen zu Nino Fabios Atelier führte. Dem Stimmengemurmel folgend, durchquerte er einen Raum voller Schaufensterpuppen und öffnete am anderen Ende eine Tür. Er gelangte in einen mit Teppichboden ausgelegten Vorraum mit einem glänzenden, schwarzen Schreibtisch und üppigen Topfpflanzen. Ein Schild mit großartig geschwungener goldener Schrift sagte ihm, daß er Nino Fabio gefunden hatte.

Zu seiner Linken hörte Luca das leise Summen von Maschinen. Die Stimmen waren jetzt lauter und deutlicher und führten ihn geradewegs zu einer Reihe von Büros und Ausstellungsräumen, zu denen Glastüren führten. Luca lauschte, bis er Sophias Stimme erkannte. Sie befand sich im letzten Raum. An der geschlossenen Tür stand Fabios Name.

Nino schleuderte die aufgerollten Zeichnungen durch den Raum. »Wenn ich dir die sechsundachtziger und die siebenundachtziger Kollektion überlasse, ist mein Ruf hin! Dieses ganze gekräuselte und gerüschte Knitterzeug ist tot! Ich hasse diese alten Sachen! Wenn du eine Boutique aufmachen willst, dann tu das, nimm dir einen anderen Designer, wenn du einen findest, und fang an.«

»Du weißt, daß mir dafür die finanziellen Voraussetzungen fehlen, Nino.«

»Hör mal zu, es tut mir leid, aber ich muß mich um mein eigenes Geschäft kümmern. Ich habe von dir nie Gefälligkeiten erwartet, sondern geschuftet wie ein Tier. Mit dem, was dann passiert ist, hatte ich nichts zu tun. Im Moment interessiert mich nur mein Geschäft, meine Zukunft, mein Durchbruch. Du bist behütet worden wie eine Prinzessin. Jetzt kannst du deine Spiele woanders weiterspielen, mich geht das nichts mehr an. Und ich warne dich, wenn du diese alten Entwürfe verwendest, bringe ich dich vor Gericht, dann wird meine Firma dich verklagen.«

»Bitte, gib mir doch wenigstens ein paar, damit ich wieder anfangen kann. Mein Anwalt hat einen sehr fairen Vertrag aufgesetzt. Du bekommst Prozente.«

»Sophia, bitte, es ist alles gesagt, was zu sagen war. Gleich kommen die anderen aus der Mittagspause zurück. Die Wände haben Ohren, und ich glaube, du hast kein Interesse daran, daß die Sache hier morgen in allen Klatschspalten steht.«

Sophia drückte ihre Zigarette aus. »Ich habe keinerlei Unterlagen über den Verkauf meiner Maschinen erhalten. Ist dir eigentlich klar, daß die gesamte Fabrik mit allem Inventar mir gehört? Wo sind meine Maschinen hingekommen, Nino?«

»Ich habe keine Ahnung. Seit dem Tag, an dem wir uns dort getroffen haben, war ich nicht mehr da. Vielleicht hat Silvio, der Manager, sie mitgenommen. Ich kann dir leider nicht weiterhelfen, ich weiß es nicht.«

»Ich verstehe. Du hast aber doch sicher nichts dagegen, wenn ich mich hier ein bißchen umsehe? Und wenn ich auch nur eine Maschine aus meiner Firma finde, zeige ich dich an.«

»Sieh dich nur um, Sophia, fühl dich wie zu Hause. Ich habe deine Maschinen nicht und sonst auch nichts, was dir gehört. Aber wenn du auch nur einen meiner Entwürfe verwendest, zeige ich *dich* wegen Diebstahl an. Hast du das verstanden?«

Nino und Sophia fuhren überrascht herum, als Luca eintrat. Er ging geradewegs auf Sophia zu und nahm ihren Arm.

»Ihr Wagen, Signora Luciano . . .«

Schweigend standen sie im Fahrstuhl nebeneinander. Sobald sie wieder im Wagen saßen, explodierte Sophia.

»Wie können Sie es wagen, einfach so hereinzuplatzen und mich zu stören?«

»Sie sollten mir dankbar sein, daß ich Sie nicht weiter vor ihm auf dem Boden habe herumkriechen lassen.«

Voller Zorn beugte Luca sich über die Lehne des Fahrersitzes nach hinten. »Sie sind doch eine Luciano! Sie und Ihre Mama sind jemand, verstehen Sie? Wenn Sie wollen, daß der Kerl irgendwas unterschreibt, dann gibt es Mittel und Wege, ihn dazu zu bringen. Aber Sie dürfen niemals bitten, Sie nicht . . . Sie brauchen ihn nicht.«

Er sah, wie sie ihre Handtasche öffnete und fieberhaft darin herumsuchte.

»Und die Pillen brauchen Sie auch nicht!«

»Kümmern Sie sich bitte um Ihre eigenen Angelegenheiten! Ich brauche mir von Ihnen nicht vorschreiben zu lassen, wie ich mein Leben zu führen habe!«

Sie blickte an Luca vorbei auf die Straße, und ihr Gesichtsausdruck änderte sich. Sie drückte sich in den Sitz, denn nicht mehr als zehn Meter entfernt stand Silvio im Gespräch mit einem kleinen, schmierig wirkenden Mann in einem Mantel mit Pelzkragen.

»Fahren Sie noch nicht! Sehen Sie die beiden Männer da vorne? Können Sie sehen, wo sie hingehen?«

Luca beobachtete, wie sie ein Gebäude auf der anderen Seite des Hofes betraten. Mit zusammengepreßten Lippen wies Sophia ihn an, weiterzufahren und den Wagen vor der Tür zu parken, durch die Silvio das Haus betreten hatte.

Sie stieg aus, ohne zu wissen, was sie tun sollte. In diesem Augenblick erschien Celeste Morvanno, die junge Frau, die als Sekretärin für sie gearbeitet hatte, in der Tür. Sie trug ein blauwollenes Umstandskleid und errötete vor Verlegenheit, als sie Sophia erkannte.

»Signora Luciano, was machen Sie denn hier?«

Sophia lächelte, und für Luca mußte es den Anschein haben, als würden sie sich freundschaftlich unterhalten. Celeste beugte sich vor und küßte Sophia auf beide Wangen. Sophia sah ihr nach, als sie zu Nino Fabio ging.

Als sie wieder ins Auto stieg, zitterte sie am ganzen Körper. »Fahren Sie mich hier weg, schnell.«

Noch während sie aus dem Hof in die Straße einbogen, sagte Sophia: »Halten Sie an. Ich muß mich übergeben.«

Sie stolperte auf eine Mauer zu und erbrach sich. Luca stand neben ihr und reichte ihr sein frisches Taschentuch.

»Entschuldigen Sie bitte... Würden Sie mir in den Wagen helfen?« Sophia schwankte und stieß sich den Kopf an, als sie wieder einstieg.

»Geht es Ihnen jetzt besser?« fragte Luca.

Sophia nickte. Im Rückspiegel sah er, wie sie sich das Gesicht puderte und die Lippen nachschminkte. Dann zündete sie sich eine Zigarette an und bat ihn, die Fenster zu öffnen und eine Weile herumzufahren. Sie brauchte frische Luft.

»Wissen Sie, wie ich mir vorkomme? Ausgenutzt. Ich bin ausgenutzt worden, und was noch schlimmer ist, Nino weiß, daß ich nichts gegen ihn unternehmen werde.«

»Warum nicht?«

»Was könnte ich denn tun? Glauben Sie denn, ich könnte einfach zur Polizei gehen? Die Firma war nicht angemeldet. Sie haben den Mädchen bestimmt keine Tariflöhne gezahlt, und von Steuern will ich gar nicht erst reden...«

»War die Firma Ihnen so wichtig?«

Sophia seufzte und sah aus dem Fenster. »Ja. Ja, sie war sehr wichtig für mich.«

»Wollen Sie wieder neu anfangen?«

»Ja, natürlich. Was glauben Sie, warum ich Fabio sprechen wollte? Aber ich brauche seine Entwürfe. Ich habe nicht das Geld für einen anderen guten Designer. Und hier in Mailand weiß in der Modebranche jeder über jeden Bescheid. Es ist schwer, da hineinzukommen.«

»Aber wenn er die Entwürfe in der Zeit gemacht hat, als er bei Ihnen angestellt war, dann gehören sie Ihnen, dann sind sie ein Teil Ihres Geschäftes, oder?«

»Ja, eigentlich haben Sie recht... ich weiß es nicht.«

Sie lehnte den Kopf an die Rückenlehne und schloß die Augen. Sie sah so hilflos aus, so verletzlich, daß er sich danach sehnte, sie in die Arme zu nehmen und zu halten.

19. Kapitel

Pirelli schlenderte die Via Brera entlang und blieb vor der Scala stehen. Er wollte noch am selben Abend nach Palermo zurückfliegen und schlug bis dahin die Zeit tot. Er überlegte, ob er die Oper vielleicht zur Hälfte sehen könnte, entschied sich aber dagegen.

Tief in Gedanken versunken stand er am Rand des Bürgersteiges, als ihm der Rolls-Royce auffiel. In Mailand gab es nur wenige dieser großen Wagen, sie eigneten sich nicht für die schmalen Straßen.

Sophia erkannte Pirelli und lächelte ihm zu. Er brauchte nur im Schrittempo zu gehen, um mit dem Tempo des Wagens mitzuhalten, denn der Verkehr war praktisch zum Stillstand gekommen.

»Signora Luciano ... Was führt Sie hierher?«

»Geschäfte. Ich hatte einmal eine Boutique.«

»Haben Sie Zeit für eine Tasse Kaffee?«

»Nein, vielen Dank, ich muß zu Graziella zurück.«

Dem Chauffeur in der grauen Dienstmütze schenkte Pirelli keine Beachtung. »Bitte, um neun geht mein Flug nach Palermo. Nur eine Tasse Kaffee.«

Sophia sah auf die Uhr. »Nein...«

»An der Piazza del Duomo ist ein gutes Café...«

Der Verkehr floß wieder zügiger, der Wagen fuhr schneller.

»Ich warte dort auf Sie!« Pirelli sah zu, wie der Wagen sich in den Strom der anderen Fahrzeuge mischte und verschwand.

Sophia wurde bewußt, daß sie seit dem Frühstück nichts mehr zu sich genommen hatte. Sie sagte zu Luca: »Fahren Sie mich bitte zur Piazza.«

»Nein, wir müssen zurück nach Rom. Es ist schon spät.«

»Fahren Sie mich bitte dorthin. Sie können sich auch etwas zu essen besorgen.«

»Nein.«

Sophia lachte erstaunt. »Bitte, tun Sie, was ich gesagt habe.«

»Und Graziella?«

»Graziella kommt auch ohne mich zurecht. Wenn Sie sich ihretwegen Sorgen machen, können Sie bei ihr anrufen.«

Luca fuhr an den Straßenrand und hielt. »Sie wollen sich doch eigentlich gar nicht mit ihm treffen. Wir fahren jetzt zurück.«

Sophia hatte die Hand am Türgriff. »Besorgen Sie sich etwas zu essen und holen Sie mich in einer Stunde ab, verstanden?«

Bevor er antworten konnte, war sie ausgestiegen. Weiß vor Zorn fädelte er sich wieder in den Verkehr ein. Beinahe wäre er mit einem anderen Wagen zusammengestoßen.

Pirelli wartete im Café. Er lächelte Sophia entgegen und half ihr aus dem Mantel. »Sie sind sehr schön.«

Sie lächelte und griff nach der Speisekarte. »Ich wußte gar nicht, daß ich so hungrig bin. Ich habe seit heute morgen nichts mehr gegessen. Es war eine lange Fahrt.«

»Sie sind von Rom hierhergefahren?«

»Ja. Das heißt, mein Chauffeur ist gefahren. Er war wütend, als ich ihm gesagt habe, daß er anhalten und mich aussteigen lassen sollte.«

Pirelli errötete. »Ich freue mich, daß Sie es getan haben.«

Sie bestellten, und er erzählte Sophia, daß er eine ergebnislose Dienstreise nach Rom unternommen hatte und nur nach Mailand gefahren war, um nach seiner Wohnung zu sehen. Daß seine Familie in Palermo war, erwähnte er nicht. Sophia mußte annehmen, er sei Junggeselle.

»Wie lange haben Sie noch in Palermo zu tun?« fragte sie.

»Ich bin für einen einzigen Fall dorthin abgerufen worden, aber die Sache ist ausgeufert. Es kann noch Monate dauern, wer weiß?«

In aller Eile aß Luca ein Sandwich und trank eine Tasse Kaffee, dann setzte er sich wieder in den Wagen und wartete. Die Stunde war fast um, als das Telefon summte. Sophia teilte ihm mit, er solle ohne sie nach Rom zurückfahren. Mit Graziella habe sie bereits gesprochen.

»Und wie wollen Sie zurückkommen?«

»Das werde ich sehen, es gibt ja Flugzeuge und Eisenbahnen.«

»Ich warte auf Sie.«

»Nein, tun Sie, was ich gesagt habe, fahren Sie nach Rom zurück.«

Luca war außer sich. »Ich komme ins Café.«

»Das werden Sie nicht tun, ich bin nicht mehr dort.«

»Wo sind Sie?«

»Ich bin in der Oper. Bis heute nacht.«

Sie hatte aufgelegt. Luca konnte es nicht fassen. Warum war sie mit diesem Mann mitgegangen? Ob er ihr Liebhaber war?

Er dachte nach. Eine eiskalte Ruhe erfaßte ihn. Er würde ihr beweisen, daß er der wichtigste Mensch in ihrem Leben war. Er wendete und fuhr zu Nino Fabios Firma zurück.

Ancora versuchte, Pirelli zu erreichen. Erst rief er in seiner Wohnung in Mailand an, dann im Polizeipräsidium in Mailand. Dort hatte man ihn seit dem Vormittag nicht mehr gesehen und nahm an, er sei wieder auf dem Weg nach Palermo.

Ancora legte auf und schrieb einen kurzen Bericht über eine Leiche, die man in einem Parkhaus gefunden und inzwischen identifiziert hatte. Der Tote hieß Giuseppe Rocco, und es war bekannt, daß er Mitglied der Mafia war und zur Familie Corleone gehörte.

Er war seit über vierundzwanzig Stunden tot, und der Tod war durch Schläge auf den Kopf herbeigeführt worden. Außerdem hatte die Leiche tiefe Schnitte in der Halsgegend. Was den Fund aber so außerordentlich bedeutsam machte, war die Tatsache, daß die fieberhaft gesuchte Waffe, der Spazierstock mit dem Pferdekopf, der aus der Villa Palagonia gestohlen worden war, bei der Leiche gefunden worden war. Jemand hatte dem Toten die Hosen heruntergezogen und ihm die Pistole in den Hintern gerammt.

In der Oper wurde *Rigoletto* gegeben, und Pirelli lauschte hingerissen. Sophia saß neben ihm in der Dunkelheit und fragte sich, warum sie überhaupt mitgekommen war. Je mehr sie darüber nachdachte, desto unsinniger erschien es ihr. Johnny würde inzwischen schon auf halbem Wege nach Rom sein ... Sie wandte sich Pirelli zu.

Im gleichen Augenblick drehte Pirelli den Kopf und lächelte sie an. Sophia empfand die leichte Berührung seiner Schulter als beruhigend.

»Ich muß gehen ... Nein, bitte lassen Sie sich nicht stören.«

Aber er folgte ihr trotzdem durch den dunklen Saal zum Ausgang. Im Foyer fragte er, ob er etwas für sie tun könne.

»Nein, es ist alles in Ordnung, aber ich muß nach Hause. Ich hätte nicht bleiben sollen. Bitte, gehen Sie wieder hinein.«

Niedergeschlagen nahm er ihren Arm und begleitete sie hinaus. Wieder spürte sie, wie seine Nähe sie beruhigte. Seine Hand hielt sie fest am Ellbogen. Sie entzog ihm ihren Arm und hüllte sich in ihren Pelzmantel.

»Es ist kalt ...«

Verlegen brachte er heraus: »Ja, äh ... Meine Wohnung ist ganz in der Nähe.« Er tat so, als würde er ihren erstaunten Blick nicht bemerken, und hüstelte. »Dort könnte ich Ihnen einen Zug heraussuchen oder herausfinden, ob es noch einen Flug gibt.«

Bevor Sophia antworten konnte, hatte er ein Taxi herangewinkt. Sie setzte sich so weit wie möglich von ihm weg.

Pirelli starrte schweigend aus dem Fenster. Er war ebenso verwirrt wie Sophia und fürchtete, ihren Blick zu treffen. Sie sollte nicht bemerken, welcher Gefühlsaufruhr in ihm herrschte.

Sie stiegen die drei Treppen zu seiner Wohnung hinauf. Ein Portier war nirgends zu sehen.

Sophia behielt ihren Mantel an und blieb mitten in dem ordentlich aufgeräumten Wohnzimmer stehen, während Pirelli den Fahrplan wälzte. Schließlich setzte sie sich auf die Sofakante und zündete sich eine Zigarette an.

»Haben Sie vielleicht einen Kognak für mich?«

Er brachte ihr den Kognak. Die Wohnung schien sie nicht weiter zu interessieren, sie sah sich weder um, noch machte sie eine Bemerkung über die Einrichtung. Sie war einfach da.

Sie nahm das Glas in beide Hände und nippte daran, ohne ihn anzusehen. Er mußte sich Mühe geben, um zu verstehen, was sie sagte. »Ich glaube – ich glaube, ich sollte Mama anrufen.«

Pirelli beobachtete, wie sie zum Telefon hinüberging. Sophia drehte sich um, und ihre Blicke trafen sich. Sie lächelte und begann zu wählen. Pirelli zündete sich eine Zigarette an und nahm einen tiefen Zug. Seine Hand zitterte.

»Mama? Hier ist Sophia ... Nein, ich bin noch in Mailand.« Wieder wandte sie sich Pirelli zu, als suchte sie in seinem Gesicht die Antwort auf eine unausgesprochene Frage.

»Mir ist etwas dazwischengekommen, ich bin aufgehalten worden... Geht es dir gut?... Nein, er müßte bald zurück sein... Nein, mach dir keine Sorgen... Ja.«

Sophia blickte Pirelli an, dann kehrte sie ihm den Rücken zu. »Im Laufe des Vormittags, Mama... Ja, wir haben genug Zeit.«

Langsam legte sie den Hörer auf, drehte sich aber nicht um. Sie begann, ihren Pelzmantel auszuziehen.

Pirelli stand auf, um ihr den Mantel abzunehmen, und küßte sie auf den Nacken, als er ihr von den Schultern glitt. Sie neigte den Kopf leicht zur Seite, als wolle sie ihm auch ihren bloßen Hals anbieten. Der Mantel fiel auf den Boden. Pirelli trat zurück, und Sophia drehte sich um.

Er fand keine Worte. Sie nahm seinen Kopf in die Hände. Sie fühlte, wie er zitterte. Als sie ihre Wange an sein Gesicht legte, brachte er nur, wie einen Seufzer, ihren Namen heraus. Sie öffnete ihre Kostümjacke und legte seine Hand auf ihr Herz.

Pirelli fühlte ihren Herzschlag, er fühlte die glatte Seide der

Bluse und ihre weiche Brust. Er streifte vorsichtig Jacke und Bluse ab und zog den Reißverschluß an ihrem Rock auf, so daß er zu Boden glitt. Er umarmte sie sanft, und sie schmiegte sich an ihn.

»Ich liebe dich, Sophia.«

Pirelli nahm sie auf die Arme und trug sie ins Schlafzimmer. Er legte sie auf das Bett, und sie vergrub ihr Gesicht im Kissen. Sophia fühlte sich, als wäre ihr Verstand von ihrem Körper losgelöst, als hätten ihre Gedanken und Gefühle mit dem Verlangen ihres Körpers nichts zu tun. Sie konnte Pirelli nicht ansehen.

Pirelli zog die Vorhänge zu, knöpfte sein Hemd auf und zog sich Schuhe und Strümpfe aus. Dann setzte er sich neben sie auf den Bettrand.

Sie drehte sich zu ihm und streichelte seine Brust, erst zögernd, dann gruben sich ihre Finger in das krause, dunkle Haar, und sie zog ihn zu sich herunter. Sie biß ihn in die Lippe, und er zog sie an sich. Er küßte sie leidenschaftlich und zerriß einen Träger ihres Unterkleides. Die Schönheit ihrer Brüste verschlug ihm den Atem.

Sie öffnete seinen Gürtel, und plötzlich fühlte er ihre Hand an seinem steifen Penis, er fühlte, wie sie an ihm zog, ihn zu sich heraufzog, wie sie ihn mit den Lippen umfaßte.

Er schob sie fort. »Nein ... nicht ...«

Sie ließ sich zurückfallen. »Was hast du, Kommissar? Magst du das nicht? Willst du mich nicht? Willst du nicht bumsen?«

Er packte sie an den Handgelenken. »Sieh mich an, sieh mir in die Augen! Glaubst du, daß ich dich *so* will? Glaubst du, daß ich *das* will?«

Er sah ihr spöttisches Lächeln und mußte an sich halten, um ihr nicht ins Gesicht zu schlagen. Er ließ sie los, aber sie griff nach seinem Arm und zog ihn wieder zu sich. Er stieß sie so heftig von sich, daß sie gegen den Nachttisch fiel. Er hörte, wie ihr Kopf aufschlug, und fühlte sich mit einemmal so elend und hilflos wie noch nie in seinem Leben.

»Es tut mir leid, Sophia, es tut mir leid.«

Sie sah ihn nicht an, aber aller Spott und alle Wut waren verschwunden. Sie schien einfach aufgegeben zu haben.

»Habe ich dir weh getan?« Sie setzte sich wieder auf das Bett. Sein ganzer Körper sehnte sich nach ihr, aber er brachte es nicht fertig, die Hand auszustrecken und sie zu berühren. Langsam wandte sie sich ihm zu. Als sie sein besorgtes Gesicht bemerkte, lächelte sie.

»Nein, du hast mir nicht weh getan. Ich wollte dich, weil ich nichts gespürt habe. Ich fühle mich leer.«

Er sah sie unverwandt an und empfand ihren Verlust, ihre innere Leere und ihren Schmerz. Sie erweckte in ihm eine überwältigende Zärtlichkeit und den Wunsch, sie zu beschützen. Er öffnete die Arme, als wäre sie ein Kind, und wünschte sich sehnlich, daß sie sich von ihm trösten lassen würde.

Als sie zu ihm kam und er sie in die Arme schloß, brach sie in Tränen aus. Er wiegte sie und flüsterte ihr tröstende Worte zu, bis sie schließlich still wurde.

Er legte sie auf das Bett und zog die Nadeln aus ihrem Haar. »Ich habe davon geträumt, dich so liegen zu sehen, mit deinem wundervollen Haar über das Kissen gebreitet. Ich liebe dich, Sophia.«

Sie schloß die Augen, und er begann, sie zu streicheln. Ihre Haut unter seinen Händen war glatt wie Seide. Sie streckte die Arme nach ihm aus, und sie küßten sich. Als er in sie eindrang, kam er fast sofort.

Er lächelte sie an. »Wie gut, daß wir die ganze Nacht Zeit haben, die ganze Nacht...«

Und sie liebten sich die ganze Nacht. Früh am Morgen stand er auf und machte Frühstück. Sie frühstückten zusammen im Bett, dann ließ er Badewasser für Sophia ein, seifte sie ein und trocknete sie ab. Er drückte sie fest an sich.

»Was soll ich bloß machen, Sophia Luciano? Du kannst mich um den kleinen Finger wickeln, weißt du das? Schon vom ersten Augenblick an hast du mich verhext.«

Sophia lachte und ging ins Schlafzimmer zurück, zog die Vorhänge auf und ließ das Licht in den Raum hineinströmen.

Während er duschte, zog sie sich an, und dann saß sie rauchend in ihrem Pelzmantel im Wohnzimmer und wartete auf ihn.

»Wir fahren zum Prozeß nach Palermo. Mamas Fall wird diese Woche verhandelt. Wirst du auch dort sein?«

Pirelli nickte, und ihm fiel ein, daß er nicht im Büro angerufen hatte. Er blickte auf die Uhr. »Ich nehme ein Taxi zum Flughafen.«

Sophia drückte ihre Zigarette aus. »Wirst du zum Prozeß kommen? Mama hat solche Angst vor der Presse, und wir haben nur ...«, beinahe hätte sie gesagt »Johnny«, aber dann sagte sie »unseren Fahrer«.

»Ja, ich werde dort sein. Fahrt ihr nach Rom zurück, oder bleibt ihr in Palermo?«

»Das weiß ich noch nicht. Es hängt vom Verlauf der Verhandlung ab.«

Während er das Taxi rief, musterte Sophia den Raum und stand auf, um ein Foto anzusehen. Pirelli sprach gerade mit der Taxifirma und blätterte gleichzeitig in den Flugplänen.

»Wer ist das?« Sie hielt ihm das Foto hin.

Er legte den Finger an seine von ihrem Biß geschwollene Lippe. »Meine Frau und mein Sohn.«

Sie hängte das Bild vorsichtig wieder an seinen Platz. »Wie alt ist dein Sohn?«

»Acht... Er wird neun. Sophia?«

Sie nahm ihre Handtasche und wandte sich zur Tür.

»Sophia, ich wollte es dir sagen...«

»Aber du hast es mir nicht gesagt.«

In Rom wurde Sophia von einem zornigen Luca empfangen, der wissen wollte, wo sie gewesen war. Sie sah ihn an.

»Damit wir uns richtig verstehen: Sie arbeiten für uns. Sie haben mir nichts zu befehlen, und es geht Sie nichts an, wo ich war oder was ich getan habe.«

»Ich soll Sie schützen, ich soll auf Sie aufpassen. Das kann ich nicht, wenn ich nicht weiß, wo Sie sind. Wer war dieser Kerl, mit dem Sie zusammen waren?«

Sophia ging ins Bad, ohne ihm zu antworten. Sie ließ Wasser einlaufen. Während sie sich auszog, betrachtete sie sich im Spiegel. Sie konnte keine Spuren ihrer Liebesnacht entdecken, aber sie fühlte sich ruhiger und zuversichtlicher.

Mit geschlossenen Augen lag sie in der Wanne und dachte an Giovanni. Sie wollte sich nicht eingestehen, daß sie möglicherweise etwas für ihn empfand. Was er auch sagen mochte, er hatte sie verraten. Es war dumm von ihr, eine engere Beziehung zu ihm auch nur in Erwägung zu ziehen. Aber vielleicht konnte er ihr eines Tages nützlich sein.

Pirelli mußte sich Ancoras Anspielungen wohl oder übel gefallen lassen. Seine Lippe war inzwischen stark angeschwollen, und niemand glaubte ihm, daß er gegen eine Tür gelaufen sei. Pirellis schlechte Laune jedoch rührte daher, daß sie trotz aller Hinweise immer noch keine Spur hatten, die zu Luca Carolla führte.

Er ging die Berichte über den Mord an Rocco durch und untersuchte die Pistole mit dem Pferdekopf. Der Täter hatte sie sorgfältig abgewischt, so daß keine Fingerabdrücke mehr zu erkennen waren.

Pirelli kam spät nach Hause. Lisa hatte die Beine hochgelegt und sah fern.

»Na, wie ist es dir ergangen?«

Lisa starrte auf seinen Mund. »Was hast du denn mit deiner Lippe gemacht?«

»Ach, ich hatte einen kleinen Zusammenstoß mit ein paar Kerlen am Flughafen. Hast du etwas zu essen für mich?«

Lisa stand auf. »Bist du in der Wohnung gewesen?«

»Ja, ich habe kurz reingeschaut. Alles in Ordnung.«

»Gut. Können wir heute abend essen gehen? Damit ich nicht kochen muß?«

Er seufzte und stimmte widerwillig zu. Er war so erschöpft, daß er sich kaum auf den Beinen halten konnte. Sie stellte sich auf die Zehenspitzen und küßte ihn, und er legte die Arme um sie. »Ach komm, ist das alles? Nachdem du zwei Tage fortgewesen bist? Du hast noch nicht einmal nach deinem Sohn gefragt.«

»Tut mir leid. Im Moment ist mir einfach alles zuviel. Wie geht es Gino denn?«

»Gut. Ich werde das Mädchen von oben bitten, Babysitter zu spielen, während wir weg sind. Ach, und übrigens wirst du ihm wohl zu Weihnachten ein neues Fahrrad kaufen müssen. Seines ist gestohlen worden.«

Während des Essens gähnte Pirelli ununterbrochen, und sosehr er auch versuchte, sich abzulenken, seine Gedanken waren bei Sophia. Als er endlich im Bett lag, wollte er nur noch schlafen. Lisa schmiegte sich an seinen Rücken und küßte seinen Nacken, aber er ergriff ihre Hand.

»Heute abend nicht, Lisa. Ich habe Kopfschmerzen.«

Sie rollte zurück auf ihre Seite des Bettes. »Ist das nicht eigentlich mein Sprüchlein? Weißt du, ich bin einzig und allein wegen dir in dieser gräßlichen Wohnung. Und was machst du? Du fährst nach Mailand. Giovanni? Giovanni!«

Aber er schlief schon fest und träumte von Sophia und ihrem Haar, das über das Kissen floß.

Nach neun Stunden Schlaf erschien Pirelli im Gerichtsgebäude, um der Verhandlung im Fall von Graziella Lucianos Mordversuch an Paul Carolla beizuwohnen.

Luca hatte nach einer Ausrede gesucht, um im Wagen bleiben zu können, denn er wollte nur ungern im Gerichtsgebäude erscheinen. Aber Sophia hatte darauf bestanden, daß er sie begleitete. Nun saß er mit seiner grauen Mütze neben Graziella auf einer Bank auf dem mit Marmor ausgelegten Flur vor dem Sitzungssaal. Graziella spielte nervös mit ihrem Taschentuch, und Sophia bat Luca, ihr ein Glas Wasser zu holen.

Luca füllte am Wasserspender einen Pappbecher und ging den langen Flur entlang zurück. Er kam an einem anderen Sitzungssaal vorbei, in dem gerade eine Verhandlung stattfand. Neben der Tür waren auf einer Liste die Verhandlungen aufgeführt, die an diesem Tag stattfinden sollten, und daneben hingen Bekanntmachungen über Brandstifter, Diebe und andere gesuchte Personen. Darunter war ein Bild von Luca selbst angeschlagen.

Jeder, der Luca Carolla gesehen hatte oder Hinweise auf seinen Verbleib geben konnte, wurde gebeten, sich an die nächste Polizeidienststelle zu wenden. Unter dem Bild war eine kurze Beschreibung seiner Person abgedruckt: blaue Augen, seine Größe und blondes oder hellbraunes Haar.

Eine Frau stand direkt hinter ihm und las die Anschläge über seine Schulter hinweg. Er entschuldigte sich und setzte seinen Weg fort. Seine Blase fühlte sich an, als wollte sie zerspringen, und seine Hände zitterten. Als er zu Sophia und Graziella zurückkam, war sein Gesicht aschfahl, und die Finger, die den Pappbecher hielten, waren eiskalt. Sie warteten immer noch auf Graziellas Rechtsanwalt.

»Ich habe gerade gefragt, wie lange wir wohl warten müssen. Anscheinend kann es eine ganze Weile dauern«, sagte Sophia zu Luca, ohne jedoch den Blick von Graziella abzuwenden.

»Ich könnte schon in einem netten Restaurant einen Tisch für heute mittag bestellen.«

Sophia zögerte und sah auf die Uhr. »Ja, das ist eine gute Idee. Und wir wollen fragen, ob wir das Gebäude durch den Hintereingang verlassen dürfen. Ich möchte nicht, daß Mama von der Presse belästigt wird.«

Luca trat zurück. »Gut, dann warte ich im Wagen vor dem Hinterausgang.«

Er stürzte davon, an Pirelli vorbei, der sich gerade mit Graziellas Anwalt unterhielt. Er schenkte Luca keine Beachtung, denn gerade, als dieser an ihm vorbeihastete, kam Sophia auf ihn zu. Pirelli reichte ihr die Hand und sah ihr forschend ins Gesicht.

»Mama, erinnerst du dich an Kommissar Pirelli?«

»*Si*...« Graziella ergriff seine Hand.

»Sie haben einen milden Richter, Signora Luciano. Ich habe mit ihm gesprochen, und eben habe ich mich auch noch lange mit Ihrem Rechtsanwalt unterhalten. Ich glaube nicht, daß es irgendwelche Probleme geben wird. Ich werde bei der Verhandlung nicht dabeisein, aber ich komme später vorbei.« Er wandte sich an Sophia. »Können wir uns kurz unter vier Augen sprechen?«

Sophia entschuldigte sich und ließ Graziella mit dem Anwalt allein. Pirelli führte sie in einen der kleinen Räume, die für Verhöre gedacht waren, und schloß die Tür.

»Kann ich dich nach der Verhandlung sehen?«

Sophia sah ihn nicht an. »Es hat keinen Sinn . . .«

»Ich verstehe. Was erwartest du von mir? Was soll ich tun?«

Sie seufzte. »Du bist verheiratet. Es ist wohl am besten, wenn wir uns nicht mehr sehen.«

»*Willst* du mich nicht mehr sehen? Bitte sag mir, ob du mich nicht mehr sehen willst. Ich weiß nicht, woran ich mit dir bin.«

»Giovanni, ich weiß selbst nicht, was ich will.«

Er fuhr sich mit den Händen durchs Haar und sah sie hilflos an. »Was soll ich tun?«

Sophia strich ihm leicht über die Wange. »Giovanni, ich weiß nicht, was ich für dich empfinde . . . Oder was ich für dich empfinden könnte . . .«

Pirelli zog sie an sich und küßte sie. Sie lehnte sich gegen ihn, und seine Stärke beruhigte sie. Sie fühlte sich sicher und geborgen in seinen Armen. »Giovanni, es wäre so leicht für mich, ja zu sagen, ja, ich möchte dich wiedersehen, aber es würde nur in einem schrecklichen Chaos enden.«

Er faßte sie am Arm. »Ich muß immer an dich denken. Ich sehne mich nach dir, ich begehre dich . . . Ich liebe dich, Sophia.«

Sie gab keine Antwort.

Er ließ sie los und lehnte sich gegen die Tür. »Und wenn ich meine Frau verlassen würde?«

»Das ist deine Sache. Erwarte bitte nicht von mir, daß ich dir sage, was du tun sollst. Wenn du sie verlassen willst, dann . . .«

»Sag mir nur, ob *du* willst, daß ich sie verlasse.«

»Nein. Was ist denn, wenn du deine Frau verläßt und es mit uns dann . . . und es mit uns dann nicht klappt? Dann machst du mir nachher Vorwürfe. Ich habe genug Kummer gehabt, es reicht mir für den Rest meines Lebens. Mehr kann ich nicht ertragen, Giovanni. Vielleicht bin ich zu dir gekommen, weil ich dich gerade in diesem Augenblick gebraucht habe.«

»Brauchst du mich jetzt nicht mehr?«

Sophias Augen füllten sich mit Tränen. »Ach Giovanni, ich habe so große Sehnsucht in mir. Du hast mir viel gegeben, aber verstehst du nicht, ich weiß nicht, ob es Liebe ist oder ob ich einfach jemanden brauchte, der diese Leere füllte. Meine Wunden müssen erst verheilen. Ich bin innerlich halb tot.«

Pirelli mußte schlucken, um nicht zu weinen. »Verzeih mir, du hast recht. Es ist wohl besser, du gehst zu deiner Schwiegermutter zurück. Wenn du mich brauchst, bin ich für dich da. Das meine ich ernst. Du brauchst nur anzurufen.«

Sie küßte ihn auf die Wange, flüsterte ein Danke und verließ den Raum. Pirelli blieb. Er versuchte, sich zu sammeln, aber er konnte das Gefühl nicht loswerden, einen tiefen Verlust erlitten zu haben.

Luca saß hinter dem Gerichtsgebäude im Wagen. Er wußte jetzt, daß Sophia mit dem Kommissar, mit dem Mann, der Pirelli hieß, zusammengewesen war. Was hatte sie ihm erzählt? Warum waren sie zusammen in den kleinen Raum gegangen? Er war so mit seinen Gedanken beschäftigt, daß er zusammenzuckte, als jemand an die Windschutzscheibe klopfte.

Ein Gerichtsdiener beugte sich zu ihm hinunter. »Signora Luciano verläßt soeben das Gebäude. Sie nehmen die erste links, die schmale Gasse entlang, dann kommt eine scharfe Rechtskurve, und Sie sind wieder auf der Hauptstraße.«

Als Sophia Graziella in den Wagen half, hatte Luca den Motor schon angelassen. Sie setzte sich auf den Beifahrersitz.

»Vorne vor dem Gebäude stehen die *paparazzi*, fahren Sie schnell los.«

Mit quietschenden Reifen schoß der Rolls-Corniche durch das schmale Gäßchen.

Graziellas Strafe war, wie Pirelli vorhergesagt hatte, zur Bewährung ausgesetzt worden. Am späten Nachmittag waren sie zum Abflug bereit. Bei der Paßkontrolle gab es keine Probleme. Signora Gennaro, ihr Sohn und ihre Tochter wurden ohne weitere Fragen durchgewinkt.

Luca und Graziella hatten die Pässe zusammen ausgesucht. Das Foto von Anthony Gennaro hatte zwar nicht viel Ähnlichkeit mit Luca, aber weil es ein Familienpaß war, konnten sie die Sicherheitsbeamten und die Zollabfertigung ungehindert passieren.

In zehn Minuten sollte die Maschine auf dem John-F.-Kennedy-Flughafen landen. Sie hatten einen angenehmen, ruhigen Flug gehabt, und alle hatten geschlafen. Beim Start hatte Sophia nervös nach Lucas Hand gegriffen und dann über das mulmige Gefühl in der Magengrube gelacht. Luca liebte ihr tiefes, dunkles Lachen.

Er dachte an die Überraschung, die er für sie bereithielt: die schriftliche Freigabe aller Entwürfe, einschließlich von Teilen der neuesten Kollektion. Das Flugzeug setzte zum Landeanflug an, und alle drei lehnten sich zu den Fenstern hinüber. Graziella bekreuzigte sich. Wieder griff Sophia nach Lucas Hand, und er lächelte sein engelhaftes Lächeln.

Als Nino Fabios Sekretärin zur Arbeit kam, sah sie, daß in seinem Büro Licht brannte. Anscheinend war er schon früh in die Firma gekommen. Das tat er oft.

Sie öffnete die Post und machte Kaffee, dann klopfte sie. Als keine Antwort kam, öffnete sie die Tür.

Der weiße Teppich war voller Blut. Abdrücke von bloßen Füßen zeigten, wo jemand durch das Blut gelaufen war. Auf dem schwarzen Teppich des Vorraums verloren sich die Fußspuren.

In Ninos privater Toilette fand sie weitere Blutspuren. Auf dem Spiegel und im Waschbecken war Blut verschmiert worden, und auf den weißen Bodenfliesen waren die Fußspuren wieder deutlich zu sehen. Auch an den Wasserhähnen klebte Blut, und die Wand war voller Blutspritzer.

Allmählich füllten sich die Räume mit Zuschneiderinnen und Näherinnen, und die Szene nahm etwas Unwirkliches an. Als die Polizei kam, sperrte sie sofort diesen Teil des Büros ab, dann machte sie sich auf die Suche nach Fabio.

Zwei Stunden später ging eine junge Angestellte durch den Raum, in dem die lebensgroßen Kleiderpuppen aufbewahrt wurden. Auf ihren gellenden Schrei hin strömten die anderen Mitarbeiter zusammen. Sie konnte nur auf Ninos Leiche zeigen. Beinahe blutleer hockte der Tote auf einer männlichen Puppe. Er war genauso wachsbleich und starr wie der weiße Plastikkörper, den er zu ficken schien.

20. Kapitel

Graziella war zutiefst betrübt über die beengten Verhältnisse, in denen Teresa und Rosa lebten. Sie hatte keine Ahnung von den hohen Lebenshaltungskosten in New York, und in ihren Augen war die Wohnung in der fünfunddreißigsten Straße nicht nur heruntergekommen, sondern kaum besser als eine Behausung in den Slums.

Weinend und händeringend ging sie durch die Zimmer, schüttelte den Kopf über die kleine Küche und fragte immer wieder, warum sie niemals erfahren hätte, warum Filippo ihr und Papa immer verschwiegen hätte, unter welchen Bedingungen seine Familie leben mußte.

Graziella rief nach Sophia und verlangte von ihr, eine bessere Wohnung zu suchen. Es wäre einfach unmöglich, daß sie alle zusammen in dieser Enge lebten. Sophia mußte ihr zustimmen. Sie lehnte in der Eingangstür und rang nach Luft, denn sie hatte gerade eigenhändig ihren Koffer die Treppe heraufgetragen. Luca brachte noch zwei weitere Koffer, und damit war der schmale Flur voll.

Als sie endlich alles eingeräumt, die Zimmer verteilt und die Möbel umgestellt hatten, um mehr Platz zu schaffen, war es später Abend geworden. Rosa zog zu Teresa, und Graziella schlief in Rosas Zimmer. Sophia bekam ein winziges Kämmerchen für sich allein.

Luca hatte sich sehr hilfsbereit gezeigt und überall mit angepackt, aber er wollte nicht mit ihnen essen. Statt dessen brach er auf, um sich eine Unterkunft zu suchen. Am nächsten Morgen wollte er wiederkommen.

Das Abendessen verlief in gereizter Atmosphäre. Graziella verärgerte Teresa, indem sie die Nase über das Essen rümpfte.

Sie fand, auch wenn sie in den Slums leben müßten, wäre das noch lange kein Grund, so zu essen wie die *americani*.

»Mama, ich will kein Wort mehr über die Wohnung oder über das Essen hören. Du kannst von mir aus gern selbst kochen, wenn du willst. Glaubst du, wir würden hier leben, wenn wir eine andere Möglichkeit hätten? Aber wir haben keine andere Wahl. Wir bleiben hier wohnen, bis wir alles geregelt haben, okay? *Okay*?«

»Du brauchst nicht zu schreien, Teresa. Statt dich aufzuregen, solltest du uns lieber fragen, wie es uns vor Gericht ergangen ist.« Sophia schob ihren ungenießbaren Hamburger auf dem Teller hin und her. »Mama wurde zu einer Geldstrafe verurteilt.«

»Ich habe mir schon gedacht, daß der Prozeß gut ausgegangen ist, sonst wärt ihr schließlich nicht hier. Aber können wir jetzt über die wirklich wichtigen Dinge sprechen?«

Graziella verschränkte die Arme. »Ich will dir mal etwas sagen, Teresa. Nicht alles, was du für wichtig hältst, ist immer wichtig. Am wichtigsten ist das Zuhause. Das ist der Mittelpunkt, da wächst man auf. Familie und Zuhause gehören zusammen.«

Sophia legte Graziella den Arm um die Schultern. »Du hast recht, Mama.«

»Natürlich habe ich recht. Mir gefällt diese Wohnung nicht. Mein Bett steht an einer Wand. Wer möchte denn beim Aufwachen auf eine Wand sehen, hm?«

»Okay, Mama, willst du mein Zimmer? Du kannst gerne mein Zimmer haben.«

»Nein danke, Teresa. Ich will ganz aus dieser Wohnung heraus. Hier fällt einem die Decke auf den Kopf. Morgen sehen wir uns nach einer anderen Wohnung um.«

Sophia wollte Graziella beim Aufstehen behilflich sein und wurde unsanft weggeschoben. »Und behandelt mich bitte nicht wie eine alte Frau. Erweist mir ein bißchen Respekt. Ich habe mein Zuhause verlassen, und das spüre ich. Wißt ihr nicht, was ich verloren habe, was ich zurückgelassen habe?«

»Dir blieb gar nichts anderes übrig, Mama.« Teresa bemühte sich, die Fassung zu bewahren.

Graziella beugte sich über den Tisch. »Doch, ich hätte mich anders entscheiden können, Teresa. Aber das Haus ist tot, möge es in Frieden ruhen.«

Sie stand auf und ging zur Tür. »Wo ist hier die Toilette?«

Sophia lachte schallend, als sie Graziella den Weg durch den schmalen, vollgestellten Flur zeigte.

»Tante Sophia scheint viel besser gelaunt zu sein als in Palermo«, sagte Rosa. »Ob ihre Pillen hier besser wirken?«

»Bitte etwas mehr Respekt, Rosa.«

Rosa sah ihre Mutter an. »Und Johnny gehört jetzt wohl richtig zur Familie. Sophia und er gehen ganz vertraut miteinander um.«

Teresa stellte wortlos die schmutzigen Teller zusammen, doch als Sophia zurückkam, sprach sie das Thema Johnny an.

»Und wie macht sich unser Mr. Moreno?«

Sophia schenkte sich Wein nach. Die Erinnerung an Luca und den toten Rocco verursachte Teresa immer noch Alpträume. Sie beugte sich zu Sophia. »Sophia, hat mit Johnny alles geklappt?«

»Doch, er hat sich als sehr brauchbar erwiesen. Er hat den Corniche gefahren ... Übrigens, wir haben ihn in einem Parkhaus für Dauerparker abgestellt. Wir können ihn jederzeit wieder abholen, obwohl er für Rom völlig ungeeignet ist, die Straßen sind viel zu schmal.«

Aber Teresa war noch nicht zufriedengestellt. »Hast du noch irgend etwas über ihn herausbekommen? Zum Beispiel, für wen er gearbeitet hat?«

»Nein, aber er hat sich hervorragend um uns gekümmert. So, und wie geht es jetzt weiter, wo wir alle da sind? Was machen wir als nächstes?«

»Ich habe Kontakt zu Barzini aufgenommen«, berichtete Teresa. »Er hatte es mehr als eilig, mit uns zu sprechen. Ich habe gesagt, wir würden uns mit ihm treffen, sobald ihr beide angekommen wärt. Ich rufe ihn nachher noch an, dann können wir gleich morgen zu ihm fahren.«

Barzini bewohnte eine Suite im Plaza. Als die Limousine vorfuhr, trat ein Türsteher in Livree auf sie zu, aber Luca war schon aus dem Wagen gesprungen und kam ihm zuvor. Mit großer Geste half er den vier Frauen beim Aussteigen.

Alle trugen Schwarz, und Graziella war verschleiert. Sie sahen reich und vornehm aus, und als sie eine nach der anderen aus der Limousine stiegen und den Bürgersteig überquerten, drehten die Vorübergehenden sich nach ihnen um. Mit Graziella an der Spitze betraten sie das Hotel. Gelassen schritten sie an der Rezeption vorbei auf die Fahrstühle zu und fuhren hinauf in den sechzehnten Stock.

Ein Herr in hellgrauem Anzug und mit einer Brille mit Goldrand und rosa getönten Brillengläsern empfing sie. Er wandte sich an Graziella.

»Signora Luciano, ich heiße Sie willkommen. Wir haben uns 1979 kennengelernt, aber Sie werden sich nicht an mich erinnern. Mein Name ist Peter Salerno.«

Graziella neigte den Kopf, und er forderte sie auf, ihm in die Suite zu folgen. Er führte sie in einen großen, sonnendurchfluteten Raum, dessen Wände mit rosa Seidentapeten bespannt waren. Üppige Blumengestecke auf Ständern aus weißem Marmor verströmten einen süßlichen Duft. Im Raum verteilt standen mehrere Sofas und dazwischen Tischchen mit Glasplatten zum Abstellen von Getränken. In der Mitte warteten auf einem niedrigen Tisch aus weißem Marmor verschiedene Schalen mit Süßigkeiten und Champagner in silbernen Sektkühlern. Daneben stand ein Kellner, bereit, ihnen einzuschenken.

Michele Barzini telefonierte gerade. Er war ein kleiner Mann Ende Fünfzig. Die Haare über dem schmalen, verkniffenen Gesicht waren sandfarben, und er trug eine randlose Brille mit getönten Gläsern. Er hatte einen hellgrauen Anzug aus glänzendem Stoff an, seine schwarzen Schuhe waren spiegelblank, und in der rosafarbenen Krawatte prunkte eine Diamantnadel.

Einen Augenblick später hatte er den Hörer aufgelegt und eilte mit ausgebreiteten Armen auf seine Gäste zu.

»Herzlich willkommen, Signora Luciano.«

Er küßte zuerst Graziella und dann der Reihe nach den anderen Frauen die Hand. Dann bat er sie, sich zu setzen. Er bot Graziella Champagner an, und sie wollte gerade annehmen, als Teresa ihr das Wort abschnitt.

»Nein, vielen Dank, nichts.«

Der Kellner wurde entlassen, und niemand sprach, bis er die geschnitzten weißen Türen hinter sich geschlossen hatte. Peter Salerno saß auf einem Stuhl mit hoher Lehne, während Barzini den Frauen gegenüber in einem Sessel saß. Er wandte sich wieder an Graziella.

»Ich bin mit Ihrem Gatten jahrelang gut befreundet gewesen. Es ist mir eine Ehre, daß Sie sich mit Ihrem Problem an mich wenden.«

Seine kleinen Augen wanderten von einer zur anderen. Dann lächelte er.

»Meine Damen, ich bin ganz Ohr.«

Teresa öffnete ihren Aktenkoffer und entnahm ihm einen dicken Ordner. Ihre hageren Gesichtszüge wirkten angespannt, und als sie Barzini in die Augen sah, war er von ihrem unnachgiebigen Blick überrascht. Er spürte sofort, daß diese Frau sich nicht von ihm einschüchtern lassen würde. Als sie jedoch zu sprechen begann, war ihr Tonfall beinahe unterwürfig.

»Meine Schwiegermutter hatte Signor Mario Domino, einen alten Freund der Familie, damit beauftragt, sich um unsere Angelegenheiten zu kümmern. Er war schon älter und, das muß ich leider sagen, nicht sehr kompetent.«

Sie schilderte Barzini in aller Ausführlichkeit die Situation der Frauen und ihre finanzielle Lage. Salerno machte zu allem, was sie sagte, Notizen.

Sophia starrte auf den scheußlichen rosafarbenen Teppich. Sie fand die Einrichtung der Suite überladen und geschmacklos, und Barzini gefiel ihr überhaupt nicht. Sie spürte, wie er sie mit seinen Fischaugen auszog, und bekam eine Gänsehaut.

Rosa war von der Art fasziniert, wie Barzini die Augen rollte. Auch sie spürte seinen unverschämten, musternden Blick, aber sie blickte gebannt auf seine kleinen Hände, die an den Bügelfalten seiner Hose und an der Diamantnadel in der Krawatte herumfingerten.

Graziella war mit ihren Gedanken woanders, sie versuchte, sich zu erinnern, wo sie diesen kleinen, häßlichen Mann kennengelernt hatte. Sie war sich ganz sicher, daß ihr Mann nie von ihm gesprochen hatte. Aber irgend etwas an ihm erschien ihr vertraut.

Barzini rückte seine Brille zurecht, warf einen Seitenblick auf Salerno und fragte: »Haben Sie jemals an der Leitung einer Import- oder Exportfirma mitgewirkt, Teresa? Nehmen Sie mir diese Frage bitte nicht übel, es ist nur so, daß Sie ohne Erfahrung in diesen Dingen den finanziellen Wert des Vermögens der Lucianos eigentlich nicht einschätzen können...«

Teresa sah ihn mit unschuldsvollem Augenaufschlag an, zögerte einen Augenblick und seufzte dann. »Aber das sind Tatsachen, Mr. Barzini. Seit zwanzig Jahren sind immer wieder Angebote eingegangen, und sie sind nicht niedriger geworden. Die Firmen haben hohe Gewinne erwirtschaftet und sind bis zu Don Robertos Tod ständig vergrößert worden. Die Unternehmen waren hochangesehen und völlig legal, und ich habe den Verdacht, daß die Familien, die uns aufkaufen wollten, unseren Namen als Deckmantel für den Drogenhandel mißbrauchen wollten.«

Barzini beugte sich vor. »Ich wollte Sie keineswegs beleidigen, um Gottes willen, nein. Aber Roberto Luciano hat als Belastungszeuge ausgesagt. Ganz gleich, welche Vendetta die Brüder entzweit hat, das war Wahnsinn.«

Teresa hatte Mühe, ihre Unschuldsmiene beizubehalten. »Sie können mir glauben, daß wir nur allzu gut wissen, wohin dieser Wahnsinn geführt hat. Aber wir bitten Sie um Hilfe, weil Sie Roberto Luciano wie einen Bruder geliebt haben. Er hat sich gegen Paul Carolla gestellt, gegen einen Mann, der ihn über zwanzig Jahre lang unter Druck gesetzt hat, ins Drogengeschäft einzusteigen. Carolla wollte unsere Lagerhäuser, unsere Kühlhäuser, unsere Fabriken...«

Sie zählte alle Objekte auf, und Salerno schrieb eifrig mit. Das einzige Anzeichen dafür, daß auch Barzini sich für Teresas Äußerungen interessierte, war, daß seine Hände still wurden. Er wirkte völlig entspannt, aber Teresa war sich sicher, daß er den Köder geschluckt hatte.

Sophia hatte sich Teresa halb zugewandt und lauschte aufmerksam.

Teresa fuhr fort: »Wir verlangen nichts weiter als einen fairen Preis. Und deswegen kommen wir zu Ihnen, zu einem Mann, dem unser geliebter Papa so freundschaftlich verbunden war, und bitten Sie um Hilfe in dieser Angelegenheit.«

Barzinis Hände gerieten wieder in Bewegung. »Es rührt mich tief, daß Sie beschlossen haben, sich an mich zu wenden. Um meiner langjährigen Freundschaft mit Don Roberto willen werde ich versuchen, Ihnen zu helfen. Ich werde die Angelegenheit einigen Freunden unterbreiten.«

Damit sprang er auf und half Graziella, sich zu erheben, ganz, als hätte sie das Zeichen zum Aufbruch gegeben. Er küßte allen Frauen die Hand, und während er sie zur Tür begleitete, fragte er Teresa beiläufig, ob sie die Kaufverträge zufällig bei sich hätte. Sie lächelte und sagte, ja, sie hätte alles in ihrem Ordner, nur die Unterschriften der Witwen fehlten noch.

Sie reichte Barzini den Ordner, und er geleitete sie hinaus und drückte ungeduldig auf den Fahrstuhlknopf.

Triumphierend umklammerte er mit seinen kleinen Händen den Ordner, und erst als die Fahrstuhltüren sich zu schließen begannen, sagte Teresa, daß der Ordner natürlich nur Kopien der Originaldokumente enthalte. Bevor sie Barzinis Reaktion sehen konnte, hatten die Türen sich geschlossen.

Lächelnd wandte Barzini sich an Salerno. »Ich glaube, das Spätzchen hat uns gerade eine Goldmine hiergelassen.«

Sie saßen kaum wieder im Wagen, als Sophia zornig fragte: »Wie konntest du nur, Teresa? Du hast es zwar nicht ausdrücklich gesagt, aber es war ganz klar. Wenn Barzini bis jetzt noch nichts mit Drogen zu tun gehabt haben sollte, dann wird es bald so weit sein. Wenn seine Leute uns aufkaufen, werden sie die

Firmen genau für das benutzen, gegen das Papa sein ganzes Leben lang angekämpft hat.«

»Na und? Kannst du mir sagen, wovon wir leben sollen? Im Moment haben wir gar nichts. Und du brauchst schließlich Geld, um in Rom neu anzufangen.«

»Hast du denn keine Grundsätze, keine Moral?«

»Komm mir bloß nicht mit Moral! Wer immer die Firma kauft, wird damit machen, was er will. Was glaubst du denn, was die Corleones vorhaben? Meinst du, sie würden italienische Süßigkeiten exportieren?«

Rosa fragte: »Warum habt ihr gerade Barzini ausgewählt?«

»Er war der erste hier in Amerika, der uns nach Papas Tod ein Angebot gemacht hat. Barzini arbeitet nur als Vermittler für verschiedene andere Familien.«

Sophia unterbrach Teresa. »Ich habe Barzinis Angebot gelesen. Es ist eine Beleidigung. Wir können nicht an ihn verkaufen, es wäre gegen alles, wofür Papa gekämpft hat.«

Teresa sagte kühl: »Und was glaubst du, welcher ehrliche Mensch sein Geld in eine Firma mit unseren Beziehungen stekken würde?«

Luca hatte bis dahin geschwiegen. Nun blickte er Sophia im Rückspiegel an und sagte: »Teresa hat recht. Und denken Sie daran, daß Sie Barzinis Schutz brauchen. Sie können sich jetzt nicht mehr nach anderen Käufern umsehen. Es ist zu spät.«

Graziella bestand darauf, das Abendessen zu machen. Nachdem sie bei ihrem ersten Versuch, den Gasherd anzuzünden, beinahe die kleine Küche in die Luft gejagt hätte, kochte sie nun scheppernd und klappernd einen riesigen Topf Spaghetti.

Luca erschien, er verschwand fast hinter einem Rosenstrauß. Graziella nahm die Blumen in die Arme und lachte vor Freude. Er hatte auch Wein, Mozzarella und frisches Brot mitgebracht. Graziella zog ihn hinter sich in die Küche, er müsse unbedingt die Spaghettisoße probieren.

Sophia schwieg während der ganzen Mahlzeit. Sie beobachtete die anderen und hörte zu.

Als Rosa den Tisch abräumen wollte, bat Graziella sie, sitzen zu bleiben. Sie wandte sich an Teresa. »Also, was meinst du? Was machen wir, wenn Barzini uns ein vernünftiges Angebot macht?«

Teresa war frustriert. »Genau das, was wir besprochen haben. Wir nehmen es an.«

Graziella sah Sophia an. »Aber Sophia ist dagegen. Jetzt bist du dran, Rosa. Was meinst du?«

»Ich weiß nicht.«

»Du weißt nicht – also sind zwei dagegen, eine ist dafür, und eine weiß nicht.«

Teresa seufzte. »Dann bist du also auch dagegen, Mama?«

Graziella verzog den Mund. »In mancher Hinsicht hast du recht. Erstens besteht die Schwierigkeit, einen legalen Käufer zu finden. Zweitens haben wir nicht viel Zeit. Wir müssen schnell handeln. Also bleibt die Frage, ob wir Barzinis Auftraggebern, wer immer sie auch sein mögen, alles verkaufen oder ob wir uns weigern, weil wir Don Roberto gegenüber eine moralische Verpflichtung haben.«

Teresa hatte genug und stieß ihren Stuhl zurück. Aber Graziella schlug mit solcher Wucht auf den Tisch, daß die Teller hochsprangen. »Setz dich wieder hin! Bitte sei so freundlich und höre dir wenigstens an, was ich zu sagen habe.«

»Ich wollte nur Kaffeewasser aufsetzen.«

»Der Kaffee kann warten, Teresa. Aber ohne die Unterschriften von Sophia und mir kannst du nicht verkaufen. Lieber würde ich sterben, als zulassen, daß dieser Mann unseren Namen mißbraucht. Lieber soll alles zugrunde gehen.«

Teresa wollte wieder unterbrechen, doch Sophia berührte ihre Hand. »Sprich weiter, Mama.«

»Laßt uns einmal annehmen, wir verkaufen an Barzinis Auftraggeber, wer immer es auch sein mag. Wir verkaufen, nehmen das Geld – euer Erbe –, und ihr seid frei. Und nun nehmen wir einmal an, die Firmen würden von Drogenhändlern mißbraucht werden. Was würden die Rauschgiftfahnder benötigen, um sie dingfest zu machen. Mit welchen Informationen könnten sie diese sogenannten Importeure verhaften und bestrafen? Und zwar nicht nur die kleinen Fische, sondern auch die großen? Wir könnten ihnen die Informationen liefern, damit sie die Netze auslegen können.«

Schweigend blickten sie Graziella an und warteten darauf, daß sie weitersprach, aber sie hob nur die Schultern, als wollte sie sagen: »Das war's.«

Sophia zündete sich eine Zigarette an, während Teresa und Rosa flüsternd die Teller in die Küche brachten.

Teresa kehrte mit dem Kaffee zurück und stellte die Frage in den Raum, was passieren könnte, wenn das jemals entdeckt werden würde.

Sophia schenkte Kaffee ein und reichte Luca eine Tasse. »Signor Moreno, was halten Sie davon, wo Sie doch auch ihren Anteil bekommen. Das beste wäre, Sie retten uns, indem Sie an unserer Stelle der Polizei die Informationen übergeben.«

»Gut, wenn Sie das wünschen.«

Sophia lachte leise. »Das sollte nur ein Scherz sein.«

»Aber ich habe es ernst gemeint. Ich könnte dafür sorgen, daß die richtigen Leute genau die Informationen bekommen, die Sie ihnen zukommen lassen möchten.«

Sophia lachte wieder. »Mein Gott, ich glaube, er meint es wirklich ernst.«

Luca errötete. »Wenigstens müßte dann keine von Ihnen ein Risiko eingehen.«

»Vielen Dank, Johnny, das ist sehr liebenswürdig von Ihnen. Wir alle wissen Ihr Angebot zu schätzen, aber solange wir nicht entschieden haben, was wir tun wollen, wäre es verfrüht, es anzunehmen.«

Graziella lächelte ihn an, aber er hatte nur Augen für Sophia. Gedankenverloren rollte sie ihr goldenes Feuerzeug auf der Tischdecke hin und her.

»Okay, ist jemand mit Mamas Vorschlag nicht einverstanden?« fragte Teresa. Niemand meldete sich. Sie trank ihren Kaffee aus und erhob sich. »Gut, dann ist das geklärt. Wenn Barzini ein gutes Angebot macht, nehmen wir es an.«

Es war an der Zeit, schlafen zu gehen. Rosa hatte gehofft, noch ein Weilchen mit Luca allein zusammensitzen zu können, und war enttäuscht, als er Sophia auf den Flur hinaus folgte.

»Ich habe etwas für Sie«, sagte er.

Sophia öffnete die Tür zu ihrem Schlafzimmer. Auf dem Bett lag ein kleiner Koffer.

»Was ist das?«

»Etwas, das Sie sich gewünscht haben. Gute Nacht.«

Er schloß die Tür hinter sich. Sophia öffnete den Koffer und entdeckte Nino Fabios Zeichnungen, auf Blöcken und auf losen Blättern, es waren Hunderte von Entwürfen.

Teresa wusch die letzten Teller ab, während Rosa das Besteck abtrocknete.

»Wo ist Johnny?« rief Sophia vom Flur aus.

Rosa trocknete sich die Hände ab. »Er ist schon weg!« rief sie wütend.

Das Telefon klingelte, und Teresa erstarrte. »Das könnte Barzini sein.« Sie eilte in das Zimmerchen hinüber, das sie als Büro benutzte.

Sophia war wieder in ihre Kammer zurückgegangen. Die Zeichnungen lagen verstreut auf dem Bett. Es reichte bestimmt für eine ganze Saison, wenn nicht sogar länger. Sie wühlte in ihrer Handtasche nach ihrem Adreßbuch und nahm den Telefonhörer ab.

Teresa telefonierte noch, und Sophia wollte gerade wieder auflegen, als sie hörte, wie eine Männerstimme sagte: »Das ist sehr viel Geld, Signora Luciano. Ich weiß nicht, ob meine Freunde bereit sind, so viel auszugeben.«

Teresas Stimme war klar und deutlich zu hören: »Darf ich in diesem Fall annehmen, daß Sie kein Interesse mehr an dem Kauf haben, Mr. Barzini?«

»Ich muß jedenfalls mit meinen Freunden darüber sprechen.«

»Aber Sie werden uns nicht allzu lange warten lassen? Ich glaube, ich habe Ihnen unsere finanzielle Situation bereits geschildert.«

»Geben Sie mir ein paar Stunden Zeit. Vielleicht geht es auch schneller.«

Ohne anzuklopfen, ging Sophia ins Büro. Teresa legte gerade den Hörer auf und sah ihr mit siegesgewissem Lächeln entgegen.

»Ich hoffe, du weißt, was du tust«, sagte Sophia nur.

»Doch, das weiß ich. Bist du eben in der Leitung gewesen?«

»Ja, tut mir leid, ich wollte dich nicht belauschen. Ich muß in Rom anrufen. Johnny hat mir eben einen ganzen Koffer voller Entwürfe von Nino Fabio gegeben. Irgendwie ist das verrückt...«

»Wieso? Ist das nicht genau, was du wolltest?«

»Nino hat sich strikt geweigert, mir auch nur eine einzige Zeichnung zu überlassen. Und jetzt habe ich einen ganzen Koffer voll. Wie ist Johnny bloß dazu gekommen? Ich weiß nicht, was ich davon halten soll.«

Teresa überreichte Sophia den Hörer. »Dann ist es wohl am besten, wenn du in Rom nachfragst. Aber sprich nicht zu lange, Barzini will bald wieder anrufen.«

Sie verließ das Büro.

Sophia hatte kaum aufgelegt, als das Telefon wieder klingelte. Teresa stürzte herein und riß den Hörer von der Gabel. Dann sammelte sie sich, bevor sie anfing zu sprechen.

»Ja, ich bin am Apparat... Ja... Ja, alles.« Sie blickte Sophia an und zeigte mit dem Daumen nach oben. »Vielen Dank, ich kann Ihnen gar nicht sagen, wie dankbar wir Ihnen sind... Ja, vielen Dank...« Sie ließ den Hörer fallen und klatschte in die Hände.

»Wir haben es geschafft! Mama, Rosa, kommt alle her!«

Rosa und Graziella erschienen. Teresa lachte und weinte gleichzeitig. »Wir haben es geschafft! Barzini will uns fünfzehn Millionen Dollar zahlen!«

Rosa umarmte jubelnd ihre Mutter. Graziella strahlte Sophia an. »Jetzt feiern wir aber, nicht? Wir haben das Richtige getan.«

Sophia lächelte. »Ja, Mama. Weißt du was? Ich gehe Champagner kaufen.«

Sie eilte aus dem Büro und blieb kurz an dem kleinen Tischchen im Flur stehen, auf dem ein Zettel mit Lucas Adresse lag. Dann verließ sie die Wohnung.

Als Rosa an dem Tischchen vorbeikam, war der Zettel verschwunden. Sie ging ins Büro zurück. »Mama, hast du Johnnys Adresse vom Flurtisch weggenommen?«

»Nein. Unterschreib hier, Rosa, und Mama auch.«

Sophia zahlte das Taxi. Das Wohnheim befand sich in einer verwahrlosten Gegend. Auf den Stufen vor dem Eingang lagen Flaschenscherben, und mehrere Klingelknöpfe waren zerbrochen. Sophia drückte die Klingel zu Zimmer achtzehn und wartete. Dann hörte sie Lucas verzerrte Stimme über die Sprechanlage. »Wer ist da?«

»Ich bin es, Sophia Luciano.«

Der Summer ertönte, und sie drückte die Tür auf. In der Eingangshalle stank es nach abgestandenem Essen und Urin, und die Treppenhausbeleuchtung bestand nur aus einer einzigen nackten Glühbirne.

Im dritten Stock wartete Luca auf sie. Lächelnd öffnete er ihr die Tür zu seinem Zimmer. Dann sah er sie besorgt an.

»Stimmt etwas nicht?«

Sophia ging an ihm vorbei. »Wie sind Sie an die Zeichnungen gekommen?«

»Ist das wichtig?«

»Ja, das ist wichtig. Sagen Sie nur nicht, er habe sie Ihnen einfach so gegeben. Ich weiß genau, daß er das niemals getan hätte ... Er ist tot!«

»Woher wissen Sie das?«

»Ich habe in seiner Firma angerufen, ich habe versucht, mit ihm zu sprechen, daher weiß ich es.«

»Wollen Sie sich nicht setzen?«

»Nein, ich will nur, daß Sie mir die Wahrheit sagen.«

Luca nahm ein Blatt Papier vom Nachttisch. »Das hier habe ich auch noch für Sie. Er hat es unterschrieben, nur für den Fall, daß es irgendwelche Probleme geben sollte.«

Sophia griff nach dem Blatt. »Was haben Sie getan, Johnny? Sagen Sie, was Sie getan haben?«

Er ging in dem kleinen Zimmer mit der trüben Glühbirne und dem schmalen Bett umher, als wollte er sich verkriechen. Schließlich blieb er mit dem Rücken zu Sophia stehen und sah aus dem schmutzigen Fenster auf die Feuertreppe hinaus. »Ich dachte, Sie wollten die Zeichnungen haben. Ich dachte, Sie würden sich darüber freuen.«

Sophia setzte sich auf die Bettkante und strich mit der Hand über die grobe graue Wolldecke. »Es kommt mir alles so unwirklich vor. Als wäre ich gar nicht wirklich hier...«

»Das Zimmer ist ein Dreckloch«, sagte Luca leise.

»Ich hätte gern ein Glas Wasser.«

Er verließ das Zimmer, und Sophia blieb auf dem Bett sitzen. Ihr Kopf fühlte sich an, als wollte er zerspringen. Als Luca mit einem Becher Wasser zurückkam, trank sie einen Schluck und mußte husten. Er nahm ihre Hand, aber sie entzog sie ihm.

»Bitte, fassen Sie mich nicht an... Nein.« Dann blickte sie zu ihm auf. »Haben Sie ihn getötet?«

»Ja.«

Sophia versuchte, den Pappbecher auf den Nachttisch zu stellen. Er kippte um. Im nächsten Augenblick kniete Luca zu ihren Füßen und hatte die Arme um ihre Beine geschlungen.

»Lassen Sie das, bitte. Hören Sie auf damit.«

Er preßte sein Gesicht an ihre Oberschenkel, und ein Schauer durchlief ihn.

»Ich habe es für Sie getan, ich wollte Ihnen beweisen, daß ich wichtig für Sie bin. Als ich sah, wie Sie mit diesem Mann weggegangen sind, mußte ich etwas tun, um es Ihnen zu beweisen... Ich habe es für Sie getan.«

Sophia rückte vorsichtig von ihm ab, und er hockte sich auf die Fersen.

»Haben Sie etwas zu trinken für mich?« Ihre Zunge fühlte sich an wie geschwollen, und sie konnte nicht schlucken.

Luca sprang auf und eilte zur Tür. »Ich hole Ihnen noch einen Becher Wasser.«

Sophia erhob sich schnell. »Nein danke, es geht schon. Ich muß gehen. Alle warten auf mich. Ich habe gesagt, ich wollte Champagner kaufen ... Barzini hat Teresa angerufen und uns viel Geld geboten. *Bitte kommen Sie mir nicht nahe, fassen Sie mich nicht an.*«

»Schscht, leise, damit niemand Sie hört.«

Luca öffnete die Tür einen Spalt, warf einen Blick in den Gang und schloß sie wieder. Dann drehte er den Schlüssel im Schloß um, zog ihn ab und steckte ihn in die Tasche. »Was wollen Sie nun tun?«

»Das spielt keine Rolle.«

»Doch, es spielt eine Rolle. Ich habe es für Sie getan.«

Sophia fühlte, wie Wut in ihr hochstieg. »Was glauben Sie, was ich mit den Entwürfen jetzt noch anfangen kann? Nach dem, was Sie getan haben? Nein, sagen Sie es nicht noch einmal. Ich habe Sie nie darum gebeten, irgend etwas für mich zu tun.«

»Aber niemand kann Sie mit der Sache in Verbindung bringen.«

»Nein? Sind Sie blöd? Ich bin doch bei ihm gewesen! Die Polizei wird mich verhören wollen, und seine Angestellten werden merken, daß die Entwürfe verschwunden sind!«

»Aber da lagen Hunderte von Zeichnungen herum. Ich habe nicht alle mitgenommen.«

»Verstehen Sie denn nicht? Sie haben mir jede Möglichkeit geraubt, jemals auch nur eine einzige davon zu verwenden!« Sophia stemmte die Hände in die Hüften. »Ich hätte dafür bezahlen können, verstehen Sie? Ich hätte sie auf ganz legale Weise kaufen können.«

Luca saß auf dem Bettrand, den Kopf in die Hände gestützt. Sophia hätte ihn am liebsten geschlagen, nach ihm getreten. Noch nie hatte sie eine so blinde Wut auf einen Menschen gespürt. Sie stellte sich vor ihn und zog seinen Kopf an den Haaren hoch, so daß er zu ihr aufsehen mußte.

»Sobald Barzini bezahlt hat, verschwinden Sie aus meinem Leben, oder ich gehe zur Polizei, so wahr mir Gott helfe.«

Es war eine leere Drohung. Sophia fühlte sich in die Enge

getrieben. Ihre Freiheit, ihre Lösung von den Lucianos entschwand in weite Ferne.

»Es war ein Unfall, Sophia. Er hat schlecht von Ihnen gesprochen, und ich mußte immer daran denken, wie Sie vor ihm auf den Knien gelegen und ihn um Hilfe gebeten haben und wie er Sie nur ausgelacht hat. Und wie Sie sich auf der Straße übergeben mußten. Er hat gesagt, Sie wären erledigt, Sie würden nie etwas zustande bringen, Sie hätten kein Talent. Er redete einfach immer weiter. Ich habe gesagt, er sollte aufhören, aber er redete und redete ... Da habe ich ihn mit irgendeinem Gegenstand geschlagen, der auf seinem Schreibtisch stand, ich glaube, es war eine Figur ... Ich weiß es nicht mehr. Ich wollte ihn nicht töten. Aber er hat es verdient, und ich würde es wieder tun, wenn es sein müßte. Niemand darf Ihnen weh tun, niemand. Ich lasse das nicht zu.«

»Sie – Sie haben mir die letzte Möglichkeit geraubt.«

Sophia verzog das Gesicht und brach in Schluchzen aus. Luca ging zu ihr, aber sie wich ihm aus. Sie drückte auf die Türklinke, und als sie sich frustriert umwandte, schloß er sie in die Arme. Sie versuchte, sich zu befreien, aber er verdrehte ihr den Arm.

»Sie sollen alles wiederhaben, was Sie verloren haben. Ich werde es Ihnen wiedergeben. Ich liebe Sie, Sophia, ich liebe Sie.«

Voller Verachtung sah sie ihn mit ihren dunklen Augen an. »Ihre Liebe ekelt mich an. Lassen Sie mich gehen.«

Luca küßte sie leidenschaftlich und voller Verlangen, aber sie reagierte nicht. Er fühlte ihre Lippen, ihre Zähne, und als er sie schließlich losließ, sah er in ihre zornigen Augen. Ihr Blick war so haßerfüllt, daß er den Schlüssel aus der Tasche zog und die Tür aufschloß.

Während sie die Treppe hinabstieg, wischte sie sich mit dem Handrücken über die Lippen. Sie wußte, daß Luca ihr folgte, aber sie drehte sich nicht um. Erst als sie das Erdgeschoß erreicht hatte, wandte sie den Kopf. Luca sah von oben in den Treppenschacht hinunter. Die nackte Glühbirne warf ihren Schein auf seinen Kopf und seine Schultern, aber seinen Gesichtsausdruck konnte sie aus der Entfernung nicht erkennen. Er stand dort oben wie eine Statue, ganz still, und seine blasse Haut und das blonde Haar verliehen ihm ein geisterhaftes Aussehen.

Als Sophia die Wohnungstür aufschloß, wurde sie von Rosa empfangen.

»Wo ist der Champagner?«

»Ich – ich habe kein offenes Spirituosengeschäft gefunden.« Sophia ging an ihr vorbei in ihre Schlafkammer.

»Du bist bei Johnny gewesen, stimmt's?«

Sophia seufzte. »Rosa, wo ich gewesen bin, geht dich gar nichts an.«

Rosa wurde rot vor Wut. »Ist er dein Liebhaber?«

»Nein.«

»Lüg mich nicht an! Er kann ja kaum die Augen von dir abwenden. Was habt ihr in Rom gemacht?«

Sophia öffnete ihre Zimmertür. »Nichts. Und wenn ich dir einen Rat geben darf: Halte dich von ihm fern.«

»Warum? Weil du ihn haben willst?«

Sophia schlug die Tür zu und fuhr herum: »Sei nicht so kindisch, Rosa, und sprich nicht so unverschämt mit mir. Dieses Mal lasse ich es dir durchgehen, aber wenn du noch einmal andeuten solltest, daß zwischen mir und dieser Kreatur etwas ... Und ich meine das im Ernst, Rosa, laß die Finger von ihm.«

Rosa drehte sich um und lief in ihr Zimmer. Teresa kam aus dem Bad.

»Was ist denn hier los?«

»Nichts. Ich wollte gerade ins Bett gehen.«

»Von mir aus gerne. Ich dachte nur, Rosa und du, ihr hättet euch gestritten. Deswegen brauchst du mir nicht gleich den Kopf abzureißen.«

»Tut mir leid ... Rosa denkt anscheinend, ich hätte etwas mit Johnny.«

»Was? Im Ernst?«

»Laß sie nicht zuviel mit ihm zusammensein, Teresa. Glaub

mir, ich weiß, wovon ich rede. Je eher wir ihn loswerden, desto besser.«

Teresa zögerte. Nur zu gern hätte sie Sophia zugestimmt, aber durch den Mord an Rocco hatte Johnny sie an sich gebunden. Sie hatte Angst. Wenn sie Johnny in Wut versetzte, könnte seine Gewalttätigkeit sich gegen sie selbst oder gegen jede von ihnen richten.

»Johnny ist uns immer noch eine Hilfe, Sophia, aber ich werde mit Rosa sprechen.«

Beim Frühstück waren sie nicht gerade in bester Laune. Alle hatten Angst vor dem Treffen mit Barzini, das an diesem Vormittag stattfinden sollte. Draußen herrschte eisige Kälte, und Sophia bot den anderen großzügig ihre Pelze an.

Rosa schnitt eine Grimasse. »Ich finde es ekelhaft, in toten Tieren herumzulaufen. Dein Nerzmantel besteht aus ungefähr fünfzig Fellen. Das waren fünfzig Herzen, fünfzig Lungen . . .« Sophia zündete sich eine Zigarette an und erwiderte nichts.

Das Telefon klingelte, doch Teresa blieb noch einen Augenblick sitzen. »Es soll nicht so aussehen, als hätten wir es eilig. Ich gehe gleich ran.« Sie verschwand in ihrem kleinen Büro.

Als sie wiederkam, verkündete sie: »Wir sollen uns um Punkt eins in den ›Vier Jahreszeiten‹ mit ihm treffen. Sophia, glaubst du, daß einer von deinen Pelzmänteln mir passen würde?«

»Mama, wie kannst du nur!«

»Ganz einfach, Rosa. Ich habe keine Lust zu erfrieren.«

21. Kapitel

Die drei Frauen saßen mit Barzini im Restaurant »Vier Jahreszeiten«. Barzini schien ein Stammgast zu sein, er begrüßte andere Gäste und nannte die Kellner beim Vornamen.

Sie bestellten. Unter dem Tisch preßte Rosa ihr Bein gegen das ihrer Mutter. Sie haßte die Art, wie Barzinis Hände ununterbrochen in Bewegung waren und seine Augen ständig von einer Frau zur anderen huschten.

»Wo ist Signora Luciano? Ich hatte mich darauf gefreut, sie wiederzusehen.«

»Mama fühlt sich heute nicht wohl, Mr. Barzini. Sie läßt Sie vielmals grüßen und bittet um Entschuldigung für ihr Fernbleiben.«

»Natürlich, sie muß müde sein. Wohnt sie bei Ihnen, Teresa? Ich darf Sie doch Teresa nennen?«

»*Si*, bitte. Wir wohnen alle zusammen in meiner Wohnung.«

Er nickte. »Gut. Sehen Sie, ich werde für Ihren Schutz sorgen, ganz wie ich es Ihnen versprochen habe. Die Zeiten sind gefährlich, und es ist gut, daß die Familie zusammen ist.«

Das Mittagessen schien nicht enden zu wollen, und es sah aus, als ob Barzini den eigentlichen Grund ihres Treffens gar nicht zur Sprache bringen wollte. Doch als der Kaffee gebracht wurde, legte er seine manikürten kleinen Hände auf das weiße Tischtuch, blickte die Frauen der Reihe nach an und erklärte ruhig: »Und nun zum Geschäft ...«

Barzini erklärte sich bereit, den Frauen innerhalb von vierundzwanzig Stunden einen Bankscheck über die Kaufsumme zukommen zu lassen. Dafür sollte er die Unterlagen über das gesamte Eigentum der Lucianos in Palermo sowie über bestimmte Firmen in New York erhalten.

Sophia war sich nur allzu genau dessen bewußt, daß er die Namen der Familien, die hinter ihm standen, mit keinem Wort erwähnte.

Graziella nutzte die Abwesenheit der anderen Frauen, um mit Luca ein Gespräch unter vier Augen zu führen. Sie kochte Kaffee und rief ihn dann in die Küche. »Bitte setz dich, Johnny. Ich möchte mit dir über Rosa sprechen.«

Er machte ein erstauntes Gesicht. »Über Rosa?«

»Sie ist noch sehr jung, und ich glaube, sie mag dich. Sie schwärmt für dich, wie wir früher gesagt hätten. Du verstehst, was ich meine.«

»Das wußte ich nicht.«

Graziella lächelte. »Das mag sein, aber ich möchte sicher sein können, daß du das Mädchen nicht ermutigst. Siehst du, Rosa muß eine gute Partie machen. Wir sind von ihr abhängig, nur Rosa kann das Blut der Lucianos weitergeben . . . Die Familie kann nur durch Rosa weiterleben.«

»Ich habe kaum ein Wort mit ihr gewechselt.«

»Aber du bist uns allen sehr ans Herz gewachsen. Wir sind dir dankbar, denn du hast viel für uns getan. Ich weiß, daß Teresa dir eine Beteiligung versprochen hat, und das ist auch richtig so. Aber wenn das hier vorüber ist, mußt du dein eigenes Leben führen, Johnny.«

Graziella strich ihm leicht über die Wange, und er griff nach ihrer Hand und küßte sie.

»Ich möchte bei Ihnen bleiben. Ich möchte für Sie arbeiten.«

Sie lächelte ihn liebevoll an. »Wie alt bist du eigentlich, Johnny? Einundzwanzig? Zweiundzwanzig?«

Er schluckte. »Ich bin sechsundzwanzig.«

»Siehst du, du bist noch jung, aber alt genug, um eine Familie zu gründen. Hast du vielleicht schon ein Mädchen im Auge, Johnny?«

»Nein, ich habe überhaupt niemanden . . . nur Sie alle.« Er legte den Kopf auf die Arme, und Graziella strich ihm sanft über das Haar.

»Und was ist mit deiner Familie? Rosa hat gesagt, du hättest einen Bruder. Stimmt das nicht?« Sie streichelte Lucas blondes Haar. Als er den Kopf hob, ließ sie die Hand in den Schoß fallen.

Er lächelte sein sanftes, anziehendes Lächeln und stand vom Tisch auf.

»Ich komme später noch einmal vorbei. Ich muß etwas für Teresa abholen.«

Graziella hörte, wie die Wohnungstür hinter ihm zufiel. Sie spürte noch sein seidenweiches Haar unter den Fingern. Langsam erhob sie sich und ging in ihr Zimmer. Sie öffnete eine Schublade ihrer Frisierkommode und nahm das Foto von Michele heraus. Während sie es betrachtete, hörte sie den Schlüssel in der Wohnungstür. Sie legte das Foto schnell zurück.

Rosa trug zwei große Tüten, bis zum Rand mit Lebensmitteln gefüllt. »Das wird ein tolles Weihnachten, Großmama. Wir haben alles, was man sich nur vorstellen kann... Truthahn, Pudding, Bataten, Knallbonbons...« Sie stellte die Tüten auf dem Tischchen im Flur ab und umarmte Graziella.

Sophia erwiderte nichts, sondern ging geradewegs in ihr Zimmer. Wortlos sah Teresa ihr nach.

Kurz nach vier klingelte es an der Tür. Graziella trug gerade ein Tablett in die Küche, Rosa wusch sich im Bad die Haare, und Sophia war immer noch in ihrem Zimmer. Es klingelte wieder, und Teresa öffnete.

Drei Männer mit abscheulichen Masken stießen ihr mit solcher Wucht die Tür gegen die Schulter, daß sie stürzte. Im nächsten Moment packte jemand sie an den Haaren und drückte ihr einen Pistolenlauf in den Nacken.

»Halt's Maul und steh auf... Na los... Ruf die anderen zusammen.«

Graziella erschien in der Küchentür, und einer der Männer zerrte sie in den Flur. Sie wehrte sich, und er stieß sie unsanft zu Boden. Auf ihr Schreien hin stürzte Sophia aus ihrem Zimmer.

»Seid ruhig und haltet die Hände über den Kopf, dann passiert euch nichts.« Der Mann trug die Maske eines Zauberers, warzenbedeckt, mit einer überlangen Nase und einem krummen, schwabbeligen Kinn. Durch die Maske wurde seine Stimme verzerrt.

Sophia beging den Fehler, nach Rosa zu rufen. Die Pistole traf sie an der rechten Schläfe, und sie stürzte vor Graziella, die wieder aufgestanden war, zu Boden. Teresa wurde an den Haaren den Flur entlanggeschleift. Mit vorgehaltenen Pistolen trieben die Eindringlinge die Frauen in das kleine Büro. Rosa, die noch im Bad war, hatte die Schreie gehört. Erschrocken ließ sie den Fön fallen, schloß die Badezimmertür ab und öffnete das Fenster, das auf die Feuertreppe führte. Im gleichen Augenblick hörte sie Schüsse, dumpfe Schläge aus einer schallgedämpften Pistole, die das Türschloß zersplittern ließen. Verzweifelt kauerte sie sich unter das Fenster, aber ein Mann mit einer teuflischen Clownmaske griff nach ihr und zerrte sie ins Büro.

Der Zauberer richtete die Pistole auf die Frauen und zerrte Teresa mit einem so heftigen Ruck zum Schreibtisch, daß sie mit der Hüfte gegen eine Ecke stieß.

»Wir wollen die Papiere. Gib sie her.«

Teresa umklammerte die Schreibtischkante. »Welche Papiere?«

Der Hexenmeister ohrfeigte sie. »Das weißt du ganz genau. Auf die Knie... Na los, auf die Knie mit dir!«

Er verdrehte ihr den Arm, und sie sank zu Boden. Rosa begann zu schreien und bekam einen Tritt in den Magen, so daß sie sich zusammenkrümmte und sich erbrechen mußte. Der Clown zog ein paar Fetzen aus der Tasche und band ihr die Hände auf dem Rücken zusammen. Dann mußte sie sich neben ihre Mutter knien.

Der Zauberer zog Schubladen auf und blätterte Papiere durch. »Ihr wißt genau, was wir suchen. Wir haben nicht viel Zeit. Also, *wo sind sie*?«

Teresa schüttelte weinend den Kopf. »Ich weiß wirklich nicht, was Sie wollen. Welche Papiere? Wir haben hier nichts...«

Der dritte Mann, von dessen Gummimaske am Kinn lange

weiße Haare herabbaumelten, packte Rosa am Arm. Er schüttelte sie und brüllte: »Sag ihr, daß sie mit dem Kram herausrükken soll! Sag's ihr!«

Er stieß sie mit dem Kopf gegen den Schreibtisch, so daß sie knapp über dem rechten Auge aufschlug und einen Schrei ausstieß.

Graziella hatte sich an die Wand gedrückt und sich an Sophia festgeklammert, aber als sie Rosas Schrei hörte, stürzte sie sich auf den Mann und versuchte, ihm die Maske vom Gesicht zu reißen.

»Sie dürfen ihr nicht weh tun! Lassen Sie meine Enkelin los! Was seid ihr überhaupt für Männer, daß ihr gegen Frauen kämpft...«

Der Clown stieß Graziella zur Seite, und als sie stolperte, trat er nach ihr. Rosa schluchzte. »O Gott, Mama, gib ihnen, was sie wollen, bitte... Mama...«

Luca hatte gerade den Klingelknopf drücken wollen, als er bemerkte, daß das Schloß nicht ganz eingeschnappt war. Vorsichtig schob er die Tür auf. Im selben Moment hörte er Rosa schreien.

Der Schrei war aus dem Büro gekommen. Er zog seine Pistole aus der Jacke. Jetzt hörte er Graziella. Leise untersuchte er die anderen Räume, bis er sicher war, daß alle im Büro waren. Dann ging er ins Badezimmer und kletterte durch das Fenster auf die Feuertreppe. Die Treppe führte bis zum Fenster des Büros. Luca drückte sich gegen die Wand und spähte durch die Jalousie.

Mit vorgehaltener Pistole wurde Teresa gezwungen, um den Schreibtisch herumzugehen. Rosa kniete noch davor. Sophia stand an der gegenüberliegenden Wand und hatte die Arme um Graziella gelegt. Die drei Männer standen mit dem Rücken zum Fenster.

Luca schob sich langsam weiter vorwärts. Jetzt händigte Teresa dem Zauberer Papiere aus. Luca zielte zweimal auf ihn, aber jedesmal stand Teresa im Weg. Doch dann beugte sie sich über den Schreibtisch, um etwas zu unterschreiben, und der Zauberer war ohne Deckung. Luca schoß.

Der Mann taumelte. Die Kugel hatte ihm den Hinterkopf aufgerissen. Er fiel vornüber, und seine Pistole flog ihm aus der Hand. Teresa hob sie auf, nahm sie in beide Hände und feuerte.

Die Kugel traf den Clown am Oberarm, so daß er das Gleichgewicht verlor und hintenüberfiel. Teresa schrie Sophia an, sie solle seine Pistole nehmen, aber Sophia hatte sich zum Fenster gewandt, um zu sehen, wer draußen war.

»Ich bin's!« schrie Luca, während er den Rest der Fensterscheibe aus dem Rahmen trat und ins Zimmer sprang. Der Mann mit den langen weißen Barthaaren hatte inzwischen nach der Waffe des Clowns gegriffen, aber gerade als seine Finger das Metall berührten, schoß Luca erneut. Die Kugel drang in den Oberschenkel ein, seine Finger erstarrten, und er krümmte sich vor Schmerzen zusammen.

Graziella band Rosa die Hände los und zog sie zum Schutz unter den Schreibtisch. Luca gab seine Pistole Sophia. »Zielen Sie auf die beiden. Wenn sie sich bewegen, schießen Sie.«

Sophia richtete die Pistole auf die Männer, während Luca sie zwang, sich mit dem Gesicht nach unten auf den Boden zu legen. Er gab dem Clown einen Tritt in die Leistengegend, so daß er aufheulte. Der Mann mit dem weißen Bart, der jetzt mit Blut bespritzt war, hob die Hände über den Kopf.

»Nicht schießen! Bitte nicht schießen!«

Luca befahl Rosa, unter dem Schreibtisch hervorzukommen und ihm etwas zu holen, womit er die Männer fesseln könnte.

Graziella schob sich vorsichtig um den Schreibtisch herum und beugte sich über den Zauberer, der mit ausgebreiteten Armen auf dem Schreibtisch lag. Sie fühlte nach seinem Puls. Die Schreibtischplatte und die Papiere waren voller Blut. »Er ist tot!« zischte sie Teresa zu.

Teresa hatte sich nicht vom Fleck gerührt. Mit weit aufgerissenen Augen starrte sie auf die Pistole, die sie immer noch in beiden Händen hielt. Ihr Gesicht und ihr Kleid waren blutverschmiert. Dann begann sie, nach Luft zu schnappen. »Mama!«

keuchte sie, »Rosa... O Gott, wo ist Rosa?« Ihre Stimme wurde zu einem schrillen Kreischen. »Mama, was habe ich getan! Was haben wir getan!«

Luca fesselte den zweiten Mann, dann nahm er Rosa an den Schultern. Sie sah ihn angsterfüllt an, und er wußte, daß sie gleich losschreien würde.

»Rosa, hör mal zu. Bring Graziella hier weg, ja? Tust du das!«

Sie nickte und sah sich hastig im Raum um.

Graziella nahm ihre Enkelin an die Hand. »Komm mit Großmama, Rosa, sei ein braves Mädchen.« Die alte Dame zitterte vor Furcht.

Luca nahm Sophia die Pistole wieder aus der Hand und steckte sie in seinen Gürtel. Sophia griff nach Teresas Hand.

Teresa strömten die Tränen übers Gesicht, und sie wiederholte immer wieder: »Ich weiß nicht, was ich tun soll, ich weiß nicht, was ich tun soll...«

Sophia versuchte, Teresa zur Tür zu ziehen, aber sie bewegte sich nicht. Luca ging auf die beiden zu. »Wir brauchen Verbandszeug, irgend etwas, die beiden hier bluten den ganzen Teppich voll. Sophia, können Sie etwas besorgen?«

In seiner Stimme lag eine unbarmherzige Kälte, so als würde ihre Abhängigkeit ihm Vergnügen bereiten.

Die Frauen ließen Luca mit den Männern allein. Stumm saßen sie zusammen in der Küche und warteten. Schließlich konnte Sophia es nicht mehr ertragen.

»Wir wußten doch, daß das passieren könnte. Jetzt haben wir gesehen, was Barzinis Schutz wert ist. Sie sind bestimmt aus Sizilien gekommen. Und das kann unser Leben lang so weitergehen... Jetzt ist Schluß, das muß jetzt ein Ende haben. Wir geben ihnen alles, was sie haben wollen. Ich habe genug von alldem.«

Luca erschien in der Küchentür. Vier erschrockene, angsterfüllte Gesichter sahen ihn an.

»Der Tote ist ein Vetter von Barzini, er heißt Harry Barzini und arbeitet für Barzini. Die anderen beiden sind sein Fahrer und sein Leibwächter. Sie haben gesagt, außer Barzini wäre niemand beteiligt. Er wollte alle Verträge und das ganze Geld für sich behalten. Ihr könnt also aufatmen, sie sind nicht aus Sizilien gekommen.«

Teresa sprang auf und stürzte aus der Küche. Sie lief ins Büro. Ihre ganze Angst hatte sich in Wut verwandelt. Sie hob die Clownmaske auf, und bevor die anderen sie davon abhalten konnten, stieß sie mit dem Fuß gegen den Clown und zerrte an ihm, bis er neben dem Schreibtisch kniete.

»Du hast meine Tochter gezwungen, hier zu knien, jetzt bist du dran. Knie dich hin ... *Auf die Knie!* Und nun sag mir, was ihr uns antun solltet!«

Rosa folgte ihrer Mutter und sah, wie der Mann angsterfüllt weinte, als Teresa ihn an den Haaren zog.

Der Tote lag nun mit dem Gesicht auf dem Fußboden. Er hatte noch immer die Maske auf. Sie füllte sich allmählich mit Blut. Rosa trat nach dem Mann mit dem Bart.

Luca sah interessiert zu. Das Blatt hatte sich gewendet. Wie weit würden die Frauen gehen, um zu erfahren, was sie wissen wollten, und sich von ihrer angestauten Wut zu befreien? Graziellas Stimme unterbrach ihn in seinen Gedanken.

»Teresa! Rosa! Hört auf! Sophia und ich haben beschlossen, die Polizei zu holen. Diese Männer sind schließlich hier eingebrochen, und das ist Grund genug ...«

Teresa wurde rot vor Zorn. »Nein, Mama, das kommt nicht in Frage. Wenn wir die Polizei holen, verlieren wir alles.«

»Wir haben nichts mehr zu verlieren, Teresa. Wir kommen gegen diese Menschen nicht an, sie sind wie Tiere. Und sieh dich und deine Tochter an. Ihr benehmt euch auch wie Tiere.«

Teresa ballte die Fäuste. »Dazu hast du kein Recht, Mama!«

Sophia trat ein. »Doch, sie hat das Recht dazu. Das hier geht zu weit. Ich will nichts mehr damit zu tun haben.«

»Das wolltest du nie, Sophia. Du bist von Anfang an gegen alles gewesen, was ich unternommen habe.«

»Und jetzt siehst du, warum. Sieh dich doch im Zimmer um, Teresa. Blut an den Wänden, Blut auf unseren Kleidern und auf Rosas Gesicht! Und diesmal haben wir noch Glück gehabt, aber was ist nächstes Mal? Was passiert, wenn Johnny nicht mehr bei uns ist?«

Sophia stieß seine Hand fort. »Mischen Sie sich nicht ein, Johnny. Sie verschwinden und lassen uns in Ruhe!«

»Ich habe Ihnen gerade das Leben gerettet! Ist das der Dank dafür? Glauben Sie denn, die drei hätten die Verträge an sich genommen und wären einfach wieder abgehauen?«

Teresa zitterte vor Wut. »Hör mir mal zu, Sophia. Wenn Barzini das Geld hat...«

Luca nickte. »Und er hat es. Sophia, Barzini hat den Wechsel. Er ist gierig geworden. Sein Spiel ist nicht aufgegangen, aber er ist allein. Niemand sonst ist an der Sache beteiligt.«

Luca riß Barzinis Fahrer den Knebel aus dem Mund, packte ihn an den Haaren und riß ihm den Kopf hoch. »Sag es ihnen!«

Der Mann stotterte vor Angst, die Augen unablässig auf Luca gerichtet. »Peter Salerno hat den Scheck geholt. Er hat ihn Barzini gegeben. Ich habe gehört, wie sie gesagt haben, daß das Geld für Sie wäre. Ich schwöre... Ich schwöre beim Leben meines Kindes, daß ich die Wahrheit sage. Barzini hat die Moneten. Er hat nur versucht...«

Luca blickte zu Sophia, aber sie wandte sich ab. Er riß den Kopf des Mannes wieder hoch. »Sag ihnen, was Barzini euch aufgetragen hatte.«

Der Mann begann zu schluchzen. »Er hat gesagt, Sie würden keine Schwierigkeiten machen. Wir sollten Ihnen Angst einjagen, wir sollten Sie so erschrecken, daß Sie den Mund halten würden. Es sollte aussehen wie ein Einbruch.«

Luca riß ihn wieder an den Haaren. »Und was noch?«

»Er hat gesagt, Luciano wäre ein Verbrecher, er hätte als Zeuge ausgesagt, und deswegen könnten wir mit seinen Frauen machen, was wir wollten, niemand würde ihnen helfen.«

Luca sah Sophia an. »Barzini denkt, er hätte sein Schäfchen im trockenen. Er ist allein in seiner Suite.«

Da Sophia nicht reagierte, wandte Luca sich an Graziella. »Wir könnten ihn einfach besuchen. Wir leihen uns diese Masken aus und stellen uns vor seine Tür, und wenn er durch den Spion guckt, denkt er, seine Freunde wären zurück.«

Graziella schüttelte den Kopf. »Wir Lucianos werden entscheiden, was wir tun. Johnny, du bleibst bei den Männern.«

Sie versammelten sich in der Küche, und Teresa drängte zu einer Konfrontation mit Barzini.

»Wenn er allein ist, warum nicht? Wir tragen die Masken, so wie Johnny vorgeschlagen hat, damit er uns hereinläßt. Sophia, bitte... Laß uns wenigstens mit Barzini sprechen, damit er Gelegenheit hat, uns das Geld zu geben. Und ich finde, wir sollten Johnny mitnehmen.«

Sophia schüttelte den Kopf. »Nein. Wenn überhaupt, dann gehen wir allein. Wir nehmen nur eine Pistole mit, zu unserem eigenen Schutz. Sonst nichts, verstehst du, Teresa? Und wenn es Probleme gibt, steigen wir aus, und zwar ganz, abgemacht?«

Einen Augenblick sagte niemand etwas. Teresa verzog das Gesicht. »Es klappt. Es muß einfach klappen. Mama, willst du mitkommen?«

Graziella sah erst Sophia an, dann Rosa, und dann nickte sie bedächtig. »Ich komme mit. Ich will diesen Mann persönlich sprechen! Und danach tun wir, was Sophia vorgeschlagen hat.«

Teresa stand auf. »Also seid ihr alle einverstanden, keine Polizei? Jedenfalls jetzt noch nicht. Ich sage Johnny Bescheid.«

Als Teresa das Büro betrat, saß Luca auf dem Schreibtisch und trommelte mit den Absätzen gegen die Seitenwand.

»Keine Polizei, wir fahren zu Barzini.«

»Ja? Einfach so? Aber was wollen Sie mit dem Kerl hier mit dem weggeschossenen Kopf machen? Und mit diesen beiden da, die auf Ihrem Teppich verbluten?«

»Müssen sie nicht ins Krankenhaus?«

Luca sah zu Teresa. »Ja, ich kümmere mich darum. Zuerst müssen wir die Leiche fortschaffen.« Er bückte sich zu den Männern. »Wir fahren euch ins Krankenhaus. Seid ihr mit dem Wagen da?«

Der Fahrer nickte.

»Okay, sie haben selbst ein Fahrzeug. Rosa soll die alte Dame von oben um ihren Rollstuhl bitten, und ich mache den Toten soweit fertig.«

»Wofür brauchen Sie den Rollstuhl?«

»Der Mann ist groß und schwer, wollen Sie ihn tragen? Tun Sie einfach, was ich Ihnen sage, und beeilen Sie sich.«

Als Rosa mit dem Rollstuhl zurückkam, hatte Luca den Toten in eine Decke gewickelt, ihm einen Schal über Mund und Kinn gebunden und ihm Filippos Hut auf den blutigen Schädel gedrückt. Teresa ging voraus, um zu sehen, ob das Treppenhaus leer war, während Rosa und Luca die Leiche in den Rollstuhl hoben. Dann stand Rosa draußen vor dem Gebäude und sah Luca nach, wie er den Rollstuhl die Straße entlangschob. Es war beinahe sechs Uhr, mitten in der Hauptverkehrszeit, und der Bürgersteig war voller Menschen. An der nächsten Straßenecke drehte Luca sich um, um zu sehen, ob Rosa wieder hineingegangen war, dann machte er kehrt und ging fast bis zum Eingang des Mietshauses zurück. Er schob den Rollstuhl die Rampe hinunter in die Tiefgarage. Er begegnete zwar einigen Hausbewohnern, aber in dem allgemeinen Parkverkehr schenkte niemand ihm viel Beachtung.

Er ging an Teresas Lincoln Continental vorbei und blieb dann vor einem neuen silbernen Lincoln stehen. Das war Barzinis Wagen.

Luca klingelte an der Wohnungstür. Als Rosa ihm öffnete, klopfte er ihr leicht auf die Wange.

»Du mußt immer fragen, wer da ist, Rosa! Und jetzt schau mal nach, ob am Rollstuhl irgendwo Blut ist. Den Hut und den Schal brauche ich für den nächsten Mann.«

Um halb sieben führte Luca Barzinis Leibwächter die Treppe hinab. Er hatte ihm den Mantel über die Schultern geworfen, damit man nicht sehen konnte, daß seine Hände immer noch auf dem Rücken zusammengebunden waren, und Hut und Schal verbargen seinen Knebel. Luca sprach ruhig mit ihm und ermunterte ihn, sich zu beeilen, denn je schneller er im Auto säße, desto eher wäre sein Freund auch bei ihm und desto eher kämen sie ins Krankenhaus. Der Mann hatte starke Schmerzen, er hinkte und stützte sich schwer auf Luca.

Als er schließlich keuchend auf dem Rücksitz des Lincoln saß, beugte Luca sich zu ihm hin und lächelte.

»Es kommt alles wieder in Ordnung, aber ich brauche den Hut.« Während er danach griff, schoß er dem Mann mit seiner eigenen Pistole mit dem aufgesetzten Schalldämpfer in die Schläfe. Dann richtete er die Leiche auf und ging zurück, um den Clown zu holen.

Inzwischen war es Viertel nach sieben geworden, bis Luca den zweiten Mann ausgehfertig angezogen hatte. Er sagte den Frauen, er würde die beiden Männer ins Krankenhaus fahren. In seiner Abwesenheit machten sie das Büro sauber, wuschen die Wände ab und rollten den blutbefleckten Teppich zusammen. Auch die blutigen Kleidungsstücke mußten weggeworfen werden. Die Frauen stopften sie in schwarze Plastiksäcke. Luca sollte sie später nach unten in die Verbrennungsanlage bringen.

Vier Stunden später war Luca noch immer nicht zurück. Sophia nippte an ihrem Kaffee und sah zum hundertsten Mal auf die Uhr. Sie war nahe daran gewesen, den anderen zu erzählen, daß Luca Nino Fabio ermordet hatte. Aber dann hatte sie doch nichts gesagt, denn wenn Michele Barzini das Geld für sie hatte, würden sie Luca ausbezahlen und wären ihn los. Dann wäre sie frei.

»Teresa, es ist schon halb zwölf. Barzini ist inzwischen vielleicht ausgegangen. Oder schon auf halbem Weg nach Tokio. Was hat Luca gesagt, wo er hinfahren wollte?«

Teresa holte tief Luft. »Glaubst du, daß er vielleicht allein zu Barzini gefahren ist?«

Graziella erschien in Hut und Mantel an ihrer Zimmertür. »Worauf warten wir? Fahren wir nun zu Barzini oder nicht? Ich habe schon seit einer Stunde meinen Mantel an.«

»Wir warten noch auf Johnny, Mama.«

»Warum? Ihr habt doch gesagt, wir würden allein fahren. Warum fahren wir dann nicht?«

In diesem Moment klopfte es an der Wohnungstür, und Luca rief, sie sollten ihm öffnen. Er hatte ein frisches Hemd und saubere Jeans angezogen und reichte Teresa einen schwarzen Beutel mit seinen blutigen Kleidern und dem Hut und dem Mantel, den sie benutzt hatten. Er entschuldigte sich nicht dafür, daß er sie so lange hatte warten lassen. Er sagte nur, sie könnten schon einsteigen, während er die Beutel in die Verbrennungsanlage bringen würde.

Sie wollten gerade aufbrechen, als Luca zu fluchen begann. Der Müllsack mit dem Teppich hatte einen Riß bekommen. Teresa blieb zurück, um Luca zu helfen, während die anderen hinunter in die Garage gingen. Zusammen versuchten sie, den blutigen Teppich in den halbvollen Plastiksack zu stopfen, den Luca mitgebracht hatte.

»Johnny, wir brauchen noch einen. In der Küche unter dem Spülbecken sind noch welche.«

Teresa kippte den Inhalt des Sackes, den Luca mitgebracht hatte, auf den Boden und fand sein Hemd. Es war blutgetränkt. Darunter lagen die Jeans und die Turnschuhe, ebenfalls blutverkrustet. Als er mit dem leeren Müllsack zurückkam, sah sie ihn entsetzt an.

»Was haben Sie getan? Johnny?«

»Ich hab' getan, was getan werden mußte. Nehmen Sie sich zusammen, Teresa, okay? Gehen Sie sich die Hände waschen. Ich bringe das Zeug hier in die Verbrennungsanlage. Wir treffen uns unten am Auto. Ach so, hier habe ich noch etwas für Sie. Der Mechanismus ist ganz einfach. Sie brauchen nur den Sicherungshebel zurückziehen und abdrücken. Die Waffe ist geladen, spielen Sie also nicht damit herum. Stecken Sie sie einfach in Ihre Handtasche.«

Teresa griff nach der 22er und ging ins Badezimmer. Ihre Hände waren blutverschmiert, und auch die Pistole fühlte sich klebrig an. Mit zusammengebissenen Zähnen zwang sie sich dazu, sie abzuwischen, dann schrubbte sie sich unter fließendem Wasser die Hände, bis sie beinahe wund waren.

Es war Viertel vor zwölf, als sie die Tiefgarage verließen. Teresa saß neben Luca auf dem Beifahrersitz, hinten hatten Graziella und Sophia Rosa zwischen sich genommen. Sie hielten die Masken mit dem dünnen weißen Bart in den Händen.

Luca fuhr bedächtig und ohne Eile. Teresa fühlte die Umrisse der Pistole in ihrer Handtasche, und ganz allmählich ließ ihre Panik nach. Die Pistole beruhigte sie und verlieh ihr ein Gefühl der Sicherheit.

»Wir sind da.« Luca zog die Handbremse an und war aus dem Wagen gesprungen, bevor der livrierte Türstehen auf sie zutreten konnte.

Teresa drehte sich nach hinten um. »Versteckt die Masken unter den Mänteln. Alles klar?«

Als sie ausgestiegen waren, wandte Luca sich an Teresa. »Und ich soll wirklich nicht mitkommen?«

»Bleiben Sie beim Wagen.«

Die vier gutgekleideten Frauen fielen unter der großen Zahl von Menschen in der Empfangshalle nicht weiter auf.

Sie gelangten zu Barzinis Suite, ohne irgend jemandem zu begegnen. Rosa drückte auf den Klingelknopf, und Graziella und Sophia setzten die Masken auf.

Barzini sah durch den Spion, und sie hörten ihn fluchen, wie man nur so saublöd sein könnte. Dann öffnete er die Tür. Doch bevor Teresa zu ihrer wohlüberlegten Rede ansetzen konnte, hielt Graziella ihm eine Strafpredigt auf sizilianisch.

Barzini erschrak so, daß er rückwärts stolperte und eine kleine venezianische Vase umwarf.

Teresa schob Graziella zur Seite. »Guten Abend, Mr. Barzini.« Sie riß sich die Maske vom Gesicht und warf sie nach ihm. Sophia schloß die Tür und legte die Kette vor. Ihre Hände zitterten so sehr, daß sie den schmalen Schlitz zweimal verfehlte. Rosa schnitt das Telefonkabel durch und steckte die Schere wieder in ihre Handtasche.

Graziella setzte sich auf ein Sofa, und ihr Anblick machte Barzini anscheinend Mut. »Kommen Sie, meine Lieben«, sagte er, »ich weiß nicht, was diese Männer Ihnen erzählt haben, aber...« Er hatte immer noch die Maske in der Hand und schleuderte sie nun auf den Boden.

Teresa legte ihm die Hand auf die Schulter. »Bezahlen Sie uns, Mr. Barzini, dann wird Ihnen nichts geschehen.«

»Soll das ein schlechter Witz sein?«

Sie packte ihn an den Haaren. »Wenn Sie uns den Scheck geben, gehen wir.«

»Ich schwöre Ihnen, ich weiß nicht, wovon Sie reden. Ich weiß überhaupt nicht, worum es geht. Was halten Sie davon, wenn ich Ihnen jetzt erst mal etwas zu trinken besorge und wir dann in aller Ruhe über die Sache sprechen?«

Teresa flüsterte Rosa zu, sie solle ihr die Schere geben. Sie nahm die Schere entgegen, und als Barzini sich umwandte, um zu sehen, was sie hinter seinem Rücken machte, schnitt sie ihm mit der Schere ins Ohrläppchen. Mit einem Aufschrei zuckte er zurück und hielt sich die Hand ans Ohr.

»Was soll das? Sind Sie verrückt geworden?« Blut tropfte an seiner Hand hinunter, und er zog ein weißes Taschentuch aus der Tasche und drückte es gegen sein Ohr.

»Wir wollen nur den Scheck, Mr. Barzini.«

»Sie haben mir ins Ohr geschnitten, verflucht noch mal!«

Teresa machte Sophia ein Zeichen, woraufhin diese zu Barzinis Schreibtisch ging, eine Schublade nach der anderen herauszog und den Inhalt auf den Fußboden kippte.

Wütend fuhr Barzini sie an: »Lassen Sie die Finger davon!«

Teresa nahm die Pistole aus ihrer Handtasche. Barzini sah hilflos zu, während er sich weiter das Ohr mit dem Taschentuch abtupfte. »Daß ihr Frauen so dumm sein könnt! Wissen Sie denn überhaupt, was Sie tun? Glauben Sie, ich treffe die Entscheidungen allein? Ich habe Partner.«

»Das wissen wir, Mr. Barzini. Aber haben Sie schon daran gedacht, daß wir auch Partner haben könnten? Und wir nehmen nichts mit, was Ihre Partner uns nicht ohnehin geben wollten.«

Teresa reichte Rosa die Pistole und half Sophia, Barzinis Papiere zu durchsuchen. Sie hob ein dünnes schwarzes Heft auf und blätterte darin.

Barzini ging zum Schreibtisch und versuchte, es ihr zu entwinden. »Sie sind vollkommen verrückt!«

Mit zitternden Händen richtete Rosa die Pistole auf den kleinen Mann. Er erstarrte und wagte nicht mehr, sich zu bewegen. Teresa blätterte weiter in dem Heft. Als sie wieder sprach, war ihre Stimme ganz ruhig: »Leeren Sie Ihre Taschen aus.«

Barzini zog sein Jackett aus und warf es auf den Boden. »Sie machen einen Fehler, das sage ich Ihnen!«

Teresa durchsuchte die Taschen seines Jacketts und öffnete seine Brieftasche. Sie nahm einen zusammengefalteten weißen Umschlag heraus und sah Barzini an, daß sie gefunden hatte, was sie suchte. Es war ein Scheck über fünfzehn Millionen Dollar, allerdings auf den Namen Barzini.

»Sie erhalten die Unterlagen, sobald Sie den Scheck eingelöst haben. Das Restaurant, in dem wir uns das letzte Mal getroffen haben, war nett. Bestellen Sie doch dort wieder einen Tisch, sagen wir mal, morgen mittag um eins. Wir wollen keinen Scheck, nur Bargeld. Und wenn Sie nicht kommen...«

Plötzlich hatte Teresa den Faden verloren. Was war, wenn er nicht kam? Wenn er den Wechsel einlöste und verschwand?

Graziella erhob sich vom Sofa und schritt würdevoll auf Barzini zu. »Wenn wir das Geld nicht bekommen, werden wir um ein Treffen mit den Freunden meines Mannes bitten. Wir werden ihnen erzählen, wie man uns hier behandelt hat. Glauben Sie nicht, daß wir allein sind.«

Als sie aus dem Hoteleingang traten, hielt Luca bereits die Wagentür für Graziella auf.

Während der Heimfahrt berichteten sie Luca, was geschehen war. Luca fragte Teresa, ob er allein mit ihr sprechen könne. Sie gingen ins Büro und schlossen die Tür hinter sich.

»Woher wissen Sie, daß er sich an die Abmachung hält?« fragte er.

»Wir hatten keine andere Möglichkeit. Der Scheck war auf seinen Namen ausgestellt.«

»Es gibt Banken, die die ganze Nacht offen haben... Sie hätten nicht wieder gehen dürfen. Ich habe Ihnen doch gesagt, daß Sie mich mitnehmen sollen. Sie haben Scheiße gebaut. Jede von ihnen schwebt jetzt in Lebensgefahr, das ist Ihnen hoffentlich klar?«

Teresa fühlte, wie ihre Beine zu zittern begannen. Luca beugte sich zu ihr hinab, aber seine Augen waren so blaß und leblos, daß sie vor ihm zurückschreckte.

»Sie hätten mich gebraucht. Sie hätten ihm Angst einjagen müssen. Warum vertrauen Sie mir nicht? Ich habe Ihnen allen das Leben gerettet, verdammt noch mal.«

Teresa hielt sich am Schreibtisch fest. »Und wir haben Ihnen das Leben gerettet, also sind wir quitt. Sie bekommen Ihren Anteil an den fünfzehn Millionen, und den haben Sie sich redlich verdient. Aber was dann, Johnny? Müssen wir dann mit Erpressungen rechnen?«

»Warum sind Sie gegen mich? Ich verstehe das nicht. Sie brauchen mich.«

Teresa rückte ihre Brille zurecht und sah ihn scharf an. »Wie kommt es, daß Sie so viel wissen, Johnny? Wir vertrauen Ihnen immer wieder, obwohl Sie noch so jung sind, aber wir wissen nichts über Sie.«

Luca saß auf der Schreibtischkante. »Ich weiß so viel, weil ich Laufbursche war, eine Art Mädchen für alles. Ich habe Augen und Ohren offengehalten. Ich war noch nicht dreizehn, da habe ich schon gearbeitet, Autos gewaschen und ähnliches. Sie mochten mich, weil ich den Mund halten konnte.«

Teresa nahm die Brille ab. *»Sie,* Johnny? Wen meinen Sie damit?«

»Anfangs waren es die Gennaros, und die haben mich sozusagen weitergereicht. Etwa vor einem Jahr haben sie mich nach Sizilien geschickt, als Boten. Aber jetzt, nach der Sache mit Dante, kann ich nicht mehr zurück. Sie würden mich erschießen lassen. Ich habe Ihnen schon erzählt, daß es um Heroin ging.

Ohne Sie hätte ich keine Chance gehabt, aus Sizilien herauszukommen. Ich brauche Sie! Wenn Sie mich anstellen, arbeite ich für Sie. Sie haben mich in Ihrer Gewalt, Sie könnten mich jederzeit anzeigen, wenn Sie wollen.«

»Das gilt für beide Seiten, Johnny.«

»Stimmt, aber ich habe kein Interesse daran. Ich werde tun, was Sie mir befehlen. Ich möchte für Sie arbeiten. Sie sind meine Familie geworden. Ich habe sonst niemanden.«

Sophia trat ein. »Es ist zwei Uhr morgens. Ich finde, wir haben alle etwas Ruhe nötig. Und für Johnny ist es Zeit zu gehen.«

Luca sah Sophia nicht an, er murmelte nur, daß er sie morgen zu dem Treffen mit Barzini fahren könnte.

»Ich begleite Sie noch ein Stückchen, Johnny«, sagte Teresa. »Ich brauche frische Luft.«

Sophia schenkte sich einen Whiskey ein und setzte sich an den Küchentisch. Sie nahm eine Schlaftablette, dann eine zweite, und spürte eine Hand auf der Schulter. Graziella entwendete ihr das Fläschchen, schraubte es zu und setzte sich zu ihr. Sie hielt Sophias Hand, aber ihr wollten keine tröstenden Worte einfallen.

»Ich möchte schlafen, Mama. Schlafen und nie wieder aufwachen. Ich glaube, noch mehr kann ich nicht ertragen. Es ist, als nähme der Wahnsinn kein Ende.«

Graziella seufzte. »Ja, manchmal liege ich wach, und mir ist, als wäre ich in einer anderen Welt.«

Sophia gab sich einen Ruck. »Mama, da ist etwas, das ich dir nie erzählt habe. Erinnerst du dich an den Abend, als Filippo mich nach dem Unfall in die Villa gebracht hat? Ich war von Cefalù nach Palermo gekommen, weil ...«

Sie hielt inne, denn Rosa erschien in der Tür.

»Wo ist Mama?« fragte sie. Sie wirkte abgespannt und war blaß. Graziella klopfte sich aufs Knie, und Rosa setzte sich wie ein kleines Mädchen auf ihren Schoß und vergrub das Gesicht an ihrer Schulter.

»Großmama, ich bin so froh, daß du hier bist.«

Graziella lächelte und küßte Rosa auf die Wange.

»Weißt du, was heute für ein Tag ist? Großmama? Heute ist Weihnachten.«

Rosa spürte, wie ihre Großmutter sie in die Arme nahm, und kuschelte sich noch enger an sie.

Plötzlich wußte Sophia, daß sie Graziella niemals von Micheles Kind würde erzählen können. Es war zu spät.

Teresa zog Sophias Mantel enger um sich. Luca schob seine Hand unter ihren Arm.

»Sie sollten umkehren.«

Sie waren den ganzen Weg bis zu Filippos Spedition gegangen. Sie war immer noch verschlossen und abgesperrt, und oben auf den Mauern lag bedrohlich aussehender Stacheldraht.

»Hier hat mein Mann gearbeitet. Es ist die einzige Firma, die ich nicht in den Verkauf mit eingeschlossen habe. Und die Pachtrechte für Pier drei am Hafen habe ich auch behalten.«

Luca sah an den dunklen Lagerhäusern empor und schob die Hände tiefer in die Taschen. Auch er spürte nun die Kälte.

Teresa lächelte. »Ich möchte meinen Anteil an dem Geld in diese Firma hier stecken. Ich möchte sie wiederaufbauen. Aber dazu brauche ich Hilfe, Leute, auf die ich mich verlassen kann.«

Luca stampfte mit den Füßen auf. Ihm wurde jetzt richtig kalt. »Wie wollen Sie solche Leute finden? Zuerst einmal werden Ihnen die Gewerkschaften im Nacken sitzen.«

Teresa hörte gar nicht zu, sondern sah an den mächtigen Toren hinauf. »Hierher wurde immer das Benzin geliefert. Die Lucianos erhielten von jeder verkauften Gallone einen bestimmten Prozentsatz. Wußten Sie das? Sie hatten so viele Scheinfirmen, daß ein Mann den ganzen Tag lang damit beschäftigt war, sich über die Namen auf dem laufenden zu halten. Der alte Papa Luciano hat sich zwar immer mit seinen legalen Geschäften gebrüstet, aber ich weiß, daß er allein mit dieser Masche Millionen gemacht hat.«

Luca blickte Teresa an, wie sie mit hochgezogenen Schultern

und rotgefrorener Nase in der Kälte stand, und ihre Ernsthaftigkeit rührte ihn.

»Sie wollen, daß die Lucianos wieder ins Geschäft kommen, stimmt's?«

Teresa nickte. »Ich muß wissen, wer Barzinis Partner sind, ob sie in Amerika oder in Sizilien sitzen, und was für Geschäfte sie betreiben. Könnten Sie das herausfinden?«

Luca hatte nicht die geringste Ahnung, wie er das anfangen sollte, aber er sagte: »Klar finde ich das für Sie heraus. Und jetzt gehen Sie nach Hause, Teresa, ich kümmere mich schon darum.«

Erschöpft stieg Teresa die Treppen zu ihrer Wohnung hoch. Sie hoffte, daß inzwischen alle schliefen. Noch eine Auseinandersetzung konnte sie nicht ertragen.

Als sie den Treppenabsatz erreichte, erschrak sie zuerst. Dann aber lauschte sie ungläubig den drei Stimmen, die etwas falsch, aber lauthals sangen: »Vom Himmel hoch, da komm' ich her«.

22. Kapitel

Kommissar Pirelli verbrachte das Weihnachtsfest in Mailand, und es waren die schlimmsten Weihnachtstage, die er jemals erlebt hatte. Die Ermittlungen im Mordfall Luzio Paluso waren praktisch eingestellt worden. Man mußte davon ausgehen, daß Luca Carolla höchstwahrscheinlich Italien verlassen hatte. Seit sechs Wochen waren keine neuen Hinweise mehr aufgetaucht. Der zuständige Richter hatte entschieden, daß Luca Carolla weiterhin auf der Liste der gesuchten Personen bleiben und ausgeliefert werden sollte, falls man ihn in den USA finden würde. Der Fall würde, wie Hunderte anderer, in die die Mafia verstrickt war, bis auf weiteres nicht abgeschlossen werden.

Pirelli war mit seiner Frau Lisa und seinem Sohn Gino am Heiligen Abend nach Mailand zurückgekehrt. Sie hatten Geschenke und einen Weihnachtsbaum gekauft, und als sie nach Hause kamen, schickte Lisa ihren Mann noch einmal los. Er sollte einen Eimer voll Erde für den Baum besorgen, während sie auspackte.

Einer der Koffer war voller schmutziger Wäsche, die Lisa in Palermo nicht hatte waschen können. Als sie die Wäsche im Badezimmer in den Waschkorb kippte, fiel ihr die Bettwäsche auf, mit der sie das Ehebett vor ihrer Abreise bezogen hatte.

Obwohl es gegen die Hausordnung war, schaufelte Pirelli die Erde aus einem Blumenbeet. Als er damit zurück in die Wohnung kam, erwartete Lisa ihn bereits.

Sie schleuderte das benutzte Bettzeug quer durch den Raum.

»Seit wann machst du dir die Mühe, die Bettwäsche zu wechseln? Ich will es dir sagen: Seit du eine Nutte mit hierhergebracht hast, du Schwein!«

Pirelli schwieg, und Lisas Stimme wurde hoch und schrill. »Du nennst dich Detektiv? Kein Wunder, daß der Kerl dir abgehauen ist. Du kannst ja nicht einmal eine Frau mitbringen, ohne Spuren zu hinterlassen! Du kannst Weihnachten meinetwegen hier verbringen, und wenn du Gesellschaft brauchst, dann hol dir doch deine Nutte, ich verschwinde nämlich...«

Er ließ sich in einen Sessel fallen und zündete sich eine Zigarette an. Lisa stemmte die Hände in die Hüften und schrie ihn an: »Fällt dir denn gar nichts dazu ein?«

Aber Pirelli sah sie nicht einmal an. Lisa lief ins Schlafzimmer und schlug die Tür hinter sich zu. Er hörte ihr Weinen. Langsam drückte er seine Zigarette aus und folgte ihr.

Sie lag zusammengekrümmt auf dem Bett und schluchzte. Er setzte sich neben sie.

»Lisa, Lisa, bitte hör mir zu...«

»Wie konntest du nur jemanden mit in unser Bett bringen? Wie konntest du mir das antun?«

»Ich habe keine Entschuldigung dafür. Es tut mir leid.«

Lisa setzte sich auf. »Wer ist es? Kenne ich sie?«

Pirelli zündete sich eine Zigarette an. »Nein. Du kennst sie nicht.«

»Wie lange geht das schon?«

»Es war nur ein einziges Mal. Es tut mir leid, Lisa.«

»Wer ist sie?«

»Du kennst sie wirklich nicht. Ich verstehe selbst nicht, wie das geschehen konnte. Ich kann nur sagen, daß es mir leid tut und daß ich mich schäme.«

»Triffst du sie noch?«

Zu Lisas Erstaunen schien er den Tränen nahe zu sein. Er schüttelte den Kopf, konnte ihr jedoch nicht in die Augen sehen.

»Liebst du sie? Giovanni?« Sie stieß ihn an. »Bist du in diese Frau verliebt, wer auch immer sie sein mag?«

Pirelli griff nach ihrer Hand. Lisa versuchte, sich loszumachen, aber er hielt sie fest. »Bitte, Lisa, hör mir zu. Es ist vorbei, aber ich kann nicht darüber sprechen.«

»Ach, wie nett! Du bringst eine Frau mit in unsere Wohnung,

schläfst mit ihr in meinem Bett und sagst mir dann, daß du nicht darüber sprechen willst! Du Schwein!«

Sie riß sich los und gab ihm eine Ohrfeige. Er deutete auf die Tür. Ihr Sohn lugte mit angsterfülltem Gesicht durch den Türspalt.

»Geh in dein Zimmer, Gino«, herrschte Lisa ihn an. »Ich komme gleich ... Tu, was ich dir sage!«

Der Junge stahl sich davon, und Pirelli stand auf und schloß die Tür. Er seufzte. »Was willst du von mir, Lisa? Soll ich gehen?«

Sie wirkte hilflos. Pirelli ging zu ihr hinüber.

»Liebst du mich nicht mehr?«

Er streichelte ihr die Wange. »Doch, ich liebe dich, Lisa. Ich liebe dich ...« Er wurde rot. »Weißt du was? Wir fahren in Urlaub, wir drei. Jetzt, wo ich in Palermo fertig bin, können wir gleich nach Weihnachten losfahren. Was meinst du dazu?«

»Ich weiß nicht, Giovanni. Im Moment weiß ich gar nicht, was ich will, ich bin so durcheinander, so ... Ich kann immer noch nicht glauben, daß du mich belogen hast.«

»Glaub mir, Lisa, ich habe dich nicht belogen. Es ist vorbei. Ich sehe sie nie wieder.«

Er nahm sie in die Arme und küßte ihr Haar und ihren Nacken, während sie sich weinend an ihn klammerte.

»Lisa, wein doch nicht, bitte ...«

Weihnachten war anstrengend. Lisa spielte bei jeder möglichen Gelegenheit auf sein »Abenteuer« an, und Pirelli wurde von Gewissensbissen und dem Gefühl, versagt zu haben, gequält. Luca Carolla lief immer noch frei herum. Und der Gedanke an ihn brachte Pirelli auf Sophia, so als wären die beiden irgendwie miteinander verbunden.

Er hatte sich entschlossen, die beiden Wochen Urlaub, die ihm zustanden, gleich anschließend an die Feiertage zu nehmen. Dann aber erhielt er einen Anruf von einem alten Freund.

Kriminalinspektor Gesú Gigante, der für den Mordfall Nino Fabio zuständig war, bat Pirelli, ihm bei der Suche nach Sophia

Luciano behilflich zu sein, da er ihr einige Fragen stellen müsse. Pirelli willigte ein. Er konnte nicht wissen, daß Sophia sich in New York befand.

Michele Barzini hatte reichlich Sorgen. Er wußte nur zu gut, daß die Männer, die ihm das Geld für die Witwen übergeben hatten, jetzt auf die Urkunden über die Besitztümer der Lucianos warteten.

Er verließ seine Suite im Plaza und ging zwei Blocks weiter zu seinem Parkplatz in der Tiefgarage. Gedankenversunken näherte er sich seinem Wagen.

Als er die Wagentür öffnete, rief der Parkwächter ihm etwas zu. Barzini blickte sich um, aber der Mann hatte sich schon wieder zu seiner Arbeit gebückt, so daß er ihn nicht mehr sehen konnte. Barzini schlug die Tür zu und ließ den Motor an, dann drehte er den Kopf, legte den Arm auf die Lehne des Beifahrersitzes und fuhr rückwärts aus der Parklücke heraus. Er hörte etwas von der Rückbank fallen, und nachdem er den Schalthebel in Parkstellung geschoben hatte, beugte er sich hinab, um nachzusehen, was es gewesen sein könnte.

Im dämmrigen Licht der Tiefgarage erkannte er fast nichts, und so tastete er mit der Hand nach dem heruntergefallenen Gegenstand. Er bekam ein faseriges Material zu fassen und zog daran.

Das Material war menschliches Haar, und daran hing der abgetrennte Kopf seines Vetters Harry Barzini.

Der Schrei blieb ihm im Hals stecken. Von panischer Angst ergriffen, stieg er aus, wand sich aus seinem Jackett und warf es über den abgeschlagenen Kopf. Dann öffnete er den Kofferraum.

Der Gestank war so widerlich, daß er sich übergeben mußte. Er wurde hysterisch und zitterte so heftig, daß der Kopf ihm aus den Händen glitt und wie ein Ball unter den Wagen rollte.

Barzini mußte sich auf alle viere auf den ölverschmierten Betonboden niederlassen, um ihn wieder hervorzuholen. Er zog das bleiche, glotzende Gesicht an einer Haarsträhne zu sich.

Keuchend vor Entsetzen warf er es in den Kofferraum und schlug den Deckel zu. Er sprang jedoch wieder auf, und Barzini mußte ihn mit aller Kraft herunterdrücken, damit das Schloß einschnappte. Dann lief er zum Fahrstuhl.

Der Parkwächter sah erst Barzini und dann den Lincoln, der zur Hälfte auf der Fahrbahn stand.

»Mr. Barzini? Soll ich Ihren Wagen wieder wegfahren? Ist alles in Ordnung, Mr. Barzini?«

Die Fahrstuhltür schloß sich, und der Parkwächter ging langsam auf den Lincoln zu. Barzinis Autoschlüssel steckte noch im Zündschloß.

Als Barzini vor seiner Suite ankam, schloß Salerno gerade die Tür auf. Barzini drängte ihn hinein. »Besorg ein paar Jungs, die meinen Wagen abschleppen. Sie sollen ihn irgendwo abstellen und anzünden. Wo niemand ihn findet, verstehst du?«

»Was ist denn passiert? Hast du einen Unfall gehabt?«

»Hör zu . . . Die Lucianos, diese Frauen sind von allen guten Geistern verlassen. Wir müssen ihnen auf der Stelle das Geld auszahlen.«

»Was? Ich dachte, Sie hätten es längst.«

»Tu, was ich dir sage.«

»Die Sache war doch klar. Was ist da schiefgegangen? Hast du eine krumme Tour probiert?« Salerno sah Barzini an, daß er richtig vermutet hatte. »Wann nimmst du endlich Vernunft an, Mike? Sie sind schon dabei, Stoff von Kolumbien nach Palermo zu verschiffen, aber sie haben keine Lagermöglichkeiten und können ihn auch nicht weitertransportieren. Wenn sie den Besitz der Lucianos nicht kriegen, dann sitzt du in der Scheiße. Was hast du bloß gemacht?«

»Tu, was ich dir gesagt habe. Laß meinen Wagen abschleppen.«

Während Michele Barzini vor dem Plaza Hotel ein Taxi bestieg, fuhren vor der Einfahrt der Tiefgarage Streifenwagen vor. Um den Wagen war eine Absperrung gezogen, und eine Decke lag über dem offenen Kofferaum. Als Salerno die Polizisten sah, verzog er sich schleunigst.

Er versuchte, Barzini vom Foyer des Hotels aus anzurufen, erreichte ihn aber nicht mehr. Daher hinterließ er bei der Bank die Nachricht, Barzini möge bitte dringend zu Hause anrufen.

Als Salerno vor Barzinis Wohnung eintraf, waren die Polizeibeamten schon dort. Er hörte, wie eine Frau ihnen mitteilte, daß Barzini zum Essen im Restaurant »Vier Jahreszeiten« verabredet sei.

Barzini kam zehn Minuten zu spät. Als er mit seinem schwarzen Aktenkoffer die breite Treppe zum Restaurant hinaufstieg, wirkte er ruhig und gefaßt, doch als er sich setzte, trat ihm der Schweiß auf die Stirn.

Teresa lächelte ihn an und sagte, sie hoffe, daß alles glattgegangen sei. Sie reichte ihm den dicken Ordner mit den Unterlagen.

Barzini rief nach dem Ober und fragte Teresa: »Möchten Sie Wein? Oder lieber Mineralwasser?«

»Weißwein bitte.«

Er bestellte. Dann schob er sein Besteck zur Seite und schlug den Ordner auf. Er prüfte jedes Dokument sorgfältig und gab nicht zu erkennen, was in ihm vorging. Aber auf seiner Oberlippe standen kleine Schweißperlen. Als der Kellner sein Weinglas füllte, blickte er auf und erstarrte.

Zwei Polizisten in Uniform kamen die breite Treppe herauf. Einer wandte sich an den Oberkellner. Barzinis Augen funkelten wütend hinter den Brillengläsern. Der Oberkellner drehte sich zu seinem Tisch um und zeigte auf ihn. Die Beamten gingen auf ihn zu.

Plötzlich kam Bewegung in Barzini, er sprang auf, riß den großen Tisch mit sich, so daß Gläser und Geschirr in einer Sturzflut zu Boden klirrten, und rannte wie ein Besessener auf die Treppe zu.

Er lief weiter auf die Straße hinaus, mitten in den Verkehrsfluß, und jagte im Zickzack zwischen den Autos hindurch, die versuchten, ihm auszuweichen. Als die Polizeibeamten die Verfolgung aufnahmen, lief er genau vor ein gelbes Taxi. Er wurde in die Luft gewirbelt, über die Haube des Taxis hinweg, und landete vor einem entgegenkommenden Lieferwagen.

Luca, der im parkenden Wagen auf Teresa wartete, verfolgte den Unfall mit großen Augen.

Teresa konnte alles durch die großen Fenster beobachten, die auf die Straße hinausgingen. Sie packte den Ordner mit den Papieren in Barzinis Aktenkoffer und nahm ihn unter den Arm. In dem allgemeinen Durcheinander konnte sie unbemerkt das Restaurant verlassen.

Sie ging geradewegs auf den parkenden Wagen zu und glitt auf den Rücksitz. Als sie losfuhren, sagte Luca: »Sie hätten sehen sollen, wie der Lieferwagen den Kerl fertiggemacht hat. Er hat ihn herumgeschleudert wie einen Dummy.«

»Das war Barzini. Als die Bullen hereingekommen sind, ist er einfach losgerannt.«

»Das trifft sich gut, was?«

»Kann man wohl sagen. Ich habe das Geld, und die Papiere habe ich auch noch. Wir sollten sehen, daß wir nach Hause kommen.«

Pirelli hatte einen Hustenanfall. Sein Gesicht lief dunkelrot an. Die Tür ging auf, und Kriminalinspektor Gigante lächelte ihn an.

Pirelli gestikulierte wild. »Mensch, ich gebe das Rauchen auf, es bringt mich noch um.«

»Das hast du schon vor vier Jahren gesagt, als wir noch zusammengearbeitet haben. Meinst du, wir kriegen einen Kaffee?«

Starker Kaffee wurde gebracht, und die beiden Männer rauchten dazu. Gigante drückte sein Mitgefühl über die Situation in Palermo aus. Pirelli zuckte die Achseln. »Eines Tages kriege ich ihn. Und wie sieht es bei dir aus?«

»So lala. Wie gesagt, man hat mir den Fall Nino Fabio übertragen, und ich muß Sophia Luciano finden. Ihre Wohnung in

Rom hat sie anscheinend verkauft. Fabio ist am 16. Dezember ermordet worden, und am selben Tag hatte sie nachmittags eine Verabredung mit ihm. Alle haben gehört, daß sie sich fürchterlich gestritten haben. Sie hat Fabio vorgeworfen, daß er schuld an ihrem Konkurs sei, und sie wollte einen Teil seiner Entwürfe haben, um ihr Geschäft wiedereröffnen zu können. Aber er hat sich geweigert, ihr zu helfen. Das Interessante ist, daß alle seine Zeichnungen, Entwürfe, oder wie immer man die Sachen nennt, ebenso verschwunden sind wie die Signora Sophia. Die Villa Rivera ist abgerissen worden, da hatte ich auch kein Glück. Hast du eine Ahnung, wie ich an ihre Adresse herankommen könnte?«

Pirelli schüttelte den Kopf. »Ich weiß, daß sie kurz vor Weihnachten in Palermo war, als die Verhandlung ihrer Schwiegermutter stattfand. Aber wo sie jetzt ist, kann ich dir auch nicht sagen.«

»Und was ist mit dem Kerl, hinter dem du her bist?«

»Carolla? Wenn ich wüßte, wo der ist, wäre ich nicht hier.«

Gigante sah Pirelli von der Seite an. »Seinetwegen bin ich nämlich auch hier.«

Pirelli spitzte die Ohren. »Hast du etwas über ihn erfahren?«

»Kann sein... Wir haben Fabios Angestellte verhört. Eine von ihnen, Celeste Morvanno, war damals im Krankenhaus, weil sie ein Kind gekriegt hat, daher habe ich sie erst vor zwei Tagen gesprochen. Sie hat gesehen, wie Sophia Luciano vor Fabios Firma mit ihrem Chauffeur sprach.«

Pirelli seufzte. »Komm zur Sache.«

»Ja, sie saß also in meinem Büro, und ich habe sie gebeten, den Mann zu beschreiben. Zuerst druckste sie so herum, dann stand sie auf, ging zum Schwarzen Brett hinüber und zeigte auf das Phantombild von Luca Carolla.«

»Was?«

»Warte. ›Ich glaube, das ist er‹, sagt sie, ›aber das Foto hier sieht ihm noch ähnlicher.‹ Das war das Foto, welches du uns nach dem Phantombild noch geschickt hast. Ich hatte sie beide an meinem Schwarzen Brett hängen.«

Pirelli konnte nicht mehr stillsitzen. »Wie zuverlässig ist die Zeugin?«

»Nicht besonders. Es war drei Wochen nach dem Mord, aber sie ist von sich aus gekommen. Und sie hat keinen Vorteil davon, sie arbeitet nicht einmal mehr für Fabio.«

Gigante kramte in seiner Aktentasche und zog schließlich eine Akte mit Eselsohren hervor. Er schob Pirelli einige große Schwarzweißfotos über den Tisch. »Der Kerl, der das getan hat, muß krank im Kopf sein. An den Flecken auf dem Teppich kann man erkennen, daß Fabio verblutet ist. Wir haben ihn zwischen seinen Schaufensterpuppen gefunden.«

Pirelli betrachtete voller Grauen die Fotos. Gigante meinte, jetzt könnten sie wohl einen anständigen Drink gebrauchen.

Erst nachdem Pirelli ein Bier hinuntergekippt hatte, erzählte er Gigante, daß er an dem Abend, als Fabio ermordet wurde, mit Sophia zusammengewesen war.

Gigante verschluckte sich, und Pirelli warf ihm einen giftigen Blick zu. »Wir waren in der Oper, klar? Aber jedenfalls war sie zur Tatzeit mit mir zusammen.«

»Und hast du ihren Chauffeur auch zu sehen bekommen?« fragte Gigante listig.

In Pirellis Kopf drehte sich alles. Er zündete sich eine Zigarette an. Er hatte den Chauffeur zwar gesehen, aber nicht weiter auf ihn geachtet. An sein Gesicht konnte er sich überhaupt nicht erinnern. Hatte Luca Carolla etwa den Rolls-Royce gefahren?

Aber Pirellis Stimme war seine Verwirrung nicht anzuhören. »Nein, ich habe ihn nicht gesehen.«

»Und als sie ihre Schwiegermutter zur Verhandlung begleitete? War er da dabei?«

Pirelli zog an seiner Zigarette. Er konnte sich nicht erinnern. Zu der Zeit war er zu sehr mit seinen Gefühlen für Sophia beschäftigt gewesen. »Nein ... Nein, außer Graziella Luciano habe ich niemanden bei ihr gesehen.«

Pirelli bestellte sich einen Kognak, und Gigante wartete, bis der Kellner wieder gegangen war. »Giovanni, ich frage dich ganz direkt, und besser, du sagst es mir ehrlich ... Hast du etwas mit dieser Luciano?«

Pirelli drückte seine Zigarette aus. »Ich habe in dem Mordfall an ihren Kindern ermittelt. Ich habe sie natürlich mehr als einmal gesehen, aber dabei ist es geblieben. Ich war zur gleichen Zeit in Mailand wie sie. Wir haben uns dort ganz zufällig getroffen ... Mehr war es nicht. Sonst würde ich es dir sagen. Aber ich bin wohl ihr Alibi. Sie kann zur Tatzeit nicht einmal in der Nähe von Fabios Firma gewesen sein.«

Gigante zog die Nase hoch. »Damit ist aber nicht gesagt, daß sie nicht jemand anders damit beauftragt hat.«

Als die beiden aus der Bar zurückkamen, lag auf Pirellis Schreibtisch eine Notiz, daß in Kürze Teresa Lucianos Telefonnummer in New York zu erwarten war. Als dann Eugenio, Pirellis Mailänder Assistent, strahlend hereinkam, nahmen beide an, er hätte die Nummer ausfindig gemacht. Er hatte jedoch etwas viel Wichtigeres für Pirelli.

Pirelli überflog das Telex aus Palermo, dann ließ er sich auf einen Stuhl fallen. »Hör dir das an ... Ich hab' die Spur, die ich brauche. Luca Carolla ist in den USA aufgetaucht.«

Mit großen Schritten ging Pirelli im Raum auf und ab und las dabei laut vor. »›Nach unserer Kenntnis‹ und so weiter, und so weiter ... ›haben wir nach intensiven Ermittlungen herausgefunden, daß der inzwischen verstorbene Paul Carolla der Besitzer des Schließfachs Nummer vier-fünf-sechs ... bei der Manhattan State Bank war. In seinem Testament‹ und so weiter, und so weiter, ›hat er seinen Sohn Giorgio Carolla als Alleinerben eingesetzt. Am 28. Dezember 1987 ging der Inhalt des Schließfachs auf gerichtlichen Beschluß an G. L. Carolla über. G. L. Carolla ergriff am 28. Dezember 1988 Besitz vom Inhalt des Schließfaches vier-fünf-sechs‹ ... Das war vor einer Woche!«

Gigante dachte schon, Pirelli würde ihm vor Freude um den Hals fallen. »Und was zum Teufel bedeutet das?«

»G. L. Carolla ist Luca Carolla, und ich muß hin, bevor die Idioten ihn entwischen lassen.«

In New York teilten die Frauen das Geld untereinander auf und deponierten es bei verschiedenen Banken. Daß Teresa immer noch die Dokumente hatte, behielt sie für sich.

Luca rief von einer Telefonzelle aus Peter Salerno an und forderte ihn auf, ein Treffen mit Barzinis sogenannten Partnern zu organisieren. Er war darauf bedacht, den Namen Luciano nicht zu erwähnen, denn er war sicher, daß Barzinis Telefon abgehört wurde. Teresa stand neben ihm und hörte zu.

»Meine Klienten sind nach wie vor an der Sache interessiert. Sie haben die Unterlagen und möchten das Geschäft abschließen.« Als er fortfuhr, konnte Luca ein Lächeln nicht unterdrücken. »Sie haben immer noch kein Geld, daher haben sie es eilig.«

Salerno war davon überzeugt, daß Barzini den Scheck eingelöst und die Frauen ausbezahlt hatte, aber das sagte er nicht. Er erklärte nur, er würde mit den beteiligten Parteien Kontakt aufnehmen. Es würde allerdings ein paar Tage dauern, ein Treffen zu organisieren.

Teresa flüsterte: »Sagen Sie ihm, daß wir die Unterlagen nicht in der Wohnung haben.«

Luca nickte ihr anerkennend zu. »Meine Klienten möchten außerdem darauf hinweisen, daß sich die Unterlagen in einem Schließfach befinden und nicht in ihrer Wohnung. Ich habe den Schlüssel dazu, es wäre also Zeitverschwendung, danach zu suchen.«

»Wer sind Sie?«

»Das tut nichts zur Sache. Ich handle nur im Auftrag meiner Klienten. In drei Tagen rufe ich Sie wieder an.«

Einige Stunden später wurde die Wohnungstür geöffnet, und Luca kam herein. Er strahlte. Er hatte Blumen und Champagner mitgebracht und erzählte ihnen voller Stolz, daß er für morgen einen Wagen gemietet hätte. Es sollte eine Überraschungsfahrt werden. Mit ernstem Gesicht wies er sie an, am nächsten Morgen um Punkt acht fertig zu sein.

Dann verabschiedete er sich wieder, weil er noch etwas für

den nächsten Tag vorbereiten mußte. Im Hinausgehen gab er Rosa ein kleines Päckchen und flüsterte: »Das ist für dich.«

Rosa errötete, als sie die kleine Schachtel öffnete. Dann hielt sie den Atem an. Der Diamant hatte die Form einer Träne und hing an einem feinen, goldenen Kettchen. Sie lief hinter Luca her.

»Johnny... Johnny, warte!«

Er drehte sich auf der Treppe um. »Er ist so schön, er ist einfach herrlich, Johnny, danke!«

»Freut mich, daß er dir gefällt. Ich habe ihn selbst ausgesucht.«

Rosa umarmte ihn. »Danke.«

Sie versuchte, ihn zu küssen, aber er nahm ihre Hände. »Es ist ein Freundschaftsgeschenk, Rosa, ich habe ihn dir geschenkt, weil ich dich mag. Du darfst nicht zuviel hineinlegen.«

»Johnny...« Sie befreite ihre Hände und umarmte ihn. »Du weißt, was ich für dich empfinde, oder?«

Einen Augenblick schien er verwirrt, und Rosa nahm sein Gesicht in die Hände und küßte ihn. Er reagierte nicht, und sie sah ihn fragend an. Sein Gesichtsausdruck war der eines Kindes. Sie hielt ihn fester und küßte ihn auf den Hals und auf die Wangen. Als sie seine Lippen fand, fühlte sie, wie er sie plötzlich an sich drückte.

»Rosa! Komm her!«

Luca ließ sie los und drückte sich gegen die Wand. Beide sahen zu Sophia hoch, die mit blitzenden Augen über ihnen stand. »Johnny, Sie gehen jetzt besser.«

Er lief die Treppen hinunter und verschwand. Rosa ging zu Sophia hinauf. »Was hast du, bist du eifersüchtig?«

Sophia schob sie in den Flur. »Sei nicht kindisch, Rosa. Teresa, du solltest wirklich mit deiner Tochter sprechen. Ich habe sie mit Johnny auf der Treppe gefunden. Bitte, sprich mit ihr. Sie muß einsehen, daß...«

Das Telefon klingelte, und der schrille Ton jagte ihnen Angst ein. Schließlich nahm Teresa den Hörer ab. Sie wandte den anderen den Rücken zu.

»Sie ist im Moment nicht zu Hause ... Ja, sie wohnt hier ... Ja, natürlich.«

Teresa legte die Hand auf die Sprechmuschel und sagte zu Sophia: »Da fragt jemand nach dir. Ein Inspektor aus Mailand. Gigante, kennst du ihn?«

Sophia schüttelte den Kopf, und Teresa nahm die Hand wieder von der Sprechmuschel. »Ja, ich sage es ihr, wenn sie nach Hause kommt. Kann meine Schwägerin Sie zurückrufen?«

Während Teresa die Nummer auf die Rückseite eines Briefumschlags schrieb, hielt sie wieder die Sprechmuschel zu. »Er ist in New York.«

Dann fragte sie Gigante: »Darf ich Sie fragen, worum es geht? ... Ja, ich verstehe ... Gut, dann sage ich ihr, daß sie Sie anrufen soll.«

Sophia stand neben ihr. »Was will er?«

Teresa legte auf. »Er hat schon versucht, dich in Rom zu erreichen, es hat etwas mit Nino Fabio zu tun. Du mußt zusehen, daß du ihn dir vom Hals hältst. Polizei in der Wohnung ist das letzte, was wir jetzt gebrauchen können. Was glaubst du, was er von dir will?«

Sophia setzte sich und zündete sich eine Zigarette an. Sie zitterte, und ihr Gesicht hatte alle Farbe verloren. Teresa sagte Graziella und Rosa, sie sollten in die Küche gehen, und schloß die Bürotür.

Sie sah Sophia fragend an. »Worum geht es eigentlich?«

»Ich zeige es dir.« Sophia holte den Koffer mit Ninos Zeichnungen aus ihrer Schlafkammer. »Johnny hat sie mir geschenkt. Ich habe versucht, dir davon zu erzählen.«

»Ja, ich erinnere mich. Aber warum kommt er extra nach New York, um mit dir darüber zu sprechen? Sag mal – hat Johnny sie etwa geklaut?«

Sophia biß sich auf die Lippe. »Ich fürchte ja ...«

Teresa nahm die Brille ab und rieb sich die Augen. »Der dumme Junge ... Mein Gott, auch das noch. Es ist deine Schuld, weißt du. Er macht sich Hoffnungen auf dich, immer starrt er dich an. Ist zwischen euch etwas gewesen in Rom?«

Sophia schlug den Koffer zu. »Ach, das ist doch lächerlich! Glaubst du etwa, ich würde ihm Hoffnungen machen? Ich wollte ihn von Anfang an gleich wieder loswerden. Seinetwegen –«

Teresa unterbrach sie. »Ich will nichts mehr davon hören, Sophia. Wenn er nicht gewesen wäre, hätten sie uns alle erschossen. Wie dem auch sei, wie wertvoll sind diese Entwürfe? Ist der Detektiv deswegen hier?«

»*Ja!* Sie sind viel Geld wert. Es ist fast seine gesamte Kollektion, aber...«

Sie saß in der Falle. Wenn sie Teresa von dem Mord an Nino Fabio und Johnnys Rolle dabei erzählen würde, wäre klar, daß der Detektiv nicht nur wegen der Entwürfe nach New York gekommen war. Sophia war so durcheinander, daß sie zu keinem Entschluß kam, wieviel sie Teresa erzählen sollte.

Teresa lief im Zimmer auf und ab. »Okay, laß es uns Schritt für Schritt durchgehen. Wissen sie von deinen Beziehungen zu Fabio?«

»Ja natürlich. Ich war in seiner Firma, um ihm die Entwürfe abzukaufen. Johnny war dabei. Er hat mich gefahren. Das habe ich dir erzählt.«

»Hat jemand dich dort gesehen?«

Sophia zuckte die Achseln. »Ich weiß nicht. Ich bring' im Moment keinen klaren Gedanken zustande.«

»Versuch es wenigstens. Wer hat dich dort gesehen?«

»Niemand, ich bin niemandem begegnet. Doch, warte mal, als wir fahren wollten, habe ich eine junge Frau getroffen, die für mich als Empfangssekretärin gearbeitet hat. Sie arbeitete noch für Nino. Ich habe draußen vor dem Gebäude mit ihr gesprochen.«

»Sie hat also Johnny auch gesehen?«

»Ja natürlich. Er hat ja den Wagen gefahren.«

Teresa seufzte. »Gut. Als erstes mußt du die Entwürfe verbrennen. Niemand darf sie finden. Dann rufst du diesen Inspektor an und sagst ihm, daß du ihn gern sprechen würdest und daß du dich mit Fabio getroffen hast. Tu ganz unschuldig.«

Sophia blieb unbeweglich sitzen.

»Hörst du mir zu, Sophia?«

Sie nickte. »Doch, doch, ich höre zu.«

»Gut. Du mußt ihn anrufen, bevor er es wieder hier versucht. Sonst sieht es verdächtig aus. Sag ihm, daß du von nichts weißt, gib zu, daß du die Entwürfe haben wolltest, aber als Fabio sie dir nicht überlassen wollte, hast du die Idee, selbst eine Firma zu gründen, aufgegeben und bist nach New York gekommen. Das klingt doch vernünftig, oder?«

»Ja . . . Ja. Wann soll ich ihn anrufen?«

»Ich weiß nicht.« Sie sah Sophia forschend an. »Und das ist alles? Weiter hast du mir nichts zu erzählen?«

Sophia nahm den Koffer. »Ich gehe in den Keller und verbrenne die Sachen.«

Luca lag auf seinem schmalen Bett und starrte auf die Glühbirne. Er hatte den Wochenendausflug sorgfältig vorbereitet. Die Tasche mit Paul Carollas Papieren stand neben seinem Bett, und er ließ seine Hand hineingleiten und tastete nach den Unterlagen und den Bündeln mit Banknoten. Dann drehte er sich auf den Bauch und zog sich das Kopfkissen über den Kopf. Paul Carollas Traum vom schönen Leben steckte jetzt in einer kleinen Aktentasche.

Er sah den schmerbäuchigen Mann, der ihm den Vater ersetzt hatte, deutlich vor sich, er roch den Zigarrenrauch und fühlte, wie die fetten Hände immer nach ihm gegriffen hatten, wie er ihn in seiner bärenhaften Umarmung gehalten hatte . . . Luca kicherte und umarmte sein Kopfkissen.

23. Kapitel

Pirelli packte seine Reisetasche aus und begab sich zur Bar seines Hotels.

Gigante saß bereits an der Theke. Er bestellte ein Bier für Pirelli und kaute eine Handvoll Erdnüsse aus dem Schälchen neben seinem Ellbogen.

»Ich habe bei den Lucianos angerufen. Sie wußten nicht, wo Signora Sophia gerade war, aber sie ist jedenfalls in New York. Ich habe ihnen die Nummer des Hotels hier gegeben und um Rückruf gebeten ...«

Pirelli setzte sich auf einen Barhocker und riß ein neues Päckchen Marlboro auf. Er kramte in seinen Taschen nach dem Feuerzeug, dann nahm er ein Heftchen Streichhölzer aus dem Aschenbecher. Er zündete ein Streichholz an und sah auf seine Hand. Sie zitterte.

Es war nach zehn, aber Pirelli konnte nicht einschlafen. Er versuchte zu lesen, konnte sich aber nicht konzentrieren. Er würde sie sehen und wußte nicht, wie er mit der Situation umgehen sollte.

Er stand auf und holte sich einen Brandy aus der Minibar. Als er die Flasche öffnete, begann das Lämpchen an seinem Telefon zu blinken.

Die Telefonistin teilte ihm mit, das Gespräch sei für Gigante, aber in seinem Zimmer nehme niemand ab. »Er hat darum gebeten, seine Gespräche an Sie weiterzuleiten, wenn er nicht da ist. Wollen Sie das Gespräch annehmen, Mr. Pirelli?«

Pirelli griff nach einer Zigarette. »Ja, stellen Sie es bitte durch.«

Eine rauchige Stimme fragte, ob er Inspektor Gigante sei.

»Nein, ich bin es, Sophia. Giovanni.«

Eine lange Pause entstand. »Giovanni?«

»Ja. Ich bin wegen eines Ermittlungsverfahrens hier. Wir sind zusammen hergeflogen.«

»Ich sollte anrufen. Er möchte mich sprechen.«

Pirelli machte einen tiefen Zug und blies den Rauch durch die Nase aus. »Ich möchte dich auch sprechen.«

Sie antwortete nicht. Nach einer Weile fragte er: »Sophia, bist du noch dran?«

»Ja...«

»Ich kann über Gigantes Fall nichts sagen, verstehst du?«

»Ja... Ich rufe ihn morgen an. Tut mir leid, daß ich so spät noch gestört habe.«

»Es ist noch gar nicht so spät... Wie geht es dir?«

»Danke, gut.«

Er mußte sie warnen. »Sophia, er wird dich fragen, wo du an dem Abend gewesen bist, als wir in der Oper waren. Er weiß, daß wir zusammen waren, aber mehr nicht...«

Wieder wartete er. Als sie sprach, klang ihre Stimme dünn. »Geht es um Nino Fabio?«

»Du weißt von ihm?«

»Ja. Ich habe in seinem Büro angerufen. Sie haben es mir erzählt.«

»Ich nehme an, daß er dich deswegen sprechen will.«

»Warum?«

»Ich kann wirklich nichts dazu sagen.«

»Ja, ich verstehe schon.«

»Ich komme mit.«

»Ach, hast du auch mit dem Fall zu tun?«

»Nein, aber ich komme mit.«

»Wann will er mich denn sprechen?«

»So bald wie möglich.«

»Morgen?«

»Ja... So um neun?«

Wieder entstand eine Pause. »Lieber etwas später. Meine Schwägerin und meine Schwiegermutter gehen dann einkaufen, so daß die Wohnung leer ist. Dann können wir uns besser unterhalten.«

»Okay, wann?«

»Um elf?« sagte Sophia.

»Ich sage Gigante Bescheid.«

Nach einer weiteren Pause sagte Pirelli: »Ich habe dich vermißt, Sophia.«

Schweigen. »Hörst du mich?« fragte er.

»Ja, ich höre dich . . .«

»Dann sehen wir uns also morgen?«

»Hast du einen bestimmten Grund, daß du morgen mitkommst?«

»Ja, ich habe einige Fragen an dich.«

»Worüber?«

»Das sage ich dir am besten, wenn wir uns sehen.«

»Bis morgen dann.«

Ihre Stimme war sehr leise.

»Ich liebe dich«, sagte er. Aber sie hatte aufgelegt.

Teresa sah Sophia scharf an. »Und? Das war aber nicht Gigante, oder?«

Sophia schüttelte den Kopf. »Nein, das war Kommissar Pirelli. Sie sind zusammen nach New York gekommen. Morgen vormittag um elf kommen sie her.«

»Ja, das habe ich gehört. Hat er gesagt, was er von dir will?«

Sophia zündete sich eine Zigarette an. »Nino Fabio ist ermordet worden.«

»Was? Und sie glauben, daß du etwas damit zu tun hast?«

»Sie vermuten, daß es Raubmord war, aber da ich in seiner Firma gesehen worden bin, müssen sie mich wohl verhören.«

»Und was willst du tun, Sophia?«

»Wie gesagt, ich werde hier sein. Ich kann ja nachkommen. Und jetzt bin ich müde. Ich gehe ins Bett.«

Teresa sah ihr nach. Sophia versetzte sie immer wieder in Erstaunen. Die Tatsache, daß die Polizei ihretwegen in New York war, schien sie nicht weiter zu beunruhigen. Teresa war erleichtert, daß sie selbst diesmal nicht da sein würde, wenn die Polizei käme.

Sophia konnte nicht einschlafen. Schließlich ging sie leise in die Küche und machte sich Tee. Ob sie etwas über Johnny wußten? Oder ob sie gar sie selbst verdächtigten? Ob Giovanni, Giovanni Pirelli sie verdächtigte? Sie dachte daran, wie er sie getröstet hatte, an seine Wärme, und wie sie sich geliebt hatten. War er ihretwegen nach New York gekommen? Ob er sie wirklich liebte?

Dann verhärtete sie sich. Morgen, wenn Pirelli weg war, würde sie gehen. Mit dem Mord an Fabio hatte sie nichts zu tun. Sie hatte ein ausgezeichnetes Alibi: Sie war mit Kommissar Giovanni Pirelli im Bett gewesen und würde das ohne Zögern zugeben, falls es nötig sein sollte. Es war ihr gleichgültig, was man von ihr denken mochte. Sie war nicht mehr Signora Luciano. Sie war wieder Sophia Visconti.

Am nächsten Morgen um acht kam Luca mit der Limousine. Sie hatten ihre Taschen fertig gepackt, und Luca begann sofort, sie hinunterzutragen. Von der Treppe aus rief er, daß er in der zweiten Reihe parke und sie sich beeilen sollten.

Teresa half Graziella in ihren neuen Mantel, dann ging sie in Sophias Schlafzimmer. Sophia war noch im Morgenrock.

»Ich lasse dich nicht gern allein.«

»Das macht nichts, Teresa, ich komme schon zurecht. Aber du mußt jetzt gehen, die anderen warten. Und wenn ihr angekommen seid, ruft ihr mich an und sagt, wo ihr seid, dann komme ich nach.«

Als Teresa gegangen war, lehnte Sophia sich seufzend gegen die Tür. Schon jetzt empfand sie die Stille in der leeren Wohnung als wohltuend.

Es schellte, schrill und ausdauernd.

Luca stand vor der Tür. Wie ein Wahnsinniger trommelte er mit den Fäusten dagegen, als Sophia öffnete.

»Warum kommen Sie nicht mit?«

Sie schreckte vor ihm zurück. »Weil ich hierbleiben muß. Hat Teresa Ihnen das nicht gesagt?«

»Sie müssen mitkommen! Ich habe eine Überraschung für Sie alle! Sie können nicht hierbleiben, Sie müssen mitkommen!«

»Johnny, ich muß gar nichts.«

»Doch!«

»Nein!«

»Doch...« Er versuchte, sie aus der Wohnung zu ziehen, aber sie stieß ihn mit aller Kraft von sich. Als er trotzdem nicht losließ, schlug sie nach ihm, und er fiel gegen den Türrahmen. Vor Wut trat er nach der Tür.

Luca brauchte einen Augenblick, bis er sich wieder in der Gewalt hatte. Schließlich murmelte er: »Ich habe doch etwas für Sie.«

»Johnny, ich kann wirklich nicht mitkommen. Ich muß hier warten.«

Er sah sie mit leuchtendblauen, irren Augen an. »Was werden Sie ihm sagen?«

»Gerade soviel, daß er nicht wiederkommt. Die Entwürfe habe ich verbrannt.«

»Das hätten Sie nicht tun sollen.«

»Ich mußte es tun. Wenn er sie fände... Verstehen Sie denn nicht? Er will mich wegen Nino verhören.«

»Ich komme wieder und hole Sie ab. Warten Sie auf mich.«

»Das ist nicht nötig. Ich werde den Weg schon finden.«

»Sie wollen uns doch nicht etwa verlassen, Sophia?«

»Nein...«

»Denken Sie daran, er ist Ihr Feind. Das müssen Sie sich immer wieder sagen. Er ist ein Feind.«

»Ich werde daran denken.«

Sophia drehte sich um und ging in die Küche. Als sie die Wohnungstür nicht ins Schloß fallen hörte, blieb sie stehen und ging in den Flur zurück. Luca kam gerade aus dem Büro. Er hatte eine kleine Pistole in der Hand.

»Die hier habe ich für Teresa gekauft. Sehen Sie den kleinen

Hebel am Abzug? Wenn Sie ihn anheben, ist sie entsichert. Sie hat nur vier Schuß.«

»Ich will sie nicht.«

Er hielt ihr die Pistole hin. »Doch, Sie müssen sich schützen. Er ist ein Feind. Denken Sie daran.«

Schließlich nahm Sophia die Pistole und lächelte Luca beruhigend an. »Es wird alles gutgehen.«

Aber er schien sich nicht von ihr trennen zu können. Sanft strich er ihr eine Haarsträhne aus dem Gesicht, dann senkte er den Kopf und küßte sie leicht auf den Mund. Sie bog den Kopf zur Seite.

»Nein, bitte nicht...«

Im Ausschnitt ihres Morgenrocks konnte Luca ihre Brüste sehen. Er zog am Gürtel und trat einen Schritt zurück. Langsam wandte sie sich ihm zu, als versuchte sie, ihm mit ihren Blicken Einhalt zu gebieten. Er schob den Stoff von ihren Brüsten. Seine Hände waren kalt und seine Berührung ganz leicht.

»Du bist so schön«, flüsterte er.

Er sank auf die Knie und küßte sie auf den Bauch, dann legte er sein Gesicht an ihre warme Haut. »Ich liebe dich, ich liebe dich...«

Wie ein Kind klammerte er sich an sie.

»Die anderen warten, Johnny. Sie müssen gehen.«

Langsam stand er auf. Er küßte sie, wie ihre Söhne sie geküßt hatten. »Ich komme wieder und hole Sie ab. Warten Sie auf mich. Versprechen Sie mir das?«

»Ja, ich warte...«

Als Luca gegangen war, atmete sie erleichtert auf, aber sie machte keine Anstalten, sich zu bedecken. Statt dessen ließ sie den Morgenrock von den Schultern gleiten und betrachtete sich im Garderobenspiegel.

Sophia lag tief in ihrem Schaumbad. Das duftende Badeöl entspannte sie, und die Stille wirkte wohltuend.

Sie wusch sich die Haare, wickelte ein Handtuch um den

Kopf und kehrte in ihr Schlafzimmer zurück. Wieder betrachtete sie sich nackt im Spiegel, dann nahm sie die kleine Pistole vom Nachttisch. Sie ließ das kalte Metall über ihre Haut gleiten, fuhr sich damit über die Schenkel, den Bauch und die Brüste. Dann drückte sie die Mündung gegen die Schläfe und ließ sie langsam über ihre hohen Wangenknochen wandern, bis sie an ihrem Mund lag.

Eine Kugel, und es wäre vorbei. Sie hatte ihr Leben in der Hand. Wenn sie wollte, konnte sie es jederzeit beenden.

Sie legte die Pistole wieder hin und begann, sich zu schminken.

Giovanni Pirelli rasierte und kämmte sich, wechselte zweimal das Hemd und betupfte sich mit Kölnischwasser. Er zog seinen schweren, langen Ledermantel an und war immer noch dabei, seine Erscheinung im Spiegel zu betrachten, als Gigante hereinschaute.

»Du bist schon fertig?«

»Ja, ich bin fertig.« Pirelli schloß seine Zimmertür ab und sagte: »Also, wir treffen uns draußen vor dem Haus, in dem die Lucianos wohnen. Um zwölf. Sei pünktlich.«

Gigante konnte nicht wissen, daß Pirelli ihn über den Zeitpunkt ihres Treffens mit Sophia belogen hatte. Er wollte zuerst mit ihr allein sein. Auf dem Weg zum Fahrstuhl fragte er: »Und wie wollen wir es machen? Soll ich zuerst sprechen? Von wegen Überraschungsmoment und so?«

Pirelli nickte. Schweigend fuhren sie ins Foyer hinunter. Gigante sah amüsiert zu, wie der *commissario* sich wieder im Spiegel betrachtete.

»Du hast dir wirklich Mühe gegeben, Giovanni. Was hast du vor? Willst du noch mal mit ihr in die Oper?«

Pirelli lachte. »Nee, ich will einen guten Eindruck bei der Justiz hier hinterlassen. Ich bin mit dem Bezirksstaatsanwalt von New York verabredet. Er soll ein Teufelskerl sein, Italiener. Und was machst du?«

»Ich will ein bißchen einkaufen, etwas für meine Frau und die Kinder. Wir sehen uns dann um zwölf.«

Sophia sah auf die Uhr. Es war halb elf, und Pirelli würde erst um elf kommen. Sie mußte sich nur noch anziehen. Sie hatte bereits die Koffer gepackt und für den Nachmittag einen Flug nach Paris gebucht.

Es klingelte an der Tür, und ihre gute Laune war verschwunden. War Johnny etwa zurückgekommen?

»Wer ist da?«

»Ich bin es, Giovanni.«

Durch den Spion sah Sophia, daß er allein war. Sie öffnete. »Du kommst aber früh.«

»Ja, und ich habe Gigante gesagt, daß wir uns erst um zwölf treffen. Ist dir das recht?«

Sophia zögerte, dann nickte sie. »Möchtest du Kaffee? Ich wollte mich gerade anziehen.«

»Ja, gerne.«

Er zog seinen Mantel aus und folgte ihr in die Küche.

»Ist es dir wirklich recht, daß ich ohne Gigante gekommen bin?«

Sophia lächelte. »Du wirst schon deine Gründe haben. Schwarz oder mit Milch?«

»Schwarz und ohne Zucker.«

Linkisch ließ Pirelli sich auf einem Küchenstuhl nieder. Er fühlte sich fehl am Platz und spürte, daß er nicht hätte kommen sollen. Sophia stellte Tassen und Untertassen auf den Tisch, und als sie an ihm vorbeiging, griff er nach ihrer Hand.

»Ich mußte dich sehen, ich mußte sehen, ob alles in Ordnung ist. Wo sind die anderen?«

»Ich habe dir doch gesagt, daß sie einkaufen gehen wollten. Willst du sie auch sprechen?«

»Nein ... Sind sie alle zusammen?«

»Ja.«

»Und ihr habt keine Probleme gehabt?«

»Nein. Warum?«

Plötzlich lächelte er sie an. »Ich habe dich vermißt, Sophia.« Er drehte ihre Hand um und küßte sie auf die Handfläche. Sie zog die Hand schnell zurück und deutete auf den Kaffee.

»Was will Gigante von mir wissen? Hat er dir das gesagt?«

»Er wird es dir selbst sagen. Übrigens habe ich ihm gesagt, ich hätte jetzt eine Verabredung mit dem Bezirksstaatsanwalt... Aber es war nur teilweise gelogen. Ich treffe mich zum Mittagessen mit ihm.«

»Bist du deswegen nach New York gekommen?«

Pirelli nickte. »Ich bin möglicherweise Luca Carolla auf der Spur. Er ist hier in New York. Jemand hat mit seinem Personalausweis den Inhalt eines Bankschließfaches abgeholt, das Paul Carolla gehört hatte.«

Sophia zeigte kein großes Interesse. Pirelli fuhr fort: »Ich hatte praktisch nichts mehr mit dem Fall zu tun. Ich war schon wieder in Mailand...«

»Was? Der Fall war abgeschlossen? Obwohl du den Mörder nicht gefunden hast?« fragte Sophia aufgebracht.

»Noch nicht ganz, aber wir fahnden nach niemandem mehr. Und jetzt, wo ich diese Spur habe... Kann ich dir irgendwie helfen?«

Sie trat schnell zurück, als hätte sie Angst, daß er sie wieder berühren würde. »Nein, danke, ich bin gleich fertig.«

Aber als er erneut nach ihrer Hand faßte, gab sie nach und lehnte sich leicht an ihn. »Nein, Giovanni. Was zwischen uns war, ist vorbei. Es war ein Fehler.«

Er hielt ihre Hand. »Hat es dir nichts bedeutet?«

Sophia strich ihm leicht über den Kopf. »Doch. In der Nacht hat es mir natürlich etwas bedeutet.«

Pirelli sah zu ihr auf. »Ich werde meine Frau verlassen. Möchtest du das?«

Sie wandte sich ab. »Was ich möchte, spielt keine Rolle. Wenn du deine Frau verlassen willst, ist das deine Sache. Es hat nichts mit mir zu tun.«

Pirelli fuhr auf: »Natürlich hat es das!«

Wütend sagte Sophia: »Nein. Ich will nichts damit zu tun haben, wenn du eine Ehe zerstörst. Du willst doch nur mir die Verantwortung zuschieben, oder? Wenn ich es will, dann verläßt du deine Frau.«

»Aber wenn ich sie nun verlassen würde, was wäre dann mit uns?«

»Zwischen uns ist nichts, gar nichts.«

Er fühlte sich, als hätte sie ihn ins Gesicht geschlagen. »Verstehe. Dann entschuldige bitte. Ich dachte, du würdest etwas für mich empfinden, ich dachte, du wolltest mich vielleicht, weil ich dich wollte...«

»Dann hast du dich geirrt. Es tut mir leid.«

Pirelli stand auf. »Ich glaube, ich gehe lieber und komme mit Gigante zurück.«

Er nahm sich zusammen, so gut er konnte, und fragte, ob er telefonieren könne. Sophia öffnete ihm die Tür zum Büro, und er war darauf bedacht, sie nicht zu berühren, als er an ihr vorbeiging.

Die Kaffeemaschine zischte und blubberte, und Sophia schenkte zwei Tassen ein. Als sie wieder über den Flur ging, hörte sie den Namen Barzini durch die Bürotür. Sie blieb stehen und lauschte.

»Ja, es tut mir leid, aber wenn Sie Barzinis Geschäftspartner in den letzten fünf Jahren ausfindig machen könnten... Sie können mich im Hotel erreichen, ich werde heute nachmittag ab etwa drei Uhr wieder dort sein... Vielen Dank. Was für ein unglückliches Zusammentreffen... Okay, danke.«

Pirelli ließ den Hörer auf die Gabel fallen. Er hatte soeben erfahren, daß Barzini am Morgen beerdigt worden war. Völlig niedergeschlagen trat er auf den Flur hinaus.

»Alles in Ordnung?« fragte Sophia.

Er nickte und nahm seinen Mantel.

»Der Kaffee ist fertig.«

»Was?«

»Dein Kaffee...«

Mit einem schiefen Lächeln sagte er: »Ich glaube, ich schenke mir den Kaffee. Bis später.«

Sophia ging zur Wohnungstür und griff nach der Klinke. Er stand dicht hinter ihr. Als sie sich umdrehte, zog er sie in die Arme. Er versuchte, sie zu küssen, aber sie wehrte sich.

»Nein... Nein, bitte laß das.«

Er packte sie unsanft an den Haaren, bog ihren Kopf zurück und küßte sie auf den Mund. Sophia hatte sich nicht mehr in der Gewalt. Sie konnte nicht verhindern, daß ihre Arme sich um seinen Hals legten... Er hob sie auf.

»Wo ist das Schlafzimmer?«

Sie hielt sich an ihm fest, und er wartete ihre Antwort nicht ab. Er stieß eine Tür auf und lachte. »Glück gehabt!« Er legte sie auf das Bett.

Sophia streckte die Arme nach ihm aus, und er kniete sich auf das Bett und umarmte sie zärtlich. Seine Stimme war rauh vor Bewegung. »Ich liebe dich. Das weißt du, nicht wahr? Ich liebe dich. Es tut weh, ich brenne vor Sehnsucht...«

Sie war den Tränen nah. »Es kann nicht gutgehen...«

Während er seinen Schlips abband und zur Seite warf, sah er sie mit schräggelegtem Kopf an. Dann knöpfte er sein Hemd auf. Beim dritten Knopf klopfte er sich auf die Brust. »Weißt du, wie man einen Mann ersticht? So, daß man mit dem Messer genau ins Herz trifft? Hier, der dritte Hemdenknopf. Du hast ins Schwarze getroffen, gleich als ich dich zum erstenmal gesehen habe.«

Unwillkürlich mußte Sophia lächeln. »Ich will dich«, flüsterte sie.

Er nahm ihr Gesicht in die Hände und küßte sie sanft. Dann zeichnete er mit der Zunge ihre Lippen nach, und sie zog ihn an sich.

Pirellis Kaffee war kalt geworden, aber das störte ihn nicht. Er kippte ihn mit einem Schluck hinunter und sah auf die Uhr. Er war nur in Hemd und Unterhose, und Sophia lachte.

Er mußte auch grinsen. »Das ist nicht zum Lachen, ich muß hier raus und runter auf die Straße, bevor Gigante kommt. Es ist gleich zwölf.«

»Geh doch so, wie du bist. Dann schöpft er bestimmt keinen Verdacht.«

Pirelli wurde plötzlich ernst. »Du mußt ihm einfach nur die

Wahrheit sagen. Wir haben uns zufällig in Mailand getroffen und sind in die Oper gegangen, und dann haben wir zusammen gegessen ...«

»Und wenn ich ihm sagen würde, was wir wirklich gemacht haben? Was wäre dann?«

Pirelli zog seine Hosen an. »Er würde alle Einzelheiten wissen wollen. Dann säße ich ganz schön in der Klemme. Siehst du meinen Schlips irgendwo? Außerdem interessiert er sich eigentlich gar nicht für dich. Ich habe dir ja schon ein Alibi besorgt. Er ist vor allem hinter deinem Fahrer her.«

Er hatte seinen Schlips entdeckt und bückte sich, um ihn aufzuheben. Er sah, wie ihr Gesichtsausdruck sich veränderte. Plötzlich sah sie verwirrt aus. Er wußte, daß er eigentlich gehen sollte, aber er zögerte noch und band sich den Schlips.

»Nach deinem Chauffeur fahndet er. So, ich bin fertig. Sehe ich halbwegs ordentlich aus?«

Sie trat zwei Schritte zurück. »Mein Gott, warum hast du mir das nicht eher gesagt? Bevor du mit mir geschlafen hast?«

»Weil das, was gerade zwischen uns geschehen ist, mehr war, als ich für möglich gehalten hatte.«

Sie verschränkte die Arme. »Warum bist du hier, Giovanni? Um mich zu vögeln oder warum?«

Er wurde zornig. »Ich bin hier in New York, um weitere Ermittlungen über den Aufenthalt von Luca Carolla anzustellen. Ich bin auf der Suche nach einem Mörder, Sophia, vermutlich nach dem Mörder deiner beiden Söhne. Aber im Moment bin ich mit dir im Schlafzimmer, weil ich dich unbedingt sehen mußte. Oder anders gesagt: In erster Linie geht es mir darum, einen Mörder aufzuspüren. Daß ich dabei noch in dich verliebt bin, kompliziert ...«

Sie fiel ihm ins Wort: »Jetzt bin ich also eine Komplikation, was? Und du bist früher gekommen, um mich mürbe zu machen?«

»Du weißt genau, daß das nicht stimmt.«

»Dann sag mir doch bitte, warum du mit Gigante zusammen kommen willst. Sag's mir!«

Er sah sie an und spürte, daß sich hinter ihrer Wut Angst verbarg. Sie fragte, warum Gigante wissen wollte, wer ihren Wagen gefahren hatte.

Pirelli öffnete die Wohnungstür.

»Tut mir leid, Sophia, ich darf nicht darüber sprechen. Du mußt auf Gigante warten, es ist sein Fall.«

Aber als er ihren Gesichtsausdruck bemerkte, schloß er die Tür wieder. »Okay, dann sage ich es dir eben. Gigante glaubt, daß dein Fahrer Fabio umgebracht hat.«

Sophia hielt den Atem an und starrte ihn in gespieltem Erstaunen mit weit aufgerissenen Augen an. »Was?«

Pirelli nickte. »Deswegen habe ich solche Angst um dich und deine Familie gehabt. Wer war er, Sophia?«

»Einfach ein Angestellter. Das kann nicht sein.«

Pirelli wandte sich zum Gehen. Es war höchste Zeit. Über die Schulter hinweg sagte er: »Bis in ein paar Minuten dann.«

Sophia schloß die Tür. Sie hatte Herzklopfen und zitterte. Also wußten sie über Johnny Bescheid? Als sie ihr Make-up auffrischte, ließ das Zittern nach. Sie wollen mich nur über meinen Fahrer ausfragen, dachte sie. Sie? Giovanni! Hatte er ihr die Wahrheit gesagt?

Sie schleuderte ihren Lippenstift durch den Raum. Hatte Pirelli ihr etwas verheimlicht? Hatte er sie nur ausgenutzt? Betrogen? Sie griff nach dem Valium, aber dann ließ sie das Fläschchen in den Papierkorb fallen.

Niemand kann dir noch mehr antun, Sophia, sagte sie sich. Erzähle ihnen genug, damit du sie los wirst, und dann verschwinde.

24. Kapitel

Pirelli stampfte mit den Füßen. Es war kalt und schneite. Die zarten Flocken schmolzen auf dem Bürgersteig, und der Rinnstein war voller Schneematsch.

Gigante kam zu spät. Pirelli blickte mehrmals auf die Uhr, bis er endlich das gelbe Taxi am Straßenrand halten sah.

»Tut mir leid, ich habe den Kram, den ich gekauft habe, noch ins Hotel gebracht. Bei dir soweit alles klar?«

»Soweit ja. Barzini ist bei einem Unfall ums Leben gekommen. Heute morgen haben sie ihn beerdigt. Ich sag' dir, dieser Fall bringt mich noch ins Irrenhaus.« Er sah wieder auf die Uhr. »Wir sollten hochgehen, wir kommen schon zu spät.«

Nebeneinander gingen sie die Treppe hoch. Vor der Wohnungstür fuhr Pirelli sich mit den Händen durchs Haar.

Als er Sophia seinem Kollegen vorstellte, errötete dieser bis unter die Haarwurzeln. Pirelli hatte nicht übertrieben. Sie war wirklich eine Schönheit.

Während Gigante Sophias Aussage zu Protokoll nahm, schwieg Pirelli. Ihre Stimme war ruhig, und sie sah ihn nicht an.

»Und Sie sind in Fabios Werkstatt niemandem begegnet?«

»Nein, es war noch Mittagspause. Ich habe dort niemanden gesehen.«

Gigante klopfte auf sein Notizbuch. »Wenn ich Ihnen nun aber sage, daß jemand Sie gesehen hat und daß Sie in Begleitung eines...«

Pirelli beobachtete, wie sie lächelnd den Kopf schüttelte. »Das muß ein Irrtum sein. Wahrscheinlich war in einem der Büros jemand, sonst wüßten Sie nicht, daß Nino und ich uns gestritten haben... Aber ich habe niemanden gesehen, und niemand hat mich begleitet.«

Gigante fragte sie, wo sie an dem Abend, nachdem sie Fabio besucht hatte, zwischen halb elf und Mitternacht gewesen sei.

Sophia warf Pirelli nicht einmal einen Blick zu. »Ich habe Kommissar Pirelli getroffen, ganz zufällig, und wir sind zusammen in die Oper gegangen. Man gab *Rigoletto,* und wir gingen vor dem letzten Akt. Dann haben wir zusammen gegessen, bis nach Mitternacht.«

Gigante hob eine Augenbraue und warf Pirelli einen Blick zu, aber dieser blickte angestrengt auf den Teppich.

»Kennen Sie eine Celeste Morvanno?«

»Ja, sie hat als Sekretärin für mich gearbeitet. Als ich meine Firma schließen mußte, hat sie für Nino weitergearbeitet, obwohl sie mir gesagt hatte, daß sie nicht mehr arbeiten wollte, weil sie schwanger war. Sie hat gelogen, denn ich habe sie in Ninos Firma gesehen. Aber ich gewöhne mich allmählich daran, daß ich belogen werde.«

Sie sah Pirelli nicht an, aber er hüstelte.

»Sind Sie mit dem Wagen zu Fabio gefahren?«

»Ja. Mit einem weißen Rolls-Corniche. Er hat meinem Schwiegervater gehört.«

»Sind Sie selbst gefahren?«

»Nein, ich hatte einen Chauffeur.«

»Kannten Sie den Fahrer gut?«

»Nein. Er hatte allerdings schon eine Weile für meine Schwiegermutter gearbeitet.«

»Wissen Sie, wie er hieß?«

Nach kurzem Zögern nickte Sophia. »Mit Vornamen hieß er Johnny, aber an seinen Nachnamen kann ich mich nicht erinnern. Meine Schwiegermutter kennt bestimmt seinen vollständigen Namen.«

Pirelli blickte auf und kniff die Augen zusammen. Aber Gigante schien auf Luca Carollas Decknamen nicht weiter eingehen zu wollen.

»Hat Ihr Fahrer das Gebäude betreten?«

»Er hat mich abgeholt und zum Wagen begleitet.«

»Wissen Sie, ob er in das Gebäude zurückgekehrt ist?«

»Nein. Aber er hatte keinen Grund dazu. Ich nehme an, daß er direkt nach Rom zurückgefahren ist.«

»Sie wissen nicht, wann er in Rom angekommen ist?«

»Nein, leider nicht. Meine Schwiegermutter kann Ihnen vermutlich die genaue Uhrzeit sagen.«

»Er hat in Ihrer Wohnung gewohnt?«

Sophia fuhr sich mit der Zunge über die Lippen. »Nein, aber ich hatte ihn gebeten, nach meiner Schwiegermutter zu sehen. Ich lasse sie ungern länger allein, nach allem, was sie durchgemacht hat. Ich nehme an, daß meine Schwiegermutter Ihnen auch seine Adresse geben kann.«

»Wissen Sie, ob er Nino Fabio kannte?«

»Das bezweifle ich. Er war nur ein einfacher Fahrer.«

»Und wo war Ihr Wagen in der Zeit, als Sie mit Kommissar Pirelli in der Oper waren?«

»Wie ich schon sagte, der Chauffeur ist mit dem Wagen nach Rom in meine Wohnung zurückgefahren.«

Gigante schloß sein Notizbuch. »Ich werde mit Ihrer Schwiegermutter sprechen müssen, und ich möchte auch den Fahrer verhören. Wissen Sie, wo er sich zur Zeit aufhält?«

»Nein, leider nicht. Ich vermute, daß er sich eine andere Arbeit gesucht hat, nachdem wir Italien verlassen haben.«

Gigante blickte zu Pirelli hinüber, und einen Augenblick lang war es ganz still im Raum. Dann stand Pirelli auf und lehnte sich gegen den Schreibtisch.

»Wissen Sie, wie Nino Fabio ermordet wurde?«

»Nein. Ich habe von seinem Tod erfahren, als ich von hier aus angerufen habe. Ich hatte ihm vorschlagen wollen, noch einmal über den Verkauf seiner Entwürfe zu verhandeln.«

»Ich habe bereits mit Ihnen darüber gesprochen, daß ich auf der Suche nach Luca Carolla, Paul Carollas Adoptivsohn, bin. Und ich glaube, Sie wissen auch, daß meiner Ansicht nach Luca Carolla an der Ermordung Ihrer beiden Kinder beteiligt war.«

Nervös faltete Sophia die Hände und nahm sie wieder auseinander. »Ich bin sicher, daß Sie und Ihre Kollegen ihr möglichstest tun... Würden Sie mich bitte einen Augenblick entschuldigen? Ich brauche ein Glas Wasser.«

Als sie das Zimmer verließ, stand Gigante auf und stellte sich neben Pirelli. »Sie ist zu cool, anscheinend kann nichts sie erschüttern. Ich glaube, sie verheimlicht uns etwas. Ich bin zwar noch nicht fertig, aber ich möchte, daß du es weiter versuchst, damit ich in Ruhe zuhören kann.«

Sophia kam mit einem Tablett zurück, auf dem ihr Glas Wasser und eine Flasche Wein mit zwei Gläsern standen. »Darf ich Ihnen ein Glas Wein anbieten?«

»Nein, danke.« Pirelli zündete sich eine Zigarette an und setzte von neuem an. »Sophia, ich glaube wirklich, daß Sie und Ihre Verwandten in Gefahr sind. Ich möchte Ihnen nur die Tatsachen vor Augen führen.«

Sophia setzte sich wieder. Gigante sah zu, wie sie ihre schönen Beine übereinanderschlug und den engen Rock zurechtzog. Sie ließ sich ihre Nervosität nicht anmerken, sondern blickte Pirelli direkt in die Augen. Er nahm den Faden wieder auf.

»Ich bin sogar sicher, daß Luca Carolla Ihre Kinder getötet hat, und ich bin sicher, daß er an einer ganzen Reihe anderer Morde beteiligt war. Der junge Mann ist sehr krank.«

Sophia reagierte nicht. Sie sah auf den Boden.

Pirelli wurde klar, daß er sich etwas entspannter geben mußte. Er schenkte sich ein Glas Wein ein.

»Bitte verstehen Sie mich richtig. Sie wissen, daß Sie nichts sagen müssen. Aber ich muß unbedingt Luca Carolla finden, bevor er wieder jemanden umbringt, und ich habe keinen Zweifel daran, daß er das tun wird. Ich habe mit Hilfe der psychiatrischen Klinik in Palermo und einer Radiologin vom Nazareth-Krankenhaus, die ihn untersucht hatte, als er fünf oder sechs war, einiges über ihn herausgefunden. Daher weiß ich, daß Luca Carolla die klassische Lebensgeschichte eines Psychopathen hat. Wir müssen vom Schlimmsten ausgehen, nämlich daß er ein zwanghafter Killer ist.«

Der Schnee fiel in dichten, großen Flocken, so daß die Scheibenwischer unter der Last knirschten. Luca fuhr auf den Privatweg und lächelte Graziella im Rückspiegel an. Sie sah aufgeregt aus dem Fenster.

»Ist das ein Hotel?«

»Nein, es ist ein Privathaus.«

Der von gepflegten Hecken gesäumte Fahrweg führte auf einen schneebedeckten Rasen, der sich vor einem Anwesen mit weißen Säulen ausdehnte. Es hatte Paul Carolla gehört, er hatte jedoch nie darin gelebt.

Eine Woche vor seiner Flucht aus den Vereinigten Staaten war es bezugsfertig geworden. Das exklusive Haus auf Long Island war Carollas Traum gewesen, der Beweis für seinen Erfolg. Mehr als anderthalb Jahre hatte es leergestanden, und nun hatte Luca den Besitz geerbt. Das Haus mit den weitläufigen Gartenanlagen, den Ställen und Höfen gehörte nun ihm. Er hatte erst davon erfahren, als er Carollas Schließfach geöffnet hatte. Dabei war er an dessen Inhalt gar nicht interessiert gewesen, sondern hatte nur seinen Anteil an dem Geschäft mit Barzini sicher verwahren wollen.

Staunend stiegen die Frauen aus dem Wagen. Luca weinte fast vor Aufregung. Seine Freude wurde nur durch Sophias Abwesenheit getrübt.

Der Schnee wirbelte um ihn herum, und er wischte sich lachend die Flocken aus dem Gesicht. Mit einer eleganten Verbeugung überreichte er Graziella den Hausschlüssel.

»Das ist mein Geschenk, mein Geschenk an euch alle. Und hier ist die Schenkungsurkunde – sie ist auf Ihren Namen ausgestellt, Mama Graziella Luciano.«

Graziella schlug sich die Hände vors Gesicht und sagte, so ein großes Geschenk könne sie auf keinen Fall annehmen. Doch Teresa meinte lachend, wenn Graziella es nicht wollte, würde sie ausnahmsweise gern an ihre Stelle treten. Graziella wiederholte ein ums andere Mal: *»Bella, bella ...«*

Sie standen unter der Kuppel der Eingangshalle und blickten zu dem imposanten Kronleuchter hinauf. Teresa legte Graziella den Arm um die Schultern. »Na, Mama, das ist schon eher etwas für dich, oder? Glaubst du, daß dieses Haus der Lucianos würdig ist?«

Graziella strömten die Tränen übers Gesicht. »Das hätte Papa sich für euch gewünscht. O ja, darauf wäre er stolz gewesen. Johnny, komm her, ich möchte dir danken.«

Sie nahm ihn in die Arme und küßte sein Gesicht, bis er sich zurückzog. »Es ist für dich, Mama, es ist für euch alle und auch für Sophia. Kommt, ich führe euch herum.«

Teresa hängte sich bei ihm ein. »Das muß ein Vermögen gekostet haben. Ist das Ihr Ernst? Ich meine, wollen Sie es uns wirklich schenken?«

Er nickte und sah aus wie ein kleiner Junge. »Jetzt können wir eine Familie sein, wir alle zusammen ...«

Teresa lächelte, doch während sie nach oben gingen, um die Schlafzimmer zu besichtigen, versuchte sie, den Wert des Besitztums einzuschätzen. »Wem hat es gehört? Es sieht aus, als wäre es gerade erst renoviert worden«, sagte sie.

Luca lächelte glücklich. »Es hat einem reichen Bankier gehört. Er ist gestorben, bevor er einziehen konnte, und da ist es mit allem Drum und Dran verkauft worden.«

»Haben Sie es gemietet, Johnny? Oder haben Sie einen Pachtvertrag abgeschlossen?«

»Nein, ich habe es gekauft ... Und das hier ist die Suite des Hausherrn.«

Die Frauen folgten ihm durch die Räume, und Teresa berührte die Tapeten, betrachtete die Kronleuchter und die Gemälde und spürte die dicken Teppiche unter ihren Füßen.

Nichts schien benutzt worden zu sein, auch in der großen Küche nicht. Jeder Topf und jeder Teller waren neu. Auf einigen Gegenständen klebten sogar noch die Preisschilder. Teresa schätzte, daß allein das Inventar des Hauses das Hundertfache von Lucas Anteil wert sein mußte. Wie also war er dazu gekommen? Und warum hatte er es Graziella geschenkt? Irgend etwas stimmte nicht. Wenn nur Sophia dagewesen wäre ...

Pirelli hatte fast zwei Stunden lang gesprochen. Sie hatten die Flasche Wein ausgetrunken, und seine Zigarettenschachtel war auch leer. Sophia hatte ihn kein einziges Mal unterbrochen, sie hatte nur mit niedergeschlagenen Augen dagesessen, als würde sie einen Punkt auf dem Teppich studieren. Ihr Wasserglas war noch halb voll, und Pirelli hatte ihr zwar mehrmals eine Zigarette angeboten, aber sie hatte nicht einmal die Zigarette, die sie sich zu Beginn des Verhörs angesteckt hatte, zu Ende geraucht, sondern sie nach einigen Zügen ausgedrückt. Während der ganzen Zeit hatte sie die Hände im Schoß gefaltet.

Pirelli hatte ihr alles erzählt, was er über den Fall Luca Carolla wußte. Er hatte ihr in allen Einzelheiten von den Morden erzählt und geschildert, wie stark der Mörder gewesen sein mußte, um seinen Opfern solche Wunden zufügen zu können. Aber selbst Ninos schrecklicher Tod ließ sie anscheinend ungerührt. Pirelli hatte sich mehr von seiner Schilderung erhofft und war nun niedergeschlagen und erschöpft. Er fühlte sich so leer und ausgelaugt, daß ihm der Kopf weh tat. Am liebsten hätte er Sophia angeschrien, aber er sah nur hilflos zu seinem Freund.

Die Stille im Raum wurde ihm unheimlich, und er seufzte. Langsam hob Sophia den Kopf und begegnete seinem Blick. Dann starrte sie wieder auf den Boden. Nach einer schier endlosen Pause strich sie sich über den Rock und drückte die Handflächen auf die Oberschenkel. »Ich . . .«

Er beugte sich vor.

»Was Sie erzählt haben, schockiert mich. Es macht mir mehr angst, als ich in Worte fassen kann, aber ich sehe nicht, wie ich Ihnen helfen könnte. Ich wünschte wirklich, ich könnte es, aber obwohl ich jetzt alles weiß, ist es mir nicht möglich, Ihnen irgendwie behilflich zu sein. Soweit ich weiß, bin ich Luca Carolla niemals begegnet. Ich kann Ihnen jedoch versichern, daß ich Vorsichtsmaßnahmen treffen und meine Familie warnen werde.«

Wieder begegnete sie Pirellis Blick. Ihre Augen waren völlig ausdruckslos. Er kam etwas näher.

»Sophia, wir wissen, daß Sie mit dem Mord an Nino Fabio nichts zu tun hatten...«

Sie starrte ihm weiterhin ins Gesicht.

»Sie haben ausgesagt, daß Sie vor dem Gebäude Celeste Morvanno getroffen haben. Aber wir haben Ihnen noch nicht gesagt, daß Celeste, als sie verhört wurde, einen Steckbrief und ein Foto im Polizeigebäude gesehen und ausgesagt hat, daß der Mann auf dem Bild und der Fahrer Ihres Wagens identisch seien. Sie hat einen Eid darauf abgelegt, und deswegen sind wir beide hier in New York.«

Sophia sah ihm unverwandt in die Augen und wartete.

»Sophia, der Mann auf dem Foto, das Celeste gesehen hat, war Luca Carolla.«

Endlich eine Reaktion, ein plötzliches Atemholen, mehr nicht. Sie schien leicht den Kopf zu schütteln. Aber als Pirelli auf eine weitere Äußerung wartete, senkte sie den Kopf wieder und starrte auf die Hände in ihrem Schoß.

Seine Stimme wurde sehr ruhig. »Ich habe Ihnen noch eine weitere Information vorenthalten. Wir wissen, daß Luca Carolla einen Decknamen verwendet. Vor dem Mord an Paul Carolla hat er unter dem Namen Johnny Moreno ein Hotelzimmer gemietet. Unter dem gleichen Namen hat er einen Flug von Italien nach New York gebucht. Zumindest der Vorname ist der gleiche wie der Ihres Fahrers.«

Beide Männer beobachteten Sophia scharf. Ihre Ruhe irritierte sie. Als sie schließlich sprach, war ihre Stimme zwar noch tiefer als sonst, aber sie zitterte nicht.

»Haben Sie das Bild hier? Ich glaube, wenn ich es sehen würde, könnte ich Ihnen sagen, ob der Fahrer – ob der Fahrer«, ihre Stimme wurde leiser, sank zu einem kaum vernehmbaren Flüstern herab, »Luca Carolla war.«

Gigante holte das Foto aus seiner Aktentasche und reichte es ihr. Sie betrachtete es und gab es ihm zurück. Dann reichte er ihr das Phantombild, und wieder studierte sie es eine ganze Weile. Pirelli beobachtete sie.

Ihr Profil erschien ihm wie aus Stein gemeißelt, nur ihr voller

Mund mit dem dunklen Lippenstift war ein klein wenig geöffnet, und Pirelli sah, wie sie sich mit der Zungenspitze an die Oberlippe fuhr. Es war nur eine winzige Bewegung, und wenn er Sophia nicht so scharf beobachtet hätte, wäre sie ihm nicht aufgefallen.

Plötzlich sah sie auf. Ihre Augen waren so dunkel, als bestünden sie nur aus den riesigen Pupillen. »Es tut mir leid, aber zwischen meinem Fahrer und dem Mann hier auf der Zeichnung besteht keinerlei Ähnlichkeit. Celeste hat sich geirrt. Ich bin sicher, daß der Fahrer während unseres Gesprächs im Wagen gewartet hat, und der Rolls-Corniche hat eine getönte Windschutzscheibe.«

Pirelli sagte eindringlich: »Bitte betrachten Sie das Phantombild genau, Sophia. Es ist nach den Beschreibungen einer Reihe von Zeugen angefertigt worden. War das der Mann, der bei Ihnen als Fahrer angestellt war?«

Sophia beugte sich wieder über das Bild des Mannes, der ihre Kinder getötet hatte, Luca Carolla, alias Johnny Moreno. Die beiden Inspektoren warteten.

Warum antwortet sie nicht? dachte Pirelli. Warum nicht? Er hatte Kopfschmerzen vor Anspannung.

Gigante hustete und brach damit die angespannte Stille. Sie hatte nur Sekunden gedauert, aber in dieser Zeit hatte Sophia ihre Entscheidung getroffen. Es gab kein Zurück. Sie wußte, wo Luca war, sie wußte, wer er war. Er gehörte den Witwen der Lucianos.

Vorsichtig legte sie das Phantombild aus der Hand. »Nein, das ist nicht mein Fahrer. Er hatte rötliches Haar, war möglicherweise auch jünger, aber wenn Sie mit meiner Schwiegermutter sprechen, wird sie Ihnen bestimmt seinen Namen und seine Adresse geben können.«

Gigante sah zu Pirelli hinüber. Es gab nichts mehr zu sagen.

»Vielen Dank für Ihre Aussage, Signora Luciano. Wenn es nötig sein sollte, daß ich noch einmal Kontakt mit Ihnen oder Ihrer Schwiegermutter aufnehme, würde ich Sie vermutlich unter dieser Adresse erreichen?«

Sophia erhob sich ebenfalls und erklärte, sie würde bei Teresa wohnen, bis sie eine andere Unterkunft gefunden hätte, und würde ihrer Schwägerin dann selbstverständlich ihre neue Adresse mitteilen. Sie begleitete die beiden Männer zur Tür und reichte ihnen zum Abschied die Hand.

Da Gigante neben ihm stand, konnte Pirelli kein persönliches Wort mit ihr wechseln. Er konnte sie nur anlächeln. Sie schenkte ihm einen eisigen Blick. Sophia war unberührbar geworden. Ihre Hand, die in der seinen lag, war kalt und fremd. Er spürte, daß sie ihm nie wieder erlauben würde, ihr nahezukommen.

Eine Stunde später klingelte das Telefon. Sophia nahm den Hörer ab.

»Sophia, bist du es?«

»Hallo, Teresa.«

»Wie war es? Hat alles geklappt?«

»Ja. Wo seid ihr?«

Teresa erzählte ihr von dem Haus und wie merkwürdig es ihr erschien, daß Johnny gesagt hatte, er sei der Besitzer, und es Graziella geschenkt hatte.

»Wo ist er jetzt, Teresa?« Sophia versuchte, die Panik in ihrer Stimme zu unterdrücken.

»Er wollte unbedingt zurückfahren, um dich abzuholen.«

»Teresa, wann ist er losgefahren?«

»Schon vor Stunden. Was hast du? Du klingst irgendwie nervös. Was war mit Pirelli?«

»Er war stundenlang hier. Ich hatte das Telefon abgehängt.«

»Das habe ich gemerkt. Wir sind nicht durchgekommen.

»Ist die Telefonverbindung zum Haus unterbrochen? Warum rufst du aus einer Zelle an?«

»Es ist noch nicht angeschlossen. Hör mal, ich weiß nicht, was ich von diesem Haus halten soll . . . Sophia, was ist denn los?«

»Nichts . . . Ich erzähle es dir, wenn wir uns sehen. Ist Mama dabei, kann ich sie kurz sprechen?«

Graziella kam ans Telefon und fing gleich an, das Haus zu beschreiben, doch Sophia unterbrach sie. »Mama, bitte hör mir zu. Du hattest einmal einen Gärtner in der Villa Rivera, einen Jungen mit rötlichem Haar. Kannst du dich noch erinnern, wie er hieß?«

»Was?«

»Er hat als Gärtner für euch gearbietet, Mama, er hatte rötliches Haar...«

»Oh, *si,* Giulio! Ein Neffe von Adina. Er hat jetzt einen Taxibetrieb in Palermo. Papa hat ihm seinen ersten Wagen gekauft... Giulio Bellomo.«

»*Grazie,* Mama. Gibst du mir bitte Adinas Telefonnummer in Mondello?«

Graziella erklärte Sophia, sie sollte in der Frisierkommode in ihrem Schlafzimmer nach ihrem Adreßbüchlein suchen.

Beim Durchsuchen der Schubladen stieß Sophia auf die Fotos, die einmal das Klavier in der Villa Rivera geschmückt hatten. Sie betrachtete sie der Reihe nach: ihre kleinen Jungen; ihre Hochzeit mit Constantino; Teresa und Filippo, die Rosa als Kleinkind an den Händen hielten.

Sie fand auch ein vergilbtes altes Foto von Roberto Luciano als jungem Mann. Aus dem hübschen, arroganten Gesicht blickten ihr die schwarzen Augen ohne die Spur eines Lächelns entgegen. Er sah ganz anders aus als auf dem Hochzeitsfoto mit Graziella. Das letzte Foto zeigte Micheles vertrautes Gesicht. Sie strich leicht mit den Fingerspitzen darüber, bevor sie nach dem Adreßbuch griff.

Adina war selbst am Telefon und fing sofort an zu weinen, als sie Sophias Stimme hörte. Als Sophia ihr versicherte, daß es ihnen gutginge, daß sie aber Hilfe brauchten, wurde sie still. Langsam und eindringlich erklärte Sophia ihr, was sie von ihr wollte, welchen Gefallen sie Don Robertos Witwe erweisen sollte. Giulio Bellomo sollte seinen Gehaltszettel so ändern, daß er dort als der Fahrer von Don Robertos Rolls-Corniche erschien. Außerdem sollte er nach Mailand fahren und sich mit dem Weg zu Nino

Fabios Firma vertraut machen. Erst nachdem Adina diese Anweisungen dreimal wiederholt hatte, gab Sophia sich zufrieden. Dann sagte sie ihr noch, sie müsse sich darauf gefaßt machen, daß die Carabinieri ihr Fragen stellen würden. Giulio dürfe unter keinen Umständen von der Geschichte, die Sophia erzählt hatte, abweichen. Es könnte um Graziellas Leben gehen.

Anschließend rief Sophia in Pirellis Hotel an, wohl wissend, daß er nicht dort war. Sie hinterließ die Nachricht, daß Graziella zufolge der Fahrer Giulio Bellomo geheißen habe. Sein Spitzname sei Johnny gewesen. Auch die Adresse gab sie an.

Sophia packte alle persönlichen Papiere aus Teresas Büro, die ihr von Bedeutung schienen, in eine Aktentasche. Dann ging sie durch die einzelnen Zimmer, durchsuchte Schubladen und Nachtschränkchen und packte alles ein, was ihr notwendig erschien. Sie wollte nicht zuviel mitnehmen, denn Johnny – Luca – durfte keinen Verdacht schöpfen. Aber sie mußte sichergehen, daß sie alles Wichtige bei sich hatte, damit sie nie wieder in die Wohnung zurückkehren müßten.

Ihr kurzer Traum von Freiheit war vorüber. Sie wußte jetzt, daß sie niemals von den Lucianos freikommen würde, daß sie an ihr haftenbleiben würden wie ein Fluch. Aber dieses Wissen belastete sie nicht mehr. Ihr war, als würde sie beobachtend neben sich stehen und sacht jede Furcht beiseite schieben.

Pirelli öffnete ein neues Päckchen Zigaretten. Gigante, der neben ihm auf einem Barhocker saß, sah ihn von der Seite her an. »Und was machen wir jetzt, Giovanni?«

»Ich weiß es nicht.«

Gigante guckte in sein Glas. »Ich habe nur ein einziges Mal eine Reaktion bei ihr gesehen. Als du den Namen Johnny Moreno erwähnt hast. Da hatte ich den Eindruck, daß sie plötzlich irgendwie angespannt war, aber ich konnte ihr Gesicht nicht sehen. Mal angenommen, Carolla hat es wirklich geschafft, sich als Fahrer bei ihnen einzuschleichen. Glaubst du, daß sie das, nach allem, was du ihr erzählt hast, noch geleugnet hätte?«

Pirelli zog die Nase hoch. »Hast du Kinder?«

»Nein.«

»Ich habe einen Sohn, und wenn er erschossen worden wäre und jemand meiner Frau erzählt hätte, wer es war, glaubst du nicht, daß sie irgend etwas getan hätte? Zumindest irgend etwas gesagt hätte?«

»Deine Frau vielleicht, aber sie ist schließlich keine Luciano.«

»Und worin liegt der Unterschied? Sophia ist auch Mutter. Du hättest sie sehen sollen, als ich zum erstenmal bei ihnen war. Sie hat mir vorgeworfen, ich würde nicht genug tun, um den Mörder zu finden, weil sie eine Luciano sei... Aber jetzt weiß sie alles. Wenn sie damals wollte, daß er gefaßt wird, gibt es keinen Grund, daß sie es jetzt plötzlich nicht mehr will. Glaubst du nicht, daß sie etwas gesagt hätte, wenn sie ihn erkannt hätte? Deine Zeugin muß sich geirrt haben.«

Pirelli wollte neue Getränke bestellen, aber Gigante schüttelte den Kopf. »Willst du diesem Hinweis auf Barzini noch nachgehen?«

Pirelli nickte. »Ja, wo ich nun einmal hier bin, will ich tun, was ich kann. Bleibst du noch, um mit der alten Dame zu sprechen?«

Gigante zuckte die Achseln. »Nein, das ist es mir nicht wert. Ich nehme den nächsten Flug zurück. Bei den Spesen, die dieser Geizkragen mir genehmigt hat, kann ich es mir nicht leisten, noch hierzubleiben. Oder suchst du einen Vorwand, um die schöne Sophia noch einmal zu sehen? Hm?«

»Was?«

»Ach komm, soll ich dir wirklich glauben, daß ihr euch rein zufällig getroffen habt? Ein Abendessen zu zweit, und du hast nicht einmal versucht, sie aufs Kreuz zu legen? Mein Gott, was für Beine! Also, ich an deiner Stelle...«

Pirelli unterbrach ihn und winkte dem Barmann. »Da liegst du falsch. Frauen wie Sophia legt man nicht aufs Kreuz.«

»Vielleicht nicht, aber ich könnte verstehen, wenn du es versucht hättest.«

Pirelli funkelte ihn wütend an und schob dem Barkeeper ein paar Dollars über die Theke. Dann griff er nach seinem Mantel.

»Übertreib's nicht, Gigante, sonst stopfte ich dir die Schale Erdnüsse hier in den Rachen. Ruf im Hotel an und frage, ob sie eine Nachricht für uns haben, und ich sehe zu, daß ich ein Taxi erwische.«

Pirelli stand vor der Bar, in der er mit Gigante gesessen hatte. Es war kalt und schneite heftig. Ein Taxi nach dem anderen fuhr spritzend vorbei. Alle waren besetzt. Frustriert schlug er seinen Mantelkragen hoch. Er war nur wenige Meter vom Eingang des Hauses entfernt, in dem Sophia wohnte, aber er brachte es nicht fertig, in diese Richtung zu sehen.

Hundert Meter weiter in der entgegengesetzten Richtung bahnte Luca Carolla sich mit einem Leihwagen ungeduldig einen Weg durch den dichten Verkehr. Er hatte den Häuserblock fast erreicht, als ein freies Taxis aus einer Seitenstraße auf die Hauptstraße einbog. Pirelli trat einen Schritt vor, um ihm zu winken. In diesem Moment stürzte Gigante aus der Bar. Er hielt sich eine Zeitung über den Kopf.

»Giovanni, sie hat schon im Hotel angerufen.«

Pirelli, der schon fast eingestiegen war, drehte sich um.

»Was?«

»Sophia Luciano – sie hat eine Nachricht hinterlassen.«

Pirellis Herzschlag setzte aus. »Für mich?«

»Nein, den Namen und die Adresse des Chauffeurs.«

Zwei Wagen weiter drückte Luca Carolla ungeduldig auf die Hupe. Er fluchte über die Verzögerung.

Pirelli stieg ein und schlug die Tür zu. Gigante hämmerte gegen das Wagenfenster. »Und ich? Was ist mit mir?«

Pirelli brüllte ihm zu: »Ich habe eine Verabredung mit dem Bezirksstaatsanwalt!«

Das Taxi fuhr los, und Gigante schrie: »Ich dachte, du hättest dich heute vormittag schon mit ihm getroffen!«

Pirelli kurbelte das Fenster herunter und streckte den Kopf heraus. »Ich habe gelogen! Ich war mit Sophia Luciano im Bett. Wir haben uns leidenschaftlich geliebt!«

»Blöder Quatschkopf!« schimpfte Gigante ihm nach, während die Zeitung auf seinem Kopf aufweichte und eine vorbeifahrende Limousine ihm die Hosenbeine naß spritzte.

Wenn Pirelli aus dem Rückfenster des Taxis geblickt hätte, hätte er Luca Carolla gesehen. Statt dessen zog er sein Taschentuch hervor und wischte sich das Gesicht ab.

»Heute abend gibt's bestimmt Glatteis.« Der Taxifahrer stellte den Rückspiegel ein.

Pirelli nickte, aber er sagte nichts. Er wollte nicht in ein Gespräch verwickelt werden. Der Klumpen im Hals hätte es ihm bestimmt nicht erleichtert... Er lehnte sich zurück und schloß die Augen. Er wußte, daß er sie nie vergessen würde. Vielleicht würde er noch als alter Mann von ihr träumen, sich an ihre Leidenschaft erinnern, an ihr herrliches Haar auf dem Kissen, an ihr Lächeln, wenn sie die Arme nach ihm ausstreckte. Aber er wußte, daß es nie wieder geschehen würde. Er würde nicht versuchen, sie wiederzusehen. Es war vorbei.

»Sophia...« Er sagte leise ihren Namen. Er fühlte nichts mehr. Sobald er nach Mailand zurückkäme, würde er seinen Urlaub nehmen und Lisa gegenüber alles wiedergutmachen. Der bloße Gedanke an seine Familie verlieh ihm ein Gefühl der Sicherheit, ein Gefühl für das, was er beinahe verloren hätte.

Sophia hatte ihr Leben lang mit Geheimnissen gelebt. Sie hatte ein ganzes Netz aus Lügen gesponnen, damit ihre Vergangenheit sie nicht einholte. Daher bereitete es ihr auch keine Schwierigkeiten, Luca etwas vorzulügen. Es war sogar leichter, als sie gedacht hatte, denn sie hatte keine Schuldgefühle mehr. Auf ihren Vorschlag hin brachte Luca den Leihwagen zurück, und sie fuhren mit dem Lincoln von Filippo nach Long Island.

Je mehr Lügen Sophia in ihren Bericht über das Gespräch mit Pirelli einfließen ließ, desto mehr entspannte sich Johnny alias Luca. Während es unaufhörlich weiterschneite, war ihr, als würde sie sich in einen Kokon einspinnen, in eine private Welt, die sie allein beherrschte.

25. Kapitel

Während der Einfahrt zu dem Haus fiel der Schnee in dichten Flocken. Luca setzte Sophia vor der Veranda ab und fuhr weiter, um hinter dem Haus zu parken. Sie hatte kaum Zeit, sich den Schnee vom Mantel zu klopfen, da riß Graziella auch schon die Haustür auf und zog Sophia in die imposante Eingangshalle.

In ein Badetuch gehüllt, kam Rosa die breite Treppe herunter. »Im Haus ist ein Schwimmbecken«, sagte sie voller Freude, »ich bin eben geschwommen.«

Sie zogen Sophia hierhin und dorthin, und Luca war ihnen immer auf den Fersen. Er errötete und lachte vor Freude. Sophia machte genau die richtigen Bemerkungen zu den Herrlichkeiten des Hauses.

Allen schien eine große Last von den Schultern genommen, und nichts in Sophias Verhalten deutete auf die kommenden Ereignisse hin.

Sobald Luca mit Graziellas Einkaufsliste zum Supermarkt aufgebrochen war, rief Sophia die Frauen im Wohnzimmer zusammen. Sie schloß die Türen, als wollte sie sie daran hindern, den Raum wieder zu verlassen.

»Geht es um Pirelli?« fragte Teresa.

»Ja. Und es ist wohl besser, wenn ihr euch alle hinsetzt, denn das, was ich euch zu sagen habe, läßt sich nicht beschönigen.«

Wie gebannt lauschten die Frauen ihrer dunklen Stimme. »Ihr müßt ganz ruhig bleiben. Wir müssen genau überlegen, was wir tun wollen und wie wir es tun.«

Sie machte eine kleine Pause und sagte ohne weitere Umschweife: »Johnny Moreno ist Paul Carollas Adoptivsohn. Er heißt in Wirklichkeit Luca. Er ist Luca Carolla.«

Luca lud noch zwei weitere, randvoll gefüllte Einkaufstüten in den Wagen. Er hatte Mühe, den Kofferraum zu schließen. Die Lebensmittel und der Wein würden für mehrere Monate reichen. Er ging noch einmal die Einkaufsliste durch, um sicher zu sein, daß er nichts vergessen hatte. Dann fuhr er zur nächsten Tankstelle. Er war beinahe zwei Stunden fortgewesen.

Sophia hatte die Arme verschränkt und bohrte ihre Fingernägel in die Haut. In den Gesichtern der anderen spiegelte sich panisches Entsetzen.

Sie fuhr fort. »Er darf keine Ahnung haben, daß wir es wissen. Mama fängt an zu kochen, und wir anderen bereiten das Abendessen vor, als sei nichts gewesen. Ihr müßt ihn beschäftigen. Teresa und ich sorgen dafür, daß alle Ausgänge abgeschlossen sind. Er darf nicht entkommen. Und dann essen wir. Wir setzen uns alle zusammen hin, so wie wir es geplant hatten. Er sieht zwar ungefährlich aus, aber vergeßt nicht, daß Pirelli gesagt hat, er müßte sehr kräftig sein, um seine Opfer so zurichten zu können... Und wenn ihr unsicher werdet oder Angst bekommt, dann denkt an unsere Toten, Teresa, denk an Filippo, Rosa, du an Emilio, und du, Mama, an Papa und an meine Kinder und an Constantino... Ihr müßt alle an das denken, was er getan hat, und daß wir endlich die Gerechtigkeit erlangen, für die wir gebetet haben. Und das wollen wir doch alle, oder?«

Ihr Gesicht ähnelte einer schönen Maske, als sie nun eine nach der anderen anblickte. Rosa wischte sich mit dem Handrücken die Tränen aus den Augen und mied Sophias durchdringenden Blick.

»Rosa? Rosa?«

Rosa schluckte. »Willst du gehen? Rosa, wenn du gehen willst, muß du es sagen.«

»Nein... nein.«

»Gut. Dann hör auf zu weinen.««

»Aber du könntest dich doch irren. Du weißt es nicht mit Sicherheit.«

»Dann soll er es uns beweisen. Die Chance wollen wir ihm geben. Jetzt geht und zieht euch um. Ihr hattet vor, in euren schönsten Kleidern zu Tisch zu gehen, also zieht euch um und tut so, als hätte ich euch nichts erzählt.«

Graziella blieb sitzen. Sie hatte die Augen geschlossen, als würde sie beten.

Teresa flüsterte: »Vielleicht hättest du es Mama nicht sagen sollen?«

Doch Sophia schüttelte den Kopf. »Wir brauchen sie. Sie muß ihm das Zeug ins Essen tun, denn sie legt immer vor.«

Ohne auch nur das leiseste Beben in der Stimme sagte Graziella: »Ich bete zu Gott, daß du dich nicht irrst, und ich danke Gott, wenn du recht hast. Dann kann ich in Frieden sterben.«

Sophia nahm ihre Hand. »Mama, wir werden ihm die Möglichkeit geben, alle unsere Fragen zu beantworten. Wir tun es erst, wenn wir ganz sicher sind, und wenn wir es dann tun, werden wir ganz sicher sein. Ich gebe dir die Tabletten, Mama. Wenn wir sie zu Pulver zerstoßen... Du hast immer ein Taschentuch im Ärmel. Das kannst du ausleeren, so...«

Sophia zog Graziellas spitzenbesetztes Taschentuch aus dem Ärmel, um ihr zu zeigen, wie sie das Pulver über Lucas Teller streuen sollte.

Teresa fragte: »Sophia, wie wollen wir es tun?«

Das schöne, maskenhafte Gesicht wandte sich ihr zu. »Er ist schuldig, Teresa, das weiß ich. Ich habe immer ein seltsames Gefühl ihm gegenüber gehabt, aber ich habe nie gewußt warum. Er muß langsam sterben, qualvoll.««

»Wer von uns soll es tun?««

»Wir alle, Teresa, wir alle werden es tun...«

Sie hörten ein Auto hupen, und Teresa trat ans Fenster. Sie zitterte am ganzen Körper. »Er ist da. Er ist es... Er fährt hinter das Haus.«

Die Reifenspuren waren noch zu sehen, obwohl es weiter schneite. Zitternd wartete Rosa im Stall. Luca ging dreimal an ihr vorbei, beladen mit Einkaufstüten. Dann hörte sie den Kofferraumdeckel zuschlagen. Pfeifend ging er zum viertenmal an ihr vorbei. Als sie vorsichtig die Stalltür aufschob, sah sie, wie er in der Küche verschwand.

Sie lief die lange Auffahrt entlang bis zu dem großen schmiedeeisernen Tor und verschloß es mit einer Kette mit Vorhängeschloß. Dann lief sie zum Wagen zurück, zog den Schüssel aus dem Zündschloß und kehrte mit klopfendem Herzen in die Küche zurück. Sie zog schnell den Mantel aus und schüttelte sich den Schnee aus den Haaren.

Graziella hatte einen Teil der Einkäufe bereits auf dem Küchentisch ausgebreitet. Als Rosa den Autoschlüssel in eine Küchenschublade legte, bat Graziella sie, einen Topf mit Wasser für den Reis aufzusetzen und dann Pilze, Zwiebeln und Tomaten zu hacken.

Graziella war nicht anzumerken, daß etwas Furchtbares geschehen sollte. Sie kochte einfach, sie kochte das erste Abendessen im neuen Haus. Rosa liefen Tränen übers Gesicht, und plötzlich fühlte sie, wie ihre Großmutter ihr zärtlich die Hand auf den Nacken legte.

»Beim Zwiebelschneiden kommen einem immer die Tränen... Wenn du eine Schüssel mit heißem Wasser daneben stellst, muß du nicht weinen. Wußtest du das, mein Kind?«

Rosa nickte und wischte sich die Wangen ab. Graziella stellte eine dampfende Schüssel mit heißem Wasser hin, und ihre sanfte Stimme beruhigte Rosa. »Kannst du dich noch an den Abend erinnern, als du dein Hochzeitskleid anprobiert hast? Es war so wunderschön, und du warst so glücklich... Erinnerst du dich, Rosa, erinnerst du dich noch?«

Graziella sah ihrer Enkelin unverwandt in die Augen, und erst als Rosa nickte, wandte sie sich wieder ihren Kochtöpfen zu.

Teresa trug das schwarze Kleid, das Sophia ihr für das Diner im Sanssouci in Rom geschenkt hatte. Sie kam gerade aus ihrem Schlafzimmer, als Sophia vorbeiging.

»Das ist eine gute Idee, Teresa.«

Er tauchte aus dem Nichts auf, lehnte sich auf das Treppengeländer und legte den blonden Kopf auf die Unterarme. Teresa beobachtete, wie Sophia zu ihm trat und sich neben ihn stellte.

»Johnny, findest du nicht, daß Teresa reizend aussieht?«

»Du siehst wunderschön aus, Teresa. Dreh dich mal um... Was für ein tolles Kleid! Ist das eine von Nino Fabios Kreationen, Sophia?«

»Ja...«

Luca lachte. Er warf Sophia einen vielsagenden Blick zu und stieg die Treppe hinauf. Teresa konnte ihr Zittern nicht unterdrücken. Sie lief die Treppe hinab, und Sophia blieb auf dem Treppenabsatz zurück. Luca blieb stehen und drehte sich zu ihr um, während er sein T-Shirt über den Kopf zog. Sie starrte ihn an. Sie sah, wie sehnig und muskulös sein Oberkörper war. Er mußte wirklich große Kräfte haben. Nino Fabios Wunden waren so tief gewesen, daß die Rückenmuskeln durchtrennt worden waren... Luca war unter ihrem Blick rot geworden. Er drehte sich um und lief weiter die Treppe hinauf, froh, daß Sophia nicht sehen konnte, welche Wirkung sie auf ihn ausübte. Sein Körper schien vor Verlangen nach ihr zu glühen.

Sophia bemerkte die Narben auf seinem Rücken. Pirelli hatte nichts ausgelassen. Er hatte auch die Beschreibung, die Pater Angelo ihm von Luca gegeben hatte, wiederholt. Die Narben waren ein weiterer Beweis für Lucas Identität.

Rosa begegnete ihrer Mutter auf dem Treppenabsatz. Teresa warf einen verstohlenen Blick nach oben und flüsterte: »Wie geht es dir?«

»Es geht, Mama.«

»Hast du die Autoschlüssel?«

»Ja.«

Aus den Augenwinkeln konnte Teresa sehen, wie er, in ein Badetuch gehüllt, auf sie hinabblickte. Ihr Kleid war vom Liegen im Koffer zerknittert, und jetzt versuchte sie nervös, die Falten glattzustreichen.

Rosas Stimme bebte, als sie versuchte, Konversation zu machen. »Hast du nicht Lust, Klavier zu spielen, Mama? Hier steht ein Steinway. Spiel doch ein bißchen, ich ziehe mich inzwischen um.«

Teresa sah nach oben, aber Luca war verschwunden. »Ich warte bei dir, Rosa.«

Rosa flüsterte: »Nein, geh ins Wohnzimmer und spiel uns etwas vor.«

Gehorsam begab Teresa sich ins Wohnzimmer.

Graziella hörte das Klavierspiel in der Küche, aber die Melodie erkannte sie nicht. Mit schräggelegtem Kopf stand sie vor dem Herd und lauschte ... Sie erinnerte sich an Robertos Stimme, wie er sich lachend beschwert hatte, daß er nie zum Baden käme, weil das Badezimmer immer besetzt sei. Und an die Stimmen der Kinder erinnerte sie sich, wenn sie auf dem Treppenabsatz spielten ... Sie ging zu Sophia, als suchte sie bei ihr Trost.

Sophia zerquetschte gerade eine Mischung aus Valium und Schlaftabletten mit der Knoblauchpresse. »Wo hast du dein Taschentuch, Mama?«

Graziella zog das Spitzentüchlein aus dem Ärmel und reichte es Sophia. Sie hörten einen Schrei, und im gleichen Moment brach das Klavierspiel ab.

Sophia lief aus der Küche und griff dabei nach dem Messer, das Rosa benutzt hatte.

Luca stand in einem merkwürdigen Frack, mit einem alten Zylinder bedeckt, im Wohnzimmer und schwang lachend einen Spazierstock, als Sophia hereinkam.

Teresa saß am Klavier und versuchte, ihre Nervosität zu verbergen, indem sie alte Notenalben durchblätterte. »Er hat mir einen richten Schock versetzt!«

Luca lachte. »Ich bin hinter sie geschlichen. Ich wollte gerade anfangen mitzusingen ... Aber der Text ist mir nicht eingefallen.«

Sophia versteckte das Messer hinter ihrem Rücken. Sie zwang sich zu einem Lächeln und fragte Luca, wo er denn bloß die alten Kleider gefunden hätte. Luca sagte, sie hätten wohl dem Vorbesitzer gehört, denn er hätte sie in einer alten Truhe in seinem Zimmer gefunden.

Sophia ging rückwärts zum Sofa und steckte das Messer zwischen die Polster. »Teresa, spiel doch mal etwas, worauf Johnny tanzen kann.«

Sophia sah Teresa, die hastig in den Noten blätterte, fest an.

»Ich kann nicht auswendig spielen. Ich brauche Noten...«

Luca imitierte Charlie Chaplin. Er zuckte mit den Schultern und wirbelte seinen Spazierstock durch die Luft, während er mit auswärts gedrehten Füßen mit kurzen Schrittchen durch den Raum schlurfte. Er schien bester Laune zu sein, und Teresa konnte es nicht mehr ertragen.

»Ich gehe lieber in die Küche und helfe Mama. Mir ist nicht nach Klavierspielen zumute.«

Luca warf Hut und Stock auf das Sofa und blickte zu Sophia.

»Wollen Sie sich nicht auch zum Essen umziehen, Sophia?«

»Ja, sobald ich einen Moment Zeit habe.«

Sophia war erleichtert, als Rosa hereinkam. Sie trug ein Tablett mit Champagner.

»Wo ist Mama?« fragte sie.

Die Gläser klapperten, als sie das Tablett abstellte, und als sie Sophia ein Glas reichte, zitterte ihre Hand.

»Sie wollte Graziella in der Küche helfen.« Sophia nahm ihr Glas und drängte Rosa mit einem Blick, Luca auch ein Glas anzubieten.

Er lehnte den Champagner jedoch ab, nahm Hut und Stock und sagte, er wäre gleich wieder da, er hätte etwas vergessen. Als er den Raum verließ, warf er Sophia einen unergründlichen Blick zu.

Sophia stürzte in die Küche und fragte laut, so daß Luca es hören konnte: »Kommst du zurecht, Mama?«

Graziella nickte und stellte einige Schüsseln zum Vorwärmen in den Backofen. Plötzlich öffnete sich die Tür hinter Sophia, so daß sie unsanft nach vorn gestoßen wurde. Sie schrak zusammen, doch als sie sich umsah, war es Rosa.

Luca spürte, daß etwas vor sich ging. Er saß auf dem Bett und hielt mit beiden Händen den Bettrand umklammert. Es war Sophia. Sie war anders als sonst...

Hatte Pirelli ihr doch mehr erzählt, als sie zugegeben hatte? Wußte sie vielleicht, wie Fabio gestorben war? Ob es das war? Und ob sie es den anderen sagen würde?

Der Türgriff bewegte sich, und er starrte ihn mit weitgeöffneten Augen an.

»Haben Sie nicht gehört, daß ich nach Ihnen gerufen habe?«

Sophia sah den Schweiß auf seiner Stirn und die Schwitzflekken in den Achseln seines Hemdes.

»Ist alles in Ordnung?« Sie drehte sich um. Ihr Kleid war auf dem Rücken offen. »Würden Sie mir den Reißverschluß zuziehen?«

Er kam näher, und als er den Reißverschluß hochzog, fühlte sie, wie kalt seine Hände waren.

»Sie sehen sehr schön aus.«

Sophia drehte sich zu ihm um. »Danke... Meinen Sie nicht, daß Sie sich auch umziehen sollten? Das Essen ist fast fertig. Die anderen sind alle schon unten und warten.«

Er wirkte so unsicher, daß sie näher kam. »Was ist? Fühlen Sie sich nicht gut? Möchten Sie nicht mitessen?«

Er griff nach ihrer Hand. Seine Finger waren schweißnaß. »Ich – ich habe beim Tanzen so geschwitzt. Ich muß mich erst waschen.«

»Ja, aber lassen Sie uns nicht zu lange warten. Das ist ein besonderer Anlaß.«

Plötzlich stieß er aus: »Sie haben sich verändert. Irgend etwas ist passiert. Sie sind so anders als sonst.«

»Das bilden Sie sich nur ein.«

Sophia schloß die Tür zum Speisezimmer hinter sich. »Er hat gemerkt, daß etwas nicht stimmt, und das ist deine Schuld.« Sie sah Teresa an. »Er benimmt sich ganz sonderbar, und in seinem Zimmer stinkt es. Er schwitzt wie ein Tier.«

Teresa legte die Finger an die Lippen. Sie hatte etwas gehört.

Sophia setzte sich und sagte übertrieben laut: »Mama, das sieht einfach wundervoll aus. Kann ich etwas helfen?«

Alle lauschten. Dann fragte Rosa, ob alle Wein wollten. Teresa hielt ihr das Glas hin, und beider Hände zitterten so sehr, daß sie eine Menge verschütteten. Hinter ihnen öffnete sich die Tür, und Luca trat ein. Er hatte sein Hemd gewechselt.

»Johnny, du sitzt am Kopfende, denn du bist der Mann im Haus.«

Graziella lächelte ihm zu, während sie die vorgewärmten Suppenteller abstellte. Sie öffnete die Durchreiche zur Küche, nahm eine Suppenterrine heraus und begann, mit einer silbernen Suppenkelle dampfende Minestrone in die Teller zu füllen.

Nachdem sie die Suppe ausgeteilt hatte, faltete sie die Hände zum Gebet. »Wir danken dem Herrn für diese guten Gaben. Amen.«

Sophia hob lächelnd ihr Weinglas. »Auf Johnny, weil er uns dieses wunderbare Haus zur Verfügung gestellt hat; und auf dieses Essen.«

Sie prosteten ihm zu, und er schien sich allmählich zu entspannen. Er nippte an seinem Wein wie ein kleiner Junge, der mit den Erwachsenen essen darf. Irgendwie gelang es ihnen, über ganz alltägliche Dinge zu sprechen.

Die Suppenteller wurden abgeräumt, und Graziella eilte wieder in die Küche. Rosa half ihrer Großmutter und stellte die Schüsseln mit dem Hauptgericht vor Graziellas Platz auf den Tisch.

Mit vom Wein geröteten Wangen machte Teresa den Vorschlag, als erstes ein paar Dienstboten einzustellen. Dankbar wandten sich alle dem Thema Adina zu. Graziella hob den Deckel von einer der Schüsseln. Sie sahen zu, wie sie die frische Pasta und die Soße mit Meeresfrüchten auf die Teller verteilte. Luca war der letzte.

Sophia beugte sich zu Graziella und nahm ihr Lucas Teller ab. Teresa probierte die Pasta und gratulierte Graziella zu ihrem kulinarischen Können. Alle stimmten ihr zu, aber anscheinend brachte keine der Frauen mehr als einige Bissen hinunter. Trotzdem erweckten das Klappern des Bestecks und das ständige Nachfüllen der Weingläser wenigstens den Anschein einer vergnüglichen Dinnerparty.

Plötzlich sagte Teresa zu Graziella. »Mama, dein Taschentuch ist auf den Boden gefallen.«

Sophia bückte sich schnell danach, während sie den Blicken der anderen entzogen war, überprüfte sie, ob die zerdrückten Tabletten alle weg waren. Sie schüttelte das Tüchlein leicht, und als sie sich wieder aufsetzte, sah sie, wie Luca seinen Teller mit Brot auswischte.

Sie hielt Graziella das Tüchlein hin. »Mama, hier...«

»Grazie, Sophia.« Graziella steckte es wieder in den Ärmel ihres Kleides. »Johnny, hat du noch Hunger?«

Als der Hauptgang beendet war, räumte Graziella ab und stellte frisches Obst und mehrere Käsesorten auf den Tisch. Als sie einen dicken Käsesahnekuchen mit frischen Himbeeren hereintrug, bat Sophia sie, sich zu setzen. Der Kaffee hatte noch Zeit.

Graziella sah, daß Luca benommen war. Er hatte sich angelehnt, sein Gesicht war gerötet, und er schien gar nicht zu bemerken, daß Graziella die Doppeltür hinter sich abschloß und den Schlüssel vor Sophia auf den Tisch legte.

Es wurde still im Raum, und die Frauen warfen einander verstohlene Blicke zu. Dann griff Sophia nach einem Messer. »Möchten Sie Obst und Käse oder lieber ein Stück von Mamas selbstgemachtem Käsekuchen? Luca? *Luca?«*

Ihre Gesichter starrten ihm entgegen, verschwommen, wie durch einen Nebel. Er bemerkte nicht einmal, daß Sophia ihn Luca genannt hatte.

Niemand rührte sich, niemand sprach. Schweigend beobachteten sie ihn und warteten darauf, daß er einschlief. Es schien endlos lange zu dauern, bis sein Kopf schließlich nach vorne sackte.

Sophia nahm einen der Lederriemen, die sie zusammengesucht hatte, und band Lucas rechtes Bein am Stuhl fest. Während Rosa sein linkes Bein festschnallte, zog Teresa an seinem rechten Arm. Der linke Arm hing schlaff herunter, und er murmelte etwas und machte einen schwachen Versuch, sich zu befreien. Aber im nächsten Augenblick war er mit beiden Armen und Beinen an den Stuhl gefesselt.

Sophia überprüfte die Schnallen. »Er darf sie nicht öffnen können. Er ist stark. Sie müssen richtig fest angezogen sein.«

Sie rückten seinen Stuhl etwas vom Tisch ab und banden ihm einen Schal vor die Augen. Sein Kopf war auf die Brust gesunken. Zur Sicherheit schnallte Rosa ihm noch einen Gürtel um die Schultern.

Teresa flüsterte: »Sollte nicht eine von uns bei ihm bleiben?«

Sophia schüttelte den Kopf. »Nein, er kann sich nicht bewegen, sieh ihn dir an. Wir warten drüben, bis er aufwacht.«

Rosa servierte den Kaffee im Wohnzimmer. Im Raum herrschte eine gespannte Atmosphäre. Der erste Schritt war geglückt. Sie hatten ihn gefesselt. Aber nun folgte der zweite Schritt. Würden Sie Luca zum Sprechen bringen können, wenn er aufwachte?

Teresa fröstelte und rieb sich die Arme. Sie bat Rosa, das Gasfeuer anzuzünden. Alle sahen zu, wie Rosa sich vor den marmornen Kamin kniete und das Gas aufdrehte.

Graziella rührte bedächtig in ihrem Kaffee. »Glaubst du, daß es noch irgendwelche Zweifel gibt, Sophia?«

Sophia schüttelte den Kopf und starrte in die Flammen, während sie berichtete, wie Pirelli ihr Luca beschrieben hatte.

»Und ich bin ganz sicher, daß ich alle Papiere aus deiner Wohnung mitgebracht habe, Teresa. Wir brauchen nie wieder dorthin zurück. Wenn dieses Haus wirklich uns gehört, können wir hier wohnen. Aber wir sollten das lieber nachprüfen. Wir können ihm kein Wort glauben.«

»Gemietet ist es jedenfalls nicht«, sagte Teresa. Sie ging in die Halle hinaus und warf einen Blick in das dunkle Speisezimmer. Die an den Stuhl gefesselte Gestalt hatte den verhüllten Kopf immer noch auf der Brust liegen. Teresa kam mit der Schenkungsurkunde zurück und reichte sie Sophia.

Graziella betrachtete die blauen und roten Flammen, die über die künstlichen Holzscheite huschten. Sie seufzte. Das Feuer erinnerte sie an den großen, steinernen Kamin in der Villa Rivera. Leise sagte sie in den Raum hinein: »Das muß uns allen eine Lehre sein. Papa hat niemals jemanden, der nicht zur Familie gehörte, in der Villa wohnen lassen.«

Sie wandte sich an Sophia, die die Schenkungsurkunde studierte. »Erinnerst du dich noch, wie böse Papa war, weil Constantino dich in die Villa . . .«

Teresa verteidigte sich sofort. »Mama, wir hatten gute Gründe dafür, Johnny in der Villa wohnen zu lasssen.«

Graziella nickte. »Das glaube ich dir. Und ich habe meine Gründe gehabt, warum ich nicht mißtrauisch war.« Sie lächelte traurig. »Er hat mich immer an Michele erinnert. Manchmal sieht er genauso aus wie Michele.«

Teresa fuhr auf. »Mama, wir wollen jetzt nichts von Michele hören. Wenn er nicht gewesen wäre, wären wir nie in diese Situation gekommen.«

Sophia sagte scharf: »Das ist jetzt nicht der richtige Zeitpunkt für einen Streit.«

Graziella und Rosa sahen voller Angst auf Sophia. Sie hielt ein schwarzes Heft in die Höhe. »Was ist das hier?«

Rosa nahm es genauer in Augenschein. »Wir haben es aus Barzinis Schreibtisch mitgenommen, ich weiß nicht, was es ist.«

Sophia blätterte das Heft durch. »Es ist voller Zahlen, und hinten drin ist eine Liste mit Namen.«

Sie ging die anderen Akten und Papiere durch. Sie hatte Kopfschmerzen, aber sie wollte nichts mehr nehmen, weder Pillen noch Alkohol. Sie wußte, daß sie die Kontrolle über sich nicht verlieren durfte.

Teresa kam zurück, und Sophia bat sie, sich neben sie zu setzen. Sie stutzte über den dicken Ordner mit Dokumenten. »Diese Sachen hier sollte Barzini doch bekommen. Sind das die Originale?«

Teresa wurde rot. »Ja.«

»Ich dachte, Barzini hätte sie.«

Teresa erzählte ihnen, wie das Treffen mit Barzini verlaufen war und warum sie nicht mit ihnen darüber gesprochen hatte. Sie erzählte ihnen auch, welche Rolle Luca bei der Kontaktaufnahme mit Salerno gespielt hatte.

Sophia sah Teresa scharf an. »In Zukunft tust du nichts mehr, ohne es vorher mit uns zu besprechen. Wir haben die fünfzehn Millionen bekommen, oder? Warum hast du Barzini die Papiere nicht gegeben?«

»Ich wollte es ja. Weißt du, ich hielt es für wichtig, Kontakt mit Barzinis Partnern aufzunehmen, um ihnen die Gewißheit zu geben, daß wir sie nicht täuschen wollten. Immerhin besitzen wir noch eine Pier in New York und zwei Lagerhäuser direkt am Hafen. Sie waren nicht Bestandteil des Vertrags. Ich würde sie gerne als Grundlage benutzen, um die Firma wiederaufzubauen...«

Sie schwieg plötzlich, als wäre das, was sie gesagt hatte, ohne jede Bedeutung.

Sophia starrte in die künstlichen Flammen. »Wir dürfen nichts überstürzen, Teresa. Vielleicht hast du recht, vielleicht ist das eine gute Basis für eine neue Firma, und das Geld durch vier geteilt ist letzten Endes auch kein Vermögen, aber... Wenn wir neu anfangen wollen, müssen wir mit Barzini ins reine kommen.«

Teresa zögerte, dann erzählte sie leise, schuldbewußt, daß Barzini tot war. Sie berichtete, daß er an dem Tag, als sie sich mit ihm getroffen hatte, getötet worden war und daß er deswegen die Unterlagen nicht hatte an sich nehmen können.

Sophia erhob sich. »Und das hast du uns nicht gesagt?« Sie packte Teresa am Arm. »Kommissar Pirelli ist nach New York gekommen, um Barzini aufzusuchen. Er hatte einen Hinweis, daß Barzini etwas mit dem Mord an unseren Männern zu tun hatte. Barzini könnte derjenige gewesen sein, der Carolla beauftragt hat.«

»Aber es war ein Unfall. Er ist auf die Straße gelaufen.«

Sophia ließ Teresas Arm los. «Vielleicht können wir diesen Unfall zu unserem Vorteil nutzen.«

Graziella unterbrach sie. Sie sprach so leise, daß Sophia sich zu ihr hinabbeugen mußte, um sie zu verstehen.

»Sie sind wie Wespen. Wenn man eine tötet, kommen die anderen angeschwirrt, um sie zu rächen. Ich habe immer ein Honigglas auf die Treppe gestellt, das mit Wasser aufgefüllt war. Viele starben, weil sie an den Honig wollten. Aber die Seele ihres Volkes blieb im Nest. Erst wenn das Nest verbrannt war, waren sie alle weg... Sollten wir nicht nach Johnny sehen?«

Teresa eilte sofort aus dem Zimmer. Sophia sah Graziella mit neu erwachtem Interesse an. Graziella warnte sie vor Peter Salerno und seiner Bereitschaft zur Zusammenarbeit. »Wir haben zwar den Honig, Sophia, aber du darfst das Nest nicht vergessen.«

Rosa räumte die Kaffeetassen ab. Als sie das Tablett in die Küche trug, schloß Teresa gerade vorsichtig die Tür zum Eßzimmer.

»Er hat sich nicht gerührt«, flüsterte sie. »Er schläft ganz fest.«

Teresa half ihrer Tochter, das Geschirr zusammenzustellen. Rosa fragte: »Mama, wenn wir es herausfinden, du weißt schon, wenn wir ihn zum Reden bringen, was dann?«

»Da fragst du lieber Sophia. Ich habe so viele Fehler gemacht, Rosa. Ich hätte von Anfang an auf sie hören sollen. Wir hätten zur Polizei gehen sollen, so wie sie es gewollt hat, wir hätten Johnny Pirelli übergeben sollen, als er in die Villa kam. Ich aber habe alle überredet, ihn bei uns zu verstecken, damit er für uns arbeiten konnte.«

Aber selbst jetzt konnte Teresa ihrer Tochter nicht erzählen, welche Rolle sie bei dem Mord an Rocco gespielt hatte. Sie hatte sich gezwungen, die Tat als notwendiges Übel anzusehen. Nun jedoch spürte sie Gewissensbisse, und das machte sie schwach und verletzlich. Zögernd versuchte sie, Rosa ihre Gefühle zu vermitteln.

»Ich habe alles nur für dich und mich getan. Ich hatte das Gefühl, daß die anderen uns etwas schuldig wären. Ich habe mir gar keine Gedanken um sie gemacht. Sophia hat recht, ich habe vieles falsch gemacht.«

Teresas Gesicht begann zu zucken. Sie brach in Tränen aus und streckte die Arme nach Rosa aus. Sie hielten sich fest umschlungen. Rosa versuchte, ihre Mutter zu trösten, und flüsterte ihr zu, niemand würde ihr die Schuld geben. »Wir wissen doch, wer an allem schuld ist, Mama. Worauf warten wir denn noch?«

Luca bewegte sich, aber er konnte kaum den Kopf heben. Er stöhnte leise und glitt wieder in seinen Betäubungsschlaf zurück. Sie hatten ihn beide gehört.

Rosa flüsterte: »Wir müssen ihn töten für das, was er getan hat. Ich will es.«

Sophia war an die Küchentür gekommen. »So ist es richtig, Rosa. Und jetzt kommt mit ins Wohnzimmer. Ich glaube, Barzinis Notizheft ist wichtig für uns.«

Teresa blätterte das Notizheft durch. »Ich verstehe die Zahlen nicht. Es könnte eine Art Code sein, mit dem er Einzahlungen und Auszahlungen festgehalten hat. Wenn er bei uns als Vermittler tätig war, dann vielleicht auch bei anderen ... Ich weiß nicht ...«

Sophia nahm ihr das Heft aus der Hand und schlug die letzte Seite auf. »Hast du das hier gesehen? Es ist einfach eine Liste mit Namen. Kennst du einen davon?«

Teresa schüttelte den Kopf, und Sophia reichte das Heft an Graziella weiter. »Mama, sieh dir diese Namen hier an, hast du davon schon einmal einen gehört? Sie müssen wichtig sein. Erinnerst du dich, was er für ein Gesicht gemacht hat, als wir das Heft an uns genommen haben?«

Graziella hielt das Heft auf Armeslänge von sich, um die Schrift lesen zu können. »Ich brauche eine Brille ... Ach! Wißt ihr noch, wie ich euch erzählt habe, daß Mario Domino in Papas Arbeitszimmer war und danach alle Papiere verschwunden waren? Erinnerst du dich daran, Sophia? Drei Männer waren bei ihm, und zwei davon stehen hier auf der Liste: E. Lorenzi und G. Carboni. Diese Männer waren in Papas Arbeitszimmer ...«

Sie alle hörten den furchtbaren Laut, halb Schrei, halb Geheul, wie von einem irren Hund.

Sophia war als erste zur Stelle. Zwischen den Schreien schlug der Stuhl auf den Boden, während Luca sich zu befreien versuchte. Er wand sich hin und her und stieß sich mit dem Stuhl beinahe vom Boden ab. Sein Kopf schlug von einer Seite zur anderen, und es sah aus, als würde er jeden Augenblick nach hinten kippen.

Sophia ging in die Küche und kam mit einem Topf voll Wasser zurück. Sie goß es ihm über den Kopf.

Das kalte Wasser ließ ihn nach Luft schnappen. Er hörte auf, mit dem Kopf zu schlagen, und saß keuchend still.

Sie setzten sich um den Tisch, sahen auf die mitleiderregende, tropfnasse Gestalt und wußten nicht, wie sie anfangen sollten. Hilfesuchend blickten sie zu Sophia hinüber.

Sie öffnete einen großen Umschlag und breitete die Fotos ihrer Kinder, Constantinos, Filippos und Don Robert Lucianos auf dem Tisch aus. Dann setzte sie sich wieder. Die Bilder sollten den Frauen als Mahnung dienen.

Sophia begann zu sprechen. »Wir wollen die Wahrheit wissen, und uns ist ganz gleich, wie lange wir brauchen, um sie herauszubekommen, wie viele Tage und wie viele Nächte. Wir werden so lange warten, bis Sie uns alles sagen, was wir wissen müssen.«

Luca, der durch den Schal nichts sehen konnte, wandte den Kopf, wie um besser hören zu können. Es war *ihre* Stimme, es war Sophia . . . Leise stöhnend stieß er ihren Namen hervor und fragte, warum sie ihm das antun würde.

»Sophia ist nicht allein. Wir sind alle hier.«

Das war Graziella, oder war es Teresa? Vor lauter Panik begann er zu wimmern. Graziella flüsterte Rosa etwas zu, und sie schlüpfte aus dem Zimmer. Er bekam noch einen Topf eiskaltes Wasser über den Kopf gegossen. Wieder wurde er plötzlich still.

»Sagen Sie uns, wer Sie sind. Wir wissen, daß Sie nicht Johnny Moreno sind.«

Er seufzte tief. Der durchnäßte Schal klebte wie eine zweite Haut an seinem Gesicht.

Teresa blickte zu Sophia und biß sich auf die Lippen, dann flüsterte sie hinter vorgehaltener Hand: »Weißt du noch, wie unerträglich er es immer fand, wenn wir ihn oben in seinem Zimmer in der Villa Rivera eingeschlossen haben? Vielleicht sollten wir ihn jetzt auch einschließen?«

Sophia nickte, und Teresa ging zur Tür und schloß sie ab.

Er warf den Kopf herum und versuchte an den Geräuschen zu erkennen, was vor sich ging. Zuerst Stühlerücken, dann Schritte. Sein ganzer Körper verkrampfte sich, als er das Geräusch hörte, das er mehr fürchtete als alles andere auf der Welt: einen Schlüssel, der in einem Schloß umgedreht wurde.

Die Angst schaltete seinen Verstand völlig aus. Er kämpfte dagegen an, er scheuerte mit dem Rücken noch heftiger an der Stuhllehne und versuchte, die Augenbinde abzuschütteln. Aber die Erinnerung überwältigte ihn. Er befand sich wieder in dem dunklen, stickigen Schrank, in dem er kaum Luft bekam. Sein Gesicht hatte er gegen die Tür gepreßt, und sein kleiner Körper war zusammengekrümmt in dem Versuch, einen winzigen Streifen Licht zu finden, einen schmalen Spalt nur, durch den er sehen und atmen könnte. Aber durch diese Ritze hatte er auch gesehen, wie die Männer ins Zimmer kamen, hatte gesehen, wie sie ihr Geld bezahlten. Dann kam die Übelkeit, er wußte, daß sie die Tür öffnen und ihn hinauszerren würden. . . .

Er stemmte seine gefesselten Füße fester gegen den Boden und krallte die Finger um die Armlehnen seines Stuhles, aber er war so klein, so winzig, er konnte nichts tun, damit sie aufhörten. Niemand kam ihm zu Hilfe; niemand hielt die Männer auf; es gab niemanden außer ihm selbst. Er hatte aufgehört, sich zu drehen und zu winden, und seufzte, als er jetzt seinem eigenen Atem lauschte und sich ganz auf dieses Geräusch konzentrierte. So konnte er dem Schmerz entfliehen; er spürte die Peitschenhiebe nicht; selbst die Schnitte kreuz und quer über seinen Rücken schmerzten nur kurz. Er konnte sich an einen Zufluchtsort zurückziehen, den er sich selbst geschaffen hatte, einen Ort, an dem die Dunkelheit ihn nicht erreichte.

Giorgio Carolla war der einzige Mensch gewesen, der Lucas Dunkelheit verstanden hatte, der Lucas Leiden kannte, weil er selbst gelitten hatte. In der Nacht, als Giorgio gestorben war, hatte er Luca in den Armen gehalten, seine Hände waren sanft über die weißen Narben auf seinem Rücken geglitten, und der sterbende Junge hatte seinen gequälten Freund getröstet. Schluchzend hatte Luca seinen Alptraum in Worte gefaßt. Als er schließlich eingeschlafen war und der Alptraum wiedergekehrt war, war Luca voller Angst von seinem eigenen Schrei erwacht. Doch dann war ihm eingefallen, daß sein geliebter Freund bei ihm war. Erleichtert hatte er die Hand ausgestreckt, aber Giorgio war kalt gewesen...

Ohne es zu wissen, hatten die Frauen Luca gewaltsam in seine Vergangenheit zurückversetzt, und jetzt durchlebte er den Schmerz wieder, den er so lange in sich verborgen hatte. Sie beobachteten, wie er sich einen Augenblick entspannte und nach Atem rang. Dann stieß der Stuhl wieder auf den Boden, sein Körper krümmte und wand sich, und eine schluchzende Kinderstimme kreischte und schrie, während sein Kopf von einer Seite zur anderen rollte und sein Mund offenstand... Seine Worte waren unverständlich.

Graziella ertrug es nicht mehr. Sie machte eine Bewegung, als wollte sie zu ihm hinübergehen und ihn trösten, aber Sophia hielt ihre Hand fest. Rosa flüsterte: »O Gott, er soll aufhören. Was ist bloß mit ihm los?«

Luca hörte sie nicht. Die Riemen, mit denen er am Stuhl festgeschnallt war, wurden zu den Stricken, mit denen sie ihn gefesselt hatten... Er hörte wieder das Singen, das leise Schlurfen der lederbesohlten Sandalen, roch wieder den Weihrauch... Er wimmerte und begann mit klagender, bittender Stimme zu sprechen. Die Worte waren nun deutlicher.

»Hat weh getan... hat mir weh getan... Nein, nein, bitte nicht... Bitte... bitte... bitte...«

Die Stimme flüsterte wieder, flehte, während Luca ruhiger

wurde und den Kopf senkte. Plötzlich griff Teresa nach dem Schlüssel, erhob sich und schloß die Tür auf. Rosa folgte ihr, und einen Moment später stand auch Sophia auf. Nur Graziella blieb im Eßzimmer. Still saß sie Luca gegenüber.

Im Wohnzimmer schenkte Sophia zwei Kognaks ein und reichte Teresa ein Glas. »Vielleicht spielt er uns das alles nur vor.«

»Und wenn nicht? Wir wissen es nicht.«

Sophia erwiderte heftig: »Wir wissen, daß er uns angelogen hat. Wir wissen, daß er ein Mörder ist. Das wußten wir schon in Palermo. Und wir haben ihn geschützt, also sieh mich nicht so an, als hätte ich jetzt etwas falsch gemacht. Ich will nichts als den Mord an meinen Kindern und an meinem Mann aufklären, denn der Mörder hat mir alles genommen, was mein Leben lebenswert machte, alles, was ich liebte...«

Teresa unterbrach sie: »Wir alle haben etwas verloren, Sophia! Wir alle wollen Gerechtigkeit! Aber nicht auf diese Weise...«

Graziellas Stimme, so leise, daß sie die Worte nicht verstehen konnten, drang zu ihnen. Sie sprach mit Luca. Sophia ging zur Eßzimmertür. Die anderen folgten ihr und sahen ihr über die Schulter.

Graziella saß neben Luca und streichelte und tätschelte ihm die Hand. Eine nach der anderen schlichen die Frauen sich in den Raum.

Die alte Dame sprach so leise, daß sie sich anstrengen mußten, um sie zu verstehen. Sie fragte Luca nach seinem Namen, immer und immer wieder fragte sie ihn, wer er sei.

»Du kannst es mir ruhig sagen. Niemand tut dir etwas. Niemand tut dir weh. Du kannst es mir sagen, komm, sag es mir.«

Die Kinderstimme antwortete: »Ich heiße Luca, aber du darfst es ihm nicht weitersagen. Er darf nicht wissen, daß ich es dir gesagt habe.«

»Wem darf ich es nicht weitersagen? Wer darf nicht wissen, wie du heißt?«

Luca verkrampfte sich, schlug wieder mit dem Kopf und duckte sich dann. Graziella fragte ihn wieder und wieder, vor wem er Angst hätte. Sie stand dicht neben ihm und streichelte seinen Kopf. Sie beugte sich zu ihm hinunter, und er flüsterte weinend seinen eigenen Namen.

»Luca, Luca...«

Verständnislos blickte Graziella zu Sophia. Er sagte, er hätte Angst vor Luca, aber er sagte auch, er selbst wäre Luca.

»Gibt es zwei Lucas?« fragte Graziella sanft.

»Ja«, flüsterte er, »es gibt zwei.«

Er begann, eine lange, verwickelte Geschichte über den Diebstahl eines Hühnerbeins zu erzählen. Die Frauen konnten keinen Sinn darin erkennen. Graziella trat der Schweiß auf die Stirn. Ihr ganzer Körper war verspannt durch ihre gebückte Haltung, und ihre Hand schmerzte unter Lucas Griff. Doch sie gab nicht auf.

»War Luca ein böser Junge, als er älter wurde?«

»Ja.«

Die Frauen wagten nicht, sich zu rühren, als die fremde, hohe Stimme nun berichtete, wie Lenny Cavataio gestorben war. Graziella unterbrach schließlich die Schilderung, wie Luca Cavataio erstochen hatte: »Hat Luca Anweisungen erhalten? Hat jemand ihm gesagt, daß er so etwas Böses tun soll?«

Die Stimme wurde plötzlich tiefer. Er sprach sehr schnell. »Er ist ein professioneller Killer, verstehst du? Keiner kann ihn fangen, keiner weiß, wer er ist... Auf dem Fahrrad, der kleine Junge auf dem Fahrrad. Es hat ihm nicht weh getan. Die Unschuldigen dürfen keine Schmerzen haben, es muß ganz schnell gehen.«

Sophia lehnte sich zurück und schloß die Augen, während Luca beschrieb, wie das Kind ein Eis angeboten bekommen hatte, ein Erdbeereis – sie wußte, daß er über Luzio Paluso sprach, sie erinnerte sich an die Fotos, die den Jungen zeigten, wie er neben seinem Fahrrad im Rinnstein lag.

Ihnen gegenüber saß der Mann, nach dem Pirelli so lange gefahndet hatte, der gefährliche Psychopath, der eiskalte, berechnende Mörder. Aber sie sah nur einen jämmerlichen, zusammengekauerten Jungen vor sich, der mit der hohen Stimme eines Kindes sprach, das nicht älter war, als ihr ältester Sohn gewesen war. Sie konnte nicht an Rache denken. Die Worte Recht und Gerechtigkeit hatten jede Bedeutung verloren.

Der Zorn der Frauen war verraucht. Der Anblick des kranken Wesens vor ihnen, das wie ein Tier in der Falle saß, verschaffte ihnen keine Befriedigung. Ihre Gesichter spiegelten wider, was sie fühlten. Sophia sah ihnen an, wie elend ihnen zumute war.

Das Klicken ihres goldenen Feuerzeugs durchbrach die Stille. Sie machte einen tiefen Zug und ließ den Rauch durch den Mund entweichen. Schnuppernd wie ein Hund hob Luca den Kopf.

Sophia sagte laut: »Jetzt wissen wir also, daß du Luzio Paluso erschossen hast. Hörst du mich, Luca?«

Luca packte Graziellas Hand so fest, daß es schmerzte. Sie mußte ihm die Hand entziehen. Ärgerlich sah sie Sophia an. »Warum hast du das gesagt?«

»Vielleicht müssen wir mit seinem anderen Ich sprechen, Mama, vielleicht müssen wir dem Kind Luca sagen, daß es verschwinden soll. Er macht uns etwas vor, er spielt mit uns.«

Graziella blickte auf die Fotos, die auf dem Tisch verstreut lagen. Mit beiden Armen zog sie die Bilder zu sich heran. Sie wollte nichts mehr hören. Langsam, die Fotos an die Brust gedrückt, ging sie zur Tür. Teresa sah, daß sie leicht schwankte, und half ihr, den Raum zu verlassen.

Rosa folgte den beiden. Sophia blieb sitzen. Dann zog sie den Aschenbecher heran und drückte ihre Zigarette aus.

Luca hob den Kopf und drehte ihn lauschend zur Seite. »Sophia? Sophia?«

Sie wartete, aber er sagte nichts mehr. Nach einer Weile erwiderte sie flüsternd: »Du hast meine Söhne ermordet. Unschuldige Kinder. Warum? Warum hast du meine Kinder getötet, Luca?«

Er bewegte krampfhaft die Hände, als versuche er, sich zu befreien. Er hatte die beiden noch vor Augen, wie er sie zum erstenmal vom Fenster aus gesehen hatte. Sie hatten nebeneinander in dem großen Bett gelegen, und für ihn waren sie nicht Carlo und Nunzio Luciano gewesen, sondern Luca und Giorgio. Luca hatte sie vom Fenster aus beobachtet, dann war er lautlos in das Zimmer hineingeklettert. Seine Pistole war schwer und unhandlich, und er war zusammengezuckt, als er den Schalldämpfer aufgesetzt hatte. Das metallische Schaben hätte die Jungen wecken können. Wenn sie aufgewacht wären, wäre der Mord vielleicht nie geschehen, aber sie hatten ruhig und gleichmäßig weitergeatmet, und Luca war überzeugt gewesen, daß er tat, was getan werden mußte.

Auch als er ihnen das Kissen auf die Köpfe gelegt hatte, hatten sie sich nicht gerührt. Er hatte den Lauf in das Kissen gehalten und schnell abgedrückt, einmal, zweimal.

Als er schließlich das Kissen wieder hochgehoben hatte, hatten ihn die klaffenden Wunden in den Köpfen der Kinder erschreckt, daher hatte er sie vorsichtig so gedreht, daß ihre Gesichter einander zugewandt waren und man die Wunden nicht erkennen konnte. Ganz zufrieden aber war er erst gewesen, als er Nunzios Arm um seinen Bruder gelegt hatte. Diese beiden würden für immer zusammenbleiben.

Luca hatte noch eine Weile bei ihnen verharrt. Er konnte sich nicht losreißen, denn so hätte es eigentlich Luca und Giorgio ergehen sollen.

»Wer hat dir den Auftrag gegeben, Luca? Wer hat dir befohlen, meine Kinder zu ermorden?«

Luca gab einen heiseren Laut von sich. Sophia trat näher zu ihm heran und roch seinen Schweiß. Er duckte sich auf seinem Stuhl zusammen.

»Du wirst ohne Gebet sterben, wenn du mir nicht antwortest. Deine Seele kommt in die Hölle, ins ewige Feuer...«

Er murmelte etwas Unverständliches durch den nassen Schal. Nach einer Weile gab Sophia auf und ging hinaus. Luca lauschte und wartete auf das Geräusch der sich schließenden Tür, aber er hörte nur ihre Schritte. War er allein? Unter dem Schal formten seine Lippen sich zu einem Lächeln.

Rosa saß auf der Treppe und sah, wie Sophia aus dem Eßzimmer trat und unter dem Kronleuchter in der Eingangshalle stehenblieb. Sie legte den Kopf zurück, schloß die Augen und verharrte so bewegungslos in dieser unnatürlichen Stellung, daß Rosa kein Wort über die Lippen brachte. Dann ging sie zur Garderobe, warf sich einen Mantel über die Schultern und verließ das Haus. Leise schloß sie die Haustür hinter sich. Der kalte Luftzug ließ Rosa erschauern.

Plötzlich bekam sie Angst. Was hatte Sophia getan? Sie schlich auf die offene Tür zu und schaltete das Licht an.

Er saß immer noch auf dem Stuhl und versuchte, sich zu befreien. Rosa fühlte sich, als würde sie in den Raum hineingezogen.

»Johnny? Ich bin's, Rosa. Wie geht es dir?«

Sie mußte es wissen. Hatte er etwas mit Emilios Tod zu tun gehabt? Was sie bis jetzt gehört hatte, ergab keinen Sinn, und Sophia schien es nur um ihre Kinder zu gehen.

Rosa nahm ihm die feuchte Augenbinde ab, und Luca blinzelte in die ungewohnte Helligkeit. Sie starrte ihm ins Gesicht und schrak zurück. Er lächelte. Sein Lächeln war engelhaft, aber in seinen Augen stand der Wahnsinn.

Mit schmeichelnder Stimme bat er: »Hilf mir, Rosa. Bitte binde mich los...« Dann zärtlich, wie ein Liebhaber: »Rosa, Rosa...«

Sie richtete sich auf, und einen Augenblick lang hatte er eine schwache Hoffnung. Ihr hübsches junges Gesicht war verstört, und er lächelte wieder, um sie zu ermutigen. Doch seine Augen verrieten ihn, machten ihr angst. Sie verließ das Zimmer und schloß die Tür hinter sich.

Sie lief durch die Eingangshalle ins Wohnzimmer. Luca rief noch einmal ihren Namen: »Rosa!« Dann schwieg er.

Rosa setzte sich neben ihre Mutter. »Ich war bei ihm. Hast du gehört, wie er meinen Namen gerufen hat?«

»Ja, das habe ich gehört.« Teresa hielt ihre Hand.

Sophia kam herein und schloß die Tür. Sie sah auf Graziellas leeren Sessel. »Wo ist Mama?«

»Sie wollte allein sein. Sie ist oben in ihrem Zimmer.«

Sophia nickte und zog den Vorhang vom Fenster zurück. Sie legte die Hand auf die kalte Scheibe und blieb mit dem Rücken zu den anderen stehen.

Nach langem Schweigen sagte sie leise: »Wir können seine Leiche im Garten begraben. Ich habe einen Platz ausgewählt, unter einem Baum, wo die Erde nicht so hart ist. Spaten und Schaufeln sind in der Garage. Wir müssen vorsichtig das Gras abheben und es dann wieder . . .« Sie drehte sich zu den anderen um. »Versteht ihr, was ich meine?«

Teresa zitterte und fragte mit bebender Stimme: »Willst du – wer soll es tun?«

»Ich tue es. Ihr braucht mir nur zu helfen, wenn es vorbei ist.«

Teresa strich sich über den Rock. Rosa legte ihrer Mutter den Arm um die Schulter. »Mama, wir sollten uns lieber umziehen. Draußen ist es kalt.« Sie warf Sophia einen beinahe trotzigen Blick zu, als sie den Raum verließ.

Sophia lächelte traurig. »Rosa ist eben eine Luciano, Teresa.«

»Ich hoffe nur, daß du weißt, was du tust, Sophia.«

Sophias Stimme war eisig. »Wir alle tun es, Teresa. Weil wir alles sind, was übriggeblieben ist.«

26. Kapitel

Teresa und Rosa gingen über den verschneiten Rasen zu der Stelle, die Sophia für das Grab ausgesucht hatte. Ihre Fußspuren waren im frischgefallenen Schnee deutlich sichtbar. Sie begannen zu graben. Schweigend schichteten sie die gefrorenen Grassoden am Rand auf und schaufelten dann die harte, dunkle Erde aus der Grube.

Sophia hatte ein weißes Baumwollnachthemd angezogen, denn sie hatte nicht viele Kleider mitgebracht, und alles, was sie trug, würde sie später verbrennen müssen. Sie war barfuß und bewegte sich leise durch das Haus, in der Hoffnung, daß Graziella sie nicht hören würde. Sie suchte einen Armvoll Handtücher zusammen und zog ein Laken von einem der Betten ab.

Als sie über den Flur ging, öffnete Graziella ihre Schlafzimmertür. Sie musterte Sophia, ihr weißes Nachthemd und die Handtücher und zog sich wieder in ihr Zimmer zurück. Sie wußte, daß Sophia ihr folgen würde.

»Wie fühlst du dich, Mama? Kann ich dir irgend etwas holen, damit du besser einschlafen kannst?«

Graziella schüttelte den Kopf. »Hat er mit dir gesprochen?«

»Nein, Mama, ich glaube, er ist in einer ganz anderen Welt. Vielleicht in der Hölle, wer weiß? Jedenfalls hat er uns dorthin gebracht.«

»Sag das nicht...« Ihre hellen, blauen Augen suchten nach Sophias dunklen. Dann griff sie nach der Hand ihrer Schwiegertochter und führte sie an ihre Lippen. Sie küßte die weiche Haut. »Laß sein Herz aufhören zu schlagen. Um seinetwegen. Der Junge ist so krank. Ich habe ganz oben im Küchenschrank Gift gesehen... brauchst du meine Hilfe?«

»Nein, Mama.«

»Ich bete für dich, für uns alle.«

»Ja, Mama.«

Sophia ging die Treppe hinunter ins Wohnzimmer. Sie tastete zwischen den Sofapolstern nach dem Messer. Sie durfte nicht zögern, durfte nicht nachdenken. Sie ging ins Eßzimmer.

Luca hatte den Kopf auf die Stuhllehne gelegt. Er hatte die Augen geschlossen, aber Sophia war irritiert, weil er die Augenbinde nicht mehr trug. Sie hatte sein Gesicht nicht sehen wollen.

Geräuschlos näherte sie sich seinem Stuhl. Sie ließ das Laken zu Boden gleiten und legte die Handtücher um die Stuhlbeine. Genau auf den dritten Hemdenknopf wollte sie zielen, doch der Gürtel, den Rosa ihm um die Schultern gebunden hatte, war hinabgerutscht und bedeckte sein Herz.

Sophia legte das Messer auf den Tisch und löste die Gürtelschnalle. Sie mußte ihm den Gürtel abnehmen, damit seine Brust freilag.

Unvermittelt öffnete Luca die Augen. »Sophia? Ich wußte, daß du mir helfen würdest. Ich wußte, daß du es sein würdest.« Aus seiner Stimme war keine Spur mehr von dem Kind herauszuhören. Er war Luca. Sie entfernte den Gürtel und nahm das Messer vom Tisch.

Er lächelte, überzeugt, daß sie seine Fesseln durchschneiden wollte. Sophia hielt das Messer in beiden Händen. Das kleine goldene Herz an dem dünnen Goldkettchen blinkte, als wollte es das Ziel markieren. Sie hielt den Atem an, und ihre Augen wurden groß... Dann begann sie zu blinzeln und trat einen Schritt zurück.

Luca legte den Kopf auf die Seite und beobachtete verwirrt, wie sie das Messer wieder auf den Tisch legte. Sophia sah ihn beinahe ebenso verwirrt an. Sie näherte sich ihm, hob die rechte Hand... Sie zitterte so sehr, daß ihre Finger bebten. Sie sah nicht ihn an, sondern das goldende Medaillon, das er um den Hals trug.

Plötzlich griff sie nach dem Herzen. Luca zuckte zurück, und sie zog an der Kette, immer heftiger, bis sie riß. Sophia hielt das

Herz in der geschlossenen Faust, als hätte sie Angst, ihre Finger zu öffnen. Sie strich mit dem Daumen darüber und fühlte die Spuren, die ihre Zähne hinterlassen hatten. Ohne hinzusehen, wußte sie, daß es ihr Herz war, Micheles Herz, das Herz ihres Babys.

»Wo hast du das her? *Wo hast du das her?*« Sie schrie Luca an.

»Es gehört mir«, sagte er nur.

»Nein, du hast es gestohlen, du hast es gestohlen.« Sophia drehte sich erschrocken um, weil jemand an die Tür klopfte. Teresa fragte ängstlich flüsternd, ob sie Hilfe brauche.

»Laß mich in Ruhe, bleib draußen...«

Ihr Atem ging keuchend, und sie fühlte sich, als ob jemand sie würgen würde, bis sie hörte, wie die Schritte draußen sich auf dem Marmorfußboden entfernten. Den Rücken Luca zugewandt, das Gesicht vor ihm verborgen, öffnete Sophia ihre Finger und preßte sie wieder fest zusammen.

Luca erschien es wie eine Ewigkeit, bis sie sich wieder zu ihm umdrehte. Er beobachtete, jetzt voller Angst, wie sie langsam um den Tisch herumging. Als sie am gegenüberliegenden Ende angekommen war, sah er, wie sie die Hand öffnete und wieder das Herz ansah.

Sophia hörte Graziella sagen, daß Johnny sie so an Michele erinnere. Konnte dieser kranke Junge ihr Sohn sein? Micheles Sohn?

Er beobachtete sie, während sie langsam näher kam. Er sah die kleinen Schweißperlen auf ihrer Stirn und ihrer Oberlippe und den Glanz auf ihren Wangen. Er sah ihr in die Augen, wappnete sich innerlich, aber es war anders. Sie hatte nicht den Gesichtsausdruck, an den er sich erinnerte, den Blick, den sie gehabt hatten, bevor sie ihn gequält hatten.

»Bitte, sag mir, woher du das hast.«

»Es gehört mir.«

Luca konnte die Umrisse ihres Körpers durch das dünne Nachthemd sehen. Darunter war sie nackt. Seltsam, das war alles, woran er denken konnte: *Sie ist nackt.* Etwas schwang in ihrer Stimme mit. War es Angst? Wovor hatte sie Angst?

»Wo hast du das hier gefunden, bitte sag es mir.«

»Es gehört mir.«

Sophia ging näher an den Tisch heran. »Es ist sehr wichtig, du mußt es mir sagen. Bitte...«

Sie streckte den Arm aus und berührte sein Gesicht, dann zog sie die Hand zurück. Luca hatte immer noch Angst und drückte sich an den Stuhl.

Sophia musterte sein Gesicht, dann drehte sie sich plötzlich um und suchte nach dem Umschlag, in dem die Fotos gewesen waren. Die meisten hatte sie auf den Tisch gelegt, und Graziella hatte sie mitgenommen, aber eines hatte sie im Umschlag zurückgelassen. Er war auf den Boden gefallen, und Sophia hob ihn auf und zog das Foto heraus.

Luca sah ihr fasziniert zu. Warum benahm sie sich nur so seltsam? Er sah, wie sie das Foto langsam herauszog und ihm dann den Rücken zukehrte, damit er nicht sah, was sie tat. Sie stöhnte leise.

Dann stellte sie sich direkt vor ihn hin und sah in seine blauen Augen, die nur Verwirrung und Angst spiegelten. Langsam begann sie, das Medaillon hin und her zu schwingen, hin und her...

Luca konnte nicht anders, als ihm mit den Augen von einer Seite zur anderen zu folgen. Dann hing das Kettchen still, und das Herz daran drehte sich.

»Sag mir die Namen derjenigen, die die Familie Luciano auslöschen wollten, und dafür... dafür sage ich dir, wer dein Vater war.«

Seine einzige Antwort war ein engelhaftes, ungläubiges Lächeln. Lucas blasse Augen beobachteten sie unverwandt. Er ließ sich nicht täuschen. Er hatte keinen Vater, keine Mutter. Der Teufel hatte ihn geboren; deswegen hatte er bestraft werden müssen, deswegen hatten sie ihn eingesperrt.

»Du bist den Schwestern weggelaufen, stimmt das? Sie haben auf dem Kirmesplatz nach dir gesucht. Luca, warst du dort?«

Sein Gesicht erstarrte zu einer Maske. Nur seine Augen spiegelten seine Qual und Verwirrung wider, in einem Moment anklagend, im nächsten angstvoll. Woher wußte sie etwas von dem Kirmesplatz? Daß er nicht antwortete, ließ Zweifel in Sophia aufkommen. Konnte sie sich irren?

»Seid ihr zu einer Kirmes gegangen, Luca? Warst du in Catania? Kannst du dich erinnern?« Er blickte zu ihr auf.

»Sag mir, wer hinter dem Mord an meinen Kindern steht. Sag mir wenigstens das . . . Luca?«

Er schwieg. Seine Lider flatterten; er blinzelte schnell. Dann sah er sie an, sah mit irritierend festem Blick durch sie hindurch. Er schien sich über sie lustig zu machen, schien sie zum Wegschauen zwingen zu wollen, und das machte sie wütend. Endlich wieder wütend.

Er ist nicht mein Sohn, sagte sie sich. *Gott sei Dank. Er ist nicht mein Kind.* Irgendwie mußte er das Herz gefunden oder gestohlen haben. Er war ein Dieb, ein Mörder, und sie verschwendete nur ihre Zeit.

»Die Rutschbahn war es, die große, hohe Rutschbahn. Man rutschte mit dem Kopf zuerst herunter, auf eine kleine Matte . . . Ich wollte noch mal rutschen.«

Sophia stockte der Atem. Lieber Gott, log er sie an? Warum hatte sie nur den Jahrmarkt erwähnt? Er war schlau, er log immer. Bestimmt log er.

Sie hielt ihm das goldene Herz auf der Handfläche entgegen. »Wo hast du das her?«

»Ich weiß es nicht«, sagte er sachlich.

»Hast du es einem anderen Kind gestohlen? Oder gefunden? Warum hast du es?«

»Weil es mir gehört. Ich lasse es gern vor meinen Augen hin und her pendeln. Dann kann ich besser einschlafen.«

Er schien mit ihr zu spielen, zeigte keine Furcht mehr. Statt dessen fragte er mit zur Seite geneigtem Kopf: »Woher weißt du das von der Kirmes?«

»Das sage ich dir, wenn du mir die Namen sagst, wenn du mir sagst, wer den Mord an den Lucianos in Auftrag gegeben hat.«

Er lächelte. »Okay.«

Draußen vor der Tür stand Teresa, noch im Mantel, und versuchte zu hören, was drinnen geschah. Sie flüsterte Rosa zu, daß Luca etwas sagte.

»Was denn?«

»Ich kann es nicht verstehen.«

Rosa zog ihren Mantel aus. »Es schneit nicht mehr.«

Teresa sah sie fragend an.

»Das heißt, daß das Grab deutlich zu sehen sein wird.«

Sophia beugte sich über den Tisch, um etwas auf die Rückseite von Micheles Foto zu schreiben. Luca lehnte sich vor, soweit seine Fesseln es zuließen.

»Barzini.«

»Der Mann ist doch tot, Luca.«

Als hätte er ihren Einwand nicht gehört, fuhr Luca ruhig fort: »Barzini hat die Nachricht nach Sizilien gebracht. Deswegen hat er als erster ein Angebot für das Vermögen der Lucianos gemacht. Er war ein Niemand. Peter Salerno ist wichtiger, aber im ganzen waren drei oder vier Familien beteiligt. Sie wollten sichergehen, daß niemand, der in der Organisation eine so hohe Position einnimmt wie Don Roberto als Zeuge aussagt.«

»Sag mir nur die Namen, Luca.«

»Okay, okay. Ich kann dir die Namen sagen, die ich gehört habe. Ich war nicht so wichtig, als daß sie mir irgend etwas gesagt hätten. Ich weiß davon nur, weil ich Paul Carollas Sohn war.«

»Sein Adoptivsohn, Luca!«

Luca stieß drei Namen hervor, Namen, die Sophia nichts bedeuteten, und sie schrieb sie auf die Rückseite des Fotos. Sie wartete auf den vierten. Schließlich wandte sie sich zu ihm um, doch er hatte sich zurückgelehnt und blickte sie an.

Das war also das Kind, das sie verlassen hatte, nach dem sie später gesucht hatte und das sie nun wieder aufgegeben hatte. Er war Micheles Sohn, er war ihr Sohn, der rechtmäßige Erbe der Familie Luciano. Und jetzt war es an ihr, ihn zu töten. Sie glaubte ihm, daß er die Wahrheit gesagt hatte, daß er an der

Ermordung der Männer nicht beteiligt gewesen war. Aber was war mit ihren Kindern?

»Luca, du hast zugegeben, daß du den kleinen Luzio Paluso getötet hast. Carlo und Nunzio sind mit der gleichen Pistole erschossen worden...«

Er fuhr auf. »Nein! Ich habe deine Fragen beantwortet! Jetzt bist du dran.«

Sie weigerte sich, ihm die Fotografie zu geben. »Sag es mir, Luca, die beiden Kinder...«

Seine Augen funkelten vor Wut. Ohnmächtig warf er sich auf dem Stuhl hin und her. »Ja! Ja! Ja! Und jetzt halte dich an unsere Abmachung. Hast du mich belogen? Du weißt von der Kirmes.« Er knirschte mit den Zähnen. »Wer hat dir davon erzählt?«

»Du hast sie ermordet?«

»Verflucht noch mal! *Ja, ja, ja!*«

Sophia drehte das Foto von Michele Luciano um. Es lag genau vor Luca auf dem Tisch. Er lachte und beugte sich vor, um es sehen zu können.

Angewidert schüttelte er den Kopf. Seine Augen wurden schmal. »Du hast mich angelogen. Ich spucke auf den Jungen da.«

»Du spuckst deinen Vater an, Luca. Es war Michele Luciano. Das Foto wurde kurz vor seinem Tod aufgenommen. Da war er zweiundzwanzig.«

Luca fauchte wie eine Katze und spuckte auf das Foto, dann sah er Sophia grinsend an, als warte er auf ihre Reaktion. Jetzt erkannte sie den Luca, der unschuldige Kinder töten konnte, den Mann, der seine Opfer so grausam verletzte und verstümmelte. Er war an Armen und Beinen gefesselt, aber sie hatte das Gefühl, daß er sich befreien könnte, wenn er nur wollte.

Seine Stimme klang spöttisch. »Du warst immer schlauer als die anderen. Ich wußte es, ich habe es immer gewußt. Und ich weiß, daß du diejenige bist, die mich losschneiden wird.«

Er lachte, als sie sich nach dem Messer umdrehte.

»Ich weiß, daß du lügst, Sophia, aber wenn es das ist, was du von mir willst, werde ich behaupten, daß ich Michele Lucianos Sohn bin. Für dich tue ich alles. Die anderen bedeuten mir nichts. Du sollst alles bekommen, wie ich es dir versprochen habe, erinnerst du dich?«

Ihre Finger schlossen sich um den hölzernen Griff des Messers. Ihr Körper verdeckte ihre Bewegungen. Ihre Stimme war nur noch ein Flüstern.

»Ich habe dich nicht belogen, Luca.«

Sie mußte sich zwingen, sich wieder zu ihm umzuwenden. Sie mußte es jetzt tun, solange sie die höhnische Stimme noch im Ohr hatte.

Die Klinge fuhr zwischen seinen Rippen hindurch direkt ins Herz. Sophia brauchte ihre ganze Kraft, ihr ganzes Gewicht, um das Messer hineinzustoßen. Sie drängte seinen Oberkörper gegen die Stuhllehne, bis sie über ihn gebeugt stand und ihre Knie gegen seinen Schenkel drückten. Luca gab ein leises, gurgelndes Geräusch von sich.

Als sie von ihm zurückwich, schien ihre Hand am Messer festgefroren zu sein. Sie mußte mit aller Kraft ziehen, bis sie schließlich mit dem Messer in der Hand rückwärts stolperte.

Luca blieb aufrecht sitzen, weil seine Arme noch an den Stuhl gefesselt waren, aber sein Kopf rollte auf die Seite. Aus seinem Mund und aus der Stichwunde rann Blut. Sophia fühlte nach seinem Puls. Er flatterte noch. Dann nahm sie sein Gesicht in die Hände und küßte ihn auf den noch warmen Mund. Sie schmeckte sein Blut, fühlte sein weiches Haar, den Kopf in ihren Händen... Langsam hörte sein Herz auf zu schlagen, und es war vorbei.

Sophia steckte das goldene Herz an der zerrissenen Kette in die Tasche ihres blutbefleckten Nachthemds. Sie löste die Riemen um seine Beine und bedeckte die Leiche mit dem Bettlaken. Dann schnallte sie sein linkes Handgelenk los, doch die Schnalle am rechten Handgelenk wollte sich nicht öffnen lassen.

Sein Blut färbte die Handtücher auf dem Boden unter dem Stuhl. Auch auf dem Laken, das ihn bedeckte, breitete sich ein roter Fleck aus. An der Tür klopfte es. »Sophia? Sophia?«

Sie hörte Teresas angstvolles Flüstern. Die Entfernung zwischen dem Stuhl und der Tür betrug nur wenige Meter, aber jeder Schritt erforderte eine ungeheure Anstrengung. Ihre Glieder schmerzten. Keuchend erreichte sie die Tür, und erst nach einer geraumen Weile war sie imstande, sie zu öffnen.

Zögernd kamen Teresa und Rosa herein. Rosa hatte eine dicke Wolldecke mitgebracht. Sie brauchten nicht zu fragen, ob es vorbei war. Sophia sah aus wie ein Gespenst.

»Die Schnalle an seinem – seinem rechten... Handgelenk geht nicht auf.«

Die Frauen blickten auf die verhüllte Gestalt, auf das blutige Laken. Mit der Decke bot er nicht den alptraumhaften Anblick, den sie gefürchtet hatten. Trotzdem zitterten Teresas Hände, als sie am Riemen zog. Als er sich löste, fiel Lucas rechter Arm von der Seitenlehne des Stuhls und hing schlaff herab.

Sophia breitete die Decke aus. »Wir müssen ihn zu dritt aus dem Stuhl heben.«

Rosa wickelte das Laken fest um Lucas Kopf und Schultern und faßte ihn unter den Armen. Sophia und Teresa nahmen den Rumpf und die Beine. Schwankend trugen sie ihn zur Decke und legten ihn darauf. Sie wickelten ihn ein und befestigten die Decke mit den Riemen. Dann transportierten sie ihn zu dritt durch die Küche in den Garten.

Die Grube befand sich unter der Eiche am Rande des schneebedeckten Rasens. Sie war tief, aber nicht lang genug, so daß die Frauen die Leiche mit angewinkelten Beinen hineinlegen mußten. Dann schaufelten sie das Grab wieder zu. Der dunkle Fleck schien die weite, weiße Rasenfläche zu beherrschen. Ihr Atem bildete in der eisigen Kälte weiße Wolken vor ihren Mündern, aber sie schienen die Kälte nicht zu spüren. Sophia war immer noch barfuß und trug nur ihr blutiges Baumwollhemd.

Als das Grab zugeschüttet war, begutachtete Teresa ihr Werk. »Wir müssen noch Schnee oben draufschaufeln.«

»Das ist nicht nötig«, sagte Sophia. »Sieh mal nach oben.«

Der Himmel war grau, und Sophia hatte kaum aufgehört zu sprechen, als es wieder zu schneien begann. Sie ging ins Haus zurück und überließ es Rosa und Teresa, die übriggebliebene Erde in eine Schubkarre zu schaufeln und auf einem Blumenbeet zu verteilen.

Graziella zog langsam die Vorhänge zu. Sie hatte von ihrem Fenster aus beobachtet, wie das Grab geschaufelt worden war, sie hatte gesehen, wie die Frauen die eingehüllte Leiche hinausgetragen und beerdigt hatten. Sie hatte gewartet, bis von der frischen Erde auf dem Grab nichts mehr zu sehen gewesen war.

Doch es war noch nicht vorbei. Sie mußten noch alle Spuren vernichten. Jede wußte, was sie zu tun hatte.

Rosa entzündete mit einem Stapel alter Zeitungen, den sie in der Garage gefunden hatte, im Gemüsegarten ein Feuer.

Teresa holte Lucas Kleider und seine wenigen Habseligkeiten aus seinem Zimmer, stopfte die Taschen seiner Kleidungsstücke mit in Terpentin getränktem Papier aus und band sie zu kleinen Bündeln zusammen. Sophia putzte das Treppengeländer und Lucas Zimmer sowie das Badezimmer, das er benutzt hatte. Seine Zahnbürste und seinen Kamm steckte sie in den Müllzerkleinerer. Aus dem Küchenfester erblickte sie den Rauch von Rosas Feuer.

Teresa warf Lucas Kleider ins Feuer. Während die Flammen aufloderten, ging sie ins Haus zurück, um nachzusehen, ob sie auch nichts vergessen hatte. Rosa blieb beim Feuer und stocherte mit einem Stock darin herum, um es am Brennen zu halten. Während sie in die Flammen starrte, fiel ihr der sonnige Morgen ein, an dem Luca sie geküßt hatte, an dem er mit Graziella gescherzt und ihr gezeigt hatte, wo er säen wollte. Nun beobachtete sie, wie seine Kleider zu Asche wurden.

Sophia trug immer noch ihr blutgetränktes Nachthemd. Teresa stand in der Küchentür. »Zieh es aus. Ich verbrenne es . . . Sophia?«

Teresa mußte ihre Worte wiederholen. Sophias Füße waren

blaugefroren. Langsam zog sie das Nachthemd aus, dann fiel ihr das Herz in der Tasche ein, und sie nahm es heraus.

»Das Nachthemd, Sophia, gib es mir. Ich muß es verbrennen.«

Teresa sah sich nach etwa um, um Sophia darin einzuhüllen, fand aber nichts. Sie zog ihren Mantel aus und nahm Sophia das blutige Nachthemd ab. »Zieh den hier an, nimm ein heißes Bad...«

Sophia nickte, rührte sich aber nicht vom Fleck. Teresa versuchte, ihr den Mantel um die Schultern zu legen, aber Sophia stieß sie fort.

»Faß mich nicht an. Faß mich bitte nicht an.«

Sophia stolperte die Treppe hinauf in ihr Schlafzimmer. Sie schloß die Tür hinter sich ab, stürzte durch den Raum ins Badezimmer und fiel beinahe in die weißgekachelte Duschwanne. Sie stieß mit der Schulter gegen die Wand, drehte den Wasserhahn auf und versuchte, die Blutflecken auf ihrem Körper und ihren Händen abzuwaschen... Und immer noch hielt sie das kleine goldene Herz umklammert.

Das eisige Wasser schmerzte wie Schläge auf ihrer Haut. Sie nahm das Herz in den Mund und biß darauf. Ihr Bauch hob und senkte sich krampfhaft. Der Schmerz schien sie zerreißen zu wollen wie bei der Geburt ihres Sohnes.

Sie hämmerte gegen die Kacheln, bis ihre Fäuste bluteten, sie schlug mit dem Kopf gegen die Wand, aber sie gab keinen Laut von sich. Das war ihre Strafe. Sie mußte schweigen. Niemand durfte jemals erfahren, was sie getan hatte. Sie hatte die schwerste aller Sünden begangen: Sie hatte geboren, hatte ihr eigenes Fleisch und Blut von sich gestoßen und es dann, am Ende, hingeschlachtet. Sie und niemand sonst hatte das Herz der Familie zerstört. Das Kind, das sie um ihrer eigenen Gier willen verlassen hatte, war zu einem Monster geworden, aber dieses Geheimnis würde ebenso verborgen bleiben wie Lucas Grab. Das, was übriggeblieben war, würde sie mit ihrer ganzen Kraft und wenn nötig mit aller Gewalt verteidigen, zu der sie sich jetzt fähig wußte.

Am Morgen nach Lucas Tod legten Teresa, Rosa und Graziella sich schlafen. Nachdem sie die ganze Nacht auf den Beinen gewesen waren, verschliefen sie den Tag, von Müdigkeit überwältigt. Barmherzig löschte ihre Erschöpfung die Erinnerung an die schrecklichen Ereignisse aus, die hinter ihnen lagen.

Sophia jedoch fand keinen Schlaf. Sowie sie die Augen schloß, sah sie das Gesicht ihres Sohnes vor sich. Ruhelos strich sie durch das Haus und versuchte schließlich, sich mit der Durchsicht der Unterlagen abzulenken.

Sie setzte sich ins Wohnzimmer und studierte Barzinis Notizheft. Sie verglich die Zahlen mit den fehlenden Summen aus dem Vermögen der Lucianos, dem Vermögen, das auf so geheimnisvolle Weise verschwunden war. Immer wieder stimmten die Beträge, die Barzini aufgeführt und am Rand mit seltsamen Zeichen versehen hatte, mit den entwendeten Summen überein. Sophia konnte den Code nicht entschlüsseln, aber sie nahm an, daß die Initialen neben den Zahlen die Anfangsbuchstaben der Namen der Banken angaben. Sie schlug die Namenliste auf der letzten Seite auf. Graziella hatte sich an zwei der Namen erinnert, und Luca hatte ihr drei genannt. Alle gehörten zu verschiedenen Familien und betrieben unterschiedliche Geschäfte. Wenn sie sich alle zusammengetan und den Mord an den Lucianos beschlossen hatten und gleichzeitig große finanzielle Vergütungen erhalten hatten...

Sophia war zu müde, um weiter nachzudenken. Sie räumte die Unterlagen beiseite und ging in ihr Zimmer.

Abends um halb sieben schlief sie ein. Als sie nach wenigen Stunden wieder erwachte und sich ankleidete, hörte sie die anderen im Wohnzimmer miteinander sprechen.

Bei ihrem Eintritt schwiegen sie. Dann wies Graziella auf ihren eigenen Platz am Feuer und bat sie, sich zu setzen.

Sie streckte Sophia die Hand entgegen. »Er ist für dich, Sophia. Wir möchten, daß du ihn trägst. Wir geben ihn dir für deine Tapferkeit. Wir lieben dich und vertrauen dir, und ich küsse dich, in der Hoffnung, daß du ihn annehmen und tragen wirst.«

Sie küßte Sophia auf beide Wangen und steckte ihr dann Don Robertos Ring an den Finger.

»Mama, ich kann nicht...«

»Bitte, Sophia, trage ihn im Namen meines Mannes, meiner Söhne und meiner Enkel. Ich möchte euch alle um etwas bitten. Ich bitte euch, einen Eid auf die Bibel zu schwören, daß ihr niemals über Luca sprecht. Sein Name darf nie mehr fallen. Sein Tod verbindet uns. *Omertà*...«

Sie küßte die kleine, abgegriffene Bibel, bekreuzigte sich und schloß die Augen zum Gebet. Dann gab sie die Bibel an Teresa weiter, die ihre linke Hand auf den ledernen Einband legte und sich mit der rechten bekreuzigte.

»Ich schwöre beim allmächtigen Gott...«

Schweigend warteten sie darauf, daß Sophia ihren Eid ablegte und damit zeigte, daß sie Don Roberts Ring annahm. Sie hatte die Hände im Schoß gefaltet, so daß der Ring nicht zu sehen war. Sie konnte keinen klaren Gedanken fassen. Statt sie zu bitten, das Oberhaupt der Familie zu werden, hätten die anderen sie verstoßen müssen. »Sophia, bitte...« Graziella berührte ihre Hand.

Müde legte Sophia die Hand auf die Bibel. »Ich schwöre bei Gott dem Allmächtigen.« Dann stand sie auf, umarmte Graziella und küßte sie auf beide Wangen, wandte sich dann Teresa und schließlich Rosa zu und küßte sie.

Rosa bemerkte das kleine goldene Herz, welches Sophia am Hals trug, und sie fragte, ob es Graziella gehört hatte. Sophia erwiderte, es hätte einem ihrer Söhne gehört.

Es war, als würde Luca ihnen auch vom Grab aus noch weiter helfen. Schon vor seinem Tod waren Gerüchte in Umlauf gewesen, wer eigentlich hinter den Witwen stand. Man fürchtete einen Racheakt, aber von welcher Seite? Die Morde, die Luca verübt hatte, die Enthauptung von Barzinis Vetter und selbst Barzinis Unfalltod lieferten reichlich Gesprächsstoff, und es wurde gemunkelt, daß vielleicht an jenem Abend in Palermo nicht alle Lucianos gestorben waren und daß einer von ihnen Paul Carollas Tod in Auftrag gegeben hatte.

Je länger das Schweigen andauerte, um so mehr wuchs das Mißtrauen. Auf Carollas verrückten Sohn wurde ein Kopfgeld ausgesetzt, aber er war und blieb verschwunden. Wenn ein Luciano am Leben geblieben war, würde er sich unweigerlich rächen. Das war Gesetz. Aber solange es keinen Beweis dafür gab, wollte niemand den ersten Schritt tun.

Auch Peter Salerno wartete geduldig. Der Anruf, den er erwartete, erreichte ihn zwei Wochen nach Lucas Tod.

Sophia Luciano bat um ein Treffen mit Salerno und den Hintermännern Barzinis. Salerno erklärte sich dazu bereit und überprüfte die Adresse, die Sophia ihm gegeben hatte. Er entdeckte, daß das Haus Paul Carolla gehört hatte und daß Luca Carolla es den Frauen geschenkt hatte. Das Kopfgeld auf Luca Carolla wurde auf einhunderttausend Dollar erhöht.

Fünf Tage nach Sophias Anruf fuhr Salerno nach Long Island. Die drei Männer, die ihn begleiteten, waren hochrangige *consiglieri* dreier bedeutender Familien, der Familien, die Luca zufolge den Mord an den Lucianos in Auftrag gegeben hatten.

Es waren Tony Castellano, der die Interessen der Corleones in den Vereinigten Staaten vertrat, Johnny Salvatore, der Vertreter der Gambinos, und der fette Nuccio Miano, der Zahlmeister der Avellinos, die ihren Sitz in Chicago hatten. Sie waren grauhaarig, elegant gekleidet und entschlossen, die Herrschaft über das Imperium der Lucianos zu gewinnen.

Als sie die Allee erreichten, die zu dem Anwesen führte, verfielen sie in Schweigen, teils aus Bewunderung, teils aber auch aus Ärger darüber, daß dieser wertvolle Besitz ihrer Aufmerksamkeit entgangen war.

Graziella betrat, gefolgt von Teresa und Rosa, das Wohnzimmer, wo Salerno sie neben den anderen Herren vorstellte. Dann schickte Graziella ihre Enkelin aus dem Zimmer.

Als Rosa gegangen war, bat Graziella die Besucher, Platz zu nehmen. »Meine Schwiegertocher Sophia wird gleich kommen. Ich habe hier einen Wein, den mein Mann immer sehr geschätzt hat: Brunello di Montalcino. Es wäre mir eine Ehre, wenn Sie auf das Andenken Don Robertos trinken würden.«

Die Männer konnten nicht ablehnen. Die Flasche wurde geöffnet, und Graziella schenkte die kostbaren Kristallgläser voll. Sie war dienstbeflissen und liebenswürdig und murmelte *»grazie«*, als die Männer ihre Gläser in Empfang nahmen. Sich selbst schenkte sie keinen Wein ein.

Peter Salerno hob sein Glas. »Auf Don Roberto.«

Graziella bekreuzigte sich. *»Grazie.«*

Die Männer versuchten nicht, Konversation zu machen. Sie spürten die Anspannung der beiden Frauen, aber keine Feindseligkeit. Teresa öffnete ein Kistchen Havannas, Graziella nickte ihr zu, und sie bot den Gästen die Zigarren an.

Rosa klopfte an Sophias Tür und öffnete sie einen Spalt. »Sie warten, Sophia«. Sophia stand vor dem Fenster und führte leise Selbstgespräche. Sie rührte sich nicht und gab keine Antwort. Rosa schloß die Tür wieder, kehrte ins Eßzimmer zurück und trat zu ihrer Mutter. Die Männer tauschten Blicke aus. Sie fragten sich, warum man sie warten ließ.

Endlich hörten sie auf dem Marmorboden draußen das Klappern hoher Absätze. Sophia trat ein. Ihr glänzendes schwarzes Haar war im Nacken zu einem Knoten aufgesteckt. Den Kragen ihres schlichten schwarzen Kleides trug sie offen. Schwarze Pumps und schwarze Strümpfe ließen sie ernst und zurückhaltend erscheinen. Die einzige Farbe, die sie trug, war das Blutrot ihres Lippenstiftes. Sie lächelte den Männern liebenswürdig zu und trat gelassen in die Mitte des Raumes.

Graziella stellte ihr die Gäste vor. Sie mußten aufstehen, das Zimmer durchqueren und Sophia die Hand küssen. Sie ging ihnen keinen Schritt entgegen. Während die Männer Sophias Hand küßten, fiel ihnen auf, daß sie Don Roberto Lucianos Ring trug.

Sophia ließ ihre Gäste wieder Platz nehmen und setzte sich ebenfalls. »Meine Herren, ich bin zu Don Robertos Erbin ernannt worden. Ich bin jetzt das Oberhaupt der Lucianos, und ich habe die Absicht, die Firmen meines Vaters weiterzuführen, abgesehen von denen, deren Verkauf wir bereits zugestimmt haben.«

Peter Salerno blickte zu den anderen Männern. Sie lehnten sich leicht amüsiert zurück. Anscheinend bat Sophia um die Aufnahme in eine Organisation, die in ihrer ganzen Geschichte niemals eine Frau den Eid hatte ablegen lassen.

Sophias dunkle Stimme fuhr fort. »Ich weiß über die Verbindungen, die mein Vater zur Organisation hatte, Bescheid, und ich überlasse es der Kommission, meine Existenz entweder zu ignorieren oder sich einverstanden zu erklären, daß ich ohne Belästigung meine Geschäfte führen kann.«

Miano sog an seiner Zigarre, spuckte und entfernte einen Tabakkrümel von der fetten Lippe. Mit wegwerfender Geste sagte er: »Aber Signora, niemand hat vor, Sie zu belästigen. Der Vorfall mit Michele Barzini war äußerst unglücklich...«

»Verzeihen Sie, Signor. Sie sagen unglücklich, aber das ist vielleicht nicht ganz das richtige Wort. Wir sind respektlos behandelt, ja beinahe beraubt worden.«

Sie warf einen Blick auf Graziella und wandte sich dann wieder an Miano. »Signor, wir haben kein Interesse mehr an Verhandlungen. Wir sind nach wie vor im Besitz der Firmen und Ländereien, unser Preis hat sich allerdings verdreifacht. Außerdem werden wir dem Verkauf nur zustimmen, wenn bestimmte Bedingungen eingehalten werden. Ich bin ebenso gegen den Drogenhandel wie mein verstorbener Vater, und wenn wir nicht sicher sein können, daß seine Wünsche von den neuen Besitzern respektiert werden, werden wir nicht verkaufen.«

Salerno erhielt einen Wink von Salvatore. Offensichtlich sollte er im Namen aller sprechen.

»Signora, hier muß ein Irrtum vorliegen. Soweit uns bekannt ist, haben Sie bereits eine beträchtliche Summe für die Firmen erhalten.«

»Sie irren sich. Barzini hat Männer angestellt, die uns bei dem Versuch, sich Zugang zu den Unterlagen zu verschaffen, tätlich angegriffen haben. Vielleicht sollten Sie sich wegen der Rückerstattung der Summe, die Sie irrtümlicherweise in unseren Händen vermuten, an diejenigen wenden, die in Ihren Diensten stehen.«

Sie berührte das goldene Herz an ihrem Hals, als fühlte sie nach einem Puls, aber ihre Augen wanderten zwischen den schwitzenden Gesichtern der Männer hin und her, bis sie schließlich bei Peter Salerno hängenblieben.

Er seinerseits beobachtete sie argwöhnisch. Die Wut hinter der schönen Maske ihres Gesichtes war ihm nicht verborgen geblieben, und er wunderte sich, warum sie wiederholt die Hand hob und den Zeigefinger auf das goldene Medaillon an ihrem Hals legte.

»Innerhalb der nächsten zehn Tage erhalten Sie die vollständige Abschrift von Don Roberto Lucianos Aussagen, die für den Prozeß in Palermo vorbereitet wurde. Sie zeigen deutlich, daß er bis zu seinem Ende ein Ehrenmann gewesen ist, ein Mann, dem man hätte Vertrauen schenken können. Tragischerweise war das nicht der Fall. Wir sind der Meinung, daß wir ein Recht auf Entschädigung haben. Ich glaube, daß das Ihrem Gesetz entspricht. Wenn wir von Ihnen keine Entschädigung erwarten können, werden wir die erforderlichen Schritte unternehmen, damit Don Roberto Luciano die Gerechtigkeit zuteil wird, die er verdient.«

Salerno blickte die Männer der Reihe nach an, rutschte dann auf seinem Stuhl ein wenig nach vorn und legte die Ellbogen auf die geschnitzten Armlehnen.

»Signora Luciano, wir alle hier möchten Ihnen und Ihrer Familie unser tiefes Beileid aussprechen. Aber wir haben nicht das Recht, Ihnen eine Entschädigung anzubieten, selbst wenn wir das wollten, denn damit würden wir andeuten, daß wir in irgendeiner Weise in den tragischen Tod der Lucianos verwikkelt sind, und nichts könnte der Wahrheit ferner liegen. Wir sind Geschäftsleute, nicht mehr und nicht weniger. Trotzdem können wir über die Art und Weise, wie Michele Barzini Sie behandelt hat, nicht einfach hinweggehen. Bitte nehmen Sie zur Kenntnis, daß er ohne unser Wissen gehandelt hat. Wir sind übereingekommen, Ihnen zusätzlich eine Summe von zwanzigtausend Dollar...«

Sophia unterbrach ihn. »Zwanzigtausend?« Sie lächelte kalt. »Ihre Gabe ist uns höchst willkommen, aber was wir vor allem brauchen, ist Unterstützung bei der Suche nach jenen Leuten, die den Mord an unseren innig geliebten Männern geplant und organisiert haben. Und was das Finanzielle angeht, so meinen wir, daß uns Paul Carollas Vermögen zusteht. Schließlich hat Joseph Carolla Roberto Luciano zu seinem Erben ernannt, und nun, da Paul Carolla ebenfalls verschieden ist, haben wir...«

Salerno unterbrach sie. »Aber Paul Carolla hat einen Sohn.«

Sophia wandte ihm das Gesicht zu und starrte ihm in die Augen, bis er nachgab und auf seine Hände hinabblickte.

»Luca Carolla wird wegen Mordes gesucht, wegen des Mordes an meinen Kindern, Signor Salerno. Außerdem war er adoptiert. Carolla hinterläßt keine leiblichen Erben.«

Graziella gab zu verstehen, daß sie mit Sophia zu sprechen wünschte. Sophia ging zu ihr, und Salerno nahm die Gelegenheit wahr, sich mit Miano zu beraten, der allmählich ungeduldig wurde.

Sophia kehrte zu ihrem Stuhl zurück, blieb aber stehen. Salerno hüstelte. »Signora, wir wissen, daß dieses Anwesen Paul Carolla gehört hat und daß es kürzlich auf Signora Graziella Luciano überschrieben worden ist. Beim nächsten Treffen der Organisation können wir über Paul Carollas Vermögen sprechen, aber bis zu diesem Zeitpunkt kann ich Ihnen nicht sagen, ob Ihnen etwas davon übergeben werden kann.«

Nuccio Miano räusperte sich und zupfte an seiner Weste.

Tony Castellano ließ sich von der Erregung seines Partners anstecken und nickte Peter Salerno kaum merklich zu.

Sophia dankte den Männern für ihr Kommen, dann wandte sie sich zu Graziella um und lächelte. Doch das Lächeln auf ihrem Gesicht war das Lächeln Lucas. Alle Liebenswürdigkeit war daraus verschwunden, und ihre Augen warnten die Frauen, still zu bleiben. Ihre Gäste durften nicht merken, daß sie im Begriff war zu lügen.

»Was Sie alle anscheinend nicht bemerkt haben«, fuhr sie fort, »ist die Tatsache, daß die Lucianos einen Erben haben, einen Erben, der Anspruch auf das Vermögen erhebt, welches ihm von Rechts wegen zusteht. Wenn es ihm verweigert wird, lassen Sie der Familie keine andere Wahl, als sich anderswo umzusehen... *Le spine della rosa sono nascoste dal fiore.*«

Sophia bestand darauf, ihren Gästen eigenhändig noch mehr Wein einzuschenken. Peter Salerno war als letzter an der Reihe. Sie lächelte ihn über den Rand ihres eigenen Glases hinweg an, als wolle sie ihm zuprosten. Dann wandte sie ihre Aufmerksamkeit den drei anderen Besuchern zu, sprach mit jedem der Männer und bedauerte, daß man den Lucianos nicht die Achtung erwiesen habe, sie auch mit den beiden anderen Familien, die an Verhandlungen interessiert seien, bekannt zu machen. Sie sprach die beiden Namen ohne jede sichtbare Gefühlsregung aus.

Sophia beendete die Zusammenkunft höflich und ohne eine Spur von Furcht. Ihre Stimme hatte die ganze Zeit über sanft, verbindlich und freundlich geklungen. Als die drei Männer den Raum verließen, legte sie ihre Hand auf Peter Salernos Arm, schenkte ihm noch ein Lächeln und küßte den erstaunten Mann auf den Mund.

»*Arrivederci,* Signor, wir danken Ihnen.«

Die Männer waren einhellig der Meinung, daß es absurd war, wenn Sophia glaubte, sie hätte auch nur die geringste Chance, Mitglied in der Organisation zu werden. Trotzdem blieb die Tatsache bestehen, daß die Frauen bis jetzt fünfzehn Millionen ergattert hatten und sich immer noch im Besitz des gesamten Vermögens der Lucianos sowohl in Amerika als auch in Palermo befanden.

Sophias Anspruch auf Paul Carollas Vermögen gab dem Gerücht, daß jemand hinter den Frauen stand, neue Nahrung. Es mußte jemand sein, der sie gründlich instruierte und bereit war, für sie zu töten. Und wer war der Erbe, von dem Sophia gesprochen hatte? Miano spuckte vor Abscheu aus, als er daran dachte, daß dieser Mann bereit war, die Befehle von vier Frauen auszuführen, von denen eine gerade aus der Schule und eine andere schon Großmutter war.

Der Wagen fuhr durch das hohe, schmiedeeiserne Tor. Peter Salerno, der hinten saß, warf einen letzten Blick auf das imposante Gebäude. Er sah zu den Fenstern im oberen Stockwerk empor. Eine schwarzgekleidete Frau, zum Teil verdeckt durch die Gitterstäbe, beobachtete, wie sie davonfuhren. Sie stand im Schatten, aber er war sicher, daß er sie erkannt hatte.

»Ich glaube, Sophia Luciano ist anders. Sie ist anders als die Frauen, die wir sonst kennen. Sie ist...«

Die Männer im Wagen mußten zugeben, daß Sophia sie irritiert hatte. Sie war, so witzelten sie, ein unbekanntes Wesen. Niemand von ihnen war jemals einer Frau wie ihr begegnet, weder geschäftlich noch im Bett. Und alle stimmten überein, daß sie schön war, *bella... bella mafiosa.*

Salerno lachte nicht mit. Er starrte zum Fenster hinaus. Warum war sie so anders?

Der Zigarrenrauch im Wagen verursachte ihm Übelkeit, er drückte auf den Knopf, um das Fenster herabzulassen, und sog gierig die kalte Luft ein. Woher hatte Sophia so genau gewußt, welche Familien beteiligt waren? Er ging das Gespräch noch einmal Wort für Wort durch und sah wieder ihr Gesicht vor sich, als sie in aller Ruhe Männer aufzählte, die nicht einmal voneinander wußten, daß sie Komplizen waren. Das bedeutete, daß sie jeden einzelnen Mann kennen mußte, der an der Ermordung ihrer Familie beteiligt gewesen war. Die Konsequenzen daraus ließen ihm einen kalten Schauer über den Rücken laufen: Wenn Sophia ihre Identität kannte, mußte sie auch von dem Geld wissen, das von Sizilien in die USA geschafft worden war, dem Vermögen der Lucianos.

Jemand bat Salerno, das Fenster zu schließen. Er griff nach dem Knopf. Der Schmerz in seinen Eingeweiden war wie eine Explosion, als würden seine Gedärme auseinandergerissen. Ein Brennen stieg ihm in die Brust und bis in die Kehle hinauf, erstickte ihn, und Speichel floß aus dem Mund. Lautlos klappte sein Mund auf und zu, als wollte er die anderen warnen, aber er brachte kein einziges Wort mehr hervor.

Peter Salernos Name wurde von der Rückseite gestrichen, und Michele Lucianos Foto wurde wieder an seinen Ehrenplatz gestellt. Graziella Luciano, die Witwe Don Roberto Lucianos, Teresa, die Witwe Filippo Lucianos, und Rosa, die tragische Braut, warteten gespannt auf das Ergebnis der Zusammenkunft. Sie wußten nicht, daß Sophia, die Witwe Constantino Lucianos und Mutter von Carlo und Nunzio Luciano, bereits gehandelt hatte. Die Samen der Vendetta, die mit dem Mord an Michele Luciano gesät worden waren, würden sich weiter fortpflanzen. *Le spine della rosa sono nascoste dal fiore.* Die Dornen der Rose sind unter den Blüten verborgen.